西藏自治区教育厅和西藏民族大学学术著作出版基金资助
西藏民族大学学者文库·文学类

清代藏事诗研究

顾浙秦 著

·广州·

版权所有　翻印必究

图书在版编目（CIP）数据

清代藏事诗研究/顾浙秦著. —广州：中山大学出版社，2017.11
（西藏民族大学学者文库. 文学类）
ISBN 978-7-306-06184-3

Ⅰ.①清… Ⅱ.①顾… Ⅲ.①藏族—诗歌研究—中国—清代
Ⅳ.①I207.22

中国版本图书馆CIP数据核字（2017）第221371号

出版人：徐　劲
策划编辑：嵇春霞
责任编辑：周　玢
封面设计：刘　犇
责任校对：陈　霞
责任技编：何雅涛
出版发行：中山大学出版社
电　　话：编辑部 020-84110283，84111996，84111997，84113349
　　　　　发行部 020-84111998，84111981，84111160
地　　址：广州市新港西路135号
邮　　编：510275　　传　真：020-84036565
网　　址：http://www.zsup.com.cn
　　　　　E-mail：zdcbs@mail.sysu.edu.cn
印　刷　者：佛山市浩文彩色印刷有限公司
规　　格：787mm×1092mm　1/16　32.5印张　484千字
版次印次：2017年11月第1版　2017年11月第1次印刷
定　　价：68.00元

如发现本书因印装质量影响阅读，请与出版社发行部联系调换。

目录

绪 论 / 1
 第一节 课题研究缘起和研究现状……………………… 1
 第二节 研究的基本思路、框架与方法 ………… 17

第一章 清朝对藏治理的增进与藏事诗的发展 / 23
 第一节 清初对藏的治理与藏事诗的表现 ……… 24
 第二节 康熙帝国家观、治边事迹及其藏事诗 … 33
 第三节 从藏地风云到"平准安藏"及相关藏事诗
     …………………………………………… 46
 第四节 "卫藏战争"与藏事诗的表现 ………… 63

第二章 大小金川之役、郡王事件与相关藏事诗 / 79
 第一节 初定金川之役与相关藏事诗的诗化表现
     …………………………………………… 79
 第二节 珠尔默特那木扎勒事件及其相关藏事诗
     …………………………………………… 106
 第三节 再定大小金川之役与相关藏事诗的诗化
     表现 ……………………………………… 124

第三章 反击廓尔喀入侵西藏之役与相关藏事诗 / 169
 第一节 廓尔喀首次侵藏与藏事诗的再现 ……… 169
 第二节 清大军进藏反击廓尔喀入侵与藏事诗的
     再现 ……………………………………… 177
 第三节 清军反击廓尔喀战事与藏事诗的再现
     …………………………………………… 196

第四章　反击廓尔喀后至清后期之藏政与相关藏事诗 / 218
　　第一节　办理善后事宜、制定颁行章程与藏事诗的描述…… 219
　　第二节　松筠驻藏统领藏政及其藏事诗……………………… 233
　　第三节　清朝后期藏政与藏事诗的描述……………………… 261

第五章　清代藏事纪行诗、风物诗及咏史诗的内容及特点 / 282
　　第一节　清代藏事纪行诗与入藏道路之对勘………………… 284
　　第二节　清代藏事风物诗及藏族文化特性…………………… 343
　　第三节　清代藏事咏史诗及藏地历史风云…………………… 408
　　第四节　清代藏事诗的内容特色及诗句特点………………… 438

附录　清代藏事诗辑注目录及诗人诗集简介………………… 470

参考文献………………………………………………………… 505

后记……………………………………………………………… 514

绪　　论

第一节　课题研究缘起和研究现状

一、课题的缘起

中国是一个诗的国度，古典诗歌是中国古代文化史上一颗光彩夺目的璀璨明珠。在浩如烟海、瑰丽多姿的古代诗卷中，存在为数不少的吟咏藏地山川风光、民俗风土人情和描述藏汉民族交往、中央人民政府对藏治理的诗篇。这些藏事诗作包含深刻的社会历史文化内涵，即西藏归入全中国大一统成为中国不可分割的一部分，藏民族成为中华民族大家庭中不容分离的一员的历史内涵，以及雪域高原作为中华文明母亲河——黄河、长江源头的神奇壮丽的山川地貌以及藏民族神秘独特的社会文化的内涵。对其进行完整而系统的整理和发微掘幽的探究，做出符合历史真实的合理辨析与阐释，无论是从学术探讨还是从现实意义方面来审视，都是一项具有特定研究价值的课题。

藏事诗这一概念有广义和狭义之分，狭义概念是指中国古代描摹藏地发生的政治、军事等历史事件的诗篇，广义概念是指在狭义概念的基础上还包括描摹、吟诵藏地山川、风土人情、宗教信仰等独特文化的诗篇。本书便是从广义角度研究藏事诗。中国古代文学研究领域从20世纪八九十年代以来，就对吟咏藏地山川风光、民俗风情和描述藏汉民族交往、中央人民政府对藏治理的诗篇有一个约定俗成的称呼——咏藏诗。咏藏诗这一名称在先行研究中无疑起到了统一称呼研究对象的重要作用。但随着研究的深入,此一称呼在学理上的弱点就显露无遗。"咏藏"给人的感觉自然多是对藏地风土民情的吟咏,并且有就其所见随意吟诵(主要是抒情性)的第一印象,而那些立意隽永的有关藏汉民族交往和中央人民政府对藏治理的诗篇(叙事性诗篇)就显得似乎不那么重要了,甚或感觉并不在其概括的范围之列。事实上,藏事诗是由中国古代诗歌发展史上具有十分重要地位的边塞诗长期发展而来的一种具有特定题材的诗歌类型,它是随着中国统一的多民族国家的历史发展、中华民族多元一体的演进而形成的诗歌类型,是基于历史的必然发展、传统文化的高度发达所形成的诗歌种类。这类诗歌应该有一个更具学理性的名称,其无论从历史文化的角度看,还是从诗人个人经历的角度看,在内容上大多有一个从个人观感向家国情怀飞跃的过程。这类诗歌主体部分的清代藏事诗大多记载有历史上发生的一些重大的政治、军事事件和社会风俗文化事实。所以,我们认为用"藏事诗"这一概念能更好地概括其历史的真实内容和丰富的社会文化内涵。

  古代藏事诗雏形从唐代就产生了,[①] 一直创作到清代而蔚为大观。它经历了一个产生、发展的过程,几乎与中国统一的多民族国家漫长的历史演进,与藏民族融入中华民族大家庭的历史进程同步。所以对古代藏事诗的考察就是从一个侧面考察中国统一多民族国家的历史演进,考察藏汉民族交往、交融的过程。藏事诗无疑是由边塞诗逐渐发展而来的。边塞诗原本包括的内容就比较广泛,概括来说,凡是描写和刻画边塞战争、边地风光、民俗风情、游边出塞以及由边塞问题引发的各种社会问题等内容的诗歌,都可以视为边塞诗。据学者统计,自先秦至唐,边塞诗的数量有2300余首。[②] 但藏事诗又不完全

---

  ① 藏汉民族的交往始于远古,但由于交往的范围、层次以及留存文献资料所限,现在能看到的最早的藏事诗是唐代的藏事诗。

  ② 参见任文京《中国古代边塞诗史(先秦—唐)》,人民出版社2010年版,第1页。

是边塞诗，不仅因为不同王朝的历史疆域不同，而且就算是同一朝代，边塞也会因时因地而起变化。例如，初唐和盛唐时期，边塞所指辽远广阔，地理空间极其广大，但"安史之乱"后，唐朝的疆域大大内缩，白居易的《西凉伎》有诗句"平时安西万里疆，今日边疆在凤翔"①，反映出原先属于内地的凤翔等地此时已成了边塞。

藏事诗以辽阔藏族地区为范围，虽也因藏地的历史变化而有所变化，但并不与中原王朝的边塞概念同步。藏事诗雏形产生于唐与吐蕃联姻"舅甥关系"的缔结以及唐朝统治西域与吐蕃的介入。唐贞观三年（629年）松赞干布继吐蕃赞普位。贞观七年（633年）松赞干布结束吐蕃多元分散、各自为政的状况，开始建立统一强大的吐蕃王朝。贞观十年（636年）吐蕃派使者向唐朝求婚。贞观十四年（640年）唐太宗以文成公主许嫁吐蕃赞普松赞干布，翌年在吐蕃大臣禄东赞的迎请之下，文成公主入蕃联姻，唐蕃始结"舅甥关系"。唐景龙元年（707年）吐蕃赞普赤德祖赞遣大臣请婚，中宗下诏许嫁金城公主，景龙四年（710年）唐中宗亲率百官送入嫁吐蕃的金城公主至始平（今陕西兴平），唐蕃"舅甥关系"增进。唐开元十九年（731年）唐朝赠予吐蕃所求《毛诗》《左传》《礼记》《文选》。其后，唐与吐蕃在赤岭（今青海湟源西日月山）互市。唐穆宗长庆元年、二年（821—822年）唐、吐蕃先后会盟于长安和逻些（今拉萨），翌年于逻些建立会盟碑（史称"长庆会盟碑"或"甥舅和盟碑"）。这些和亲、互市、会盟，唐朝都派有使臣入蕃。有的使臣留下了宝贵的诗篇。这就是大部分为《全唐诗》所收存的唐代藏事诗雏形的一类使蕃诗。

藏事诗雏形不仅有来源于唐与吐蕃和亲、互市、会盟的使蕃诗，而且还有来源于唐朝统治西域与吐蕃介入时的落蕃诗。7世纪初，唐朝建立后不久，北方草原上的突厥政权东、西二部都相继由盛而衰。唐朝初期经营西域，就是从消灭突厥的霸权开始的，而且最终在东、

---

① ［唐］白居易：《白居易集》（第一册），顾学颉校点，中华书局1979年版，第76页。

西两方面都取代了突厥的地位。唐朝在建立其西域统治的过程中，主要有以下的活动与成就：太宗贞观四年（630年）平东突厥，置西伊州。贞观六年（632年）去"西"字，称伊州（今新疆哈密）。贞观十四年（640年）平高昌，置西州（今新疆吐鲁番）、庭州（今新疆吉木萨尔）；同年九月置安西都护府于交河城。贞观十八年（644年）讨焉耆（今新疆焉耆）。贞观二十二年（648年）平龟兹（今新疆库车）。高宗永徽二年（651年）将安西都护府由交河迁高昌。显庆二年（657年）平贺鲁；同年，置龟兹都护府。次年五月，迁安西都护府于龟兹，以故安西为西州都督府。龙朔元年（661年）唐朝为吐火罗道置州县。唐朝自于阗以西、波斯以东十六国分置都督府、州、县及军府，并隶安西都护府，于吐火罗国立碑以纪之。① 经过三十余年的努力，唐朝终于消灭了东、西两个突厥汗国，建立起了唐对西域的统治。但是随着吐蕃的崛起，其兵锋直指西域，唐初吐蕃与唐朝反复争夺安西四镇。到玄宗天宝年间，唐朝势力在西域达到极盛，吐蕃在借道小勃律攻安西四镇失败后，又从东道入西域。"安史之乱"以后，唐朝在与吐蕃的军事斗争中就只有招架之功而全无还手之力，直到德宗贞元八年（792年）完全丢失西域。然而，在这样的血与火的历史中居然留下了唐蕃战争高潮期间的诗篇。这些诗篇是唐德宗建中二年（781年）吐蕃攻陷了坚守十余年的甘、沙二州后，即河西重镇张掖、敦煌陷于吐蕃后，被蕃军解往青海湖东侧湟水中段临蕃一带羁用的几位落蕃唐人所吟的诗作。

这些落蕃唐人的诗作被学术界称为落蕃诗。这些诗篇主要来自1908年伯希和由千佛洞藏经室劫走，现藏巴黎图书馆的P.2555号和P.3812号敦煌唐人诗集残卷。近五万首的《全唐诗》中，我们还找不到像"残卷"这样的伤痛唐蕃战争的真实悲歌，还找不到像"残卷"这样的涉及历史事变、这样描绘祁连山南北及青海湖一带"万

---

① 参见王小甫《唐、吐蕃、大食政治关系史》，中国人民大学出版社2009版，第8页。

里山河"的稀有画卷。① 这些落蕃诗经千佛洞里千年的埋藏，又不幸被劫往异国，最终却能奇迹般地来到我们的面前，成为涉蕃唐诗的重要组成部分，成为清代藏事诗的一个珍贵的源头。

五代十国时期天下纷乱，吐蕃也因陷入各方势力混战而四分五裂。这一时期涉及藏汉民族交往、交流的文学作品较少，流传下来的就更少。宋代是一个文人治国的很有特色的王朝。传统中国古代文学史的研究者，大都认为宋是一个大一统王朝。确实，两宋（北宋、南宋）国祚之长，仅次于汉，约占整个古代历史的 1/7。但在这一历史时期里，也先后存在过辽、西夏、大理、金及蒙古汗国（元朝的前身）等其他兄弟民族建立的若干政权。辽、金统治者常称宋为"南朝"，宋则往往称辽、金为"北朝"，所以从整个中国历史的发展来看，这又是一个南北朝互相抗争、对峙和各兄弟民族之间互相影响、融合的时代。然而，两宋几乎没有留下反映有关与藏地交往的意义较大的文学作品。

西藏地方在元代正式为中央王朝所统治，从此归入全中国大一统。元初忽必烈采用萨迦派首领八思巴创制的"蒙古新字"，并创帝师制度，藏传佛教高僧在元王朝的地位一直崇高。有元一代，可谓藏传佛教兴盛内传的时期，表面上看这一时期应是藏汉文化交流的一个高峰期，但是由于元王朝实行民族歧视政策，四等人的制度使汉人、南人地位低下，元朝科举的时行时止使汉人、南人儒士中的优秀分子无法进入仕途，无法为王朝的边疆治理效力。士子无正常晋升渠道，就出现了大量的游士，这些游士没有正常的经济来源，"弊裘破履，袖其囊封"，生活异常艰辛，常常艰苦跋涉的游士们大都只能游食，"卒无所成就"，能成为书会才人就算有成就者，有成就者"十不得一"②。这样，汉族士人几乎没有可能以正常渠道进入官场，更不可能以国家官员身份进入西藏，所以这一时期出人意料地没有留下任何

---

① 参见高嵩《敦煌唐人诗集残卷考释》，宁夏人民出版社 1982 年版，第 3 页。
② 中国社会科学院文学研究所、邓绍基：《元代文学史》，人民出版社 1991 年版，第 9 页。

藏事诗，也就是完全可以理解的了。

明王朝基本上承袭了元朝在藏族聚居区实行的制度和政策，但不采用元朝过于优崇萨迦派高僧、单一扶植某个教派的做法，而是"多封众建"，对有影响的藏传佛教各派首领和较大的地方政教统治者均加封授。洪武五年四月至六年二月（1372年5月—1373年2月）不到一年的时间内，从朱元璋遣使进藏诏封帕竹政权首领章阳沙加"灌顶国师"①之号和封授亲来南京朝觐的萨迦派高僧摄帝师喃加巴藏卜为"炽盛佛宝国师"②开始，多有册封，并在永乐年间形成封授体系：最高封号为"法王"，次等封号为"王"，再次为"西天佛子""大国师""灌顶国师""国师""禅师"诸等名号。多封众建，明廷就要派出使节，而进藏封授的常为内廷太监，有时亦派僧人。明代，文人入藏的机会仍然不多，尚未能得见有吟咏西藏地方的诗篇大量存世，但在青海、甘肃已有文人有机会接触到藏族。特别是明朝立国后为"隔断羌羌"与以后的为制衡南下青海的蒙古势力，曾在河西走廊及甘青其他一些地方用兵、驻军、设治、经营，因而不少与藏事相关的诗作应运而生，③但多呈零星状态。从总体上看，对明代藏事诗展开研究的空间并不大。

到了清朝，中国统一多民族国家的历史演进进入了前所未有的发展阶段，以满族为首的清朝统治者充分吸取了元朝统治的教训，锐意继承中原的人文制度和传统文化，大力调整与汉族及国内其他民族的关系，清于入关的第二年就开科取士，为汉族儒生广开仕进之门，康熙年间还专设特科如博学鸿词科来大量吸收人才，经过长期努力，明遗民二代的优秀人才几乎被全部吸收到管理阶层，加入维护清朝统治的营垒。特别是到了乾隆二十四年（1759年）清朝先后平定了准噶尔蒙古及大小和卓的叛乱，统一天山南北即历史上的西域成为清朝的新疆，边塞概念亦慢慢淡出了历史，为边疆概念所取代。随着统一多

---

① 《明太祖实录》卷七三，洪武五年四月丁酉条。
② 《明太祖实录》卷七九，洪武六年二月癸酉条。
③ 参见青海省社会科学院省志办公室、历史研究室《青海方志资料类编》，青海人民出版社1988年版；赵宗福《历代咏青诗选》，青海人民出版社1988年版。

民族国家演进的历史进程的发展，雍正五年（1727年）驻藏大臣制度的正式推行，西藏成为中央派员直接治理的地方行政区域，大量文人以官吏身份进藏、驻藏，藏事诗的创作在清代遂进入一个新的高潮。

  本书主要考察在清代这一古代传统文化集大成的特定历史时期藏事诗的传承、发展与新变。由于诗歌史研究本身的特点，本书除论述藏事诗的渊源及演化，并结合诗歌发展史、诗歌理论著作展开研究之外，阐述藏事诗与时代历史事件和藏族社会文化之间的互动关系也将成为重要部分。所以，本书的研究涉及历史学、文化学、社会学领域的相关问题。特别要指出的是，由于这一时期，清朝中央对藏地治理的方式发展迅速，大多数藏事诗作者又集诗人、官员于一身，历史事件、诗人经历对藏事诗产生的巨大影响，研究藏事诗中的历史事件踪影与表现，以诗志史、以诗补史自然应是本书的研究重点之所在。

  最后，对于研究时段的说明。众所周知，学术界普遍公认的中国历史上的"近代"始于1840年鸦片战争以后，迄于"五四"新文学改革运动以前。1840年以后清政府还维持了相当长一段时间的统治。本书不以1840年鸦片战争以后为研究重点时段，目的在于集中力量研究1840年以前清代封建统治达到极盛时期时藏事诗的传承与新变，基本排除在西学冲击下中国诗人的应对与发展。鸦片战争之后，西学东渐日深，古体诗创作逐渐淡出了诗歌创作主流，藏事诗创作衰落，即便偶有创作，亦呈日薄西山之势，本书会有所涉及。本书的研究聚焦于1840年以前清代封建统治达到鼎盛这段历史时期，探讨藏事诗在繁盛时的历史文化内涵和文学艺术特点，考察藏事诗随着清代统治达到极盛的发展演变。

二、研究现状

  清代是中国古代传统文化集大成的历史时期，也是中国古典诗歌进入又一个创作鼎盛阶段的时期。学术界已开始对这个时期的诗歌展开较全面、系统的研究，而有关藏事诗的研究虽也有所涉及，并取得了一些成绩，但离系统深入研究尚有一定距离，还存在较大的开拓研究空间。

民国时期，关于藏事诗的研究有一些发展。20世纪30年代，吴丰培先生就开始辑录古代进藏文献资料，1985年11月以《川藏游踪汇编》为书名在四川民族出版社出版，其时吴先生已七十六岁高龄了。吴老先生在该书序言中感叹："五十年之夙愿，今始得偿，亦云幸矣。"① 该书辑录了允礼的《奉使纪行诗》、松筠的《西招纪行诗》《丁巳秋阅吟》、杨揆的《桐华吟馆卫藏诗稿》、孙士毅的《百一山房赴藏诗集》、文干的《壬午赴藏纪程诗》。其中除少数曾有刊行本，多为稿本、抄本，从而使许多传本较少、流传不广的秘籍得以传存，这就为藏事诗研究的开展奠定了最初的文献基石。

总的来说，20世纪80年代之前的有关清代藏事诗的研究尚孕育于清代文献整理的母体中，缺乏相应的文学的学科意识。而20世纪80年代以来，在新的学术意识的推动下，古代藏事诗研究渐渐成为古代文学研究的一个崭新领域和学术生长点。相应地，学术界对于清代这一历史时期的藏事诗研究也给予了更多的关注。虽然全局性、系统性的研究论著仍未能得见，但是研究状况已有颇大改观。现将近三十年来与清代藏事诗相关的研究成果综述于下。

（一）相关的咏藏诗综合性注释与基本资料整理

20世纪80年代，藏事诗以咏藏诗的名目进入学界的视野，虽然还没有形成明确的文学学科研究意识和系统整理文献的文本意识，但是个别学者在研究考察古代边疆文学的时候已经比较注重从注释角度对咏藏诗进行辨析与梳理。1987年8月，赵宗福教授选注的《历代咏藏诗选》由西藏人民出版社出版。全书选诗107首，清代咏藏诗人25人②，选诗占全书的90%。诗选在注解方面，分作者简介、题

---

① 吴丰培：《川藏游踪汇编·序》，四川民族出版社1985年版，第1页。
② 25位诗人分别是：尤侗、岳钟琪、王我师、毛振翮、查礼、沈书埏、孙士毅、徐长发、周霭联、和琳、杨揆、张问陶、吴省钦、方积、钱杜、李若虚、和宁、松筠、项应莲、夏尚志、文干、斌良、姚莹、吴世涵、魏源。参见赵宗福《历代咏藏诗选》，西藏人民出版社1987年，第1~5页。

解、注释三部分。每个诗人一概简介其生平;题解主要是说明该诗的写作时间和背景,并对诗作加以简要评析;注释与西藏有关的词句和典故。赵宗福教授选注的《历代咏藏诗选》的出版,无疑具有开启藏事诗研究先河的重要意义。

晚近出版的另一本咏藏诗选注,是高平先生编著的《清人咏藏诗词选注》①,共收录 23 位清代诗人的 216 首诗词(词只有 2 首),2004 年由中国藏学出版社出版。

还有一些专门的诗歌作品选集选录了一些咏藏诗。如赵宗福教授的《历代咏青诗选》②,精选了历代 106 位作者的 231 首歌咏青海的诗歌作品,予以题解,并加注青海的历史沿革、地理风貌、民情乡俗、自然生态等方面的知识。其中包括清前期尤侗等共 16 位诗人的 40 首藏事诗。此外,路志霄、赵宗福主编的《中国西北文献丛书·西北文学文献》③,徐希平、田耕宇主编的《中国西南文献丛书·西南文学文献》④ 等丛书,国家清史编纂委员会汇编的超大型文献丛刊《清代诗文集汇编》⑤(共 800 册),都收录有藏事诗歌。

2010 年 6 月完成答辩的王金凤的硕士研究生毕业论文《清代前期咏藏诗歌文献研究》⑥ 较系统地分析了清代前期咏藏诗及其文献在各大图书馆的收藏情况,并对这类文献的历史价值、文学价值做了简略的汇总分析。

(二)有关藏事诗诗人与文本研究

关于清代藏事诗的研究,经历了由少有人关注到开始慢慢被越来

---

① 参见高平《清人咏藏诗词选注》,中国藏学出版社 2004 年版。
② 参见赵宗福《历代咏青诗选》,青海人民出版社 1986 年版。
③ 参见路志霄、赵宗福《中国西北文献丛书·西北文学文献》,兰州古籍书社 1991 年版。
④ 参见徐希平、田耕宇《中国西南文献丛书·西南文学文献》,兰州大学出版社 2003 年版。
⑤ 参见国家清史编纂委员会文献丛刊《清代诗文集汇编》,上海古籍出版社 2010 年版。
⑥ 参见王金凤《清代前期咏藏诗歌文献研究》(硕士学位论文),青海师范大学 2010 年。

越多的学者所重视,并介入这一领域的研究,使之发展成为古代文学研究的一个新生长点的过程;经历了从吴丰培等老一辈学者为存一代文献而对西部文献特别是有关藏族聚居区的文献搜集整理并刊印出版的抢救性工作,到现在文学、历史、地理、文献学等各学科的学者从不同角度开始关注并对本学科内的藏族聚居区文献进行辑录整理,开始了对以前较少被学界关注的藏事诗文献加以梳理和研究的工作。

截至目前,发表的关于清代咏藏诗诗人、诗人群体和单个文本的研究成果已甚多。如赵宗福教授的《孙士毅和他的西藏诗》①,是一篇较早研究藏事诗的论文,文章论述了孙士毅所作的西藏诗的内容和题材范围以及诗歌所具有的文学价值,强调了其诗歌对藏族聚居区民族风俗习惯具有较强的记述作用。21世纪初,赵宗福教授发表《论清代西部行旅诗歌及其民俗影响》②一文,在就清代西部行旅诗歌的民俗因素做一综论的同时,将清代西部的行旅诗人细分为五种类型,即从征型军旅诗人、宦游型官吏诗人、使者型诗人、谪戍型诗人、投边型诗人,对新世纪咏藏诗研究的影响较大。又如笔者的《论松筠和他的〈西招纪行诗〉》③,根据松筠的长诗《西招纪行诗》分析其治边思想的形成及特点,并强调长诗的史料价值和文学价值及其在清代咏藏诗苑中的地位。笔者的《杨揆和他的〈桐华吟馆卫藏诗稿〉》④,从对杨揆吟咏藏地的风土人情、大好河山诗歌的分析入手详论其艺术魅力,系统阐述其诗所具有的不容忽视的史料价值和文学价值。较早的云峰的《松筠及其〈西招纪行诗〉、〈丁巳秋阅吟〉诗述评》⑤也对松筠的长诗《西招纪行诗》及诗集《丁巳秋阅吟》中的

---

① 参见赵宗福《孙士毅和他的西藏诗》,载《西藏研究》1987年第4期。
② 参见赵宗福《论清代西部行旅诗歌及其民俗影响》,载《西藏大学学报》2000年第4期。
③ 参见顾浙秦《松筠和他的〈西招纪行诗〉》,载《西藏民族学院学报》2006年第1期。
④ 参见顾浙秦《杨揆和他的〈桐华吟馆卫藏诗稿〉》,载《西藏大学学报》2005年第2期。
⑤ 参见云峰《松筠及其〈西招纪行诗〉、〈丁巳秋阅吟〉诗述评》,载《西藏研究》1986年第3期。

一些有代表性的诗歌、诗句进行了分析和评析,论证了其具有较高的史学和文学价值。

这类论文尚有较早的张羽新教授的《清代巴塘藏族生活的风俗画——读钱召棠巴塘竹枝词四十首》①,笔者在张羽新教授论文基础上有所新拓展的《钱召棠和他的〈巴塘竹枝词〉》②,笔者的《项应莲和他的〈西招竹枝词〉》③,赵艳萍的《果亲王允礼及〈西藏日记〉并诗》④ 等。

综观这些藏事诗的研究,不难看出有两类研究途径,一是从较大范畴进行整体研究,一是对藏事诗诗人及其诗作进行个案的分析研究。前一类研究仅见赵宗福教授一人的成果产生较大影响,但其整体性体现还欠充分,分析尤其是分类的学理性尚可加强。后一类研究多是以一个人物或是一部诗歌作品作为考查对象,选取一个比较具体的方面作为切入点,加以分析阐述,突出其文学价值和历史价值,而这类论文宏观分析显得不足,常有只见树木不见森林之弊。这两类研究途径的论文为本书的写作思路提供了颇为有益的启示,本书试图对清代藏事诗进行宏观、微观相结合的系统全面的研究,在突出对清代藏事诗的宏观、系统、整体性研究的同时,加强对藏事诗诗人及其诗作进行个案的、微观的阐释论析。

(三)相关的清代西藏和其他藏族聚居区历史文化研究

清代前期出现了藏事诗的创作高峰时期,如前所述,是与清朝在继承、弘扬中原传统文化方面大力度推进的举措分不开的。康熙四十五年(1706年)《全唐诗》撰修付梓就是一大例证。尽管存在误收、漏收、编次重复与小传小注有误,但这部唐诗空前浩编使古典诗歌在

---

① 参见张羽新《清代巴塘藏族生活的风俗画——读钱召棠巴塘竹枝词四十首》,载《西藏研究》1989年第2期。
② 参见顾浙秦《钱召棠和他的〈巴塘竹枝词〉》,载《中国藏学》2004年第2期。
③ 参见顾浙秦《项应莲和他的〈西招竹枝词〉》,载《西藏大学学报》2003年第3期。
④ 参见赵艳萍《果亲王允礼及〈西藏日记〉并诗》,载《乐山师范学院学报》2009年第6期。

清代及对后世都产生了巨大影响，确是不争的历史事实。清代前期藏事诗创作进入高峰期，也是与清朝中央政府大力推动、坚持不懈地在西藏地区加强主权统辖和治理，几次大规模派遣军队入藏打击扰乱藏地安宁稳定的蒙古地方势力和抗击外来入侵势力的军事行动分不开的。很多藏事诗就是当年随军入藏的文士、幕僚所作，更有些带兵的将领、治边的能臣，甚至是拥有较高文学修养的盛世帝王，也给我们留下了相当多的优秀的藏事诗篇。所以，研究清代藏事诗必然要涉及当时清政府对西藏的主权统辖和治理问题。在这方面，从传统藏学到近现代藏学均有很深入的研究，成果纷呈，专家辈出，与本书研究相关的可资参阅的论文和专著甚多，这就需要择要选精了。以下仅就与准确解读藏事诗密切相关的清代西藏和其他藏族聚居区历史文化主要研究成果略做分类列举。

1. 史料的整理汇编方面

《元以来西藏地方与中央政府关系档案史料汇编》，中国藏学研究中心、中国第一和第二历史档案馆、西藏自治区和四川省档案馆合编，1995年由中国藏学出版社出版。全书共七册，第二至五册汇编了清代重要的档案文献史料（包括若干重要的藏文档案史料的摘编与汉译），为研究清代藏事诗提供了相对完备、很难查阅到的重要档案史料。

《清实录藏族史料》由顾祖成等辑录整理，1982年由西藏人民出版社出版。全书分十册，完整而系统地辑录了大清历朝实录中的有关藏事的史料，为清朝中央对西藏主权统辖和治理等专题研究提供了不可或缺的历史资料。此书编制有人名地名索引和《公元、干支、藏历对照清纪年表》，便于查阅。

《清代藏事辑要》，由张其勤辑，吴丰培校订、增补，1984年由西藏人民出版社出版。该书是记述清代藏事的编年体史料汇编，大部分辑自《东华录》，可与《清实录》有关藏事史料相互印证，以补其不足。

2. 辞书、年谱等编纂方面

高文德主编的《中国民族史人物辞典》，1990年由中国社会科学出版社出版；王尧、陈庆英主编的《西藏历史文化辞典》，1998年由西藏人民出版社、浙江人民出版社联合出版；谢启晃等主编的《藏族传统文化辞典》，1993年由甘肃人民出版社出版；丹珠昂奔等主编的《藏族大辞典》，2003年由甘肃人民出版社出版。这些辞书皆可做查考清代藏事诗所涉及的若干历史事件、人物事迹、山川地理、民俗风情之用。

丹珠昂奔教授主编的《历辈达赖喇嘛与班禅额尔德尼年谱》，1998年由中央民族大学出版社出版；贺文宣编著的《清朝驻藏大臣大事记》，1993年由中国藏学出版社出版。这些则可供查考清代藏事诗所涉及的达赖、班禅和驻藏大臣的相关事迹。

3. 论著方面

涉及可资清代藏事诗研究参阅的著作与论文为数颇多，难以一一胪列，现仅从清朝驻藏大臣制度的推行、驻藏官员的活动和清朝前期多次用兵西藏、强化国家主权统辖两个方面择要进行如下列举。

吴丰培、曾国庆合著的《清朝驻藏大臣制度的建立和沿革》[①] 一书，论述了驻藏大臣设置前的藏政概况、驻藏大臣制度的建立和完善、驻藏机构的设立和官员的设置等问题，并附有前后藏僧俗官员和前后藏政治组织系统表，是对清代驻藏大臣问题研究较全面的著作。吴丰培、曾国庆合著的《清朝驻藏大臣传略》[②]，取材《清实录》《东华录》《清史稿》及清朝档案，对丁实存《清代驻藏大臣考》一书爬梳剔抉、节芜取精，为清代驻藏办事大臣、帮办大臣136人一一立传。虽为"传略"，但揭示的驻藏大臣之生平、资历和在藏的活动，迄今仍不失完整而简明。

可资参阅的有关清代驻藏大臣研究的论文较多，这里仅列举陈柏

---

① 参见吴丰培、曾国庆《清朝驻藏大臣制度的建立和沿革》，中国藏学出版社1989年版。

② 参见吴丰培、曾国庆《清朝驻藏大臣传略》，西藏人民出版社1988年版。

萍的《从驻藏大臣的设立看清朝前期对西藏的施政》①一文,该文认为清朝前期对西藏的统治大致经历了三个发展阶段,论述了驻藏大臣制度从确立到发展再到逐渐完善的过程。驻藏大臣的设置是清朝在不断总结历史经验教训的基础上,根据西藏当时的实际情况而采取的一项行之有效的管理方法,它对西藏的社会政治的发展产生了十分深刻的影响。

邓锐龄、陈庆英、张云、祝启源合著的《元以来西藏地方与中央政府关系研究》②一书,是新近出版的一部历代中央政府治藏的专著,全书分三编上下两册。第二编为"清代西藏地方与中央政府的关系",篇幅达全书的1/3,可谓研究清代治藏问题的内容丰富的最新成果。顾祖成编著的《明清治藏史要》③一书,在整理汇编《明实录藏族史料》《清实录藏族史料》的基础上,系统阐述了明清中央王朝对西藏地方治理的历史,尤其是清朝在西藏地方的几次用兵论述清晰全面;彭陟焱著《乾隆朝大小金川之役研究》④广为征引《清高宗实录》《平定金川方略》《四川通志》等第一手文献资料,全面系统地论述了清乾隆时平定川西藏区大小金川的战事。这两部专著,本研究诗史互证中多有借鉴参考。

清代前期维护西藏地方的安定和中央政府的主权统辖,用兵西藏的有关论文有:冯智的《清朝用兵驻兵西藏政策的形成、发展和影响》⑤一文,宏观地分析和研究了清朝中央在西藏由用兵到驻兵的重要历史变化及其特点和影响,认为清朝用兵驻兵西藏是清朝在中央管理西藏地方的过程中形成的一项关键制度,直接体现了清朝对西藏行使国家主权的力度和程度,其意义相当深远。张连银的《雍正朝西

---

① 参见陈柏萍《从驻藏大臣的设立看清朝前期对西藏的施政》,载《青海民族学院学报》2004年第4期。
② 参见邓锐龄等《元以来西藏地方与中央政府关系研究》,中国藏学出版社2005年版。
③ 参见顾祖成《明清治藏史要》,西藏人民出版社、齐鲁书社1999年版。
④ 彭陟焱:《乾隆朝大小金川之役研究》,民族出版社2010年版。
⑤ 参见冯智《清朝用兵驻兵西藏政策的形成、发展和影响》,载《西藏研究》2005年第2期。

路军需补给研究——以粮食,牲畜为中心》①一文,以清代西路军军需作为考察对象,以粮食和牲畜为研究重点,运用历史学的实证方法,兼以数据统计,分析了西路军需补给及河西驻军的军需补给,对清朝用兵驻兵西藏的政策是一个实证性具体研究。陈小强的《清代对西藏的军事管理与支出》②一文,论述了康熙至乾隆年间,在西藏的几次大规模用兵。由于西藏地处偏远,交通不便,用兵驻军所用经费数额巨大,对清中央财政来说是一笔不小的费用。从军费开支的角度,可以看出清朝在西藏用兵的艰难,以及康熙、雍正、乾隆三朝经营西藏、维护统一、捍卫边疆的决心。何俊的《清政府在西藏用兵驻军及其历史作用》③一文,归纳了清政府对西藏用兵驻军的几种类型并分析了其历史作用。邓锐龄的《1720年清军进入西藏经过》④一文是一篇研究康熙朝"平准安藏"用兵西藏的力作,该文详细叙述了1720年清朝中央为驱逐藉偷袭而盘踞西藏的准噶尔部军事势力,在青藏高原上大规模用兵、行军的经过,论述了这次远征的成功,改变了清廷一直以来通过厄鲁特蒙古和硕特部汗王间接地控制西藏的局面的观点。此后,凡西藏地方行政机构及其中任职官员、中央驻军将领以及统领全藏军政大员的人选全由清朝中央决定,此决定权意义重大。邓先生的另一篇清朝在藏用兵的论文《清乾隆朝第二次廓尔喀侵藏战争(1791—1792)史上的几个问题》⑤考论了清军反击廓尔喀对藏侵扰深入廓境后所面临的极其严峻的作战态势,揭示了历史的真实内容,为准确解读与此次用兵有关的藏事诗提供了必要的研究成果。

清代藏事诗中很多是描写藏族聚居区独特的山川物产、风土人情

---

① 参见张连银《雍正朝西路军需补给研究——以粮食,牲畜为中心》(博士学位论文),厦门大学2007年。

② 参见陈小强《清代对西藏的军事管理与支出》,载《中国藏学》2003年第4期。

③ 参见何俊《清政府在西藏用兵驻军及其历史作用》,载《军事历史》2001年第1期。

④ 参见邓锐龄《1720年清军进入西藏经过》,载《民族研究》2000年第1期。

⑤ 参见邓锐龄《清乾隆朝第二次廓尔喀侵藏战争(1791—1792)史上的几个问题》,载《中国藏学》2009年第1期。

的，这与古代诗人对自然山川的热爱有很大的关系，也与藏族聚居区独特的文化景观有很大的联系。清代藏事诗诗人在西藏的自然山川面前激情澎湃、浮想联翩，写下了大量吟咏藏地山川的诗篇。吴承学的《江山之助——中国古代文学地域风格论初探》①一文，探讨了古代文学的创作风格与大好江山的互动关系，从学理上论证了文学的地域风格的形成特点。对本书准确把握藏地山川对藏事诗地域风格形成的影响具有重大的启示意义。

  由于清代藏族聚居区历史文化研究的成果丰硕，涉及面广阔，又鉴于清代藏事诗的研究现状和特点，本书将以清代藏事诗诗人和藏事诗为主要的整理研究对象，针对目前的研究状况，本书将对藏事诗诗人及其以诗集形式存世的作品和散见在志书和游记中的诗作，按照时间顺序，结合历史考据与文本细读的方法进行系统全面的研究，考查入藏或未入藏诗人创作藏事诗的动因，以及清代藏事诗内在的深刻的社会内涵、曲折的历史背景内容，从而充分揭示西藏是中国不可分割的组成部分的历史、社会、文学的时代主题。从清代前期社会历史的整体出发，重新审视和系统解读有关藏事诗作，探寻清代藏事诗兴盛繁荣的原因及其主要成就，分析其中所蕴含的多方面的民族文化内涵，并从文本细读的角度给予中肯评价，并论及其学术意义、历史意义和社会意义来贯穿起关于藏族聚居区那片神秘土地的自然景观和人文政治的整体风貌。

  综上所述，清代的藏事诗研究是一块极具学术价值和挖掘潜力的领地，它的研究成果主要来源于清代涉藏文学研究、清代治藏历史研究、清代文学批评研究以及相关藏族聚居区文化研究等，而清代藏事诗研究具有独立的学科意识的系统研究还尚未得见。即便如此，这些已有的林林总总的相关研究成果仍为本书提供了必要的思路和后续研究的方向，对于深化本论题的研究起到了不可或缺的作用。

---

① 参见吴承学《江山之助——中国古代文学地域风格论初探》，载《文学评论》1990年第2期。

第二节　研究的基本思路、框架与方法

一、基本思路与框架

藏事诗不仅是中国古代文学的重要组成部分，也是中国古代边疆文学的宝贵财富，在边疆文学史和民族文学交往史上的作用不容小觑。特别是在清代这一特定历史时期，开疆拓土、维护国家统一、社会政体由极盛到激变转型；传统文学盛极而衰，新事物不断萌发壮大；同时，中国在封建体制达到极盛而在世界范围内又处于重新选择、价值重建的转捩点上。清代藏事诗反映了传统文学的进一步空间扩展问题，其中不仅折射出语言文学、社会化制度等的进一步伸展、融合，并蕴含着各种巨变的潜能，而且对于当时的西藏历史文化也具有相当深刻和广泛的反映作用。这样，对清代藏事诗进行系统研究，就具有一定的学术价值和历史意义。它不仅可以推动中国边疆文学史、边疆文学批评史的研究进展，而且可以为古代文学与地理学、古代文学与民俗学、古代语言学、藏族聚居区文化史等研究领域提供有价值的参考。这既是本书的研究意义所在，也是本书力图达到的目的。清代藏事诗研究是一片尚待进一步发掘的领地，本书总结清代藏事诗的诗体特点、分析清代藏事诗诗句的艺术和文学特色、分析诗句显现的民族交流融合的内涵，考察清代藏事诗与多元一体文化格局形成的内在关系等问题，力图还原一个清代藏事诗与清代西藏和其他藏族聚居区社会的真实语境，彰显清代藏事诗在边疆文学史、边疆历史上独有的地位与影响，并为理解近代以来转型过程中的中国边疆文学提供一个可供参考的视角。

本研究的正文分为以下五章：

第一章，清朝对藏治理的增进与藏事诗的发展。

1644 年清朝定都北京，入主中原后，随着各地反清复明势力沉

重压力的逐渐缓解，清朝即着手加强对西部的经略。1652年五世达赖喇嘛阿旺罗桑嘉措应顺治帝召请起程朝觐。翌年，清朝册封五世达赖、册封固始汗，确立对西藏的统辖权。这之后西藏地方蒙藏联合掌权破裂，准噶尔蒙古军事势力扰藏，拉藏汗被杀，清朝派兵平准安藏，废除汗王制，改为噶伦制，任命大臣驻藏办事，驻藏大臣制度就此建立。在推行这一系列施政措施的同时，一些将领、大臣、幕僚留下了一些藏事诗作，本章分析总结了1788年前顺治、康熙、雍正三朝不断加强治理西藏地方和其他藏族聚居区时留有的藏事诗作，探究其演变发展的情形，其中包括治理体制的变革与藏事诗对其内容的表现，藏事诗文学价值、艺术价值以及创作藏事诗观念的变化，并对这一时期的藏事诗基本特征做出归纳。

第二章，大小金川之役、郡王事件与相关藏事诗。

两次平定大小金川是清朝乾隆帝时期，为消除地方势力称雄滋事和保证川藏驿路畅通而进行的战争，是乾隆帝的十大武功之一。与乾隆其他九大武功相比，此役针对的大小金川是偏居川西一隅、仅有弹丸之地、数万人口的藏族土司，却致使清王朝前后共投入了18万5000多兵力、8000余万两巨资，其代价远远超过乾隆帝的任何一次武功。战后，清朝结束了当地的土司制度，在大小金川分置阿尔古、美诺两直隶厅。参与大小金川之役的将领、文臣留下了较多的藏事诗，对大小金川之役两次战事之间，西藏发生的珠尔墨特那木扎勒事件亦有为数不多而颇为重要的诗篇，通过对当时人、当事人的藏事诗的研究，我们可以了解纷纭复杂的土司纠纷和王朝的武力干预，以诗证史、以史解诗，还可以通过解读藏事诗再现当时的现实。

第三章，反击廓尔喀入侵西藏之役与相关藏事诗。

平定廓尔喀侵藏战争是清朝在西藏全面施政完全确立的关键性事件，是藏事诗产生比较集中的时期，也是本书研究重点。1788年廓尔喀第一次入侵西藏边境，清朝派兵进藏征剿。次年巴忠等人贿和。1791年廓尔喀第二次大举入侵后藏，劫掠扎什伦布寺。1792年清朝派福康安统帅大军进藏胜利反击廓尔喀侵略军。这期间，乾隆帝颁行"金瓶掣签"制度，特派御前侍卫惠龄等将金瓶颁至拉萨。1793年

《藏内善后章程二十九条》正式颁行。本章系统研究了清朝平定廓尔喀入侵战争时期产生的藏事诗，对藏事诗反映的内容进行了探析，并探究了其深层的历史文化内涵。

第四章，反击廓尔喀后至清后期之藏政与相关藏事诗。

本章考察了清朝平定廓尔喀侵藏后驻藏大臣治藏的藏事诗及至清末的各种藏事诗诗作。1793年《藏内善后章程二十九条》正式颁行后，驻藏大臣统领藏政的地位、职权确立，接任的几位驻藏大臣在治理西藏、医治战争创伤、加强边境防御等方面建立功勋。本章以这一时期驻藏大臣的藏事诗为考察中心，辨析驻藏大臣施政方略与所作藏事诗思想的关系；以松筠、和宁、文干的驻藏治藏诗作为研究主线，辨析其在内容上的变化与治藏思想变革的关系。随着清王朝对西藏治理的不断加强，各种形式的入藏人员越来越多，西藏的风物对于内地的影响也越来越大，一些没有驻藏经历的诗人，甚至是著名诗人也留下了精彩的藏事诗。本章分析了这些藏事诗及至清末的各种藏事诗所蕴含的历史价值和文化意义。

第五章，清代藏事纪行诗、风物诗及咏史诗的内容及特点。

清代前期，藏事诗的发展进入了鼎盛时期。关心西藏安定、从事西藏治理的人士越来越多，很多藏事诗作者集诗人、学者、官员的身份于一身，诗歌创作与政治、军事发生了广泛而深刻的联系，文人藏事诗的创作量越来越大，其著述及思想也已传播开来，达到前所未有的广度。由于藏事诗本身所具有的特点以及传播条件等诸多客观因素的限制，藏事诗诗人并没有形成流派，但诗歌内容风格存在的不同，使藏事诗形成了不同的类型。本章将考察清代藏事诗的类型，并分析不同类型的特点和价值，对藏事诗诗体的特点、诗歌艺术的原则与规律进行总结。

二、研究方法与试图解决的问题

关于藏事诗的研究方法，本书将学习运用清初学者早就推出的一套行之有效的方法——"诗史互证"法。著名学者钱谦益、朱鹤龄、仇兆鳌、浦起龙等人注释杜甫诗，姚文燮、王琦等人注释李贺诗，朱鹤龄、姚培谦、冯浩、张尔田等人注释李商隐诗，都试图将孟子"知人论世"和"以意逆志"的理论与"诗史"理论结合起来，通过对诗中的比兴等修辞手法以典故、词义的训释，来研究诗人如何在诗中传达对当时重大现实事件的看法，从而形成一套娴熟运用于诗歌研究并服务于历史学的"诗史互证"的方法。① 这种研究方法，经过近代著名学者刘师培、邓之诚、陈寅恪等人的发挥，② 至今仍广泛而又深刻地影响着学术界。这种诗歌研究方法也是清代藏事诗研究需要学习继承的基本方法。吴承学在继承经典研究模式的基础上继续发掘，提出了有所借鉴、有所超越的极具价值的研究方法——"鉴之以西学，助之以科技，考之以制度，证之以实物"，即一方面要尽可能消解现代学人所面临的与古代文学原始语境之间存在隔阂的短处，另一方面要尽可能发挥现代学人所特有的学术条件、学术眼光等优长之处。③ 这些重要的方法不但指导了文体学的研究，也给本课题的研究指明了方向。具体说来，本书将立足于文献的实证研究，以"诗史互证"为基本方法，力求还原清代藏事诗产生的真实语境、真实背景。在此基础上，研究特定的文化制度、语言形式对藏事诗发展演变的重要影响。本书将综合运用历史、文化、心理、宗教、民俗等多学科视角，力求做到点面结合，微观与宏观并重，并将文献梳理阐释与理论论证相互结合的方法落实到写作中。

本书将在对藏事诗诗人的诗集与本人大力收集来的藏事诗文本进行详细注释的基础上进行研究。在利用已有藏事诗选注时，对其文本和注释进行甄别。赵宗福教授1987年出版的《历代咏藏诗选》，只印了1000册。21世纪初西藏人民出版社进行了加印，但未进行修订。前文已介绍过赵教授的这本书对开启咏藏诗研究的重大作用，但

---

① 参见张晖《中国"诗史"传统》，生活·读书·新知三联书店2012年版，第1页。
② 参见卞孝萱《刘师培以唐诗证史》《邓之诚与〈清诗纪事初编〉》，载《卞孝萱文集》（第五卷），凤凰出版社2010年版，第62~89、170~225页。陈建华《从"以诗证史"到"以史证诗"——读陈寅恪〈柳如是别传〉札记》，载《复旦学报》2005年第6期。
③ 参见吴承学《中国古代文体学研究》，人民出版社2011年版，第4页。

随着研究的深入,该书的弱点也显现了出来。该书题解、注释还是下了较大的功夫的,但有些注本可不出,如果因为要普及而勉强加注,就容易出问题。① 17年后,中国藏学出版社于2004年推出了高平先生的《清人咏藏诗词选注》,奇怪的是,该书只字未提及赵书,此书题记随意性有余而规范性不足。书名"选注",注释却过于简略且错漏多见,如因未弄清"鱼通"一词意义所指,造成将诗人的人名搞错,诗题错改。② 此书出版不久即有学者与之商榷。③

前文已对比赵宗福教授、高平先生两书的选录诗人数、选诗总数,本书收集的藏事诗作在赵、高本的基础上有所拓展。如赵本选杨揆诗12首,高本选杨揆诗40首,都未尽杨揆藏事诗的精华。本书共收注杨揆藏事诗125首。赵本选清代藏事诗诗人25人,高本选清代藏事诗诗人23人,本书已辑录藏事诗诗人41人。赵本和高本加起来选诗(不包括重复的)共280首。本书已辑录1380多首,并加以注释。重要的藏事诗诗人大多生活在乾嘉时代,也许受乾嘉时代的"段王之学"影响,这些诗人大多给自己的诗加了注,赵、高本将此类注释全部删除,而本书在收集时则注意保留。可以说,本书是在基本克服了以上缺点的基础之上进行研究。筚路蓝缕、先行为艰,后学在先行者基础上探究,自应有新的开拓。

本书力图解决以下几方面的问题:

(1)中国古代藏事诗经历了千百年的历史演进,而清代藏事诗研究则属于中国古代藏事诗研究的一个重要组成部分,为什么在清代出现了藏事诗创作的高潮?这种高潮出现的价值和意义是什么?

---

① 如《历代咏藏诗选》第131页注杨揆《番地杂诗》的杂诗,注为无一定规矩,随便吟成的诗,就不准确。杂诗应谓兴致不一,不拘流例,遇物即言之诗。《文选》有杂诗一目,凡内容不属献诗、公宴、游览、行旅、赠答、哀伤、乐府诸目者,概列杂诗项。即有题如张衡《四愁》、曹植《朔风》等,内容相近,亦归此项,如王粲、刘桢、曹植兄弟等作皆即以"杂诗"二字为题,后世循之。

② 《清人咏藏诗词选注》目录将诗人"方积"误为"方积鱼",因此在作者简介中只能说"生平不详"了。诗题《鱼通塞外杂诗》错改成《通塞外杂诗》。参见高平《清人咏藏诗词选注》,中国藏学出版社2004年版,第2、64页。

③ 参见王宝红《〈清人咏藏诗词选注〉注释札记》,载《西藏民院学报》2011年第5期。

（2）清代藏事诗分类、不同时期的诗歌风格是什么？诗歌内容与历史事件有哪些互证的关系？语言形式有无特殊的变化？与民族交往的影响有无关系？

（3）能否打通诗歌学、文献学、民族学、文化人类学、史学等学科领域，使本课题成长为跨学科的研究成果？

（4）从清代文献中，特别是清代别集、方志、类书中尽可能多地搜寻、辑录藏事诗，在整理和研究藏事诗的相关文献时，能否做到郭在贻先生提出的注释三原则——"一，务平实，忌好奇；二，重证据，戒臆断；三，宁阙疑，勿强解"[①] 并在对清代藏事诗做较全面系统整理的基础上进行研究，使本书具有一定的文献学意义？

---

① 郭在贻：《郭在贻文集》（第一卷），中华书局2002年版，第208页。

第一章　清朝对藏治理的增进与藏事诗的发展

中国，作为一个统一的多民族国家，是由生息在中国历史疆域之内的包括藏民族在内的各兄弟民族共同缔造的。她沿着区域多元分散发展到纳入全中国大统一的历史轨迹，经历了漫长的古代演进阶段。西藏远古文化就与中原远古文化存在深刻的渊源性联系。到了唐代，松赞干布开创的统一青藏高原的吐蕃王朝与中原大唐王朝的联姻、"甥舅关系"的缔结，使其时中国境内的两大政权建立了"和同为一家"[①]的关系。这一密切关系奠定了尔后西藏纳入全中国大一统的深厚基础。元代，中国统一的多民族国家开始迈向确立的发展阶段之际，西藏地方纳入了全中国大统一。元朝中央政府专设了宣政院，管理西藏和其他藏族聚居区的军政要务。在西藏，划分了13万户，建立地方管理机构，任命高级僧俗官员，设立驿站，驻扎军队。西藏地方从此成为中央政府统辖下的一个行政区划。明代，除了因袭沿用元代制度，充分利用元朝治藏的基础，还积极推行宽松而又具实效的"多封众建""羁縻贡市"的治藏政策，确保终明之世西藏地方的安定，与明朝中央辖属关系持续发展。

17世纪40年代，崛起于中国东北一隅的由满族统治者建立的清政权，入主中原，取代了明王朝的统治，建立了中国历史上第二个由少数民族上层对全中国实行统治的朝代，即中国历史上最后一个封建

---

① 《旧唐书·吐蕃传》[开元十七年（729年）吐蕃赞普上唐玄宗表疏]，中华书局1965年版，第5231页。

王朝——清朝。统一的多民族的中国历史总体演进,从13世纪中叶进入确立阶段后,历元、明两朝近400年,自此开始步入以确立阶段的最终完成为标志的历史发展进程。清王朝,主要是在清朝前期大力制定推行一系列富有西藏特点、极具针对性的治藏政策措施,使西藏地方与中央政府的辖属关系推进到历史上从未有过的高度。清代藏事诗的空前蓬勃发展,是这一重大历史进程的文学呈现。

第一节　清初对藏的治理与藏事诗的表现

　　1644年清王朝入主中原取代明王朝之前,皇太极就在盛京(今沈阳)隆重接见了五世达赖、四世班禅及固始汗的使者。此次西藏使者千里迢迢的盛京之行,成为崛起于东北一隅的清政权与西藏政教统治势力的最初接触,并且为后来的清朝中央与西藏地方领属关系的建立打下基础。进入17世纪30年代,以五世达赖、四世班禅为首的黄教即格鲁派遭受与噶玛噶举教派结为一体的第悉藏巴汗的严重摧残。为了保护格鲁派,使格鲁派在西藏得以生存和发展,五世达赖和四世班禅敦请和硕特蒙古固始汗出兵入藏,推翻了第悉藏巴汗地方政权。当时正是1642年,距清王朝入主中原只剩2年。此时,五世达赖、四世班禅、固始汗等人已经感到清王朝将入主中原,中国改朝换代是不可避免的了,他们便主动派遣使者前往盛京与清政权结纳关系。对于清政权来说,皇太极同样清醒地意识到能与信奉藏传佛教的蒙古诸部结为同盟,以"满蒙联盟"攻夺天下的重要性。鉴于格鲁派在蒙古诸部与日俱增的影响,以及蒙古王公们多次提请迎聘达赖喇嘛,清政权大力推崇藏传佛教,与格鲁派建立更加直接的关系,自然大大有助于增强其借以夺取天下的"满蒙联盟"。所以清地方政权不仅在接待西藏使团上表现出超乎寻常的热烈,而且在使团返回之时,皇太极还特意派代表多人紧随入藏,分别致书达赖、班禅、固始汗,并提出迎请达赖喇嘛之要求。隔了四代之后,乾隆帝在位时曾在其诗中咏及此次与这两个新兴地方势力的意义深远的联系："崇德虽入觐，其地非我有。众蒙古归之，凡事商可否。"① 写出了清朝推崇藏传佛教的缘由。

送走西藏使团不久，清军入关，清政权定都北京，建立起一代中央王朝。顺治帝成为入主中原后的第一代清朝皇帝。称帝后，顺治几次专门派人到西藏问候达赖、班禅，商讨迎请达赖喇嘛，并到各大寺熬茶布施。达赖、班禅也不断派人到北京朝贺，献土仪。顺治八年（1651年），顺治皇帝再次派人到西藏召请五世达赖。五世达赖接受敦请，前来朝觐。顺治九年年底（1653年年初）五世达赖抵京，受到以顺治帝为首的清中央王朝的热烈欢迎，并受到皇帝的隆重正式册封。自此，便有了"达赖喇嘛"这个著名封号，确立了达赖喇嘛在西藏宗教界的领袖地位。这次册封具有重大的历史意义：一方面，清王朝继续沿用历代王朝对西藏上层宗教人士册封的惯例，牢牢掌握对宗教界的管理权；同时，也是对格鲁派及其教权的承认和最大的支持，使之有中央王朝作为最大靠山。另一方面，顺治帝在册封达赖喇嘛的同时，也册封了当时握有西藏军政实权的蒙古和硕特部固始汗，顺利地完成了作为中央政权的清王朝对西藏地方主权拥有的历史沿革。从此，清王朝将西藏地方牢牢地掌控在自己的手中。

清朝对西藏地方治理力度的不断增强，内地与藏地经济文化交流的日趋频繁，人们对西藏认识上的不断深化，自然要反映到藏事诗的创作领域中来，"常笑古人诗境窄，只愁西出玉门关"就是著名诗人张问陶写于驱逐廓尔喀战争胜利之后的《西征曲》组诗第五首中的诗句，② 诗人对于清王朝疆域广大的自豪之情化作了对古代边塞诗人诗境狭窄的嘲笑，突出彰显了清代藏事诗与"只愁西出玉门关"的古代边塞诗的巨大差异。但在清开国之初，中原文士秉承儒家华夷之

---

① ［清］乾隆：《福康安等奏西藏善后事宜诗志颠末得四十韵》，载《御制诗文十全集》（卷五一），［清］彭元瑞等编，西藏社会科学院西藏学汉文文献编辑室重印，中国藏学出版社1993年版，第544～547页。

② 参见［清］张问陶《船山诗草》（上册），中华书局1986年版，第176页。其诗作于乾嘉之际。

辨的传统观念，对少数民族统治、对少数民族地区却都有强烈的反抗意识和鄙夷之心。清初风起云涌的武装反抗清朝统治的战争，虽然与清王朝执行的易服色剃发的统治政策有直接的关系，也与华夷之辨的传统观念有着根本的联系。清初的遗民现象和遗民文学都是这种根本联系的充分表现。当清初的武装反抗被八旗的武力迅疾地、无情地镇压下去后，对文化反抗的镇压文字狱接踵而来。但清朝统治者吸取了元王朝的经验教训，在文化镇压、文字狱接连不断的同时，对于大多数文士给以出路，对中原传统文化进行扶持和继承，清王朝并不将反抗的文士赶尽杀绝，而是聪明地用一手硬一手软的政策，在恢复科举考试的基础上，清康熙帝又特开"博学鸿词科"，将遗民文士中意志不坚定者拉入王朝的统治机构。这样的政策行之有效，同时时间是治疗一切伤口的良药，遗民二代几乎尽入科举考试的传统老路。但反抗所激发出的实事求是的精神在学术研究中还是保留了下来。清人开始大规模重读古籍，努力争取读懂、读通古籍，再加上清帝王的引导提倡，修书举措不断，于是清朝朴学大盛。

在这个大背景下，开初反抗清统治的文士和支持清统治的文士不约而同地走到了同一条道路上来，走到了对传统文化的解读和继承上来。在对待少数民族的问题上，在思想上、态度上也有一个由歧视性的态度到实事求是的态度的转变。这在藏事诗的创作中也有所表现。

在清代早期的藏事诗诗人中，尤侗的藏事诗创作表现为上述转变之中尚脱不出"华夷之辨"老窠臼的一种。尤侗（1618—1704年），字展成，一字同人，早年自号三中子，又号悔庵，晚号艮斋、西堂老人、鹤栖老人、梅花道人等。江南长洲（今江苏苏州）人。作为清前期颇负盛名的文学家、戏曲家，尤侗在清初诗、文、词、曲等多个领域都有重大成就，现存《西堂全集》《西堂余集》《鹤栖堂集》等共142卷[①]，"著书之多，同时毛奇龄外，甚罕其匹"[②]，顺治帝曾称

[①] 这是尤侗可见作品的统计，还不包括散佚未计的作品。
[②] 邓之诚：《清诗纪事初编》，中华书局1965年版，第317页。

之为"真才子",康熙帝亦赞之为"老名士"①。众所荣羡,名重一时。尤侗由明入清,是明末诸生,而主要政学活动集中在清代。顺治时拔贡,授永平推官。康熙时应博学鸿儒科试,任翰林院检讨,参与修《明史》,主撰志、传。其一生几乎贯穿万历至康熙朝,而且生平交友极其广泛,可谓明清之际朝代更迭、社会变迁、民心士风演换的历史亲历者与见证人。

他的藏事诗作并不多,重要的收在其《外国竹枝词》中。这组竹枝词中藏事诗共2首,取名《乌斯藏》。②"乌斯藏"为明代对西藏地方之指称,尤侗为明末清初人,故沿用其旧名。竹枝词是乐府曲名,是唐代诗人刘禹锡根据巴渝民歌改创的新词,歌吟当地风光和男女恋情,后来便沿用以歌咏风土人情,形式上为七言绝句,诗句通俗浅近,韵调轻快流畅,是清代藏事诗常常采用的诗体形式。

《乌斯藏》竹枝词其中之一为"拂庐大小上碉房,氆氇缝衣瑟瑟装。口诵佛经作佛事,射生偏喜噉牛羊"。这首诗以凝练而浅近的文字生动地描写了西藏地区的物产、民俗、宗教等方面的情况。诗歌第一句就用夸张的写法描画了藏地的民居。"拂庐"就是帐篷,特指西藏地区以及青海高原等藏族贵族使用的大帐幕。据《事物纪原·舟车帷幄部》"拂庐"条:"唐书:吐蕃处于大毡帐,名拂庐。高宗永徽五年献之,高五丈,广袤各二十七步。其后豪贵稍以青绢布为之,其始以拂于穹庐为号也。宋朝每大宴犒,亦设于殿庭,曰拂庐亭。此盖其始也。"③"碉房"是用石头垒起来的房屋,藏族地区多有之,高数层,其顶平。《桐谿纤志》:"松潘,古冉駹地,入居累石为屋,高

---

① [清]尤侗:《悔庵年谱》,见《中国古籍珍本丛刊·天津图书馆卷》(第十六册),国家图书馆出版社2013年版,第267页。
② 参见[清]尤侗《外国竹枝词》,见《清代诗文集汇编》(第65册),上海古籍出版社2010年版,第558页。此集是尤侗修《明史·外国传》十卷的副产品。尤侗自序曰:"以其余暇复谱为竹枝词百首附土谣十首,使寄象鞮译,烂然与十五国同风。"其私心欲与《诗经·国风》较高下。
③ [宋]高承:《事物纪原》,[明]李果订,中华书局1989年版,第407页。

者十余丈，名曰碉房。"① 这句概括的是藏地独特的住房形式是大大小小的帐篷抑或是上上下下的碉房。诗歌第二句描述了藏地的服饰物产。氆氇是西藏地区所特产的羊毛织品，质地较厚软，可作为衣料、毯子等。瑟瑟是装饰服装的珠玉，泛指珍珠玛瑙等。《通雅》："瑟瑟有三种，宝石如珠，真者透碧，番烧者圆而明。中国之水料烧珠，亦借名瑟瑟。"② 这句是说：藏族所穿衣服常由氆氇缝成，上面再点缀许多珍珠玛瑙，非常漂亮。诗歌三四句含有讥讽意味，讥讽藏地僧俗虽喜诵佛经、遍做佛事，但却"射生"即杀生，宰杀牲畜，并噉吃牛羊。这两句讥讽藏地僧俗喜欢念佛，口头倡行慈悲，然而行动上却又屠杀牛羊，喜欢肉食，所行非慈悲事。这种说法表面看来，似乎是依据事实的观察揭示出口头与行动的矛盾之处，得出的结论仿佛相当可靠、无可怀疑，其实此观察与看法实质上是一种偏见。青藏高原为高寒牧区，自然必须以肉食为生，显然是与中原的生活环境、宗教习惯完全不相同；中原佛教强调不杀生、素食是真诚佛教信仰的前提条件，与藏传佛教又有绝大不同。由于这些明显不同造成了许多认识上的困惑，再加上传统的"华夷③之辨"这种根深蒂固的儒家观念的支配，尤侗自不免基于以中原为中心的观念对边远外夷的所谓不伦不类行为有所讥讽。当然，诗句以开玩笑的方式虽然难免夸张，但尤侗在其诗自注"王处大拂庐，部人处小拂庐，累石巢居高十余丈谓之碉房"中仍显示出其对于藏地的一定的真实了解。

尤侗的第二首藏事诗"大庆新封灌顶师，金吾夹道半銮仪。帐中吃吃君王笑，秘戏私传演揲儿"。自注："武宗好佛自名大庆法王，封番僧为灌顶国师。成化中，剖实巴以秘密法进，天子宠之。用执金吾仗演揲儿法。元顺帝故事。"诗与注着意暴露藏传佛教密法在明代宫廷的恶劣影响，嘲讽明武宗好佛佞佛的荒唐。如果说尤侗前一首藏

---

① [清] 陆次云：《桐黔纤志》，见《丛书集成初编》，铅印本，商务印书馆1937年版，第16页。
② [明] 方以智：《通雅》，见《四库全书》子部，第857册。
③ 华夷指汉族与少数民族。《晋书·元帝纪》："天地之际既美，华夷之情允洽。" [唐] 杜甫《严公厅宴咏蜀道画图》："华夷山不断，吴蜀水相通。"后亦指中国和外国。

事诗中反映出的儒家"华夷之辨"观念有其历史的局限性，那么这首诗传递的儒家思想，则是一种释出了历史正能量的传统观念。"子不语怪、力、乱、神。"①"敬鬼神而远之。"②"国将兴，听于民；将亡，听于神。"③"凡鬼神事，渺茫荒惑无可准，明者所不道。"④ 这些名言，一直育化着历代儒生文士，成为传统正统观念，成为传统文人在当时有限条件下打破盲信、愚信的智慧的思想武器。既然如此，被誉为"老名士"的尤侗岂能例外。正是由于这种传统儒家思想的强烈影响，也因为对元朝深刻历史经验教训的借鉴，清初统治者在推行尊崇藏传佛教、优礼藏传佛教高僧之时，自觉恪守"不入喇嘛之教"⑤的约束，在五世达赖朝觐在京时，清廷坚持其"不必询问事情"⑥，不让宗教干政。后来乾隆帝更是明白说道："我朝虽护黄教，正合于王制所谓修其教，不易其俗，齐其政，不易其宜"，"兴黄教，即所以安众蒙古。所系非小，不可不保护之"，"以为怀柔之道也"。⑦还在其《福康安等奏西藏善后事宜诗志颠末得四十韵》一诗中特地加注强调指出："予之保护黄教迥不同于元代之尊崇喇嘛，不问贤否公私，惟命是从，有妨政典也。"⑧

这两首藏事诗，以《乌斯藏》为名收在《外国竹枝词》中。这组《外国竹枝词》除咏及乌斯藏外，哈密、吐鲁番、昆仑山等亦在吟咏之列。还有10首土谣，如《苗人》《黎人》等，描写了11个少数民族，除一首涉及两个民族外，其他均为一首描写一个民族。在

---

① 《论语·述而》，见程树德《论语集释》，中华书局1990年版，第480页。
② 《论语·雍也》，见程树德《论语集释》，中华书局1990年版，第406页。
③ 《左传·庄公三十二年》，见杨伯峻《春秋左传注》，中华书局1981年版，第252页。
④ [唐]柳宗元：《与韩愈论史官书》，见《柳河东集》（卷三十一），上海古籍出版社2008年版，第500页。
⑤ 《清世祖实录》卷六八，顺治九年九月壬申。
⑥ 《清世祖实录》卷七一，顺治十年正月戊子。
⑦ [清]乾隆：《喇嘛说》，见《御制诗文十全集》（卷五十三），[清]彭元瑞等编，西藏社会科学院西藏学汉文文献编辑室重印，中国藏学出版社1993年版，第675页。《西藏研究》编辑部：《卫藏通志》，西藏人民出版社1982年版，第149页。
⑧ [清]乾隆：《御制诗文十全集》（卷五十一），[清]彭元瑞等编，西藏社会科学院西藏学汉文文献编辑室重印，中国藏学出版社1993年版，第646页。

《外国竹枝词》中，确有外国，如朝鲜、日本、缅甸、爪哇、吕宋、苏门答腊，甚至还有欧罗巴（此处是尤侗《外国竹枝词》所收诗歌实况，尤侗的概念不清，他将"欧罗巴"当成国家来描写的）。《外国竹枝词》将国内边远地区、少数民族与外国、外国人皆指称为夷，反映其时已开始的儒家"华夷之辨"的"夷"从传统指称向专指外国和外国人的蜕变，尤侗尚脱不出儒家"华夷之辨"的老窠臼。在清代其他藏事诗中亦每见此种情况。由此可见，这种"华夷之辨"作为儒家思想的重要组成部分，在清代汉人士子心目中的分量是很重的，其大汉族主义的色彩是鲜明的，其所包含的历史局限性、落后性也是至为明显的，而在这一点上清代帝王就比中原士子阶层的认识宽广得多、准确得多。

这里有必要梳理一下清开国时期的国家概念及其发展。在努尔哈赤刚起兵时，通常称明朝为"大明""朝廷""天朝"①等；当其羽翼逐渐丰满、建元立国后，便改称明朝为"明国"或干脆尔我相称，甚至称为"南朝"②，俨然以"北朝"自居。其虽仍奉明朝为"中国"③，但认定这"中国"不是明皇帝也不是汉族人可以始终垄断的。当努尔哈赤建元"天命"、立国号"后金"，并自称"英明汗"时，即宣示他要缔造一个不奉明朝号令、与大明平起平坐的国家；不仅如此，他还梦想着有朝一日到北京、南京当皇帝。④皇太极继承发扬了努尔哈赤的志向，他向喀尔喀蒙古札萨克图汗宣称与辽金元三国之主相等："朕欲平定区宇，理应加兵于尔，尔亦当以加兵是惧。……昔辽金元三国之主，当征战时，……无远弗届。朕今日正与相等也。"⑤

---

① 《清太祖武皇帝实录》卷一，见《清入关前史料选辑》（第一辑），第304页。
② 《后金檄万历皇帝文》："尔南朝偏护边外他国，要杀之，方昭告皇天而起兵，不想天怪南朝而佑我。"见《清入关前史料选辑》（第一辑），第295页。
③ 《后金檄万历皇帝文》述及萨尔浒之战时说："南朝又说我何敢举兵抗拒，中国发兵四十万，四路齐进。"载《清入关前史料选辑》（第一辑），第295页。
④ 参见中国第一历史档案馆、中国社会科学院历史所《满文老档》，中华书局1990年版，第378页。天命七年四月十七日，金致书明军守将："我汗公正，蒙天眷佑，其南京、北京、汴京，原非一人独据之地，乃诸申、汉人轮换居住之地也。"
⑤ 《清太宗实录》卷四二，崇德三年七月丁卯。

努尔哈赤和皇太极本是女真支脉，素有"大金之裔"的自我意识，又接受了蒙古文化的深刻影响，整体继承的是北方民族和东胡的历史文化传统，当其实力足以自立甚至与明"中国"相抗衡时，就以"辽金元三国之主"的后继者自居，是势所必然。但在中原王朝即继承儒家思想体系的中国、天下观的明朝看来，此种自立与抗衡就是大逆不道、乱臣贼子的行为。万历十七年（1589年）努尔哈赤刚起兵，朝鲜国已有情报称"老乙可赤则自中称王""将为报复中原之计"。①至努尔哈赤建国后金，明朝廷更是大声惊呼"（奴酋）黄衣称朕"②。但确凿无疑的是，无论崛起于边外的努尔哈赤、皇太极，还是立于朝廷、为天下共主的明皇帝，均认同事实上的大中国框架。

一方面，努尔哈赤在与大明朝决裂前，自称"收管我建州国之人，看守朝廷九百五十余里边疆"。这里的"边疆"，指的就是"朝廷"的边疆，这里显现的正是大中国的国家意识。另一方面，明朝廷也丝毫没有把建州女真视为"属国""外国"。《明实录·神宗实录》载："廷议以朝鲜为藩篱属国，海建乃款市贡夷，均受国恩，各宜自守。"③这里所谓"海建"，即海西女真和建州女真，明朝廷认为海西、建州的地位不能等同于"藩篱属国"朝鲜，"海建"首领是国家边远地区羁縻卫所的长官，"海建"是"款市贡夷"。可见明廷尽管鄙称海建地区的女真为"夷"，却并没有将其摒弃于大中国的框架之外。即便是在后金起兵发起了长达25年的对明战争之后，努尔哈赤和皇太极也从未片刻萌生过在大中国框架之外另辟乾坤的念头，他们始终坚持追求的倒是，如何尽快实现取代明王朝、成就一统中国并成为天下之共主——皇帝的宏图伟业。④

在努尔哈赤和皇太极的观念中，"中国"的概念就是天命所归的

---

① 参见吴晗《朝鲜李朝实录中的中国史料》（第四册），中华书局1990年版，第1530页。

② 《东夷考略·建州》，见《清入关前史料选辑》（第一辑），第74页。

③ 《明实录·神宗实录》卷三四，万历三十四年六月壬子。

④ ［美］魏斐德：《洪业——清朝开国史》，陈苏镇等译，江苏人民出版社2003年版，第5页。

皇帝统治下的以中原为主的区域，他们在没有实现取代明王朝的统治并履行庄严的"奉天承运"称帝仪式之前，还是承认天命仍为大明天子所有。可见，努尔哈赤和皇太极心目中的"中国"观念并不完全是现代意义上的中国的概念；他们常常使用的"天下"一词，才可能与今天的"自古以来以汉族为主体的多民族国家是中国"这一概念的意义较相近。

其实，努尔哈赤和皇太极在使用"中国"概念时，下意识地沿袭了传统儒家的"中国"观。"中国"一词，自古就有多重含义，其内涵外延又随着历史的发展而不断地衍变。就地域意义上的"中国"而论，从上古至先秦时期，以天子所都为中，称"中国"，嗣后，黄河中下游地区称"中国"，而周边"蛮夷戎狄"称"四夷"；秦汉后，随着疆域的不断开拓、经济重心的稳健南移，特别是汉族与周边各民族融合的深度与广度的进一步深化，"中国"概念的外延也在逐步延展，黄河流域、长江流域，以至珠江流域这些主要汉族活动生活的地区，都在"中国"一词的涵盖之下，而周边各少数民族生息的广袤地域，却被浸润着"夷夏"儒家观念的汉族史家及学者文士视为"化外"蛮荒之域。显而易见，传统儒家观念中的"中国"，与历史上汉族与周边各民族共同缔造的大中国的事实不尽相符，与今天作为统一多民族国家专称的中国亦不可同日而语，在批判儒家传统"华夷之辨"的观念时，要准确理解和阐释"中国"与"四夷"所共处的"天下"具有的"内中国而外诸夏，内诸夏而外夷狄"[①]的同一共生的一面。正如明太祖朱元璋讨元檄文"自古帝王临御天下，中国居内以制夷狄，夷狄居外以奉中国"[②]，与上文《明神宗实录》将海西、建州女真与属国朝鲜相区别，都无比有力地证明，其时华夷的分别，从来不是现在意义上中国与外国的分别；华夷的对立和冲突，从来不是现在意义上中国与外国的对立和冲突。古代"四夷"

---

① 《十三经注疏·春秋公羊传注疏》卷一八（下册），影印本，阮元校刻，中华书局1980年版，第2297页。成公十五年："春秋，内中国而外诸夏，内诸夏而外夷狄。"
② 《明太祖实录》卷二六，吴元年十月丙寅。

与"中国"的一切恩怨纠葛都不过是历史上中国这个以汉族为主体的多民族国家内部的家事。

　　身为东夷的努尔哈赤和皇太极雄心勃勃，不甘被自视优越的汉族视为低等的族群，他们努力争取华夷平等的政治理念以及用武力实现以夷治华、建国称帝的举动，极其强烈地震撼了江河日下的明朝，并对根深蒂固的传统儒家"华夷之辨"理论体系发起了空前的挑战。但努尔哈赤和皇太极从来没有自外于"中国"，在不脱离大中国框架的前提下，努尔哈赤父子对自己政治地位的体认与传统儒家的观念并无二致。而严格恪守祖宗家法的清太祖、清太宗的后世子孙们，在广阔的政治舞台上，以天命所归的"天下共主"的角色，解释、演绎和推广了开国时的理念和经验，这种理念和经验深深影响着藏事诗诗人的创作和大清王朝的文化建设。

第二节　康熙帝国家观、治边事迹及其藏事诗

　　明崇祯十七年、清顺治元年（1644年）3月19日，李自成大顺军攻入北京，崇祯帝于煤山自缢，明亡。4月4日，范文程上书摄政王多尔衮，请定进取中原大计，此时其尚不知明朝灭亡。4月9日，多尔衮亲率大军启行。13日，师次辽河，才知大顺军已占领北京。22日，山海关大战，清军在吴三桂军与大顺军激战的关键时刻加入，彻底击溃了大顺军的主力。5月2日，清军进入北京。当年10月，顺治亲诣南郊，祭告天地，即皇帝位。"仍用大清国号，顺治纪元。"① 此前一年，顺治在盛京刚履行过大清国皇帝祭天登极仪式，此刻之二次祭天登极，意在向天下郑重昭示，他和他的叔父摄政王多尔衮实现了其父祖得天眷佑的遗愿，正式成为中国的主人。

---

① 《清世祖实录》卷九，顺治元年十月乙卯。

明清鼎革，顺治帝虽不改在关外时的"大清国皇帝"名号，但清朝皇帝的角色实际上已发生了质的变化。清初皇帝清楚地意识到，他们既"仰承天命""抚定中华"，便理所当然地继承明朝成为"中国"之主，① 过去明朝所辖的版图及版图上的子民全归清朝所有，过去明朝所代表的一切国家主权皆由清朝行使。尽管从顺治至康熙中期40年之久的时间里，清朝廷事实上还在一步步推进着对明朝治下"中国"的统一事业，但朝廷尤其是皇帝对整个国家的主权和领土的完整始终有着坚定不移的原则和立场。在清定鼎北京时，南明诸臣拥立福王朱由崧即皇帝位于南京，以顺治元年（1644年）为弘光元年。摄政王多尔衮致书史可法，称"若拥号称尊，便是天有二日……夫以中华全力，受困潢池，而欲以江左一隅，兼支大国，胜负之数，无待蓍龟矣……宜劝令削号归藩，永绥福禄。朝廷当待以虞宾，统承礼物。带砺山河，位在诸王侯上"②。"中华"大国已为清朝所主，所以多尔衮认为明福王远可以仿关外孔、耿、尚三王，近可以效降清的平西王吴三桂，只要投降便可望"带砺山河，位在诸王侯上"，但是国家的主权绝对不容分割，"若拥号称尊，便是天有二日"用传统的观念表达了强烈的对主权和领土的神圣不可分裂的坚定意志。后来康熙帝与台湾郑氏政权的谈判也是这种意志体现的范例。顺治十八年（1661年）郑成功驱逐了荷兰殖民者、收复了台湾作为抗清基地，在较长时间内，康熙帝总打算采用招抚的办法来解决台湾问题，甚至允许继承郑成功治理台湾的郑经团队接受"藩封，世守台湾"的局面。③但在谈判中郑经坚持以"比朝鲜，不削发"作为条件，被康熙帝断然拒绝，理由正如康熙帝所言："朝鲜系从来所有之外国，郑经乃中国之人。"④ 因此，清朝与台湾郑氏团队的多次谈判皆无果而返。

---

① 参见《清世祖实录》卷十五，顺治二年四月丁卯；《清世宗实录》卷八六，雍正七年九月癸未。
② ［清］蒋良骐：《东华录》卷四，顺治元年七月壬子，中华书局1980年版，第66页。
③ 参见［清］江日升《台湾外纪》，福建人民出版社1983年版，第207页。
④ 《明清史料》（丁编）（第三本），台北"中央研究院"历史语言研究所1972年版，第272页，"敕谕明珠等比例朝鲜不便允从"。

康熙二十二年（1683年）"三藩之乱"已平定，台湾内部又乱象纷呈，康熙帝遂决策出兵，一举统一台湾。

清初的皇帝在全面继承努尔哈赤和皇太极的"中国"概念作为其政治经营和军事战争的底线的同时，清朝初期文化政策的变化，既与皇帝的个性有关，又与适应其巩固统治的需要紧密相关。清兵入关之初，伴随着对反清武装力量的严酷镇压，思想文化上之打压亦甚为酷烈，如在所谓的正闰之争中，心存夷夏之别、使用南明年号、拒绝承认清王朝存在之事实的汉族文士均遭到残酷镇压。如顺治四年（1647年）有僧人函可《变纪》案。① 入主北京后，当时的摄政王多尔衮同时采用洪承畴的建议，对汉人特别是对汉族文士采取笼络的政策。为表示对传统之尊重与继承，清朝的各种祭祀均以儒教的礼乐为规范，并规定每年的二月、八月上丁日派遣大学士去山东祭祀孔子，作为定例，大力推行文教。顺治帝亲政后强调"尊孔读经"，对孔子亲行两跪六叩的大礼，论治国之道："今天下渐定，朕将兴文教，崇经术以开太平。"② 其他如祭祀关羽、旌表节烈等，皆表现出清朝刻意用接受、继承汉文化的行动来试图弥合与汉族群的巨大裂隙。顺治三年（1646年），清朝政府恢复科举，且决定在每三年一次的大比之外，加科以增加录取名额。科举考试对于信奉入世哲学的儒教和将入仕做官作为兼济天下唯一途径的汉族儒士来说，有着无与伦比的诱惑力。然而清初期之各种努力，在顺治年间却收效甚微，概因明灭亡未久，人心思汉，又因入关清兵对反抗汉人的残酷杀戮，再加上剃发、易服、圈地、投充、逃人等种种针对汉人的强硬政策，汉人特别是汉族文士大多数对清朝怀有仇恨。《清史稿》记述明代遗民反清复明的志向云："天命既定，遗臣逸士犹不惜九死一生以图再造。及事不成，虽浮海入山，而回天之志终不少衰。迄于国亡已数十年，呼号奔

---

① 参见［美］魏斐德《洪业——清朝开国史》，陈苏镇等译，江苏人民出版社2003年版，第266~267页。

② ［明］谈迁：《国榷》卷一〇二，上海古籍出版社1958年版，第6118页。

走,逐坠日以终其身,至老死不变,何其壮欤!"① 随着反清力量的不断消亡,遗民渐失复兴故国的希望,然而清初朝廷对汉人政策的反反复复,亦使汉族文士始终对清政权心存疑忌。汉族士人对清朝的敌意,使清初期之思想统一几乎不可能实现。

  康熙初年,文字狱的惨烈几乎使汉族文士对清政权完全丧失希望。这些文字狱实为当时掌实权的鳌拜为清理政敌、巩固权力而制造的。② 康熙帝亲政后,便纠正了这种错误做法,特别是在文化领域主动向汉传统文化靠拢,以笼络汉族文士的感情。康熙八年(1669年),皇帝亲至太学祭孔。康熙二十三年(1684年)又亲至曲阜,谒孔庙,亲自撰写祭孔碑文。康熙年间正常化了的科举考试制度,③ 对笼络汉族文士、消解其民族情绪也意义甚大,正所谓"使读书者出仕有望,而从逆之念自息"。康熙帝又积极倡导"满汉一体",废除了"各省督抚尽用满人"④ 等不成文规定,提高了汉族官员地位。康熙十六年(1677年)设立南书房,侍讲学士张英、中书高士奇入值,为皇帝出谋划策。一大批理学名臣如汤斌、李光地、魏象枢、熊赐履等与康熙帝探讨理学,反对空谈,重视实践,以经世致用为宗旨。康熙帝对理学的重视,深受其幼年祖母庭训的熏陶,对经史特别是程朱理学早有浓厚兴趣,早年的严格教育对其执政后文化政策的选择影响深远。其亲政后,仍读经不辍,欲于经典中寻求修身治国之道。康熙帝尝自云:"朕政事之暇,惟好读书,始与熊赐履讲论经史,有疑必问,乐此不倦。继而张英、陈廷敬以次进讲,于朕大有裨益。"⑤ 这批理学名臣对康熙帝的人格修养产生了重要影响,最终促成康熙帝对以儒理治世政策的选择。这种选择在文化层面上使满、汉族群间的巨

---

  ① 《清史稿》卷五〇〇,《列传》第二八七,中华书局1977年版,第13815~13816页。
  ② 参见[美]魏斐德《洪业——清朝开国史》,陈苏镇等译,江苏人民出版社2003年版,第371~373页。
  ③ [清]康熙朝共开科21次,录取进士3903人。
  ④ 中国第一历史档案馆:《康熙起居注》(第一册),中华书局1984年版。
  ⑤ 中国第一历史档案馆:《康熙起居注》(第二册),中华书局1984年版,第1624~1625页。

大裂隙渐渐趋于弥合。正是由于对汉文化的尊崇，康熙年间组织编纂了如《明史》《古今图书集成》《康熙字典》等文献典籍。在此情势下，康熙年间开设博学鸿词科，标志着有清一代文化政策的最终确立。

康熙年间博学鸿词科的开设，对政治文化的影响甚大。作为特殊制科形式的博学鸿词，其意义不仅在于网罗硕彦奇才，亦不仅在于为广大士子拓宽入仕升迁之道路，更在于使有清一代文化政策最终确立。有清一代于康熙十七年（1678年）、雍正十年（1732年）及乾隆元年（1736年）三开博学鸿词科，而以康熙十七年（1678年）己未词科影响最大。于三藩之乱尚未平定之时开博学鸿词科，除有收揽人才的目的之外，亦有笼络汉族文士之意。经顺治年间镇压，汉人抗清武装力量已消亡殆尽，然而汉族文士思想上与清朝的抵触仍未消解。早在顺治二年（1645年），为笼络汉族文士，消弭其敌对情绪，顺治帝即采纳浙江总督张存仁的奏议恢复乡试，次年又开会试、殿试，然而应试者寥寥。直至康熙九年（1670年）征召山林隐逸之士，虽是威胁并加利诱，而享有盛名之文人亦皆拒绝应征，少数应征之普通文人也受到时人之讥讽对待。至康熙十七年（1678年）前后，天下大局已定，汉族文士的故国之思最终淡化为似有若无之云烟，个体之生存和自身价值的实现已成为其真正关心之事，所以吴三桂以复兴大明的名义起兵反叛，前朝遗民响应者寥寥。博学鸿词科之开设正当其时。谕令下后，海内震动，各地所保荐者140余人齐集于京城，于康熙十八年（1679年）参加由康熙帝亲自主持的考试，50人被录取入翰林院供职。

博学鸿词科中试者，明朝故臣子孙几乎占了1/3。[①] 明朝故臣子

---

① 如陈维崧为明都御使陈于廷之孙，其父陈贞慧与侯方域、方以智、冒辟疆并称为明末四公子。耆宿名家则有汪琬、施闰章、汤斌、尤侗、毛奇龄等。尤侗为鸿博中年最长者，经术醇深，著作等身。毛奇龄淹贯群书，纵横博辩，开乾嘉汉学之先河。汤斌号称醇儒，学问事功为清初第一流人物。康熙对汤斌之学问甚为赞赏，认为其学与道学相近，承认"汉人学问胜满洲百倍"。见中国第一历史档案馆《康熙起居注》（第二册），中华书局1984年版，第1249页。

孙出仕清朝,既昭示新朝不避旧嫌,亦表明前朝遗民和遗民子弟对新朝的最终接受。50 名博学鸿儒多以从事文字的编纂入仕,而少有真正参与政策制定的机会,不久即或卒或归或被贬黜而云散,所以康熙十八年(1679 年)的博学鸿词科,其象征意义远大于实际意义。博学鸿词科的举行,使汉族文士终于认同了清王朝崇儒重道的文化政策而放弃了与朝廷的对抗,因而对学术和文学产生了不可低估的影响。特别是参加博学鸿词科考试的文士,其诗歌理论与创作往往以康熙十八年(1679 年)为界发生了明显的转变。例如,朱彝尊、尤侗、毛奇龄等,于康熙十七年(1678 年)前的诗歌创作或感慨兴亡,或诉说怀才不遇的苦闷,但康熙十八年(1679 年)高中博学鸿词科后,故国之思几乎立即荡然无存。朱彝尊提出理论倡"醇雅"之说,主张以词歌咏太平,遂使流派大盛。而陈维崧未及转变词风即去世,其开创的阳羡词派即因不合潮流而迅速衰微。

与文化政策相比,康熙帝的文学观对康熙年间文学之影响也就更为直接。康熙帝认为诗歌根植于经史,诗可以抒发、涵养性情,而为道德之助,其《全唐诗序》云:"夫性情所寄,千载同符,安有运会之可区别?"其所谓"千载同符"之性情,为温柔敦厚诗教之基础:"然诗道升降,与世递迁。'三百篇'之经孔子删定者,可观、可兴、可群、可怨,极缠绵悱恻之思,皆忠厚和平之意,性情之正也……"①康熙时期所编辑的诗集有《全唐诗录》《全唐诗》《御制唐诗》等,可见康熙对唐诗的偏爱。康熙于《全唐诗序》中云:"学者问途于此,探珠于渊海,选才于邓林,博收约守,而不自失其性情之正,则真能善学唐人者矣。岂其漫无持择,泛求优孟之形者可以语诗也哉?"②在康熙年间确立了"雅正"的诗风。

康熙帝本人诗歌创作不多,遍检其《御制文集》仅得藏事诗三首。一首是《泽卜尊丹巴呼图克图老喇嘛上寿》③。这是康熙帝给哲

---

① 《四库全书》卷一二九八,文渊阁本,上海古籍出版社 2003 年版,第 13862 页。
② 《全唐诗》,上海古籍出版社 1986 年版,序第 2 页。
③ 参见[清]康熙《御制文第四集》卷三五,见国家清史编纂委员会·文献丛刊《清代诗文集汇编》(第 194 册),上海古籍出版社 2010 年版,第 392 页。

布尊丹巴呼图克图老喇嘛的贺寿诗。老喇嘛是一世哲布尊丹巴呼图克图札那巴札尔（1635—1723 年），蒙古族人，第一代土谢图汗之次子，喀尔喀蒙古最大的转世活佛。其于顺治七年（1650 年）进藏晋谒四世班禅、五世达赖，获"哲布尊丹巴呼图克图"（意为尊老、正士、转世活佛）法号，从此被列入藏传佛教格鲁派的大活佛系统。

康熙帝为什么要给哲布尊丹巴呼图克图老喇嘛祝寿呢？这里要简略回顾一下清朝与蒙古诸部的关系。最早归附清朝的是漠南蒙古，其在清朝文献中的称呼很多分别为"外藩四十九旗""四十九旗"①"内蒙古"②"内扎萨克"③"旧藩蒙古"④ 等，共分二十四部，是从明朝边外之鞑靼演化而来。关于其归附清朝的原委，康熙朝《大清会典》做了如下叙述：鼎革前"率先归附"，土地人口"悉隶版图"。其疆理"东至盛京、黑龙江，西至厄鲁特，南至长城，北至朔漠，袤延万有余里"。有关朝集、贡献、宴赉、编户、刑罚等事宜均由理藩院"主客清吏司"等衙门管辖，虽称"外藩"，实际"视内八旗无异"。正如乾隆朝《大清会典》所说："国家肇基东土，威德远播，漠南蒙古诸部落，或谊属戚畹，或著有勋绩，或率先归附，咸奉其土地人民，比于内臣。"⑤ 从清初文献考察，漠南蒙古的地位不过借用了传统中原王朝的"外藩"说法，其实质在清王朝无疑与内地各省并无不同，甚至漠南蒙古与清廷关系的紧密程度还要远远超过内地各行省，"视内八旗无异""比于内臣"之类的亲切提法就足以证明。满族统治者毕竟与怀有"华夷之辨"偏见的汉族统治者不同，其与蒙藏民族有着天然的亲和力，因此清朝皇帝一旦成为中国之主，很容易视蒙藏民族为盟友，而蒙藏民族因气类相近的满族人做了"中国"皇帝，因此常取不自外于"中国大皇帝"的态度。但清王朝对待蒙

---

① ［清］康熙：《大清会典》卷一四四，《理藩院三·柔远清吏司》。
② ［清］嘉庆：《大清会典》卷四九，《理藩院》。
③ ［清］嘉庆：《大清会典事例》卷十四七，《理藩院·朝觐》。
④ ［清］乾隆：《大清一统志》卷四〇四，据《四部丛刊》续编，上海书店 1984 年版，第 963 页。
⑤ ［清］乾隆：《大清会典》卷七九，《理藩院·旗籍清吏司》。据文渊阁《四库全书》，上海古籍出版社 2003 年版，第 1675 页。

藏民族上层汗王、活佛的规格又取决于他们对清朝皇帝所持的政治态度，漠南蒙古最早在清创业时就"率先归附"，所以必然受到格外珍视。如果与传统汉族王朝对待"夷狄"的方式及由此决定的"羁縻"式粗放型管理体制进行比较，清初皇帝对漠南蒙古的态度、政策和管理体制具有突破汉族中原王朝固有管理体制框架模式的开创性意义，对中国多民族国家发展与巩固的历史意义亦不可低估。在清朝皇帝看来，漠南蒙古是率先通过整合纳入其版图的边外民族，这一从开国时期就逐渐摸索积累起来的经验具有典型的示范意义。此后百年，昔日边外其他蒙藏民族情况虽殊，但最终还是循着漠南蒙古模式陆续纳入了大清国版图。

明末清初，我国的蒙古族分为三大部：漠南蒙古、漠北蒙古（即喀尔喀蒙古）和漠西卫拉特（又作厄鲁特）蒙古。卫拉特蒙古又主要分为四部：和硕特部、准噶尔部、杜尔伯特部和土尔扈特部。明朝未能实现直接统治的喀尔喀、厄鲁特蒙古，在清定鼎北京之前已与清朝通使问好，① 故入关后清廷称其为"旧好之国"②。但如康熙帝事后所言："昔太宗文皇帝，以次收定四十九旗蒙古，后欲全收北边喀尔喀，未及行而太宗文皇帝殡天。"③ 可见喀尔喀、厄鲁特与漠南蒙古四十九旗完全不同，清朝开国时其并未纳入版图。清入关伊始，天下大势未定，不能想象蒙古大部喀尔喀、厄鲁特会向自称"统驭天下中国之主"的清朝皇帝俯首称臣，其归附还要经历一段相当漫长的过程，喀尔喀至康熙中期内附，厄鲁特则至乾隆年间才见分晓。这期间喀尔喀、厄鲁特与清朝或战或和，但清初皇帝对喀尔喀、厄鲁特等行文已称"敕"，喀尔喀、厄鲁特来书则称"表"，清廷亦仿中原王朝的传统做法，对喀尔喀、厄鲁特等"酌封名号，给之册印"，

---

① 参见《清太宗实录》卷二七，天聪十年二月丁丑条："以阿禄喀尔喀部落初遣使来朝，赐硕雷。"
② 《清世祖实录》卷四六，顺治六年十月壬辰。
③ 《清圣祖实录》卷一四二，康熙二十八年九月戊戌。

喀尔喀对清朝还有所谓"九白年贡",清廷则回报以丰厚赏赐。① 对清王朝来说,这一切关乎国家的体统尊严。不过在长期的紧张对峙中,同为蒙古但被视为"属下蒙古"漠南蒙古的"四十九旗"与喀尔喀、厄鲁特"分疆别界"②,界址称"边汛""汛界"③,受到的朝廷的待遇绝对不同。喀尔喀与清廷的关系至康熙中期才发生了决定性的变化。

康熙中期以后,准噶尔部噶尔丹大举东进,在其打击下喀尔喀三部迅速分崩离析,部众溃散。康熙帝毅然决策,接纳归附而来的喀尔喀汗王及其离散部众,并借此天赐良机,派出漠南蒙古之各旗的贤能都统、副都统,由蒙古王等带队,将喀尔喀"俱照四十九旗编为旗队","以来年草青时为期,指示法禁,如四十九旗一例施行"④。喀尔喀王、贝勒、贝子、公等尽弃过去觐见时相对平等的"蒙古礼",对康熙皇帝行"三拜九叩"⑤之臣子大礼,表示真正臣服。喀尔喀从此既与四十九旗同列,理藩院遂题请照四十九旗例发给印信,将土谢图汗、车臣汗、亲王策妄扎卜三部落分为三路:土谢图汗为北路喀尔喀、车臣汗为东路喀尔喀、亲王策妄扎卜为西路喀尔喀。⑥ 喀尔喀从此正式纳入清王朝国家版图,并被康熙帝倚为比万里长城还要坚固的"长城",但这"长城"不是为了防御中国多民族大家庭内北方游牧民族,而是为了"防备朔方"⑦,即经由西伯利亚南下扩张的沙俄外国势力。

在喀尔喀蒙古纳入清王朝大一统的历史进程中,藏传佛教格鲁派高僧一世哲布尊丹巴呼图克图功不可没。康熙二十七年(1688年),

---

① 顺治十二年初定例:喀尔喀部落土谢图汗、车臣汗等八札萨克,每年进贡白驼各一、白马各八,谓之九白年贡。清朝赏每札萨克银茶筒各一重三十两,银盆个一,缎各三十,青布各七十,以答之。据《清世祖实录》卷九五,顺治十二年十一月辛丑。
② 《清世祖实录》卷一〇三,顺治十三年八月壬辰。
③ 《清圣祖实录》卷一三六,康熙二十七年七月壬申;卷一四六,康熙二十九年六月辛巳。
④ 《清圣祖实录》卷一四二,康熙二十八年十月辛未。
⑤ 《清圣祖实录》卷一五一,康熙三十年五月丁亥。
⑥ 参见《清圣祖实录》卷一五五,康熙三十一年五月癸酉。
⑦ 《清圣祖实录》卷一五一,康熙三十年五月壬辰。

准噶尔部首领噶尔丹率军攻入喀尔喀蒙古,一世哲布尊丹巴呼图克图力排众议,率众内徙,投奔大皇帝。其于康熙三十年(1691年)在内蒙古多伦诺尔受康熙帝接见、册封,被委以喀尔喀宗教事务管理大权,列于喀尔喀百官有司首班。此后,随康熙帝冬寓北京,夏居热河(承德)避暑山庄。康熙六十一年(1722年)以88岁高龄赴京,吊唁康熙帝逝世。次年,圆寂于北京黄寺。

康熙帝的贺寿诗歌:"想象当年论转轮,龙沙遥隔十余春。相知惟有菩提行,得解尝闻秘密真。花雨频施铺佛帐,贝经每祝上枫宸。眉横鼻竖长松寿,导行众生善后因。"[①] 首联回忆过去,在喀尔喀归附后的十余个春天,还记得当年归附时讨论的情形。颔联述互相了解,知心,是因为二人都具有菩提行。(菩提是佛教名词,梵文"Bodhi"的音译。意译为"觉""智""道"等。佛教用以指豁然彻悟的境界,又指觉悟的智慧和觉悟的途径。)这里康熙帝赞美哲布尊丹巴呼图克图具有觉悟的智慧和觉悟的途径。和大喇嘛的讨论使康熙帝听到并明白了藏传佛教的隐秘深奥之法。这句里的"秘密真"也指以《大日经》和《金刚顶经》为依据,多运用通俗的诵咒祈祷,认为口诵真言(语密)、手结印契(身密)、心作观想(意密)三密相印,便可即身成佛的理论,即康熙帝明白了成佛的途径。颈联写在当时论法的佛帐,诸天为赞叹老喇嘛说法之功德而散花如雨,此后十余年的祝福国家的诵佛经声,皇帝在枫宸(即宫殿。宸,北辰所居,指帝王的殿庭)都听到了。尾联祝愿老喇嘛眉横鼻竖如松树般长寿,长寿的因由是还要引导喀尔喀众生行动,来达到最终结果的完美。诗歌虽用了大量佛教词汇,但语句流畅。全诗脉络清晰,先叙旧、再述相知、进而赞美、最后以开玩笑的口气祝愿其长寿,并写出必须长寿的缘由。全诗语言优美,既从容端庄,又轻松欢快,在充分显示了皇帝雍容淡定的气派的同时,还表达了对哲布尊丹巴呼图克图应有的亲切关怀,不失为"雅正"诗风的典范。

---

① [清]康熙:《御制文第四集》卷三十五,见国家清史编纂委员会·文献丛刊《清代诗文集汇编》(第194册),上海古籍出版社2010年版,第392页。

康熙帝还写有一首《塞上宴诸藩》："龙沙张宴塞云收，帐外连营散酒筹。万里车书皆属国，一时剑珮列通侯。天高大漠围青嶂，日午微风动彩斿。声教无私疆域远，省方随处示怀柔。"① 西藏政教上层虽未必入宴，但此诗鲜明地反映了康熙帝的国家观与治边思想。诗歌首句写塞上宴诸藩的热闹场面。龙沙指今河北喜峰口外卢龙山后的大漠。龙沙张宴即张宴于龙沙。塞云指塞上风云，暗指战争。"塞云收"即战争结束或将至的战乱因大皇帝的设宴而烟消云散。"帐外连营散酒筹"极写宴饮的快乐。酒筹是饮酒时用以记数或行令的筹子，一个"散"字描画出饮酒行筹的欢快。"万里车书皆属国，一时剑珮列通侯。"车书典出《礼记·中庸》："今天下车同轨，书同文。"谓车乘的轨辙相同，书牍的文字相同，表示文物制度划一，天下一统。后因以"车书"泛指国家的文物制度。诗句的意思是原来万里外的喀尔喀现在无论在制度上还是在名称上都已归属一统，一时的剑珮叮当现在都被列为朝廷相当于侯爵的高位。从清朝初期文献来考察，漠北喀尔喀蒙古各部落的名称、统属和定位在康雍之际发生过显著变化。康熙《大清会典》中喀尔喀蒙古列于《理藩院三·柔远清吏司》条目下，当时其"以时朝贡，奉职惟谨"，"国家以羁縻之意，溥怀柔之仁"，地位"视四十九旗又为远矣"。其与四十九旗的区别具体是这样的："凡蒙古部落之率先归服者，悉隶版图，犹视一体；及后至者弥众，皆倾国举部乐输厥诚，既地广人繁矣，乃令各守其地，朝岁时奉职贡焉。"② 康熙《大清会典》记载止于康熙二十五年（1686年），其时喀尔喀尚未"内属"，如此记载，无疑忠实于当时清朝与喀尔喀蒙古关系的真实情况。雍正《大清会典·理藩院》虽有多处喀尔喀"内属""编旗分佐领"并与内蒙古四十九旗"一例"的记载，却缺少其地位变化的总的概括。原因应该是，喀尔喀各部落自康熙二十九年（1690年）击溃噶尔丹的乌兰布通之战及翌年多伦会盟

---

① ［清］康熙：《御制文第四集》卷三十五，见国家清史编纂委员会·文献丛刊《清代诗文集汇编》（第191册），上海古籍出版社2010年版，第421页。
② ［清］康熙：《大清会典》卷一四二，《理藩院一》。

开始，编旗设佐、封爵给俸、会盟朝集、贡献赏赉、年班围班、刑罚边务等一应制度性的建设都不可能一蹴而就，势必经历随时随事立法和事例积累梳理的一段长期摸索过程，喀尔喀新的定位才会逐渐清晰起来。喀尔喀的"内属"地位，就像漠南蒙古从关外时代到康熙中期才固定下来被视同"内八旗"一样，也经历了漫长的岁月，到乾隆年间续修《会典》时，历史的尘埃自然落定，才终于得出"与漠南诸部落等"的喀尔喀四部八十二旗，"咸入版图"的最终结论。①其疆理"东至黑龙江界，西至阿尔泰山与准噶尔接界，南至内扎萨克界，北至俄罗斯界"②。其后，嘉庆、光绪《大清会典》，喀尔喀或称"外蒙古喀尔喀"，或称"外扎萨克"，均列"理藩院"条目下，以示统属关系，以示与内地各行省无异。"天高大漠围青嶂，日午微风动彩斿。"写景既阔大又细致，显得观察细微又胸怀豪迈，写出了张宴的气势和宴会后气氛的和谐与安闲。"声教无私疆域远，省方随处示怀柔。"看着眼前的美景，康熙帝的心中感慨万千，不由得将自己体会到并大力运用的国家观与治边思想用优美的诗句概括出来。声教，即声威教化，语本《书·禹贡》："东渐于海西，被于流沙，朔南暨声教，讫于四海。"省方，即巡视四方，语本《易·观》："先王以省方观民设教。"怀柔，语本《礼记·中庸》："送往迎来，嘉善而矜不能，所以柔远人也。继绝世，举废国，治乱持危，朝聘以时，厚往以薄来，所以怀诸侯也。"后以之称笼络安抚外国或国内少数民族等为"怀柔"。康熙帝将其国家观和治边思想用纯正儒家的语词做了充分的、经典的表达，而且"无私""随处"又表达出了超越儒家的规矩、狭隘，展现了王者的宽广和胸怀。

正是由于康熙帝的"声教无私疆域远，省方随处示怀柔"的国家观与治边思想的高瞻远瞩，喀尔喀部族在遇到打击时才主动选择内附。喀尔喀部族、厄鲁特部族等虽曾以"国"自称，甚至与继承中华正统的大清国分庭抗礼，乃至兵戎相见，但他们也与清开国时期欲

---

① 参见［清］乾隆《大清会典》卷八〇,《理藩院·典属清吏司》。
② ［清］乾隆:《大清会典则例》卷一四二,《理藩院·典属清吏司》。

取代明朝的努尔哈赤、皇太极一样，从来不自外于大"中国"框架，原因何在？除了清朝土马强盛和怀柔政策比较成功外，紧密的经济互补联系、对中华文化普遍认同的历史传统，尤其是藏传佛教这一特殊的精神纽带的作用是绝对不可低估的。当喀尔喀部族遭到准噶尔博硕克图汗噶尔丹的打击而离散彷徨之际，一世哲布尊丹巴呼图克图札那巴札尔就以"俄罗斯素不奉佛，俗尚不同我辈，异言异服，殊非久安之计，莫若全部内徙，投诚大皇帝，可邀万年之福"①一言而决，遂果断率众悉数归附清朝，就是前述各种纽带作用带来的必然结果。就连准噶尔首领噶尔丹也曾向康熙帝一再表白"中华与我一道同轨"②"我并无自外于中华皇帝、达赖喇嘛礼法之意"③，虽然这种表白也可能是噶尔丹的策略，但若没有真实的事实，此种策略也无从说起；雍正时准噶尔首领策妄阿喇布坦亦曾向清朝使臣表白："皇帝者，乃一统砸木布提布之大皇帝，经教划一，日后必令我等得以安逸，而西梵汗、俄罗斯察罕汗虽为较大之员，但皆属于异教，无用之人。"④ 其后上大皇帝的奏表又称："无喇嘛佛教法，何以为生？"⑤经济、政治、文化、语言、习俗、信仰、观念等各种纽带将准噶尔部与大清连在一起，由此可见前述各种纽带空前巨大的作用。"西梵汗、俄罗斯察罕汗虽为较大之员，但皆属于异教"无疑是当时蒙古王公僧俗的共识，而且当时蒙古僧俗人士亦深信"中华皇帝，乃活佛也"⑥。完全无视准噶尔部与大清治下中国的历史的、文化的、经济的、宗教的不可分割的事实，简单地夸大准噶尔部自外于中国的独立倾向的观点，是缺乏对历史事实的深思熟虑的观点。而在清王朝的

---

① 张穆：《蒙古游牧记》卷七，见《清代蒙古史料合辑》（二），全国图书馆文献缩微复制中心2003年版，第79页。
② 《清圣祖实录》卷一四六，康熙二十九年六月甲申。
③ 《清圣祖实录》卷一三七，康熙二十七年十一月甲申。
④ 《雍正朝满文朱批奏折全译》（上册），黄山书社1998年版，第1010页。
⑤ 《雍正朝满文朱批奏折全译》（上册），黄山书社1998年版，第6页。
⑥ 《清圣祖实录》卷一八一，康熙三十六年三月庚辰。康熙中期哲布尊丹巴呼图克图觐见康熙时说："蒙圣主大沛洪恩，特加拯救，是即臣等得遇活佛也。"（《清圣祖实录》卷一五一，康熙三十年五月丁亥）

大一统彻底实现后,远在俄罗斯的土尔扈特部,也以"大圣皇帝(指乾隆)甚为仁慈,广兴黄教",决策离开虐待其的俄罗斯,回归祖国,踏上艰难的东归之路,并最终回归大清的历史事实,更进一步证明了清朝治边政策的成功和藏传佛教无比强大的精神纽带的作用。① 所有这一切成就,当然与自努尔哈赤、皇太极以来,一贯有意识地、坚定地奉行尊崇黄教的基本国策关系极大,确如康熙帝所言,"达赖喇嘛深知朕护持宗喀巴之法"②,同时也与清朝初期诸皇帝将此国策始终如一地贯彻有密切的关系。

环青海湖居住的青海蒙古诸部与喀尔喀部几乎同时内附清朝,也大体遵循着"漠南蒙古模式"逐步纳入大清版图。③ 西藏则在康熙末年,清军趁大败准噶尔部首领噶尔丹的军威,决策平定准噶尔部新头领策妄阿喇布坦对西藏的袭扰,进军安藏,并为清廷直接管辖。康熙帝第三首藏事诗就是为此次"平准安藏"大军凯旋写的贺诗。这首诗将在下节关于"平准安藏"及相关藏事诗的内容中讨论。

第三节 从藏地风云到"平准安藏"及相关藏事诗

清王朝推行"从俗从宜"的治藏政策,清顺治十年(1653年)对五世达赖、固始汗进行了"一揽子"册封,以确保西藏地方权力的平衡,然而,由于固始汗受册封不久即病逝,④ 联合掌权的局面出

---

① 参见《满文土尔扈特档案译编》,民族出版社1988年版,第111页。土尔扈特渥巴锡汗与策伯克多尔济、舍楞等密议,以"大国(中国)富强","大圣皇帝(指乾隆)甚为仁慈,广兴黄教",决策脱出俄罗斯回归祖国。
② 《清圣祖实录》卷一五七,康熙三十一年十一月丁卯。
③ 参见[清]乾隆《大清会典则例》卷一四二,《理藩院·典属清吏司》;乾隆《大清会典》卷八〇,《理藩院·典属清吏司》;乾隆《大清一统志》卷四一〇至卷四一三;嘉庆《大清一统志》卷五三四至卷五四九。
④ 固始汗死于顺治十一年(1654年),在拉萨寿终正寝,终年73岁。

现了蒙古和硕特部汗王一方权力迅速下降的态势。"固始汗死后，他的子孙的政治智慧和个人威望都远远赶不上他，他们互相猜疑，兴趣不止在西藏，还关心远方蒙古发生的事件。"① 诸子既为青海利益所牵制，也为嗣位之争而相持不下，直到康熙九年（1658年），固始汗死后4年，其长子丹津道尔吉（即达延汗）才从青海赶到拉萨嗣位，以致汗位空缺长达4年。这期间，没有蒙古和硕特部首领在西藏直接行使统治权，其行政统治之长期"真空"无疑对达赖系统的权力增长十分有利。

此外，清朝对格鲁派大力推崇、扶植，对达赖系统权力的迅速增强，也起到了决定性作用。五世达赖喇嘛进京朝见和受到清朝正式册封以后，其权力和声望在西藏贵族社会和民间都日益隆盛，其领袖风范亦日渐彰显。与蒙古和硕特部固始汗受封于老病之际并很快亡逝，导致诸子争位的衰败情况迥然不同，五世达赖受册封之时才30多岁，正处于年富力强时，因此有充分的时间和精力利用清朝的大力支持树立起自己的政教权威形象。

蒙古和硕特部诸子争位的局面，使五世达赖有机会突破蒙古的势力的约束，经过努力直接任命了第巴，这一举措成为以五世达赖为首的格鲁派寺院集团权力增长的标志。顺治十年（1653年）出生于贵族仲麦巴之家②的桑结嘉措于康熙十八年（1679年）出任第巴，就是五世达赖一手安排的结果。经历3年前的提名未果的挫折，此次达赖专门颁发一份文告，介绍桑结嘉措的品德、学识和能力，要求众人支持他做好第巴，并特地在文告上按上自己的手印，③ 以此提高桑结嘉措的声望。桑结嘉措任第巴后，在西藏内部采取了一系列措施加强

---

① [意] 杜齐：《西藏中世纪史》，李有义，邓锐龄译，中国社会科学院民族研究所民族史室、民族学室1980年版，第127页。

② 一说误认桑结嘉措为五世达赖阿旺罗桑嘉措私生子，传说顺治九年（1652年），五世达赖晋京路经讠汏木，住宿于贵族仲麦巴家，由蒙古贵妇侍寝，次年生桑结嘉措。此传说并不正确，五世达赖是顺治九年三月离开拉萨，而桑结嘉措是翌年（1653年）七月出生的。桑结嘉措的母亲也不是蒙古贵妇。

③ 在布达拉宫正门入口德阳厦三联梯首墙上有工笔书写的文告，手印是用金粉复制的。此为十三世达赖时重描，非当时书写的原件。

和巩固"第巴雄"(即第巴政府),使西藏"出现了一个卫藏全区统属于一个地方行政机构之下的局面"①,这自然导致他本人权力的不断增长以及和硕特蒙古汗王在藏统治权力的相对削弱。这时蒙古和硕特部汗位也早已易主为达赖汗。

就在桑结嘉措努力集权,并成功将蒙古和硕特部达赖汗排斥在外时,康熙二十一年(1682年)五世达赖圆寂于布达拉宫,享年66岁。五世达赖的病逝,对于桑结嘉措刚刚获得的权势是一个致命的打击。于是其铤而走险,迅速采取了"匿丧"的策略,严密封锁五世达赖圆寂的消息,不向清廷报丧、不在西藏地方发丧,对外宣称达赖喇嘛"入定",一切事务委托第巴桑结嘉措办理,发布文书和向皇帝朝贡、奏报照样以五世达赖的名义进行。年复一年,五世达赖"入定"之长久,不能不引起人们的怀疑,而且对于要见五世达赖的清朝进藏官员和那些蒙古朝圣者也最终难以一概拒绝,于是第巴桑结嘉措找来一个与五世达赖长相大致相像的布达拉宫朗杰扎仓的僧人,装扮成五世达赖,按正式礼节举行拜见仪式,制造出达赖喇嘛健在的假象。五世达赖圆寂之时,桑结嘉措出任第巴才3年,还不到30岁,年轻气盛,正处于敢于玩弄权势的大好年华。匿丧的结果是第巴桑结嘉措成了事实上的"达赖喇嘛",大权在握。

第巴桑结嘉措为对格鲁派寺院集团集权有利而采取的"匿丧"做法,无疑是针对蒙古和硕特部汗王的,其决定"秘不发丧,伪言达赖入定,居高阁不见人,凡事传达赖命行之"② 并假借五世达赖之名行事,既维护了格鲁派寺院集团的势力,又保留了自己的权力、地位,使自己在与蒙古和硕特部汗王的权力斗争中处于相对有利的地位,其矛头并不是直接指向清王朝。然而在匿丧期间,由于桑结嘉措手中并不掌握军队,其本人又无巨大的声望,而且实际世俗行政权又在和硕特部汗王的监控之下,桑结嘉措又不甘心受制于人,便打着五

---

① 王森:《西藏佛教发展史略》,中国社会科学出版社1987年版,第191页。
② [清]魏源:《圣武记》卷五,《国朝抚绥西藏记上》,中华书局1984年版,第202页。

世达赖巨大声望的旗号，推行"联准逐和"的策略，暗中支持准噶尔部首领噶尔丹东犯，想利用其武力钳制打击乃至驱逐和硕特部汗王在西藏的势力，图谋达到巩固自己独揽西藏政教大权的目的。但是，这一策略实质上构成了对清朝国家统一的严重威胁。

噶尔丹是蒙古厄鲁特部准噶尔部首领，早年由其父派往拉萨学经。由于厄鲁特蒙古是格鲁派的重要支持者，西藏上层对噶尔丹在藏学佛颇为重视，不少人与之有交往，桑结嘉措就曾和噶尔丹同过窗，交往甚密。五世达赖喇嘛生前曾赠予噶尔丹"博硕克图汗"的称号。其父死后，噶尔丹之兄僧格继位。不久，内部争权夺利，僧格为其异母兄弟杀害。康熙十年（1671年），在五世达赖准许、第巴桑结嘉措支持下，噶尔丹还俗返回准噶尔部争取掌握权力。噶尔丹打着为僧格复仇及"达赖遣归辖其众"的旗号，很快击败其对手，掌握了准噶尔部的实权。掌权后的噶尔丹野心迅速膨胀，梦想做整个蒙古族的霸主，为达此目的，北面要控制喀尔喀部，南面要对付据有青海的和硕特部固始汗的子孙。噶尔丹的进攻矛头指向青海，无疑使格鲁派寺院集团对统治西藏的和硕特蒙古汗王的斗争形成极为有利的"南北夹击"的态势。第巴桑结嘉措于是推行"联准逐和"策略，幻想利用噶尔丹来实现其驱逐和硕特蒙古的在藏势力，由格鲁派在藏实现集权的谋划。他打着五世达赖喇嘛的旗号，主动站在噶尔丹一边，暗中支持其军事扩张。

康熙二十七年（1688年）噶尔丹对喀尔喀部发动掠夺战争。攻击与沙俄侵略军正处于战争中的土谢图汗部，使之腹背受敌，遭受惨败。连带车臣汗部以及噶尔丹曾表示支持的札萨克图汗部也受到严重损失。战争给喀尔喀部蒙古带来了深重灾难，喀尔喀部蒙古纷纷南下投清。康熙帝一面采取紧急措施，安置南下来投的喀尔喀部众，一面派人进藏要求达赖喇嘛派大喇嘛和清朝官员一道去劝谕噶尔丹停战。与噶尔丹互为利用的桑结嘉措并没有站到维护清朝国家统一和安定的立场上来，他派遣济隆呼图克图去噶尔丹军中，名为"劝说"，实则支持噶尔丹作战。康熙二十九年（1690年）噶尔丹以追击喀尔喀部为名攻向漠南蒙古，与清军发生激战。康熙帝率精锐出古北口亲征。

清军与噶尔丹军在乌兰布通（今内蒙古昭乌达盟克什克腾旗吐力根河北界大红山）展开会战。噶尔丹大败，退守喀尔喀部蒙古西端科布多一带，打算收拾残部卷土重来。康熙帝决计彻底歼灭噶尔丹的武装，但并不采取"乘胜追击"的简单战术，而是做了全面征伐的战略部署。康熙三十一年（1692年）至三十三年（1694年）间在青海西宁和西宁以北的大通一带调驻大军，卡断了噶尔丹逃往青海、西藏的道路。并与喀尔喀各部在多伦举行会盟，将喀尔喀全部纳入清朝中央统一管理制度之内，以迎击噶尔丹的进攻。退守的噶尔丹依然野心不死，康熙三十四年（1695年）再次兴兵东犯，正中康熙帝的下怀。康熙帝亲自率领精锐清军直趋克鲁伦河迎击。噶尔丹一触即溃，率兵西逃，在土喇河以北的昭莫多一带遭清朝西路大军痛歼，噶尔丹仅率数十骑侥幸逃生。次年，噶尔丹走投无路，穷蹙病死。在清军大胜之时，康熙帝从准噶尔的俘虏口中得悉五世达赖早已圆寂的消息，遂将积蓄已久的对第巴桑结嘉措同情、支持噶尔丹的愤怒发泄出来，于康熙三十五年（1696年）9月，遣人赍诏进藏对第巴桑结嘉措进行严词责问。① 桑结嘉措接到敕谕后，甚为恐慌，数次奏言，竭力自效。清朝对桑结嘉措未予深究，采取了继续扶持格鲁派寺院集团的明智策略，朝廷承认既成事实，对第巴桑结嘉措所选定的五世达赖转世灵童仓央嘉措给予正式认定。但康熙帝的严厉责问不可避免地造成了第巴桑结嘉措权力地位的动摇。康熙四十年（1701年），蒙古和硕特部达赖汗去世，其长子旺扎尔继承了汗位。两年后，达赖汗次子拉藏台吉毒死其兄取得汗位。拉藏汗继位后一反其父无所作为的一贯作风，对第巴桑结嘉措的权力、地位迅速构成威胁。康熙四十二年（1703年），桑结嘉措以退为进，宣布不再任第巴一职，由其子继任，与拉藏汗共事，自己在幕后握有实权，蒙藏矛盾暂时得到缓和。康熙四十四年（1705年），最终以桑结嘉措采取"先发制人"的手段，引起了一场流血冲突，三大寺代表等出面调停无效。双方主力在拉萨以北的盆域（今彭波）展开决定性一战，桑结嘉措的卫藏民兵全线崩溃。

---

① 参见《清圣祖实录》卷一七五，康熙三十五年八月甲午。

桑结嘉措被俘杀，终年53岁。① 拉藏汗派人上奏朝廷，禀告桑结嘉措的"谋反"经过。康熙四十五年（1707年）初康熙帝封拉藏汗为"翊法恭顺汗，赐其金印"②，对事变的既成事实予以承认。桑结嘉措败亡后，作为桑结嘉措权力象征的六世达赖仓央嘉措为拉藏汗所不容，再加上其所做所为亦为拉藏汗提供了口实，遂奏称其是假达赖，不守清规。其后清朝废黜仓央嘉措并将之解京，此举既体现了国家主权，又有利于蒙藏地区的稳定。拉藏汗为巩固自己的权力地位，立意希嘉措③为六世达赖。然而，清朝并非无保留地支持拉藏汗。首先，当青海众台吉争相评奏之时，康熙帝命青海众台吉派人由内阁学士拉都浑率领"赴西藏看验"，进行察看和验证，并专门去听取班禅的意见，对拉藏汗"亦不能信"。至于为意希嘉措"安置禅榻"，同意其坐床，均出自拉都浑的临时安排，事后才上奏康熙帝，得到正式批准。其次，清廷决定推延册封。"达赖喇嘛例有封号，今波克塔胡必尔汗年幼，请再阅数年，始议给封"④，经康熙帝批准的这一由议政大臣们提出的意见，是要等一等看一看，过数年再说，这显然是有所保留。但由于拉藏汗多次强烈请求，再加上五世班禅和清朝在藏官员均疏请册封，康熙四十九年（1710年）4月康熙帝才以意希嘉措"今既熟谙经典，为青海诸众所重"，批准"给以印册，封为六世达赖喇嘛"⑤。

清朝对西藏发生的事件做了相应处置，但康熙帝觉察到"西藏事务不便令拉藏独理"，遂于康熙四十八年（1709年）4月授予吏部侍郎赫寿"管理西藏事务"衔，"前往西藏协同拉藏办理事务"⑥。这是清王朝派大臣进藏直接管理西藏事务的开端，标志着清朝治藏政策推进到了一个新的阶段。赫寿在藏视事将近2年时间，于康熙五十

---

① 桑结嘉措与拉藏汗的冲突，参见王辅仁、陈庆英《蒙藏民族关系史略》，中国社会科学出版社1985年版，第171页。
② 《清圣祖实录》卷二二七，康熙四十五年十二月丁亥。
③ 一说意希嘉措为拉藏汗的在哲蚌寺出家为僧的非婚生子（也有说是乞丐之子）。
④ 《清圣祖实录》卷二三六，康熙四十八年正月乙亥。
⑤ 《清圣祖实录》卷二四一，康熙四十九年三月戊寅。
⑥ 《清圣祖实录》卷二三六，康熙四十八年正月乙亥。

年（1711年）返回北京，后官至两江总督、理藩院尚书等要职。

拉藏汗立意希嘉措为六世达赖喇嘛遭到西藏僧俗上层的全面抵制和激烈反对，尤其是三大寺的格鲁派上层喇嘛均持坚决反对的态度，就是青海和硕特部台吉们也激烈反对，他们不愿意看到拉藏汗既继承了汗位，又控制了达赖喇嘛，从而在和硕特部里取得绝对优势地位，其中以势力强大的察罕丹津、罗卜藏丹津反对最力。他们向清朝讦奏，并寻认里塘的格桑嘉措为六世达赖的转世灵童，要求清朝确认。格鲁派三大寺的上层喇嘛们和青海和硕特部的王公们打出拥立真正达赖喇嘛的旗号，公然与拉藏汗对着干，围绕着废黜仓央嘉措和选立意希嘉措事件所导致的各种矛盾冲突困扰着拉藏汗，导致了他的权力地位严重动摇和西藏政局的不稳。在此情况下，康熙帝决定正式册封五世班禅罗桑益西。康熙五十二年（1713年），康熙帝发布上谕："谕理藩院，班禅胡土克图，为人安静，熟谙经典，勤修贡职，初终不倦，甚属可嘉，著照封达赖喇嘛之例，给以印册，封为班禅额尔德尼。"① 特派才仁克雅大喇嘛诺布、加日郭吉等人，赍皇上圣旨前往札什伦布寺，册封五世班禅罗桑益西为班禅额尔德尼，并赐给以满、汉、藏文书写之金册一份，金印一颗。② 金册今已不存，册文清朝文献记载亦阙如，唯金印保存完好。罗桑益西是被清朝册封为"班禅额尔德尼"的第一人（按班禅活佛转世传承，为五世班禅）。至此，班禅在藏传佛教中的领袖地位得到了清朝的确认，后代班禅从此都必须经过中央政权的册封，遂成为定制。

康熙帝选择这个时机册封班禅额尔德尼，除了体现奉行清初奠定的尊黄教推崇格鲁派的既定国策外，显然是要通过此举进一步提高班禅在西藏的社会地位，作为稳定西藏政教的一个保障手段。"如果西藏一旦发生意外变故，除开有争议的达赖喇嘛意希嘉措外，还可由清

---

① 《清圣祖实录》卷二五三，康熙五十二年正月戊申。"额尔德尼"为满语（或蒙语），意为宝贝。

② 参见牙含章《班禅额尔德尼传》，西藏人民出版社1987年版，第77页。

朝册封的班禅来主持格鲁派的事务。"① 如何不因拉藏汗权力地位的削弱和动摇而影响西藏地方乃至整个蒙藏地区的稳定是康熙帝做出册封决策的关键，此决策在客观上增强了格鲁派寺院集团的势力，同时事实上削弱了和硕特部蒙古汗王在藏的权力地位。

在拉藏汗的权力地位面临严峻挑战之时，准噶尔部首领策妄阿喇布坦也力图在西藏谋取权力，构成对和硕特部蒙古汗王统治西藏严重的潜在威胁。策妄阿喇布坦为僧格之子，在噶尔丹袭杀其弟索诺木阿喇布坦夺取准噶尔部汗位之际成功逃脱。噶尔丹在清军的不断打击下败亡之际，策妄阿喇布坦遂自立为准噶尔汗，并极力寻找各种机会扩大其权势。他吸取了噶尔丹向蒙古诸部扩张，最终为清朝消灭的教训，不敢把军事矛头指向蒙古诸部却指向西藏，利用拉藏汗在藏权力地位的动摇，力图把西藏控制在自己手里，妄图掌握合法的为众蒙古一致推崇的达赖喇嘛，达到其挟持达赖以号令蒙古诸部，以取得更大的权势的目的。策妄阿喇布坦进行了缜密的远征西藏的谋划，他派人到拉萨三大寺与反对拉藏汗的格鲁派上层喇嘛暗中联络，巧妙地宣传自己是格鲁派的忠实信徒，是同情三大寺僧人反对拉藏汗的，故意透露准噶尔人将推翻拉藏汗、废除其所立的假达赖喇嘛、迎请真正合法的达赖喇嘛格桑嘉措到拉萨布达拉宫坐床的消息。正如意大利著名藏学家伯戴克所说："他这一招很高明，其用意就是要使西藏公众舆论满腔热情地站到拥护他的一边，而那些被准噶尔说服或收买过去的喇嘛又使拉藏汗的一些大臣和侍从倒向准噶尔。此外，三大寺还秘密地分批派遣大批年轻力壮更加好斗的僧人到策妄阿拉布坦那里去。这些熟悉西藏情况、艰苦耐劳的山民，经过西藏西北荒漠高原的行军后，变得更加坚强，成为补充准噶尔远征军宝贵的兵源。"②

策妄阿喇布坦老谋深算，既要联络西藏反对拉藏汗的力量，灵巧地掩饰其对藏扩张的企图，又要制造各种假象，千方百计地设法骗得

---

① 王辅仁、陈庆英：《蒙藏民族关系史略》，中国社会科学出版社1985年版，第176页。

② ［意］L.伯戴克：《十八世纪前期的中原和西藏》，周秋有译，西藏人民出版社1987年版，第44页。

拉藏汗产生虚假的安全感。于是，联姻便成了麻痹、欺骗拉藏汗的最好手段。策妄阿喇布坦已娶了拉藏汗之姐为妻，成了拉藏汗的近亲；后又将其养女嫁给拉藏汗长子丹衷，并愿以十万两银子做嫁妆，但又以蒙古习俗为由坚持要求丹衷到伊犁举行婚礼，拉藏汗本不大愿意送丹衷上门成亲，无奈由于丹衷愿意，最终还是答应了；策妄阿喇布坦又得以借办婚礼的名义，"向拉藏汗索取了一笔钱财（据喀普清神父说，数达三万意大利斯古地）和八百名士兵，给他用来打仗"①。

在一切计谋得逞后，策妄阿喇布坦便调兵遣将远征拉藏汗。他派遣堂兄弟策零敦多布率领一支配有四员战将（宰桑都噶尔、托布齐、吹穆品尔、三济）的六千人的大军，于康熙五十五年（1716年）底从和田出发，翻越人迹罕至的昆仑山脉，准备通过阿里，直插藏北那曲，对拉藏汗进行突袭。同时，策妄阿喇布坦还派出一支300人的队伍，东出新疆，奔袭塔尔寺，目的是想出其不意地将格桑嘉措抢出，送往那曲，与策零敦多布的大军汇合，使其可以以护送真正的达赖喇嘛坐床的名义，攻入拉萨。其实早在拉藏汗废黜第巴桑结嘉措所立六世达赖仓央嘉措时，策妄阿喇布坦就曾派人迎请仓央嘉措到伊犁讲经传教，这个要求当然被拉藏汗断然拒绝。清政府也认为仓央嘉措若被迎去，"则西藏、蒙古皆向策妄阿喇布坦矣"②。爰遣使入藏，将仓央嘉措执解赴京，策妄阿喇布坦的计划这才破灭。经过多年的精心准备，策妄阿喇布坦决定以武力征服西藏，以实现自己的愿望。

为取得战略突袭的成功，策零敦多布率领准噶尔军队从南疆出发，"涉险冒瘴，昼伏夜行"，翻越荒无人烟的昆仑山，沿途驼马倒毙、士卒冻馁，绕过千年不化的冰雪世界，经由海拔5000米以上的阿里北部，直插藏北那曲地区，走了一条极其艰难的进军路线。但数月的远距离行军，难免不走漏消息，为蒙蔽清朝，其便散布谎言，说是从和田派去帮助拉藏汗与不丹打仗的，而实际上不丹战事早已结

---

① [意] L. 伯戴克：《十八世纪前期的中原和西藏》，周秋有译，西藏人民出版社1987年版，第43页。

② 祁韵士：《皇朝藩部要略》卷一七，全国图书馆文献缩微复制中心1993年版，第24页。

束。准噶尔军队进入西藏后，又诡称护送拉藏汗之子丹衷返藏，欺骗沿途藏族群众，并借此索取口粮和马料。正是联姻所制造的假象麻痹了拉藏汗，直到准噶尔军队深入藏北，他才恍然大悟慌忙布置军队。拉藏汗陶醉于虚假的安全感，使策零敦多布的战略突击得以实现。

从康熙五十六年（1717年）8月开始，两军在达木草原展开会战。在长达2个月的遭遇战中，拉藏汗的处境越来越糟，他的军队濒临解体，步步向拉萨败退。10月上半月拉萨被围，此时，拉藏汗才想起向朝廷上奏："恳求皇上圣鉴，速发救兵并青海之兵，即来策应。"① 求救书才到朝廷，拉藏汗已兵败被杀。

此一段历史雄浑壮阔、波澜诡谲。在将近半个世纪后，乾隆帝在总结金川之役的藏事诗中回顾了这一段历史。其在《全韵诗》"策妄心藏诡计尤，潜兵扰藏逞奸偷。肯因姑息从群议，定与剿除筹远猷。频迭红旌奏洪捷，宣扬黄教奠遐陬。金川扫穴诸番詟，即叙西戎拓坦邮"② 中，用诗歌语言总结道："策妄心藏诡计尤，潜兵扰藏逞奸偷。"这就是前述一段历史的诗化概括。策妄就是指准噶尔部首领策妄阿喇布坦。其处心积虑、诡计多端地策划进军西藏不愧是"心藏诡计尤"，一个"尤"字准确地刻画出策妄阿喇布坦的野心和狡诈。"潜兵扰藏逞奸偷"高度概括了策零敦多布率领准噶尔军队偷袭并袭杀拉藏汗攻入拉萨的整个事件，"逞奸偷"形象地刻画了准噶尔扰藏军队进军的处心积虑的奸诈和一路的欺诈宣传及战略偷袭的成功。"肯因姑息从群议，定与剿除筹远猷"遒劲地写出了康熙帝力排满汉大臣"不必进兵"之议，从长远角度考虑，决计派遣大军平准安藏，稳定边疆。诗人以强大的艺术概括力，将历史的波澜壮阔形象、准确地压缩在诗的前四句中。后四句在叙写"金川扫穴"的目的是"即叙西戎拓坦邮"的同时，乾隆帝说出所有这些战争的总的目标就是"宣扬黄教奠遐陬"，都是坚决执行清初奠定的尊黄教国策。

---

① 《清圣祖实录》卷二七七，康熙五十七年二月庚寅。
② ［清］乾隆：《御制诗文十全集》卷三十，［清］彭元瑞等编，西藏社会科学院西藏学汉文文献编辑室重印，中国藏学出版社1993年版，第393页。

又过了10多年，乾隆帝在反击廓尔喀战争胜利之际，从更广阔的角度回忆了这一段波澜壮阔的历史，其诗《福康安等奏西藏善后事宜诗志颠末得四十韵》中，有这样的诗句："第巴更奸诡，党噶尔丹苟。诈称奉中国，表里为奸宄。达赖喇嘛亡，隐弗宣诸口。皇祖频敕谕，两端持鼠首。煽摇青海众，瓯脱图恩负。二匪受冥诛，藏乃归员幅。策旺劫藏时，发兵驱以走。"① 第巴，其原诗注为"其官之称，其人名桑结"。第巴桑结嘉措党同噶尔丹"诈称奉中国，表里为奸宄。""达赖喇嘛亡，隐弗宣诸口。"桑结嘉措匿丧多年，"皇祖频敕谕"，康熙帝在战胜噶尔丹之际，得悉五世达赖早已圆寂，乃派人赍诏进藏对第巴进行严词责问。但第巴桑结嘉措"两端持鼠首。煽摇青海众，瓯脱图恩负"，不知悔改。不久"二匪受冥诛，藏乃归员幅"。二匪，其原诗注为"谓噶尔丹及第巴桑结"。冥诛，谓在阴间受到惩治。史实是康熙三十五年（1696年）康熙帝率大军亲征，大败噶尔丹，第二年噶尔丹势穷病卒；康熙四十四年（1705年）桑结嘉措被和硕特部蒙古汗王拉藏汗打败，被杀。乾隆帝站在国家统一的立场上，对桑结嘉措和噶尔丹在诗中直接斥之为"二匪"，应该说是从王朝角度的诗化的盖棺定论。但从长历史、大时段的角度看，桑结嘉措在与和硕特部汗王的权力斗争中不得不采取秘不发丧的断然举措，暗中支持噶尔丹也只是为了维护其在藏的权力。桑结嘉措的举措从来都不是针对清王朝的，从其稳定权力的两个举措可以看出。其一，请求清中央加以敕封。康熙三十三年（1694年），第巴桑结嘉措借五世达赖喇嘛的名义，上奏朝廷："臣已年迈，国事大半第巴主之，乞请皇上给印封之，以为光宠。"② 康熙帝经过审慎考虑，封给桑结嘉措"法王"称号，同时赐给"掌瓦赤喇怛喇达赖喇嘛教弘宣佛法王布忒达阿白迪之印"③。无可怀疑，第巴桑结嘉措借助清朝中央政府的支持和敕封的天威，为自己撑腰，以便名正言顺地统治西

---

① ［清］乾隆：《御制诗文十全集》卷五十一，清彭元瑞等编，西藏社会科学院西藏学汉文文献编辑室重印，中国藏学出版社1993年版，第644页。
② 《清圣祖实录》卷一六一，康熙三十三年十二月辛未。
③ 《清圣祖实录》卷一六三，康熙三十三年四月丙申。

藏。其二，寻觅达赖转世灵童。第巴桑结嘉措基于既已匿丧，但寻觅五世达赖转世灵童事关重大不能耽误，遂于康熙二十四年（1685年）秘密地选定仓央嘉措，后又将其送到浪卡子宗，由五世班禅亲自负责教育培养。此举同样是与蒙古汗王争夺掌握格鲁派统治大权的接班人，与之进行斗争的措施之一。

要对桑结嘉措复杂的生平做出一个公正的评价，首先，要了解桑结嘉措是怎样的一个人。桑结嘉措诞生于拉萨北郊的大贵族仲麦巴家中。幼年在其叔父第巴陈列嘉措的精心培育下，受到了良好的文化熏陶和教育。顺治十七年（1660年），8岁的他被送到布达拉宫，在五世达赖喇嘛座前聆受显密佛经，开始了严格的佛经学习。达赖喇嘛又为他聘请了一些大学者为师，学习诸多学科文化知识。在这样的严格训练下，他长大后才能登上西藏世俗领导"第巴"的高位。其次，要了解其在"第巴"高位上做了什么事。桑结嘉措利用自己掌握的权力完成了举世闻名的布达拉宫的扩建工程。对《四部医典》进行了整理、校对、修订和注释，成为标准注释本。还编撰了《格鲁派教法史黄琉璃》《六世仓央嘉措传》《五世达赖诗笺》等20多部著作。桑结嘉措以非凡的才能为西藏社会文化做出了巨大贡献。当然，其也为匿丧、欺诈的行为付出了惨重的代价。"策旺劫藏时"指准噶尔部首领策妄阿喇布坦，其遣军于康熙五十六年（1717年）突击西藏，杀拉藏汗，攻占拉萨。"发兵驱以走"谓康熙帝于康熙五十七年（1718年）和康熙五十九年（1720年）两次调兵遣将"平准安藏"。

康熙五十七年（1718年）2月准噶尔军队攻陷拉萨后将近3个月，拉藏汗向清朝告急求救的信才到达朝廷。准噶尔军队占领拉萨后烧杀劫掠、作恶多端，给西藏社会、民众生活和生产秩序带来了极大的混乱和灾难。① 准噶尔军队的暴行和在拉萨的存在对于青海、云南、四川等地立即构成了极大的威胁。康熙帝决定派兵驱逐准噶尔扰藏势力，同年5月"平准安藏"战事进入切实行动阶段，侍卫色楞

---

① 参见杜文凯：《准噶尔贵族侵扰西藏目击记》，见《清代西人见闻录》，李坚尚译，柳陞祺校，中国人民大学出版社1985年版，第129～131页。

率兵2000余人进至通天河地区,陕甘总督额伦特统领大军随后跟进。7月,大军过木鲁乌苏河(即通天河)。额伦特率军出库赛岭,色楞率军出拜都岭。准噶尔兵佯败屡屡退却,而将其精兵埋伏在喀喇河一带。色楞率军急追,欲先渡河扼守狼拉岭之险,急进至喀喇乌苏(那曲)。等到与额伦特会师,准噶尔人已布置好兵力,以番众数万据河阻止清军前进,又分兵出清军之后,截其饷道。战斗相持月余,终因粮食短缺,弹药耗尽,清军约7000人的部队于9月全军覆没,额伦特战死,色楞被俘。此次出兵,乃清王朝对西藏的第一次用兵。由于对西藏的地理、气候及有关情况缺乏必要的了解,准备不够充分;分道派出的两支军队的指挥官平时关系不和,战术配合失当,又轻视敌方,终至惨败。

  清朝"平准安藏"首次用兵失利,使朝廷上下大为震惊,"青海蒙古皆惮进藏,奏言达赖喇嘛可随地安禅,免王师远涉之劳。而王大臣惩前败,亦皆言藏地险远,不决进兵议"①。不少大臣认为藏地险远,不宜用兵。准噶尔的倒行逆施要不要制止,西藏地方的安定要不要维护,在这些原则问题上,康熙帝毫不含糊,特谕议政大臣诸人,指出:"策零敦多卜领兵在藏,以我兵隔远,不能往救。……今满汉大臣咸谓不必进兵,朕意此时不进兵安藏,贼寇无所忌惮,或煽惑沿边诸番部,将作何处置耶?故特谕尔等,安藏大兵决宜前进。"② 康熙帝力排众议,清朝第二次进军西藏是为了边疆安定与国家统一,康熙五十七年(1719年)1月,皇十四子允禵奉旨以抚远大将军领兵出征。允禵坐镇西宁,统一指挥。清军分兵一路进抵乌鲁木齐一线,靖逆将军富宁安驻军阿尔泰、巴里坤一带,以牵制伊犁准噶尔后方兵力,使之不能增援入藏的军队。进藏的清军则分为南、北两路。北路大军为清军入藏主力,由平逆将军延信、固原提督马继伯、山东登州总兵李麟等指挥,率领陕甘满汉官兵,出西宁,向西藏进军,南路大

---

  ① [清]魏源:《圣武记》卷五,《国朝抚绥西藏记上》,中华书局1984年版,第205页。
  ② 《清圣祖实录》卷二八七,康熙五十九年正月壬申。

军由定西将军噶尔弼、四川永宁协副将岳钟琪指挥,率滇、川、楚、浙满汉官兵,出打箭炉,进驻里塘、巴塘,向西藏进军。

在进行"平准安藏"军事准备之同时,清朝推出一项十分高明的政治举措:确认并册封格桑嘉措为达赖喇嘛。允禵到西宁后,即去塔尔寺会见格桑嘉措,向其致意,之后不断与这位达赖喇嘛互相问候。就在"平准安藏"结集军队准备进军之时,大将军允禵特奉命召集青海蒙古王公宣布康熙帝将格桑嘉措封为达赖喇嘛,使之随大军一同进藏,在布达拉宫坐床。这期间,允禵又派官员5人前往札什伦布寺,向五世班禅通报清朝册封格桑嘉措为达赖喇嘛,以争取在藏的格鲁派上层的支持。

此次用兵,在吸取第一次失败教训的基础上,出兵准备格外谨慎,其规模也空前巨大。除上述各路军外,青海蒙古之兵、丽江等处土司之兵也请效力随征。此次出兵西藏总兵力不下20000余人。康熙五十九年(1720年)春,"平准安藏"南、北两路大军展开向西藏的进军。北路延信等人不仅要与准噶尔人作战,而且还有护送七世达赖回藏的任务。他们在簿克河、齐嫩果儿、错冒拉等地打败了准噶尔军队,8月底进驻喀喇河。这时,噶尔弼指挥的南路大军渡过金沙江后长驱深入西藏境内,击败吹穆品尔带领的准噶尔军2000多人的抵抗,于9月初攻占墨竹工卡,用计招降策零敦多布所立之"第巴"达克咱。岳钟琪有诗《西藏口号》描写了当时情形:"几度平蛮入不毛,心倾报国敢辞劳。天连塞草迷征马,雪拥沙场冷战袍。七纵计成三戍靖,六花阵列五云高。壮怀自若硎新发,剑匣时闻龙怒号。"①写出了将军忠心报国、杀敌立功的豪情。9月24日凌晨,南路大军乘皮船渡过拉萨河,进抵拉萨。噶尔弼等人率军攻占拉萨之后,将在三大寺的准噶尔喇嘛100多人全部抓获,并将其5个头目斩首。同时,立即切断了准噶尔主力的供给,使策零敦多布在喀喇河陷于完全孤立状态。延信统领的北路大军于康熙五十九年(1720年)9月在

---

① 《岳容斋诗集》,见国家清史编纂委员会·文献丛刊《清代诗文集汇编》(第358册),上海古籍出版社2010年版,第497页。

藏北一带击退准噶尔军3次夜袭,经过激烈战斗后进抵达木。策零敦多布不得不溃逃回伊犁。10月16日,"平准安藏"两路大军胜利于拉萨会师。

在此次进军中,南路大军的先锋岳钟琪写下了多首藏事诗。其中《黑龙江番寺夜宿》:"画角遥遥月转廊,声喧梵呗室凝香。重围不锁还乡梦,一夜秋风起战场。"① 这是诗人夜宿在黑龙江边藏地的佛寺中有感而作。前两句表现了佛寺夜晚寂幽而又声喧,清冷而又凝香的独特诵经气氛,颇为得体。后两句则抒发了诗人在秋风中的战场思念家乡的情感,对比鲜明,颇为有力。《军中杂咏二首》:"地在乾坤内,人居朔漠间。日寒川上草,松冷雪中山。铁骑嘶沙碛,金戈拥玉关。楼兰诚狡黠,不灭不生还。"② 这组诗也是在西藏时所作,这是第二首。诗篇描写了西藏高原地域辽阔、山河壮丽、霜雪较多的特征。表现了诗人金戈铁马誓灭狡黠的准噶尔军的决心。对仗谨严而造句浅显,意境阔大、意志坚决,受唐边塞诗影响明显。

康熙五十九年(1720年)10月16日这天,随着"平准安藏"大军进藏的达赖喇嘛格桑嘉措进入布达拉宫坐床,拉萨沉浸在热烈的欢庆之中。拉藏汗拥立的达赖喇嘛意希嘉措,在准噶尔军队占领拉萨时被拘禁在甲波日(今药王山)寺庙,为预防可能发生的阴谋,清军将他送至北京,后移住热河,直到病逝。西藏百姓为清朝大军解救他们脱离苦难和护送达赖喇嘛来布达拉宫坐床而欢欣鼓舞,拉萨到处沉浸在欢天喜地的气氛之中,人们"欢声振天,梵音匝地,共祝圣寿无疆,河山巩固"③。

为防范准噶尔可能的再度犯扰,确保藏地的安全稳定,清廷决定留3000官兵驻守,由喀尔喀部蒙古王公策旺诺尔布统领。这是清代

---

① 《岳容斋诗集》,见国家清史编纂委员会·文献丛刊《清代诗文集汇编》(第358册),上海古籍出版社2010年版,第496页。
② 《岳容斋诗集》,见国家清史编纂委员会·文献丛刊《清代诗文集汇编》(第358册),上海古籍出版社2010年版,第497页。
③ 《定西将军噶尔弼平定西藏碑记》,见《卫藏通志》卷十三上,西藏人民出版社1982年版,第350页。

中央政府在西藏驻兵的开始。

"平准安藏"战争胜利后,大军返回北京,康熙帝写下《示平藏将士》诗①:"去年藏里凯歌回,丹陛今朝宴赏陪。万里辛勤瞬息过,欢声载道似春雷。"全诗酣畅淋漓地显示了胜利的欢乐。诗歌前两句"去年藏里凯歌回,丹陛今朝宴赏陪",概括了精心准备的"平准安藏"战争进程的摧枯拉朽般的顺利,皇帝大摆筵宴犒赏三军。后两句"万里辛勤瞬息过,欢声载道似春雷",既强调了战争的艰辛,又表现了胜利的喜悦。全诗充分显现了康熙帝的欢乐之情。"平准安藏"战争的胜利,对藏地治理的加强,对于康熙帝的大一统大业的发展犹如一声春雷,报道着必定成功的春天般的消息。

康熙六十年(1721 年),蒙古王、贝勒、贝子、公、台吉及土伯特酋长等奏:"西藏平定,请于招地建立丰碑,以纪盛烈,昭垂万世。"② 康熙帝允奏,并亲笔写下《平定西藏碑文》。这座清王朝前期治藏的历史丰碑至今仍然屹立在拉萨布达拉山前。它与《噶尔弼平定西藏碑记》一起记录下了这场维护西藏安定的正义之战的始末。

道光年间,与龚自珍齐名,能诗善文,著有《海国图志》等名著的文学家、史学家魏源,写有一首新乐府藏事诗《复西藏》,总结了清前期对西藏的用兵。其中有这样的诗句:"怪哉准噶何猰㺄?其口奉佛,其心夜叉罗刹曾不殊。攘佛之国踞佛都,如来终赖荡武扶。王师三道军容盛,诸部拥护禅林定。"③诗句中"准噶"即准噶尔,明末清初厄鲁特蒙古四部之一,原游牧于天山北路,后来扩展到天山南路,其头目噶尔丹、策妄阿喇布坦等野心膨胀,每每攻掠喀尔喀部蒙古,袭扰青海、西藏,袭击哈萨克、布鲁特等民族或部落。康熙、雍正、乾隆三朝多次用兵,才将其平定。康熙五十六年(1717 年),准噶尔头目策妄阿喇布坦派兵 6000 人袭占拉萨,杀害拉藏汗,幽禁拉藏汗所立达赖喇嘛,西藏处于准噶尔袭扰蹂躏的水深火热之中,康

---

① 参见[清]康熙《御制文第四集》卷三十六,见国家清史编纂委员会·文献丛刊《清代诗文集汇编》(第 194 册),上海古籍出版社 2010 年版,第 397 页。

② 《清圣祖实录》卷二九四,康熙六十年九月丁巳。

③ 赵宗福:《历代咏藏诗选》,西藏人民出版社 1987 年版,第 222 页。

熙帝两次派遣大军"平准安藏",最终赶走了准噶尔,并护送七世达赖入藏进布达拉宫坐床。诗句从"怪哉准噶"下至"禅林定"几句即描写这一历史事件。獂狖是传说中一种吃人的凶兽,这里用来比喻准噶尔的凶残。"其口奉佛,其心夜叉罗刹曾不殊。"这句诗是用了乾隆帝的话。① 意思是准噶尔口头上信奉佛教,而心里却如同魔鬼一样想着吃人。"夜叉"是梵语音译,意为吃人的鬼。"罗刹"也是佛教传说中的一种恶鬼。"曾不殊"就是没有什么不同。"攘佛之国踞佛都"是说袭夺西藏,窃踞拉萨。"如来终赖荡武扶","如来"是梵语音译,佛的十号之一,这里指藏传佛教活佛达赖等。"荡武扶"是指用王朝的武力来荡平时乱,扶持佛教。"王师三道军容盛"指"平准安藏"的三路清兵。当时允禵奉旨于青海居中调度指挥,以南北两路大军展开攻向拉萨的向心进军,另一路大军则西指准噶尔老巢,使之无法增援袭占西藏的准噶尔军队。"诸部拥护禅林定","诸部"指西藏各地方势力,"禅林"原是佛教指僧众聚居的寺院的说法,意为僧众多如众木相倚成林。这里泛指西藏地方政教政权。诗句写得十分真实。康熙五十九年(1720年)春,在"平准安藏"南北两路大军开始向西藏进发的时候,一些西藏地方贵族趁准噶尔军集中兵力阻拦从北路而来的清军时,举行反抗准噶尔的武装起义。在西藏西部有康济鼐、颇罗鼐领导的武装起义。康济鼐是拉藏汗女婿,他管理的阿里地方,准噶尔军队并未能占领,他仍然当阿里噶本。康熙五十八年(1719年),康济鼐截击并杀死押送拉藏汗的一些老属僚到准噶尔地区去的准噶尔士兵,明显表现出与准噶尔人相对抗的政治态度。曾是拉藏汗手下军官的颇罗鼐相信护送合法的达赖喇嘛进藏的清朝大军的胜利是肯定无疑的。他给康济鼐写信,取得联络,彼此策应,反对准噶尔人的武装起义的一个中心终于在西藏的西部形成。阿尔布巴是工布地区大贵族,他一直反对准噶尔对西藏的骚扰,曾在家乡拥兵自卫,抵制准噶尔军向西藏东部推进。后被允禵召到青海,带领北路大

---

① 参见《圣武记》卷五,《国朝抚绥西藏记下》,中华书局1984年版,第206页。"御撰平定准部碑云:其口奉佛,其心乃如夜叉罗刹之食人。"

军先锋部队进军拉萨。康济鼐、颇罗鼐、阿尔布巴等人的反抗准噶尔骚扰西藏的起义,无疑说明了准噶尔在藏统治根本上是不得人心的,说明了清朝大军驱逐准噶尔势力出西藏的正义性质。

第四节 "卫藏战争"与藏事诗的表现

清军驱逐了准噶尔军队,进入拉萨后,立即在延信主持下,由参加"平准安藏"的几个方面的代表人物喀尔喀部蒙古王公策旺诺尔布和敦杜布多吉、青海和硕特部蒙古首领罗卜藏丹津和阿宝、西藏贵族阿尔布巴和隆布鼐组成临时政权,着手进行清除准噶尔在西藏影响的工作,审判、惩处准噶尔统治时期和准噶尔人合作的地方首领。清朝决定推行大力排除蒙古诸部在西藏的角逐和蒙藏统治集团权力斗争的影响,进一步加强对西藏的管理,启用藏族上层人物,并通过他们来推行清朝中央对西藏地方的施政。为更好地贯彻这一治藏策略,避免事权专一、扰乱地方,清朝废除"第巴"一职,而设置几名噶伦共同负责西藏地方行政工作。这是清朝对西藏施政的一个历史性的转折点。康熙六十年(1721年)春,康济鼐、阿尔布巴、隆布鼐被授为噶伦,康济鼐因在阿里截击准噶尔通往西藏的交通要道有功,封为贝子,委为首席噶伦。阿尔布巴亦封为"贝子"。隆布鼐在拉藏汗统治时期曾任仔本,因加入"平准安藏"有功,被封为"辅国公"。雍正二年(1723年),清朝又补任颇罗鼐和扎尔鼐为噶伦。扎尔鼐是达赖喇嘛的强佐,是格鲁派寺院集团的代表。

噶伦制推行之初,未能收到安定西藏地方政局的预期效果。五位噶伦分成两个派系。康济鼐及其支持者颇罗鼐是后藏的贵族,在清朝中央的支持下分别担任了首席噶伦、噶伦,握有管理西藏地方的大权,为前藏的贵族阿尔布巴、隆布鼐所不服,在这些前藏贵族看来,

"按噶丹颇章政府的传统,后藏人不能安插到这样高的地位上来"①。特别是隆布鼐,尤其善于玩弄权术,他将他的两个女儿嫁给七世达赖的父亲,以此结交这位显赫的权势人物,使之支持前藏派系。扎尔鼐作为七世达赖喇嘛的强佐,自然站到阿尔布巴、隆布鼐一边。再加上康济鼐为人傲慢,自恃首席噶伦地位高,常轻视众噶伦,两派争权夺利激烈,动辄为小事争吵,就是在进藏的钦差官员面前,亦不能掩饰其互相之不睦。

噶伦们严重不和,两派相互倾轧日剧,藏事每况愈下,清朝决定撤销隆布鼐、扎尔鼐噶伦职务,支持康济鼐的权力地位。推出这一措施的旨令下达和执行情况,文献记载不详。按通常的做法,要由派遣到藏的大臣来宣布和执行。雍正五年(1727年),雍正帝"著内阁学士僧格、副都统马喇差往达赖喇嘛处"②,显然与此有关。正因为如此,当得知北京的专使启程而来之时,阿尔布巴、隆布鼐等人设计抢先发难,藏历六月初,在大昭寺主殿隔壁噶伦们通常开会的地方,杀害了康济鼐。随即又派兵赶往江孜捕杀因妻子患病而告假在家的颇罗鼐。颇罗鼐决定布置重兵坚守其颇拉庄园,自己退到后藏邻近阿里的地方,联合康济鼐之兄阿里总管的力量,举兵反抗,史称之"卫藏战争"就此爆发。

"卫藏战争"爆发后,颇罗鼐立即向朝廷上奏,陈述其是为保卫家园、打击叛乱而战,呈请朝廷派兵安藏。雍正帝未当即下决心派兵进藏,但在这年年底,当战争双方在后藏相持之时,决定"特派大臣领兵料理","目今预备,俟青草发萌时前去","著左都御史查郎阿、副都统迈禄前去"③西藏。从甘青和四川、云南分别进兵。云南一路由滇军将领南天祥率领。此乃清王朝第三次出兵西藏。

雍正六年(1728年),因西藏噶伦阿尔布巴谋害首席噶伦康济鼐

---

① 多卡夏仲·策仁旺杰:《颇罗鼐传》,汤池安译,西藏人民出版社1988年版,第232页。
② 《清世宗实录》卷五二,雍正五年正月丁巳。自此,清朝中央派遣大臣常川驻藏办事,推行驻藏大臣制度。
③ 《清世宗实录》卷六三,雍正五年十一月癸丑。

和进攻噶伦颇罗鼐而引发卫藏战乱,毛振翩被派遣督运入藏滇军粮草至察木多,遂有诗纪其行、志其事,著作有《半野居士集》《半野居士焚余集》等。毛振翩的藏事诗从一个侧面反映了卫藏战争云南一路的进军情形。

毛振翩共写下藏事诗80多首。除描写自然山川的诗外,其他诗真实地将卫藏战争的实况展现在了后人面前。其诗《入塞客以为难赋此答之》写出进藏平乱的豪情:"为佐兵符远出师,横行直欲抵西陲。热肠早化关山雪,壮气还空铁骑儿。大将军威凌草木,书生笔阵撼旌旗。悬知指顾狼烟息,庙算曾闻一岁期。"①"大将"指南天祥;"悬知"指料想、预知;"指顾"谓一指一瞥之间,形容短暂;"狼烟息"形容战事胜利结束,诗人豪迈地预测战争结束之快;"庙算"指朝廷或帝王对战事进行的谋划。《孙子·计篇》张预注:"古者兴师命将,必致斋于朝,授以成算,然后遣之,故谓之庙算。"庙算的用兵时间是一年。全诗充满了必胜的信心。

另一首《次大理府闻南大总戎兵出会城》,诗题中的"次"指停留,止,也指行军在一地停留超过两宿。《左传·庄公三年》:"凡师一宿为舍,再宿为信,过信为次。"②即指毛振翩督运兵粮到大理府停留超过两宿时,听说"南大总戎"即入藏云南绿营兵统领总兵南天祥,已兵出会城。诗人在诗中写实描绘军队"兵富军容整,法严部伍间。元戎思转战,飞报到重关"。"元戎"指南天祥统领之入藏大军。这样的大军在诗人的眼中是"龙蛇腾洱海,虎豹守苍山"③,赞美之情诗化为"龙蛇""虎豹"这般形象化的威武之辞。在行军途中,诗人又写下充满深情的《一家人竹枝词》:"天兵扫荡极边尘,中外同沾大地春。到此华夷休两看,通衢早号一家人。"④"中外同沾

---

① 毛振翩:《半野居士集》(清乾隆刻本)卷四,页二下,见国家清史编纂委员会·文献丛刊《清代诗文集汇编》(第259册),上海古籍出版社2010年版,第398页。
② 杨伯峻:《春秋左传注》,中华书局1981年版,第161页。
③ 毛振翩:《半野居士集》(清乾隆刻本)卷四,页五下,见国家清史编纂委员会·文献丛刊《清代诗文集汇编》(第259册),上海古籍出版社2010年版,第399页。
④ 毛振翩:《半野居士集》(清乾隆刻本)卷四,页十上,见国家清史编纂委员会·文献丛刊《清代诗文集汇编》(第259册),上海古籍出版社2010年版,第402页。

大地春"既是写实又是比喻,写实是大军进藏时正是春天,比喻是入藏大军平定叛乱,一扫藏族聚居区战争阴云,给藏族聚居区带来和平、安定的希望。这里"中外"指中原与边疆。中原,属内地;外,相对于内,即指边疆。儒家的"华夷"观在这样的现实和政治生活的春天到来时,中原与边疆通过战争的洗礼,并经贸易交通,早已成为密不可分的一家人。

在毛振翱的眼里,"一家人"的现实是在《热水塘蛮家竹枝词》诗中体现的:"半竿斜日到蛮家,妇子欢迎汉使车。更与殷勤供晚饭,青稞面和奶酥茶。"① 这是古代箪食以迎王师的藏地版。"热水塘"即温泉地方②。晚饭即为最有藏地特色的"青稞面和奶酥茶"。"青稞面"即藏语所称糌粑,为青稞洗净炒熟磨成的粉,类似炒面,藏族特有的一种主食。"奶酥茶"即酥油茶。在熬煮成的砖茶汁水中,加入盐、加入从奶中提取的酥油,倒入酥油茶桶(藏族称"董莫"),用木制搅拌杆(藏语称"甲罗")上下抽动至水和酥油交融而成。这是藏族下层百姓对清朝进军西藏的态度。那么藏族上层呢?诗人在《多台》一诗中写道:"归化喇嘛投哈嗒,迎师碟把捧酥茶。"诗人在自注中解释"哈达","以白绸二尺持见,谓之哈嗒";解释"碟把","土营官呼为碟把"③。所谓"归化喇嘛"就是拥护清中央支持朝廷进军西藏的藏传佛教僧人。酥茶即酥油与茶叶(砖茶),亦释酥油茶,这里指捧献酥油茶壶。可见,进藏官兵广受藏族上下层的爱戴和欢迎。

在督运军粮的途中,自然会遇到各种各样的险阻,尤其是日益增长的思乡之情的困扰。作者怎样用诗歌语言来表达的,在《坝台书怀》二首诗中有所体现。"从来国重一身轻,奉使何分路险平。"诗

---

① 毛振翱:《半野居士集》(清乾隆刻本)卷四,页十上,见国家清史编纂委员会·文献丛刊《清代诗文集汇编》(第259册),上海古籍出版社2010年版,第402页。
② 参见《三省入藏程站记·云南入藏程站》载:"渡金沙江以来,绝无人烟,由土官村一百一十里至拖木朗,万山中忽见平原旷野,古宗数家……此地有温泉。"古宗,当地对藏族人的一种旧称。
③ 毛振翱:《半野居士集》(清乾隆刻本)卷四,页十三下,见国家清史编纂委员会·文献丛刊《清代诗文集汇编》(第259册),上海古籍出版社2010年版,第404页。

人因有以身许国的豪情,所以不必分道路之险平。道路的艰险、思乡之情却是客观存在的,所以难免"云气朝浮心目黯,江涛夜吼梦魂惊"。即早晨"心目黯",夜晚"梦魂惊"。在写眼前艰难时,反衬思乡之情。但在艰难中还是有收获的,"诗情偏自车中得";诗人用诗句分析自己的能力、身份,"学剑学书原两用";虽不能军前杀敌,还是鼓励自己更上层楼,"莫输儒将独成名"①。很明显,诗人是充分了解诗歌的传世价值的。在另一首诗中,诗人从古代的英雄人物身上汲取力量。"劳我挽输军命倚,佐人谈笑止干戈。管乐奇谋愧不如,量沙犹笑法多疎。"在战争中虽然只是督运军粮的,虽然没有春秋战国著名人物管仲、乐毅那样的奇谋,要把军粮运到"量沙"那样的地步,还是"犹笑法多疎",需要多想想办法的。要做到"饱腾士马军声忾",诗人认为"须读萧何挽运书",即多汲取古人成功的经验。在经过一番思考后,诗人心中充满了超越古人、再建新功的豪情,不由得发出了"停车櫜矢且高歌,颇牧功名竟若何"②的壮语。

  对"卫藏战争"的性质,诗人在《次乌鸦寄问活佛》一诗中有准确的表述:"两丑相残震法王,眉间空说有神光。"③"两丑相残"系指西藏噶伦两派,即前藏以阿尔布巴为首的一派与后藏康济鼐、颇罗鼐一派内讧。内战的双方都向清朝中央讦奏对方,希望得到朝廷的支持,清朝也一度认为康济鼐被杀系"自相残害之小事,不须用兵"④,但朝廷愿意看到颇罗鼐战胜阿尔布巴一派,相信"此举若能事成,于西藏有益"⑤。就在颇罗鼐率后藏兵与前藏军队奋力作战,隆布鼐力图控制颇罗鼐统治地区及颇拉庄园之时,雍正帝担心在拉萨的驻藏大臣僧格、玛喇"或为阿尔布巴所惑,从中讲和,或被阿尔

---

① 毛振翮:《半野居士集》(清乾隆刻本)卷四,页十六上,见国家清史编纂委员会·文献丛刊《清代诗文集汇编》(第259册),上海古籍出版社2010年版,第405页。
② 毛振翮:《半野居士集》(清乾隆刻本)卷四,页十六下,见国家清史编纂委员会·文献丛刊《清代诗文集汇编》(第259册),上海古籍出版社2010年版,第405页。
③ 毛振翮:《半野居士集》(清乾隆刻本)卷四,页十八上,见国家清史编纂委员会·文献丛刊《清代诗文集汇编》(第259册),上海古籍出版社2010年版,第406页。
④ 《清世宗实录》卷六一,雍正五年九月庚申。
⑤ 《清世宗实录》卷六二,雍正五年十月乙亥。

布巴等诓诱,以至颇罗鼐受害,则大有关系。著岳钟琪于川陕标下官员选择熟习番情、通晓番语可以差遣往藏者,速令其前往,将一应情节密述与马喇、僧格,俾伊等心中明白,则诸事无阻"①。所以毛振翮进入西藏和到察木多后频频遇到四川将领和官员,其亦将所遇写入诗中,如《擦瓦冈遇蜀将》②《赠戎州王太守》③。

入藏滇军是一支训练有素的劲旅,在进驻察木多后,再未深入前藏。毛振翮在《观兵》一诗中写道:"森森戈戟列如云,五色戎衣部曲分。一诺声真摇佛胆,千群气直压蛮氛。不烦天将还深入,早殄渠魁欲罢军。筹饷届期真得算,好飞边信慰吾君。"④描写了入藏滇兵军容严整、气势如虹的军威。其"早殄渠魁欲罢军"的自注:"时后藏坡罗鼐已自获前藏阿拉布巴。""坡罗鼐"通译颇罗鼐(1689—1747年),后藏人。颇罗鼐为其家族名称,名为索朗多吉。雍正五年(1727年)阿尔布巴挑起噶伦内讧,颇罗鼐起兵自卫,由弱转强。次年,清军尚未开到,颇罗鼐已攻入拉萨,擒获阿尔布巴。"阿拉布巴"通译阿尔布巴,全名为阿尔布巴·多吉杰波,工布大贵族。颇罗鼐率军攻进拉萨围困布达拉宫的同时,在其控制的拉萨地区大力恢复社会秩序时。雍正六年(1728年)7月4日僧格、玛喇离开布达拉宫,7月5日各寺喇嘛将阿尔布巴等擒获,颇罗鼐将他们拘禁,来见玛喇、僧格,"乞奏闻皇上,加恩赏赐"。雍正帝"著查郎阿等将预备军需钱粮内动支三万两,给予颇罗鼐,令其酌量赏兵"⑤。如果说在颇罗鼐初步恢复拉萨社会秩序时,驻藏大臣僧格、玛喇离开布达拉宫已表明清王朝在这场卫藏战争中公开站在颇罗鼐一边,那么在颇罗鼐拘禁阿尔布巴一伙之后,清朝批准驻藏大臣代为奏请赏赐颇罗鼐

---

① 《清世宗实录》卷六二,雍正五年十月乙亥。
② 毛振翮:《半野居士集》(清乾隆刻本)卷四,页十八下,见国家清史编纂委员会·文献丛刊《清代诗文集汇编》(第259册),上海古籍出版社2010年版,第406页。
③ 毛振翮:《半野居士集》(清乾隆刻本)卷四,页二十三下,见国家清史编纂委员会·文献丛刊《清代诗文集汇编》(第259册),上海古籍出版社2010年版,第408页。
④ 毛振翮:《半野居士集》(清乾隆刻本)卷四,页二十三下,见国家清史编纂委员会·文献丛刊《清代诗文集汇编》(第259册),上海古籍出版社2010年版,第408页。
⑤ 《清世宗实录》卷七一,雍正六年七月辛酉。

的兵丁,则无疑表明朝廷全然肯定颇罗鼐的起兵,置阿尔布巴等人于被惩处的地位。9月4日,查郎阿、迈禄率领清朝军队进驻拉萨后,立即会同驻藏大臣僧格、玛喇对阿尔布巴、隆布鼐、扎尔鼐等人进行审讯,定为"叛逆"大罪,处以极刑,以示惩戒。

毛振翧在《南桥送李啖柏还滇》诗中咏道:"万里送行人,行人莫回首。泪湿河桥衣,相看立良久。同事戎马来,边戍独余守。岂不念庭闱,国重家应后。庙算出万全,亦已获小丑。为报归人期,春山遍新柳。"① 在胜利到来时,一些不急需的人员就要回归原守,"同事戎马来,边戍独余守。岂不念庭闱,国重家应后"。虽然诗人说只有自己留下戍守,难道就不思念远方的亲人?但诗人又善于自我开解,只因"国重家应后",表达国事重于家事的理念,而矢志忠于职守。送朋友还滇时,依然情难自已,"万里送行人,行人莫回首。泪湿河桥衣,相看立良久"。请朋友给家人捎去"为报归人期,春山遍新柳",即来年春天一定回到家人身边的消息。在《塞外书怀次魏尔臣原韵》诗中,归乡思亲之情已溢于言表:"寒花片片绕营飞,冷逼红炉夜共围。出塞征鸿随处息,恋人社燕喜春归。千军待哺吁筹拙,万里思亲怅信稀。家国两商情不寐,戎衣何日换斑衣。"② 在寒冷的冬天,夜晚歇息时,诗人梦到"恋人社燕喜春归",思亲之情入梦来。眼前的现实是"千军待哺吁筹拙,万里思亲怅信稀",留守滇军的军粮怎样筹措呢?诗人虽然给家人写了很多信,但家乡的回信怎么这样的稀少呢?"家国两商情不寐",忠于职守的责任心与想念亲人的思乡心在诗人的心中权衡,使诗人常常夜不能寐。诗人由衷地发出了"戎衣何日换斑衣"的呼唤。"斑衣"即指服彩衣。典出《南史·张裕传》:"(张嵊)少敦孝行,年三十余,犹斑衣受稷(张稷)杖。"所谓斑衣是古代服侍双亲的衣服。表达了诗人想要回乡服侍双亲的急

---

① 毛振翧:《半野居士集》(清乾隆刻本)卷四,页二十八下,见国家清史编纂委员会·文献丛刊《清代诗文集汇编》(第259册),上海古籍出版社2010年版,第411页。
② 毛振翧:《半野居士集》(清乾隆刻本)卷四,页二十八下至页二十九上,见国家清史编纂委员会·文献丛刊《清代诗文集汇编》(第259册),上海古籍出版社2010年版,第411页。

迫心情。

在胜利到来，南归之日可待时，人们很自然地会回想整个事件的来龙去脉。毛振翧也不例外，其《江干远眺》写道："破虏今随马伏波，旌旗南返问如何。江分两道双桥锁，藏隔千山三路过。青鬓经霜容易改，贞心匪石不曾磨。请缨亦是儒生事，拟灭渠魁早罢戈。"①"江分两道"指"昌都营前两水交流"。"藏隔千山三路过"诗人自注："西秦、四川、云南分三路进兵。""西秦"即陕西。虽然岁月流逝、历经苦难，但"贞心匪石不曾磨"，诗人的报国之心没有丝毫改变。在《春日漫兴》诗中，"二月春将半，一年人未归。还须天将合，才解法王围。地重丹书捷，天遥雁信稀。庭闱频入梦，心逐海云飞"②。随着时间的流逝，春已将半，一年已逝。"还须天将合"诗人自注："三省官兵会于西藏。""才解法王围"诗人自注："时活佛为颇拉奈兵困。""法王"，是佛教对释迦牟尼的尊称，亦借指高僧，这里指七世达赖。"颇拉奈"即颇罗鼐。昌都地处由川入藏的要冲，清廷决定滇军撤回云南，布防交由川军的命令文书很快到达。诗人在诗歌中最后一次表达了思念家乡、亲人之情，"庭闱频入梦，心逐海云飞"，那思亲之心已飞逐海云回归家园了。

在阿尔布巴事件平息之后，驻藏大臣衙门正式在拉萨设立，领兵进藏的将领实际上成为驻藏办理事务大臣。雍正六年（1729年）1月由办理西藏事务吏部尚书查郎阿领衔奏报："遵旨令颇罗鼐总管后藏事务。……颇罗鼐办理噶隆事务，为人心服。查前、后藏相离不远，事可兼办。臣等暂令颇罗鼐统管前藏、后藏，俟达赖喇嘛迁移完毕，招地撤兵，再令颇罗鼐专管后藏。"③查郎阿的奏报获得雍正帝批准，颇罗鼐的权力得到了清朝中央的确认。鉴于七世达赖之父同阿尔布巴等人的关系过密，为杜绝纷乱再起，清朝命驻藏大臣副都统玛

---

① 毛振翧：《半野居士集》（清乾隆刻本）卷四，页三十下，见国家清史编纂委员会·文献丛刊《清代诗文集汇编》（第259册），上海古籍出版社2010年版，第412页。

② 毛振翧：《半野居士集》（清乾隆刻本）卷四，页三十下，见国家清史编纂委员会·文献丛刊《清代诗文集汇编》（第259册），上海古籍出版社2010年版，第412页。

③《清世宗实录》卷七六，雍正六年十二月丁亥。

喇领兵护送七世达赖至里塘,并"留驻里塘同萧格照看达赖喇嘛"①。毛振翧的留驻昌都,筹备军粮,可能就与迁移达赖喇嘛的行动有关。其留下的《迁置达赖喇嘛于俚塘格达城(二首)》可以为证。诗题中的"达赖喇嘛"指七世达赖。因其父与阿尔布巴一伙的关系,遭到颇罗鼐疑忌。"俚塘"是藏语地名音译,通译里塘、理塘,为七世达赖之出生地。"格达城"汉名为泰宁,距离打箭炉仅200余里,雍正八年(1730年)2月,雍正帝命令将七世达赖从里塘移驻于泰宁。此诗之其一:"指麾一计定西天,移取如来置蜀边。从此强番佛不到,千秋衣钵倩谁传。"②"指麾"同指挥、发令调遣,朝廷发令调遣、一计安定西藏。"如来"指七世达赖。将达赖移驻到川边,这样既有利于达赖的安全,也有利于颇罗鼐在藏掌权与西藏地方的稳定。诗人在诗句的结尾提出"从此强番佛不到,千秋衣钵倩谁传",达赖喇嘛不驻藏,那么"千秋衣钵"传给谁呢?诗人这个疑问表面似开玩笑,实际上显示了毛振翧不凡的洞察力。达赖的移驻只是个权宜之计,历史不久就实现了达赖喇嘛的重返拉萨。全诗充满调侃味道,但在调侃文字的背后凸显了清朝在西藏控驭力量的巨大。其二:"行路迟迟意黯伤,谁云活佛号空王。更怜卧辙纷纷泪,哭断西天衲子肠。"③毛振翧并未亲眼见到达赖喇嘛离开拉萨,而这首诗却能表达出一种现场感,充分显示了诗人惊人的想象力。诗歌第一句描画了七世达赖一行黯然离开拉萨,"行路迟迟"充分展现了无奈和心有不甘之情。"空王"佛教语,是佛的尊称。佛说世界一切皆空,故称"空王"。见到这样的一群行人,使人不免发出谁说达赖活佛是空王的疑问。因为"空王"应该是万事皆空的,应该是看透一切的,应该是对奢华生活及权利没有留恋的。"卧辙"是挽留去职官吏的典故。典出《后汉书·侯霸传》,大意是东汉侯霸为淮阳太守,征入都,百姓

---

① 《清世宗实录》卷七十八,雍正七年二月壬寅。七世达赖喇嘛后移驻泰宁。
② 毛振翧:《半野居士集》(清乾隆刻本)卷四,页三十一,见国家清史编纂委员会·文献丛刊《清代诗文集汇编》(第259册),上海古籍出版社2010年版,第412页。
③ 毛振翧:《半野居士集》(清乾隆刻本)卷四,页三十一,见国家清史编纂委员会·文献丛刊《清代诗文集汇编》(第259册),上海古籍出版社2010年版,第412页。

号哭遮使车，卧于辙中，乞留霸一年。唐代杜甫《奉送王信州崟北归》诗有“解龟踰卧辙，遣骑觅扁舟”[①] 的名句。这里是说更可怜道旁送行的拉萨僧俗人众挽留时的纷纷热泪，特别是那些送行的喇嘛们都哭断了肚肠。当然这是诗人夸张的语言，但文学的价值就在于能将过往的情形鲜活地展现在读者面前。毛振翧在其《半野居士焚余集》中还有记载：“圣旨谓达赖喇嘛曰：佛本清净，诸番扰害，西顾实殷，迁置格达城（地名），妥佛也，其速往诸。此时达赖喇嘛去之不忍，留之不得，收拾残经，检点行李，哭辞佛祖，痛别番僧，凄然偕冢宰（查朗阿）、都统（迈禄）于冬月二十三日就道。嗟呼！谁谓空门看破一切，背井离乡，虽活佛亦不能忘情焉。”[②] 补充说明了当时的情形。

噶伦争权内斗事件平息后，清朝中央将西藏的政务委于颇罗鼐一人总理的同时，推出了另一个重要举措，就是上述将七世达赖格桑嘉措从拉萨移驻到康区的里塘和泰宁，坚决推行宗教不得干涉政务的“政教分立”的政策。

在办理西藏事务的吏部尚书查郎阿等人的屡次敦请之下，七世达赖及其生父索诺木达尔札一行终于于雍正六年（1728 年）冬自拉萨启程，并在驻藏大臣玛喇奉旨亲自领兵护送下，缓缓行进，于次年春住进金沙江以东的里塘。在里塘，达赖喇嘛受到鼐格的周到的接待和严密的护卫。雍正帝指示，“喇嘛一切用度供给，俱当从丰裕料理之”，命令四川重庆镇臣任国荣统领从由四川进藏的马步兵丁内挑选三千精兵担任驻守防卫。[③] 四月，雍正帝颁赐给达赖喇嘛以满、蒙、藏三种文字书写的敕谕一道。敕谕宣布达赖喇嘛先在里塘驻锡，不用赴京觐见，已特命建造大庙，供其驻锡，来振兴黄教。敕谕特别提

---

① ［唐］杜甫：《杜诗详注》（第四册），［清］仇兆鳌注，中华书局 1979 年版，第 1664 页。

② 毛振翧：《半野居士焚余集》（清乾隆刻本），见国家清史编纂委员会 · 文献丛刊《清代诗文集汇编》（第 259 册），上海古籍出版社 2010 年版，第 623 页。

③ 参见《岳钟琪奏为预办达赖喇嘛进住里塘事宜请旨遵行折（雍正六年十二月初七日）》，见《元以来西藏地方与中央政府关系档案史料汇编》，中国藏学出版社 1994 年版，第 434 页。

到，"若想念拉萨，可径请旨，任尔往来"①。这实际上是以优礼关怀的词语委婉地说明达赖喇嘛不得马上返回拉萨，要长期驻锡在清廷为其指定的地方。

清廷选定供达赖喇嘛长期驻锡的地点，不是达赖出生地里塘，而是在泰宁（今四川甘孜藏族自治州道孚县境内）。雍正帝亲自过问庙宇建造，不惜动用清政府数十万两库银，庙式特交朝臣议定，绘图钦颁。数月间建成殿堂楼房一千余间、平房四百余间，钦赐庙名惠远，雍正帝并亲撰《惠远庙碑文》立碑昭示。总之，清朝中央对移驻达赖喇嘛的行动，既要郑重考虑如何便于防范驾驭，又要充分体现出朝廷优礼达赖喇嘛，振兴黄教的一贯既定国策。

清王朝的统治在中前期之所以能够成功，在于满人的并未完全彻底汉化，而是保留了相当程度的满族特性。正是这种满族特性的影响，使得清朝的皇帝在不同的族群面前展现出的是不同的形象：他是汉族人的皇帝，蒙古族人的可汗，满族人的族长，藏族人的文殊菩萨，并在一定程度上由朝廷推行民族隔离政策，致使不同族群之间无法通过日常生活的交往自然形成集体认同。这一统治策略与传统史家的结论迥异，诸如钱穆认为清朝并没有多少制度建设，大体是因袭明朝；何炳棣则强调满族的汉化或儒化，是清朝成功统治的根源。从史实层面来看，清王朝在历史上第一次成功解决了北方游牧民族对中央政权的威胁，或多或少得益于这种多元化的"复合君主制"；而后清朝覆亡，君主不再，通过皇帝有形的身体建立起来的王朝的同一性也就随之消解，庞大的国家便面临着分崩离析的危险。

清朝中央在噶伦内斗事件甫经平息，即推出移驻达赖喇嘛的举措，其缘由并不是召其"赴京朝觐天颜，聆听训诲"②，虽然据藏文文献记载，这确是当时宣布的要七世达赖离开拉萨前往川西康区的理由。《颇罗鼐传》就记载有驻藏大臣查郎阿等人曾亲往布达拉宫对七

---

① 《敕谕达赖喇嘛先在里塘驻锡毋庸赴京觐见（雍正七年四月初八日）》，见《元以来西藏地方与中央政府关系档案史料汇编》，中国藏学出版社1994年版，第437页。

② 《鼐格转奏达赖喇嘛谢恩并请觐见（雍正八年二月二十七日）折》，见《元以来西藏地方与中央政府关系档案史料汇编》，中国藏学出版社1994年版，第440页。

世达赖喇嘛说:"早就期望着达赖喇嘛和康熙皇帝相见,然而皇上归天了。他的太子继承帝位,登基亲政,希望同达赖喇嘛会面,请到长城一游,因此,命我等前来迎请达赖。相见之后,只需一年,就可启程回藏。"但这显然是令其离开拉萨,移驻康区的一种最好的托词,所以《颇罗鼐传》评论:"这些话,深奥莫测。"当时,普遍引起了疑虑。但又不能不接受,正像查郎阿所言:"说达赖喇嘛和大皇帝相见欠妥,这不是十分荒谬吗?"① 移驻达赖喇嘛,也不是如一些论著所述,因其时准噶尔觊觎西藏,出于一种安全防范上的考虑。此说的根据是雍正帝本人曾说过,"从前令达赖喇嘛移驻泰宁,原因彼时藏中有阿尔布巴等事,恐准噶尔逆贼乘间来犯,是以令其移至近边地方,以便照看"。这似乎可视为定论了,但雍正帝接着说:"其随来之弟子人等,久离乡土,未免怀归。今贝勒颇罗鼐实心效力,将唐古特、厄鲁特之兵操练精熟,各处紧要隘口,俱已严固防守,藏中晏然无事,班禅额尔得尼年迈有疾,应令达赖喇嘛回藏。"② 在移驻 6 年之久而不得不考虑达赖返藏之时,雍正帝讲这番话,与其说是阐明将七世达赖移驻泰宁的原因,不如视为申述准令达赖回藏的理由。同时,应注意的是雍正帝所言"原因彼时藏中有阿尔布巴等事",确是一语道出移驻达赖喇嘛的举措与阿尔布巴事件的关联。七世达赖系统在噶伦两派的内斗中并不是完全中立无所偏向的,达赖当时年龄还轻,但其生父索诺木达尔扎却干预政治,成为阿尔布巴、隆布鼐一伙的权势后台,在当时已不属秘密。清廷即推出"政教分立"政策,授权颇罗鼐掌政地方,势必要妥善处置有关达赖的问题,将达赖从拉萨移驻里塘、泰宁,实为考虑到其时西藏地方安定所必须采取之举措,所以《卫藏通志》称:"敕封颇罗鼐为贝子,总管西藏事务,并议迁达赖喇嘛于里塘,以杜衅端。"③

七世达赖喇嘛从拉萨移驻里塘、泰宁后,清朝在支持颇罗鼐掌

---

① 多卡夏仲·策仁旺杰:《颇罗鼐传》,汤池安译,西藏人民出版社 1988 年版,第 346~347 页。
② 《清世宗实录》卷一四五,雍正十二年七月癸巳。
③ 《纪略上》,见《卫藏通志》卷十三上,西藏人民出版社 1982 年版,第 352 页。

政、优待达赖喇嘛两个方面抓紧做了许多工作，推行了一系列措施，并均收到了预期的效果。政教两个系统均竭诚拥戴清朝中央，听命于皇帝本人，西藏政教分立形势业已形成定局，经过几年治理，"藏中晏然无事"，再无留驻七世达赖喇嘛于外地之必要。雍正十二年（1734年）雍正帝谕准七世达赖回藏，特派果亲王允礼前往泰宁惠远庙看视达赖喇嘛，通知皇帝已同意他回归西藏，并向颇罗鼐通告达赖喇嘛即将返回拉萨一事。

果亲王允礼，是清圣祖玄烨第十七子。其于雍正十二年（1734年）奉旨偕三世章嘉呼图克图去泰宁宣谕七世达赖喇嘛返藏。雍正帝特派宗亲宣旨、看望，以示隆重。果亲王允礼雅娴翰墨，并精绘事，是清皇族中风雅之士，遂有《西藏往返日记》《奉使纪行诗》之所由作。允礼的藏事诗留下不多，从飞越岭、泸定桥、大冈一路走来，一路都留有诗篇。其中，《打箭炉》较好地反映了其沿途观感。"绝徼牦牛外，羌浑星散居，通华缘蜀相，问俗驻辎车。险尽猢梯月，霜空雁足书，欣承淳化洽，烟火遍荒墟。"① 打箭炉，今为康定。历史久远，汉武帝时属牦牛县管辖，唐时置土司统治，明时归明正土司统治，清置打箭炉厅（1904年升为直辖厅），1913年改设康定县。打箭炉，传为三国蜀相诸葛亮所派将军郭达铸铁打箭之处，实为藏语地名"打折多"之汉文音译。"打折多"，意为打水（藏语"打曲"）与折水（藏语"折曲"）会流之处（藏语称为"多"）。允礼《西藏往返日记》：雍正十二年（1734年）十二月"十九日，憩柳杨，登大小猢梯，猢梯以西山势略开，江岸有地，番人垒石为碉楼，相与聚居，即打箭炉也。"② "绝徼牦牛外，羌浑星散居，通华缘蜀相，问俗驻辎车"，诗句写在绝远的盛产牦牛的边外，藏族群众都零星地散居着。这地方与中原交往传说缘于蜀相诸葛亮，停下使者所乘的轻车来打问当地风俗。诗人自注："打箭炉未详所始，旧传诸葛武侯铸军器

---

① ［清］允礼：《奉使纪行诗》（清雍正刻本），页四十三，见国家清史编纂委员会·文献丛刊《清代诗文集汇编》（第283册），上海古籍出版社2010年版，第806页。

② ［清］允礼：《西藏往返日记》，见《川藏游踪汇编》，吴丰培编，四川民族出版社1985年版，第86页。

于此，因名。""险尽猢梯月"诗人自注："大小猢梯，皆山路极险处。""霜空雁足书"中的"雁足书"典出《汉书·苏武传》。其载：汉苏武出使匈奴长期被扣。昭帝时匈奴与汉和亲，汉求释放苏武，匈奴谎称苏武已死。汉使知情，乃向单于佯言："天子射上林中，得雁，足有系帛书，言武等在大泽中。"单于惊以为真，只得释放苏武归汉，后因称书信为"雁足书"。"险尽猢梯月，霜空雁足书"，诗句意为此地地势险要，难通书信。"欣承淳化洽"，"淳化"敦厚的教化。诗句意为很高兴承受当地敦厚的教化、和谐的生活。"烟火遍荒墟"诗人自注："炉地旧属荒墟，今则间闾扑地矣。"允礼《西藏往返日记》："雍正七年（1729年）移雅州府同知驻此，为通西藏西海之要区，茶货所聚，市肆稠密，烟火万家。"① 万家灯火已遍布荒墟。

其诗《至惠远庙 地名噶哒》："击钵吹蠡拥使軿，为迎丹綍下冰天。星霜三月衔恩重，雨露殊方拜诏虔。久抚不毛同近甸，更回离照烛遐边。狄鞮宣谕懂雷动，喜见皇仁万里传。"② 据《西藏往返日记》载：允礼于雍正十二年（1735年）2月4日抵泰宁，原藏名噶哒。雍正七年（1729年）降旨于其地特建庙宇供七世达赖住锡，赐庙名"惠远"。雍正八年（1730年）迁达赖喇嘛居此，并赐地名"泰宁"。果亲王允礼一行抵达噶哒，"击钵吹蠡拥使軿"，惠远庙僧人设仪仗相迎。"使軿"即使车，使者所乘之车。"为迎丹綍下冰天"，七世达赖亲至寺庙山门，迎接圣旨。"丹綍"用丹笔书写的皇帝的诏书。"星霜三月衔恩重，雨露殊方拜诏虔"，允礼的《西藏往返日记》载："是日至惠远庙，宣传圣旨，颁给达赖喇嘛及其弟子酋长等赐物有差。"③ "二十四日，达赖喇嘛设宴于都冈楼，是日拜发奏

---

① [清]允礼：《西藏往返日记》，见《川藏游踪汇编》，吴丰培编，四川民族出版社1985年版，第86页。
② [清]允礼：《奉使纪行诗》（清雍正刻本），页四十三下，见国家清史编纂委员会·文献丛刊《清代诗文集汇编》（第283册），上海古籍出版社2010年版，第806页。
③ [清]允礼：《西藏往返日记》，见《川藏游踪汇编》，吴丰培编，四川民族出版社1985年版，第86页。

章"①，叩谢恩准返藏。诗句吟述在三月传圣旨带着皇帝的深恩，这雨露般的恩泽遍洒殊方，达赖喇嘛虔诚地拜诏、受诏。"久抚不毛同近甸，更回离照烛遐边"，诗句咏述朝廷长久地慰抚荒远的边地，宣谕来到了边地，皇帝明察就像火炬一样一直照到遐远的边疆。"离照"比喻帝王的明察。"狄鞮宣谕懽雷动，喜见皇仁万里传"，"狄鞮"是古代翻译西方民族语言的专称。《礼记·王制》："五方之民，言语不通，嗜欲不同。达其志，通其欲，东方曰寄，南方曰象，西方曰狄鞮，北方曰译。"诗句写翻译官宣读圣旨后欢声雷动，欣喜地看到皇帝的仁德在万里之外传播。《西藏往返日记》载："雍正十三年乙卯元旦，在泰宁率文武官弁拜万岁牌于（惠远庙）都冈楼，是日天气晴和，臣民欢忭，望阙抒诚，咸荷骈臻，远被车书文物之广，洵前古所罕见也。"②

当允礼在泰宁宣谕时，另一份相同的谕旨送到拉萨，颇罗鼐接到谕旨后，向驻藏大臣玛喇做了拥护清朝中央允许达赖喇嘛返回拉萨的表态，请求代其转奏："卑职颇罗鼐及土伯特喇嘛、黎民百姓亦各不胜欣忭，叩谢天恩。"③五世班禅对送达赖喇嘛回藏，亦具奏书，做了积极表态。这一切表明七世达赖返回拉萨的条件已经成熟。雍正十三年（1735年）藏历三月，七世达赖喇嘛一行离开泰宁惠远庙，在清王朝特派往的三世章嘉呼图克图的护送下，于七月回到拉萨布达拉宫。

在七世达赖返回拉萨后2年，乾隆二年（1737年）继位不久的乾隆帝决定暂停从西藏撤回驻兵，谕曰："贝勒颇罗鼐等深以内地之兵在藏驻扎，于伊等有益，前皇考特悯念唐古忒人众，恐内地之兵久经驻藏，或有累伊等，思欲撤回。若果有益，数百兵丁所费粮饷几

---

① ［清］允礼：《西藏往返日记》，见《川藏游踪汇编》，吴丰培编，四川民族出版社1985年版，第86页。
② ［清］允礼：《西藏往返日记》，《川藏游踪汇编》，吴丰培编，四川民族出版社1985年版，第87页。
③ 《马腊代奏颇罗鼐等叩谢降旨遣返达赖喇嘛折（雍正十二年十月十七日）》，见《元以来西藏地方与中央政府关系档案史料汇编》，中国藏学出版社1994年版，第450页。

何?著将此驻防与台站兵丁暂停撤回,照旧轮班驻扎,俟过一二年后再定。"① 过了2年,乾隆帝又在支持颇罗鼐统管西藏地方政务方面推出更有力的举措,晋封颇罗鼐为郡王。乾隆四年(1740年)1月11日乾隆帝谕曰:"西藏贝勒颇罗鼐遵奉谕旨,敬信黄教,振兴经典,练兵防卡,甚属黾勉,著加恩晋封郡王。"② 这一晋封对增强颇罗鼐统管西藏地方政务的权势、地位,对坚持"政教分立"的治藏政策,具有十分重大的意义。从颇罗鼐受封后立即要求更改郡王印信,催促驻藏大臣纪山立刻为之上书奏请,可窥见一斑。直至乾隆十二年(1747年)颇罗鼐病逝,在清朝中央的大力支持下,西藏地方政事由颇罗鼐一人统管,"政教分立"的行政体制一直在十分有效地运转,清王朝这一政策使西藏地方得到了若干年来未曾有过的安定与发展。

---

① 《清高宗实录》卷五二,乾隆二年闰九月丙辰。
② 《清高宗实录》卷一〇六,乾隆四年十二月乙酉。

第二章 大小金川之役、郡王事件与相关藏事诗

据记载，大、小金川都是因为临河各山出产金矿而得名。《圣武记》载："金川者，小金沙江之上游也。其一促浸出松潘徼外西藏地，经党坝而土司境，颇深阔，是为大金川；其一儧拉水源较近，是为小金川。"① 大、小金川地区地处今四川省阿坝藏族羌族自治州，西连四川省甘孜藏族自治州，与康藏交通；东连由成都平原进入川西高原的要地——汶川县，是嘉绒藏族聚居区通往汉族地区的必经要道之一；南接雅安市，经云贵高原直通内地；北接川西高原，与青海、甘肃相通。大小金川地区为内地通往西藏、青海、甘肃等藏族聚居区之要冲，近可以控川边，远可震动甘、青、藏，地理位置和战略地位极为重要。这种特殊的地位使之在川藏交往中一直扮演着重要的角色。清乾隆年间的两定金川之役有"固川保藏"的性质，反映这一历史内容的藏事诗有其独具的价值。

第一节 初定金川之役与相关藏事诗的诗化表现

乾隆年间，川西嘉绒藏族地区已被分割成几十个甚至上百个大大

---

① 〔清〕魏源：《圣武记》（下）卷七，《乾隆初定金川土司记》，中华书局1980年版，第298页。

小小的土司政权，各土司之间为了争夺土地、人口、牲畜等财产，相互间经常发生纠纷甚至械斗，使这一地区长期处于动乱不安之中。"治藏必先治川，使四川各土司相安无事，则川藏大道才能畅通无阻。"① 乾隆帝对此地区的经营一直甚为重视，他的恩威并用的统治思想在这里得到了具体体现。

乾隆七年（1742年），大金川土司莎罗奔病故。次年十一月，清廷任命其弟莎罗奔细担任土司职。继任不久，莎罗奔细为了控制小金川，就把侄女阿扣嫁给小金川土司泽旺。泽旺生性懦弱，内惧于妻，阿扣却与泽旺之弟土舍良尔吉私通。乾隆十年（1745年），莎罗奔细勾结土舍良尔吉袭取小金川，生擒泽旺，夺取了小金川印信，小金川地区遂交其弟良尔吉管理。之后，莎罗奔细又将其女嫁给巴旺土司，力图控制巴旺权力。此时，清朝对瞻对地方的用兵刚刚结束，对于大、小金川之间的矛盾、斗争，川陕总督庆复无意介入，仅以檄谕进行警告，以期息事宁人。在清王朝官员的调解和施压之下，莎罗奔细终于释放泽旺，归还了小金川土司的印信。但是，大金川土司莎罗奔细的扩张野心并未彻底去除。乾隆十二年（1747年）二、三月间，莎罗奔细发兵进攻革布什咱土司所辖的正地寨，又发兵攻占了明正土司所辖的鲁密、章谷等地，此地距打箭炉仅4天路程，迫近了进入内地的南大门，坐汛把总李进廷的部队不能抵御，退保吕里。四川巡抚纪山一面奏报请旨，一面派兵镇压，却因遭到大金川土司的伏击而失败。川陕总督庆复奏请用"以番治番"之法，暗令小金川、革布什咱、巴旺等与大金川相邻的土司发兵协助朝廷对大金川进行围攻，但屡试无效。乾隆帝这时已认定"贼酋恃其巢穴险阻，侵蚀诸番，张大其势，并敢扰我汛地，猖獗已甚"②，究其原因，"总因前此瞻对之事办理未善，无所惩创，不足以震慑蛮心。而所遣将弁轻率寡谋，不知用兵节制，兼之崇山密箐，馈运艰难，旷日失时，乌拉死伤甚

---

① 吴丰培：《〈平定金川方略〉序》，见［清］方略馆《平定金川方略》。
② 《清高宗实录》卷二八六，乾隆十二年三月壬寅。

重"①。乾隆遂令庆复前往四川省,驻扎于要地,令纪山亲赴嘉绒地区总而统之,相机而动,打击大金川;后又连降两道谕旨,召庆复回京办理阁务,因为云贵总督张广泗"熟悉苗情,善于抚驭。大抵番蛮与苗性相近",命令其"今莅川省,即以治苗之法治蛮,自能慑服其心,消弭其衅"②,补授其为川陕总督,乾隆帝期望通过以大兵压境的局面迫使金川地区的事态得以平息,亦希望张广泗用治理苗疆的成功方法和经验来解决嘉绒藏族聚居区的问题。然而,大金川土司莎罗奔不但不收敛,还继续围攻霍尔章谷,清军千总向朝选因此阵亡,其土兵还攻入威压毛牛地方,枪伤清军游击罗于朝。乾隆帝见此奏报大为震怒,立即命令督抚等迅速调派官兵、将弁,相机进军,全力征剿。同时,催促张广泗疾速赴川省指挥作战,"迅速进兵。务令逆酋授首,铲绝根株,以期永靖边陲"③。第一次金川之役就这样开始了。

在与第一次金川之役相关的藏事诗中,查礼的《金川归化恭纪一百韵 有序》,是一首绝无仅有的从大金川土司受职、攻剽邻封,清军展开初次平定金川之战、张广泗、讷亲督师不力,傅恒受命出师,一直至准允大金川之降、班师的全面咏述第一次金川之役的百韵长诗。查礼,字恂叔,俭堂,号铁桥,顺天宛平(今属北京市)人。生于康熙五十四年(1715年),卒于乾隆四十七年(1783年)。由监生授户部主事,历官广西太平府知府、四川宁远府知府、川北道、松茂道等,官至湖南巡抚,未到任卒。其57岁始办藏事,乾隆三十六年(1771年)奉调办理第二次金川之役粮运;乾隆三十九年(1774年)抽派领兵专办果罗克抢夺青海蒙古部牛马事件,不久即回办金川粮运;乾隆四十一年(1776年)金川甫平,又檄调办理果罗克番民劫杀青海蒙古王公里达尔事件;乾隆四十四年(1779年)调任四川按察使,办理瞻对劫掠里塘境麻塘寺事件。查礼擅诗文,多年亲历

---

① 《清高宗实录》卷二八七,乾隆十二年三月乙酉。
② 《清高宗实录》卷二八六,乾隆十二年三月壬寅。
③ 《清高宗实录》卷二八七,乾隆十二年三月乙酉。

川西藏族聚居区，所作藏事诗不少为与平定两金川相关的诗作。由其子查淳收集编入《铜鼓书堂遗稿》。①

这首百韵长诗有诗句："玉垒森千嶂，金川渺一嶂。子来曾号赤，虫细合名么。镂耳斑衣倩，雕题翠发髟。从征殳共执，受职宠仍邀。"诗人自注："四韵叙金川之初。"② 此四韵叙金川的险要，风俗的特点，发饰着装的特色，金川曾从岳钟琪征羊峒有功，受有朝廷的印信，指雍正元年（1723年）正式授大金川首领"大金川安抚司"土司官印。雍正八年（1730年）颁给印信号纸，不征赋税。③ "居逸偏多戾，潜深敢自骄。邻邦兼狎侮，接壤遂攻剽。戢戢蚍缘介，逡逡犬走飙，逋逃甘聚薮，烽燧漫侵宵。"诗人自注："四韵言其蠢动。"④ 此四韵言金川骄狂自大、好勇斗狠、攻掠邻封、聚集逃亡、战火不断。"化外难文告，安边戒动摇。我思和以剂，彼病渴于消。岣险围应顿，巢危焚必焦。征兵扫蠛蠓，分将靖僬侥。"诗人自注："四韵言出兵。"⑤ 此四韵史实已如上述，指乾隆十二年（1747年）三月，乾隆令川陕总督庆复"相机进剿"，急调云贵总督张广泗赴川省接替庆复用兵，第一次征剿金川战事大规模展开。"化外难文告，安边戒动摇。我思和以剂，彼病渴于消。"乾隆帝"边吏喜于生事，营弁不知远谋"⑥ 之断，可谓一针见血地道出了清廷卷入第一次金川战争的原因。促使乾隆帝用兵的原因，首先，是大金川土司之举使土司之间的争端超出了所能容忍的限度。大金川土司攻坐汛已威胁到清朝在川边的驿站、汛台的安全和道路的畅通，有威胁内地安宁的趋势。其次，乾隆帝怀疑瞻对土司班滚已经逃往大金川，并与金川土司串通一

---

① 参见［清］查礼《铜鼓书堂遗稿》卷三十二，《后序》（清乾隆刻本），见国家清史编纂委员会·文献丛刊《清代诗文集汇编》（第338册），上海古籍出版社2010年版。
② ［清］查礼：《铜鼓书堂遗稿》（清乾隆刻本）卷九，页一下，见国家清史编纂委员会·文献丛刊《清代诗文集汇编》（第338册），上海古籍出版社2010年版，第64页。
③ 参见［清］方略馆《平定金川方略》卷一。
④ ［清］查礼：《铜鼓书堂遗稿》（清乾隆刻本）卷九，页一下，见国家清史编纂委员会·文献丛刊《清代诗文集汇编》（第338册），上海古籍出版社2010年版，第64页。
⑤ ［清］查礼：《铜鼓书堂遗稿》（清乾隆刻本）卷九，页一下，见国家清史编纂委员会·文献丛刊《清代诗文集汇编》（第338册），上海古籍出版社2010年版，第64页。
⑥ 《清高宗实录》卷二八四，乾隆十二年二月癸酉。

气，以致大金川事件发生。所以对金川的用兵可谓一举两得，一可擒获金川土司莎罗奔细，平息土司之间的争斗；二可抓获瞻对土司班滚，一雪前耻。因此，第一次金川战争的爆发成为不可避免。这就是"化外难文告"的历史原因。乾隆帝决定攻打大金川土司的更重要的原因，是"恐日久金川与西藏联为一气，亦难保其不滋流弊"①，这是乾隆帝最为担心的事情。因此，乾隆帝一再命令川、藏地方官员严密防守通藏道路，警惕严禁川、青、藏等藏族地区连为一气，并特别于四川设总督一人进行统御。按照清朝定制，"外任自河漕三总督外，每二省设总督一人"，但直隶、四川最为特殊，"惟直隶、四川各设总督。盖四川外至乌斯藏，地连青海，山川险远，故特设总督，以为控制"②。这就是"安边戒动摇"的具体措施。"我思和以剂"，指乾隆帝并不想打仗，也想以和为贵。但是"彼病渴于消"，"渴于消"即消渴症（现称糖尿病），以其病得很重，喻金川土司贪得无厌，掠夺邻封无以自制，威胁到朝廷大一统的稳定。"峒险围应顿，巢危焚必焦。征兵扫蠛蠓，分将靖僬侥"诗述虽然金川地势险要，可能顿兵围险，但众人一心火焰高，必能焚危巢为焦，获得全胜。"蠛蠓"是虫名，体微细，将雨，群飞塞路，这里喻指金川。"僬侥"是古代西南少数民族名称，诗中为对金川的指称。征兵扫金川，分遣将领使金川安定。

进讨并未取得预想的战果，当年征苗之猛将张广泗进攻金川却久攻不克，乾隆帝不得不重新部署，调兵遣将。乾隆十三年（1748 年）正月，"著兵部尚书班第驰驿前往"金川军营，谕"其带往之员外郎阿桂、主事庄学和，亦著给与驿马"③。阿桂（1717—1797 年），初为满洲正蓝旗人，后改隶正白旗。章佳氏，字广廷，号云岩。大学士阿克敦之子。乾隆朝举人。从此，阿桂投入金川之役，不久后因战功晋升为副将。在第二次金川之役中晋升为统帅，深为乾隆帝所倚重。

---

① ［清］方略馆：《平定金川方略》卷一〇八，乾隆三十九年十月甲午。
② ［清］王昶：《春融堂集》（嘉靖十二年刻本）卷四十，《方恪敏公诗集序》。
③ 《清高宗实录》卷三〇六，乾隆十三年正月己亥。

庄学和，江苏长洲（今苏州）人，号芝圃，乾隆乙丑年进士。阿桂、庄学和赴金川前线后，一段时间同在美诺军营，合住一帐，两人年龄相若、爱好相似，时有唱和之诗作。后庄学和将这些唱和之作与其沿途吟咏诗篇，编为《金川草》① 诗集。

庄学和在《正月十五日上命驰驿前赴大金川军营恭纪四章》② 之四中回忆了金川之役的前奏瞻对战事："瞻对经年烽火余，轮台犹自榷边储。孙歆复见龙骧表，赵括焉知马服书。寻得蟒衣无再驾，载来薏米有前车。此行不是崇刀笔，何计西南民力纾。"雍正八年（1730年），因瞻对之夹坝劫夺，四川总督黄廷桂派遣副将马良柱率领汉、土官兵12000余前去瞻对征讨，此是首次出兵瞻对。结果受阻雅砻江，草草收兵，掩盖事实，虚报战功。乾隆九年（1744年），驻藏兵弁在换防返川之途中，行李物件均被下瞻对所放夹坝（意为盗贼）劫掠一空，再次引起清朝廷的震动。乾隆十年（1745年）七月，清廷决定对瞻对用兵。此是第二次出兵瞻对。乾隆帝特谕令四川提督李质粹率领汉、土官兵万余人，分三路向下瞻对进攻，并力征剿。乾隆十一年（1746年），征剿瞻对的战争以瞻对土司班滚及全家被烧毙为取得全胜之标志而告终。这就是"瞻对经年烽火余，轮台犹自榷边储"诗句的历史史实。但乾隆皇帝对班滚及全家突然烧毙有所怀疑，担心中了班滚金蝉脱壳之诡计。"孙歆复见龙骧表，赵括焉知马服书。"连用两个典故：其一，三国晋灭吴时，吴骠骑将军孙歆被晋龙骧将军王濬的牙门将周旨斩于马下，王濬先上表得孙歆头，杜预后生送歆，洛中以为大笑。诗句用"复见"表示死了的孙歆（诗中喻指班滚）又活了。其二，战国时，赵括纸上谈兵的故事。诗句用"焉知"指哪里知道、没有真懂，即赵括没有真懂其父马服君赵奢的兵书。"孙歆复见龙骧表"，诗人自注："时张制军奏，瞻对逆酋班滚未死，前捷书误报自焚。"此句指乾隆十二年（1747年），新任川陕总

---

① 据吴丰培家藏手抄本，见西藏社会科学院西藏学汉文文献编辑室《西藏学文献丛书别辑（第四函）》，中国藏学出版社影印本。

② 《金川草》（旧抄本）页一下，见西藏社会科学院西藏学汉文文献编辑室《西藏学文献丛书别辑（第四函）》，中国藏学出版社影印本。

督张广泗在进剿大、小金川的过程中，奉了乾隆帝的特别命令，专案调查当年班滚烧毙一案的原委，才使当时官兵厌战、庆复等人掩盖事实、虚报战功的所有细节真相一一大白。班滚的重新活跃表明清朝廷镇压瞻对以失败告终。补充一句，乾隆十四年（1749年）五月，第一次金川战役结束后，班滚在莎罗奔细投诚后亦获乾隆帝的赦宥，而庆复也因为班滚之事明正典刑，被赐自尽；同时，朝廷处决了四川提督李质粹等领兵大员，以此向世人交代。"赵括焉知马服书"，诗人自注："迨至潼关，闻副将张兴被断粮道，全军没于马邦山。"是将张兴比赵括。指乾隆十二年（1747年）十二月，大金川土司兵抢占马邦山梁后，张兴所部即遭围攻，张广泗却拒不发救兵，致使张兴全军覆没。"寻得蟒衣无再驾，载来薏米有前车。此行不是崇刀笔，何计西南民力纾"，庄学和表示自己此来已有前车之鉴，来金川不是为了"崇刀笔"，而是想办法给百姓带来安宁。

查礼的百韵诗有诗句："尚尔矜超距，居然扞采樵。穷鱼夸拨剌，首鼠恃跼跳。坚守腾饥虎，烦谋聚沸蜩。老师空擐甲，旷日但鸣刁。"诗人自注："四韵言讷张二公事。"① 此四韵叙张广泗、讷亲二人偾事。"尚尔矜超距"，诗中谓兴师动武，傲慢进军。张广泗到金川前线后，进剿之初确实有相当进展，先后收复大金川土司所占毛牛、马桑等地；小金川土司泽旺也闻风投诚，并出兵协同清军攻剿大金川土司。"居然扞采樵"，诗谓竟以借口抗王命。张广泗自以为胜券在握，向乾隆帝夸口说："征剿大金川，现已悉心筹划，分路进兵，捣其巢穴，附近诸酋输诚纳款，则诸业就绪，酋首不日可殄灭。"② 乾隆帝也认为战争可以速胜，谕示张广泗"从来兵贵神速，名将折冲未有不以师老重费为戒者"③，命令其指期克捷。五月，乾隆帝传谕张广泗，对金川"不若尽兴剿灭"，"不必专以召徕抚恤为

---

① ［清］查礼：《铜鼓书堂遗稿》（清乾隆刻本）卷九，页一下，见国家清史编纂委员会·文献丛刊《清代诗文集汇编》（第338册），上海古籍出版社2010年版，第64页。
② 《清高宗实录》卷二九一，乾隆十二年五月己未。
③ 《清高宗实录》卷二九二，乾隆十二年六月癸酉。

剪金酋之胜算也"①。然而张广泗最终未能贯彻乾隆帝的谕令。那么，张广泗为什么不遵王命呢？紧接着的诗句说明了原因，"穷鱼夸拨剌，首鼠恃跑跳。坚守腾饥虎，烦谋聚沸蜩"。"穷鱼夸拨剌，首鼠恃跑跳"诗句以失水之鱼和出穴迟疑之鼠比喻大金川土司穷途末路还在挣扎，指大金川屡次遣人乞降，均被张广泗断然拒绝。其只能于绝望之际凭借地形复杂和行动迅速来求生。七月末，西路军打到距刮耳崖官寨仅20里之地；南路军亦攻得大金川碉卡数处，还有所进展。但到了八月，清军在大金川战碉前使出掘地道、挖墙孔、断水路、炮轰击等各种手段均不能奏效，大军束手无策，此时张广泗才意识到攻打碉卡的艰难。"坚守腾饥虎"，诗句指到了九月初五日，形势突变，已投诚的土目恩错复叛，袭占马邦山梁，阻断了前突清军的粮道。十一月，又围攻副将张兴的营盘，张兴屡次请求援兵，张广泗均以其庸懦无能为由，拒不发救兵。十二月十八日，张兴所部在断粮已久的状况下，欲与恩错讲和，却被大金川土兵诱至马邦山右山梁沟底，除300余名兵丁抢先逃过河外，其余所部包括张兴在内的五六百名官兵均遭屠戮无一生还。这是自金川用兵以来最大一次失败，而张广泗却将战败全部责任推卸给张兴等人，致使全军上下离心离德、毫无斗志。"烦谋聚沸蜩"，诗句以"沸蜩"（即蝉）嘈杂之声形容将领聚议纷繁，谋而无功。在全然束手无策之际，张广泗却提出以碉攻碉的谋略，遭到乾隆帝严斥。"老师空擐甲，旷日但鸣刁"诗句指军队出征日久而疲惫懈怠，天天鸣响刁斗以自卫。由于张兴的溃败，使驻扎在河东及其山梁的参将郎建业部就失去掎角之势，清军进攻优势也丧失殆尽。乾隆十三年（1748年）正月初二日，大金川土兵攻占江岸的噶固碉卡；十日，攻夺郎建业所立的卡伦七处，并击杀游击孟臣；二十日，参将郎建业、总兵马良柱战败撤退，致使装备、炮位多有遗失。张广泗损兵折将，进攻大金川谋划破产。

虽然张广泗对这一连串的失利负有完全不可推卸的责任，但是，乾隆帝对张广泗并没有彻底丧失信心，仍然按其所请不断拨兵增饷。

---

① ［清］方略馆：《平定金川方略》卷二，乾隆十二年五月乙巳。

然而，尚书班第的密奏却改变了乾隆帝的决心。班第在了解了前线具体情况之后，密奏乾隆与其增兵，不如选将，并建议起用废将岳钟琪，授以提督、总兵衔，统领军务，令其独当一面。但是，岳钟琪与张广泗一向有隙，① 所以乾隆帝对此议顾虑重重，在批复中说："此见亦可，但不知张广泗与彼和否？若二人不和，又于无益。"② 尽管如此，皇帝还是倾向于起用岳钟琪，终于于二月降旨："朕思岳钟琪久官西蜀，素为川省所服，且夙娴军旅，熟谙番情，……若任以金川之事，自属人地相宜。……着张广泗会同班第商榷，如有应用岳钟琪之处，即着伊二人传旨行文，调至军营，以总兵衔委用。"③ 张广泗当然从心里实在不愿起用岳钟琪，但又不敢违抗圣旨，便在复奏中称："岳钟琪虽将门之子，不免纨绔之习，喜独断自用，错误不肯悛改，闻贼警则茫无所措，色厉内荏，言大才疏。然久在戎行，遇事风生，颇有见解。以为大将军则难胜任，若用为提督，尚属武员中不可多得者，且闻为大金川所信服。诚如训谕，人地相宜。"④ 他对岳的评价充斥贬义，勉强同意委以提督总兵之职。以此，乾隆帝降旨，命令岳钟琪以提督衔赴军前效力，同时命令班第留驻军中佐助张广泗。班第自知难以影响张广泗，就又建议另遣一员"能谙练机宜，识见在张广泗之上"的重臣，前往军前主理。乾隆帝遂决定任命大学士、军机大臣、果毅公讷亲作为经略，赴金川全权指挥战事。

阿桂的《迎经略丞相于沃日　用唐诗韵》⑤一诗就描写了这一史实。乾隆十三年（1748 年）5 月 7 日，乾隆帝决定"今思军机尤为紧要，讷亲……给与经略大臣印信，驰驿前往，经略四川（金川）军务"，以挽回川陕总督张广泗"养痈玩寇"造成的战事颓势。讷亲（？—1749 年），为康熙初年四大辅臣之一，遏必隆之孙，少年早贵。

---

① 岳钟琪在雍正年间征准噶尔部噶尔丹策零时，因为张广泗等的弹劾而获罪下狱，直到乾隆二年（1737 年）才获释。
② 《清高宗实录》卷三〇九，乾隆十三年二月甲申。
③ ［清］方略馆：《平定金川方略》卷五，乾隆十三年三月丙戌。
④ 《清高宗实录》卷三一三，乾隆十三年四月癸未。
⑤ 《金川草》（旧抄本），页十三上，见西藏社会科学院西藏学汉文文献编辑室《西藏学文献丛书别辑（第四函）》，中国藏学出版社影印本。

其时为大学士，首席军机大臣。六月初三日讷亲驰抵小金川美诺军营。来到军营前，由阿桂等人前往沃日①迎接。"仗节天涯第一回，晋公新佩尚方来。为聆远略迎风去，不惜羸蹄踏雾开。岭外乔松飘逸韵，潭边怪石蚀松苔。锦囊收得还邮寄，小别何须问酒杯。"诗写讷亲执持符节第一次参加军事征战。古代大臣出使异国或大将出师作战，皇帝均授予符节，作为皇权凭证及最高权力的象征。仗节指乾隆帝授讷亲之经略大臣印信。晋公指讷亲晋封果毅公。清制，凡已得封典之员，再次请封或升爵，称晋封。讷亲为已晋封袭爵祖父之公爵。果毅公讷亲佩着尚方宝剑而来，阿桂为聆听经略带来的帝王远略，不惜一早把马跑得马蹄疲病去迎接。一路上看到松林密布，潭边怪石嶙峋。锦囊妙计收到后立即就要传递出，又须与经略小别，就不饮酒欢聚了。诗写得清新自然，青春锐气扑面。庄学和亦写有一首《重过沃日 六月初二迎经略驾，途成二律》，其中有这样的诗句："联镳共识郎官绶，拥篲争看丞相绯。"诗写年轻的中级军官马衔相连、并骑而行，充满敬意地争看丞相的绯色华服。拥篲即拥帚，古人迎候尊贵，常拥篲以示敬意。"由来身是皇华客，偏为迎宾策驷骓。"②皇华是指《诗经·小雅》中的篇名，其《序》谓："《皇皇者华》，君遣使臣也。送之以礼乐，言远而有光华也。"后因以"皇华"为赞颂奉命出使或出使者的典故。驷骓即车之四马。古代一车套四马。骓是四马驾车时，中间两匹夹辕者名服马，两旁之名骓，亦泛指马。由此可见，讷亲到军营开始是很受少壮派欢迎的。

乾隆十三年（1748年）六月初三日讷亲驰抵张广泗驻扎的小金川美诺军营。关于美诺营，阿桂、庄学和之间留有唱和诗，幸运的是，人们还能从诗中借诗人的眼来看当时的美诺军营。阿桂的《美诺夷营感怀》有这样的诗句："登楼一似坐重闉，戍鼓番钲几易旬。"美诺营是著名寨碉，小金川土司官寨所在地，第一次金川之役是由大

---

① 沃日又译为鄂克什，川西嘉绒藏区十八土司之一，地在美诺以东，今为小金县沃日乡。

② 《金川草》（旧抄本）页十四上，见西藏社会科学院西藏学汉文文献编辑室《西藏学文献丛书别辑（第四函）》，中国藏学出版社影印本。

金川土司莎罗奔细劫小金川土司泽旺，夺其印，并袭扰邻封而引发。清军以美诺为大军的粮饷总汇之地。诗人说登上美诺寨碉就像坐在深院重门之内，"戍鼓"指边防驻军的鼓声；"番钲"是驻军用的一种乐器，形似钟而狭长，有长柄，用时口朝上，以槌敲击发出声音。军中鸣钲常常以之为戍鼓的节拍，在戍鼓番钲的声中几易光阴。诗句充满一种沉重、沉闷和时间难逝无聊至极的感觉。"蒿目空劳志士神"，蒿目即举目远望。《庄子·骈拇》："今世之仁人，蒿目而忧世之患。"举目远望、忧战之患、空自劳损着有远大志向的年轻志士的精神。"消尽炉烟敲破局"①，表面上看此诗句意为诗人们在熬夜下棋。局即棋盘，引申为下棋，下棋一次，称为一局。背后暗指对金川战局僵持的极端忧虑。

庄学和《美诺夷营即事和阿吏部韵》有诗句："夷寨层层垒石闉，巢居一夕抵兼旬。"② "石闉"指石砌城曲重门，"兼旬"即20日。意思是美诺夷营层层都是石砌城曲重门，在里面巢居一日相当于过了20天。诗句充满一种沉重和时间漫长的感觉。两位诗人对于美诺寨碉的感觉是相同的，那么，使张广泗头疼不已又成为讷亲的进攻陷阱的战碉到底是怎么回事呢？早在乾隆十一年（1746年）庆复在给乾隆帝的奏折中称："（四川）西北垒石为房，其高大仅堪栖止者，曰住碉，其重重枪眼高至七八层者，曰战碉。各土司类然。"③ 战碉是嘉绒藏族聚居区特有的一种建筑物，常常修建在地势险要的地方和交通隘口，均易守难攻。清人笔记中载："碉楼如小城，下大颠细。有高至三四十丈者，中有数十层。每层四面，各有方孔，可施枪炮。家各有之，特高低不一耳。"④ 大才子袁枚有诗句"金川碉楼与天接，

---

① 《金川草》（旧抄本）页七下，见西藏社会科学院西藏学汉文文献编辑室《西藏学文献丛书别辑（第四函）》，中国藏学出版社影印本。
② 《金川草》（旧抄本）页七上，见西藏社会科学院西藏学汉文文献编辑室《西藏学文献丛书别辑（第四函）》，中国藏学出版社影印本。
③ 《清高宗实录》卷二八〇，乾隆十一年十二月丙子。
④ ［清］李心衡：《金川琐记》卷二。

鸟飞不上猿猴绝"①,对碉楼的描画夸张而真实,"碉楼方如小城,下巨上小,砌乱石谓墙,遥望冰纹齐整,按高低大小分数层至数十层,独木作阶梯,斫如锯齿,凹处仅容半足,汉人并不能登,蛮负重上下狷捷如飞。每层四面开方孔,可施枪炮。顶上竖各色布旗,旗上各印佛经,以多为贵。龙登碉尤险峻,攻三年不能下。后四路夹攻,乘其懈破之。实借黔兵之力,盖黔地亦尺寸皆山,其人习惯履巉岩如平地也"②。从文献资料中也可看出大、小金川乃至嘉绒地区有着碉楼林立、相互沟通、彼此接应的特点。清军在攻克康萨尔一处后,进入碉内,见碉内"有石板遮盖之地窖,……查看窖内西北,有地穴一道,穴顶用木板上托,旁用大木顶柱,颇为宽大,步行无烦伛偻。系潜与第二碉卡相通之路。……至第二、三贼碉,其外皆护以木城。而第二碉之外,又筑有石卡接应"③,"金川碉墙皆系斜眼,金川兵在碉内,由上望下,窥视我兵放枪,甚便而准,我兵在外放枪击打,为上口里层斜墙所挡,不能直透"④。金川战碉的实战效果在阿桂和庄学和的唱和诗中也有诗化的表现。阿桂的《松林口吊李游击》:"战垒森森气转雄,将军心血尚腥红。裹创顾盼全无敌,没阵从容剩有僮。舆榇何须明死志,革尸早已矢丹衷。槎枒树倒鸟飞去,驻马荒林飒飒风。"原诗题记云:李游击"讳成邦,河南郑州人,与金贼力战松林口,身中四伤不退,殁于阵。侍僮年弱冠,见公危时,手捧水一盂进饮,旋倒地。乃力砍一贼,裹尸归"⑤。整首诗虽然从李游击的英雄气概和大无畏的牺牲精神来写,但我们还是能从"战垒森森气转雄,将军心血尚腥红"这样的诗句感受到当时清军攻碉之难。就是从现在的角度看,战碉同样有很强的实战功能。碉楼都是就地取材,用泥土和石块建造而成,外形相当美观,墙体十分坚实。碉楼大多与民居

---

① [清]袁枚:《小仓山房诗集》卷十八,《赠杨将军》,见[清]袁枚《小仓山房诗文集》,上海古籍出版社1988年版,第420页。
② [清]郑光祖:《舟车所至·金川旧事》。
③ 《平定两金川方略》卷一一二,乾隆四十年正月甲戌。
④ 《清高宗实录》卷九三九,乾隆三十八年七月癸未。
⑤ 《金川草》(旧抄本)页六下七上,见西藏社会科学院西藏学汉文文献编辑室《西藏学文献丛书别辑(第四函)》,中国藏学出版社影印本。

相依相连，也有的单独立于平地、山谷之中，形成要隘。其外形一般为多棱柱体，四角最多，阿桂的《碉楼夜坐忆亲》有诗句"四壁晓风危坐处，一灯夜雨未眠前"① 给出了真实生动的细节描绘。为什么会"四壁晓风"呢？碉楼多"每层四面，各开方孔"，故此。也有五角、八角，极少数碉楼甚至多达十三角。碉楼高度一般不会低于10米，大多在30米左右，高的可达五六十米。石墙内侧均与地面垂直，外侧由下而上向内稍倾斜，因为墙体符合力学原理，又是石头筑成，所以坚固异常。从用途上看，在不同位置的碉楼有不同的功能，大体可分为家碉、寨碉、阻击碉、烽火碉、风水碉、伏魔碉等。家碉是嘉绒藏族聚居区村寨中最为普遍的一种，多修在房前屋后，与军事防卫紧密相关，一旦有战事发生，即可发挥其堡垒作用。寨碉通常是一寨之主住的指挥碉，也常常用来祭祀祖先。阻击碉一般建在村寨的要道，起着"一碉当关，万夫莫开"的作用。烽火碉多建在高处，可为村与村、寨与寨之间迅速传递战争信号，也能用于具体战斗。风水碉多建在村旁神山之中，用来祈福保平安。伏魔碉是用来避邪祛祟的，有强大的心理暗示作用。从宏观上看，一个村寨即是一个完整的碉寨，构成一个系统的防御建筑群。以主碉为中心，呈扇形向左右分布。低处的碉寨、碉卡，高处的碉楼、转经楼，最后汇聚于主碉。主碉通常背靠悬崖、面向大江，周围群碉犹如众星拱月，甚是壮观。在战争中，这些碉寨即是以守待攻的坚固防御体系。从微观上看，村寨与村寨之间挖有通道，通道在各家房下，四通八达，数米一掩体。转弯处皆有屯兵之处所，可藏土兵数十人，通道沿线皆凿有通气孔、照明洞、箭眼以及防守射击口等。村寨中，碉房与碉房间也设有地下通道，顶部有外道，形成空中户户相通、地下家家相连、一呼百应、一动俱动的格局；同时，沿着各家、各寨的通道，均挖有水道。水道通向每家每户，每家门口均开有一取水口，水道的其他地方全部秘密封闭。这样不仅有利于保护水质，更便于使来犯之敌取水困难。用于作

---

① 《金川草》（旧抄本）页八上，见西藏社会科学院西藏学汉文文献编辑室《西藏学文献丛书别辑（第四函）》，中国藏学出版社影印本。

战的碉楼，一般都十分高大、坚固，每层四周都有内大外小的射击孔，有专门储存粮食、弹药的专用地方。楼顶周围还建有掩体，并有施放狼烟的地方和设施。墙体外面四周均嵌有垫脚小石板，以便在危急时刻，从高处迅速撤离到地面。可见，碉楼在防御上具有高、险、坚的特点。"碉尽碎而人不去，炮方过而人即起"，"每一石卡，其守御番兵实仅十余人，官兵至少须七百人攻之，平均以官兵百人敌番兵一名计算，必待数年始能全克"，俾清军颇感"攻一碉难于克一城"。①

讷亲才到美诺军营，第二天，张广泗就突然离开美诺前往了卡撒军营，可见二人相见的匆匆一面并不融洽，更别提仔细商讨破敌之策了。讷亲作为一名军机大臣，其敏捷、清介、严毅、持重，是十分称职的，颇为乾隆帝赏识。但是身为朝廷重臣的讷亲是地地道道的文官，既没有带兵经验，又完全缺乏指挥作战的军事才能，加之他是勋戚后裔，骄娇二气过重，"讷自恃其才，蔑视广泗，甫至军，限三日克刮耳崖，将士有谏者，动以军法从事，三军震惧"②。乾隆十三年（1748年）六月初六日，讷亲也赶赴卡撒，会同张广泗察看昔岭等处地形后，决定集中优势兵力从昔岭的色尔力山梁突破，直捣大金川土司的老巢刮耳崖。十四日，讷亲亲自部署总兵任举、副将唐开中、参将买国良等分兵三路进攻昔岭。经过激战，买国良、任举先后阵亡，唐开中身负重伤，进攻全面受挫。经此惨败，讷亲的骄娇之气被打掉，遂决定立即转攻为守，并献上以碉攻碉之策，他奏称："臣思贼番因险据碉，故能以少御众。今我兵既逼贼碉，自当令筑碉，与之共险，兼示以筑室反耕、不灭不休之意。"③ 企图筑碉与大金川土司共险，打没有任何指望的消耗战。乾隆帝接到讷亲的奏报后，"披阅再四，不能解办理之意"，认为"今乃命攻碉者而为之筑碉，是所谓借

---

① 庄吉发：《清高宗十全武功研究》，中华书局1987年版，第126页。
② ［清］昭梿：《啸亭杂录》卷一，《杀讷亲》，中华书局1980年校点本，第14页。
③ ［清］方略馆：《平定金川方略》卷八，乾隆十三年七月壬辰。

寇兵而资盗粮者，全无策矣"①，皇帝已意识到此策的荒谬，于是在谕批中耐心地分析了筑碉策之不妥：首先，此策违反了攻守的原则；其次，兵力、财力及自然条件均不允许；最后，筑碉留于金川，将来后患无穷。乾隆帝建议讷亲"只宜持其大纲，督令张广泗等各施谋猷，以图速奏肤功"②。从此，讷亲对大金川战事完全束手无策，且事事只听张广泗之调度，"不敢自出一令，每临战时，避于帐房中，遥为指示"③，自然被人耻笑，军威日损。

其时，卡撒军营将领群集，可谓人才济济，但又矛盾重重，庄学和的《卡撒大营即事（二首）》对当时的情形，进行了详细的描绘："一品勋臣临塞外，九夷长老拱神京。时繻太乙门三阵，竞说龙图腹万兵。月下苦吟推定远，雪中高卧笑君平。书生原逊千夫长，不敢疏狂学请缨。""帐中鹅鸭乱军声，武好谈经文好兵。羪长陈书通汉语，番僧卜卦诉夷情。欲开博望千岩远，宜斩楼兰一剑成。忍睹戎行私战勇，屯田何日罢金城。"其诗诗题自注："时丞相公讷（亲）、大司马班（第），内大臣傅（尔丹）、总制张（广泗）、提督岳（钟琪）、少司寇兆（惠）、统领班乌等俱在塞。"④卡撒在大金川和小金川之间，时为进剿大金川清军大营所在。这两首诗写出卡撒大营在对敌束手无策时的纷乱："时繻太乙门三阵，竞说龙图腹万兵"，"书生原逊千夫长，不敢疏狂学请缨"，"帐中鹅鸭乱军声，武好谈经文好兵"。两诗后记说得更清楚："时各大臣出塞，众土司悉以会剿，而张督、纪抚龃龉不和，又有宵小构衅于岳班诸公，所致阿选君等俱不安。议者谓莎罗奔细有邪术，须用喇嘛厌之。大司马尤通经典，灯下朗吟，寒暑靡辍。余与唐副使进贤等共学奇门、六壬诸书，不能甚解。尝因雪压帐房，夜倾卧不获起。次早军士及从者扫雪扶帐乃兴。恬不知苦也。

---

① 《实胜寺碑记》，见〔清〕高宗《御制诗文十全集》卷二，《西藏学汉文文献丛书》第二辑，中国藏学出版社1993年版，第72页。
② 〔清〕昭梿：《啸亭杂录》卷一，《杀讷亲》，中华书局1980年校点本，第14页。
③ 〔清〕昭梿：《啸亭杂录》卷一，《杀讷亲》，中华书局1980年校点本，第14页。
④ 《金川草》（旧抄本）页十六下，见西藏社会科学院西藏学汉文文献编辑室《西藏学文献丛书别辑（第四函）》，中国藏学出版社影印本。

张制军才气过人,以刚愎谩骂,颇失舆情。粮务诸员采办猪鹅鸡鸭,供亿浩繁。然所在城市,终夜有声,群羌震慑,贼人固闻而胆落矣。"①"阿选君"即阿桂。"选"即选部,吏部的代称。概括一下,卡撒大营的乱象是:督、抚龃龉不和;宵小构衅诸公;喇嘛厌土司邪术;大司马朗吟经典;年轻人无所事事,学奇门、六壬;张广泗刚愎谩骂,顿失舆情;猪鹅鸡鸭采办,终夜有声,声震群羌,希敌闻声胆落。这样的进剿大营,军事上还怎么可能有所斩获。

乾隆十三年(1748年)闰七月,乾隆帝接到讷亲、张广泗二人意见完全相左的奏疏。八月初八日,接到岳钟琪参张广泗的2份奏疏。八月十九日又接到了讷亲、张广泗战败的奏报。乾隆帝彻底失去了对讷亲、张广泗的耐心,完全失望了。九月初十日,传谕:召讷亲、张广泗驰驿回京,面议机宜,川陕总督印务命傅尔丹暂行护理,所有进讨事宜会同岳钟琪相机调度。

从乾隆十一年(1746年)六月起,用兵金川2年多,兵增至40000余,耗银几乎千万两,却未能战胜一个方圆不过数百里、丁壮七八千人的大金川土司。乾隆皇帝震怒异常,对张广泗、讷亲也彻底失去了信任和耐心,并决定惩办主帅,以振军威。乾隆十三年(1748年)九月二十九日,以"玩兵养寇,贻误战机"的罪名将张广泗革职,拿交刑部审理,并令将其押解至京。同年十二月七日,乾隆帝御瀛台亲鞫张广泗,5天后,斩立决。乾隆十四年(1749年)正月,乾隆帝以"退缩偷安,老师糜饷"之罪,将讷亲缚赴前敌军营,以其祖遏必隆之刀斩首于军前。

乾隆十三年(1748年)九月底,乾隆帝命协办大学士傅恒署理川陕总督,前往大金川军营,会同班第、傅尔丹、岳钟琪等办理一切事务,务期犁庭扫穴,迅奏肤功。乾隆帝的《赐傅恒经略金川 戊辰》一诗即写此事:"壮龄承庙略,一矢靖天狼。番部蒐尔蠢,王师武必扬。慰予西顾久,嘉汝赤心良。挞伐救么寇,抚循集众长。斯能

————————
① 《金川草》(旧抄本)页十七上,见西藏社会科学院西藏学汉文文献编辑室《西藏学文献丛书别辑(第四函)》,中国藏学出版社影印本。

成伟绩，用干不庭方。伫看销兵气，敷天日月光。"① 全诗充满对傅恒战胜金川的期许之情。这样，平定大金川的重任就落在了傅恒的肩上。傅恒，富察氏，满洲镶黄旗人。其祖米思翰在康熙时曾任户部尚书。其姊是乾隆帝之孝贤皇后，作为皇亲国戚，傅恒备受皇帝宠信。乾隆十年（1745年），他被授为军机处行走，2年后升任户部尚书。乾隆十三年（1748年），他受命经略大金川军务时，还是一位年龄不满27岁的青年。十月初六日，圣旨着将傅恒从协办大学士升任大学士，初八日，又命其为保和殿大学士兼户部尚书。乾隆帝的《孟冬上旬于瀛台赐经略大学士傅恒及命往蜀西诸将士食并成是什》一诗："大清声教暨遐陬，岂有来王稽蜀酋。黩武开边非我志，安良禁暴藉卿谋。行军吉值初阳复，赐食恩同湛露流。转瞬明年擒娑虏，还教凯宴侑封侯。"② "孟冬"指10月，每季第一个月称孟月。此是出征前赐宴诗，诗中乾隆帝解释了出征原因，并期许经略大学士傅恒及命往蜀西诸将士明年擒虏，获得全胜。

傅恒出征之际，为了壮其声威，乾隆帝决定增兵、添炮、拨饷，降谕从陕、甘、云、贵、湘、鄂及京师、东北和西安、四川八旗驻防兵中增派满、汉官兵35000名，加上原有的汉、土兵丁25000人，共计6万将士，再加上随役人等，总人数近10万；除了在金川本地铸造铜炮多门外，还命令从京师运来威力巨大的冲天炮、九节炮、威远炮等重型装备；并责令广储司备银10万两派人运送至金川军营；另外命令傅恒随员携带花翎20顶、蓝翎50顶，作为其抵达军营时奖赏官兵之用；从户部库银和各省紧急拨银400万两以供重整再战之军需。乾隆十三年（1748年），乾隆帝又命从八旗前锋护军中挑选少壮勇健者数百名，成立健锐营云梯组，在香山演习云梯，以备遣用，这是乾隆帝加派云梯兵增援大金川军营的精心考虑。乾隆帝的《静宜园驻跸》诗即写此事："金川久逆命，有征遣王师。临冲习古法，兹

---

① ［清］乾隆：《御制诗文十全集》（卷一），［清］彭元瑞等编，西藏社会科学院西藏学汉文文献编辑室重印，中国藏学出版社1993年版，第1页。
② ［清］乾隆：《御制诗文十全集》（卷一），［清］彭元瑞等编，西藏社会科学院西藏学汉文文献编辑室重印，中国藏学出版社1993年版，第1页。

来阅熊罴。子弟夙所称,有勇方兼知。内薄无坚城,先声谅在兹。就近宿香山,名园号静宜。冬山虽寂寞,松竹余丰姿。谷风峭且寒,复陶犹不支。嗟嗟我征夫,严冬将发轫。人土非我利,善守在四夷。是役岂得已,予心众谅之。敌忾藉人和,助顺凭天时。地利讵足守,擒彼夫何疑。勖哉鹰扬旅,策勋竹帛垂。"皇帝自注:"时命八旗军士,就西山所有旧碉,习云梯登城之技,以为明年破贼用。艺即成,将届出师,故临阅之,且行赏焉。金川所恃者地利,彼得其一,我得其二,成功在指日耳。"① 诗与注写为对付大金川的战碉所进行的训练。史实是乾隆帝下令在驻京八旗军中组建了一支约2000人的新兵种——健锐营,即云梯兵,驻扎京郊香山。将金川战役俘虏的部分藏族士兵和工匠迁至北京,仿建金川石碉,供健锐营士兵"习云梯登城之技"。由此可见朝廷用心之细、决心之大。

在这样的恩威并用的强刺激下,金川前线的士气大振。从阿桂的《夜望捷音》诗可见一斑,"十万雄兵压弹丸,狂流犹未息波澜。穴中蝼蚁撄三窟,山上熊罴思一抟。雪岭月明营垒白,戍楼火照刃光寒。行间露处安眠否?屈指佳音忘夜阑"②。诗句描写十万雄兵以泰山压顶之势压向金川这一弹丸之地,这军事狂流还未能止息,战争必将掀起更大的波澜。金川土司就像穴中蝼蚁盘踞三窟(指大金川头目盘踞勒乌围官寨,又以刮耳崖为第二官寨),就像山上熊罴想着聚拢抵抗。现在的金川前线,雪岭下月照营垒显得清清楚楚,戍楼里火光照着刀刃发出的反光,令人胆寒。大军行进到露宿处将军能否安眠?战胜的佳音屈指可算,激动得忘记了夜已深沉。少壮派跃跃欲试之状如在眼前。

查礼的《金川归化恭纪一百韵 有序》有诗句直接描绘傅恒出师:"圣武殿宁宇,军威重建标。合符士尽厉,设旄骑皆骁。上相怀

---

① [清]乾隆:《御制诗文十全集》卷一,[清]彭元瑞等编,西藏社会科学院西藏学汉文文献编辑室重印,中国藏学出版社1993年版,第1~2页。
② 《金川草》(旧抄本)页十四上,见西藏社会科学院西藏学汉文文献编辑室《西藏学文献丛书别辑(第四函)》,中国藏学出版社影印本。

孤愤，中诚冠百僚。请行初日皎，承命北风飚。"① 诗中指乾隆帝特降谕金川众将士，重树军威再建军旗，十一月初三日，年轻气盛、格外忠诚的经略大学士傅恒请行出师，皇帝亲诣堂子行祭告礼，亲祭军旗吉尔丹纛、八旗护军纛于堂子外，张黄幔于东长安门外，皇帝亲赐傅恒御酒，并命于御道前上马，再命皇子和大学士来保等送至八里庄，又送至良乡，看视经略大学士傅恒早饭罢，乃回。这一切查礼用华丽的诗句描绘于下："华毂皇躬拥，芳羹御手调。百壶樽溢蚁，三锡剑装珧。端拱临轩槛，精禋告庙祧。陛辞温似纩，旆出疾如飙。师保咸攀柳，天潢亦驻镳。共期归镋速，早庆塞氛消。"② 诗写皇帝坐着华毂亲自来送行，并御手调羹赐傅恒饭；御赐百壶酒倒出溢满了酒樽，御赐的尚方宝剑装饰着华丽的饰物；临轩告庙，陛辞出旆；大学士来保攀柳相送，皇子亦来送别；大家共同期待经略迅速荡平金酋早日还朝。诗句虽有夸张，但当时盛大的饯行出征情形历历如在目前。由此可见，乾隆帝对金川战事的重视和对傅恒的器重，其"湛恩优渥，迥越常伦"③。

傅恒受此殊荣，自然万分感激，表示"此番必须成功，若不能殄灭丑类，臣实无颜以见众人"④。他一路披星戴月，日疾行200里，甚至达300里，疾速赶往前线。查礼百韵诗诗句描绘："皇驿征无滞，河堧度更辽。计程烟杳杳，冒冷雪潇潇。燕岭才前夜，秦关又诘朝。奔驰鞠任绝，章奏烛频销。"诗人自注："四韵言傅公在途。"⑤ 诗写傅恒驿路奔驰，渡大河，冲风冒雪，晓行夜宿，夜在燕岭，朝在秦关，白天奔驰得引车前行的皮带都断裂了，夜晚还要频读章奏、决断诸务。"眷遇交中使，精勤励后凋。甘分厨下膳，俊赐射前雕。慰

---

① ［清］查礼：《铜鼓书堂遗稿》（清乾隆刻本）卷八，页九上，见国家清史编纂委员会·文献丛刊《清代诗文集汇编》（第338册），上海古籍出版社2010年版，第65页。
② ［清］查礼：《铜鼓书堂遗稿》（清乾隆刻本）卷八，页九上，见国家清史编纂委员会·文献丛刊《清代诗文集汇编》（第338册），上海古籍出版社2010年版，第65页。
③ ［清］方略馆：《平定金川方略》卷一五，乾隆十三年十一月癸丑。
④ ［清］方略馆：《平定金川方略》卷一五，乾隆十三年十一月癸丑。
⑤ ［清］查礼：《铜鼓书堂遗稿》（清乾隆刻本）卷九，页二上，见国家清史编纂委员会·文献丛刊《清代诗文集汇编》（第338册），上海古籍出版社2010年版，第65页。

问劳俱忘,都俞福共徽。休光诚蔼吉,佳气自清澂。"查礼自注:"四韵言赐与稠叠。"① 诗述傅恒一路遇交中使,励后勤;食分下属,慰问辛劳;与君王探讨军务,佳吉之气围绕,佳美的云气清澈明朗。"叱驭凌千仞,连营远七桥。需粮迟木马,涉水弃泥橇。石磴牵修绠,皮船胜小舠。寒峰指孛彗,霜气净炎歊。"查礼自注:"四韵言出蜀塞。"② 为报效国家登上高山,连营远在七桥之外。等待独轮车将军粮运到,在涉河时放弃泥橇。在石磴路上拉着汲水用的长绳,坐着皮船胜过江南的小舟。寒冷的山峰直指孛星和彗星,山顶的凛冽霜气一扫平原的炽热。查礼展开诗人的想象,描述傅恒率军赴金川一路的辛勤与艰辛。

十二月二十一日,经略大学士傅恒刚一到卡撒军营,立即下令将小金川土舍良尔吉、阿扣斩首示众,并命良尔吉之弟小郎素统领土兵。查礼百韵诗:"中鹄须穿目,呼卢枉得枭。贪狼徒肆狡,文雉敢呈娇。骈首奸同戮,倾心众不嚣。悬旌遮夕照,飞砲震云霄。"诗人自注:"四韵言诛良尔吉、阿寇。"③ 就像射箭要射中靶心,就像赌博白得了胜采;就像贪婪的豺狼徒然施展狡猾,就像羽雉竟敢展示娇态。两奸人同日就戮,这一惩处甚得人心,众人没有任何喧哗不满。"悬旌遮夕照,飞砲震云霄",高悬的战旗遮挡了夕阳,发出的炮声震荡了云霄。写出经略大学士傅恒到卡撒大营后的果断措施振奋了三军士气。

此时,乾隆帝正在考虑改变对金川的战略决策。十二月十五日,当乾隆帝获悉大金川土司莎罗奔细、郎卡乞降的消息后,于翌日即指示进剿大金川机宜:各路官兵限在明年二月以前必须到达大金川;党坝是夺取勒乌围之正路,傅恒直接由党坝一路进军,卡撒防御交由傅

---

① [清] 查礼:《铜鼓书堂遗稿》(清乾隆刻本) 卷九,页二上,见国家清史编纂委员会·文献丛刊《清代诗文集汇编》(第338册),上海古籍出版社2010年版,第65页。
② [清] 查礼:《铜鼓书堂遗稿》(清乾隆刻本) 卷九,页二上下,见国家清史编纂委员会·文献丛刊《清代诗文集汇编》(第338册),上海古籍出版社2010年版,第65页。
③ [清] 查礼:《铜鼓书堂遗稿》(清乾隆刻本) 卷九,页二下,见国家清史编纂委员会·文献丛刊《清代诗文集汇编》(第338册),上海古籍出版社2010年版,第65页。

尔丹；切望在明年三月内功成，若过三月，应允其投降，以省帑费，以惜人力。若得勒乌围、刮耳崖，倾其巢穴，三两日内，经略大学士即当凯旋，迅速还朝，一切善后事宜交由策楞会同岳钟琪办理。面对乾隆帝对金川征讨的态度转变，傅恒似有壮志未酬之憾，仍坚持扫庭犁穴，歼灭金川。查礼在其百韵诗中对傅恒不允金川投降有诗句描绘："喻害蟊皆贼，如耘蒉是穢。诉哀身愿缚，乞命语维晓。将令宣乘锐，军心誓唊妖。墨痕浮盾鼻，鸱响急弓箫。"诗人自注："四韵言金川乞降傅公不许。"① 这些贼人就像庄稼地里的害虫，就像耘田要铲除的杂草。现在因恐惧而发出乞命的求饶声，将令是大军应乘锐气，同心誓灭贼妖。紧急写下的檄文已经发出，敌人就像鹞鹰已飞出巢穴，应急发弓矢将其射杀。从诗句看，经略大臣绝不允降，发出了誓灭大金川的檄文。

然而，乾隆十四年（1749年）正月初二日，乾隆帝正式宣布收兵，"今已洞悉实在形势，定计撤兵"②。同日，大金川土司莎罗奔细派人具禀至岳钟琪所在的党坝军营乞求投降，岳钟琪同意代为奏请，随即禀告商量于傅恒。傅恒仍坚持要求莎罗奔细亲自来军营投降，同时再次请求乾隆帝增锐师以灭大金川。乾隆帝不允其请，并称"唯有遵朕谕旨，星速还朝"③，命令其照旨办理。乾隆帝还写下《未允傅恒荡平之请宏解网之仁下诏班师著诗以赐之》诗："安边底绩本丹忠，请命番酋势已穷。上将有心期利执，大君无物不包蒙。那须一月闻三捷，早觉千忻达两宫。晋国勤劳予廑念，速归黄阁赞元功。"④ 在诗中大赞傅恒的忠心、勤劳和决胜之志，但用"大君无物不包蒙"进行劝说，又说"早觉千忻达两宫"，最后提出要求"速归黄阁赞元功"。乾隆帝还担心傅恒不愿接受，于是又写一首："驱鸟何庸尽覆

---

① ［清］查礼：《铜鼓书堂遗稿》（清乾隆刻本）卷九，页二下，见国家清史编纂委员会·文献丛刊《清代诗文集汇编》（第338册），上海古籍出版社2010年版，第65页。
② 《清高宗实录》卷三三二，乾隆十四年正月甲子。
③ ［清］方略馆：《平定金川方略》卷二三，乾隆十四年正月甲子。
④ ［清］乾隆：《御制诗文十全集》卷一，［清］彭元瑞等编，西藏社会科学院西藏学汉文文献编辑室重印，中国藏学出版社1993年版，第4页。

巢，好生天地德含包。歌成宵雅八章句，著得同人九四爻。兵洗蓬婆春淡荡，首稽狉犹而頮颐。蜀民安抚勤筹划，心契元良泰陛交。"①诗歌用豪华的诗句解释了允降收兵的原因，强调了要发扬天地好生之德，又是雅歌，又是卜辞，最后赞美傅恒"蜀民安抚勤筹划"，并用"心契元良泰陛交"表达了要傅恒与皇帝契心，了解皇帝的良苦用心。在这种情况下，傅恒于二十五日奉旨允准大金川土司的乞降。查礼百韵诗写得清楚："天子恩真湛，东风律转条。有嗟昆玉烬，不尚血流漂。一面开罗网，连村保领腰。惠方周骨体，泽已遍夭乔。"诗人自注："四韵言诏许其降。"② 天子恩情深厚啊，就像一阵东风改变了对金川战事的政策。不愿昆山之玉焚烬，不推崇流血漂橹。天罗地网开一面，连村百姓保住了脖子和腰部，不被斩首、腰斩。施惠的处方周全了百姓性命，恩泽已遍布天下。诗句赞美皇帝的决策，避免了一场更大的战争破坏和杀戮流血，深恩泽被金川百姓及山林。

乾隆十四年（1749 年）正月，乾隆遵皇太后旨意封傅恒一等忠勇公，铭勋册府。③ 查礼百韵诗："懋赏桓圭揪，崇猷鹫冕超。勋宜休罄桓，荣岂藉房椒。"查礼自注："二韵言封忠勇公。"④ "懋赏桓圭揪"，懋赏指褒美奖赏，奖赏以示勉励。《尚书·仲虺之诰》："德懋懋官，功懋懋赏。""桓圭"即古代帝王与公、侯、伯、子、男五等诸侯于朝聘时各执玉圭以为信符，圭有六种，代表不同的爵秩等级，"桓圭"为公爵所执。《周礼·春官·大宗伯》："公执桓圭。"郑玄注："桓圭，盖亦以桓为瑑饰，圭长九寸。"揪即插。诗写褒美奖赏插桓圭于带右。"崇猷鹫冕超"，"崇猷"即尊制。"猷"，即道、法则。"鹫冕"即古礼服。鹫衣而加冕，为周天子与诸侯的命服。诗写尊制穿上超二品的鹫冕。"勋宜休罄桓"，"罄桓"即桓罄，为古代

---

① ［清］乾隆：《御制诗文十全集》卷一，［清］彭元瑞等编，西藏社会科学院西藏学汉文文献编辑室重印，中国藏学出版社 1993 年版，第 4 页。
② ［清］查礼：《铜鼓书堂遗稿》（清乾隆刻本）卷九，页二下，见国家清史编纂委员会·文献丛刊《清代诗文集汇编》（第 338 册），上海古籍出版社 2010 年版，第 65 页。
③ 参见《清高宗实录》卷三三三，乾隆十四年正月丁卯。
④ ［清］查礼：《铜鼓书堂遗稿》（清乾隆刻本）卷九，页二下，见国家清史编纂委员会·文献丛刊《清代诗文集汇编》（第 338 册），上海古籍出版社 2010 年版，第 65 页。

宗庙祭祀用的香酒，以郁金香合黑黍酿成，诗写功勋宜用秬鬯来表示喜庆。"荣岂藉房椒"，"房椒"即椒房，汉皇后所居的宫殿，殿内以花椒子和泥涂壁，取温暖、芬芳、多子之义。诗句指傅恒获得的荣耀不是凭借皇后之力。傅恒之姊乾隆帝孝贤皇后，其时已去世。①

傅恒虽允大金川之降，但坚持要莎罗奔细、郎卡等亲赴军营投降，以示诚意。岳钟琪出面代为求情，并表示愿意亲自到土司官寨商谈纳降具体事项。由傅恒特别批准，岳钟琪"乃袍而骑，从者十三人，传呼直入。群苗千余，皆屦布裲裆，衷甲持弓矢迎公。目酋长，故缓其辔，笑曰：'汝等犹认我否耶？'惊曰：'果然岳公也。'皆伏地罗拜，争为前马，导入帐，手茶汤进公。公饮尽，即宣布天子威德，待以不死之意。群苗欢呼，顶佛经立誓，椎牛行炙，留公宿帐中"②。查礼的百韵诗描绘："瑞霭林开雾，欢声谷应潮。连营环嶙峨，猛帅越岩峣。顾盼今通道，周巡昨战碉。怪形驱魑魅，丑类遁山魈。"诗人自注："四韵言岳公入其岩。"③喜悦的气氛充满森林，犹如瑞气弥漫，胜利的欢声在山谷中回应就像潮水的激荡。连营环绕着高峻的山脉，猛帅越过高山去见土司。一路上看着今天的通道，逡巡过昨日的战碉。诗句突出了胜利的欢乐，岳钟琪的英勇、潇洒，并刻画了投降之敌的丑陋。查礼此处对金川人的想象、描画有明显的歧视色彩。

除了查礼，庄学和的《己巳正月二十九日提督岳公自党坝单骑进抵勒歪贼巢招降莎罗奔细等赋律纪之》一诗对此史实亦做了诗化描绘："中国喜闻司马相，外夷惊识令公来。南人信筑新降垒，西域威封旧将台。不似班侯轻入穴，何须介子诈歼魁。三年烽火于今定，元老谋猷亦壮哉。"④"中国"即中朝，中夏。诗写岳钟琪亲自到大金

---

① 乾隆帝之孝贤皇后，于乾隆十三年（1748年）三月在东谒孔林回京的途中逝于德州。

② 《威信公岳大将军传》，见［清］袁枚《小仓山房诗文集》，上海古籍出版社1988年版，第1289页。

③ ［清］查礼：《铜鼓书堂遗稿》（清乾隆刻本）卷九，页二下，见国家清史编纂委员会·文献丛刊《清代诗文集汇编》（第338册），上海古籍出版社2010年版，第65页。

④ 《金川草》（旧抄本）页三十上下，见西藏社会科学院西藏学汉文文献编辑室《西藏学文献丛书别辑（第四函）》，中国藏学出版社影印本。

川官寨察看、洽降，为朝廷所赞许。大金川土司对岳公的亲自到来感到震惊和佩服。大金川土司莎罗奔细、郎卡，特在寨门外筑坛，率众头目跪迎，就像当年汉代的西域勒名封山的旧将台。不必像定远侯班超率36人出使西域，于鄯善突袭匈奴使者，而留下成语"不入虎穴，焉得虎子"那样；也不必像傅介子出使西域大宛，以计诈斩楼兰王那样。3年来战争的烽火于今终熄灭，老将岳公（此时岳公已年近七旬）用计谋招降也是很雄壮的啊。全诗用今事和历史做对比，突出了岳钟琪计降大金川的历史功绩。

大金川土司莎罗奔细、郎卡，特在寨门外筑坛。于二月五日焚香顶戴，率众头目跪迎，来到傅恒的卡撒军营投诚。查礼百韵诗有诗句："坛建阶墀筑，门开彩绣飘。蛇行股并栗，麂伏首微翘。六事严铜柱，三章重斗杓。感深颡屡磕，悔极泪如浇。"诗人自注："四韵言其降。"① 这几句诗夸张想象了大金川土司投降的悔态，不过为反衬天朝纳降后的喜悦。"六事严铜柱，三章重斗杓。"这联诗很关键，诗化了史实。史实是，所谓"六事"是求降甘结六款：①自今以后，永不敢侵扰邻番；②为天朝出兵供役比各土司益加黾勉，诸事唯命是从；③尽行退出所占邻番土地；④擒献伏诛向来误犯天兵的凶首；⑤悉行送还从前侵掠内地的人民、马匹；⑥照数献出枪炮军器等。② "表赤呈金熨，抒丹奉玉瑶。论功彰赫濯，却馈恤荒要。稚女眉初黛，童男发尚髫。立祠同社祭，供佛比僧寮。壁垒逡巡撤，藩篱次第烧。比邻安故堵，率土息征徭。"诗人自注："六韵言其贡琛、撤卡等事。"③ 大金川土司入卡撒军营投降，经略大学士傅恒"轻骑减从，示以不疑"，并当众宣读圣旨，"示以威德，宥以不死"。莎罗奔细、郎卡感激欢欣、泪流满面，永誓不敢违犯条款，并虔诚敬献古佛一

---

① ［清］查礼：《铜鼓书堂遗稿》（清乾隆刻本）卷九，页二下三上，见国家清史编纂委员会·文献丛刊《清代诗文集汇编》（第338册），上海古籍出版社2010年版，第65页。

② 参见庄吉发《清高宗十全武功研究》，中华书局1987年版，第127页。

③ ［清］查礼：《铜鼓书堂遗稿》（清乾隆刻本）卷九，页三上，见国家清史编纂委员会·文献丛刊《清代诗文集汇编》（第338册），上海古籍出版社2010年版，第65页。

尊，献银万两。傅恒纳佛却银，受降宣告成功。傅恒即刻露布飞报大捷，乾隆帝闻报后欣喜地写下《二月十四日傅恒奏报金川番酋莎罗奔细、郎卡率众随提督岳钟琪于二月五日亲诣军门，筑坛纳款、匍匐稽颡、永矢归诚，傅恒升帐受降，远近番汉官兵观者数万众，靡不欢呼忭舞，露布驿闻喜而有作》一诗："止戈为武信其然，我泽如春经略宣。共喜捷音来玉阙，何殊俘虏自金川。番酋路左心倾服，军士行间气倍鲜。单骑汾阳休比拟，都因忠赤格穹天。"① 全诗赞美了前线将士的忠勇，并表达了皇帝的喜悦之情。傅恒遂于次日起程回京，善后诸事宜均交予岳钟琪、傅尔丹等办理。② 金川初定。

庄学和也写有《二月六日忠勇傅公纳降班师大赉各番米粟余承果毅威信二公命偕哈镇攀龙冶镇大雄勒石卡岗即事二首》。

其一："蛮阿万里集朝簪，赳赳干城出羽林。铃辖已诛皆战色，参军何计独攻心。汤闻祝网开三面，亮欲宁边纵七擒。趫捷云梯归脱剑，看花中道凯歌吟。"③ 赞美了"攻心"之策，用历史上的"网开三面""七擒七纵"做对比。其中"趫捷云梯归脱剑"特为描画京城演练三百云梯兵决定性出征。乾隆帝论功行赏，赐给傅恒四团龙补褂，宝石帽顶，嘱于朝贺典礼之外亦可时常服用，另赐给豹尾枪二杆，亲军二名，奖励其军功，又敕建宗祠，春秋致祭。恢复将军岳钟琪三等公爵，赐号威信，晋阶太子少保，授予兵部尚书衔；豁免其雍正朝获罪所罚赔补之银两。乾隆帝还特别批准了岳钟琪之请求，将大军所剩的军粮多半赏给小金川土兵、百姓，以示朝廷之抚恤，其余钱粮留作驻防军队的供给。大金川土司莎罗奔细为感谢乾隆皇帝的不杀之恩，特选择进献大金川当地童男童女各10名代其为皇帝服役，并在刮耳崖下建生祠庙宇供奉经略大学士傅恒之长生禄位。乾隆帝允其

---

① ［清］乾隆：《御制诗文十全集》卷 ，［清］彭元瑞等编，西藏社会科学院西藏学汉文文献编辑室重印，中国藏学出版社1993年版，第6页。
② 参见［清］方略馆《平定金川方略》卷二四，乾隆十四年二月壬辰。
③ 《金川草》（旧抄本）页三十下，见西藏社会科学院西藏学汉文文献编辑室《西藏学文献丛书别辑（第四函）》，中国藏学出版社影印本。

建祠供位而拒收所送童男女。① 查礼百韵诗的"稚女眉初黛，童男发尚鬌。立祠同社祭，供佛比僧寮"② 诗句所描绘即是此事。

其二："储胥十万辇荒遐，大赉欢歌沛帝家。约以三章无束湿，输来九折有回车。智高勿问楣旁蟒，孟获相安井底蛙。屹屹燕然珉一座，崖前稽首汉韩邪。"③《清高宗实录》乾隆十四年（1749 年）二月戊子条载：大金川土司对"所约六条，如不许再犯邻封，退还各土司侵地，献马邦凶首，缴出枪炮，送还（所掠）内地民人，与众土司一体当差，一一如命，且称愿较各土司分外出力"。乾隆十四年（1749 年）二月五日大金川土司莎罗奔细、侄郎卡来到傅恒的卡撒军营投降。六日傅恒班师，大赉各番米粟。奉留办理善后事宜的庄学和遵总督果毅公策楞、提督威信公岳钟琪之命，偕同镇台（总兵之俗称）哈攀龙、冶大雄于卡撒山冈勒石树碑。

对于傅恒还师，查礼百韵诗咏写道："豹变开戎索，鸰鸣返革鞾。依依循柳色，款款踏兰苕。"④ 诗句充满喜悦之情。傅恒还京日，告庙祭祀。"郊社虔笾豆，园陵肃血膋。成平深瘗玉，峻极烈焚萧。盛事奎章制，丰碑翠石雕。焜煌垂有倬，惕厉示无佻。"查礼自注："四韵言祭告立碑。"⑤ 史实是，乾隆帝仿照康熙帝当年平定大漠、雍正帝不久前平定青海后均御制碑文纪念之例，特撰《平定金川告成太学碑文》⑥，勒石于太学，垂示于永远。

查礼百韵诗："锡燕罗彝斝，陪筵集珥貂。鹰扬徵舞蹈，鱼藻寓

---

① 参见［清］方略馆《平定金川方略》卷二五，乾隆十四年二月丁未。
② ［清］查礼：《铜鼓书堂遗稿》（清乾隆刻本）卷九，页三上，见国家清史编纂委员会·文献丛刊《清代诗文集汇编》（第 338 册），上海古籍出版社 2010 年版，第 65 页。
③《金川草》（旧抄本）页三十下三十一上，见西藏社会科学院西藏学汉文文献编辑室《西藏学文献丛书别辑（第四函）》，中国藏学出版社影印本。
④ ［清］查礼：《铜鼓书堂遗稿》（清乾隆刻本）卷九，页三上，见国家清史编纂委员会·文献丛刊《清代诗文集汇编》（第 338 册），上海古籍出版社 2010 年版，第 65 页。
⑤ ［清］查礼：《铜鼓书堂遗稿》（清乾隆刻本）卷九，页三上，见国家清史编纂委员会·文献丛刊《清代诗文集汇编》（第 338 册），上海古籍出版社 2010 年版，第 65 页。
⑥ ［清］高宗：《御制诗文十全集》卷二，见《西藏学汉文文献丛书》第二辑，中国藏学出版社 1993 年版。

筋箫。"① 诗人自注:"二韵言赐筵宴及演岳公入金川剧。"凯旋后岳钟琪入朝,乾隆帝写下《岳钟琪入觐诗以赐之》:"剑佩归朝矍铄翁,番巢单骑志何雄。功成淮蔡无惭李,翼奋渑池不独冯。早建奇勋能鼓勇,重颁上爵特褒忠。西南保障资猷略,前席敷陈每日中。"② 诗歌对比了历史上的老英雄,赞美了岳老将军在金川建立的功勋,并赐爵威信公。从"西南保障资猷略,前席敷陈每日中"的诗句可见皇帝对岳钟琪治理西南的倚重。

乾隆十四年(1749 年)二月,皇帝发布上谕:"宴经略大学士忠勇公傅恒及在事大臣官弁兵丁等,著于三月十二日举行。此次筵宴仍照起程时于丰泽园搭盖穹庐。所有在京王公大臣均著入宴。"③ 当时查礼正好供职在京,任陕西司主事,户部按例参与筹办此类筵宴大典。故查礼应参与此事,并遵旨入宴,他写有《瀛台宴进剿金川将士》④:"敌忾蓬婆远,酋称的博非。遐方征战士,别殿集戎衣。行帐周如屋,崇垣静启扉。盘匜中使肃,博硕大烹肥。坐比干城列,心随羽檄飞。恩宜歌湛露,功必誓搴旗。边将恭承算,天庭静握机。一麾宣懿德,万里播雄威。借箸看摧朽,连星待合围。勒铭知在迩,旋见六师归。"该诗用流畅的语言再现了当时大宴的盛况,赞美了将士所取得的功勋。查礼的百韵诗:"大赉周师集,胪欢舜舞招。即今歌宴宴,在昔梦迢迢。"诗人自注:"二韵言赏赉。"⑤ 该诗对盛宴欢欣的概括很恰切,用今昔对比,突出胜利的来之不易。乾隆帝本人也写有《傅恒奏凯金川率诸将士还朝锡宴丰泽园用昭饮至之典即席得长律一首》诗:"卡撒功成振旅归,升平凯宴丽晴晖。两阶干羽钦虞典,六

---

① [清]查礼:《铜鼓书堂遗稿》(清乾隆刻本)卷九,页三上,见国家清史编纂委员会·文献丛刊《清代诗文集汇编》(第338 册),上海古籍出版社2010 年版,第65 页。

② [清]乾隆:《御制诗文十全集》卷一,[清]彭元瑞等编,西藏社会科学院西藏学汉文文献编辑室重印,中国藏学出版社1993 年版,第9 页。

③ 《清高宗实录》卷三三五,乾隆十四年二月辛丑。

④ [清]查礼:《铜鼓书堂遗稿》(清乾隆刻本)卷八,页十一上下,见国家清史编纂委员会·文献丛刊《清代诗文集汇编》(第338 册),上海古籍出版社2010 年,第61 页。

⑤ [清]查礼:《铜鼓书堂遗稿》(清乾隆刻本)卷九,页三上,见国家清史编纂委员会·文献丛刊《清代诗文集汇编》(第338 册),上海古籍出版社2010 年版,第65 页。

律宫商奏采薇。湛露应教颁幕殿，甘膏更庆遍春畿。持盈保泰咨同德，偃武修文凛敕几。"①诗用典雅的词汇充分表达了皇帝对于欢庆胜利的无限喜悦之情。查礼的百韵诗还补充了欢宴时的一个史实："挞伐高汤武，谦冲过姒姚。乾宫纯孝儆，慈圣德辉昭。奉册亲呈表，开筵后拂衠。珩璜和殿幕，绂绶映庭燎。"诗人自注："四韵言上慈宁徽号。"②该诗突显了乾隆帝对母亲的孝顺和对皇太后在金川战事中所起作用的高度赞美。乾隆帝公开的说法是："金川纳降奏凯，悉由圣母慈训。"

傅恒为乾隆帝孝贤皇后之弟，为避免皇亲国戚陷入旷日持久的金川征战，重蹈张广泗、讷亲之覆辙，皇太后念及与去世不久的皇后的亲密关系，进言皇帝改变"荡平"之策，是有可能的。而且皇帝力劝傅恒允降班师还京诗中，有"早觉千忻达两宫"这样的诗句亦是明证。但这只能是导因之一，并且很难说是主因。此时西藏地方出现令乾隆帝不能不深为关切的局势。乾隆十二年（1747年）珠尔墨特那木扎勒上台后，逐渐暴露出野心，疑忌达赖喇嘛、驻藏大臣，与清朝中央关系日益恶化，不能不使皇帝忧心，并将如何全力维护清朝对西藏有效的主权管辖和西藏地方的安定提到议事日程上来。

第二节 珠尔默特那木扎勒事件及其相关藏事诗

清朝确立的"政教分立"行政体制在西藏的推行，在地方事务上，颇罗鼐大权独揽，世俗贵族权力的膨胀，不可避免地要引起与宗

---

① ［清］乾隆：《御制诗文十全集》卷一，［清］彭元瑞等编，西藏社会科学院西藏学汉文文献编辑室重印，中国藏学出版社1993年版，第6页。

② ［清］查礼：《铜鼓书堂遗稿》（清乾隆刻本）卷九，页三上下，见国家清史编纂委员会·文献丛刊《清代诗文集汇编》（第338册），上海古籍出版社2010年版，第65页。

教首领的矛盾和斗争。乾隆十一年（1746年）的所谓达赖喇嘛的索本堪布指使人诅咒颇罗鼐的事件①，就是在这一背景下发生的。清朝中央唯恐由此影响西藏地方的安定，乾隆十一年（1746年）十二月乾隆帝发布上谕，指出："朕闻达赖喇嘛、郡王颇罗鼐伊二人素不相合，但伊二人皆系彼处大人，原不可轩轾异视。"令驻藏大臣傅清"嗣后诸事，即照此办理，但酌量关系事体与否务期地方宁谧，使颇罗鼐等不致滋事。持重妥协办理。尚其留意"②。同一天，乾隆帝又特手敕密谕郡王颇罗鼐叮嘱妥帖处理。清朝中央进行和解，坚持"政教分立"，以对颇罗鼐做工作为侧重点，抓住了矛盾的主要方面。由于颇罗鼐听从清朝中央的意见，把握分寸，使事态得以控制，已经动摇的西藏地方"政教分立"体制才得以继续存在。

如果说颇罗鼐在世时候的诅咒事件，表明"政教分立"体制下世俗行政首领和宗教领袖间的矛盾和斗争已经表面化，那么珠尔默特那木扎勒袭封郡王后则将这种矛盾和斗争推向总爆发的边缘。珠尔默特那木扎勒是颇罗鼐的次子，颇罗鼐的合法继承人当然是他的长子珠尔默特车布登，但其人性格较软弱，腿部有疾，素为颇罗鼐所不喜。颇罗鼐向清朝中央报告说："次子珠尔墨特那木扎勒堪以奋勉出力"，兄弟间"互相逊让，并无争竞"，对于次子，噶伦、第巴、大喇嘛等僧俗上层"亦皆心服"，要求让珠尔默特那木扎勒当他的继承人。乾隆帝谕准颇罗鼐所请，将珠尔默特那木扎勒封为长子，③ 明定为颇罗鼐的继承人。乾隆十二年（1747年）3月颇罗鼐突然病逝，珠尔默特那木扎勒袭封郡王。这位新郡王，无论从哪方面都不能和颇罗鼐相比。他骄横浮躁，缺乏冷静的头脑和驾驭局势的能力，将颇罗鼐生前已潜在的诸矛盾一下子推向了激化状态。这首先表现为其与达赖喇嘛之间的矛盾的凸显。颇罗鼐病逝，七世达赖"表现出一视同仁的菩

---

① 1746年7月的一天，郡王府拿住一人，经拷问，其供出曾偷郡干常用箭一枝及大小便秽土，用作镇压、诅咒颇罗鼐。其人供称是受达赖喇嘛的索本堪布扎克巴达颜指使，后经驻藏大臣调解，将指使人惩处，充发到阿里。
② 《清高宗实录》卷二八〇，乾隆十一年十二月乙丑。
③ 参见《清高宗实录》卷二五六，乾隆十一年正月甲戌。

提心的宽宏大量"①，准备前赴郡王府亲自吊奠诵经，而珠尔默特那木扎勒竟然予以断然拒绝。如果说达赖喇嘛提出亲为颇罗鼐吊祭是一种试图在郡王权力交接时弥合政教矛盾的尝试的话，那么珠尔默特那木扎勒的拒绝则将政教矛盾进一步激化。这种不通情理之愚行对清朝中央推行的"政教分立"体制构成了严重威胁，所以乾隆帝便有了"西顾之忧"。此事后虽经驻藏大臣傅清的严厉"申饬"，珠尔默特那木扎勒最终表示"愿请达赖喇嘛吊祭"②，也只是将政教矛盾的总爆发时间予以推迟而已。

珠尔默特那木扎勒刚上台便加剧了与达赖喇嘛的矛盾，清朝中央对这一破坏藏地安定的行为极端不放心。驻藏大臣纪山针对"政教分立"体制面临的难题向清廷报告：新郡王珠尔默特那木扎勒"看来情性乖张，属下俱怀怨望，且伊又有疑忌达赖喇嘛之心，恐日久怨愈深，达赖喇嘛亦不能忍，致生事端"，提出"将伊兄珠尔默特车布登移取来藏，协同办事，以分其权，并将达赖喇嘛自藏移至泰宁安驻"。然而，现实情况早已今非昔比，郡王制的弊端也已充分暴露无遗，世俗贵族权力过度迅速的膨胀已冲击到清朝在西藏推行的行政体制的稳定，影响了藏地社会的安定，朝廷当然再不会以抑制宗教领袖权力的方式来换取西藏地方的稳定，所以在此种情况下，乾隆帝严厉斥责纪山"此奏甚属舛谬"，并且明确表示："将达赖喇嘛移至泰宁安驻，此事尤不可行。"③

就在驻藏大臣纪山遭申斥的当天，乾隆帝决定确立驻藏大臣额设二员的定制，谕示："从前藏地常派大臣二员驻扎办事，后乃裁去一员，朕思藏地关系甚要，彼处办事有二人相商，较为有益，且换班先后更替，有一旧人，尤觉妥当。"决定调傅清再次赴藏"前往与纪山公同办事"，并明确规定"其钦差大臣之关防，著傅清收掌"，加强了驻藏大臣傅清的掌事权力。④ 3个多月后，清廷将遇事漫无主张、

---

① 多喀尔·策仁旺杰：《噶伦传》，周秋有译，西藏人民出版社1986年版，第30页。
② 《清高宗实录》卷二九六，乾隆十二年八月戊辰。
③ 《清高宗实录》卷三五一，乾隆十四年十月丙申。
④ 参见《清高宗实录》卷三五一，乾隆十四年十月丙申。

气馁胆怯,竟受珠尔默特那木扎勒愚弄,与之设誓盟好,并同列衔名奏事,殊失大体的纪山就地革职且暂留西藏办事。"命工部侍郎拉布敦往代纪山驻藏办事。"① 庄学和有《西藏纪事六首》,这组七言律诗是在傅恒纳降班师其奉命办理善后有关事宜之后,刚离金川据闻而吟作,为当时人描写的当时西藏的重大事件。其三写到前驻藏大臣纪山的"姑息养奸":"贯盈腥秽久滔天,黄教沦夷阅几年。关宠后援终养祸,陈汤先发直从权。欲完赵璧拚俱碎,宁惜隋珠枉自全。势迫燃眉神速定,双忠秘略运生前。"② 首联"贯盈腥秽久滔天,黄教沦夷阅几年"谓珠尔默特那木扎勒纵欲恣事,好为红教(对格鲁派之外的其他教派之指称),构达赖喇嘛之隙。由于郡王珠尔默特那木扎勒纵欲弄权已恶贯满盈、罄竹滔天,黄教(即格鲁派)的衰微已经历几年。颔联"关宠后援终养祸,陈汤先发直从权"前一句指珠尔默特那木扎勒袭其父郡王位后,驻藏大臣纪山的姑息养奸。该诗后附长文载:"纪山教之乘轿用八人抬,以自制斑竹大辇贻之。为排女戏,将以声色宴安弭其凶暴之性也。"纪山因与珠尔默特那木扎勒交好而革职。钦差大臣的宠信成为郡王的后援最终养下祸患。后一句使用了陈汤典故,陈汤是西汉元帝时,以副校尉使西域,建昭三年与都护甘延寿矫制先发,击杀匈奴郅支单于于康居。③ 诗中谓驻藏大臣傅清、拉布敦在奏请之复旨未达时从权行事。全诗后四句用典赞美驻藏大臣傅清、拉布敦在谕旨未到达之前即先发翦除了郡王珠尔默特那木扎勒。

傅清和拉布敦均为二次驻藏,他们在颇罗鼐逝世前和珠尔默特那木扎勒袭位之初曾任驻藏大臣。傅清忠实执行谕示,对于珠尔默特那木扎勒"意见不到之处,即行指示",对于其与达赖喇嘛的矛盾处"善为和解,惟期地方安静,不生事端"④,获得了乾隆帝的赏识,所

---

① 《清高宗实录》卷三五五,乾隆十四年十二月丁寅。
② 《金川草》(旧抄本),页三十九下四十上,见西藏社会科学院西藏学汉文文献编辑室《西藏学文献丛书别辑(第四函)》,中国藏学出版社影印本。
③ 参见《汉书·陈汤传》,中华书局1985年版。
④ 《清高宗实录》卷二八六,乾隆十二年三月乙巳。

以他能够以都统衔再次进藏。清朝强化驻藏大臣制度，除了珠尔默特那木扎勒"疑忌达赖喇嘛，无尊信恭顺之意"①，还因其"多辖人众，希图收税射利"，插手云南中甸地区，要求向该地区寺庙派驻从三大寺挑选的堪布，②"又请将驻藏大臣所管火尔噶锡等番命伊管理"③，引起清廷的强烈反感，使皇帝不得不对其能否"恭顺安静"表示怀疑。从而清朝中央又命令四川方面先事预防，挑选兵力，密为准备，后发制人，一旦珠尔默特那木扎勒或有损于达赖喇嘛，或不利内地，即由四川提督岳钟琪领兵进藏。

珠尔默特那木扎勒与其兄素不相合，互生猜嫌。乾隆十四年（1749年）珠尔默特车布登与由珠尔默特那木扎勒派驻阿里喇嘛寺的第巴果弼鼐发生摩擦，遂在阿里地方起兵，把守通卫藏要路，声言将发兵进入卫藏。珠尔默特那木扎勒调兵助果弼鼐，两军互为拒守。珠尔默特那木扎勒兄弟间举兵构衅，虽属手足相残，究与地方安定有碍，清朝中央对此甚为重视，细查构衅真相，会商应付之策。乾隆帝最终形成了剪除珠尔默特那木扎勒的想法："自朕观之，珠尔默特那木扎勒暴戾不驯，狡诈叵测，留之终必为患。"④ 他曾打算"遣（四川总督）策楞、（四川提督）岳钟琪酌派满汉官兵一二千名，明告以伊兄攘夺称戈恐于彼不利，特令派兵相助。俟策楞等至藏，即可乘其不备，将珠尔默特那木扎勒就地正法，再行出示晓谕，以出于该督等便宜行事，安众人之心，众人素怨其酷虐，自必帖然。更召珠尔默特车布登，晓以大义，令袭伊父颇罗鼐贝勒职衔，统辖旧部，不使管理嘎陇事务，似可为分彼重权，久远宁谧之计"⑤。这个剪除珠尔默特

---

① 《策楞奏遵旨会商应付珠尔默特弟兄构衅之策折（乾隆十四年十二月二十四日）》，见《元以来西藏地方与中央政府关系档案史料汇编》，中国藏学出版社1994年版，第499页。

② 参见《清高宗实录》卷三四三，乾隆十四年六月辛丑。

③ 《策楞奏遵旨会商应付珠尔默特弟兄构衅之策折（乾隆十四年十二月二十四日）》，见《元以来西藏地方与中央政府关系档案史料汇编》，中国藏学出版社1994年版，第499页。

④ 《清高宗实录》卷三五五，乾隆十四年十二月庚子。

⑤ 《清高宗实录》卷三五五，乾隆十四年十二月庚子。

那木扎勒的方案有一个值得注意之点，就是清朝廷治藏此时已有改革西藏地方行政体制，废除"郡王制"的明显意图，所以只打算令珠尔默特车布登袭贝勒职衔，统辖颇罗鼐旧部，不使管理噶伦事务。乘兄弟构衅，以派兵相助之名，诛杀珠尔默特那木扎勒，让珠尔默特车布登统辖旧部的方案，终因珠尔默特车布登突然死亡，而无以实现。乾隆帝"又欲于来年万寿，遣章嘉呼图克图赴藏熬茶，或督或提遣兵护送，或另遣大臣前往，于熬茶之便，随宜相度，即行剪除，使迅雷不及掩耳"，但"亦未知可否如此办理，于事势能与不能，办理后人心是否允服"①？经过征求四川总督、提督和驻藏大臣诸人的意见，经缜密考虑之后，最终乾隆帝同意策楞等人提出的"熬茶事所时有，恐将来无以取信于藏地"的主张，遂明确表示："熬茶从权之计，实非王道，且恐失信将来，今不必再题矣。"②

乾隆帝的两个剪除设想虽然皆流于空言，但对驻藏大臣傅清、拉布敦接着设计诛戮郡王珠尔默特那木扎勒的果断行动产生了决定性的影响。傅清、拉布敦到任后不久，奏称珠尔默特那木扎勒于乾隆十五年（1750年）三月从工布运49驮火药并调遣1500人的军队到达拉萨，却未能使皇帝重视问题的严重。最后傅清详报"珠尔默特那木扎勒往后藏时，将噶布伦第巴布隆赞等诬拘抄没，分给亲爱之人，又将珠尔默特车布登之子珠尔默特旺札勒逐出。凡颇罗鼐所用旧人，杀害、抄没、黜革者甚多……珠尔默特那木扎勒现带兵二千余名，在拉萨北三百余里达木地方游牧"时，乾隆帝则表示："此皆珠尔默特那木扎勒乖张悖戾，但道路辽远，可暂听之。如果关系者大，再行筹划。"③ 珠尔默特那木扎勒后又于江达备兵1000，西宁一路备兵2000，准备对清军进行防堵，跳梁之状已日益明显。驻藏大臣傅清、拉布敦清楚地看到事态激化已不可避免，遂决计等珠尔默特那木扎勒返回拉萨于接见时便擒拿剪除，密奏请求"便宜从事"，从权从速，

---

① 《清高宗实录》卷三五五，乾隆十四年十二月庚子。
② 《清高宗实录》卷三五七，乾隆十五年正月癸酉。
③ 《清高宗实录》卷三七二，乾隆十五年九月丙午。

以绝后患。十月八日（11月6日）奏到，乾隆帝认为这个剪除计划"失之于险"，"只可静以待动"，谕示："二大臣孤悬绝域，未可轻举，即使便宜办理，亦与国体有关，且非万全之道，拟令俟班第更换拉布敦到藏日，会同达赖喇嘛及藏中大格隆等明正其罪，以申国法，庶协天朝体制。"① 但此上谕发出5天，正在传递途中，珠尔默特那木扎勒事件就已经发生了。

驻藏大臣傅清、拉布敦的奏请尚未接到皇帝谕旨，而珠尔默特那木扎勒"反谋益急，广布私人，凡驻藏大臣一举动，辄侦逻之，禁邮递不得通，潜结准噶尔为外援，藏中有异己者，将尽逐之，势且延及达赖喇嘛"，傅清、拉布敦遂秘密计议：如坐待其变乱发生，必死；诱而杀之，因其羽翼已成，众寡不敌，亦难免于死。这就是庄学和诗句"欲完赵璧拚俱碎，宁惜隋珠枉自全"典故的本意。"均之死也，毋宁变速而祸小。"② 两位驻藏大臣经过深思熟虑毅然决定置个人生死于不顾，先发制人。这也就是庄学和诗句"势迫燃眉神速定，双忠秘略运生前"背后的历史事实。

乾隆十五年（1750年）11月11日珠尔默特那木扎勒刚从外地回到拉萨，傅清、拉布敦即通知"有旨令议事"，急召其前来通司岗驻藏大臣衙门。珠尔默特那木扎勒来到驻藏大臣衙门，将随从、护卫留在衙门外，带四五名亲信登上二楼，傅清、拉布敦见之予以款待。接着两位驻藏大臣请珠尔默特那木扎勒到卧室密谈。珠尔默特那木扎勒刚踏进房门，门就被紧紧关上。其时，傅清严厉斥责珠尔默特那木扎勒叛逆之罪的同时，迅疾跳起来抓住其胳膊，拉布敦立即拔佩剑砍之。珠尔默特那木扎勒颈项被创倒地，驻藏大臣的侍从随即"以梏击其首，立毙"③。进入驻藏大臣衙门的珠尔默特那木扎勒的几名随

---

① 《诏告珠尔默特那木扎勒罪状优恤被害大臣之故并示西藏善后方略（乾隆十五年十一月十六日）》，见《元以来西藏地方与中央政府关系档案史料汇编》，中国藏学出版社1994年版，第523页。

② 福康安撰双忠祠碑文，见《卫藏通志》卷六，西藏人民出版社1982年版，第282页。"潜结准噶尔为外援"，是珠尔默特那木扎勒被诛后才发觉的。

③ 福康安撰双忠祠碑文，见《卫藏通志》卷六，西藏人民出版社1982年版，第282～283页。

从，除卓尼罗布藏扎什一人听到格斗声，跳窗逃跑外，其他人均被驻藏大臣的侍从砍死。

卓尼罗布藏扎什逃回郡王府，与珠尔默特那木扎勒之婿第巴喇布坦等人煽动、纠合一伙同党，冲向通司岗，枪箭竞发，四面围攻驻藏大臣衙门，骚乱顿时如风雨暴作。但衙门墙高且坚固，一时难以攻下，暴徒们就在墙下堆积柴薪，纵火焚烧，烈焰四起，遂乘乱攀登。傅清、拉布敦率领人数不多的卫队拼死自卫抵抗。傅清身负多处枪伤，流血过多，力尽死难。拉布敦中箭后又遭刀砍，亦以身殉国。主事策塔尔、参将黄元龙等守卫驻藏大臣衙门的官兵全部罹难。一些住在拉萨的商人、厨师也被无辜杀害。这次骚乱，除2名驻藏大臣遇害外，尚有49名官兵、77个平民死难。骚乱分子还抢劫了清廷存于拉萨藩库的饷银8万5000两。拉萨一时陷入了恐怖和混乱之中。

庄学和的《西藏纪事六首》（以下简称《纪事》）记载了当时的人听到事件发生后的感受。

《纪事》其一："忽惊西域海波翻，烽火无端断玉门。几日藁街悬逆首，何年轩盖返忠魂。将疑将信闺中梦，或泣或歌市外喧。昨夜泸江飞雁至，上公投袂驾南辕。"① 首联"忽惊西域海波翻，烽火无端断玉门"，形象地叙述了历史事实，指乾隆十五年（1750年）十月拉萨发生的诛杀珠尔默特那木扎勒及其党羽之乱。西域，明清诗文中有以西域指称西藏的习惯。惊闻西藏的骚乱如海浪翻卷，烽火暂时遮断了与内地的联系。颔联"几日藁街悬逆首，何年轩盖返忠魂"。珠尔默特那木扎勒被诛，拉萨发生骚乱的急报传送到清朝中央，乾隆帝立刻颁布上谕，采取第一个行动——肯定珠尔默特那木扎勒被诛为"亟翦凶逆"，傅清、拉布敦之死系"为国捐躯"，予以优恤。明令随驻藏大臣死难的弁兵，照阵亡例优恤。诗句意为，想来这几日拉萨大街上悬挂着叛逆者的首级，哪一年才能驾着华丽的车将死难的忠魂们带回家园。颈联"将疑将信闺中梦，或泣或歌市外喧"指这些风闻

---

① 《金川草》（旧抄本），页三十九下，见西藏社会科学院西藏学汉文文献编辑室《西藏学文献丛书别辑（第四函）》，中国藏学出版社影印本。

的消息令人将信将疑,总觉得像是闺中惊梦,或痛泣或悲歌的喧闹声仿佛从外面街市上传来。尾联"昨夜泸江飞雁至,上公投袂驾南辕"。诗句后注:"初因路断,炉城传信未真。威信岳公先督兵抵炉弹压,嗣果毅策楞公亦奉命进藏。"乾隆帝第二个行动——命令四川总督策楞、提督岳钟琪立即统领官兵,赴藏绥辑地方,搜除逆党。总兵官董芳随后进军策应,尹继善著就近驰驿前往四川,料理军队一应粮饷;又派军机侍郎那木扎勒驰驿进藏,与班第一同驻藏办事。全诗记叙了珠尔默特那木扎勒之乱爆发引起的藏族聚居区的震动和清廷采取的坚决而果断的措施。

《纪事》其二:"法雷慧日镇四方,佛力全凭帝力昌。时苦黄金征太子,敢教青镂斩魔王。鹊巢松上几临险,蛙伏井中亦恃强。赖有眈原符可护,好传消息到巴塘。"① 首联"法雷慧日镇四方,佛力全凭帝力昌"。傅清、拉布敦诛戮珠尔默特那木扎勒之后,曾立即遣官执持皇帝授予的令箭颁令噶伦多仁班智达管理西藏事务,设法解散围攻驻藏大臣衙门的骚乱人群。② 多仁班智达势单力孤,未能前去制止骚乱,他赶赴布达拉宫向达赖喇嘛紧急禀告。达赖喇嘛得知郡王珠尔默特那木扎勒之党羽卓尼罗布藏扎什等人煽惑若干亡命之徒为伙,图谋伤害驻藏大臣等情况后,立即派以卓尼为首的大部分布达拉宫僧俗官员及色拉、哲蚌二寺之活佛执事僧纲、僧众等人前往救护驻藏二大臣。达赖喇嘛经师甘丹池巴阿旺却丹也亲自赶往骚乱现场进行劝导,又派人于拉萨街头张贴文告,"文告宣谕:大皇帝震怒,已命二位大臣以法剪除珠尔默特那木扎勒。今尔等应各守本分,任何人等如有与皇帝钦差为仇者,皇帝法令威严如天,决不宽恕,希遵守为要"。"虽知理人众均听命安分,然罗布藏扎什及其同伙如恶魔附体,不服从告诫,且针对甘丹池巴口出恶言,撕毁文告,竟发生戕害二大臣及

---

① 《金川草》(旧抄本),页三十九下,见西藏社会科学院西藏学汉文文献编辑室《西藏学文献丛书别辑(第四函)》,中国藏学出版社影印本。

② 参见《策楞等奏遵旨察看并训导班智达情形折(乾隆十六年二月七日)》,见《元以来西藏地方与中央政府关系档案史料汇编》,中国藏学出版社1994年版,第535页;多喀尔·策仁旺杰《噶伦传》,周秋有译,西藏人民出版社1986年版,第35页。

官兵多人的极不善行径。"① 法雷谓佛法如雷，能惊觉群迷，故称。慧日谓佛之智慧有如太阳普照人间。达赖的法令镇抚四方，佛的觉悟的力量还要靠大皇帝的军事威慑力才能发挥力量。颔联"时苦黄金征太子，敢教青镂斩魔王"。诗人自注："借用布金祇陀太子园中事。"谓相传释迦牟尼成道后，拘萨罗国给孤独长者，用大量金钱购买了波斯匿王太子祇陀在舍卫城南的花园，建造成精舍，作为成道的释迦牟尼在舍卫国居住说法的场所。青镂即镂刻青色花纹的剑，诗中喻驻藏大臣所执尚方宝剑。魔王谓郡王珠尔墨特那木扎勒。诗句用佛教典故赞美了驻藏大臣敢于除恶的精神。也是呼应首联，指说法、宣教当然有一定作用，但对于魔王应敢于剑斩，说明了此一除恶行动从本质上就是护法、护教，有利于西藏地方的稳定。颈联"鹊巢松上几临险，蛙伏井中亦恃强"。七世达赖亲自领导平乱，政治上有影响的上层人士都坚决反对骚乱，罗布藏扎什等"也没有真正跟他跑的人，他纠集的人尽是一些平民中的渣滓"②。骚乱过后犹如风吹云散，第二天拉萨就开始恢复平静，罗布藏扎什等少数为首分子向外地潜逃藏身。这时，"达赖喇嘛并未容忍此等恶行，通告卫藏、塔工、达木、那曲等主要宗谿等地，告诫'任何人等均不得附合珠尔默特那木扎勒仆从等之叛逆作乱行为'"③。骚乱10天后，11月21日，罗布藏扎什被捕入狱，为首的骚乱分子大部分被擒拿，被劫饷银大部分追回，这场骚乱很快就得到平息。诗人在这里运用比喻，在藏汉人就像松枝上的鹊巢几乎面临灭顶之灾，而那些像井底之蛙的为首的骚乱分子也就逞强于一时，结果纷纷落网。尾联"赖有眈原符可护，好传消息到巴塘"。七世达赖在采取措施制止骚乱的同时，向清朝中央紧急上奏，报告拉萨发生的严重事件的详情及表示他反对"叛逆"的

---

① 《〈七世达赖喇嘛传〉中有关西藏珠尔默特那木扎勒事件的记载》，铎杰译，见中央民族学院藏学研究所编印《藏学研究文集》（第四集），第102页。

② ［意］L.伯戴克：《十八世纪前期的中原和西藏》，周秋有译，西藏人民出版社1987年版，第262页。

③ 《〈七世达赖喇嘛传〉中有关西藏珠尔默特那木扎勒事件的记载》，铎杰译，见中央民族学院藏学研究所编印《藏学研究文集》（第四集），第102页。

政治立场。朝廷迅速采取措施,对派策楞统兵入藏,搜捕惩办余党一事,乾隆帝曾敕谕达赖喇嘛。就在用兵申讨业已进行之际,鉴于形势的迅速发展变化,乾隆帝又谕令:"前经降旨,令该督提等统领官兵进藏,搜擒逆党,以申国宪。现今藏地大局已定,重兵已无所用,但一切事宜尚须料理。著照该督等所请,拨兵八百名,仍著策楞带领进藏,会同钦差大臣,悉心妥办。岳钟琪业已在途,亦可毋庸进发,即著驻扎打箭炉,以资弹压。"从派重兵进藏,安辑地方,调整为由重臣率少量兵丁驰赴拉萨,会同驻藏大臣、达赖喇嘛妥善办理善后事宜,着眼于从政治上解决问题,这一治藏举措的重大转变,历史证明是甚为精明的。诗句意为赖有朝廷军队的保护,迅速平定骚乱的消息顺利传到巴塘。全诗用形象的诗语叙述了以七世达赖为首的西藏政教上层反对骚乱与迅速平定骚乱的情形。

《纪事》其四:"一身虽殒一方存,并矢丹忱报帝阍。定远穴中须得子,义阳帐下必擒元。未燃大炷膏衢市,已炽余烽火戟辕。不忍至尊南顾虑,甘将熊虎殉狐豚。"①首联"一身虽殒一方存,并矢丹忱报帝阍"。诗句写两位驻藏大臣矢志以赤胆忠心报效皇帝朝廷,虽付出殒身的代价但保护了一方的平安。当时西藏地方政治上有影响的重要人物,无不对驻藏大臣剪除"纵恣逞威"的郡王珠尔默特那木扎勒的行动拍手称快。多喀尔·策仁旺杰的自传《噶伦传》就生动记载了与公班智达的一席谈论:"他向我讲了各方面情况。我回答:'西藏公众对这个魑魅大恶,不能容忍,如今二位钦差大臣大胆将他剪除,好比刺破脓疮,实在太好了。那些傲慢诡诈的家伙(按:指罗布藏扎什等人)杀害两位大臣,自取灭亡。'他说:'你言之有理。'我听了犹如痛饮甘露,心情格外舒畅。"②颔联"定远穴中须得子,义阳帐下必擒元"用典,上联用班超故事——东汉明帝永平十六年(73年),班超率36人出使西域,履险穴处,终使西域50余城

---

① 《金川草》(旧抄本)页四十上,见西藏社会科学院西藏学汉文文献编辑室《西藏学文献丛书别辑(第四函)》,中国藏学出版社影印本。
② 多喀尔·策仁旺杰:《噶伦传》,周秋有译,西藏人民出版社1986年版,第35页。

国国君质子附汉。班超在西域30年，官至西域都护，封定远侯。子犹言质子，嗣君。下联用傅介子故事——西汉昭帝元凤中，傅介子奉命出使大宛，以计斩楼兰王，归封义阳侯。元即首领，古代称君主为元首。用历史上当机立断的故事赞美两位大臣的果决、勇敢、无畏。颈联"未燃大烓膏衢市，已炽余烽火戟辕"。戟辕指门外立戟之官署，这里指驻藏大臣衙门①。诗人想象叛逆暴徒焚烧驻藏大臣衙门的情形。尾联"不忍至尊南顾虑，甘将熊虎殉狐豚"，写两位钦差大臣不忍心看到皇帝对西藏的担心变为事实，甘心以敌殉国。全诗回顾了驻藏大臣果决采取行动的意义，以及他们殉难的情形，赞美了两位驻藏大臣赤胆忠心、为主分忧的大无畏牺牲精神。

《纪事》其五："不遵梵教不崇伦，冒顿猖狂越二旬。违诏苏文将灭佛，诈书上郡更戕亲。鼓钟帐后淫逾亮，炮烙樽前酷过辛。纵解吞针难避刃，谁将宝筏渡迷津。"②首联"不遵梵教不崇伦，冒顿猖狂越二旬"是说珠尔默特那木扎勒不遵从格鲁教派、不崇奉人伦，就像当年北方草原上的匈奴单于冒顿已经猖狂了2年多。③颔联"违诏苏文将灭佛，诈书上郡更戕亲"，苏文典出《全唐诗话·张林》，林言"毁佛寺时，御史有苏监察者，捡天下废寺，见银佛一尺以下者，多袖而归，时号苏捏佛"。诗句所指史实谓珠尔墨特那木扎勒疑忌、勒索七世达赖。此诗后长文曰，"与达赖喇嘛成隙，庚午春遣索黄金五百两，达赖与之，后复索五百两，达赖与以三百，意未惬也"。诈书戕亲的典故是秦始皇病死，次子胡亥继位后，其兄扶苏时在上郡蒙恬处监军，为赵高、李斯矫诏赐死。此诗后所附长文载，珠尔默特那木扎勒袭郡王位后，忌镇守阿里的其兄珠尔默特车布登，"诈传大人檄名，诱而杀之"。颈联"鼓钟帐后淫逾亮，炮烙樽前酷

---

① 驻藏大臣衙门驻地曾几经变动。据《卫藏通志》载，初设于拉萨中心大昭寺东北方向的通司岗（也称"宠岗"，即今"冲赛康"之异音），进出办事极为方便。被叛逆纵火焚毁后，清廷在其旧址建了"双忠祠"。

② 《金川草》（旧抄本）页四十上，见西藏社会科学院西藏学汉文文献编辑室《西藏学文献丛书别辑（第四函）》，中国藏学出版社影印本。

③ 朱尔墨特那木扎勒1747年袭其父郡王位一段时间之后即猖狂横行，不满三年遂被剪灭。

过辛"是说珠尔默特那木扎勒在钟鼓齐鸣的大帐后荒淫超过了历史上著名的金主完颜亮,在大肆欢宴的酒杯前稍有不快就用炮烙①酷刑,残酷超过了殷纣王辛。诗后所附长文曰,珠尔默特那木扎勒"每饮酒多杀人"。尾联"纵解吞针难避刃,谁将宝筏渡迷津",指纵然会吞针妖术也难以躲避将其斩首的刀刃。诗后所附长文曰,珠尔默特那木扎勒"用邪咒练吞铁针七枚"。宝筏是佛教语,比喻引导人到达彼岸的佛法。谁能将这一魔王用宝筏渡过迷津送入地狱呢?这首诗充满对于珠尔默特那木扎勒疑忌达赖喇嘛、谋害兄长、纵欲暴虐、嗜信邪咒的愤怒谴责。

《纪事》其六:"戕斧无须发戍楼,园成欢喜渡慈桴。尚凭慧剑收秦炬,为缚魔轮献楚囚。枭首康居除厥种,更名鄯善锡他酋。况闻众建遵朝议,继绝呼韩一脉留。"② 当拉萨骚乱刚刚发生时,七世达赖喇嘛立即"传令各番不得伤害汉人",并下令容许躲避骚乱的汉人进入布达拉宫。当一些叛逆暴徒冲到德阳厦庭院和布达拉宫后门前叫嚣要求交出受达赖保护的汉人时,达赖喇嘛亲自登上德阳厦庭院三楼站在围廊上进行了耐心的说服和真诚的教育,使叛逆暴徒畏服而散,保护了仅存的驻藏大臣衙门的疏散人员和当地避乱汉人。"彼时未受害之笔贴式二人、颇本、二大臣之眷属、士兵、商民等约二百人集聚于布达拉,其生活食用及衣物等均受达赖喇嘛恩顾。"③ 六世班禅得知拉萨骚乱、驻藏大臣被害的消息后,"立即派人前往拉萨打探消息,并到驻藏大臣衙门,慰问幸存的两位笔贴式和两粮台以及驻藏大臣衙门的官兵247人,送了许多大米、白面、藏香和白银等物品,表示慰问"④。此诗前四句写七世达赖喇嘛亲自领导平定拉萨骚乱,后四句写处理罪犯及西藏上层按清朝中央意图参与议定妥办善后。诗后

---

① 炮烙是殷纣王所用的酷刑。用炭烧烫铜柱,令人爬行柱上,即堕炭上烧死。
② 《金川草》(旧抄本)页四十上,见西藏社会科学院西藏学汉文文献编辑室《西藏学文献丛书别辑(第四函)》,中国藏学出版社影印本。
③ 《〈七世达赖喇嘛传〉中有关西藏珠尔默特那木扎勒事件的记载》,铎杰译,见中央民族学院藏学研究所编印《藏学研究文集》(第四集),第102页。
④ 牙含章:《班禅额尔德尼传》,西藏人民出版社1987年版,第115页。

自注,"小公班第达故王子康金霈嫡嗣,今使管藏"。小公班第达即多仁班智达。珠尔墨特那木扎勒被诛,郡王制废除后,为清廷任命为首席噶伦。

庄学和的《西藏纪事六首》组诗从当时人对当时事珠尔默特那木扎勒事件的惊闻、事件的发生、事件的经过、事件的结果以及善后处理等方面,以律诗的形式分别进行了形象生动的描绘,并以诗后自注、诗后长文的形式补充了相当多的历史真实细节。组诗提供了相当难得的、相当精彩的文学版的对珠尔默特那木扎勒事件的描述,对于从另一角度更加清晰、形象地认识史实、理解历史,并根据史实鉴赏当时人的藏事诗作均有不可替代的珍贵价值。

珠尔默特那木扎勒被驻藏大臣诛杀后,多仁班智达被授权总理西藏政事,拉萨骚乱得到平息,首恶分子被处决,以及对叛产的查处、变价充饷,从一定意义上说,已对珠尔默特那木扎勒事件有所了结,但是清朝中央对这一事件的处理,不囿于事件的局部了结,而决意乘此机会对西藏地方行政体制进行总体改革。乾隆帝总结清朝前期治藏的经验教训,决定废除郡王制,将改革西藏行政体制确定为办理西藏善后诸事宜的基本政策。策楞遵循揣摩乾隆帝的历次谕旨,将西藏地方行政体制改革之要旨,概括为三句话:"务期达赖喇嘛得以专主,钦差(驻藏大臣)有所操纵,而噶隆不致擅权。"① 得到了乾隆帝的首肯,并指示策楞到藏后即与达赖喇嘛商酌,达赖喇嘛推荐原噶伦彻凌汪扎尔,并要求破例增设喇嘛噶伦一人。乾隆帝均予以批准,并专门颁给四噶伦一道上谕,从此,四噶伦三俗一僧,组成体现"政教合一"制度的西藏地方最高行政机构噶厦,成为定制。清朝中央还决定在达赖喇嘛的系统下,设置译仓(即秘书处),内设四大仲译,均为僧官。噶厦的政令、公文必须经过译仓的审核,铃盖由译仓保管的达赖喇嘛的印信才能生效,以牵制和监督噶厦的权力。为体现郡王

---

① 《策楞奏抵藏日期及会见达赖喇嘛与班智达情形折(乾隆十六年二月初三日)》,见《元以来西藏地方与中央政府关系档案史料汇编》,中国藏学出版社1994年版,第533页。

制的废除，博学慎思、和善诚恳的多仁班智达接受了策楞等人之建议，从其由总理藏政时迁进的珠尔默特那木扎勒郡王府搬回原来的旧居；为体现行政体制改革"政教合一"的建立，西藏地方向朝廷进贡，自颇罗鼐以来，由达赖喇嘛、郡王派遣贡使，改为正副贡使俱由达赖喇嘛分内派遣。

策楞、兆惠和驻藏大臣班第、那木扎勒遵旨会同达赖喇嘛在办理西藏善后诸事宜的过程中，立章定制，并与噶伦公班智达会商，拟定"西藏善后章程十三条"，乾隆十六年（1751年4月23日）获得清朝廷批准，以"晓谕全藏告示"的形式正式颁行。① 这个章程是废除"政教分立"的郡王制，并授权达赖喇嘛管理西藏地方事务的新的立章定制，是清朝中央在西藏地方大力推行行政体制改革，强化中央政权对西藏地方直接治理的法制化的充分体现。

当驻藏大臣傅清、拉布敦遇难，珠尔默特那木扎勒被诛杀的消息传出，清朝廷上下为之震惊。乾隆皇帝得知后，立即降旨："总督策楞奏到，朕深为怜恻，不觉涕零。因思傅清、拉布敦若静候谕旨遵行，或不至是。但珠尔默特那木扎勒反形已露，倘不先加诛戮，傅清等亦必遭其荼毒。则傅清、拉布敦之先机筹划，歼厥渠魁，实属可嘉，非如霍光之诱致楼兰而斩之也。夫临阵捐躯，虽奋不顾身，然尚追以势所不得不然。如傅清、拉布敦揆几审势，决计定谋，其心较苦，而其功为尤大。以如此实心为国之大臣，不保其令终，安得不倍加轸悼耶！傅清、拉布敦著加恩追赠为一等伯，著入贤良祠、昭忠祠春秋致祭。傅清并入伊家祠从祀。伊等子孙给予一等子爵，世袭罔替，以示朕褒忠录庸之至意。"② 傅清，富察氏，满洲镶黄旗人。一等公李荣保之次子，大学士傅恒之兄。雍正二年（1724年），晋升正黄旗副都统。乾隆元年（1736年），任銮仪使。乾隆五年（1740年），授天津总兵。傅清曾驻藏两次。乾隆九年（1744年），"驻藏

---

① 参见《驻藏大臣颁布善后章程十三条晓谕全藏告示（乾隆十六年）》，见《元以来西藏地方与中央政府关系档案史料汇编》，中国藏学出版社1994年版，第551～555页。
② 《清高宗实录》卷三七七，乾隆十五年十一月乙卯。

副都统索拜期满，以副都统傅清代之"①。此次，傅清在藏大约4年。傅清第二次赴藏是在乾隆十四年（1749年），离藏只有1年多，就又奉命踏上赴藏之路。拉布敦，董鄂氏，满洲正黄旗人，尚书锡勒达之子。康熙五十五年（1716年），袭三等轻车都尉世职。雍正七年（1729年），袭世职佐领。雍正十年（1732年）授正红旗副都统。乾隆初年，曾任定边左副将军、古北口提督。乾隆十四年（1749年），授工部左侍郎，兼正白旗副都统。乾隆十五年（1750年）擢都察院左都御史。拉布敦也曾两次驻藏。第一次是在乾隆十三年（1748年），驻藏大臣副都统傅清期满，由拉布敦接任。此次在藏近1年，乾隆十四年（1749年）二月召回京城。十二月又奉命赴藏，接替纪山，与傅清一齐驻藏。是为第二次驻藏。

  为了表彰傅清、拉布敦二人的功绩，清朝廷分别在北京和拉萨建立"双忠祠"，合祀二人，春秋致祭。乾隆十六年（1751年），北京的双忠祠在崇文门内建成，乾隆帝亲自撰写《双忠祠诗》，立碑于祠中。其序中说："乾隆十五年，驻藏都统傅清，左都御史拉布敦，诛叛臣珠尔墨特那木扎勒，其党罗布藏扎什率兵助逆，二臣死焉，赠以伯爵，优恤，而归其丧于京师，亲临奠酹，建专祠祀之，命曰'双忠'，并纪以诗。"其诗云，"卫藏西南夷极边，入我王化百余年"，地处西南夷极边的西藏，入我朝王化已有百余年时间，即从1642年西藏派人远赴盛京（今沈阳）与清政权结纳关系算起，到1751年，已有109年的历史。"惟时奉命监彼土，曰傅清暨布达敦。目睹贼势日猖獗，炎炎不息将燎原。战守不可兵力弱，官军万里阻蜀门。国事为重余度外，二人同心利断金。知无一生有九死，俱期济事酬深恩"，布达敦，通作拉布敦。诗句从二公奉命监土开始回顾，描写了其目睹贼势日猖、瞬息燎原，己方力弱、战守不可，大军万里、不解近渴，但二人同心，国事为重，生死度外，济事酬恩的驻藏设谋的经历，叹息"吁嘻二臣力不逮，如归视死双捐躯"，赞美"忠臣报主如有此，智勇兼济诚通天"，揭示建双忠祠的意义"双忠之气浩千古，

---

① 《清高宗实录》卷二一八，乾隆九年六月癸丑。

双忠之力敌万军",① 表明了皇帝要大力弘扬这种双忠精神。

因藏地广大僧俗人众的强烈请求，经朝廷批准，在拉萨驻藏钦差大臣衙门原址（即拉萨中心大昭寺东北方向的通司岗，也称"宠岗"，即今之"冲赛康"）亦建立一座"双忠祠"。其时"藏番追念两公遗泽，岁时奔走，香火不绝"。乾隆五十八年（1793年），大学士福康安率兵入藏，进剿廓尔喀，班师回到拉萨后，特来双忠祠祭拜。此时距建祠已过40余年，作为傅清之侄的福康安不但修葺了双忠祠，还撰文勒石，立双忠祠碑。当时，杨揆作为福康安的亲信幕僚，不仅是此事之历史见证人，抑或曾参与碑文初稿的撰写。更有意思的是杨揆还写有一首《双忠祠 并序》的五言长诗。② 双忠祠碑文被收入《卫藏通志》，后世多据此叙论珠尔默特那木扎勒事件。其实将杨揆诗与碑文对勘，更有助于厘清事件的真相。

其一，珠尔默特那木扎勒继其父郡王位后"专藏事，多不法"，傅清、拉布敦二人决定先发制人，请旨"便宜从事"，此事应是两公密议而成，并非一人主导。杨诗序文："两公廉其叛逆有迹，密疏请便宜从事，旨未至，反谋益急……两公遂定密计"，以有旨会议事，召郡王前来驻藏大臣衙门，乘其不备，予以剪除。诗句："在昔蛮酋狡，筹边倚重臣，两公当发难，一死共成仁"，"孤军悬绝域，赤手制狂鳞。起陆机难测，称天讨合申"。而福康安所撰双忠祠碑文载："公（指傅清）廉其叛逆有迹，密疏请便宜从事，以绝后患"，"公（指傅清）如坐待其变，事发而公必死，诱而诛之，其羽翼已成，众寡不敌，而公亦死。均之死也，毋宁变速而祸小，遂与拉公定密计"。二者一对比就明白，碑文明显突出傅清，凸显福康安"尊亲"之嫌，虽情有可原，但作为史料在运用时就要注意碑文撰写这一角度，以免偏颇。

---

① 参见张羽新《清政府与喇嘛（附清代喇嘛碑刻录）》，西藏人民出版社1988年版，第367~368页。

② 参见［清］杨揆《桐华吟馆诗稿》（清嘉庆十二年刻本）卷七，页十六上下、页十七上，见国家清史编纂委员会·文献丛刊《清代诗文集汇编》（第457册），上海古籍出版社2010年版，第338~339页。

其二，珠尔默特那木扎勒来到驻藏大臣衙门，傅清、拉布敦置酒款待，使之松懈，再引入卧室砍杀之。杨诗序文："两公登楼置酒待之，止其众于楼下，引入卧室，门急阖，以刀砍之，中项而仆，从者竞前、以梃击其首，立毙。"诗句"当筵刀俎设，布地网罗匀"，"漫许轻排闼，何劳更设裀，登楼缘虡桅，行酒乍逡巡。仓卒无旋踵，艰虞肯顾身，堪胸欣刺刃，溅血快沾巾"。碑文则只字未提及"置酒待之"："公与拉公登楼待之，止其众于楼下，随上者四五人。公见之，颜色不动如平时，引入卧室，阖户，急挈佩刀砍之，中项而仆，从者竞前以梃击其首，立毙。"这显然是为了凸显诱杀的"正义"而淡化了计谋，虽无伤大雅，但有违真实。

其三，珠尔默特那木扎勒余党骚乱，火焚、进攻驻藏大臣衙门，傅清、拉布敦及其参与此事的下属全数死难，无一幸免。诗句："竞肆豺牙厉，偏伤虿尾辛。创深拳尚握，力尽目犹瞋。"由于全体死难，死无对证，诗中如此描写是合理想象的。碑文："公手刃数贼，身被三伤，力竭，自刎以殉。拉公亦中创死。"碑文如此描述两位驻藏大臣的死难实不足怪，怪在杨揆在诗序中的说法与福康安碑文出奇地一致。① 这其实也不足怪，杨揆毕竟是大将军福康安的僚属。

杨诗与碑文对照下来，疑碑文初稿可能就是杨揆所拟，诗序很可能保留了杨揆所拟的一部分原文。大学士福康安对杨揆初稿文字进行了认真改定，将全文中"俩"字去掉，以突出傅清的领导地位；将"置酒"去掉，来淡化计谋的谋划色彩；将"创深""力尽"死难改为"自刎以殉"，来突出傅清自尽的殉国性质。总的来看，全部碑文在尊重历史事实的基础上突出了福康安祭祀世父的个人风格，既未严重改变史实，又突出了福康安作此碑文的从子身份，显示了大学士不凡的文字功力。但将碑文作为史实资料来运用时，还是需要用者力避主观，而杨揆诗序实有助于客观还原历史的原貌。

在杨揆写《双忠祠　并序》之前，孙士毅先写下了《双忠庙

---

① 碑文"力竭，自刎以殉"在杨揆的诗序笔下写成为"力竭自尽"。

并序》①，这是三首五言诗的组诗，为孙士毅筹饷来到拉萨后，瞻礼双忠祠吟作，题诗于壁，并寄邀杨揆同作。《双忠庙 并序》辞藻华丽、情真意切。举第一首为例："玉斧防边日，银刀出塞秋，不归原轸面，已断月氏头。遗事蛮夷记，游魂草木愁，觚棱何处望，泸水自西流。"完全运用典故，全凭穿越时空，并不着笔于事迹的描绘。这是与杨揆诗截然不同的，充分体现了古诗完美的联想境界。其他两首亦如此。

孙杨两诗的"序文"所述基本一致。值得玩味的不同是：《双忠庙 并序》序文写道，"约日会饮藏王。藏王醉，棓杀之"。《双忠祠 并序》序文写"置酒待之"，后"引入卧室"刀砍、棓击，而不是乘其醉后棓杀。或许这不是一种有意"淡化"谋杀，而是写真实。不过很难想象身为会办征剿的重臣大员的孙士毅序文所说会无根据。两诗及其序文所云皆可补史。

不管怎么说，在孙士毅、杨揆写诗时，虽然离双忠祠建成已过去了40多年，傅清、拉布敦为国捐躯的精神仍然为人们所传颂。在西藏"至今犹有能道当时遗事者"，孙士毅诗注补充说。在北京、拉萨两地的双忠祠及其碑文，也将永远记载下这两位驻藏大臣为了西藏的和煦安宁、边疆的稳定巩固流尽了最后一滴鲜血，把宝贵的生命献给了朝廷、献给了西藏的丰功伟绩。

第三节　再定大小金川之役与相关藏事诗的诗化表现

杂谷土司所占地界位于今天四川阿坝州理县、马尔康一带，当其

---

① ［清］孙士毅：《百一山房诗集》（清嘉庆二十一年刻本）卷一一，页五下、页六上下，见国家清史编纂委员会·文献丛刊《清代诗文集汇编》（第347册），上海古籍出版社2010年版，第594～595页。

最强盛时，几乎控制了整个嘉绒藏族聚居区的北部、东部及一部分羌族地区。此地区处于川西嘉绒藏族聚居区与内地交通的咽喉，地理位置十分重要。清初，在为争夺人口、土地的不休争战中，以大金川、杂谷土司之争最为激烈。杂谷地广人众，而大金川骁勇善战，以至到雍正、乾隆时期，在嘉绒藏族聚居区形成了以杂谷、大金川为首的两大土司集团。大金川联络小金川、绰斯甲、巴底三土司形成一派，而梭磨、卓克基、党坝、沃日、革布什咱、木坪等土司则与杂谷交好，形成另一派。"杂谷素惮金川之强，金川则畏杂谷之众，彼此钳制，边境颇宁。"① 清朝廷正是利用嘉绒地区这两大集团之间的相互对抗、相互钳制，来掌控嘉绒藏族聚居区，实现对嘉绒藏族聚居区的统治的。四川巡抚方显所奏更明白："留金川以树杂谷之敌，抚杂谷以固金川之阱。"②

但是，这种势均力敌的局面却被乾隆十二年（1747年）的大小金川之役打破了。经过初定金川战争，大金川的势力受到了巨大的削弱，而杂谷土司因从征金川有功，被清廷升授为位列土司最高等级的宣慰司。杂谷土司苍旺不免狂妄自大、飞扬跋扈起来。庄学和的《八月杂谷土酋不法制提二公发兵征剿即事四首》组诗，其中一首就写到此事："铜鼓声闻卫国楼，岩疆况属古维州。劫婚竟有沙吒利，归化宁无悉怛谋。先据虎牢当偪郑，直驱狎犹莫窥周。百年沦陷今须复，控制青羌第一筹。"③ 铜鼓是古乐器。宋代范成大《桂海虞衡志·志器》载："铜鼓，其制如坐墩而空其下。满鼓皆细花纹，极工致。四角有小蟾蜍，两人舁行，以手拊之，声全似鞞鼓。"《后汉书·马援传》载，马援南征，"于交趾得骆越铜鼓，乃铸为马式"。激越的铜鼓声传到卫国者的碉楼，使戍守的将士不由得想起这边疆原属古代的维州。维州即古冉駹地，唐高祖武德七年（624年）置维州，宋时改称威州，州治在今四川理县东北。"劫婚竟有沙吒利，归

---

① 《清高宗实录》卷一○五，乾隆四年十一月壬申。
② 中国第一历史档案馆藏：《朱批奏折》（民族类）第900号。
③ 《金川草》（旧抄本），页五十六上，见西藏社会科学院西藏学汉文文献编辑室《西藏学文献丛书别辑（第四函）》，中国藏学出版社影印本。

化宁无悉怛谋。"唐肃宗时,韩翊美姬柳氏,为蕃将沙吒利所劫,后得虞侯许俊之助,与韩复合,后因以沙吒利代指抢夺人妻的权贵。此句借喻苍旺闻沃日土妇朗金初貌美,发兵劫娶之。史实是杂谷土司苍旺先后3次休弃妻子,与众土司纷纷结怨成仇。起初,苍旺按照嘉绒地区的婚俗,娶寡嫂绰斯甲土司之女雍中丹增为妻,后来又娶瓦寺土司女阿孟为妻而弃雍中丹增,于是与绰斯甲土司断绝关系。不久阿孟病死,苍旺又求娶了阿孟的妹妹扣思满。但不久,沃日土司卒,其妻朗金初有姿色,苍旺诱娶之,弃扣思满回瓦寺,引起瓦寺土司的极端不满。杂谷土司亦因此渐陷入孤立的境地。劫婚竟然有些像唐肃宗时的蕃将沙吒利。悉怛谋是吐蕃维州城守将。《新唐书·吐蕃传》载:唐穆宗时,"悉怛谋挈城以降,剑南西川节度使李德裕受之,收符章杖铠,更遣将虞藏俭据之"。"会牛僧孺当国,议还悉怛谋,归其诚。"此句喻指苍旺归化朝廷却没有像吐蕃维州城守将悉怛谋那样真诚。"先据虎牢当偪郑,直驱狎犹莫窥周。"先占据了虎牢关当逼近郑国,狎犹长驱直入有心窥视周王室。用春秋故事喻指杂谷土司构衅邻封、不敬朝廷。史实是乾隆十七年(1752年)四月,杂谷土司苍旺先杀头人易沙,后又与梭磨土司勒尔悟、卓克基土司娘尔吉构衅,而且对清朝地方官员的调解"抗执不遵"。甚至"将梭、卓属土民、番寨聚兵攻毁,又私造铁炮,潜蓄逆谋。……若任其层次吞并,一到古维州,便可直趋保县。"① "百年沦陷今须复,控制青羌第一筹。""百年沦陷"诗文所附长文载:杂谷其地,"盖明末献贼(张献忠起义军)盗蜀时,乘机截取者,沦没羌中百余年矣"。百年沦陷之地今日一定要收复,这是控制青羌的第一筹策。

另一首写道:"金川炯戒昧车前,蓦发狂飙更近边。鹜启戎心非一稔,崝封战骨未三年。师来吴汉惊何速,檄到马卿怙不悛。日月光华迷井底,舞干难靖夜郎烟。"② 对于初定金川那么明白的鉴戒,杂

---

① 《清高宗实录》卷四二二,乾隆十七年九月辛酉。
② 《金川草》(旧抄本),页五十五下,见西藏社会科学院西藏学汉文文献编辑室《西藏学文献丛书别辑(第四函)》,中国藏学出版社影印本。

谷土司并不引为前车之鉴，突然发动战争的狂飙到达了川边。苍旺养成野心已非 1 年，秦晋崤之战的封骨还未到 3 年（秦败将孟明视就向晋发动了"拜君赐"之复仇战）。① 诗人自注："时平金酋不及三载。"喻指初定金川未及 3 年，杂谷土司又掀起战端。"师来吴汉惊何速，檄到马卿怙不悛。"典故据《后汉书·吴汉传》载，吴汉在东汉光武帝时，为偏将军，伐蜀神速，八战八克，位至大司马，吴汉的大军到来，敌人惊叹何其神速。诗中谓苍旺四月构衅，策楞、岳钟琪八月即发兵征剿。马卿即马援，东汉光武帝建武十一年（35 年）任陇西太守，建武十七年（41 年）任伏波将军，南征，立铜柱以表功。马援的战争檄文到来后，敌人还不肯悔改。八月，四川总督策楞、提督岳钟琪率 4000 名士兵进剿，迅速攻进并占领杂谷，占据三关隘口及一切与外界相通的道路、桥梁，并截断水路。"日月光华迷井底，舞干难靖夜郎烟。"日月光华迷失在这井底一样的险恶山川，舞动干戚也难以靖定夜郎（借指川西金川、杂谷等不法土司）的战争硝烟。诗到最后一联，庄学和用文学化的语言和神话故事对以战止战的方法发出了怀疑。但这一次，诗人多虑了。四川官兵乘胜追击，迅疾围攻卓克基官寨的杂谷土司苍旺。苍旺退守松岗寨。九月下旬，策楞、岳钟琪亲自率军，分三路围攻松岗寨，很快破寨俘获苍旺，并当众将其正法。"远近番众尽数投降。统计一百余寨，四万余人，……吁请改属内地。"② 策楞、岳钟琪决策在杂谷土司领地内进行改土归流，推行了一系列的有力措施。首先，将缴获杂谷土司之财产分赏给官兵，将杂谷所占各寨归还所属梭磨、卓克基各土司。其次，将威茂协副将移驻杂谷，率兵 1200 名镇守其地，建置划归松潘镇管辖；设置杂谷厅［嘉庆八年（1803 年）改为理番直隶厅］，委派理番同知一员，负责处理地方案件。之后，梭磨、卓克基、党坝、沃日、小金川、大金川、松岗等土司皆归由理番同知兼管。再次，除远离内地的松岗

---

① 参见《左传·僖公三十二年》，见杨伯峻《春秋左传注》，中华书局 1981 年版，第 489～500 页。
② 《清高宗实录》卷四二三，乾隆十七年九月丁丑。

外，其余土司地方以每一条沟为单位，设一土屯，各委任守备、千总、把总、外委等土官。各寨设有寨首、乡约、甲长。并命令各寨百姓按照内地服饰改变着装。最后，设置松岗土司。松岗寨原有10000人，因远离内地，不便改土归流，就另设一土司，来承袭杂谷土司世系。朝廷授予向来为杂谷百姓信服的梭磨土司勒尔悟的弟弟根濯斯以长官司印信，责其掌管松岗地方。

  前后只用了一个多月时间就平定了的杂谷事件，军费花银19000余两①，仅调动了4000名清兵和少量土兵。这无论与此前的第一次大小金川之役相比，还是与此后的第二次大小金川之役相比，在所用时间、消耗资金、调动兵力等方面都是绝对不可同日而语的。但是，杂谷事件的完满解决对第二次大小金川之役以及嘉绒各土司态势之变化产生了重大的影响。第一，清王朝撤销杂谷土司，导致了理番"四土"的最终形成。理番"四土"即梭磨安抚司、卓克基长官司、松岗长官司和党坝长官司，是经清朝廷确认、互不统属、四个独立土司。第二，杂谷土司的瓦解，使嘉绒各土司的政治格局发生了变化，导致了第二次大小金川之役的爆发。第三，在杂谷地方设置五土屯，是清王朝第一次在嘉绒藏族聚居区实行改土归流，建立土屯制度，为此后在金川地区大规模地设镇安屯奠定了基础，提供了一个可资借鉴的范式。对于清朝来说杂谷事件取得的成绩具有相当的示范意义，乾隆帝一直担心的因杂谷改土归流可能引发的周边土司的恐慌和惊骇甚至动荡等局面一时并未出现。因此，杂谷事件"奏功如此迅速"对乾隆帝来说，既在心理上为他下定决心剿灭大金川土司做了必要的准备，又在实践上提供了可资借鉴的依据，也使乾隆帝逐渐改变了对嘉绒各土司的温和态度。所以，杂谷事件的迅速解决无疑为乾隆帝发动第二次大小金川之役的前奏。

  在第一次大小金川之役结束之后的20多年的时间里，川西嘉绒藏族聚居区仍然常常处于土司间相互兼并的战乱中。朝廷对杂谷土司执行的改土归流，给大小金川的土司带来了再次扩大辖地的机会和希

---

① 参见《清高宗实录》卷四二六，乾隆十七年十一月壬戌。

望,其蚕食周边土司辖地的活动随即愈演愈烈。诸种动荡,唤醒了多年来深埋在乾隆帝心中又不时隐隐作痛的旧疮疤。此时,不论是大小金川土司的地位和势力,还是清朝廷掌控局势的力量以及乾隆帝本人不断增长的统御能力、良好的心态等诸方面情况,都与20年前的第一次大小金川之役时迥然不同了。

首先,金川地区的地理位置比以前更加重要了。乾隆十五年(1750年),西藏发生了珠尔默特那木扎勒事件,在七世达赖喇嘛为首的西藏僧俗势力的共同努力下,骚乱很快被平定。之后,清朝更加积极地经营西藏地方,颁行了《西藏善后章程十三条》,扶植和巩固了达赖喇嘛的地位,增加了驻兵,扩大了驻藏大臣的权力,使西藏与内地的政治、经济、文化更加密切了。嘉绒藏族聚居区虽属边远山区,但是距打箭炉较近,正处于中央和西藏相互联系的交通要道和商贸通道附近。清朝廷希望长期保持这一地区的安宁和稳定,以保证中央和西藏之间始终道路通畅,因而时刻密切关注着该地区各土司力量的消长。杂谷土司的改土归流成功,使唯一能与大金川土司抗衡的力量消失了,大金川土司于是更加肆无忌惮、跋扈不驯、四处出击,这是清朝廷决不能容忍的。当然,这一点还不能成为大举出兵金川的绝对理由。乾隆帝记取了初定金川的教训,一再强调不威胁进藏大道,即可任由其发展,只是要求四川地方官员对嘉绒各土司驾驭得宜,并在该地全力加强防御。

其次,清朝国力的不断增强,是第二次大小金川之役最终爆发的重要原因。随着准噶尔部和回疆的平定,清朝在几次大的战役中都取得了罕见的战功,在巩固了国家的统一的同时,大清统治者渐渐生出好大喜功之倾向。国势之强盛、战绩之卓著、金川地方之窄小,使得乾隆帝再次过低地估计了对金川作战的艰难。

大小金川之役爆发的直接原因是嘉绒各土司之间的争斗和互相蚕食。在朝廷的组织、支持下,明正、巴旺、绰斯甲等九土司联合起来反击大金川的进攻,大金川土司战败,被迫退出已占的革布什咱地方。九土司联合抗击大金川土司所取得的胜利,极大地激发了朝廷翦灭大金川土司的欲望。九土司在朝廷的大力支持下企图瓜分大金川,将战火烧到了大金川的土地上。当攻守易势,大金川成了防御方,投入的兵力和战斗的结果也就差异很大,形势变得愈加复杂。而清朝为了求胜,却越来越多地介入到该地区的冲突之中。乾隆帝的公开发号施令,使第二次大小金川之役的爆发成为必然。从乾隆三十六年(1771年)至四十一年(1776年),第二次大小金川之役历时4年零4个月,从战争进程看,可大致分为三个阶段:第一阶段,乾隆帝调兵遣将,任用温福、桂林平定小金川;第二阶段,因温福兵败木果木,清军转入战略防御阶段,此阶段虽不长,但为全力进攻大小金川做好了充分的准备;第三阶段,倚重阿桂,平定两金川。

乾隆三十六年(1771年),乾隆帝补授温福为大学士,任命军机处行走户部侍郎桂林为四川总督,驰驿金川办理军务,同时命令温福随军带阿桂等赴川,委差效力。温福、桂林于当年十月抵达成都后,立即制定了从西、南两路进攻金川的作战计划,得到了皇帝批准。温福即率军从汶川出西路,桂林自打箭炉率军出南路。十一月十日,西路军抵达卧龙关,温福前线部署进兵:提督董天弼攻打达木巴宗,桂林、阿尔泰攻击约咱,温福进攻巴郎山。为了迅速荡平两金川,乾隆帝不惜调发重兵、发下重饷,至乾隆三十七年(1772年)五月,先后从陕甘、贵州调兵,加之四川所有兵练,总兵力不下六七万。① 至乾隆三十八年(1773年)六月,共拨饷2900万两,② 占当时清朝部库所存8000余万两的30%以上。③ 而且,乾隆帝还宣示:"但能扫荡擒奸为一劳永逸之计,即使再多费一千万两,朕亦不靳。"④ 可见乾隆帝誓灭金川之决心无比坚定。兵马未动,粮草先行,这么大的行动,能否成功,粮运是关键。查礼于乾隆三十六年(1771年)"再定两金川"之役开始,即奉调办理粮运,至乾隆四十一年(1776年)金川平定屯政甫就,其间虽被调办果罗克劫杀青海蒙古王公里达尔事件,一度不在金川,但"再定金川"之役其人几乎自始至终全程参

---

① 参见《清高宗实录》卷九〇九,乾隆三十七年五月辛酉。
② 参见《清高宗实录》卷九三六,乾隆三十八年六月辛卯。
③ 参见[清]方略馆《平定两金川方略》卷一六,乾隆三十七年正月辛亥。
④ [清]方略馆:《平定两金川方略》卷一六,乾隆三十七年正月辛亥。

与，不但押粮运草，而且因环境恶劣，为顺利完成粮运又必须逢山开路、遇水搭桥，因查礼完成任务能力很强、与当地土著沟通能力也超强，很快就得到上司信任，常派给他调动当地土兵的任务，在危急时刻查礼甚至直接带兵迎战，故像这样经历丰富的诗人，又几乎全程咏写第二次平定金川之役战事的诗作使我们看到了战争实况，尤其能使我们领略到当时人对这场战争的真实感受。

乾隆三十六年（1771年）的夏天，查礼在成都与朋友欢聚时就写下《夏于成都议金川之役》："金酋不靖历年多，侵弱频闻搆怨何。远历深山探虎穴，譬犹入水斩潜鼍。丑难革面空文告，险负层碉碍鸟过。旧想韦皋来节度，更须严武到蓬婆。"① 诗写金川土司跋扈已经很多年了，侵扰较弱的邻封、频频制造摩擦惹得怨声载道。这一次朝廷下定决心要进入深山去探虎穴，就像深入水中去斩杀鳄鱼。金川小丑的顽梗难以用文告约束，全是凭借着地势的险要和战碉的坚固。不由得想到唐代名将韦皋曾任西川节度使，更需要严武那样的人才到蓬婆大雪山来督战。全诗议论全面，从当时、当地的情形入手，谈到将要完成的任务，以及可能遇到的困难和顺利达成目的所需要的人才。有实有虚，谈到敌人实在，说到我方又用比喻又用典故，虽也显示了英雄主义气概，赞美了英雄人物，但更多感到的是一种向往和需要，有些虚。当然查礼是希望朝廷调遣的将领就是韦皋、严武，而温福、桂林当得起这样的希望吗？从进兵之初的情况看，这两位还是不错的。温福于十一月二十二日攻破巴郎山；十二月中旬配合董天弼攻下达木巴宗官寨，继而进逼小金川土司紧要门户资哩大寨；次年二月即将其攻破，同时攻破阿喀木雅，西路军进攻相当顺利。桂林所率的南路军于乾隆三十六年（1771年）十月二十一日攻破约咱后，连克阿仰东山梁的大小战碉5座、石卡20余座；翌年三月，又连续攻下木巴拉、博祖、萨玛、多觉等地方；四月直接攻破了地势险要的墨垄

---

① ［清］查礼：《铜鼓书堂遗稿》（清乾隆刻本）卷十七，页七上，见国家清史编纂委员会·文献丛刊《清代诗文集汇编》（第338册），上海古籍出版社2010年版，第127页。

沟、达乌一带，同时全部收复革布什咱土司辖地 300 余里、民众 3000 余户，并进逼小金川的咽喉僧格宗，直逼土司僧格桑所居住的美诺官寨。小金川土司僧格桑不得不将妻妾、财物、人户转移到其父泽旺所居住的布朗郭宗之底木达官寨。从温福、桂林的进兵情形看，卧龙关应该是最初的前进基地，是粮草集中的地方。查礼的《卧龙关》一诗也是一个明证："冻云连阵倚嶙岣，满树冰花簇水滨。倦客偏愁吹画角，寒衣未得浣征尘。当关何用歌三叠，入夜须随月一轮。二十三年成转盼，知从何处证前因。"① 低低的仿佛凝固住的寒云和连绵的战阵均倚靠在嶙岣的山边，满树的冰花簇拥在水滨，有一种彻骨的肃杀的美。温福是十一月上旬抵达卧龙关的，查礼到达此处也应在这个十一月，诗篇的开头是写实的。战事的频繁，查礼过度繁忙而疲惫，所以诗人说，倦客发愁听到画角声而偏偏天天听到画角声，眼看冬季就到了，全军的御寒衣还未到就又要出征了。在卧龙关上看着眼前的美景哪有时间来唱悠扬的三叠的歌，入夜接着繁忙备冬装，忙到眼看着月亮在天空中转了一轮又要天亮了。23 年光阴转眼间就成了充满期盼的过去了，与金川的缘分啊从哪里去求证前因呢！诗人在诗尾自注："乾隆己巳剿金川，余由农曹简发滇省襄理川运事，旋因凯捷奉命改官粤西，宦粤十四年告养归里，服阕于丁亥补官来蜀，今则仍遇进剿小金，屈指已二十三年矣。"

由于最初两个月的进军顺利，西路军前进基地很快转移到了斑斓山军营，查礼在此军营待了一个月，作有《斑斓山军营与明守亭相聚一月情味甚浃会余有调兵三杂谷之役临岐辱赠次答》一首，这是答友人赠别诗的次韵诗："矢石丛中客，忘身何有哉。挽输惭我拙，韬略见君才。樽酒临风别，营门向雪开。蛮兵待扫境，指日更东来。"② 这首诗浅显清新，表达为了国家甘冒矢石，诗人对自己担当挽输重任表示谦虚，对友人的军事才能十分推崇，对去征调三杂谷土

---

① ［清］查礼：《铜鼓书堂遗稿》（清乾隆刻本）卷十七，页十上，见国家清史编纂委员会·文献丛刊《清代诗文集汇编》（第 338 册），上海古籍出版社 2010 年版，第 128 页。

② ［清］查礼：《铜鼓书堂遗稿》（清乾隆刻本）卷十七，页十下，见国家清史编纂委员会·文献丛刊《清代诗文集汇编》（第 338 册），上海古籍出版社 2010 年版，第 128 页。

兵信心满怀："蛮兵待扫境，指日更东来。"

查礼身处杂谷，心系金川前线，想念斑斓山军营诸友，他吟写下《宿杂谷不寐寄斑斓山军营诸吟侣》："寒夜披裘听涧声，逡巡戎马拥关城。后先将相同冲垒，西北旌旗各占营。衰草向阳荒徼路，乱山积雪故交情。边亭处处余烽火，待洒吟坛雨洗兵。"① 其中最有意思的一句"后先将相同冲垒，西北旌旗各占营"，诗人自注："谓前相国前将军阿、今相国定边将军温。"阿指阿桂，乾隆十三年（1748年）就曾随兵部尚书班第征大金川。乾隆三十六年（1771年），第二次金川之役，授参赞大臣，协同温福进剿，次年授定西将军。温即温福，满洲镶红旗人，费莫氏。翻译举人，初补兵部笔贴式。乾隆三十六年（1771年）命为副将军统兵征讨大金川。继为大学士，督师进讨小金川。次年，授定边将军。诗写前后将相都率军发起攻击，很快在西北方向战旗就飘扬在各自新占的营盘中。

查礼在梭磨过年，《梭木除夕》《元日立春梭木作》② 就是这时作的。梭木通作梭磨，藏语音译，意为"广大土地"，在今理县境。乾隆三十六年（1771年），其土司协助朝廷征大小金川有功，升"梭磨宣慰司"。前一首有句："匹马驼书无远策，一身倚剑有何能。"这是书生自谦而又自傲的诗句，虽无远策却会跃马，一身何能偏要倚剑。"松杉封径然军火，台阁名碉照佛灯。"诗人自注："土司官寨所居之碉环以重檐画槛，名之曰台阁碉。"③ 诗写在这如胶似漆的黑暗中，还是有光明的，一是前线阵地封闭路径之松杉所燃起的战火，一是重檐画槛土司所居环碉遍照的佛火。后一首有句："百尺危碉上，

---

① ［清］查礼：《铜鼓书堂遗稿》（清乾隆刻本）卷十七，页十一上，见国家清史编纂委员会·文献丛刊《清代诗文集汇编》（第338册），上海古籍出版社2010年版，第129页。

② ［清］查礼：《铜鼓书堂遗稿》（清乾隆刻本）卷十七，页十一下，见国家清史编纂委员会·文献丛刊《清代诗文集汇编》（第338册），上海古籍出版社2010年版，第129页。

③ ［清］查礼：《铜鼓书堂遗稿》（清乾隆刻本）卷十七，页十一上下，见国家清史编纂委员会·文献丛刊《清代诗文集汇编》（第338册），上海古籍出版社2010年版，第129页。

何知岁序新。"在那高高的战碉上,哪里能感受到新的一年到来了。"蛮歌昏达晓,呷酒不辞频。"① 在这异乡也是有欢乐的,那是当地人欢歌达旦、豪放得杯不停。过完年,其又写了增兵二首。

  温福师进巴朗阿时,大营的补给由查礼保证,将军命令修建汶川桃关索桥,查礼用一个月多一点时间就建好了,乾隆帝知道后很赞赏,命查礼专司督运西路军粮饷。《三月七日晚发桃关投草坡宿见月》有句:"倚剑挥鞭又出关,放歌行路岂愁艰。"诗写又从桃关出发了,一路行军一路放歌一点都不感到行路艰难。"草间狐兔偷生暂,会见擒渠奏凯还。"② 用草间狐兔暂得偷生比喻金川土司的苟存,随着大军的到来必将被擒,大军一定会高奏凯歌还。《策马上天赦山》有句:"天赦山高万木纷,年来时过殿前军。""殿前军"即宫廷禁军之类,殿前军之设于后周周世宗。清代未建有殿前军。这里是指第二次金川之役,从黑龙江等北方调遣的途经北京由乾隆帝检阅过的劲旅。"挽运我愁民力乏,筹边谁识客心勤。"③ 表达同情应差百姓并表忠职勤谨心迹。其后所作《述怀三首(其二)》的"万军悬釜待,粮断声啁啾。徒手任咄嗟,获咎良有由。交章奏天子,削职为众羞。君恩不加戮,挽运仍命留。感激泪零雨,努力攻金酋"④。讲到曾因运粮不济,导致大军补给中断,万军号寒,被交章弹劾、削职留用,因不被戮,感激涕零,努力挽运。史实是时温福出杂谷脑,遣提督董天弼分兵自间道出曾头沟。军需局以储米大半运杂谷脑,曾头沟军粮

---

  ① [清]查礼:《铜鼓书堂遗稿》(清乾隆刻本)卷十七,页十一下,见国家清史编纂委员会·文献丛刊《清代诗文集汇编》(第338册),上海古籍出版社2010年版,第129页。
  ② [清]查礼:《铜鼓书堂遗稿》(清乾隆刻本)卷十七,页十一下,见国家清史编纂委员会·文献丛刊《清代诗文集汇编》(第338册),上海古籍出版社2010年版,第129页。
  ③ [清]查礼:《铜鼓书堂遗稿》(清乾隆刻本)卷十七,页十一下、十二上,见国家清史编纂委员会·文献丛刊《清代诗文集汇编》(第338册),上海古籍出版社2010年版,第129页。
  ④ [清]查礼:《铜鼓书堂遗稿》(清乾隆刻本)卷十七,页十五下,见国家清史编纂委员会·文献丛刊《清代诗文集汇编》(第338册),上海古籍出版社2010年版,第131页。

不足，查礼坐此事夺官，仍留军前效力。《入砍竹沟历烟篷寨草木多诸站止笮马山》之"渐入人迹少，万象增苍凉。盘纡径敧仄，填径生苍筤。披之左且右，乱石险非常。蔽天灌木荫，稀见曦日光。小株间大株，几无路可行。流水澌涧底，阴氛散坡冈。枯草埋冻雪，丛荆黏严霜。死竹梢已秃，森矗宛戟枪。朽株卧横途，质巨如桓墙。溪恶不可渡，独木为桥梁。结屋覆树皮，聊避风雨狂。曳杖艰履蹈，冲寒十指僵。足蹇喘息急，力乏两目张"。具体而真切地描写了无路可行的艰难。又有"负米多茂民，纷纷杂蛮娘。妇女混投营，军中气不扬。给资驱之去，欲去翻自伤。温语解其惑，强勉回故乡"①。运粮多为征募来的土民，且杂有土妇，细写将土妇遣散之难。全诗充满对运粮百姓的深厚的同情，充满了难得的人道主义情怀。正如其《述怀三首（其二）》所说："昔为冠盖侣，今偕老兵游。"② 正是由上层降到基层，别冠盖而偕老兵，才使查礼看到了战争的真相。就在几个月前，还是《约王琴德王丹仁赵损之明守亭过行帐小饮》中"弓刀队里藏身健，风雨声中感话长""相逢尽说筹边事，啸咏谁堪靖战场"③ 的踌躇满志的高谈阔论、意气风发、壮志凌云之潇洒。现如今剩下休战、悯民如《自热耳寨移营阿喀木丫》中的"遍历蜀西奇险境，蛮乡何日罢刀兵"④；《笮马山营》⑤ 中的"挽运洵艰苦，何时议

---

① ［清］查礼：《铜鼓书堂遗稿》（清乾隆刻本）卷十七，页十六下、十七上，见国家清史编纂委员会·文献丛刊《清代诗文集汇编》（第338册），上海古籍出版社2010年版，第131～132页。
② ［清］查礼：《铜鼓书堂遗稿》（清乾隆刻本）卷十七，页十五下，见国家清史编纂委员会·文献丛刊《清代诗文集汇编》（第338册），上海古籍出版社2010年版，第131页。
③ ［清］查礼：《铜鼓书堂遗稿》（清乾隆刻本）卷十七，页十三下，见国家清史编纂委员会·文献丛刊《清代诗文集汇编》（第338册），上海古籍出版社2010年版，第130页。
④ ［清］查礼：《铜鼓书堂遗稿》（清乾隆刻本）卷十七，页十三上，见国家清史编纂委员会·文献丛刊《清代诗文集汇编》（第338册），上海古籍出版社2010年版，第130页。
⑤ ［清］查礼：《铜鼓书堂遗稿》（清乾隆刻本）卷十七，页十七上，见国家清史编纂委员会·文献丛刊《清代诗文集汇编》（第338册），上海古籍出版社2010年版，第132页。

息兵",频频表达息兵悯民的情怀。在《自博和坝至砍竹沟》中看到了战争的真相的查礼写下了这样的诗句:"高峰结寨乏邻户,时闻鼍鼓喧蛮家。蕃经插竿若林立,危碉孤耸参云霞。三年遍走西陲路,直孤险峻过木丫。"看到百姓对幸福的期盼,而生活环境又是如此的艰难,则发出了"几番出入历艰苦,苍凉满目空嗟呀。浮名误人竟乃尔,生还异域今犹赊"①的呼喊。

但直到当时,仗打得还是很顺利的。正当乾隆帝在胜利的喜悦中踌躇满志地筹划着平定两金川的善后事宜时,前线军营却传来官军重大受挫的消息。乾隆三十七年(1772年)四月,桂林南路军将领薛琮率军3000人在墨垄沟被小金川土兵切断后路,被围困了7日。薛琮一再请求救援,但桂林坐视不救,致使薛琮部全军覆没,仅有约200名官兵泅水逃脱。②乾隆帝闻报大怒,夺去桂林一切官职,从西路军调阿桂为参赞大臣,统领南路军,并改任陕甘总督文绶为四川总督,专办大军粮运。

当睁开看真相的眼睛,残酷的现实就必然冲到眼前。查礼连写数首揭示战争残酷真相的诗篇。《宿向阳坪新馆》有句:"沙碛横尸蛮鬼哭,雪坑惊砲野狐啼。斑斓高峙青天外,贼退碉残正可梯。"③该诗写在沙碛般不毛的战地到处横躺着战死者的尸体,在凛冽的寒风中仿佛听到蛮鬼的悠长哭声,却原来是雪坑中受惊于石砲的野狐的凄啼。旁边的斑斓山高耸到青天之外,这战场也太过惊心而不似人间,让人不忍驻足,那敌败退后的残碉上黑乎乎的仿佛当地木梯,正可用来作为离开这非人间去那青天外的云梯。《恤蛮篇》:"沙碛尽战地,碉砦临通川。砲击半凋败,破碎无完砖。不惟人迹绝,亦且炊少烟。老鸦飞上下,野火烧崖巅。积尸遍沟壑,触目生惨怜。"先写战地惨

---

① [清]查礼:《铜鼓书堂遗稿》(清乾隆刻本)卷十七,页十六下,见国家清史编纂委员会·文献丛刊《清代诗文集汇编》(第338册),上海古籍出版社2010年版,第131页。
② 参见[清]方略馆《平定两金川方略》卷二八,乾隆三十七年五月辛丑。
③ [清]查礼:《铜鼓书堂遗稿》(清乾隆刻本)卷十七,页十二上,见国家清史编纂委员会·文献丛刊《清代诗文集汇编》(第338册),上海古籍出版社2010年版,第129页。

状。"急呼问蛮长,泪落如涌泉。泣云小金酋,攻围非一年。掠我仓中粟,践我溪边田。我男妇被杀,我牛羊被牵。受困将七月,守义誓不迁。"再写当地蛮长控诉小金酋的罪行。"去腊董军门,援救师则偏。远由木坪出,作势如两甄。重围得以解,民命得以全。"细诉去年岁末董军门(董天弼时由四川提督调金川前线)解围经过。"闻言心悽恻,赏恤支官钱。无罪故恤尔,有罪宁舍旃。"①诗写听后的感受,更下定恤无辜、惩有罪的决心。《热耳寨军营》中"满目悲凉地,天寒草未萌。坏碉行避石,空寨度鸣钲"这样的诗句必然产生同仇敌忾的情绪。战争破坏的结局是"番番检砲子,兵集废春耕"②。不停地运送物资,大兵云集,无人春耕。

最凶险的是诗人亲历的一次夜袭。《五月五日夜雨达旦雨霁军营纪事》有句:"检点无吏事,暂与枕簟亲。侧闻夜来贼,掠我北山垠。火枪声震耳,戈矛走竣竣。营中兵气寂,天黑不见人。心惊少思睡,繁雨喧蹄轮。晓起出帐望,湿雾霾荒榛。风吹须臾散,岩岫仍嶙峋。颓然一碉破,云是贼所沦。士卒被残戮,诸将徒怒嗔。"③写得如在眼前,尤其夜晚和早晨的对比,真实而惊心动魄。诗人好像尤其喜欢早晨,接着又写了一首《晓霁军帐独坐》:"昨夜毡庐雨净埃,蛮花晓看趁晴开。浮云已自山头去,得句翻从意外来。兰坝悬军人磊落,草坡归路梦徘徊。凉生五月披裘坐,砲石声喧塞上台。"④诗写早晨的宁静寒冷,花开浮云的作诗心境,经常被战斗中的砲石声、喊

---

① [清]查礼:《铜鼓书堂遗稿》(清乾隆刻本)卷十七,页十二上,见国家清史编纂委员会·文献丛刊《清代诗文集汇编》(第338册),上海古籍出版社2010年版,第129页。

② [清]查礼:《铜鼓书堂遗稿》(清乾隆刻本)卷十七,页十二上,见国家清史编纂委员会·文献丛刊《清代诗文集汇编》(第338册),上海古籍出版社2010年版,第129页。

③ [清]查礼:《铜鼓书堂遗稿》(清乾隆刻本)卷十七,页十四下,见国家清史编纂委员会·文献丛刊《清代诗文集汇编》(第338册),上海古籍出版社2010年版,第130页。

④ [清]查礼:《铜鼓书堂遗稿》(清乾隆刻本)卷十七,页十四下,见国家清史编纂委员会·文献丛刊《清代诗文集汇编》(第338册),上海古籍出版社2010年版,第130页。

杀声打破。眼看到了夏天,但金川的夏天是独特的,《夏寒》:"阴霾殊瘴疠,寒气接云浮。谷邃晴光少,山深宿雪稠。三春不见草,五月尚披裘。节候殊中土,何堪人久留。"① 战地环境、气候的恶劣如在眼前,战争之难可见一斑,思乡之情溢于言表。

乾隆三十七年(1772年)十一月,南路军攻占西山邦加山梁,防守在僧格宗一带的小金川土兵、民众接踵来降。僧格宗与僧格桑所居的美诺官寨隔河相望,相距不过半日路程,僧格宗地势极为险要。写在此不久前,较充分显示金川攻战共同特点的《从军行》诗:"木兰坝前鸣戍鼓,万马西征群发弩。砲石轰轰响震雷,山中鸟兽避无所。健儿扑碉猛于虎,短衣挟槊逞其武。登高攘臂擒贼蛮,九重锡号巴图鲁。金蛮据寨如黠鼠,计穷穿穴潜居土。有死无降固守之,埋头不出形踽旅。毡庐连堑阵云浓,烽火烧空惊逆虏。将军下令督师行,诸将扬威振毛羽。历险冲寒士卒劳,仰攻俯掠多谋取。杀气腾霄血地污,横尸遍野洵难数。沙碛人传老战场,此间白骨留今古。旧鬼悲啾新鬼啼,林深夜黑凄风雨。相逢莫说从军苦,书剑争看腐儒腐。分门持筹宁足伍,神来得句荣衮黼。酒酣耳热还起舞,舞罢歌声达天府。谁怜须发霜缕缕,歌意低昂音激楚,峰头月上光吞吐。"② 既写天朝大军的威武,又有战地残酷的描述,还有军需的慰劳和战胜的喜悦,使读者大致可以想象出当时疆场战斗的具体情形。

十二月二日,当乾隆帝得知南路军攻下了险要僧格宗时,立即传谕:"小金川之事,自当克日告藏。"③ 在此之前,西路军已于十月下旬攻破路顶宗,十二月五日又攻下美诺官寨的另一个门户明郭宗。六日,南路军官兵三面合击,攻破美诺官寨。西、南两路大军会师于美诺官寨。小金川土司僧格桑逃往布朗郭宗之底木达官寨,求见其父泽

---

① [清]查礼:《铜鼓书堂遗稿》(清乾隆刻本)卷十七,页十五上,见国家清史编纂委员会《清代诗文集汇编》(第338册),上海古籍出版社2010年版,第131页。
② [清]查礼:《铜鼓书堂遗稿》(清乾隆刻本)卷十七,页十三下、十四上,见国家清史编纂委员会·文献丛刊《清代诗文集汇编》(第338册),上海古籍出版社2010年版,第130页。
③ 《清高宗实录》卷九二二,乾隆三十七年十二月癸亥。

旺，泽旺坚闭寨门却之不纳，僧格桑无奈遂逃往大金川土司官寨勒乌围，投靠了大金川土司索诺木。此时，查礼写有《元日布朗郭宗作》："晴云霭霭拥青霄，塞极西南远斗杓。帐绕降蛮增故垒，日高啼鸟入空碉。老惭春色霜余鬓，久傍沙场诗满瓢。移驻官军已隔岁，势如破竹在今朝。"① 布朗郭宗这一小金川土司统治之要地，于十二月初五日由温福统领的西路大军攻克后，随即成为查礼所在的粮台的驻地。诗后自注："温将军率大兵于岁前小除日自此移驻控卡进攻金川。"小除日指除夕前一天，即小除夕。诗中虽有"老惭春色霜余鬓"的感叹，但全诗情绪是饱满的，并隐隐感到一种收获的欢快，并有"势如破竹在今朝"的自信和期许。乾隆帝因小金川荡平在即，降旨授予温福定边将军、阿桂和尚书丰升额为右左副将军，皇帝鼓励并催促将领们全力进剿大金川土司。十二月十一日，温福率军进逼底木达官寨，泽旺出寨跪迎、乞降。乾隆帝命令将泽旺迅速解京审讯。至此，小金川全境悉数荡平。此时，乾隆帝亦写下一首《温福奏报攻克布朗郭宗贼酋僧格桑窜入金川整兵追剿小金川全平诗以志事》："美诺贼巢失，布朗挈眷迁。穷追期即获，复遁本相连。任尔狼狈顾，那容駞喙延。小金之事葳，党恶问金川。"② 表达了除恶务尽、乘胜追击的决心。

对于大金川土司的征剿，乾隆帝似乎成竹在胸，于攻破小金川后即谕令温福等兵分三路加紧进攻，并派新锐心腹福康安为领队大臣前往金川军营助战。温福一路，命令副都统舒常为参赞大臣，由功噶尔拉进逼喀尔萨尔方向，直捣土司索诺木所居的大金川心腹之地刮耳崖；阿桂一路，命令都统海兰察为参赞大臣，自僧格宗、纳围、纳扎木至当噶尔拉方向，进攻刮耳崖；丰升额一路，命令汉员西安提督哈国兴为参赞大臣，由章谷、吉地前赴绰斯甲方向，会同攻至该处的舒

---

① ［清］查礼：《铜鼓书堂遗稿》（清乾隆刻本）卷十八，页一上，见国家清史编纂委员会·文献丛刊《清代诗文集汇编》（第338册），上海古籍出版社2010年版，第132页。

② ［清］乾隆：《御制诗文十全集》卷二十二，［清］彭元瑞等编，西藏社会科学院西藏学汉文文献编辑室重印，中国藏学出版社1993年版，第295页。

常进攻俄坡，攻取当地喇嘛莎罗奔等居住的勒乌围官寨。总督刘秉恬奏查礼虽属文员，却颇强干，谙番情，命署松茂道，驻美诺，督理粮运，招抚降番。但是，三路大军均未能突破大金川土司负险构筑的防线达致作战目标。副将军阿桂一路仰攻当噶尔拉山，作战极为艰苦，虽连破碉卡，但当噶尔拉山为大金川最紧要门户之一，防守至为严密，且此山梁连绵20余里，极为凶险，阿桂军兵力不敷分布，阿桂亦未能连营而下。大金川土司在山梁上精心建有战碉14座，且相互联络、呼应，碉外有石墙环绕，墙外又有木栅，木栅外还掘有深壕，壕中密布松签，层层合理布防使清军寸步难进。阿桂用炮轰、强攻，付出了巨大的代价才攻克第四、第五碉，进展之难可以想见。副将军丰升额一路进攻大金川的另一紧要门户达尔图，同样因为碉坚路险、防御无任何漏洞而无从下手。大金川土司不仅利用坚碉阻挡官兵，而且还常常放"夹坝"在深山密林中不停偷袭清军，使清军经常疲于应付，无暇全力进攻。温福一路进攻受阻于功噶尔拉，徒耗时日寸功未立，不得已改变进攻路线，于乾隆三十八年（1773年）二月十日全军移师木果木，打算攻下昔岭进逼刮耳崖官寨。从昔岭至刮耳崖官寨仅数十里路程，但温福军始终未能攻占。而木果木东北连接小金川界，越荒山直入大金川之勒乌沟，有路通勒乌围，大金川土兵常能潜入温福木果木军营后路骚扰，此事引起乾隆帝的深切担忧，一再谕示温福、阿桂、丰升额："后路尤关紧要，一切饷道军台，并须实力守护，贼众潜伺我后，万一稍有疏虞，成何事体？此一节所关甚大。"①为此他特别命令传谕新任四川总督刘秉恬带队驻扎美诺，提督董天弼率军驻扎大板昭，于底木达、布朗郭宗一带严密防守，并悉心巡防美卧沟一路，要求切实添兵防守此要隘之处。

但事与愿违，乾隆帝担忧的事还是发生了。之前，小金川有头人投诚到温福营中，发现底木达一带提督董天弼兵力薄弱，能截断温福军补给，于是暗中约了故主僧格桑，分头带土兵抄袭温福军后路。恰遇温福又为加强前线将后路防兵调离，情势对清军极端不

---

① ［清］方略馆：《平定两金川方略》卷四七，乾隆三十八年正月甲午。

利。乾隆三十八年（1773年）六月初一日夜，大金川土兵潜进底木达，在内接应的小金川降兵打开营门放其涌进。提督董天弼闻讯去夺底木达官寨，被小金川降兵击杀。之后，小金川降兵又抢占了大板昭一带的卡座、营盘，攻下清军设在喇嘛寺的粮台，夺取了布朗郭宗等处营卡，截断了温福的后路。温福闻讯后，急命所部一支回撤保护粮台，争取肃清后路。阿桂也星夜派军急赴美诺、明郭宗，相机夹击叛军。但是，一切均为时已晚，温福军的后路已被大、小金川土兵完全切断。九日，大、小金川土兵攻破木果木大营东北木栅。正在运粮的民夫3000人溃散向军营奔逃。然而温福却闭门不纳，致使其自相践踏，连夜夺路溃逃，绿营兵也随之溃散，大金川土兵遂抢占了清军炮台。"方木果木失事时，撤回兵马及被伤民夫莫不求生夺路，挤坠者不可胜数，须臾桥为压断。人既拥挤，一哄而前，势如排山倒海，不能自主，纷纷籍籍，皆趋入大江。江为断流，未几积尸成堤，人马皆蹂躏而过，土番追蹑于后，复杀伤无数。"① 六月初十日，大金川土兵又进攻木果木军营后营木栅，温福率军抗击，左胸中枪身亡。海兰察见大势已去，遂率部突出重围，夜半撤至功噶尔拉军营。十二日，与刘秉恬部相继平安撤至美诺军营。在12天后，乾隆帝得知大败消息后写下《复雨六月二十四日夜》诗：② "复雨辄复愁，我愁纷有故。问作非腻霖，大田未潦洳。所虑涨水发，怒波冲驿路。军书盼孔亟，迟或误裁务。困兽竟反噬，猖獗邀隙邃。初为逋逃薮，继乃狼狈助。纵回骚粮台，遮郐更险据。"诗写连续下雨，使愁心更重，担心涨水影响驿路，又担心军书迟误影响裁断，更担心贼众乘机反扑，不断骚扰后路，希望守臣凭险抗拒，却终未实现。自注："孰意僧格桑复萌逆恶，于六月初一日竟从去路潜来，冀占旧巢，并扰军营后路。乃董天弼庸懦无能，先既退居美诺，及温福严饬，始回底木达，仍另

---

① ［清］李心衡：《金川琐记》卷六。
② 参见［清］乾隆《御制诗文十全集》卷二十三，［清］彭元瑞等编，西藏社会科学院西藏汉文文献编辑室重印，中国藏学出版社1993年版，第301～302页。

一立小营,不在官寨防守,致为贼酋窥伺,乘间攻破。即占据底木达、布郎郭宗两寨,并煽惑降番复叛,抢夺八卦碉、科多一路粮台,扰截木果木后路。"分析董天弼不据险防守是失败的主要原因。"还军有差跌,懦卒散群鹜。致失我贤臣,痛惜言难谕。"写还军稍有闪失,绿营即惊扰溃散,损失贤臣,皇帝悲痛、惋惜之情溢于言表。接着自注:"不期初十日早,贼竟侵至木果木山后,而防驻之德尔森保毫无措置,以致失守,贼遂窜入温福军营。绿营兵众见贼先惊,仓皇溃散,仅存满洲兵百余,温福率以击贼,竟致受创捐躯,闻信深为震悼。"细注温福战死经过。"旗兵之未遣,绿营之徒付。图省从公议,可恃忘深虑。追悔何嗟及,聚铜大错铸。贼计诚益诡,贼罪越难恕。禁旅发精勇,雪仇无返顾。天自鉴曲直,我岂为穷黩。勤劳讵敢辞,国威要扬布。"皇帝后悔没有发八旗精兵,多用了懦弱的绿营,致使贼计得逞,贼越狡猾,罪越难恕,发出"天自鉴曲直,我岂为穷黩"的痛心呼喊,决计复仇,再扬国威。

第二天,乾隆帝又写下《喜晴 六月二十五日》诗①:"历辰犹细霏,傍午遂大霁。农功幸益佳,军营亦信递。"诗写早上还在下小雨,中午便大晴,大雨幸亏没有影响农事,深深忧虑的阿桂撤军事终于有了消息。自注:"自闻温福军营失事之信,阿桂军报数日不至,其后路科多、新桥一带亦有贼梗阻,深为悬注。今早始得其十三日所奏军营宁贴情形。乃另从章谷一路驰递者,览之始得慰怀。"看到阿桂军营无恙的消息,皇帝得到了大败以来难得的安慰。"未然防已周,先觉诛奸细。从逆尽剿灭,可疑亦别置。以此当噶拉,安然若无事。总俟重进师,应回美诺至。未逮难收拾,嘉护感天赐。"诗句高度肯定阿桂采取的断然举措,希望其安然无事,整军回美诺军营。乾隆三十八年(1773年)六月,阿桂被乾隆帝任命为定边将军;八月,改授为定西将军。阿桂受命于危难之际,面临的紧迫任务是如何率领全军安全撤出当噶尔拉。木果木溃败后,大金川土司索诺木由刮耳崖

---

① 参见[清]乾隆《御制诗文十全集》卷二十三,[清]彭元瑞等编,西藏社会科学院西藏学汉文文献编辑室重印,中国藏学出版社1993年版,第302页。

官寨奔袭巴旺、巴底两土司辖地，企图再次切断阿桂军后路。阿桂临危镇定自若，当他获悉底木达、布朗郭宗失事后，随即料定是小金川降兵充当了内应，于是立刻清除所统军队中小金川降兵，并于当噶尔拉至章谷后路一带迅疾歼灭小金川精壮男子，尽摧其碉寨，迅速占领达乌、翁古尔垄、色木则等要隘。为了彻底切断金川河之南北大、小金川土司间的联系，他派兵将僧格宗山后的皮船尽数收缴。大、小金川原约定于六月初七日夜同时攻袭阿桂军后路色木则地方，亦因被阿桂事先派出的军队扑杀而流产。这使当噶尔拉全营军心稳定。乾隆帝一再谕示阿桂立即撤回美诺军营，与海兰察部退驻热笼地方，并要求丰升额、海兰察、明亮阻截两金川土兵，协助阿桂军顺利撤退。然而，乾隆帝并不知道美诺、底木达、僧格宗等要地已落入两金川土司手中，阿桂现在是孤掌难鸣，陷入了孤军深入、十分危险的境地。恰巧大金川土司索诺木差人到阿桂军营请求官兵让出大金川地方，并表示不敢抗拒官兵。阿桂明白自己的处境，遂将计就计，于六月二十五日至七月初一日陆续撤兵，分拨军队于思纽、翁古尔垄、阿仰及卡丫、约咱、章谷等处严防，阿桂亲自带滇军 1600 名断后，徐徐撤出，并派军在翁古尔垄、思纽等险要处驻守。阿桂从当噶尔拉全师振旅而出，不仅保存了清军实力，而且为朝廷整军再进、再次收复小金川准备了巩固的前进基地。

　　阿桂亲率滇兵 1600 名断后，徐徐撤出，可见在温福主导的前期进攻中，滇兵是阿桂军的绝对主力。我们有幸还能读到查礼的一首《滇兵行》，看看在当时的诗人眼中滇兵是何等样的："促浸金川自号地形若釜底，四围高巘森戟棻。我兵分道为周陑，其愁险峻猝难抵。帝曰宜加兵，兵强无过旗军营。帅曰蒙加兵，滇黔较近成都城。期严费减赴川捷，用之得力蛮酋慑。火枪在肩刀在腰，健步无劳修袴褶。赳赳气概袍泽同，穿林入箐谙土风。帝许急征发符传，关河旷渺行忩忩。上山下山兼程走，晨兴腾踔直到酉。两月长途一月来，诣营真欲惊群丑。将军令黔兵指南，远超飞越之重岚。其他滇卒尽西顾，由百而千数有三。出桃关过楸坻，时雨降兵马洗，克敌致果退则耻。滇兵滇兵尔气何飞扬，前趋罗博瓦促浸地名杀贼如虎之啖羊。会闻捷书奏闾阎，收戈整旅歌吹旋滇阳。"诗人自注："黔兵二千，将军阿橄调，由成都赴南路军营。"① 这是一首歌行体诗，在写了大金川地形特点后，出现歌行体经典句子："帝曰宜加兵，兵强无过旗军营。帅曰蒙加兵，滇黔较近成都城。"皇帝说八旗兵最强，将军说就近调滇兵。将军阿桂寄予厚望的滇兵，是"火枪在肩刀在腰，健步无劳修袴褶。赳赳气概袍泽同，穿林入箐谙土风"，武器精良、健步如飞、同仇敌忾、土风谙熟。取得的战果是"出桃关过楸坻，时雨降兵马洗，克敌致果退则耻。滇兵滇兵尔气何飞扬，前趋罗博瓦杀贼如虎之啮羊"，攻入险关，连克强敌，如虎吞羊。正如诗人所说"诣营真欲惊群丑""用之得力蛮酋慑"，就是这支滇军不但保证了阿桂全军而撤，也成为阿桂取得最终胜利的中坚力量。

木果木之大败，清军的损失非常惨重。温福所率领的20000余名将士，陷没约4000余人。阵亡将领、官员众多，除温福外，还有副都统巴郎等2人，提督董天弼等3人，各种文武官员，包括总兵、御前侍卫、副将、参领、知府、知州、知县、主事、同知、典史、都司、守备、参将等100余人，损失军粮米17000余石，军费银56000余两，军火火药70000余斤，还有驿马208匹，并所有损失各项折合银30余万两。② 乾隆帝事后沉痛地说："国家百余年，用兵多矣，从无此事。"③ 面对如此重大失败，乾隆帝连写《自咎》《悔过》两诗，进行检讨。

其《自咎》诗：④ "自咎用人差，用人真匪易。"所谓用人差是指，用董天弼、刘秉恬是一大错误。乾隆帝认为董天弼懦弱无能，另

---

① [清]查礼：《铜鼓书堂遗稿》（清乾隆刻本）卷十八，页三下、四上，见国家清史编纂委员会·文献丛刊《清代诗文集汇编》（第338册），上海古籍出版社2010年版，第133~134页。

② 参见《清高宗实录》卷九三八，乾隆三十八年七月丁卯；《清高宗实录》卷一〇〇三，乾隆四十一年二月壬üi；台北"故宫博物院"《宫中档乾隆朝奏折》三三辑，台北"故宫博物院"1985年版，第838~841页；上海师范大学图书馆《清代碑传全集》（上），上海古籍出版社1987年版，第603~604页。

③ 《清高宗实录》卷九三八，乾隆三十八年七月丁卯。

④ 参见[清]乾隆《御制诗文十全集》卷二十三，[清]彭元瑞等编，西藏社会科学院西藏学汉文文献编辑室重印，中国藏学出版社1993年版，第303~304页。

立营盘,不守碉卡,致使美卧沟失守,死有余辜;刘秉恬措置乖张,不在金川土兵出没处督军设防,却分兵到各碉寨搜查,惊扰藏族群众,尽失人心,著革职留营,效力赎罪。"昨岁平趱拉,番语,谓小金川,颇屡建勋帜。而何剿促浸,番语,谓大金川,持久遇险地。遇险未能进,我岂过责备。仓卒贼遮郲,周防合深计。乃竟闭营门,不顾夫役辈。"自注:"贼因得直至温福大营,先劫砲局,后断水道,温福仓皇无措,坚闭四面营门,致客民夫役数千无可依托,纷纷散去。使彼时收之营内为护持,即备人数以助军威,亦无不可,乃竟拒而不纳,既示贼人以弱,且致摇惑众心,其失算实甚矣。"乾隆帝认为信任温福是另一大错。温福倡议不用京兵,是失策。"若辈群奔散,绿营遂逃弃。因致贼大逞,祸延多将吏。"自注:"并据富勒浑等查奏,文武大小多员,多至数十人,而将弁兵丁之未出者,又三千余人,实温福一人所误,使其身尚存,罪在不赦。"注出损失之惨重,责任实在温福一人。"挫跌似此无,愤报刻难置。旗兵悔未用,事后羞称智。"乾隆在诗中自责,从来没有摔过这么大的跟头,要报仇、泄愤瞬息还难以做到。后悔当初没用精锐的旗兵,大败之后羞于称说有先见之明。

其《悔过》诗:①"屡宣军中人,并观更兼听。口碑出舆论,益悉庸臣行。刚愎惟自是,曾不集思定。筑碉将及千,工作劳众病。"自注:"今询之知温福刚愎躁妄,自以为是,参赞以下,并不虚衷集议,即言亦不见听,动辄盛气凌人,以致众皆解体。即如温福于营中筑碉卡,令军士搬运木石,工作无时,人多疲乏,亦取怨之一端也。""兵多分乃少,攻勤翻鲜胜。"军中蠢行,温福皆有。自注:"又每隔数日,即派兵扑碉,不计地势险易,攻剿之能制胜与否,驱令轻冒枪石,惟藉以为奏事塞责之具。每次士卒伤亡数十,而所杀贼不及其半,以此兵心愈失。"乾隆批评温福,在昔岭时,曾将万余大军分作千余卡,修筑碉卡使士卒过度疲劳,分守又化整为零,不察地

---

① 参见[清]乾隆《御制诗文十全集》卷二十三,[清]彭元瑞等编,西藏社会科学院西藏学汉文文献编辑室重印,中国藏学出版社1993年版,第305~306页。

势之险易,不知士卒之甘苦,常令攻碉,多伤兵众,寸功未立,遂失军心。"每晚虚施砲,不惜火药罄。是皆军所忌,温福蹈之并。以致贼邀隙,情涣群逃迸。然此将半载,不知实我憎。自古信将帅,谤箧有弗证。既已付之权,岂宜设伺侦。孰为致偾事,悔过徒惭愦。观过或知仁,解嘲聊有咏。"诗写军中所忌,温福并蹈,平时既不得人心,临事又全无措置,以至于溃。自古信帅,不设侦伺,我实不知,后悔无及,观过解嘲,聊以自慰。了解到温福性褊而愎,参赞以下之言,概置不听;常令攻碉,多伤兵众,渐失军心;遇事惊慌,处置失当,以至于溃。乾隆帝愤恨地说:"倘使其身尚在,即当立正典刑,以申军纪。"① 遂下令将当初特恩赏给温福的一等伯爵立即削去。乾隆四十一年(1776年)三月,大金川最终平定后,乾隆帝从金川俘虏口供中获知,木果木之惨败全系温福坐昧事机导致,又命削去其子所永保承袭的三等轻车都尉世职。

木果木大军溃败,查礼同游击穆克登阿从美诺赴援,至蒙固桥,闻喇嘛寺粮站已陷落,士卒都很紧张;刚巧松茂总兵福昌撤至,遂复进,遇伏,查礼率督兵击之,擒砦首,余寇皆惊遁。此时美诺已陷落,阿桂派兵驰援,因达围垂亦陷落,遂檄令查礼驻守当地。其友不知查礼遇到何种风险,有诗相赠。查礼答以《西路军营失警后祥仲调水部以诗见慰次韵答之》一诗:"沉思往事误千端,客到无憀语倍酸。长剑光寒斫地易,孤桐音古和歌难。旌旗失队关云乱,烽火烧空木叶残。任是亡羊今未晚,共期努力莫忘餐。"② 诗述沉思往事有千种失误,毫无凭依就话语酸楚;就像寒光闪闪的宝剑砍地当然是容易的,就像用孤桐做的古琴发出的古音想要听懂本就很难了,想要唱和就更困难;被人抄了后路,军队溃散就像天上的乱云纷飞,战火烧到树木树叶都熏残,真是罕见的惨败;但羊虽然跑了几只,这时补牢还不算晚,大家共同努力吧,别忙到忘记了吃饭。全诗写出战败惨状,

---

① 《清高宗实录》卷九四〇,乾隆三十八年八月辛卯。
② [清]查礼:《铜鼓书堂遗稿》(清乾隆刻本)卷一八,页二上,见国家清史编纂委员会·文献丛刊《清代诗文集汇编》(第338册),上海古籍出版社2010年版,第133页。

结句隐含有一种自信的幽默感。

　　第二次大小金川之役转入短暂的防御阶段，当此之时，大金川与相邻土司的关系更趋紧张。大金川土司索诺木对当年九土司联合攻击大金川的行为一直耿耿于怀。暂时的灭顶之灾缓解后，仗着木果木之战大胜朝廷军队和阿桂军的应请撤兵的威风，索诺木再次看到了征服九土司的希望，于是他派人四处威胁，并遣使者赴党坝土司处游说，却被拒之于门外，没能拉到一个盟友。索诺木对于唯一投靠他的小金川土司僧格桑，先是利用僧格桑在小金川的威望，令其潜回小金川率当地民众反叛清军；等到大金川侵占了小金川的要地底木达、布朗郭宗后，就翻脸不认人把僧格桑软禁在大金川，索诺木命令自己的哥哥莎罗奔冈达克监治美诺，并将所得银两、绸缎、弹药、马匹、粮食等悉数运回大金川土司官寨。这之后"僧格桑要从碉上头逃走，被人看见，又将他收在地窖里"①。索诺木将唯一的盟友关在地窖里，并"视僧格桑若孤豚腐鼠"，这种行径引起周边土司的恐慌和愤恨。至此，"小金川全境，除僧格宗以南尚有清兵驻守外，其余已均被占"②。小金川之民众因极端不满大金川土司对僧格桑的做法，不再支持大金川，邻近大金川的各土司也不堪大金川的威胁，更不愿意落到小金川土司僧格桑的悲惨下场，因而均希望清军最终获得胜利，纷纷主动援助清军。乾隆帝及时洞察了这一极为有利的大好局面，一方面接连嘉奖支持清军的巴底、巴旺、明正、革布什咱、党坝等土司及梭磨土妇；另一方面命令阿桂等派人到处放话，说朝廷已调动10余万大军前来剿灭大金川，各土司应抓住这次难得机会，同心协力坚决地配合朝廷大军进行作战，以期造成声势，从心理上使大金川土兵闻风丧胆，从而达到进一步孤立大金川的目的，为再次征剿做好充分准备。

　　乾隆三十八年（1773年）十月二十七日，阿桂率军分师三路，

----

　　① 中国第一历史档案馆藏：《军机处录副奏折》（民族类），乾隆三十八年十一月初六日，明亮、富德奏折中附呈脱出小金川番民聂噶口供。
　　② 《清高宗实录》卷九三九，乾隆三十八年七月丙戌。

同时进攻小金川，连克资哩南北山梁、阿喀木雅、美美卡、木兰坝，迅速收复沃日官寨，大、小金川土兵退守路顶宗。十一月初一、初二日，又连克路顶宗、明郭宗、美都喇嘛寺，顺利攻下美诺官寨、底木达官寨，缴获米 2000 余石。阿桂军势如破竹，正是因为大金川土司尽失民心。乾隆帝有《将军阿桂奏报克复美诺诗以志事》："收复小金原意料，似兹迅速不期中。讵因事顺或满志，尚以贼逃未慊衷。将绩并教予优叙，乘机还励奏肤功。先声讨逆军威振，谅彼游魂计亦穷。"诗中注："惟小金川贼目七图安都尔，闻官兵已上山梁，即弃美诺而去，自必乃窜入金川。渠魁未及就擒，实为可惜，是以虽闻捷音，不以为喜。"① 乾隆帝表示收复小金川之美诺实在意料之中，但这么快却在意料之外，可能因为事情顺利或有些得意，但叫贼首逃掉并不以为喜，将领取得了战绩一定会奖励，乘机鼓励取得最后的胜利，大军打出了声势、打出了军威，敌人已是游魂就像黔驴般技穷。全诗显示了充分的自信，有一种从容雅正的风范。于阿桂军大胜的同时，明亮所率南路军亦接连攻克金川河南的得布甲地方，河北的喇嘛寺、得里两面山梁等处，于十一月初六日收复僧格宗，缴获米 1300 余石。在气势如虹的朝廷大军面前，大板昭、弥当、曾头沟各寨番人纷纷乞降。至此，小金川全境再次被清军收复。乾隆帝写下《将军阿桂奏报收复小金川全境诗以志事》："事之将难上峻山，事之将易下顺水。旬日全定小金川，幅员五百有余里。回思六月偾事时，狷獗贼亦迅若比。一朝失亦一朝得，天道好还原定理。整兵直进讨促浸，雪岭险滑仍如彼。拟欲持以久困之，复虑师老致萎靡。贾勇及锋而用壮，一月三捷心焉企。我非黩武愿佳兵，挞伐由来不得已。"② 从阿桂出兵到小金川平定，前后仅用 10 天时间，速度之快，出乎乾隆意料之外。所以乾隆帝在诗中不无得意地说，事难像登山，事易如顺水，全定小金川，旬日 500 里，六月溃败时，逆贼亦若此，得失一朝

---

① [清]乾隆：《御制诗文十全集》卷二十三，[清]彭元瑞等编，西藏社会科学院西藏学汉文文献编辑室重印，中国藏学出版社 1993 年版，第 307～308 页。

② [清]乾隆：《御制诗文十全集》卷二十三，[清]彭元瑞等编，西藏社会科学院西藏学汉文文献编辑室重印，中国藏学出版社 1993 年版，第 308 页。

间，天道原好还。鼓励全军直趋大金川，环境还像过去一样，慎戒久攻不下，慎戒师老致靡，乘将士新胜锐气，鼓勇直前，期盼一月三捷的喜报。当得意之情溢于言表时，皇帝又申言不是黩武喜欢胜利，征伐皆为不得已。

乾隆三十九年（1774年）正月初六日，征剿大金川土司的战斗正式打响。阿桂至布朗郭宗将西路军分为三队进攻。第一队5000余名，令海兰察等率领，于初六日进军；第二队5000余名，由色布腾巴尔珠尔带领，于初七日进军；第三队5000余名，由阿桂亲自率领，于初八日进军。明亮的南路军也分为三队，明亮带兵5000余名于初五日进抵格藏桥，伏兵于桥北木巴拉地方；令参赞大臣富德率兵6000名由大金川河北骆驼沟一路进攻；都统奎林带兵4000名从大金川河南博堵一路进攻。丰升额的北路军于正月初八日挥军攻至萨尔赤鄂罗山，并派军驻守通往大金川的要隘孟邦拉山梁等处。三路大军虽然遇到大金川土兵的拼死抵抗，但仍然稳步推进。阿桂所率西路军于二月攻占大金川的紧要门户罗博瓦各峰。乾隆帝写下《将军阿桂奏报攻克罗博瓦山碉痛歼贼众相机进剿诗以志事》①："罗博瓦最高，四峰互围拥。危石销岩岈，冰岩滑巃嵷。贼紧要门户，死守弗开空。然势在必取，将军申戒董。八旗子弟兵，其中多将种。心既坚忠义，力倍加拳勇。偏伍与弥缝，部署劳洞洞。夜发晓将及，贼聚拒冲涌。据高直下捣，我师屹弗动。待其近至前，持满无不中。绿旗及十练，激励均跃踊。履险如席平，腾高拟鸟鹨。刀矛短兵接，贼败不旋踵。陇种奔案角，棍踉逃穴孔。两日克八碉，廿六卡获冗。贼巢斯已近，一鼓期收总。然予更有思，好生承天宠。逸德玉石焚，佳兵戒宜奉。渠魁所弗赦，胁从实懵懂。晓之令归命，倒戈或阴拱。诛杀既弗亟，成功庶速巩。寄谕相咨诹，慎事惟虔竦。"诗歌赞美八旗兵、绿旗及十练的英勇作战，取得"两日克八碉，廿六卡获冗"的战果，并教导"逸德玉石焚，佳兵戒宜奉"，最后叮嘱"寄谕相咨诹，慎事惟虔

---

① ［清］乾隆：《御制诗文十全集》卷二十四，［清］彭元瑞等编，西藏社会科学院西藏学汉文文献编辑室重印，中国藏学出版社1993年版，第316～317页。

竦",遇事多商量,争取采用最佳方案,努力做到谨慎小心。丰升额攻抵凯立叶山脚而遇阻不能前进,阿桂命令其分军守卫凯立叶和党坝,以掩护阿桂军后路,其余兵力与西路军会合进军。南路军明亮于二月下旬攻占了马奈、卡卡角等处。乾隆帝有《闻两路军营攻得要隘信至诗以志事 甲午》:"两路驰军报,一朝达喜音。谷噶既深入,马尼并深侵。雪冒如平蔡,火腾卜克金。旗兵直识义,屯卒亦输忱。奋勉咸敌忾,麼魔期就擒。讵宁靳重赏,实用励同心。崇岭彼失据,穷巢我可寻。虽然宜戒满,筹笔倍生钦。"① 全诗既赞美旗兵用智、识义,彰显了同仇敌忾去争取胜利的决心,又表示了虽然应该慎戒志满,下笔写诗时还是对将士们的战功倍感钦敬并怀有发自内心的欣慰。乾隆帝接着写下《军邮》:"军邮今日来,报克色溯普。罗博瓦捷后,两月余阻雨。虽定六路攻,曾未寸步举。迩来略放晴,我军勇倍贾,门户既已近,贼人防益固。山脊筑三碉,左右更夹辅。进退两维谷,决策在破釜。期得而后往,将军计非卤。分投各衔枚,一呼发万弩。人人自为战,上下力各努。踔碉如履平,砲石中鼓舞。观之心恻然,喜极泪欲堕。得战碉十一,平碉四十许。杀贼二百余,器械获无数。歼其大头人,率丑守碉者。盖自用兵来,斩获斯为巨。临逊克尔宗,勒围近堪睹。赏恤所弗惜,嘉许难形语。伫待驰红旗,崇捷耆定武。"② 详细描写清军血战,取得"临逊克尔宗,勒围近堪睹"的贼酋老巢勒乌围已快近在眼前的战绩。史实是额森特于大雨中攻色溯普,海兰察与额森特计分六队,力攻第九、十二两碉,先后攻下,进一步攻取第七、八两碉,苦战雨中。及暮,佯撤兵,贼下追,伏起,殪200人。次日,额森特与海兰察毁碉卡百余,克战碉,攻官寨,贼死战,额森特伤鼻及足,犹力战;直扑第三寨,贼举枪折其弓弰,伤指,易弓,连毙数敌,终克色溯普,皇上因额森特被伤能易弓射贼,手诏嘉奖,赐貂冠、猞猁狲褂。

---

① [清] 乾隆:《御制诗文十全集》卷二十四,[清] 彭元瑞等编,西藏社会科学院西藏学汉文文献编辑室重印,中国藏学出版社1993年版,第313页。
② [清] 乾隆:《御制诗文十全集》卷二十四,[清] 彭元瑞等编,西藏社会科学院西藏学汉文文献编辑室重印,中国藏学出版社1993年版,第321~322页。

乾隆三十九年（1774年）阻雨时，阿桂西路军再次进发，令查礼专理卧龙关路粮饷。阿桂秉皇上谕旨，以南路阴翳，设疑兵牵缀，奇兵自北山入。查礼请自楸坻至萨拉站开日尔拉山，山高50里，冰雪六七尺，故无行径。查礼登高相度，以火融积冻，凿石为磴，不到1个月通路200余里。自楸坻达西北两路军营，比故道皆近10余站，省运费月以数万计。及至六月查礼离开楸坻回还成都。从《六月一日发楸坻之成都时将有果罗克之行》诗题看，查礼去成都是处理果罗克事件，诗序曰："果罗克在蜀之西北隅，地近西宁之青海，其庐落分上中下为三，国朝授以千户、百户职领其族地。少五谷多禽兽，俗以射猎为生，好劫掠，即战国之羌奴爰剑种也。甲午春劫青海蒙古部牛马千百。制军奏礼往案时，礼驻楸坻督军糈，于六月还成都筹领兵士由松州出口云。"① 到了成都后，查礼特去祭拜木果木阵亡将士祠堂，写有《慰忠祠吊西征殉难诸臣　有序》，序曰："祠在浣花溪上，工部草堂之西偏，乾隆癸巳秋七月建。祀户部主事上海赵文哲、刑部主事满洲特音布、无锡王日杏、重庆府知府江西新建吴一嵩（以下殉难州县官吏22人姓名从略）。"② 诗曰："从来天道本好生，杀机忽自金酋萌。东踩西躏及同类，皇用讨罪旋加兵。阵图堂堂旗正正，六师迅发衔诏令。荷戈带甲十万人，烝徒个个称雄劲。蛾贼负固宛负嵎，破碉献馘终献俘。"自注："壬辰冬获小金土司泽旺解京。"先写灭小金川的威武，"僜拉已平攻赤展"，"空卡昔岭雪片粗。峦氛障湿苦难耐，三军瘵病筋力急。前敌势怯后路宽，夹霸如云涌荒界"。接写三军在昔岭受挫，既有环境恶劣，又有匪徒偷袭；既有进攻受阻，又有后路被抄。"癸巳之夏六月初，四山暗袭乘腹虚。提帅

---

① ［清］查礼：《铜鼓书堂遗稿》（清乾隆刻本）卷一八，页四下，见国家清史编纂委员会·文献丛刊《清代诗文集汇编》（第338册），上海古籍出版社2010年版，第134页。

② ［清］查礼：《铜鼓书堂遗稿》（清乾隆刻本）卷一八，页五下、六上，见国家清史编纂委员会·文献丛刊《清代诗文集汇编》（第338册），上海古籍出版社2010年版，第134～135页。乾隆癸巳年指乾隆三十八年（1773年）七月建祠。时在温福军中的乾隆进士王昶后著有《春融堂集》卷四八，《碑阴》及附录《幕客同死难者》有木果木大败中殉职文官及幕客名单及简介。

阵亡将军殒,连营兵溃焚穹庐。在事群公忽罹难,后先杂遝赍遗恨。其中二十六文臣,义不受辱死不惮。尸填沟壑磷火昏,烦冤夜泣千秋魂。朝廷议恤受上赏,荫及子息邀殊恩。金匮顾公时秉臬,倡建一祠表臣节。率钱度地谊恳诚,设座设位崇义烈。浣花溪畔草堂边,春月年年啼血鹃。云纤庙貌真严肃,砌草风回卷暮烟。我来却值公亡夕。"自注:"六月初十、十一两日为诸公殉难之辰。"细写遭偷袭,诸公蒙难。"石火光阴一期隔。两泪盈襟恸失声,从头细向游人白。徘徊更拟买祀田,苹蘩歆享筹万全。要使灵祠妥毅魄,如山藏玉珠含渊。"自注:"祠成无祀田,且恐日久遂废,余捐廉檄成都令急置祀田,以垂永久。"时间流逝,瞬息一年,痛哭失声,细数情义,祠成祀田,妥慰毅魄。"嗟予同事不同死,今日衣冠还拜此。只鸡斗酒荐长筵,泉下有灵呼欲起。惜余未死不同堂,诸公何乐我何伤。生者无缘死者活,芳名百世留余香。人生凶吉固有命,所遭不幸转可庆。红颜尽节臣尽忠,青史留传书砺行。"① 这首七言长诗,诗中数处加注,从灭小金川,讲到木果木大败,26文臣殉难,及朝廷议恤、建祠表节的经过,以及查礼痛悼同事、急置祀田、探讨生死的情形,最后发出赞美"芳名百世留余香""青史留传书砺行"。全诗语言清新流畅,轻浅易懂,情感真挚热烈,说理透辟。比一般悼亡诗积极正面,既有深情厚谊又不过度悲伤,可以说是此类诗作中的上品。

  查礼离开成都后即去处理果罗克事件,已到川西北藏族聚居区,因与大、小金川之役无关,为集中研究内容,故查礼果罗克之行及诗作留待另文论述。但其中的一首《自章蜡营冒雨涉弓刚水循江至黄胜关》因涉及金川之战,故还要提一下:"迩者西征军,破竹闻深入。"诗人自注:"时闻西师有破孙克尔宗之信。"查礼身在松潘,心系金川。"金酋久负嵎,三载力应竭。我行又北指,群盗期敛迹。驰驱敢自爱,年华暗抛掷。昨者读纶言,至性生感激。君恩时系念,欲

---

① [清]查礼:《铜鼓书堂遗稿》(清乾隆刻本)卷十八,页六上下、七上,见国家清史编纂委员会·文献丛刊《清代诗文集汇编》(第338册),上海古籍出版社2010年版,第135页。

报愧涓滴。"诗人自注:"果罗克之役近奉谕旨,查礼系总理粮运要亦不便因此事羁绊,著传谕富勒浑、文绶令即将此事办理情形如何、要犯有无就获及查礼曾否回至楸坻之处,迅速奏闻。"为什么查礼离金川处理果罗克事件会惊动皇帝,原来是富勒浑以查礼行后粮运渐迟误,上奏章促查礼回还。"皇皇趋绝塞,惟此肺肝血。功名老边关,筋力衰逾迫。行行雨将霁,云散烟光灭。林间放晚晴,草际虫叫夕。"① 诗最后表达了查礼虽已年老力衰,还要倾注心血,立功绝塞的心愿。查礼是清代有名的文学家、书画家、收藏家。查礼诗我们已解读不少,因为他是画家才会有"行行雨将霁,云散烟光灭。林间放晚晴,草际虫叫夕"这样诗中有画的诗句;因为他是收藏家,我们还将在本书第五章见识查礼精彩的风物诗。

南路军明亮攻占马奈、卡卡角后,遇险阻,久不得进,遂改攻当噶尔拉。乾隆帝有诗《副将军明亮奏攻克宜喜达尔图山梁已据要隘筹进取贼巢诗以志事》:"宜喜达尔图,贼之北门户。攻已一岁余,曾未进数武。所以丰升额,改图易西路。明亮进正地,复以遇险阻。亦欲往西路,已谓议可许。阿桂令其回,牵缀由宜喜。昨接阿桂奏,攻碉进丫口。晴明望宜喜,贼碉毁弗睹。但见我军营,列据山梁处。疑信尚未定,今朝奏囊剖。分攻彼七碉,奋勇齐并举。一进皆即克,兼得格勒古。惟余第四碉,励众期必取。成功神且速,嘉劳难尽语。而实赖天佑,助顺默相辅。贼巢已逼近,螳臂应难御。诸臣既同心,和则力共努。定功膺茂褒,捷音日夜伫。"② 乾隆诗常根据奏章改写,一般先交代前因,再细写战斗经过,最后写战果和期许。虽清楚明白,简单易懂,但诗往往较长,诗句程式化、文章化色彩明显。有些诗注甚至直接用奏章、谕旨原文,因此诗注常显冗繁。当然其诗也有简洁的,如《将军阿桂奏报攻克该布达什诺大木城及色溯普下各碉

---

① [清] 查礼:《铜鼓书堂遗稿》(清乾隆刻本)卷十八,页十下,见国家清史编纂委员会·文献丛刊《清代诗文集汇编》(第338册),上海古籍出版社2010年版,第137页。

② [清] 乾隆:《御制诗文十全集》卷二十四,[清] 彭元瑞等编,西藏社会科学院西藏学汉文文献编辑室重印,中国藏学出版社1993年版,第324~325页。

并焚烧格鲁瓦角寨落诗以志事　甲午》:"制胜出奇资帅略,克碉歼敌不崇朝。三军敌忾诚均笃,'二将'宣猷绩独超。事逮半功将逮倍,勇宜鼓志不宜骄。勖哉仡金红旗报,紫阁重开姓氏标。"① 首联"制胜出奇资帅略,克碉歼敌不崇朝"赞美统帅阿桂,阿桂不但能写诗,而且确实智勇双全:"木果木失事后,公代统大军。一日,日欲昳,公忽率十数骑,升高阜,觇贼屯扎处,不知阜数折,已逼贼寨。贼望见,即率犷骑数百,环西南阜驰上。公顾从骑曰:下马。复曰解衣,衣不足,复曰解里衣。解毕,曰衣悉寸寸裂,急分走高阜,杂挂林木上。挂毕,曰无衣者悉束带,曰上马,曰向阜南缓辔下。适贼骑已驰至,距向所立阜仅二十步。时暝色已上,忽见岗缺处,旗帜飘忽,络绎不绝,疑援骑从山后至,勒马不遽进。方遣骑四出觇伺,而公已率从骑回大营矣。公曰:此兵机也。不尔,则贼马十倍于我,宁得脱耶?""其于军务倥偬间,惟于幕中独坐饮酒吸烟,秉烛竟夜。或拍案大呼,愀然长啸,持酒旋舞,则次日必有奇策。"② 阿桂不仅智勇兼备,而且能够知人善任,对待有功之将士,"或奖以数语,或赏以糕果,而其人感激终身,甘为效死"③。阿桂因此大获乾隆帝的赏识。次联"三军敌忾诚均笃,二将宣猷绩独超","二将"指领兵将领海兰察、额森特。三军用命,二将神勇。三联"事逮半功将逮倍,勇宜鼓志不宜骄",强调要事半功倍,士可勇不可骄。尾联"勖哉仡金红旗报,紫阁重开姓氏标",即只要报捷的红旗传来就不会吝惜奖金,取得最终胜利的将领名字、画像就会挂于皇宫紫光阁,垂于永久。

接着乾隆帝又写下《将军阿桂奏报攻克康萨尔山梁碉寨木城诗以志事》:"自克默格尔山梁,满拟即递平贼信。侵寻待之逾两月,密拉噶拉兵仍顿。盖缘已扼贼门户,因以死守防益慎。彼处跬步无非

---

① [清] 乾隆:《御制诗文十全集》卷二十五,[清] 彭元瑞等编,西藏社会科学院西藏学汉文文献编辑室重印,中国藏学出版社1993年版,第327页。
② [清] 洪亮吉:《书文成公阿桂遗事》,见《更生斋文甲集》卷四。
③ [清] 昭梿:《阿文成公用人》,见《啸亭杂录》卷二,中华书局1980年版,第56页。

山，石剑蚕丛允难进。于康萨尔筑碉寨，弗遗余力据险峻。嘉哉我将及吏卒，敌忾同志众积恨。拔彼鹿角越彼濠，直逼碉根登奋迅。坚垒深窖一时摧，大鞣大膊不遗憝。三日歼贼二百余，遂夺山梁高万仞。石碉凡十木城四，近碉寨卡全收尽。齐心努力悦以怜，普赉特旌夫岂靳。勒尔策依筹即捣，迅雷不及掩耳震。譬如破竹已裂节，其解自当速迎刃。事半功倍岂期然，为山九仞惧尤甚。伫俟红旗大报捷，竭诚惟吁天助顺。"① 全诗又叙前因，细写战斗经过，并表示赞赏和欣慰。史实是库勒德攻克默格尔山梁，赐号朗亲巴图鲁，攻逊克尔宗、康萨尔，被创，后于乾隆四十年（1775年）四月战死。张朝龙从参赞大臣海兰察自大板昭进剿，克喇穆喇穆、色溯普，朝龙均先登。攻逊克尔宗，复先登，被枪伤。攻康萨尔山，战勒吉尔博，皆有功。梁朝桂率领少数勇士乘夜潜入山口，将山中各处城碉一一捣毁，使全军顺利占据了康萨尔至丫口山的战略要地，为夺取西里山要塞创造了条件，建立奇功，因而破格提升为"陕西潼关协副将"。大小金川平定后，被列为"五大功臣"之一，绘像于皇宫紫光阁。乾隆四十年（1775年）正月，海兰察自康萨尔分路进剿，据山沟碉寨。二月，克甲尔纳沿河诸寨，进攻勒吉尔博寨，海兰察克山麓碉二。贼自噶尔丹寺来援，击败之。四月，将军阿桂令往宜喜，会明亮兵入道，约期合攻。皇上赏赐缎二端。史实叙述简略，乾隆诗或可补史实之不足。

战争进入异常艰苦的阶段，动辄几个月才有捷报传来。乾隆帝又写下《将军阿桂奏报攻克木思工噶克丫口等碉栅诗以志事》："自报克获康萨尔，顿兵三月未能进。虽时斩剿贼小创，以近巢穴守愈峻。定计两路为夹攻，宜喜压下乘其崒。精兵既益调遣定，爰趁天晴入奋迅。丫口为贼境咽喉，未因宜喜潜抽引。而我将卒鼓敌忾，直冒烟火无回咨。三面险碉一时夺，自此径进势应顺。西路捷实赖天佑，更称望见北路近。得楞碉卡已攻获，萨克萨谷下一瞬。一日可取三年功，

---

① ［清］乾隆：《御制诗文十全集》卷二十五，［清］彭元瑞等编，西藏社会科学院西藏学汉文文献编辑室重印，中国藏学出版社1993年版，第331～332页。

伫待明亮报实信。"① 诗的写法虽然还是老套路,但诗句欢快而流畅,似乎有一种欣喜和自信在诗句背后流淌,虽顿兵三月,皇帝一点也不着急,显示其对阿桂的绝对信心,这信心由一句诗"一日可取三年功"充分体现。很快明亮的奏报也来了,乾隆帝写下《副将军明亮奏报攻克宜喜甲索等处碉卡诗以志事》②,又写下《捷报》"蚁附群小固可恨,何妨汤网为之恢。降旨胁从与罔治,好生天德敬体怀。"自注:"因令将军参赞,于进兵时,宣谕贼众,有能畏罪出降者,仍从宽免死。如此网开一面,惟仰体上天好生之仁,而以此招降贼众,自必闻而解体,更可望大功速就云。"③ 表明朝廷对待负隅顽抗之徒和归顺投降之民的态度,把继续顽抗与归顺投降的区别开来,分别对待,来分化金川势力,动摇金川军心。此时,远在西藏的八世达赖喇嘛和六世班禅额尔德尼"在前藏后藏聚集喇嘛四万余众诵经百日,以彰天讨,所加人心无不效顺……自南路一带大小土司……德尔格忒、巴塘、理塘、孔撒、纳克书纳、林冲、朱窝、白利、东科以及明正、巴旺、布达拉克、革布什咱等处土司先后具禀"④,均表示拥护清朝的军事行动,这无疑大大动摇了大金川的军心,起到了彻底分化、瓦解大金川信心和势力的作用。

经过数月艰苦的鏖战,阿桂所率西路军于乾隆三十九年(1774年)七月中旬突破推进到大金川的重要据点逊克尔宗。大金川土司索诺木此时已是黔驴技穷、力竭势孤,不得不将"大金川十四岁以

---

① [清]乾隆:《御制诗文十全集》卷二十五,[清]彭元瑞等编,西藏社会科学院西藏学汉文文献编辑室重印,中国藏学出版社1993年版,第338页。
② [清]乾隆:《御制诗文十全集》卷二十五,[清]彭元瑞等编,西藏社会科学院西藏学汉文文献编辑室重印,中国藏学出版社1993年版,第338~339页。
③ [清]乾隆:《御制诗文十全集》卷二十五,[清]彭元瑞等编,西藏社会科学院西藏学汉文文献编辑室重印,中国藏学出版社1993年版,第343页。
④ 中国第一历史档案馆藏:《宫中朱批奏折·定边右副将军明亮等奏报八世达赖喇嘛、六世班禅额尔德尼为靖绥四川边事在前后藏聚集喇嘛四万余众讽经情形折》。乾隆三十八年十二月二十二日条。转引自中国第一历史档案馆《清宫珍藏历世达赖喇嘛档案荟萃》,宗教文化出版社2002年版。

下的少年都派去打仗"①，同时残忍地将小金川土司僧格桑毒死，埋在逊克尔宗后的石窖内。阿桂大军压境后，索诺木派人于八月十五日挖出僧格桑的尸体，并将僧格桑尸体及其妾侧累、小金川土司的头人蒙固阿什咱阿拉一起献给阿桂军。十七日，又将小金川土司的大头人七图安堵尔献给阿桂军，并恳求阿桂停止进攻。乾隆帝获悉消息后，明确指示阿桂："将军等断不可为其所惑，稍存姑息。金川负恩肆逆，罪大恶极，自取灭亡，必当明正刑诛，以快人心而慑边徼。况官军费如许力量，始得平定其地，不当以受降完结，使诸番无所儆畏，且不可留此余孽，复滋后患。"② 于是，阿桂遵旨拘禁献尸者及一干人等，并枭下僧格桑首级暂时存放于成都，以备日后一并献俘之用。此时，明亮所率南路军已于八月十六日攻破大金川土司的另一个重要门户达尔图，距勒乌围不过40余里。

四月，查礼终于回到金川战场，其诗《四月一日至绰斯甲布宣抚司硖薮寨》③可以为证。其中有诗句曰："重来极边地，陈迹已三年。"自注："癸巳春礼奉命到此开路、造船、安设军营。"还有诗句曰："新恩加土职，古调绝琴弦。"自注："绰斯甲布土职旧袭安抚司近因剿促浸有功奉命升职宣抚司。盛果斋太守驻此三载，驾驭士兵有声，今二月殉之。"④ 后查礼随军艰苦鏖战，一路无诗，到《夏十三日我军由达尔图上下攻促浸十四五日连有捷获纪事四首》时，已是八月，此诗其三："戎马纵横地，前营屡报移。风号弓力劲，雪湿角声迟。壮士翻添恨，深闺久系思。毡庐栖止惯，指不数归期。"⑤ 诗

---

① 中国第一历史档案馆藏：《军机处录副奏折》（民族类），乾隆三十八年六月二十日，五福奏折中附呈逃出绰斯甲番民讯供。
② 《清高宗实录》卷九六四，乾隆三十九年八月癸未。
③ ［清］查礼：《铜鼓书堂遗稿》（清乾隆刻本）卷十九，页七下，见国家清史编纂委员会·文献丛刊《清代诗文集汇编》（第338册），上海古籍出版社2010年版，第144页。
④ "绰斯甲布宣抚司"是川西嘉绒藏族十八土司之一。地在今四川金川县境。宣抚司，清代在少数民族地区设立的土官所管辖的地方行政机构，为十司的第二等级，仅次于宣慰司。"癸巳"是指乾隆三十八年（1773年）。"今二月"指乾隆四十年（1775年）二月。
⑤ ［清］查礼：《铜鼓书堂遗稿》（清乾隆刻本）卷十九，页八上下，见国家清史编纂委员会·文献丛刊《清代诗文集汇编》（第338册），上海古籍出版社2010年版，第145页。

写最近一段时间，战事顺利，全军不断前进，虽然连捷，战斗还是艰苦的，环境还是恶劣的，每一步前进都伴随着牺牲，越接近胜利，越思念亲人。最后诗人幽默地说"毡庐栖止惯，指不数归期"，军帐已住惯，都不用手指数归期了，实际表达的意思是胜利指日可待了。其四："西北两军会，迢迢一水长。连山人骨白，满目阵云黄。天意怜师老，兵心感将良。计时歼逆虏，绝域庆平康。"① 史实是，大金川土司索诺木乞降失败后，转而拼死抵抗。阿桂所率西路军久攻逊克尔宗不下，遂转攻日尔巴当噶，接通凯立叶，与北路军丰升额部会合。

乾隆三十九年（1774年）十月，阿桂的西路军攻破默格尔山梁各碉寨，明亮的南路军攻克日旁山后的各碉寨，与阿桂大军隔大金川河相望，两路大军距离大金川勒乌围官寨仅20里路程。乾隆帝收到奏报，写下《将军阿桂奏报攻克逊克尔宗诗以志事》："逊克尔宗贼要害，攻之数月未能克。绕隙因据默格尔，反出其后期必得。我后彼彼亦后我，故悉力守聚群贼。康萨工噶虽屡剿，仍拼死拒碉中匿。噶尔丹庙既已获，勒围巢穴近咫尺。置此于后终非计，分兵首尾俾受敌。偏伍弥缝未可施，仰攀侧越手为翼。冒雾突冲进丫口，火攻短兵各尽力。或斫寨门或越墙，贼不能支遂奔北。木城石碉获数十，一岁之功成顷刻。是役固藉众鼓勇，副将军实丰升额。锡名继勇继乃祖，国之荩臣绵世德。"逊克尔宗数月未克，阿桂出奇策，兵出其后，破默格尔，终用强攻获胜。诗注："在事将佐虽皆勇往出力，而身先士卒、调度合宜，则副将丰升额之力。丰升额所袭之公，乃其高祖额宜都世爵，额宜都本系巴图鲁公，因予其公号'果毅'之下，增'继勇'二字，以奖其绍乃祖勇略，且庆国家之得世臣宣力也。"②

大金川勒乌围官寨战碉高大、碉寨坚固，前临大金川河，后负高崖，地势极其险要，官寨墙垣异常坚固，又与南面的转经楼各寨互为

---

① ［清］查礼：《铜鼓书堂遗稿》（清乾隆刻本）卷十九，页八下，见国家清史编纂委员会·文献丛刊《清代诗文集汇编》（第338册），上海古籍出版社2010年版，第145页。

② ［清］乾隆：《御制诗文十全集》卷二十六，［清］彭元瑞等编，西藏社会科学院西藏学汉文文献编辑室重印，中国藏学出版社1993年版，第344～345页。

掎角，并和河对岸的扎乌古阿尔古一带之枪炮阵地互为救援。官寨四周建有多座战碉，其高度有高达24层的，卡寨鳞次栉比，联络接应通畅，防备形成体系，守御力量甚严。为了突破这20里的路程，清大军竟然用了9个月的时间，战斗异常激烈艰苦。乾隆四十年（1775年）七月，阿桂、明亮两路大军经过苦战才从金川河北、河南形成了合围之势，大金川土司索诺木兄弟5人具禀乞降，愿交出勒乌围官寨换取活命。阿桂不允准，大军围攻日紧，大金川土司抵抗愈强。八月十五日，阿桂、明亮带军四面围攻勒乌围官寨，大金川土兵竭力抵抗，当看到官兵四面涌入，遂崩溃四散而逃。十六日，清军彻底攻克勒乌围官寨，阿桂立即驰奏红旗捷报。二十四日，乾隆帝在木兰行宫获此捷报，兴奋异常，当即奖励立功将领、兵弁，并一口气写下《将军阿桂奏攻克勒乌围贼巢红旗报捷喜成七言十首以当凯歌》，其二："七千里外路迢遥，向十余朝兹八朝。可识众心同一志，嘉哉行赏自宜昭。"诗中自注："向来六百里加紧军报，俱以十一二日递到。兹军营八月十六日所发红旗，于廿四日丑时已达木兰行在，途中仅行八日。"诗与注写7000里那么遥远的路程，加急军报向来是10余天到，这次只用了8天，可见众心一致渴望胜利啊，太好了，赏赐应马上宣布。其六："成言原有付儿行，一见红旗即奏将。"自注："启跸幸木兰时，命皇六子奉皇太后驻山庄。谕以红旗必由山庄经过，俟一至，即奏闻圣母。"可见皇帝早有预见，故派皇六子驻皇太后山庄，红旗经过即奏闻，表达皇帝孝心。"虽是慈心早知喜，更驰侍卫报山庄。"自注："皇太后虽已闻捷音，仍遣御前侍卫春宁赍奏书驰诣山庄报喜。"皇太后知皇帝关切，故特派御前侍卫赍奏书驰赴避暑山庄报喜，这样皇帝就是喜上加喜。其八："前次受降惟戢斧，今番报捷乃犁庭。"自注："前次征剿金川，莎罗奔细、郎卡窘迫乞命，遂允所请，受降藏事。未十年，郎卡已侵扰邻境土司。郎卡既死，其子索诺木等与小金川僧格桑狼狈为奸，意欲蚕食各土司，甚至党恶负恩抗干天讨，因深悔前此之姑息养奸。此次……扫平贼境，庶可永除后患,自为正办。""敬承天眷能无慰,未至武成心未宁。"① 取得这样的战绩是受了上天的眷顾,尚没有达到最后的成功,皇帝的雄心还不平静。其谕令阿桂乘胜进剿大金川土司,取得最后的胜利。当看到阿桂的详细奏折时,乾隆帝又写下《是日晚阿桂奏折至知攻克勒乌围详悉诗以志事》:"勒乌围贼旧官寨,垣固碉高不易攻。石卡木城接鳞次,水临山背据蚕丛。计穷百变同撼苊,志合三军共建功。优叙先行循令典,葳庸封爵待恩崇。"诗注:"因于八月十五日申刻,分派官兵先为埋伏,以备攻抢勒乌围。令海兰察、额尔特等攻其近南木城,贼人枪石抵拒甚紧,转经楼等处之贼复来救援,官兵迎击,歼戮过半,而为满洲、索伦兵弓箭所毙者尤多。复于亥刻令额尔特、乌什哈达等攻近北木城,官兵拨栅涌进,出其不意,即时攻克。海兰察率同那木扎格勒尔德自官寨东南进攻。普尔普、泰斐英阿自南进攻。福康安、特成额、明仁从西北进攻。而五岱攻其东北。丰升额带兵为各处策应。维时四面合攻,呼声动地,抛掷火弹,如流星闪电,官兵各攀缘上登,贼人始犹支拒,及见我兵蜂拥齐入,胆落欲逃,被我兵歼戮更复不少。遂于十六日子刻,将勒乌围官寨攻克。……拟乘贼人上下心胆俱寒,提兵直捣噶喇依,为迅速葳功之局,此皆阿桂露布驰奏语也。"② 阿桂露布翔实准确,当时战况如在眼前。看到将士争先用命,皇帝表示"优叙先行循令典,葳庸封爵待恩崇",要大加封赏。查礼亦写有一首《十四日西军攻克勒乌围纪事》③ 诗,有句:"将军得意负边功,士马如云直渡东。狡虏纵矜三窟固。"自注:"促浸官寨有二:一在勒乌围,一在刮耳崖。""游魂难避半疆空。"自注:"兵至勒乌围已得促浸之半。""天心未信何时转,贼势应从此处穷。露布飞传千驿去,围场计日颂声同。"自注:"时上行猎木兰。"诗述

---

① [清] 乾隆:《御制诗文十全集》卷二十六,[清] 彭元瑞等编,西藏社会科学院西藏学汉文文献编辑室重印,中国藏学出版社1993年版,第350~351页。
② [清] 乾隆:《御制诗文十全集》卷二六,[清] 彭元瑞等编,西藏社会科学院西藏学汉文文献编辑室重印,中国藏学出版社1993年版,第351~352页。
③ [清] 查礼:《铜鼓书堂遗稿》(清乾隆刻本)卷十九,页一上,见国家清史编纂委员会·文献丛刊《清代诗文集汇编》(第338册),上海古籍出版社2010年版,第147页。

将军得意,继续进攻,如云将士直渡到河东,狡虏三窟,只剩游魂,难逃灭亡之命运,游魂已飞向半空,不久即魂飞魄散。不知道上天的心意何时转变了,土司的嚣张气焰应从此萎靡。露布在上千个驿站飞速传递,数天后木兰围场的欢呼声应与战场上的欢呼声相同。

接下来的几个月,阿桂连连取胜,乾隆写下《将军阿桂奏报攻克西里第二峰期相机进剿情形诗以志事》①,乾隆四十年(1775年)十二月十八日,阿桂、明亮两路大军将刮耳崖官寨前、后、左、右四面合围,严密封锁,不让一人漏网。二十日,索诺木之母阿仓、姑母阿青及小金川土司僧格桑之妻以及大头人等数人到阿桂军营投降。二十八日,索诺木之兄莎罗奔冈达克也出寨投降。乾隆四十一年(1776年)正月初三日,定西将军阿桂用阿仓、阿青及冈达克之图记,寄信索诺木,劝其出降,但未见回音。阿桂见诱降不成,就四面炮轰官寨。二月初四日,大金川土司索诺木势穷力竭,只得跪捧印信,带领其兄弟妻子、大小头人及男女老少2000余人出寨向大军乞降。刮耳崖官寨遂克,大金川至此亦全境荡平。乾隆帝写下《将军阿桂奏攻克噶喇依贼巢红旗报捷喜成凯歌十首》,其四:"旬余栈驿八朝至,一片红旗万马飞。夹路群番喜且惧,国之庆也国之威。"胜利是国之庆,胜利彰显国之威,起到了震慑群番的作用,也显示了皇帝的无比喜悦。其七:"姜维征处号维州,艳羡戎人谣语留。"自注:"维州,唐所置,以地有姜维屯垒而名。昔吐蕃占得其地,号为无忧城……番人盖习闻而欣羡之,是以有抢到维州桥之谣。今金川全境削平,安营设镇,皆成内地,信可谓之无忧矣。""今日勒围为内地,无忧城果是无忧。"征战的目的现在清楚了,是"今日勒围为内地",将大小金川改土归流,从而保证川藏大道彻底畅通,再无后顾之忧。乾隆的得意之情亦溢于言表。其十:"流离此日穴巢倾,耆定从兹可罢兵。歌凯莫教容易听,五年功幸一朝成。"② 诗述叛逆的大小金川

---

① [清]乾隆:《御制诗文十全集》卷二十六,[清]彭元瑞等编,西藏社会科学院西藏学汉文文献编辑室重印,中国藏学出版社1993年版,第353~354页。

② [清]乾隆:《御制诗文十全集》卷二十七,[清]彭元瑞等编,西藏社会科学院西藏学汉文文献编辑室重印,中国藏学出版社1993年版,第364~365页。

土司今日终于巢穴倾覆、被连根拔起，平定逆贼后朝廷从此可以收兵了，这凯歌可不要以为像听起来这么容易，5年艰苦卓绝的战斗，幸亏一朝大功终告成。第二次大小金川战争，从乾隆三十六年（1771年）七月发兵小金川开始至乾隆四十一年（1776年）二月大金川全境彻底荡平为止，共历时4年零4个月，乾隆帝先后调兵125500余人，打了不下数百次仗，攻克的碉寨不可胜数。军需费用共计8000余万两。① 可见，清廷为赢得第二次大小金川战争的胜利，确实不惜一切代价。四月，乾隆帝御制碑文，命勒碑太学及金川地方，以昭后世。

乾隆四十一年（1776年）四月，清军班师回朝。乾隆帝亲自到北京城南良乡"行郊迎礼"，并写下《于郊台迎劳将军阿桂凯旋将士等成凯歌十首》，其二："勋臣率拜列灵旇。"诗注："郊劳之仪：陈将军、参赞等得胜纛于台上，朕亲率成功将士及王公大臣等行礼，是时台下鸣螺，铙歌乐作。""军士鸣螺赫武仪。乐奏铙歌行抱见。"诗注："拜纛礼成，御幄次，将军、参赞趋至座前，行抱见礼，各加抚慰，赐坐赐茶，犹循祖宗以来家法也。""诘戎家法万年垂。"② 诗写郊台迎劳之礼的经过，加上诗注可见郊迎礼盛大而庄严，体现了国之庆的隆重、祖宗家法的威严。其七："脱却戎衣换吉衣，龙章示奖特恩稀。"诗注："入朝后始解甲易吉服，将军阿桂实为此事首功，特赐四团龙补，以示优异。""同心戮力还抡最，便解天闲赐六飞。"诗注："将军阿桂及副将军丰升额、参赞海兰察，并赐御用鞍马乘以扈行。"③ 进城后，"御紫光阁，行饮至礼"。阿桂回京后，其地位持续上升。乾隆四十二年（1777年）五月，授武英殿大学士，管理吏部兼正红旗满洲都统；六月，调镶白旗满洲都统，充玉牒馆、国使馆，

---

① 参见《清高宗实录》卷一〇二三，乾隆四十一年十二月丁卯；《清高宗实录》卷一〇四七，乾隆四十二年十二月戊午。
② ［清］乾隆：《御制诗文十全集》卷二十八，［清］彭元瑞等编，西藏社会科学院西藏学汉文文献编辑室重印，中国藏学出版社1993年版，第371页。
③ ［清］乾隆：《御制诗文十全集》卷二十八，［清］彭元瑞等编，西藏社会科学院西藏学汉文文献编辑室重印，中国藏学出版社1993年版，第372页。

任四库全书总裁,文渊阁领阁事经筵讲师;十月,调镶黄旗满洲都统,管理户部三库;乾隆四十三年(1778年)闰六月,兼管理藩院事;七月署理兵部尚书;十一月为上书房总师傅;乾隆四十五(1780年)年任军机处首席军机大臣;第二年,于敏中死后,又位居大学士班次第一。短短五六年的时间,阿桂已成为"综理部务,赞襄枢要"的朝廷第一重臣。

平定大小金川之役是乾隆帝的"十全武功"之中历时最长、靡费最巨、损失最为惨重的征战,但其对手不过是偏居四川西北一隅、兵不过15000名①的大小金川两个土司。第二次大小金川之役结束后,清廷将大金川土司索诺木兄弟、大小头人及其家属共250余人分批押解进京。乾隆四十一年(1776年)四月二十八日,乾隆帝龙袍衮服御驾驾临午门,接受献俘礼,并作《金川平定御午门受俘即事成什》诗:②"畏威赦罪昔己巳,偕德致俘今丙申。真首函呈非或首,生人组系是孚人。陈仪凯献声灵赫,偃武欢腾礼乐彬。四沐天恩际时泰,盈虚默念倍惶寅。"过去大小金川土司畏威投降,而朝廷赦其罪在己巳年,即乾隆十四年(1749年),现在背弃恩德敢于叛逆的大金川土司在丙申年即乾隆四十一年(1776年)被俘,"真首函呈"据《清高宗实录》载,是将病死的(一说毒死)小金川土司僧格桑的首级"谨献阙下"。皇帝在瀛台亲鞫大金川土司索诺木等人,"索诺木系贼酋首犯;其兄莎罗奔刚达克、索诺木彭楚克、甲尔瓦沃杂尔主谋助恶;其姑阿青自郎卡殁后一切听其专主,及官兵攻讨,抵拒肆横皆其调度;山塔尔萨木坦、丹巴沃咱尔、雍中旺嘉勒、七图甲噶尔思甲布、阿木鲁绰窝斯甲俱系用事大头人;都甲喇嘛雍中泽旺、堪布喇嘛色纳木甲木灿助逆诅咒。以上十二犯,罪大恶极,均经凌迟处死。索诺木之母阿仓、头人尼玛噶喇克巴、阿布颇鲁、格什纳木喀尔结等十九人,或党恶与谋,或领兵抗拒。……均经处斩"。此外,"番犯"

---

① "小金川番兵总数,据阿桂奏报约七千名,大金川约八千名,合计不过一万五千名。"参见庄吉发《清高宗十全武功研究》,中华书局1987年版,第175页。
② 参见[清]乾隆《御制诗文十全集》卷二十八,[清]彭元瑞等编,西藏社会科学院西藏学汉文文献编辑室重印,中国藏学出版社1993年版,第372~374页。

及家属等,年满18岁者,即正法;未成年者共16人,则永远监禁。"发往伊犁给厄鲁特为奴者五十二名,索伦兵丁为奴者四十五名,三姓为奴者三十四名,赏功臣之家为奴者五十八名。"① 对于两金川地区投降的百姓,朝廷的安排是,除实心随营出力打仗的外,其余的则分别赏赐、安插在嘉绒藏族聚居区的绰斯甲、革布什咱、梭磨、卓克基、从噶克、党坝、明正、木坪、巴底、巴旺、沃日、瓦寺等十二土司及杂谷屯练等地方,派专人分散管理。大小金川的百姓究竟是什么样的呢?在查礼的诗中有一首《示蕃奴阿山》可见:"蕃奴黄小无所知,长二尺许形如魑。两颧高耸额角触,睢盱双目浓拖眉。语言嚪哗人不解,必待手摇指画晰其疑。头脂耳垢强令洗,洗出面目仍离奇。独立屹然劳不避,殷勤较与群奴异。呼之惟谨应声趋,恋主心情出人意。呜呼!攒拉之蕃逆命多,斯奴具有天良麽。"② 当然这是个小奴儿,在当时人的眼中是个貌丑、语怪、肮脏,但倔强、勤劳、忠诚的人。诗人查礼发出感叹:"呜呼!攒拉之蕃逆命多,斯奴具有天良麽。"金川的百姓逆命的多,而敢逆天朝是要付出巨大的代价的。

在平定大小金川后,查礼咏有《金川纪事二十首用杜少陵秦州杂诗韵》,其十三首:"圣代无中外,同人共一家。风尘岂异地,聚散偶抟沙。奉命如奔电,歼蛮类摘瓜。再经屯美诺,老眼及看花。"③ 中外指中原与边疆。其中诗句"歼蛮类摘瓜"表面看是夸张,实际上是写实。小金川全境荡平后,清军对其进行了残酷的镇压,阿桂派兵四处诛戮。美诺、底木达、美都喇嘛寺等大小碉寨全部平毁,美诺等寨一片废墟,"小金川全地,此时并无居人",旧日田地亦化为荒山僻野。④ 松潘镇总兵率兵攻下卡丫后,"纷然惊溃鸟兽散,一时屠

---

① 《清高宗实录》卷一〇〇八,乾隆四十一年五月壬申。
② [清]查礼:《铜鼓书堂遗稿》(清乾隆刻本)卷十九,页十一下,见国家清史编纂委员会·文献丛刊《清代诗文集汇编》(第338册),上海古籍出版社2010年版,第146页。
③ [清]查礼:《铜鼓书堂遗稿》(清乾隆刻本)卷二十,页五下,见国家清史编纂委员会·文献丛刊《清代诗文集汇编》(第338册),上海古籍出版社2010年版,第151页。
④ 参见[清]方略馆《平定两金川方略》卷八四,乾隆三十八年十二月甲辰。

贼如屠豕。碉楼千百尽灰飞，卡丫从兹净如洗"①。汪承霈的诗活画出当时战争破坏之惨状。庄吉发先生根据《平定两金川方略》的记载做出如下统计：总督阿尔泰自乾隆三十六年（1771年）八月至十二月，共歼戮金川兵300余名。副将军温福自乾隆三十六年（1771年）十二月至乾隆三十八年（1773年）六月，共歼戮金川兵2400余名。总督桂林自乾隆三十六年（1771年）十二月至乾隆三十七年（1772年）五月，共歼戮金川兵2100余名。将军阿桂自乾隆三十七年（1776年）五月全乾隆四十一年（1776年）二月，共歼戮金川兵5100余名。副将军明亮自乾隆三十八年（1773年）十一月至乾隆四十一年（1776年）二月，共歼戮金川兵1800余名。其余副将军丰升额等歼戮金川兵1000余名。以上各路合计歼戮番兵12700余名。"木果木失事后，阿桂下令屠戮小金川降番，高宗亦谕阿桂等在剿平大金川时，所有抗拒番兵，必当尽杀无赦，即十六以上男番均当丢弃河中淹毙，是官兵前后所诛番民不下二万人。"②至今在金川县还有宰人坪、砍头坪、滚头山等地名，这些都是清军攻打两金川时残酷镇压的证据。清军的大肆杀戮给金川地区的嘉绒藏族带来了灭顶之灾，"乾隆之征金川也，攻战五年，杀人盈野。乱定后，金川土著，存者不及十一"③。为了铲除嘉绒藏族聚居区盘根错节的土司势力，清廷在战后将两金川地区的人口大批外迁，而不断把内地人口徙入，逐渐改变了两金川地区甚至整个嘉绒地区的民族构成。这样查礼诗歌第一句的"圣代无中外，同人共一家"就非泛泛之论，有所指就非常清楚了。诗歌最后一句"再经屯美诺"又涉及重建两金川的屯驻制度。"老眼及看花"不但是大自然的春天花开，恐怕更是人世间的沧桑巨变使诗人查礼的眼看花了。

清廷将战争中的要犯皆解往京城，或斩，或禁，或发配各地为奴；将投降的两金川头人编入旗籍，安置在今北京香山附近居住；将

---

① ［清］汪承霈：《蜀行纪事草·卡丫》。
② 庄吉发：《清高宗十全武功研究》，中华书局1987年版，第172页。
③ 伍非百：《清代对大小金川及西康青海用兵纪要》，转引自李涛、李兴友《嘉绒藏族研究资料丛编》，四川藏学研究所1995年版，第244页。

在战争中投诚的两金川地区的20000余百姓分别安插在绰斯甲、革布什咱、梭磨、明正、党坝等土司及杂谷屯练等地进行分散统治，即将大多数大小金川的藏族百姓均外迁至邻近地区，即使极少部分留在当地的也被赶到高山地区居住。同时，该地实行诸如军屯、民屯、练屯、番屯等各种形式的屯田制度，鼓励军人、内地其他民族迁入当地屯田、经商。两金川平定后，查礼留办兵屯，拊循降番。其写下《三月十五日移营刮耳崖下》："大队军旋阵雨沈，营移崖外傍林阴。暮春已断霜天角，归路长驰将士心。候气渐看和雪微，版图屈指数云岑。眼前先辟河坝地，成市成村绕碧浔。"① 诗写大军回还，和平到来，屯田"先辟河坝地"，美好前景就在眼前"成市成村绕碧浔"。又有《暮春刮耳崖作》："花信初传塞上风，春光荡漾水西东。苍鸠唤雨长林外，老马寻途短草中。屯政先催农具备，诗书缓论士风同。谁能此际称开府，蛮语参军句便工。"② 诗句由美丽如画之春光领起，细写和平带来的欣欣向荣的美好田园新生活。两金川地区附近的土司属民以及内地州县各族的大量迁入，两金川地区的人口由原来的"番民"独处变为"汉番杂处"③。"凶秽扫荡，空无居人。江岸山坡，招徕内地民户到金川屯田。每户给地三十亩，使为恒产。路远携妻孥，准大口日给盘费银一钱，小口日给银三分，粮各一升。自本籍至屯所，沿途牧令给发。至屯所给屋庐，无则折银二两，并给耒耜，两户又给一牛，无则折银十两。每户又给籽种二石。初种免粮五年。自六年起，每户纳粮亦仅一斗二升，或青黄不接，又准赴屯仓借贷，还新抵陈。于是，户口日增，报垦渐无隙地。"④ 因为要给屯户提供农具，作为留办屯驻的官员，查礼写下了《铸农具》："蕃俗少牛耕，

---

① [清]查礼：《铜鼓书堂遗稿》（清乾隆刻本）卷二十，页一下，见国家清史编纂委员会·文献丛刊《清代诗文集汇编》（第338册），上海古籍出版社2010年版，第149页。
② [清]查礼：《铜鼓书堂遗稿》（清乾隆刻本）卷二十，页一下，见国家清史编纂委员会·文献丛刊《清代诗文集汇编》（第338册），上海古籍出版社2010年版，第149页。
③ [清]李心衡：《金川琐记》卷一四。
④ [清]郑光祖：《舟车所至·金川旧事》。

民力苦胝胼。牿犉昨已买,农具今须全。制造宜法古,铸器师任延。"自注:"汉任延为九真太守,其俗烧草种田,不知牛耕,且无农具,延令铸作田器,教之垦辟,田畴岁岁开广,百姓充给。见后汉书。"诗写大小金川当地的风俗几乎不知用牛耕地,百姓都人力耕耘,手足胼胝,当地百姓之苦从手脚的茧看得很清楚。现在好了,大牛、小牛都已买好,农具今天就要备全,铸造要用古法,此古法和垦荒法要学习汉代的任延。"更稽天随子,经传耒耜篇。"自注:"唐陆龟蒙著有耒耜经。"更稽考了天随子陆龟蒙,为了造好农具,细研了经典耒耜篇。"自此黄农庭,凛然拓极边。于以资垦辟,于以成陌阡。铧犁与镰锄,善事必在先。置炉毁锋镝,刀剑随青烟。荷锸如执锐,凿井如攻坚。鸟耘察进退,嘉种等求贤。播种事南亩,稼穑期丰年。绸缪苦寒地,室毋嗟磬悬。"① 诗述从此黄帝神农的种植技艺,传到了极远的边地,荒地开垦出来把荒芜变为阡陌,欲要成此好事,必先造好铧犁镰锄,架好熔炉销毁刀剑,扛着铲子开荒就像战士执锐打仗,凿深井取地下水就像攻打坚碉。鸟耘,古代传说舜耕历山,群鸟为之耕耘。《文选·左思〈吴都赋〉》:"象耕鸟耘,此之自与。稻秀菰穗,于是乎在。"李善注引《越绝书》:"舜葬苍梧,象为之耕。禹葬会稽,鸟为之耘。"像传说中群鸟为之耕耘那样,要真正翻得到位,还要请教有经验的贤人。翻好了的土地播上种子,就期盼着丰收之年,深情地盼望在苦寒的地方,再也没有一贫如洗的家园。

查礼的《屯政初就七月二日发刮耳崖》就宣示了当时的屯政实况:"粤稽屯营兼古制,营田者民屯者骑。且耕且戍以代粮,充国曾闻省大费。术由经济学谁先,本原悉溯晁错议。"自注:"屯田之议始于晁错,赵充国罢骑兵以省大费。"诗与注稽考军营屯田是古代就有的制度,原来种田的是百姓,屯驻防御的是骑兵。用军队来边种地、边戍边代替运送大量军粮,是赵充国采取的办法,曾听说罢去骑

---

① [清]查礼:《铜鼓书堂遗稿》(清乾隆刻本)卷二十,页三上下,见国家清史编纂委员会·文献丛刊《清代诗文集汇编》(第338册),上海古籍出版社2010年版,第150页。

兵省下了大量的费用。是谁先从经济的角度看戍边的问题,最早应是晁错提出的屯田之议论。"渭滨许下淮与襄。"自注:"武侯屯田于渭滨,任峻屯田于许下,邓艾屯田于淮南,羊祜屯田于襄阳。"在最初的议论、实践之后,三国两晋有贤臣名将大量成功的运用和实践。"辟土未出中原地。宋熙丰间役边州,兵民并得同趋利。丁夫调遣杂咸平,功实难成废则易。营州独数唐庆礼。"自注:"庆礼请于营州开屯八千余所,招安流散,数年之间,仓廪充实,市邑浸繁。"但以前屯田之地大多未出中原,直到宋朝熙丰年间才在边地屯练,这时兵士百姓都到边地逐利,宋真宗咸平年间调遣大量丁夫戍边,但这制度成功很难,废除起来太容易。唐代只有营州的庆礼曾经成功过。"宋代唯有范公比。"自注:"范文正大兴屯田于陕西。"宋代也只有范仲淹可与其相比。"我朝中土既浸繁,太平日久无荒弃。遐荒绝域入版图,雪山今亦邀抚莅。降蛮卖马以买牛,戍卒抛戈执农器。依山傍水结田庐,鸡鸣犬吠闻次第。我来自春去及秋,新旧风光顿觉异。教养还须俟后来,刮耳崖边诗作记。"① 查礼以诗的语言赞述清朝中原人丁繁盛,太平盛世没有任何荒地,只有边远的疆域入了版图,雪山现在也被王朝安抚,战胜土司后卖掉马匹买耕牛,戍边的士卒抛弃戈矛执农具。屯田的结果是:"依山傍水结田庐,鸡鸣犬吠闻次第。"办理屯政,从春天忙到秋天,边地的风光改天换地,大兴教育还要等待后来人,刮耳崖边记写下这首诗。乾隆帝在平定大小金川后采取改土归流、移民屯田等一系列有效管理措施,使汉、藏等各族人民长期生活在一起,促进了各族之间在经济、文化等方面的交流,发展了当地的经济,更重要的是使因金川战争遗留下来的民族矛盾随着时间的推移而逐渐得到消释,所以,在此后的100余年中,大小金川及嘉绒藏族地区再没有发生因民族矛盾而引发大的冲突和战争。

---

① [清]查礼:《铜鼓书堂遗稿》(清乾隆刻本)卷二十,页六下、七上,见国家清史编纂委员会·文献丛刊《清代诗文集汇编》(第338册),上海古籍出版社2010年版,第152页。

第三章　反击廓尔喀入侵西藏之役与相关藏事诗

18世纪50年代初，珠尔默特那木扎勒事件平息，清朝中央颁行《西藏善后章程十三条》，废除郡王制，授权达赖喇嘛管理地方政事，明定驻藏大臣的治藏权力，西藏地方得到了空前的发展。然而18世纪八九十年代廓尔喀两次入侵，搅乱了西藏地方数十年的平静。乾隆帝决心"驱廓保藏"，调遣大军进藏，全力反击，最终取得了胜利。在此期间，包括乾隆本人、杨揆、孙士毅等多位诗人，都写有数量可观的诗篇，多层面展现了这场保藏卫国战争的真实场景，深度描绘了其时西藏社会的方方面面，清代藏事诗发展到了前所未有的繁荣阶段。

第一节　廓尔喀首次侵藏与藏事诗的再现

廓尔喀即尼泊尔，清代将崛起18世纪、统治尼泊尔的沙阿王朝及其军民统称为廓尔喀。尼泊尔位于中国西藏西南部，其疆土与西藏相连，自古与西藏关系密切，唐宋时期曾是吐蕃与古印度之间文化交流的桥梁，明中期以后与西藏经济联系更趋紧密。尼泊尔需要西藏的食盐、羊毛，西藏需要尼泊尔的谷物、铜铁等。对于这种传统贸易，清王朝和西藏地方从未进行干预，一直由边境官员、头人照习惯法照常管理。当时来藏贸易的尼泊尔商人甚多,尼泊尔货币在西藏广泛流通。尼泊尔"旧分叶愣部、阳布部、库木部,于雍正九年各奏金叶表文,贡方物"①,一直为清王朝的藩属。和宁在《辛亥嘉平月护送参赞海公统军赴藏四首》第二首中有诗句曾回顾尼泊尔从属清朝的经过,"化雨真无外,三汗旧献琛。巴尔布旧有三部酋长:一曰布延汗,一曰叶愣汗,一曰库库木汗。康熙年间纳贡为藩属,与藏地通贸易"②。巴尔布通译作巴勒布,指加德满都河谷平原尼瓦尔部族。皇帝循循善诱、潜移默化的教育不分中外,尼瓦尔部族的三位头领进献珍宝表示臣服。诗注注出康熙年间尼泊尔三位头领就已纳贡为三汗。18世纪中叶,廓尔喀族首领统一尼泊尔后,崇尚武力,不断向外扩展势力,遂与西藏发生银钱、贸易的纠纷。尼泊尔货币在西藏流通,从16世纪后期就已开始。尼泊尔人以所铸银币易换西藏从中央王朝获得的同等重量银两,获利甚丰。尼泊尔所造银币多有掺杂,成色不纯,有甚者竟掺铜过半,更有镀银假币流入西藏,廓尔喀统治尼泊尔后,便继续与西藏进行这种银钱交易,引起西藏地方的强烈不满。乾隆五十五年(1790年)八世达赖向全藏发出布告,指出这些劣币、假币的危害,清朝中央亦给廓尔喀发去公文,要求禁止劣币、假币。廓尔喀这才另造新币,将大量铸有其首领头像的含银量较高的新银币运入西藏。但新旧币同时通用,引起了混乱,使商业贸易受到了影响。西藏地方政府要求廓尔喀人收回旧钱,廓尔喀王朝则提出新币1枚易旧钱2枚,每银1两易新币6枚的苛刻条件,当然为西藏方面所拒绝。银钱纠纷一时不能解决。恰在此时,西藏商人中又有以带土食盐市易及边境官员为贪利增税的事件发生,引起了尼泊尔商人极度不满。廓尔喀入侵西藏还与噶玛噶举派红帽系十世活佛沙玛尔巴(却朱嘉措)的挑唆有直接关系。缘起可追溯到乾隆四十五年(1780年)六世班禅朝觐祝嘏事。当时,乾隆帝对班禅首次朝觐表示了热烈的欢

---

① [清]魏源撰:《圣武记》(上),中华书局1980年版,第234页。
② [清]和瑛:《易简斋诗抄》(清道光刻本)卷一,页二十一上,见国家清史编纂委员会·文献丛刊《清代诗文集汇编》(第399册),上海古籍出版社2010年版,第703页。

迎，予以大量赏赐以及蒙古王公等奉赠的珍贵物品和金银，总计不下百余万。这批财物都被六世班禅同父异母之兄即代管札什伦布寺的仲巴呼图克图罗桑金巴所独占，却以教派不同为理由，未分给六世班禅之弟沙玛尔巴分毫。沙玛尔巴一怒之下，借口朝塔，前往尼泊尔，煽动廓尔喀统治者入侵西藏，劫掠札什伦布寺。廓尔喀统治者遂借口"盐掺杂质""妄增课税"，悍然出兵侵藏。

乾隆五十三年（1788年）7月廓尔喀军队在其头目的带领下侵入西藏。廓尔喀军迅速占据边境的济咙、聂拉木，大肆抢掠之后，又侵入宗喀，并围困胁噶尔。这两地都有大路通往日喀则，全藏为之震动。驻藏大臣庆麟在拉萨闻讯后紧急向朝廷奏报。这是以前少见的外藩侵占疆土事件，乾隆帝极为震怒，急令四川提督成德带兵千人赶赴打箭炉出口，并令驻藏大臣带领驻藏官兵和达木蒙古兵赴后藏堵截，固守日喀则。乾隆五十三年（1788年）9月下旬，乾隆帝得到胁噶尔宗寨被攻占，廓军增兵进犯的奏报后，又命四川续调满、汉、藏兵2000名迅疾进藏，抵御入侵，授成都将军鄂辉为将军，成德为参赞大臣，令四川总督李世杰移驻打箭炉，就近调拨粮饷，策应进军。并特派谙熟藏事、通晓藏语的理藩院侍郎巴忠"驰驿"进藏，前往后藏办事。清朝中央决计对入侵者"痛加歼戮"，武力驱逐，以靖边隅。

是年冬天，清朝大军集结，廓尔喀军队退缩边界。这次对廓尔喀入侵的征剿，本来可以"迅奏肤功"，然而，其间发生的一些事情反映出西藏事务方面存在的问题相当严重。驻藏大臣庆麟事先既未详察边境贸易中的弊端，及至入侵发生时惊慌失措，"借护送班禅额尔德尼之名，将后藏撂弃，仅留一老实无用之卓克巴呼图克图，即谓于己无与，在前藏巧为躲避偷安"[①]。鄂辉、成德率军至拉萨后，进军即相当迟缓，进抵宗喀前线时，已是次年1月。此时已大雪封山，军队再也无法进至济咙、聂拉木等山口地区。奉旨前来查办的巴忠2月才

---

① 《谕庆林固守后藏雅满泰于前藏筹粮成德带兵抵御入侵（乾隆五十三年八月二十四日）》，见《元以来西藏地方与中央政府关系档案史料汇编》，第627页。

到藏。乾隆帝这时写下《边报六韵》。诗序曰:"卫藏为黄教兴隆之地,内外诸蒙古无不以是为宗,所关事体大,是以自康熙、雍正以至今,无不遣大臣驻兵防守。兹因藏之西边廓尔喀部落犯界,驻藏大臣不能得其领要,仓皇奏闻,不得不发兵筹饷,昼夜筹划。兹迭据奏报贼退消息,众虽以为易于完事,而予则以为我武未扬,恐我兵退而彼复来,诗以言志,作边报六韵。"叙述了发兵西藏的原因:一是"卫藏为黄教兴隆之地,内外诸蒙古无不以是为宗,所关事体大",即"崇黄教以安众蒙古"的政治策略的实现的基础是西藏的安定;二是廓尔喀犯界,驻藏大臣不得要领,仓皇奏闻,遂"发兵筹饷,昼夜筹划"。现在众人不停奏报贼退的消息,都认为此次出兵易于完事。可是我军军威未扬,贼必无所畏惧,恐怕我军撤退后贼军又来,特吟诗抒发其歼敌示威的愿望,遂写下《边报六韵》这首诗。诗曰:"边报频称贼退稀,众心为喜己为非。大都徒顾目前计,未解深谋日后机。我往彼逃事如顺,我还彼至咎谁归。莫追穷寇虽古语,应拨余根示国威。宵虑旰筹劳岂愿,外宁内忒语难违。持盈惟是佳兵戒,禁暴安遐企庶几。"①诗述边报频频称贼军退出所占之地,大家都为此而欢欣鼓舞,而乾隆皇帝却更加担心,因为皇帝认为大家都只看到眼前的顺利,没有估计到潜藏于日后的危机。我军进攻时敌军就逃走,看上去好像很顺利,如果我军撤退敌军又攻来那责任谁来负?虽然古话说不要追击穷寇,但其实应将敌寇根除以扬国威。昼夜操劳筹划战事非皇帝所愿,然而内忧外患这也是没有办法的事。保藏卫国的军队应该戒除志得意满,禁止暴力入侵、赢得边疆的安定,朝廷正企盼着贤才的出现。

对于乾隆帝"大兵到时即将贼匪痛加诛戮,使其胆碎,再不敢侵犯藏属地方"的旨意,到藏的巴忠阳奉阴违,②完全置将领成德的

---

① [清]乾隆:《御制诗文十全集》卷四十六,[清]彭元瑞等编,西藏社会科学院西藏学汉文文献编辑室重印,中国藏学出版社1993年版,第576页。
② 参见《谕内阁听从沙玛尔巴与廓尔喀私和甚属错谬著巴忠传旨申饬庆林等(乾隆五十三年十月十三日)》,见《元以来西藏地方与中央政府关系档案史料汇编》,第632~633页。

"带领多兵应行打仗，不当与之说和"的不同意见于不顾，① 不坚持无条件收复失地的原则，也不亲自与代替廓尔喀"办理两边事务"的沙玛尔巴接触，查察其所怀诡秘，竟在前后藏一些说和妥协势力的影响下，派总兵官穆克登阿随同噶伦丹津班珠尔、代本宇妥前往谈判。由沙玛尔巴、丹津班珠尔、宇妥同廓尔喀头领当面议定，许廓尔喀3年内每年给银元宝300个（折合内地银9600两）作为"地租"赔偿，换取其退出所占之聂拉木、济咙、宗喀3处。廓尔喀军队退回尼泊尔境内后，即被巴忠等人谎报成已将聂拉木、济咙等地"全行收复，边界廓清"，廓尔喀部已"输诚归服，永遵王化"。② 乾隆帝在不明真相的情况下，写下《将军鄂辉等奏报收复宗喀、济咙、聂拉木等处廓尔喀悔罪乞降归顺信至诗以志事》："偏师护藏匪佳兵，雪阻军邮盼信怦。次第番边俱已复，畏怀远部自投诚。彼之屈抑原为雪，予也劝惩付以明。归顺不因耀黩武，启衷天贶凛持盈。"③ 全诗显现了乾隆帝的犹疑，虽有"启衷天贶"的些许喜悦，又马上用"凛持盈"来消解，乾隆帝虽未怀疑手下臣子的忠诚，但全诗读后亦感到诗句背后的忧虑。清人昭梿在其《啸亭杂录》中说："巴忠自恃近臣，不复为鄂、成所统属，自遣番人与廓尔喀讲和，愿岁纳元宝1000锭赎其地。廓尔喀欲立券约为信，达赖喇嘛不可，而巴忠欲速了其局，遂如约而归。"④ 巴忠默许噶伦丹津班珠尔等人与廓尔喀人私自立约，"许银贿赎"，向乾隆帝谎称收复失地，凯旋班师。这次清朝军队进藏驱逐廓尔喀侵略军未与敌接仗，没有达到"痛加歼戮"的预定目的，最终埋下了祸根。

乾隆五十五年（1790年）八月，乾隆帝命在京城雍和宫供职的前摄政策墨林一世活佛阿旺楚臣返藏，协助八世达赖管理西藏地方事

---

① 参见《清高宗实录》卷一四一五，乾隆五十七年十月辛卯。
② 参见《巴忠奏为遵旨筹办善后章程内酌定购贮粮米等条款折（乾隆五十四年五月十六日）》，见《元以来西藏地方与中央政府关系档案史料汇编》，第639页。
③ [清]乾隆：《御制诗文十全集》卷四十六，[清]彭元瑞等编，西藏社会科学院西藏学汉文文献编辑室重印，中国藏学出版社1993年版，第578页。
④ [清]昭梿：《啸亭杂录》卷六，中华书局1980年点校本。

务。阿旺楚臣到拉萨后察知"许银贿赎",立即怒斥了藏内经办此事之人,痛责其"不以国家为念,行事极其荒谬",反对付予赎金,不同意向廓尔喀交涉减少赔赎。阿旺楚臣要求整个西藏实行军事动员,全力进行保卫战,他说:"廓军不是铁打的,藏军也不是酥油捏的。"表示要以"禅杖当矛"① 亲自去抗击廓尔喀。廓尔喀派人向噶厦索要赎银,由于达赖喇嘛、策墨林一世活佛阿旺楚臣的反对,噶厦拒绝付给。然而,乾隆五十六年(1791年)春阿旺楚臣不幸病逝,噶厦顶不住廓尔喀几次恐吓信的压力,决定派噶伦丹津班珠尔和代本宇妥到聂拉木向廓尔喀人交涉。当年七月初六日(8月5日),廓尔喀头目带领70余人化装潜至聂拉木,袭击了丹津班珠尔、宇妥一行,致使噶伦、代本被俘,3名藏官和35名随从被杀。第二天清晨,千余名廓尔喀兵向聂拉木进发,占据聂拉木,将丹津班珠尔、宇妥掳到廓尔喀境内。廓尔喀统治者蓄意制造战争,以2年前西藏当局答应岁给银9600两而后失约拒不如期付给为借口,再次悍然派军大举入侵西藏。

  驻守胁噶尔一线为数不多的藏军不能阻止入侵者,廓尔喀军队突袭聂拉木后,接着焚毁定日,攻占济咙,侵至萨迦。驻藏办事大臣保泰紧急向朝廷禀报:"臣等随遣都司严廷良迅赴聂拉木查问起衅缘由,并委戴绷敏珠尔多尔济带领唐古忒兵丁飞往救应。臣保泰调达木兵五百名,酌带绿营兵丁,至札什伦布安抚人众。"② 乾隆帝看完此奏折后,交与巴忠阅看,并未加以斥责。"次日巴忠在军机大臣前自称此事办理不善,恳祈赶赴藏地,效力赎罪。"③ 但此前乾隆皇帝已派鄂辉前往办理,没让巴忠入藏办理。巴忠自知罪责难逃,遂于夜间投河自尽。

  廓尔喀再次入侵的战报奏到朝廷后,乾隆帝对这个"归降外夷,何遽敢肆行滋扰"颇感不解,以为只是廓尔喀与西藏地方的债务纠

---

  ① 丹津班珠尔:《多仁班智达传》,汤池安译,中国藏学出版社1995年版,第325、328页。
  ② 《清高宗实录》卷一三八五,乾隆五十六年八月甲子。
  ③ 《清高宗实录》卷一三八五,乾隆五十六年八月丁卯。

纷，无须从内地派多兵进藏征剿。① 乾隆帝即命四川总督鄂辉、成都将军成德，率川军 4000 人，由打箭炉出口进藏，命孙士毅署理四川总督。孙士毅写有《奉命总督四川简鄂大司马前藏》4 首，② 前 2 首写孙士毅为自己年岁已高还能担任如此要职而发的感慨，尤其"感恩自唱军中乐，垂老能为剑外游"，"暮年敢讳三遗矢，节度谁悬九道兵"这样的诗句表达了诗人老当益壮、为国立功的决心。其三："小队材官尽宝刀，受降犹未卸征袍。帐中汤沐金城险，马首山河玉垒高。幕冷阵云无雁过，弓弯边月失狐嗥。天涯各自驰驱易，未得新题九日糕。"诗歌赞美鄂辉率军在藏受降廓尔喀回川不久，还未卸下征袍就又率宝刀队出征了，战争的环境很是凶险，要消灭敌人也不容易，现在是天涯一方各自奔忙，什么时候还能九月九重阳节再来登高欢庆啊。表达了孙士毅与鄂辉的深厚友谊。其四："出关旌旆拂虹霓，何处天南又鼓鼙。未许吐蕃屯陇右，敢言裴度到淮西。千峰行色秦云重，万灶炊烟蜀栈低。公是临边王相国，劝农归及看春犁。"诗歌先写再次反击廓尔喀的军队的壮观，接着用典赞美裴度功绩，暗指鄂辉也能取得这样的成就，然后又写景，突出征战环境的艰难，最后直接赞美鄂辉是耕战经边的相国之才。然而四川总督鄂辉及成都将军成德二人接到谕旨后，进展缓慢。事发 2 个月以后，成德才到打箭炉。而九月初六日，廓尔喀人已将札什伦布寺劫掠一空时，鄂辉刚从成都起程。二人终因濡滞不前，坐失良机等错谬，遭到乾隆帝斥责、惩处。鄂辉被革去总督，以副都统衔驻藏办事。其四川总督职位由孙士毅接任。

驻藏大臣保泰闻廓尔喀军队攻向日喀则之讯，即赶忙移七世班禅于拉萨。此时见朝廷大兵不至，心慌胆落，上奏竟欲将达赖喇嘛、班禅额尔德尼移于泰宁或西宁。乾隆帝痛斥保泰"昏乱悖张"，严词责问："欲将达赖喇嘛、班禅额尔德尼内移，是竟将藏地弃舍乎？设使

---

① 参见《清高宗实录》卷一三八五，乾隆五十六年八月甲子。
② 参见［清］孙士毅《百一山房诗集》（清嘉庆二十一年刻本）卷九，页一上下，见国家清史编纂委员会·文献丛刊《清代诗文集汇编》（第 347 册），上海古籍出版社 2010 年版，第 567 页。

贼人得据藏地，更思进取，遂将察木多、里塘、巴塘渐次退让，并将成都亦让与贼人，有是理乎？"① 乾隆帝接连写下《贼遁》《悉故》两首诗。

《贼遁》："早虑贼当遁，屡停续调师。兵威遵养暂，路险待通期。掣肘原无涉，埋根更有时。罪他弃藏说，在我岂应为。保泰于廓尔喀侵扰之后，一筹莫展，其先方劝达赖喇嘛移住泰宁，……兹又奏贼匪虽去，而藏中之人概不可信，仍欲将班禅额尔德尼及达赖喇嘛迁移内地，殊觉出人意表。……及贼人已遁，转欲迁避，是虑贼人复来，竟将藏地甘心弃置，不知是何肺腑。……保泰此奏，丧心颠倒，罪无可逭，不可不严加惩治，已令鄂辉至彼，将伊永远枷示藏地，以为不尽心国事者之戒。"② 在诗注中皇帝——列举保泰的昏乱行径，令鄂辉进藏，将保泰革职枷号，在藏示众，以示惩戒。

《悉故》："去岁秋之季，忽接驿章递。廓喀复侵藏，索债倡浮议。岂知巴忠者，其夕投河毙。彼实于前年，差往理斯事。往岁廓尔喀滋事之始，原命鄂辉、成德率兵前往，因巴忠素晓唐古特语，令往会同办理。……且三人同任此事，而彼独畏罪轻生，其中必有别故。三人功过均，何致归其自。疑之勤访询，渐乃知详悉。番边被贼占，私赎求还地。赎价复欠之，而更无防备。所以贼藉词，诱擒施奸计。前次噶布伦丹津班珠尔同巴忠私向廓尔喀许银赎地，嗣后措不给与，以致廓尔喀设计诳诱丹津班珠尔至聂拉木，假言会议让减所许之银。丹津班珠尔堕其奸计，于上年七月内在春堆地方被其掳去羁留，挟以为质。藏悉性怀怯，见贼即逃避。贼因犯后藏，猖獗弗可制。前冬彼三人，同事见乃异。成德曾与争，欲示兵威厉。巴忠通番语，讲和乃作伪。遂诱廓喀降，来京已受赐。贼归甫逾岁，即仍侵犯肆。无已应发师，深入问其罪。用人惭错误，念军受劳瘁。弃藏断弗宜，二泰过当治。保泰……本应将伊正法，因念伊系拉什之孙，其父那木扎尔又

---

① 《清高宗实录》卷一三八八，乾隆五十六年十月壬子。
② [清]乾隆：《御制诗文十全集》卷四十七，[清]彭元瑞等编，西藏社会科学院西藏学汉文文献编辑室重印，中国藏学出版社1993年版，第586页。

系阵亡,姑从宽典,节次降旨,将伊重责,并于该处永远枷号,以示严惩。雅满泰同系驻藏大臣,于藏内事务既不随时具奏,而保泰此奏,又与联衔,厥罪惟均,因一并枷责示儆。"诗歌详述巴忠作伪经过,皇帝承认"用人惭错误,二泰过当治"。诗注细述治保泰、雅满泰罪的原因和量刑依据。"一切缓急几,宵旰筹量细。曲直天垂鉴,非我贪彼利。大小功成九,胥赖上苍庇。岂仍不知足,黩武无戒忌。兵应弗得已,日夜劳虑思。伫望春夏间,红旗捷或至。"① 乾隆帝用《贼遁》《悉故》两首诗,详细总结了第一次反击廓尔喀之战中存在的严重教训,严格地批评了自己的用人错误,对张皇、有过的臣下进行了处罚,并下决心派大军进剿廓尔喀,对侵略军大加讨伐,永绝边患,以成就其十全武功。

第二节 清大军进藏反击廓尔喀入侵与藏事诗的再现

其时,廓尔喀主力3000余人乘虚长驱直入,攻向后藏首府日喀则。仲巴呼图克图留守在札什伦布寺,都司徐南鹏带领绿营兵120名守御日喀则城堡。札什伦布寺众喇嘛一听到廓尔喀人将至,纷纷四处逃散。负责管理札什伦布寺的仲巴呼图克图不思竭力守御,携带贵重物品先行逃避,致使众心惶惑。乾隆五十六年(1791年)八月十九日,孜仲喇嘛罗卜藏丹巴等想占卜去留,告知仲巴呼图克图后并未受阻。据《西藏纪游》卷一载:"西藏占卜之术,有纸画八卦书番字而占者,有以青稞排卦抽五色线而占者,或画地、或掐数珠、或烧羊骨、或看水盘,其术不一,颇有验。唐古忒人多项悬数珠,盖以之代算子也。亦有记念,如每满百即移一记念。其余算法有以羊骨、黑

---

① [清]乾隆:《御制诗文十全集》卷四十七,[清]彭元瑞等编,西藏社会科学院西藏学汉文文献编辑室重印,中国藏学出版社1993年版,第590~592页。

石、白石子罗布,如千(十)数记一白石,百数记一黑石,千数记一羊骨,畸零不爽。亦有通天文用西洋算法者,其算日月蚀皆与中华同也。"① 八月二十日,孜仲喇嘛罗卜藏丹巴和四札仓堪布在吉祥天母佛像前占卜,他们写了"打仗好"和"不打仗好"两个字条,用糌粑和成丸,放在碗中,最后占得"不打仗好"。《西藏纪游》卷三亦载:"卜筮之术有时而验,有时而不验。若军国大事误信其说,鲜有不败者。廓尔喀侵扰,由聂拉木至后藏札什伦布,有济仲喇嘛罗卜藏丹巴者,于吉祥天母前占卜,妄称不可与贼战,致众心摇惑,并将派出堵御之喇嘛番众尽数撤散,于是廓尔喀毫无畏忌,遂至庙中劫掠金银供器及塔上镶嵌松石、珊瑚等物。罗卜藏丹巴剥黄凡喇嘛就刑剥去黄衣伏法焉。壬子春,予在打箭炉见札苍喇嘛四人:一名罗卜藏策登,一名春丕勒登珠卜,一名罗卜藏格勒克,一名罗卜藏札什,系随同占卜惑众之人。时从西藏解京,频以果核掷地占之,询以主何吉凶,语咿呀不可辨。后藏仲巴胡图克图见廓尔喀侵掠札什伦布,携挈财物三百驮首先逃匿,后亦解京。"② 占卜结果很快传遍了寺庙,众人纷纷离去,偌大的札什伦布寺只剩9人。八月二十一日,廓尔喀军开始进攻日喀则,只有清兵120名出来迎战,但他们奇迹般地守住了日喀则城堡。九月初六日,廓尔喀军队冲进札什伦布寺开始大肆劫掠。寺内所有财物、金银、粮食都遭到洗劫,班禅灵塔上的镀金铜皮都被揭下,镶嵌的珊瑚、绿松石都被摘走,就连康熙帝册封班禅的金册也被劫往廓尔喀。侵略军头目竟然大大咧咧住进了班禅寝宫。如此肆无忌惮的劫掠、破坏之野蛮行径,使乾隆帝痛下决心发大军痛加挞伐。

乾隆五十六年(1791年)十月,乾隆帝谕示:"至贼匪来藏侵扰,若不过因索欠起衅,在边境抢掠,原不值兴师大办,今竟敢扰至札什伦布,则是冥顽不法,自速天诛。此而不声罪致讨,何以安边境

---

① [清]周霭联:《西藏纪游》,张江华、季垣垣点校,中国藏学出版社2006年版,第29页。

② [清]周霭联:《西藏纪游》,张江华、季垣垣点校,中国藏学出版社2006年版,第90页。

而慑远夷耶？……是此次用兵，实朕不得已之苦心，此天下臣民所共见者，并非好大喜功，穷兵黩武也。"① 乾隆帝乃命素娴军旅、年富力强的福康安为将军，海兰察、奎林为参赞，统率由满、汉、蒙古、藏、鄂温克、达斡尔等族士兵组成的劲旅，急速进藏，反击廓尔喀入侵者。

乾隆帝同时命令署理四川总督的孙士毅负责由四川到昌都的粮饷筹划和运输，驻藏大臣和琳负责由昌都到前后藏的粮饷转运，调藏参赞军务的惠龄负责反击战深入到廓尔喀境内后的粮饷转运和供给。清朝入藏部队的军火供给完全从内地运送，给养大部分仰赖四川接济。在西藏也就地采购了青稞7万石。所有储备"足供万数人一年之食"。陕甘总督、西宁大臣接奉为行军预作准备的谕旨后，即购调马匹3000有余，又从陕西征购供军运的驮骡1000头。乾隆五十六年（1791年）年底至次年开春，从东北调索伦兵1000人，后又调金川土屯兵5000人、川兵3000人，并加上藏内官兵3000人，共17000余人。大规模反击廓尔喀入侵的准备，已经就绪。

受命统帅进剿大军的福康安于乾隆五十六年（1791年）九月二十九日由京城出发疾速驰抵西宁。十一月二十六日一到达西宁，即调查路途情况，决定由青海顶风冒雪进军，毅然于十二月初一日率先由西宁出口直奔西藏。乾隆五十七年（1792年）正月初二日行抵青藏交界地方，正月二十日抵达前藏拉萨。从西宁到前藏拉萨有4600多里，西藏喇嘛平时行走，至少需一百二三十天，而福康安等人除途中耽误11天外，一共只走了39日。② 此时，正是青藏高原的隆冬，冰天雪地，道路漫长，高寒缺氧，瘴气弥漫，其艰难常常超越普通人之想象。朝廷是准备充分的，乾隆写有《兵行》显示了当时补给的状况："内地兵行久定章，侵陵勿许禁原详。途经饱暖谕之宿，疆吏周资理亦当……又传谕勒保，于兵丁抵西宁时，再各赏银二两。兹据勒保奏，兵过西安时，巡抚秦承恩给予兵丁赏赐，极为欢欣感激。而该

---

① 《清高宗实录》卷一三八九，乾隆五十六年十月己未。
② 参见庄吉发《清高宗十全武功研究》，中华书局1987年版，第453~454页。

督又自捐银一千两，按名分给。先据带兵之副都统岱森保奏称，过西安时，巡抚秦承恩给予兵丁每人各钱一贯。……该督抚等养廉丰厚，际此军行，捐资犒赏，急公报效，理亦当然，朕闻之颇为嘉悦。"诗注详记了边疆大吏捐资犒赏情况，以及表达了皇帝肯定、喜悦的心情。"助马堪嘉众青海，卫程倡始两藩王前因青海札萨克索诺木多尔济于官兵过境时，备马数千匹，以利军行，并就近赴各台站稽查照料已赏给亲王职衔，其贝子、公各晋职一等，并在事出力之札萨克以及官员兵丁等俱分别奖赏。又郡王纳汉多尔济，亦亲自带领蒙古人等，护送官兵出境，沿途稽查台站，甚属可嘉。前已加恩将伊旧惩十年王俸全予豁免，兹复令与索诺木多尔济同在御前侍卫上行走，以示鼓励。"青海札萨克郡王备马数千匹，以利军行，并亲带骑兵一路护送，受到皇帝奖励。"天时人事胥征顺，益慎师贞盼捷忙。"① 诗述天时人事都对征伐有利，应该更加谨慎保证出师的第一战，急切盼望着捷报的到来。正是因为皇帝的关注，大军军务紧急，兵贵胜不贵久，将军福康安深明此理，故与清军主力分批奋不顾身昼夜前进。

乾隆五十六年（1791年）十二月，海兰察以参赞大臣率领赴藏抗击廓尔喀入侵的部分八旗劲旅过境陕西，时任陕西布政使的和宁，按清制接待护送，并写有《辛亥嘉平月护送参赞海公统军赴藏四首》，其一："万里乌斯藏，千层拉萨招。班禅参妙喜，达赖脱尘嚣。叩颔诸番控，雕题百貊朝。家家唐古持，别蚌属庭枭。"诗写藏地原来安定的大好局面，被"别蚌"（藏语音译，对在藏经商或做工匠的尼泊尔人的指称）所打破。其四："百骑巴图鲁，千员默尔庚。雕弧随月满，长剑倚霜鸣。失策凭垂仲，喇嘛能卜者名垂仲。"诗歌前四句是对海兰察所率精锐部队的描写，接下来写藏地迎击廓尔喀的情状，先是垂仲胡乱占卜扰乱军心。"抛戈耻戴绷。番目领兵者名戴绷。"接着藏地军事头领戴绷抛戈逃跑留下耻辱。"由来古佛国，持

---

① ［清］乾隆：《御制诗文十全集》卷四十七，［清］彭元瑞等编，西藏社会科学院西藏学汉文文献编辑室重印，中国藏学出版社1993年版，第596~597页。

护仗天兵。"① 西藏佛地，完全要朝廷派兵护持。续到的海兰察等将领和千名军队于新春正月到达西宁后，率队相继"冲寒远涉"，翻越昆仑山、唐古拉山，进入西藏，进抵拉萨，并陆续开赴后藏。孙士毅写有《闻巴图鲁侍卫由青海入藏》二首，其一：②"宿卫银刀队，前锋曳落河，庙堂宣抚易，部落受降多。契箭通青海，飞书下白波，羽林诸壮士，昨夜雪山过。"巴图鲁是满语音译，意为英雄，清朝对作战有功者之赐号，以表其武勇，故又称"勇号"。分两种：一种仅称巴图鲁，属于普通称号性质；一种在其前面另加其他字样，属于专称性质③。这里指拥有巴图鲁侍卫赐号的清军八旗兵将领由青海入藏。皇帝的侍卫银刀队，前锋刚过黄河源，飞递的军书已到藏江。全诗写出了清军精锐部队的神速，读起来节奏感很强。廓尔喀入侵者闻知大军将至，将兵力聚缩到聂拉木、济咙一线。

  清军的进军速度在当时的条件下是相当惊人的，他们是怎么做到的呢？现在已很难揣测。但其一路所见风光、所遇险阻，幸亏有诗人杨揆留下了珍贵的诗篇，让我们还可以通过其诗句从一个侧面对此有所了解。杨揆，生于乾隆二十五年（1762年），卒于嘉庆九年（1804年）。字同叔，号荔裳，江苏金匮（今无锡）人。乾隆四十五年（1781年）中举人，授内阁中书，入四库全书馆任编校。乾隆五十六年（1792年），以内阁中书从福康安由甘肃、青海北线进军西藏，军中文书奏稿皆经其手，并参与筹划军事。

  其诗《辛亥冬予从嘉勇公相福康安出师卫藏取道甘肃，时伯兄官灵州牧，适以稽查台站，驰赴湟中取别，同赋十章，并示三弟》共十首。

  其一："弹指三年别，相逢却黯然。烦君驰驿骑，慰我事戎旃。

---

① ［清］和瑛：《易简斋诗抄》（清道光刻本）卷一，页二十下、二十一上，见国家清史编纂委员会·文献丛刊《清代诗文集汇编》（第399册），上海古籍出版社2010年版，第703页。

② 参见［清］孙士毅《百一山房诗集》（清嘉庆二十一年刻本）卷九，页九下，见国家清史编纂委员会·文献丛刊《清代诗文集汇编》（第347册），上海古籍出版社2010年版，第571页。

③ 如统领台斐英阿得赐喇巴凯巴图鲁，副都统阿满泰得赐扎弩巴图鲁。

禁旅风行速,军书火急传。天寒听陇水,出塞正溅溅。"① 诗叙杨揆与其官拜灵州牧的伯兄弹指间已离别3年,这次相逢却神色黯然,是因为瞬息间又将别离,而杨揆是去藏地征剿廓尔喀,战斗必然艰苦,生死可能未卜,更增相逢的神伤。但还是要感谢伯兄骑驿马来看望,当时适逢伯兄在稽查台站,勉慰努力征战。"禁旅风行速,军书火急传。"这两句诗传神地写出了福康安带兵的特色,将军总是兵贵神速,风风火火,一往无前。

其三:"闻到乌斯国,遥连舍卫城,谈空惟选佛,纵敌竟销兵。搜括徒输币,跳梁敢悔盟,皇威震重译,蕞尔漫纵横。"② 乌斯国即乌斯藏地方,亦写作乌思藏。乌斯(乌思),藏语音译,亦译为"卫",意为"中心",指前藏地区;藏,藏语音译,意为"清洁",指后藏地区。乌思藏,为卫藏两部之合称,即指西藏地方。元明称乌思藏,清代通称卫藏、西藏。舍卫城是都城名。故地在今印度北方邦东北部的拉普底河畔,公元前6世纪至公元6世纪为拘萨罗王国(即北憍萨罗国、舍卫国)都城。该城与佛陀及后来的佛教重要人物有密切关系。城中最重要的宗教名胜为祇园精舍,其他名刹有拉加卡拉玛和普尔伐拉玛。诗写听说西藏地方与远远的印度相连,只知谈论佛家空宗只有活佛转世的活动,遇到入侵却放纵了敌人竟然当作消弭了战争,搜刮来的财物因用别国的货币而白白地将财富输送,故而跳梁小丑廓尔喀竟敢毁弃盟约再次进犯,皇帝的军威将震撼那语言不同的外邦,蕞尔小国廓尔喀且慢逞暂时的跋扈纵横,将来必会受到应有的征讨和惩罚。该诗先写藏政的弊端引发战争,又因弊端再次引来侵略,并抒发保家卫国、惩创侵略者的必胜的信心和英雄气概。全诗仿佛一篇征讨檄文,语言流畅,内容精炼,有一种居高临下的气势和排

---

① [清] 杨揆:《桐华吟馆诗稿》(清嘉庆十二年刻本)卷七,页一上,见国家清史编纂委员会·文献丛刊《清代诗文集汇编》(第457册),上海古籍出版社2010年版,第331页。

② [清] 杨揆:《桐华吟馆诗稿》(清嘉庆十二年刻本)卷七,页一上下,见国家清史编纂委员会·文献丛刊《清代诗文集汇编》(第457册),上海古籍出版社2010年版,第331页。

除一切困难的大无畏的精神。

其四:"上相承方略,专征大纛开,银刀严部伍,玉帐许趋陪。愧未工蛮语,何能辨劫灰,梯山兼栈谷,前路剧崔嵬。"① 诗中描述上相福康安秉承了皇帝的征战方略,专门征讨廓尔喀的中军大纛旗已经展开,佩有银刀的精锐的御林军严阵以待,上相的玉帐允许诗人参谋与陪同,诗人自愧还未精通藏语,怎么能辨别"劫火"的灰烬,崇山和峻岭啊,前面一路到处都是崔嵬高山和艰难阻碍。此诗写从军的荣幸和惭愧以及将要遇到的各种艰难和险阻。全诗虽着重写困难,但这困难在"专征大纛开,银刀严部伍"的面前必将迎刃而解。诗歌的背后昂扬着一股建功立业的英雄豪情。

大军从西宁出发时的情景究竟是怎样的呢?杨揆诗其九:"戍鼓连营动,严程犯雪霜。河冰朝惨白,山日暮荒黄。风栉千丝发,轮摧九转肠。书回须改岁,何况计归装。"② 进军的鼓声响了,连绵的军营纷纷移动,不顾严寒霜雪出发去完成国家大业。"河冰朝惨白,山日暮荒黄"这联诗如画般地将当时的情景展现在我们面前。结了厚厚冰层的河流在朝阳的照射下发出惨白的反光,到了一天的下午时群山挡住了太阳,天空突然就变得昏黄,在昏黄中一片荒野又展现在大军面前。在这高远空旷、寒冷惨淡的景色中,一个伟岸的身躯出现了,杨揆用一句诗将其剪影刻在我们眼前——"风栉千丝发,轮摧九转肠",荒漠中的大风像梳子似的梳栉着将军的满头发丝,将军义无反顾地前行,大军前进的车轮仿佛碾压着将士思乡的九转回肠。这联诗像版画一样鲜明生动,通过对比凸显了一股浩然正气。诗人不由得估计,当书信到来的时候,恐怕又到了新的一年,只有先完成使命,还没有时间去考虑回来的行装。全诗写得苍凉雄壮,既有肃杀荒

---

① [清] 杨揆:《桐华吟馆诗稿》(清嘉庆十二年刻本)卷七,页一下,见国家清史编纂委员会·文献丛刊《清代诗文集汇编》(第457册),上海古籍出版社2010年版,第331页。

② [清] 杨揆:《桐华吟馆诗稿》(清嘉庆十二年刻本)卷七,页二上,见国家清史编纂委员会·文献丛刊《清代诗文集汇编》(第457册),上海古籍出版社2010年版,第332页。

凉的景色,又有坚定柔婉的深情,可以说是对唐代边塞诗的一种开创性的发展。

大军出发,晓行夜宿,诗人写下《夜宿东科尔寺》:"古寺枕山麓,地僻人踪稀,风急坠檐瓦,月寒浸门扉。征夫深夜来,支床息饥疲,炊薪借佛火,遮户移灵旗。一灯照深龛,澹澹宵焰微,枯僧瘦如腊,尘渍百衲衣。面壁偶转侧,块独闻累欷,将非入定禅,疑是未解尸。惧来穴鼷见,慄然粟生肌。感叹不成寐,空槽马长嘶。"① 东科尔寺是藏传佛教寺庙,在今青海湟源县境内。寺名全称"东科尔具善法轮寺",始建于清顺治五年(1648年)。诗写军队深夜到来之所见,以及诗人夜不能寐的原因。诗最后一句"空槽马长嘶"写行军太快粮草未济,人可吃饭休息,马却无草可食而发出长嘶。这种反衬法使全诗留有余味,有一种绵长而空灵的感觉。

行军到日月山,杨揆写有《日月山》:"从军远行迈,言度日月山。地势束全陇,边形控群番。时平四夷守,设险勿置关。旷望极原野,剩垒多萧寒。王师从天来,负弩趋羌汗。蛮靴缚袴褶,罗拜千声欢。分旗驱战马,征车走班班。窅崖冰雪悬,队队相跻攀。返景下前谷,无风月生阑。连嶂插枯绿,一云露微殷。男儿重横行,心敢怯险艰。侧耳听湟水,东流正潺潺。"② 日月山在青海湖东南部,呈北北西走向,海拔4000米左右,由红色砂页岩构成,主峰在湟源县南。祁连山脉组成部分,东延湟水与黄河之间,称拉脊山,唐称赤山,传说唐朝的文成公主远嫁吐蕃赞普松赞干布,一路非常思念故都长安和家中亲人。唐太宗曾赐她一面日月宝镜,只要一照,即可见长安和亲人。为了不再思念父母和家乡,一心前往吐蕃,文成公主行至山顶,把日月宝镜往地上摔去,只听得轰隆一声,宝镜碎成两片,变成两座

---

① [清]杨揆:《桐华吟馆诗稿》(清嘉庆十二年刻本)卷七,页二上,见国家清史编纂委员会·文献丛刊《清代诗文集汇编》(第457册),上海古籍出版社2010年版,第332页。

② [清]杨揆:《桐华吟馆诗稿》(清嘉庆十二年刻本)卷七,页二下,见国家清史编纂委员会·文献丛刊《清代诗文集汇编》(第457册),上海古籍出版社2010年版,第332页。

大山，人们称之为日月山。诗写行到日月山所见，其中有诗句："王师从天来，负弩趋羌汗。蛮靴缚袴褶，罗拜千声欢。分旗驱战马，征车走班班。"可见大军行进情形。天子的军队从天边而来，背着弓箭、骑着马去驱逐廓尔喀入侵者，当地的老百姓袴褶插在蛮靴里走来迎接，纷纷拜见军队，欢声笑语不绝，八旗兵列队从百姓前走过，旗帜鲜明，战马威武，后面跟着的粮车也已整齐地走近了。当地百姓迎接王师的情形如在眼前，但路并不总是好走的，所以诗人又发出了"男儿重横行，心敢怯险艰"的感慨。"男儿重横行"化用高适《燕歌行》诗句"男儿本自重横行，天子非常赐颜色"①，在发自内心的勇敢行为前，甚至连艰难险阻仿佛都会胆怯。

杨揆接着写下《青海道中》："朝从青海行，暮傍青海宿，平野浩茫茫，隆冬气何肃。县军通间道，万骑夸拙速，严霜拂大旗，边声动哀角。飞沙怒盘旋，迎面骤如雹，时当泽腹坚，海水冱而涸。层冰摇光晶，黯惨一片绿，忽闻大声发，冻坼千丈玉。中流起危峰，势可俯乔岳，将倾未倾云，欲飞不飞瀑，云是太古雪，压叠如鞍鞒，出没罔象形，吐纳蛟蜃毒。西荒此巨浸，洪流所潴蓄，卑禾百战地，秦汉尚遗镞。萧萧古垒平，兀兀边墙矗，青怜风焰小，白骨苔花驳。夜深驻戎帐，冻土遍境埆，冷月悬一钩，荒荒坠崖谷。磋哉征戍士，辛苦离乡曲，试听青海头，烦冤鬼犹哭。"②青海即青海湖，古称"西海""羌海"，北魏时始称"青海"，藏语名称"措温布"，蒙古语名称"库库诺尔"，皆与汉称同义，意为蓝青色的湖。全诗已有冷静写实的杜甫"诗史"的味道，诗歌开始部分有诗句"朝从青海行，暮傍青海宿……严霜拂大旗，边声动哀角"，即化用杜甫《后出塞》五首其二中诗句"朝出东门营，暮上河阳桥。落日照大旗，马鸣风萧

---

① 刘开扬：《高适诗集编年笺注》，中华书局1981年版，第97页。
② ［清］杨揆：《桐华吟馆诗稿》（清嘉庆十二年刻本）卷七，页二下、三上，见国家清史编纂委员会·文献丛刊《清代诗文集汇编》（第457册），上海古籍出版社2010年版，第332页。

萧"①。尤其结尾"试听青海头,烦冤鬼犹哭"一句化用杜甫的《兵车行》诗句"君不见,青海头,古来白骨无人收。新鬼烦冤旧鬼哭,天阴雨湿声啾啾"②。《青海道中》整首诗的内容结构亦基本按照杜甫《后出塞》五首其二诗的内容结构布局。但其中大段写景"飞沙怒盘旋,迎面骤如雹,时当泽腹坚,海水冱而涸。层冰摇光晶,黯惨一片绿,忽闻大声发,冻坼千丈玉。中流起危峰,势可俯乔岳,将倾未倾云,欲飞不飞瀑,云是太古雪,压叠如鞍瘃,出没罔象形,吐纳蛟蜃毒。西荒此巨浸,洪流所潴蓄",细写了青海湖冻结后的冰海景象,又充分显示了超卓的、奇幻的浪漫主义豪情。此诗无疑为诗歌现实主义写法与浪漫主义写法完美结合的作品,诗中可见到大军行进在青海湖的艰辛。也许是意犹未尽,杨揆写的《青海道中赠方葆岩前辈》四首亦均有杜甫诗的味道。其一:"莽莽黄沙外,霜花冷佩刀,石飞风力健,山合瘴烟高。身手原疲苶,心情正郁陶,不知身渐远,翻惜马蹶劳。"当时的艰难,诗人的心境历历如在眼前,确有"诗史"的味道。后三首有诗句"铁骑萧关道,楼船大海东",化出自陆游的《书愤》中的"楼船夜雪瓜洲渡,铁马秋风大散关",而"占星同起望,天际敛芒寒",学杜诗的痕迹明显。当然,诗人的切身感受行军艰苦的诗句"千山双茧足,万里一劳薪",表现军务工作的繁忙以及食宿简单的诗句"飞书燃夜烛,凿雪事晨餐"③写得乍一看似乎白描,但细体会力透纸背的真实则不由得感人肺腑、动人心魄。

杨揆的浪漫主义情怀再也无法压抑,或者可以说是奇特的经历和不常见的奇景刺激了诗人的浪漫主义激情,于是又写下了《夜行多伦诺尔道中,见野烧数十里,其光烛天,荒山无人,起灭莫测,人马数惊,几至迷路,爰作长句纪之》:"苦月无光路深黑,万壑千岩蔓

---

① [唐] 杜甫:《杜诗详注》(第一册),[清] 仇兆鳌注,中华书局1979年版,第287页。
② [唐] 杜甫:《杜诗详注》(第一册),[清] 仇兆鳌注,中华书局1979年版,第115页。
③ [清] 杨揆:《桐华吟馆诗稿》(清嘉庆十二年刻本)卷七,页三下,见国家清史编纂委员会·文献丛刊《清代诗文集汇编》(第457册),上海古籍出版社2010年版,第332页。

荆棘，忽然天际红鬖鬖，夜半海峤生丹霞。此间日脚走不到，卷地还疑烛龙照，长风惨惨沙冥冥，神焦鬼烂一炬惊。祝融叱驭空中行，陆浑山上无其明，熛飞焰发断复起，尽道军容何如此。断枪折戟古战场，赤帜团团曳牛尾，荒原火种谁所遗，吞吐恐是奇兽为，冻云压岭烘不化，漫空五色堆琉璃。"① 多伦诺尔是青海一地名，为蒙古语名称，"多伦"意为"七"，"诺尔"意为"湖"。其位于西宁与通天河之间，为由北线入藏所必经之地。诗咏内容为冬季常发生的枯草野烧，而在诗人笔下写到最精彩处戛然而止，奇景瑰丽，大有李贺诗的味道。

《昆仑山》："绕河三匝积石雄，支辅上与昆仑通，昆仑欹崎出霄汉，詄荡阊阖吹回风。灵鸽振翅巨鳌戴，周圆如削开天墉，下浮弱水波晶晶，傍绕炎火光熊熊。三壶五岳遥拱揖，何论太白兼崆峒。我来陟险跨西域，绳行沙度迷遐踪，邱陵駮騢寒翳日，冰雪岈峈高摩穹。八隅九门渺惝恍，但觉天人灏气盘心胸，昔闻群真宴无圄，周穆八骏驱如龙。渊精光碧邃而密，王母正坐琉璃宫。开明守户目睒瞷，钦原集柱毛氉毪，沙棠琅玕不死药，凉风四至摇玲珑。琼华紫翠倏明灭，少广自是仙灵宗。又闻山名阿耨达，巨冢高碣营丰隆，恒流曲折极西北，迦叶说法燃薪空。辟支野鹿棲古苑，耆阇雕鹫撑孤峰，庄严妙境足供养，天魔舞罢云蓬鬆。按图考索据经说，灵境咫尺非难逢，胡为骞英走不到，远捨篮莫遗樊桐。撑车杳未经禹迹，荷精无自归尧封。仙耶佛耶剧荒昬，意想仿佛欺颛蒙。层厓晒崒了无赌，烟灌相望殊绵濛，元霜零零石齾齾，冻云折堕声崆硈。或言去古千万载，天荒地老山应童，蓬莱清浅火宅坏，琪花贝叶无乃为蒿蓬，心焉然疑口箝噤，欲问青鸟杳不知西东。我朝疆索大无外，节使到此曾支筇，神祇受范方位定，枝流异派徒交攻。征人自诩得巨观，奇气奔逸无牢笼，吴门匹练莫回顾，快意且挂天

---

① ［清］杨揆：《桐华吟馆诗稿》（清嘉庆十二年刻本）卷七，页三下、四上，见国家清史编纂委员会·文献丛刊《清代诗文集汇编》（第457册），上海古籍出版社2010年版，第333页。

山弓,此时河水正消落,一发天际微摇溶。"① 全诗神话飞扬,由道家仙话一转而到佛教传说,读来元气淋漓,直追屈原骚赋,而诗歌结尾超越屈原骚体,"我朝疆索大无外,……一发天际微摇溶"抒发了对清朝疆域自大无外的骄傲,对王朝教化正大光明的自信,对远征所见奇观、奇气的无比快意,以及对未来战斗就像东方之即白一样的必然胜利的预期。

《穆鲁乌苏河　俗名通天河》②:"人行沙岸何寥寥,严霜封马毛如胶,前途夷坦不可辨,倏见长河横亘十里层冰交。相传河流通天浩无极,惊涛骇浪出没难容舠,我来值凝冱,度险谁遮邀,雄虹頵蜿蜒睡唤不醒,凌空何计飞长桥。马蹄蹴踏蓉头脱,但恐巨穴迸裂冲起千螭蛟,中央起伏若鱼脊,高下亦复成嶕峣,磊磊怪石五色杂绀绿,疑是天星吹陨化作英琼瑶沿河多绿石,颜色可爱,因与葆岩前辈各怀数枚而行。探怀置袖试携去,回问成都卜肆未必知其繇。叶俄焉云势忽堆积,冷日傍午光摇摇,峥泓萧瑟不著一草木,狞风拗怒都向空中号。呼吸众窍,调调刁刁,惊沙直上,盘旋紫霄。车轮大翅腾皂雕,炯炯下视欲啄犛牛腰,羽林健儿恐堕指,袖手不敢弯弓弰。据鞍兮魄动,裹甲兮骨销,穷荒如此谁复到,朱颜一夕恐为风尘凋。河流兮通天,去天岂云遥,我行策马随神飚,穹庐夜卧蒙征袍,心魂靡散无所倚,彷徉旷宇谁赋归来招。" 全诗完全已是屈原骚体风范,尤其在句式方面,语言酣畅淋漓,描写历历如画,详写通天河冰冻后的奇景,反衬将士进军的昂扬、壮烈。冰山雪海,暴风激烈,寒冷异常,诗人用"羽林健儿恐堕指,袖手不敢弯弓弰"来表现,表面上看似夸张,恐怕实际还是写实,进一步描写了"据鞍兮魄动,裹甲兮骨销,穷荒如此谁复到,朱颜一夕恐为风尘凋",行军之异常艰难跃然纸上。

---

① [清]杨揆:《桐华吟馆诗稿》(清嘉庆十二年刻本)卷七,页四上下、五上,见国家清史编纂委员会·文献丛刊《清代诗文集汇编》(第457册),上海古籍出版社2010年版,第333页。

② [清]杨揆:《桐华吟馆诗稿》(清嘉庆十二年刻本)卷七,页五下、六上,见国家清史编纂委员会·文献丛刊《清代诗文集汇编》(第457册),上海古籍出版社2010年版,第333~334页。

在这样异常诡谲的环境中待得时间久了，荒凉感已深入人的灵魂深处，诗人忽然有种"心魂靡散无所倚"的感觉，不免发出"彷徉旷宇谁赋归来招"的深沉、伤感之感叹。

《星宿海歌　即火敦脑儿》："平沙浩浩亘无垠，黄雾四塞长风翻，凭高极际目眩晌，潆洄巨浸坏混元。谁欤远佩橐与鞬，直跨地首摩天根，十步九折愁攀援，瘴烟黯淡斿旗幡，我闻导河出昆仑，贯纳忽兰兼赤宾，宁知一脉遐荒存，灏气磅礴相吐吞。皇舆纪载穷垓埏，祀典崇列朌饔尊，陈以卤邕投牺豚，远超岳渎陵厚坤。百泓所汇万马奔，泡泡汩汩还浑浑，汩汝洄汷失晓昏，高泻直欲浮中原。巨灵伸掌不敢扪，蓄束辛藉山为门，阳乌昧缩鳌足蹲，下穴龙蜃蛟鼍鼋，雄呋雌唵卵育繁，欲出不出层波掀，霜飚中夜迷征轓，众星倒景何煇煇，车舍儋积勾陈垣，大若悬甓小覆樽，分野莫辨牛斗痕，有时天际生朝暾。白毫万丈惨不温，玉龙露脊遥蜿蜒，乃是太古坚冰蹲。汉家使者辞帝阍。远过大夏经乌孙，枯槎安得通星源，沐日浴月摇心魂。凿空或者乘鹏鹍，我行陟险随戎轩，弓刀列帐千军屯，穷冬草落山顶髡。斧冰凿雪劳炰燔，马蹄半脱骊与骐，车轴全折輐与輑，清角夜奏同哀猿，壮士僵立愁还辕，何如排风驱九鲲，手握斗柄凌云骞，下瞰大泽如盎盆，倘遇博望毋卮言。"①星宿海在青海黄河上源。火敦脑儿，为星宿海的蒙古语名称。"脑儿"亦译写作"诺儿""淖尔"。远古的神话和浩瀚的星空全融入了对黄河源头的景致描写中，又回到大军的描绘，并将其神话的联想进行到底，诗歌最后以博望侯张骞乘槎至河源遇织女取榰机石而还的神话②作结。

---

①〔清〕杨揆：《桐华吟馆诗稿》（清嘉庆十二年刻本）卷七，页六下、七上下，见国家清史编纂委员会·文献丛刊《清代诗文集汇编》（第457册），上海古籍出版社2010年版，第334页。

② 参见宋胡仔《苕溪渔隐丛话前集·杜少陵六》引南朝梁宗懔《荆楚岁时记》："张华《博物志》：汉武帝令张骞穷河源，乘槎经月而去，至一处，见城郭如官府，室内有一女织，又见一丈夫牵牛饮河，骞问云：'此是何处？'答曰：'可问严君平。'织女取榰机石与骞而还。"张骞曾封博望侯。后又指张骞乘槎至天宫事。

还有《察罕鄂尔济道中除夕书怀二十韵》长诗,① 察罕鄂尔济是青海一地名,亦译写作"察汉额尔吉",蒙古语名称。地处通天河以南入藏孔道。以上五首诗均篇幅巨大、想象瑰奇、用辞华丽、气势磅礴,如长江、大河般浩浩荡荡,横无际涯,充分显示出诗人杨揆澎湃的浩如广宇般的艺术才情和丰沛的驾驭语言的诗歌才华,以及出入神话、仙话的超绝的联想能力,在中国古代边塞诗的汪洋中可以说独树一帜。

在一阵浪漫主义狂飙之后,现实主义精神又回到诗人笔下,《马上口占》四首中有这样的诗句:"五千番路无村落,早夜严霜压满襟",漫长的几千里无人区,早晚的霜寒压满征人的衣襟;"斧冰渐米镇长饥,马啮残刍不肯肥",用斧子凿冰渐米才能做饭以解长久饥饿,马吃的是残草,一点也不长膘;"只有皂雕盘地起,更无雅雀敢西飞"②中,皂雕是一种黑色大型猛禽。王昌龄《城傍曲》有句:"邯郸饮来酒未消,城北原平掣皂雕。"只有皂雕这样的大型猛禽才能在这样恶劣环境的天空中盘旋,像乌鸦、麻雀那样的小鸟哪里敢向西飞到这荒原。虽然是真实的写景,但诗句中还是充满了高迈的豪情。由于行军过快,有些老兵体力不支,有的士兵生病了,杨揆就写下一首《病兵吟》:"道旁逢老兵,颜色殊惨凄,路长官马力苦疲,徒步牵马行踦踦。破帽不盖头,敝裘不掩胫,斜风倒吹雪满领,欲诉艰辛语还哽。自言十五二十时,滇南蜀北屡出师,长年未及脱兵籍,点行复遣征乌斯。朝不得食,荷戈拓戟,暮不得息,践更行汲,天寒行汲山复深,十步九折伤人心,徘徊蹲踞不能去,但恐乌鸢啄肉来相寻。忽逢官骑一何怒,嗔汝厌颓更箠楚,令严何敢与龃龉,但闻垂首

---

① 参见〔清〕杨揆《桐华吟馆诗稿》(清嘉庆十二年刻本)卷七,页七下、八上,见国家清史编纂委员会·文献丛刊《清代诗文集汇编》(第457册),上海古籍出版社2010年版,第334～335页。
② 〔清〕杨揆:《桐华吟馆诗稿》(清嘉庆十二年刻本)卷七,页六上下,见国家清史编纂委员会·文献丛刊《清代诗文集汇编》(第457册),上海古籍出版社2010年版,第334页。

背人语，此辈当年本同伍。"① 其中"路长官马力苦疲，徒步牵马行踦踦"写一老兵自叙经历，行军艰难；"朝不得食，荷戈拓戟，暮不得息，践更行汲"指待遇极差；"忽逢官骑一何怒，嗔汝颜更箠楚，令严何敢与龃龉，但闻垂首背人语，此辈当年本同伍"形象地写出军官怒鞭笞，军令之严使人完全不敢辩解，老兵只敢垂首背人自言自语"这当官的当年还曾同伍"的情形。全诗充满了对老兵的同情，并写出了官兵间巨大的差距。

接着《番地杂诗八首》更真实地表现了当时的情形。其二："三更淅米争斧冰，五更哺糜糜未成，呼僮爇火尽僵卧，仆地但听鼾齁声。晓光熒熒露岩窦，人不得餐马无豆，倦来枕手我亦眠，魂梦惝恍心烦煎，回头却望昨来处，大雪正压昆仑巅。"② 三更造饭，五更未成，高原环境的恶劣可见一斑。呼僮爇火，仆地鼾声，长途跋涉已疲劳过度。晓光初露，人马无食，不管他了，枕手我亦眠，梦魂亦熬煎，回首昨来处，大雪压山巅。有一种能走过来已是三生有幸的幸福感。其四："层厓插空冰岈嵲，攒石山腰成鄂博。更无亭堠堪记程，莽莽西荒脱扃钥。或言封石棲山灵，阳和不到天冥冥。番民会识山灵意，瘗血迎神有常例。要祝阴氛尽涤除，将军昨夜椎牛祭。番地攒石成堆，名曰鄂博，所以分界，或言即山神所棲，过者遇大风雪，祷之辄验。"③ 这是玛尼堆的较早入诗，大军入乡随俗，为扫阴氛，将军杀牛祭山神。将军当指清军主帅福康安、参赞大臣海兰察等人。其七："诏书夜半驰急邮，三军迅发无敢留。点行咸怯履决踵，欲语尚防舌卷喉。宵分驻帐爇官烛，草檄千言手皲瘃。层冰满砚烘不销，著

---

① [清]杨揆：《桐华吟馆诗稿》（清嘉庆十二年刻本）卷七，页五上下，见国家清史编纂委员会·文献丛刊《清代诗文集汇编》（第457册），上海古籍出版社2010年版，第333页。

② [清]杨揆：《桐华吟馆诗稿》（清嘉庆十二年刻本）卷七，页九下，见国家清史编纂委员会·文献丛刊《清代诗文集汇编》（第457册），上海古籍出版社2010年版，第335页。

③ [清]杨揆：《桐华吟馆诗稿》（清嘉庆十二年刻本）卷七，页九下、十上，见国家清史编纂委员会·文献丛刊《清代诗文集汇编》（第457册），上海古籍出版社2010年版，第335～336页。

纸秃尽中山毫。书生有笔投未得,惭愧腰下悬银刀。"① 咏叙因何长途急行军,以及诗人军幕工作的艰辛与自愧。其余几首,有写番地雪大,行旅遇者,往往人马皆没;有写三十九族番人,皆居黑帐房,不知耕织,惟以放夹坝为生;有写夜行荒山中,怪石作人立,万枝火炬,即之无,远复起,所见往往如此;有写瘴烟濛濛,灵药无方,十步呻吟,鬼难风灾,荒原不毛,浮团还坳,狂飚吹衣,衣带飘飘,仆夫僵卧,浓霜满发;有写元辰更元夕,马行多失日,征途如此难,车轮何时还。从军苦乐异,险过心尚悸,朝来闻语差,争说经佛地。

《彭多河》:"匹马向何处,凌空度索桥。严霜封短树,斜日冷危碉。面岂观河皱,心缘举斾摇。居然成聚落,烟火晚寥寥。"② 彭多河亦写作澎波曲,藏语河名。在拉萨北部林周县境内,为拉萨河的支流。大军经过几十天跋涉终于快要到达拉萨。此时,正是西藏的冬天,冰雪深厚,高寒缺氧,瘴气甚大,道路崎岖,索桥危悬,其艰难程度是常人难以想象的。但军务万分紧急,贼寇待驱,边疆需宁,福康安率领其精锐清军只能如此急进。

征剿大军终于到达拉萨。杨揆写有《官军至前藏作》:"信说红尘外,华严世界开,三军超乘过,千佛顶经来。劫火维摩室,惊波般若台,皇威真布护,万里扫氛埃。"③ 前藏,藏语称"卫",即卫藏之卫地。包括今西藏拉萨市辖区、林芝地区、山南地区大部和昌都地区大部。这里是指清朝大军进抵前藏首府拉萨。诗写确信在繁华的人世间之外,还有这样庄严的佛教世界,三军欢快地像《左传》中描写的远征军那样跳上战车接受检阅,拉萨城千位喇嘛头顶佛经前来迎

---

① [清] 杨揆:《桐华吟馆诗稿》(清嘉庆十二年刻本) 卷七,页十下,见国家清史编纂委员会·文献丛刊《清代诗文集汇编》(第 457 册),上海古籍出版社 2010 年版,第 336 页。

② [清] 杨揆:《桐华吟馆诗稿》(清嘉庆十二年刻本) 卷七,页十一上,见国家清史编纂委员会·文献丛刊《清代诗文集汇编》(第 457 册),上海古籍出版社 2010 年版,第 336 页。

③ [清] 杨揆:《桐华吟馆诗稿》(清嘉庆十二年刻本) 卷七,页六下,见国家清史编纂委员会·文献丛刊《清代诗文集汇编》(第 457 册),上海古籍出版社 2010 年版,第 334 页。

接。维摩诘居士的方丈室，虽只有一丈见方，却起了坏劫之末的大火，在如实理解一切事物的智慧的台上也掀起了惊天巨浪。皇威真实而广大，派大军万里外扫除战争的阴霾。

乾隆五十七年（1792年）4月6日，乾隆帝颁谕晋升福康安为大将军，加强征剿的力度和威严。杨揆作《呈大将军福嘉勇公》八首，其一："徼外军书午夜来，将星又见动中台，九重授钺先声壮，三十登坛众望推。佩印密承宣室诏，分旗尽典羽林材，路人争问嫖姚贵，此事专征第几回。"① 诗叙皇帝圣旨午夜到来，传谕拜福康安为大将军的命令，授予的大将军钺斧使这次征讨的声势更大，三十多岁就众望所归地登上这样的高位，在佩上大将军印的同时密承了皇帝的战略，率领的军队都是八旗羽林精锐，看热闹的路人争着问像唐朝的霍嫖姚那样年轻的大将军是谁，这次奉命征伐已是第几回。诗句描写了福康安晋升大将军的经过，借路人之口赞美了福大将军的年富力强。其五："暂驻牙旗大众欢，筹边楼上倚阑干，中宵鼓角横戈听，绝域山川聚米看。燃烛两行分草檄，解鞍千骑会传餐。时调索伦劲旅，甫抵前藏。"这是指暂时停留的中军大旗下军队发出欢呼声，原来大将军出现在筹边楼上检阅三军，半夜执勤的兵士横着戈听着军队休息的鼓角声，绝域山川在大将军的眼里了如指掌，大将军的幕府一大群幕僚正在草拟檄文，才调来的索伦劲旅正在进行休整进餐。"须知上将能持重，姓氏先令贼胆寒。"② 其含义是都知道上将军拥有持重的本性和超绝的胆识，单是姓名就已经令贼众心胆俱寒。另几首有对佛教保护的形象描绘，有作尼泊尔作木朗等部落咸愿效命的诗篇，有封赏、赏赐、犒师的具体描画，有"公以所乘马予之"的对杨揆的关怀，更有将要描划"伏弩连营飞硬雨，横刀砺阵卷长风"的期

---

① ［清］杨揆：《桐华吟馆诗稿》（清嘉庆十二年刻本）卷七，页十一上，见国家清史编纂委员会·文献丛刊《清代诗文集汇编》（第457册），上海古籍出版社2010年版，第336页。

② ［清］杨揆：《桐华吟馆诗稿》（清嘉庆十二年刻本）卷七，页十一上，见国家清史编纂委员会·文献丛刊《清代诗文集汇编》（第457册），上海古籍出版社2010年版，第336页。

盼和"要写燕然第一功"的壮志。

孙士毅亦写有《途次奉实授大学士之命纪恩四首》，其一："上将承恩日，微臣拜命同。时与福大将军同奉实授恩旨。"诗注注出孙士毅与大将军福康安同奉恩旨。"宣麻传玉塞，枚卜溯珠宫。兵洗江波白，旗翻木叶红，感深无以报，送喜竭葵衷。时奉旨风闻消息，即飞章入告。"① 这是说旨意迅速传到边塞，就像龙宫中的占卜选官，洗过兵器的江连江波都是白的，战旗翻飞胜过秋天枫叶的红，感激皇帝的深恩无以回报，只能频报喜讯来竭尽葵花向阳般忠心。诗注注出孙士毅只要风闻消息即飞章入告，皇帝再也不愿像第一次廓尔喀战争那样受蒙蔽。皇帝在晋升福康安时考虑是周全的，同时亦晋升征调士兵办理粮饷的孙士毅为大学士。其二："万里驰丹诏，龙光湛露瀼。恩参三独坐，庆协万年觞。八月初七日颁发恩旨，更五日即万寿庆辰。"诗写万里外飞驰任命的丹诏，皇帝给予的恩宠、荣光，三次独坐来领悟、琢磨这深恩，同时恭庆皇帝万寿庆辰。诗注注明皇帝选择颁发任命的时间也是经过精心选择的。"未撤将军垒，深惭宰相堂，只应躬鞠輅，戮力扫欃枪。"② 意思是说最终是要撤除将军的战垒，深深地惭愧登上了宰相堂，只能在细务上身体力行，勉力扫除灾星，即平定侵藏的廓尔喀。

孙士毅确是以敬谨王事、勤职劬劳博得皇帝的恩赏而擢升的。他接奉为进藏反击廓尔喀入侵征调士兵、督办粮饷的旨令后，即疾速入川，驰赴打箭炉，驻扎办理。其组诗《奉命驻打箭炉筹办征调事宜》四首其一咏道："莽莽山楼接大荒，桓桓士气尽飞扬，三边鼓角鸣青海，九姓弓刀耀赤冈。时奉命檄各土司屯番赴藏协剿，赤喇冈在里塘。将选龙城经百战，令严虎旅趣宵装，臣颇老矣空遗矢，马革酬恩

---

① ［清］孙士毅：《百一山房诗集》（清嘉庆二十一年刻本）卷十，页十二上下，见国家清史编纂委员会·文献丛刊《清代诗文集汇编》（第347册），上海古籍出版社2010年版，第585页。

② ［清］孙士毅：《百一山房诗集》（清嘉庆二十一年刻本）卷十，页十二下，见国家清史编纂委员会·文献丛刊《清代诗文集汇编》（第347册），上海古籍出版社2010年版，第585页。

愿未偿。士毅自请出师，未蒙俞允。"① 诗句表现了打箭炉这一紧接大荒的边城，在其驻扎经营之下，俨然成了鼓角齐鸣、弓刀耀日、士气飞扬的"驱廓保藏"的后勤基地，一队队征调的土司兵丁、屯番在身经百战的将领带领下开往西藏，他本人亦心飞神驰，自请出师，终因年老而未获皇帝允准。全诗以"臣颇老矣空遗矢，马革酬恩愿未偿"收尾，连用典故吟其壮志未酬、壮心不已。

　　大将军福康安传檄于布鲁克巴（不丹）、哲孟雄（锡金）、甲噶尔（印度）之王，让他们出兵助阵牵制贼兵。并向廓尔喀人传谕，宣示用兵之意。其檄文曰："乃尔自外生成，辄敢称兵滋扰卫藏，不但占据边界，且敢侵犯札什伦布，将庙宇塔座损坏，镶嵌金什物肆行抢掠，尔岂不思卫藏之地，即天朝之地，岂容尔等作践。况尔得受大皇帝封爵，宠荣逾格，竟全不知感激，如此反复无常，负恩藐法，实属罪大恶极，为覆载所不容。今本将军奉命亲统大兵问廓尔喀之罪，惟有将尔部落一举荡平，申明天讨，尔等从前所议钱债细事，概不值理论，现在调集各兵，源源而来，克期进发，捣尔巢穴，务在悉数歼擒，不留余孽，此皆尔孽由自作，速取灭亡，恶贯满盈，罪在不赦。"② 孙士毅在征调川西土司③兵丁来参加作战方面，亦卓见成效。其写有《檄诸土司屯番赴藏协剿》："蕞恶出天心，诸番都效顺。蠢尔潢池兵，何能合余烬。灭之汤沃雪，馘之鹰捕鴳，坐待京观筑，俄顷军鼓衅。土司信忠诚，无烦淬铎刃，同仇愤所切，驱策亦岂吝。蛮丁铁为衣，蛮女花掠鬓，乌乌芦笙吹，逢逢铜鼓震。村落椎黄牛，感

---

① ［清］孙士毅：《百一山房诗集》（清嘉庆二十一年刻本）卷九，页五下，见国家清史编纂委员会·文献丛刊《清代诗文集汇编》（第347册），上海古籍出版社2010年版，第569页。
② 庄吉发：《清高宗十全武功研究》，中华书局1987年版，第458～439页。
③ 上司办称"土官"，元、明、清时期于西北、西南地区设置的由少数民族首领充任并世袭的官职，按等级分为宣慰使、宣抚使、安抚使等武职和土知府、土知州、土知县等文职。明清两代曾在部分地区进行改土归流。《明史·职官志一》："凡土司之官九级，自从三品至从七品，皆无岁禄。"

激何奋迅。勉旃斩楼兰,行将诸部徇。"① 全诗气势雄浑,英武奋发,完全是一篇以诗的语言激励效顺从征的有力檄文。它真切、生动反映了川西藏族诸部对廓尔喀侵藏的同仇敌忾,对清朝中央征讨蕞恶的赤诚拥护。在其后的反击征战中,这支从川西征调的土兵,果然习惯行走山路,善攀爬翻越,作战骁勇,起到了不可替代的作用。

乾隆帝得到奏报后写了《福康安折奏进兵一切情形诗以志事壬子》,其诗有句并加有详注:"经理邮书待日深,行宫兹阅策筹忱。兵粮军器骁俱备,殿后直前布以谌。前据孙士毅、鄂辉奏明,前后藏共办粮七万余石,牛羊二万余只。……(福康安)又奏,就近于前藏南界贡布地方采办硝磺,并宣谕济咙呼图克图、扎萨克喇嘛、堪布、噶布伦等,令将该处商上存贮火药二千四百余斤,铅丸二万八千斤交出应用,以省内地运送之费。至称各寺喇嘛及噶布伦等俱有自养好马,现在酌加赏赉,选得健壮好马一百匹,将来仍可添买数百匹。一切筹办周妥充裕,深为喜悦。"② 军行到位,粮饷挽储,反击廓尔喀入侵之弓矢,已势在必发。

第三节　清军反击廓尔喀战事与藏事诗的再现

福康安一到拉萨,即将清军主力部署到后藏宗喀、济咙前线,直指廓尔喀腹地。又派成德率兵一路向聂拉木挺进,命藏军向宗木进攻,收复失地。

乾隆五十七年(1792年)四月,福康安亲赴后藏指挥大军进讨。

---

① 〔清〕孙士毅:《百一山房诗集》(清嘉庆二十一年刻本)卷九,页九下、十上,见国家清史编纂委员会·文献丛刊《清代诗文集汇编》(第347册),上海古籍出版社2010年版,第571页。

② 〔清〕乾隆:《御制诗文十全集》卷四十八,〔清〕彭元瑞等编,西藏社会科学院西藏学汉文文献编辑室重印,中国藏学出版社1993年版,第599页。

杨揆写下《晓发春堆》:"际晓角声动,平沙万帐收,遥瞻日东出,时见水西流。独犬吠番堡,群鸦散驿楼,行行荷戈去,五月尚披裘。"①春堆,藏语地名音译,在浪卡子至江孜道中,今日喀则地区江孜县境内。诗句描述天边刚刚破晓,行军的鼓角声便响起,那平坦的沙野上万顶帐篷同时收起,远远望见太阳从东方升起,不时看到河水向西流去,一只狗在藏族群众碉房前吠叫,大群的乌鸦在驿站楼顶飞旋,一行行的士兵肩扛着长戈离去,内地五月天已转暖,而这里还要披着皮裘。全诗写出了大军移动的气势是如此豪壮。语言简练,意境高远,具有经典边塞诗的风范。杨揆还描写了大军的屯粮之处《定日》:"古戍无城郭,环山抵作州,空糟遗病马,荒陇卧牦牛。巡垒看传箭,携粮听唱筹,参军蛮语熟,渐解辨咿呦。"②定日,藏语地名音译,其名传说从印度飞来一石落在该地山顶发出的"叮""叮"声响而得名。"日"藏语为山。其地在今西藏定日县境内,为通往廓尔喀的交通要道。诗写古老的边疆戍地并无城郭,周围环绕的群山就相当于边城,在此屯地空槽旁留下的是病马,周围陇上到处卧着牦牛,屯粮的堡垒要按照时刻巡视,要携带粮食就得按筹策领取,这儿驻军的头目熟悉藏语,在他的帮助下渐能辨听咿呀的藏语。全诗并无紧张的战争气氛,反而有一种田园的恬静的味道,但这只是暴风雨来临前的片刻宁静,战争的疾风暴雨马上就要席卷而来。

五月初六日,大军攻克擦木。杨揆写有《自宗喀赴察木,骈马疾驰,番路不计远近,薄暮抵一处,适山水骤发,溪涧阻绝,复翻山而行,为向来人迹不到之地,流沙活石,举步极艰,不能前进。下闻惊涛澎湃,骇荡心魄,僵立绝夜,五更山雨卒至,衣履沽濡殆遍,因作长句纪之》:"朝闻官军已临贼,跃马提戈不遑食,崇山连连起齿

---

① [清]杨揆:《桐华吟馆诗稿》(清嘉庆十二年刻本)卷七,页十八下,见国家清史编纂委员会·文献丛刊《清代诗文集汇编》(第457册),上海古籍出版社2010年版,第340页。

② [清]杨揆:《桐华吟馆诗稿》(清嘉庆十二年刻本)卷七,页十八下,见国家清史编纂委员会·文献丛刊《清代诗文集汇编》(第457册),上海古籍出版社2010年版,第340页。

崒,路转山迥骇难测。初行天际犹见星,旋讶午日悬铜钲,有时深堑落窈冥,倾耳淅沥松涛声。须臾斜照堕西岭,饮涧长虹黯无影,石梁盘空类修绠,野火烧岩作虚警。鸺鹠叫啸鼪鼯啼,迅马但觉风生蹄,营门迢递不可期,毛发森竖心然疑。危坡下注忽千丈,断涧惊流晚来长,崚嶒石角大於象,岩溜舂撞殷雷响。道傍山势高刺天,太古萧瑟无人烟,连鸡作队猿臂牵,度涧无术还升巅,手扪峭壁势欹侧,杳杳烟萝夜深黑。仰攀举步不盈尺,一坠百年那可得,流沙活石齐动摇,著足无地能坚牢。前驱壮士惨不骄,什什伍伍空连镳,奔涛绝壑尤汹汹,俯听如闻井泉涌。悄然以悲倏然恐,贲育能教失真勇,四更山月光熹微,似见前路通林扉,欲明不明星点稀,盼晓何处鸣天鸡。星沉月落云渐上,山气森寒出丛莽,洒空雨脚飞过颡,盖头无茅眩俯仰。平居岂识行路难,僵立中夜衣裳单,百苦交集力已殚,但冀脱险如生还。长征万里足忧抱,展转劳薪剧潦倒,微躯今夕幸相保,略喜朝光吐林杪。"① 此诗极写进军之艰难,早晨说已接触敌军,跃马出战都来不及吃早饭,不断翻山,翻了一座又一座,出发的时候在天边还能看到星星,一瞬间中午的大太阳就悬在空中,有时下到深涧感觉就像落了幽冥,侧耳倾听以为是淅沥的水声,却原来是大片的松涛声,不一会儿太阳就向西落到山岭后了,那斜斜的阳光就像饮涧的长虹渐渐黯然失去踪影,那石梁盘空就像长长的绳索,突然远处闪现火光的警报却原来是山林野火的虚惊,鸺鹠、鼪鼯发出各种奇奇怪怪的叫啸声,马都受惊迅跑如风生蹄,那前站的宿地营门还是遥遥无期。就像诗题所说:"适山水骤发,溪涧阻绝,复翻山而行,为向来人迹不到之地,流沙活石,举步极艰,不能前进。"诗歌描绘险地"危坡下注忽千丈,……崚嶒石角大於象,岩溜舂撞殷雷响。道傍山势高刺天,太古萧瑟无人烟",人们"毛发森竖心然疑,……连鸡作队猿臂牵,度涧无术还升巅,手扪峭壁势欹侧",这时"杳杳烟萝夜深黑。仰攀

---

① [清]杨揆:《桐华吟馆诗稿》(清嘉庆十二年刻本)卷七,页十八下、十九上下,见国家清史编纂委员会·文献丛刊《清代诗文集汇编》(第457册),上海古籍出版社2010年版,第340页。

举步不盈尺,一坠百年那可得,流沙活石齐动摇,著足无地能坚牢",在这样几乎不可克服的困难面前,"前驱壮士惨不骄,什什伍伍空连镳,奔涛绝壑尤汹汹,俯听如闻井泉涌。悄然以悲倐然恐,贲育能教失真勇",在这连猛士都会失去真勇的时刻,"五更山雨卒至,衣履活濡殆遍",那真是"星沉月落云渐上,山气森寒出丛莽,洒空雨脚飞过颡,盖头无茅眩俯仰。……僵立中夜衣裳单,百苦交集力已殚",诗人不免发出"平居岂识行路难,……但冀脱险如生还……微躯今夕幸相保"的感叹。但在绝险面前福康安率领的主力军不但未退,虽"僵立绝夜",还是顺利地度过难关,彰显了军纪的高度严明,全军具有一种一往无前、克服万难的超人般的勇气和气概。诗歌最后一句"略喜朝光吐林杪"显示了克服极难的喜悦。乾隆帝于战后写的《补咏战胜廓尔喀之图》八首,其一《攻克擦木图》①:"今为归顺昔归降,一廓尔喀事有双。未示兵威且利啖,岂知乞命献诚腔。可嘉名将及勇士,何碍存邛遂定駃。擦木首攻即前进,战图补咏靖番邦。"诗中大力赞扬名将勇士破除障碍前进,首战就攻下了擦木,战图补咏这靖定廓尔喀的第一次激战。

鄂辉、成德一路,此时收复了聂拉木。乾隆帝亦写下《鄂辉成德奏报攻破聂拉木贼寨诗以志事》:"东寨虽摧西寨在,月余攻剿幸功成。同劳军士诚宣力,涉讶将臣不近情。前据奏,聂拉木官寨所存贼匪不过一百余名,所有贼人粮食俱已烧毁,又经断绝水道,……无难计日攻克,乃自上年十二月廿八日围攻,迟至一月之久始将此次贼匪歼尽,遽欲居功邀赏,并将带兵人员胪列至二十三人之多,恳请加等升用,……聂拉木只系一隅,即欲优赏剿除之功,将来荡平阳布又当何以加恩?至于此次奋勉堵截之侍卫珠尔杭阿、永德、阿尼雅布等,令福康安传旨,各赏大锻一匹。其刨挖墙脚之都司什格蒲益章同巴塘土司成勒春玉勒等及巴塘土兵,协力宣劳,自应奖赏,以示鼓励。若鄂辉、成德二人,不自引咎,张大其词,可谓靦不知耻者

---

① [清]乾隆:《御制诗文十全集》卷四十九,[清]彭元瑞等编,西藏社会科学院西藏学汉文文献编辑室重印,中国藏学出版社1993年版,第620页。

矣。"皇帝在诗注中细数了敌军人数、进攻所花时间和邀赏人数,盼咐奖赏该奖励的人员,批评鄂辉、成德二人夸大其词,恬不知耻。"曰饬曰褒自取付,或嘉或否我惟平。尚留绒辖济咙蘖,何谓净除驱进兵。"① 言明该整治该褒奖皆为自取,或嘉许或否定就要维持公平,质问绒辖济咙还有剩敌,凭什么说已经清除干净贼军可以进军廓境。由此诗可见皇帝对鄂辉、成德二人并不盲目全信。

五月初十日,福康安大军收复济咙(今吉隆)。乾隆帝写下《福康安奏攻得济咙贼寨诗以志喜六韵》:"擦木玛噶以次举,济咙咫尺弗为遐。破宵冒雨乘无备,直进分班策肯差。贼竟抗颜以死敌,师争刃血更雄加。据其要险鸮失翼,遂克中坚虫洗沙。报至喜翻成欲泣,念驰怜切讵惟嘉。复番境已压寇境,阳布摧枯望不赊。"② 诗述擦木玛噶次第攻下,咫尺远的济咙成为进攻目标,破晓大军冒雨突袭,在正面进攻的同时有几路侧翼一起突击,贼军拼死抵抗,我军血战争雄,侧翼突击的成功,保证了正面攻击的顺利,喜报传来感动成泣,思念和同情阵亡者的怜悯一起传宣以表嘉许,藏地完全收复、大军已压贼境,摧枯拉朽般地攻入阳布的希望已经不远。全诗详细叙述了收复济咙的经过,表达了皇帝对大军进剿的满意和进一步的期许。战后乾隆帝又写下《补咏战胜廓尔喀之图》八首,其三《攻克济咙图》:"番境济咙西极边,贿求彼尚占依然。石墙木卡层层固,据险阻坚处处连。冒雨冲宵分路进,破碉克寨一时全,近千歼贼复藏地,多害生灵亦觉怜。"③ 诗中赞许攻克了一直为廓尔喀据险坚守的边地济咙,进剿大军冒雨分兵进攻,消灭了千余名贼军收复失地,皇帝回首前事时,喜悦仍在,但怜悯之心顿生。

自此,清军全部收复失地,廓尔喀人被赶出西藏。大军前进至热

---

① [清] 乾隆:《御制诗文十全集》卷四十七,[清] 彭元瑞等编,西藏社会科学院西藏学汉文文献编辑室重印,中国藏学出版社1993年版,第597页。
② [清] 乾隆:《御制诗文十全集》卷四十八,[清] 彭元瑞等编,西藏社会科学院西藏学汉文文献编辑室重印,中国藏学出版社1993年版,第605~606页。
③ [清] 乾隆:《御制诗文十全集》卷四十九,[清] 彭元瑞等编,西藏社会科学院西藏学汉文文献编辑室重印,中国藏学出版社1993年版,第621页。

索桥北。热索桥即济咙南与廓尔喀交界界河之桥，又称热索桑巴桥。热索，藏语地名音译，意为山脚之地；桑巴，藏语音译，意为桥。廓尔喀军队退至桥南，急忙撤去桥板，凭借石卡，临河拒御。福康安见河不能渡，遂作正面佯攻之势，密遣阿满泰率兵绕越两重大山，在热索桥上游潜渡，绕至守桥敌军侧背后袭击，正面将士乘势强攻，抢搭桥迅速过河。五月十五日，福康安率军过热索桥，一举攻入廓尔喀境内。此战杨揆写下《热索桥》诗："热索桥高两崖耸，热索桥深万波涌。高不容马深无舠，连臂渡涧愁生猱。危桥横亘计以寸，阻隘能令一军顿。将军夜半斫贼营，谓海超勇公。"海兰察（？—1793年），鄂温克族，多拉尔氏，清乾隆时著名将领，内蒙古呼伦贝尔正黄旗人。以参赞大臣随福康安入藏抗击廓尔喀入侵。诗写热索桥架在高高的两崖之间，桥下深不见底只听到波涛汹涌的声音，桥又高又窄甚至不能容匹马通过，涧深无底更无船，想靠攀援渡过涧去连猿猴都会发愁，危桥横亘是以寸的距离来计算的，虽然险隘暂使大军停顿，海兰察将军夜半带人突袭贼营。"壮士毋那飞而行。惊湍巨石互摩戛，不用军声乱鹅鸭。如此风波尚可壶，宁论滟滪瞿塘峡。桥头逐队驱旌旄，回流呜咽争磨刀，将军磨刀我磨墨，欲记此间曾杀贼。"① 诗写绕过涧去的壮士就像如飞而至，崖下涛击巨石的巨响，压过了军队行进的声音，根本不用像唐代李朔雪夜入蔡州那样用鸭鹅的声音来遮挡军队的进击声，如此天堑都能轻易通过，更不用论滟滪滩、瞿塘峡那些著名的险关。桥头上大军旌旗整齐的迅速通过，崖下回流呜咽声就仿佛是磨刀之声，将军磨刀杀敌，我磨墨记下这里曾歼敌的事迹。乾隆帝亦写下《福康安奏攻克热索桥进剿贼境诗以嘉慰》："热索河桥界番廓，福康安等奏，自五月初十日克复济咙后，即整顿兵力，于十三日前进。距济咙八十里为热索桥，过此即属贼境，最为扼要之区。贼人跨河浮搭木板为桥，并于北岸之四里外索喇拉山上砌石卡一处，

---

① [清] 杨揆：《桐华吟馆诗稿》（清嘉庆十二年刻本）卷八，页一下、二上，见国家清史编纂委员会·文献丛刊《清代诗文集汇编》（第457册），上海古籍出版社2010年版，第341页。

南岸临河砌大石卡二处,贼人恃险抵御,防备颇周。"诗注细述敌防备之周密。"贼之门户备防周。虽摧北卡艰中渡,别遣精兵进上游。福康安因于十五日寅刻,派兵仍至河边作为欲进之势,密遣阿满泰(达斡尔族,瓜尔佳氏。乾隆五十六年,授领队大臣,率兵入藏征剿廓尔喀。因军功,晋授蒙古副都统)、哲森保、墨尔根保、翁果尔海等带领屯土兵丁(指在川西大小金川等地屯卫的军丁和当地藏族士兵),由东首峨绿大山绕至热索桥上游六七里外,砍伐大树,扎为木筏,渡过南岸,出其不意,直扑贼卡,杀死贼匪数十人,摧倒头层石卡,而正面官兵亦即乘势搭桥,一时并济,复将后层石卡夺据,实觉大块人意。"诗注细述派兵从上游潜渡,南北夹击,夺桥攻入廓境的战斗经过。"寇骇熊罴自天降,逃排蜂蚁向河投。飞章披阅怜为慰,戒满教覆伟绩收。"① 诗写贼寇惊骇于我精锐部队从天而降,纷纷逃跑像蜂蚁向河栽去,飞奏的捷报披阅后既怜悯又快慰,勉励戒除自满继续去收获更大的胜利。战后乾隆帝又作有《补咏战胜廓尔喀之图》八首,其四《攻克热索桥》:"复全番境临廓境,一水横流热索河。其北其南贼胥御,即深即险我须过。索拉直进大剿彼,峨绿上游绕压他。乘胜正兵架桥渡,莫非天助感诚多。"② 诗写乘着绕至上游潜渡袭击的成功,大军迅速正面强攻拿下热索桥,莫非是上天相助,能攻克如此天险真是十分庆幸。

进入廓尔喀境内后,山高箐密,路险石滑,粮饷不继,为攻剿增加了困难。但将士"争先用命",顽强作战,五月二十四日攻克胁布鲁。杨揆写下《胁布鲁》:"前军斫贼贼胥遁,三日烧岩尚余烬,鼓行突下番须兵,荡决当前少坚阵。山腰列栅抵作城,巨炮轰掣如奔霆,危坡犖确无寸土,遗骴断骼交相撑。沸泉出窦气蒸燠,炙手骇同饮甑熟地有温泉,泻入深涧。投涧已溃丸泥封,饮马还防上流毒。提

---

① [清]乾隆:《御制诗文十全集》卷四十八,[清]彭元瑞等编,西藏社会科学院西藏学汉文文献编辑室重印,中国藏学出版社1993年版,第607~608页。
② [清]乾隆:《御制诗文十全集》卷四十九,[清]彭元瑞等编,西藏社会科学院西藏学汉文文献编辑室重印,中国藏学出版社1993年版,第622页。

戈战胜将士欢,营门鼓角催传餐,书生佩剑胆亦壮,然烽照夜知平安。"①胁布鲁是廓尔喀境内一地名,廓尔喀人在此临河砌卡据险扼守。福康安统领进剿大军采用类似攻克热索桥的战术,顽强攻夺胁布鲁。全诗详写作战经过,突显战争残酷的同时,亦表达了胜利的快乐。杨揆还写有《自胁布鲁进兵,山路奇险,有一处巨石夹立,如口翕张,隘不容马,同人戏谓之虎牙关》一诗,②细写此处之险。得到奏报后乾隆帝也写下《福康安奏报攻克协布鲁贼寨情形诗以志慰六韵》:"入贼境深贼谨防,木城石寨倚河傍。路无容足兵同进,宿只露身气更扬。桥拆横流难径越,砲轰直拒尚猖狂。上游别据临下压,奇出原来以正当。接树渡川奋胼胝,前冲夹击捣彭旁释名:彭,排车器也。彭旁,在旁排御敌攻也。披看捷报图功藏,慰矣益增敬不遑。"③全诗细写战斗经过,突出了将士的智勇双全,表达了皇帝的欣慰和崇敬之情。战后乾隆帝又写下《补咏战胜廓尔喀之图》八首,其五《攻克协布鲁图》:"热索桥过路可通,未逢贼御进追穷。前临协布(鲁)觇屯聚,上绕横河得压冯。《诗经·小雅》:'不敢冯河。'毛传,冯,陵也。孔颖达疏引李巡曰:无舟而渡水曰徒涉,陵波而渡,故训冯为陵也。"过了热索桥后,未遇抵抗,一路穷追,到协布鲁遇到顽强抵抗,又用分兵绕袭的办法进攻。诗注解释冯河出处。"无不克攻战必胜,有余力蓄剿争雄。堪嘉敌忾心同一,每阅飞章怜切衷。"④战必胜、攻必取,奋力征剿,同仇敌忾,阅飞章,衷心喜悦。回忆战争残酷细节渐渐淡去,优美典雅的诗句在诗人笔下萌生。

---

① [清]杨揆:《桐华吟馆诗稿》(清嘉庆十二年刻本)卷八,页二上,见国家清史编纂委员会·文献丛刊《清代诗文集汇编》(第457册),上海古籍出版社2010年版,第341页。

② 参见[清]杨揆《桐华吟馆诗稿》(清嘉庆十二年刻本)卷八,页二上下,见国家清史编纂委员会《清代诗文集汇编》(第457册),上海古籍出版社2010年版,第341页。

③ [清]乾隆:《御制诗文十全集》卷四十八,[清]彭元瑞等编,西藏社会科学院西藏学汉文文献编辑室重印,中国藏学出版社1993年版,第608~609页。

④ [清]乾隆:《御制诗文十全集》卷四十九,[清]彭元瑞等编,西藏社会科学院西藏学汉文文献编辑室重印,中国藏学出版社1993年版,第622~623页。

接着，清军又先后攻克东觉山、堆布木、帕朗古等地，直逼廓尔喀首都阳布（加德满都）。杨揆写有《东觉山》，东觉山是廓尔喀境内一山名，山势险峭高峻，前有横河一道，敌据险顽抗，大军进剿受阻。福康安等带兵绕行2日，从半山腰进击，方攻克。诗以对后续人员攀山的描绘，反衬东觉山之战的惨烈。有诗句："冥冥线路万夫傍，仰视如画重累人。承之以肩挽以手，不用衔枚齐襟口，更无石蹬容少休，偶抚枯松暂横肘。"山路狭窄，仅容一人，一列纵队，如重累人，石蹬高低宽窄不齐，攀爬又承肩又挽手，路旁悬崖，行进噤若寒蝉。又有诗句："扶摇似觉生羽翰，足底万叠青巘岏，天梯休快到顶易，试问几时还著地。"① 上山像生了翅膀，很快万山尽在脚下，沿着天梯向上攀登就要登上顶峰，试问什么时候才能下到山下。杨揆作为后续人员不用攻山，登山尚且如此之难，可以想见前锋攻山之不易。得到捷报乾隆帝亦写下《福康安奏攻破东觉噶多等山并夺大寨石碉大获全胜诗志慰喜八韵》，诗中先写盼军书之急切，"亟盼军书得未观，食宁甘味坐宁安"；接着写战斗的情形，"门户击其死穰穰，熊罴鼓我进桓桓。噶多东觉虽扼要，分剿合冲肯畏难。冒雪官军忘鞍瘝，填屍众寇竟阑殚"；进而赞扬"战无不胜攻悉取，兵气倍扬贼胆寒"②。乾隆帝此诗题提到"东觉噶多等山"除东觉山主峰，还有很多山岭，杨揆记下了其中一座独特的《蚂蝗山》③，《西藏纪游》卷四载："蛭，一名马蟥。《尔雅·释虫》：蛢，蟥蛢，注甲虫也。大如虎豆，绿色，今江东呼为蟥蛢。又《释鱼》：蛭虮，注今江东呼水中蛭虫入人肉者为虮。《韵会》有石蛭、草蛭、泥蛭等名。征廓尔喀时，闻大兵经过某山今忘其名，遍地皆马蟥，大者长二三尺（寸），

---

① ［清］杨揆：《桐华吟馆诗稿》（清嘉庆十二年刻本）卷八，页二下、三上，见国家清史编纂委员会·文献丛刊《清代诗文集汇编》（第457册），上海古籍出版社2010年版，第341～342页。

② ［清］乾隆：《御制诗文十全集》卷四八，［清］彭元瑞等编，西藏社会科学院西藏学汉文文献编辑室重印，中国藏学出版社1993年版，第610～611页。

③ ［清］杨揆：《桐华吟馆诗稿》（清嘉庆十二年刻本）卷八，页三上下、四上，见国家清史编纂委员会·文献丛刊《清代诗文集汇编》（第457册），上海古籍出版社2010年版，第342页。

即军械上蜿蜒皆是物，缠绕人身，挥之复集，或伏襟袖间，不知何由而入，亦不知何以如是之多。士卒冒雨疾驰，不敢稍憩。"① 诗曰："有虫曰水蛭，遍地来徐徐，……宛宛始缘足，啧啧旋侵肤，体类蠖伸屈，尾学蚕卷舒……壮士按剑怒，不能斫尔躯。虞人烈泽焚，不能歼尔徒，践尔使糜烂，得水还蠕蠕。"壮士也不能奈何它，此虫为害之烈"眼耳鼻舌身，所到皆觊觎，谁为蛙龟禁，急共螟蝗除，尤善钉去声马腹，喢啮成溃疽，可怜拳毛䯄，顿作汗血驹。尔性实饕餮，诛之不胜诛"。最后终于找到对付办法"是物非难图，……惟当渍盐汁，获则投诸盂"。这样总算"信宿幸无恙，焉用并力袪"。长诗极力凸显"异域奇诡无处无"的特色，充分显示杨揆诗歌尚奇的风格。战后乾隆帝又写下《补咏战胜廓尔喀之图》八首，其五《攻克东觉山图》："愈近贼巢守愈固，兼之地更险而纡。分兵首争穿幽阻，合队埋根克要区。手足胼胝胥惰窳，精神鼓舞益勤劬。有征无战虽传古，将惠兵忠实快吾。"② 诗述越接近贼巢贼军守得越顽固，加上地势更加凶险、道路迂曲，分兵穿越幽险的阻隘，合兵齐攻攻克要卡，手足并用攀援绝壁，精神鼓励要经常进行才是胜利的保证，虽然古人赞美有征伐无战斗（即所谓不战而屈人之兵）是上策，但总以将领智慧、战士忠勇为最快意之事。诗中细写征战险隘，赞美将慧兵忠。

上述乾隆帝《福康安奏攻破东觉噶多等山并夺大寨石碉大获全胜诗志慰喜八韵》诗的结尾部分，还有诗句"因驻雍鸦略休息，即临阳布剪凶残"③。大军遂驻扎在雍鸦一线，与杨揆的《雍雅道中呈方葆岩前辈》诗若合符节。雍雅即雍鸦，廓尔喀境内一地名，雍雅道为大军从东觉山前行进剿必经之道。杨揆诗中有句："人经绝塞长

---

① [清] 周霭联：《西藏纪游》，张江华、季垣垣点校，中国藏学出版社2006年版，第105页。
② [清] 乾隆：《御制诗文十全集》卷四十九，[清] 彭元瑞等编，西藏社会科学院西藏学汉文文献编辑室重印，中国藏学出版社1993年版，第623～624页。
③ [清] 乾隆：《御制诗文十全集》卷四十八，[清] 彭元瑞等编，西藏社会科学院西藏学汉文文献编辑室重印，中国藏学出版社1993年版，第611页。

枵腹,马到悬崖亦小心。"① 此句仿佛谶语,接着杨揆《堆布木军营帐房苦雨述事》七首,其六就说到马的事:"忆昨过绝巇,有马堕崖谷,爱汝性最驯,险阻随屈曲。百蘙逢一豆,长向空槽伏,中道与汝违,使我徒踯躅。将军真爱士,空群选骏足,珍重载赠贻,矫矫方瞳矘。解鞍付圉人,择地慎刍牧,宁知作塞翁,一失不可复。空入书生手,竟果老兵腹。随行止一马,过蚂蝗山堕崖而死,其马甚俊,殊可惜,大将军又贻一马,旋为索伦窃食。何以为解嘲,焉知此非福。"② 诗与注记叙了自己两匹马的经历。由第二匹马的经历可看出,此时军队的军粮供应已出现严重问题,否则士兵怎敢窃马而食。果然杨揆又写《军行粮运不继,士卒苦饥,日采包谷南瓜杂野草充食,感赋四律》四首,其二:"军声三绝更三通,阻峭凭深路渐穷,带甲已看精力惫,呼庚那便粮空。肠肥莫笑餐糠粃,腹疾真愁问曲糵。时军中疟痾大作。"诗与注细写征讨廓尔喀的大军三次断粮又三次接济上了的情形,越进入廓尔喀国境道路就越少,现已完全无路,连续不断的艰苦作战连英勇的带甲武士都显出疲倦,更何况到吃饭的时候却没有了粮食,平常吃得脑满肠肥的不要嘲笑吃糟糠的,这时真是祸不单行,再加上疟疾开始肆意流行。"柳往雪来时序晚,九重宵旰盼成功。"③ 眼看夏天过去冬天到来,万里外的皇帝还盼着胜利的消息。此诗写出了当时进剿军队处于非常不利的情况,大军已遇到断粮、疟痢流行、暑往冬来的危险局面。乾隆帝亦写下《师行》:"师行万里匪兴戎,军务军储方寸中。所喜都差知要略,今春念及师行粮随所关非细,鄂辉既恐贻误,而孙士毅仅驰扎打箭炉,亦虑鞭长莫及。因思

---

① [清] 杨揆:《桐华吟馆诗稿》(清嘉庆十二年刻本) 卷八,页三下,见国家清史编纂委员会·文献丛刊《清代诗文集汇编》(第457册),上海古籍出版社2010年版,第342页。

② [清] 杨揆:《桐华吟馆诗稿》(清嘉庆十二年刻本) 卷八,页五下、六上,见国家清史编纂委员会·文献丛刊《清代诗文集汇编》(第457册),上海古籍出版社2010年版,第343页。

③ [清] 杨揆:《桐华吟馆诗稿》(清嘉庆十二年刻本) 卷八,页六下,见国家清史编纂委员会·文献丛刊《清代诗文集汇编》(第457册),上海古籍出版社2010年版,第343页。

和琳屡次奉差颇多认真，才具亦觉优良，随命驰往与鄂辉同驻藏中，并经理粮饷事宜。节次据奏，沿途催攒乌拉，立定期限章程，驾驭番民，赏罚严明。先是军粮及军装、火药、饷银到藏者，不过十之二三，自和琳督办以后，源源运送，不致迟误，又采买得青稞一万五千余石，以为有备无患之需，而前后藏中事务整理亦俱得窍要，初不断其竟能如此……"诗写大军出征万里不是为了挑起战争，军务、军储时时都在心中，可喜的是差往办事的人还是知道重点的。诗注称鄂辉做事一向贻误，孙士毅年老坐镇打箭炉鞭长莫及，加派和琳经理粮饷，颇具才具，俱得窍要。"更嘉参赞不贪攻。前经降旨，济咙以内粮运乌拉等事，令和琳、鄂辉往来催查，济咙以外，及大兵所到地方，令惠龄往来专办。惠龄本系参赞大臣……自应用其所长。将来大功告竣，惠龄转输之功，即与战胜之功无异，自当一体加恩，并不稍存歧视。昨据奏复，前在拉子地方设法赶运粮石军火，业已全行运至军营。近又计议雇觅商民长运，价值不增而转运又速，且可免更换稽延之弊，并招回避贼番民，一同受雇，及唐古特番兵打仗不能得力者，亦令运送，量加犒赏。所办俱为周妥。……此番军营有和琳、惠龄二人实心任事，后路军粮充裕，可谓不负委用，朕心深为慰悦。"更加赞许参赞大臣惠龄俱为周妥、军粮充裕、不负委用。"无前突将先声烈，有继余粮后路充。遑敢骄心恃屡胜，企平阳布定鸿功。"①一往无前的突将激战正烈，军粮纷纷运到大军后储备充实，不敢有丝毫骄心完全凭借军队的屡屡获胜，企盼着攻下阳布建立不世武功。皇帝的愿望虽然是美好的，考虑亦是周到的，但是皇帝终究在万里之外，而现实往往是残酷的，杨揆诗的记述恐怕更接近于真实。

在这样的艰难困苦中，福康安的征讨大军虽还在取得一些胜利，但终难迅捣阳布。乾隆帝写下《福康安奏官军攻得堆补木等处木城石卡已过帕朗古大桥与贼营近对驻军诗以志慰六韵　壬子》："屈指已过十日延，忽欣遽传递飞笺。分师排队直前进，石卡木城屡得全。

---

①　[清] 乾隆：《御制诗文十全集》卷四十八，[清] 彭元瑞等编，西藏社会科学院西藏学汉文文献编辑室重印，中国藏学出版社1993年版，第609页。

横亘大河虽彻版,急登彼岸那需船。军心上下同敌忾,贼计隄防总失坚。拔泞攀崖忘甚瘁,冲锋冒雨致深怜。惟思雪岭将封路,路远萦期速凯旋。"① 帕朗古是廓尔喀境内地名,清军向阳布挺进的最前沿阵地。全诗写皇帝赞许大军上下一心、同仇敌忾、分师共进、强渡已拆毁桥板的横亘的大河而进占帕朗古。但担心将至的冬天大雪封山,征途遥远,还要按照时限迅速班师凯旋。那么,大军是如何遵旨做到迅速班师的呢?战后乾隆帝在《补咏战胜廓尔喀之图》八首,其六《攻克帕朗古图》中写道:"分路横河帕朗进,乞恩越切越驱还。将军所檄都遵命,堪补前遮惧见颜。惟檄内令其亲至军营一事,贼酋自知罪重,恐为擒治,且上年计诱堪布及噶布伦等至边里去,不敢来营叩谒……。何必犂庭不遗介,遂教振旅一时班。年前捧表陪臣至,更有崇恩厚赐颁。"② 可见是以网开一面、何必犂庭扫穴不留任何草芥、允降命令大军班师还朝的。

历史事实是,廓尔喀王一面以倾巢之力据险负隅顽抗,一面再次投禀乞求投降,完全答应一切条件,立刻送回被扣押的噶伦丹津班珠尔等人,立即缴出从前"许银贿赎"的合同及沙玛尔巴尸骨,全部退还抢走的班禅金册和札什伦布寺财物,并派重臣赍表到北京请贡。乾隆帝准允其投诚,命令福康安率领征剿大军班师,10月6日清军开始分批回撤,10月下旬全部撤回济咙。乾隆帝写下《廓尔喀拉特纳巴都尔遣使悔罪乞降因许其请命凯旋班师志事》:"翼日传来骎奏章,条条遵檄报降王。百分畏罪惧俘已拉特纳巴都尔此次具禀乞降,语意已百分畏惧。惟令其同伊叔巴都尔萨野亲来叩见一节,据称实因大皇帝震怒,来见大将军如同日光照雪,实在畏罪,不敢前来。想贼酋惧其到营之后,福康安等必将伊叔侄俘擒送京,故畏葸不前,此亦实情所必有也。"诗注详述廓尔喀王派其叔来接洽请降的情形。"全局误听诱逆羌。拉特纳巴都尔等前次差大头人朗穆几尔帮哩等赴营递

---

① [清] 乾隆:《御制诗文十全集》卷四十八,[清] 彭元瑞等编,西藏社会科学院西藏学汉文文献编辑室重印,中国藏学出版社1993年版,第613~614页。
② [清] 乾隆:《御制诗文十全集》卷四十九,[清] 彭元瑞等编,西藏社会科学院西藏学汉文文献编辑室重印,中国藏学出版社1993年版,第624页。

禀乞降,并以此次至后藏边界皆由误听沙玛尔巴诸事挑唆,以致行错,此时若其尚在,即应将伊送出正法等语。此或因其身故,全行诿过,亦未可知。然沙玛尔巴从中唆使罪恶实已昭著,恨其未得生擒,明正典刑耳。"廓尔喀王称此次侵藏乃误听沙玛尔巴挑唆所致,诗注严正指出廓尔喀头目以死无对证,推卸发动侵藏战争的罪责,亦明确认为沙玛尔巴乃是祸首之一。"不战未能频战胜,戢威亦足示威强,开恩逭孽明颁旨,竟得十全大武扬。"① 乾隆帝怜悯廓尔喀众生,网开一面,恩旨允降,以"不战""戢威",扬其十全武功。

杨揆亦写下《廓尔喀纳降纪事》十二首,其一:"天弧星傍帅旗明,万里奇功七战成,昨夜将军新奉诏,临边许筑受降城。廓尔喀震惧军威,遣使乞降,大将军不敢专,具奏报可,始许之。"② 七战是指福康安统率征剿大军进抵后藏从擦木首攻,经攻克玛噶尔辖尔甲、济咙,到夺占热索桥挺进廓境,再到廓境胁布鲁、东觉山、帕朗古三地攻坚战等七次大的战事,七战七胜。共杀敌头目20余人,敌兵三四千人,生擒200余人。尾注注出廓尔喀震惧乞降,福康安奉旨纳降的经过。其十:"犬牙壤地莫相侵,更返华严布施金。所掠扎什伦布诸物,悉献出。钞掠归人尤感激,佛天重见泪盈襟。前藏噶布伦丹津班朱尔,于济咙被掠而去,至是始归。"③ 全诗详述胜利的成果,反衬胜利的喜悦。其十一:"推心置腹更何疑,秋肃春温总圣慈,幸列要荒求内属,爻间休后五年期。廓尔喀先请三年一备职贡、大将军以其道远、令五年一贡、用示柔远之意。"④ 尾注注出五年一贡的用意。

---

① [清]乾隆:《御制诗文十全集》卷四十九,[清]彭元瑞等编,西藏社会科学院西藏学汉文文献编辑室重印,中国藏学出版社1993年版,第614～615页。
② [清]杨揆:《桐华吟馆诗稿》(清嘉庆十二年刻本)卷八,页七上,见国家清史编纂委员会·文献丛刊《清代诗文集汇编》(第457册),上海古籍出版社2010年版,第344页。
③ [清]杨揆:《桐华吟馆诗稿》(清嘉庆十二年刻本)卷八,页八上,见国家清史编纂委员会·文献丛刊《清代诗文集汇编》(第457册),上海古籍出版社2010年版,第344页。
④ [清]杨揆:《桐华吟馆诗稿》(清嘉庆十二年刻本)卷八,页八上,见国家清史编纂委员会·文献丛刊《清代诗文集汇编》(第457册),上海古籍出版社2010年版,第344页。

全诗写恩准廓尔喀朝贡，显出示柔怀远之意。

对于许降纳贡，乾隆帝写有《福康安奏拉特纳巴都尔缴所掠后藏诸物并乞遣陪臣进贡诗以志事》："许降早已发纶音，缴物斯滋倍致钦。悔罪命宽京筑观，献诚首捧册镌金。其缴出物件内金册一函，系从前赐颁班禅额尔德尼之物，天朝锡命，尤非他物可比。今贼首于抢银两，已为铸钱之用，独此金册敬谨收贮，不敢私毁，且首捧此件恭缴。"从前赐颁班禅额尔德尼之物，系指康熙五十一年（1713年）册封五世班禅为"班禅额尔德尼"的金册。"白狼白鹿徒传古，革面革心亶见今。戢武奠遥知止足，益殷保泰凛难谌。"① 进贡白色的狼、白色的鹿是古代传下的规矩，现在确实看到发自真心的洗心革面。全诗及注叙述了允降后接受缴纳劫掠物品并允许其进贡的经过，以廓尔喀诚心悔罪，凸显其网开一面、允降纳贡之必要，并表达了"戢武知止""益殷保泰"的警戒。接着乾隆写下《福康安奏班师日期并廓尔喀致送羊酒等物犒师诗以志事》："駞骑骈臻班凯信，降番意外效殷勤。犒师重报廓喀献，罢战何曾颉利闻。唐太宗便桥之役，诧为神武，不过颉利请和，刑白马结盟，突厥引还而已，未闻有所犒献也。示武方能成偃武，归文乃可事修文。不贪地土天垂贶，益励惕乾敢诩勋。"② 强调用正义的战争才能制止侵略的战争，提倡礼乐教化才能进行修治典章制度的事业，不贪夺土地上天才会垂赐，对上天更加保持敬畏，不敢自诩建立功勋。

战后，乾隆帝在《补咏战胜廓尔喀之图》八首中第八首《廓尔喀陪臣至京》进而写道："七战由来七获捷，历观悖史鲜诚逢。自惟罪重撤原号，可示恩宽复旧封，缴册还金归次第，承筐载橐俾从容。乃知德服胜威服，昊贶钦承兹励恭。"③ 皇帝盛赞德服在战争中的重

---

① ［清］乾隆：《御制诗文十全集》卷四十九，［清］彭元瑞等编，西藏社会科学院西藏学汉文文献编辑室重印，中国藏学出版社1993年版，第616～617页。
② ［清］乾隆：《御制诗文十全集》卷四十九，［清］彭元瑞等编，西藏社会科学院西藏学汉文文献编辑室重印，中国藏学出版社1993年版，第617～618页。
③ ［清］乾隆：《御制诗文十全集》卷四十九，［清］彭元瑞等编，西藏社会科学院西藏学汉文文献编辑室重印，中国藏学出版社1993年版，第625页。

要性，恩宽恢复廓尔喀国王旧有的封号，以德服人胜过以武力服人。

廓尔喀悔罪输诚，清军班师凯旋，朝野欢腾。时为官陕西的和宁写有《喜闻廓尔喀投诚大将军班师纪事》六首，前五首："无量浮屠国，岩疆震廓酋。一年陈劲旅，万里馈军筹。白饭珠量少，青刍桂束售。宴何丰僦运，佛汗不须流。""斋斧谙奇正，披图庙算严。凿开山聚米，采入雪堆盐。阃外知枚卜，师中以律占。传餐刚列阵，姓字耸翘瞻。""绝壁垂徽引，军悬咫尺应。援枹才一鼓，束马会超乘。夜冒天梯雨，山排月窟冰。元戎最神速，翊赞划机庭。""免胄投枪日，群酋拜泣难。葛罗心胆落，仆固齿唇寒。帝力敷天有，臣功薄海刊。戢兵丹凤下，叩额数仍宽。""法门原不二，身毒半袈裟。国史传宗卡，元僧衍萨迦。未教过玉垒，那许渡金沙。木石看烧却，怀荒更逐邪。红教喇嘛沙玛尔巴搆衅伏诛，其寺在阳巴井，事定毁其寺迁其徒众。"诗歌以典雅诗句咏述一年来驱逐廓尔喀入侵之战的艰难险阻，并特以诗注揭示挑起事端的红教喇嘛沙玛尔巴的下场。末一首："西海饶珠错，鞬鞬乐部谙。野心温语革，殊俗宠恩覃。玛甲巢云岭孔雀名玛卜甲，郎伽出日南象名郎卜伽。尧阶习干羽，仪舞备陈堪。"① 最后详细记载廓尔喀投降后所贡方物，诗注注出了进贡的孔雀、大象的名字。和宁还写有一首《渡象行》②长诗专记这头从廓尔喀来的大象。方积亦有诗《廓尔喀入贡》二首，其一："使者真随万里风，闲关重译语难通。辞家月窜天根外，学步尧封禹甸中。往日旌旗麈百战，即今筐筐慑元公。明光列晏如闻鼓，会有恩波浥大东。"③ 因方积未经历其事，全诗以想象为主，故有一种朦胧美。

这次征剿廓尔喀入侵西藏的反击战，前后持续了一年有余，战争

---

① [清] 和瑛：《易简斋诗抄》（清道光刻本）卷一，页二十四上下、二十五上，见国家清史编纂委员会·文献丛刊《清代诗文集汇编》（第399册），上海古籍出版社2010年版，第705页。

② [清] 和瑛：《易简斋诗抄》（清道光刻本）卷一，页二十五上下、二十六上，见国家清史编纂委员会《清代诗文集汇编》（第399册），上海古籍出版社2010年版，第705页。

③ [清] 方积：《敬恕堂诗集》（清嘉庆刻本）卷九，页二上，见国家清史编纂委员会《清代诗文集汇编》（第387册），上海古籍出版社2010年版，第105页。

直接动用兵力 13000 多名,既有远来自黑龙江的能征惯战的索伦劲旅,又有四川嘉绒地区和西藏的为数众多的藏族土兵,仅仅奉调进藏的将军、总督等大员就有六七人,领军勇将更是多至数百名,动员征发运粮等后勤民夫竟至数以十万计。周霭联的《西藏纪游》卷三记载了孙士毅解决大军粮食供应的办法:"自打箭炉至藏数千里,跬步皆山,阒无人烟,无食宿所,番人皆居山坳,距大路数十里或百余里。每丁夫负米五斗,贮以麻袋,裹以牛皮,以防损漏。幸而得至,日久霉黦,不堪供食。又,背夫旅食即取给于此,未至其地,米已无余。核计每石米至藏需费八十余两。是以廓尔喀之役,文靖就藏地购米供军糌喇嘛也食稻米。不徒节省帑金,且以免数万背夫远涉之苦,所全活无算。其打箭炉以外各台,仍由内地运供焉。"① 以物力动员征发而论,各地调拨军饷先后共计 600 余万两,单单在西藏一地的筹粮就在 10 万石以上。征剿战争能取得胜利确实与清朝中央投入如此大量的人力物力绝对分不开,当然更与此次战争的正义性质密切相关。无疑,大将军福康安统率的征剿大军进行的是一场保藏卫国、反击侵略的正义战争。得道多助,此次征战得到了全国人民的大力支持。内地各省纷纷为征剿廓尔喀做出贡献,仅两淮、浙江、芦台、山东等盐商即捐银 300 余万两,为保卫达赖喇嘛、班禅额尔德尼驻锡之地,青、康、川藏族头人、土司对兵差及运送粮饷军供"争先效命,踊跃遵从"。西藏僧俗头人更是积极助军支前,除大量采办青稞、牛、羊外,又派出乌拉差役牛 10000 多头。济咙呼图克图及各大寺堪布等献出库藏火药、铅弹等,并挑选良马送至军营。清朝派大军平定廓尔喀侵藏,拯救了西藏地方的灾难,巩固了祖国西南边陲,深得藏族中上层人士的衷心拥护。

胜利来之不易,清军亦有重大伤亡。孙士毅写有《途次盼军营捷音》:"每遇铃声问凯歌,呼庚消息阻关河。距军营万里,飞挽甚艰。平坡水漫归漕缓,阴岭云重带雨多。焚穴定应擒虎豹,截流生怕

---

① [清]周霭联:《西藏纪游》,张江华、季垣垣点校,中国藏学出版社 2006 年版,第 92 页。

走蛟鼍。还闻裹革皆名将,时闻副都统台斐英阿、侍卫墨尔根等阵亡之信。眦裂西风愿枕戈。"① 这首慷慨沉痛的七言律诗,咏述为平定廓尔喀后方万里挽运的艰辛,前线将士流血牺牲,台斐英阿、墨尔根等人先后阵亡。孙士毅还专门写有《二哀诗 并序》,诗序曰:"致命遂志,不忘丧元,豹死留皮,古贤所叹。况同事戎行,乃心靡盬,山阳之笛,抚膺何如,谣咏当哭,匪直述哀,亦以励士云尔。"诗序赞美二公以生命实现自己的志向,并连用"豹死留皮""山阳之笛"两个典故表达对死难战友的思念,并表示用诗歌吟咏来当哭,目的不只是表达对死难战友的哀痛,而是为了激励更多的将士去争取更大的胜利。诗曰"死矣将军事,天乎国士心。行间何慷慨,牖下此呻吟。日晕重围合,阴霾卧鼓沈。衔哀磨盾鼻,岂独悼人琴。台斐英公"。台斐英公即台斐英阿(?—1792年),库雅拉氏,满洲正白旗人。自护军补司辔长、授乾清门蓝翎侍卫,后因功授副都统衔。乾隆五十七年(1792年)从福康安率军进藏反击廓尔喀侵扰。分攻擦木,进克济咙,率索伦劲骑深入廓尔喀境,东觉山之战战功卓著,加都统衔授散秩大臣。进逼甲尔古拉山,中枪卒于阵前。"眼底无西域,捐躯血洗袍。鬼雄能杀贼,气尽尚抽刀。转战惊强敌,生还笑若曹。平羌谁第一,惭愧说韦皋。墨尔根公。"② 墨尔根公即墨尔根保(?—1792年),索伦阿拉氏,隶正黄旗,初以马甲驻京补亲军,后因功升至二等侍卫。乾隆五十七年(1792年)从福康安平定廓尔喀侵藏,深入廓境,攻噶勒拉山城,战死。全诗赞美两公战死沙场、保藏卫国的不朽功勋。乾隆帝在《平定廓尔喀十五功臣图赞》中亦写下《原任都统衔护军统领喇布凯巴图鲁台斐英阿》:"首攻擦木,继克济咙。身

---

① 〔清〕孙士毅:《百一山房诗集》(清嘉庆二十一年刻本)卷九,页十六下、十七上,见国家清史编纂委员会·文献丛刊《清代诗文集汇编》(第347册),上海古籍出版社2010年版,第574~575页。

② 〔清〕孙士毅:《百一山房诗集》(清嘉庆二十一年刻本)卷十一,页六下、七上,见国家清史编纂委员会·文献丛刊《清代诗文集汇编》(第347册),上海古籍出版社2010年版,第595页。

先士卒,奋勇成功。遂至帕朗,逼甲尔古。直进殒身,痛惜心楚。"① 用图赞四言体再叙将军军功,表达皇帝"痛惜心楚"的哀痛心情。乾隆帝在《平定廓尔喀十五功臣图赞》中还写有《原任副都统扎弩巴图鲁阿满泰》:"遇有绝险,莫弗身先。讵惟力勇,实以忠坚,攻堆补木,夺桥命殒。马革未能,更切哀悯。"② 图赞写阿满泰遇险先登,力战攻坚,显示了忠勇的气概和坚贞的情怀,在攻堆补木,夺桥之役中,中枪、落水死,水深,战方急,求其尸不可得,未能马革裹尸还,皇帝表达了"更切哀悯"之情。

征剿大军攻入廓尔喀境内后,战斗越来越艰苦,全军付出了惨重的伤亡代价。都统台斐英阿、副都统阿满泰、侍卫墨尔根保、英贵等重要将领均以身殉职,阵亡将士成百上千。据《清高宗实录》载,从乾隆五十八年(1793 年)至嘉庆元年(1796 年)4 次旨准祭葬恤赏出师廓尔喀阵亡将士,入祀昭忠祠,计有军官 187 人、士兵 1543 人。杨揆的《路引篇》既是深情悼念阵亡将士的祭歌,又是招领英魂回归家园的路引。其诗序:"旧传阵亡将士,凡军事未竣,其魂魄不能先归故土,凯旋有期,须焚给路引如官符然,兹以八月既望后六日撤兵,大将军既令为文以祭,并作歌纪其事。"诗曰:"岁次壬子,维月在西,三军鼓舞奏凯归,番民夹道,载拜稽首。绥我边土,胥藉战胜功,感且不朽(一解)。旌旗何毵毵,征骑趋趡趡,将军下令告将士,曰惟余马首是瞻(二解)。櫜尔弓,戢尔矢,诘朝成行。万踵咸趾,有生再生,喜极而涕(三解)。诘朝欲行夜不眠,连营鼓角声阗阗,三更月黑起瘴烟,阴风萧瑟,竖人毛发吹盘旋,是胡为乎心恻然(四解)。迺询军吏,军吏前致辞,三军奏凯归有时,向闻生者归未得,死者不敢归。风啼雨泣,恐是强魂毅魄之所为,吁磋乎噫歆(五解)。王师于来,汝贾其勇,斩将搴旗,义不旋踵,暴骨原野,身轻恩重(六解)。累累战骨血未干,经秋雨洗金疮寒,青燐飘泊天

---

① 〔清〕乾隆:《御制诗文十全集》卷五十四,〔清〕彭元瑞等编,西藏社会科学院西藏学汉文文献编辑室重印,中国藏学出版社 1993 年版,第 682 页。

② 〔清〕乾隆:《御制诗文十全集》卷五十四,〔清〕彭元瑞等编,西藏社会科学院西藏学汉文文献编辑室重印,中国藏学出版社 1993 年版,第 683 页。

漫漫，望乡不到摧心肝（七解）。豺狼猖猖，锯牙钩爪，甘人肉以为饱，汝奚不归，縈此蔓草，云堕九幽，昏暗无所告，非奉将军符，不得拔苦恼（八解）。是耶非耶不可知，壮士涕泗同涟洏，将军起叹息，谓宜急唤巫阳，蕅纸为招之（九解）。吹芦箫，酌村醨，左陈饩馈，右薦粔籹，流沙千里，不可以久居。解脱罣礙，人天上下随所如，顾恋骸骨宁非愚（十解）。予汝路引，挈汝行，断枪折戟徒纵横，山川神祇毋或稽汝程，一纸谓足通幽冥（十一解）。山深深，石皓皓，酾酒临风天欲晓，万马回鞭度林杪，魂兮归来胡不早（十二解）。君恩恤汝挈官骑，吊汝庐，扬灵旗兮乘云车，随我部伍，各返乡曲毋蜘蹰，嗟我战士其鉴诸（十三解）。"① 诗序写出作此路引篇的缘由，表露出生者对死者的无限慰念，也是满族萨满教信仰与中原招魂诗传统的完美结合。全诗分十三解，一解写班师时间，大军凯旋，藏族群众夹道欢送，生者亡者共同取得"绥边"不朽战功。二解大军列队，唯大将军马首是瞻，生者亡者一起回返。三解背上弓，带上箭，一大早排成队伍，成千上万只脚开始移动，无论生者还是等待再生的魂魄，都因终于可以回归家园而激动得流下热泪。四解一早要起行，整夜难眠，连营鼓角声不断，三更天突然月暗瘴烟起，阴风呼啸，吹得人毛发尽竖，心里砰砰跳。五解大将军询问军吏得知，大军就要凯旋，一向流传将士生者未归，亡灵亦不得归，风雨涕泣，恐怕是那些英魂之所为。六解亡者随王师前来，英勇杀敌，斩将夺旗，义无反顾，战死沙场，精忠报国。七解累累战死的勇士血迹未干，经秋雨浸泡再加艳阳暴晒，青色的燐火四处飘荡，眼望故乡归不得，魂魄亦摧折心肝。八解问异域他乡，豺狼凶残，亡灵为何不回归故乡，还在这蔓草间徘徊？魂魄答已堕入幽冥，昏暗无处告诉，除非奉了大将军的符令，才能离此归乡。九解真假不得而知，而周边听说的将士都泪流满面，大将军站起叹息，招巫师前来剪纸招魂。十解吹奏哀乐，

---

① ［清］杨揆：《桐华吟馆诗稿》（清嘉庆十二年刻本）卷八，页九上下，见国家清史编纂委员会·文献丛刊《清代诗文集汇编》（第457册），上海古籍出版社2010年版，第345页。

摆祭品，荒野千里，不可久居，解脱疑虑，人天上下英灵啊随你所往，眷恋骸骨不肯回乡不是很蠢吗？十一解给你路引，带你出发，放弃战场的断枪折戟吧，山川诸神不要羁留英灵归还，一纸路引诏令足以通到幽冥。十二解山林深深，巨石浩大，临风洒下祭酒，天将破晓，万马回还，扬鞭度林海，英魂归来、还不趁早。十三解皇帝恩准你追随军骑，吊祭你战死之处，扬起灵旗、乘上云车，英灵啊随我部伍，各自返回故乡不要迟疑，嗨！凡我战士按此行动吧。全诗远承屈原《国殇》，正大慷慨、荡气回肠，以对话的方式展开，既告慰英灵，又抚慰生者，最终以大将军令行于四方，召全体将士（包括战死的英灵）回归家园，至今读来尤觉十分悲壮感人。诗序称作歌，诗又分十三解，应是祭歌，读此诗仿佛耳旁听到先人悲歌慷慨之声，催人泪下，荡涤心灵，是一首出色的战场归去来之歌。

　　就在清朝不惜付出重大代价取得反击廓尔喀之役胜利的时候，东西方的天平已经慢慢开始发生决定性的倾斜，英国工业革命后对外殖民的触角已伸入东方。就在乾隆帝还沉浸在刚刚取得的十全武功的辉煌的时候，西方的世界已经开始逐渐取代东方的天下。英国著名的使节玛嘎尔尼来到了东方，来到了仿佛如日中天的大清帝国，在中华帝国的斜阳余辉里，杨揆在《廓尔喀纳降纪事》十二首的最后一首，记下了这次历史性的会面："东鹣西鲽会祥符，月髇遥开益地图，闻说同时英吉利，占云航海达皇都。英吉利国，在东南重洋之外，从未得通中国，兹亦遣使来贡，与廓尔喀正同时也。"① 诗写东鹣西鲽（东方和西方）相会就能吉祥如意、永销兵戈，月亮的阴处都开放了将增加帝国的地图，听说廓尔喀投降的同时，英吉利国也派使者占云航海到达了皇都。诗注自信地说，英吉利国遣使来朝贡，刚好与廓尔喀同时。如此巧合似乎英吉利国此次来朝只是给大清帝国的辉煌又加一个小点缀，然而这是杨揆自以为是的自信，事实并不是其诗中想象

---

① ［清］杨揆：《桐华吟馆诗稿》（清嘉庆十二年刻本）卷八，页九上下，见国家清史编纂委员会·文献丛刊《清代诗文集汇编》（第457册），上海古籍出版社2010年版，第345页。

的那般，英国遣使来见乾隆帝，哪里是什么大清所认为的前来朝贡，哪里是吉祥的征兆？当乾隆帝傲慢地拒绝了英使玛嘎尔尼的所有请求时，没有满足英国要求的贸易通商时，英国的东印度公司就以最卑劣的手段——用鸦片贸易打开大清的国门，当中国的有识之士反对这种贸易时，引发了人类历史上臭名昭著的"鸦片战争"。以后这一切的发生好像就始于那个小点缀，这好像是历史的巧合，但同时又显示了历史的必然的残酷，盛极而衰，在引领世界几千年的辉煌之后，领跑的东方终于要落到西方后面了。历史仿佛给杨揆们开了个玩笑，不但并没有像杨揆在诗中想象的那样美好，战争才刚刚开始，中华民族数千年未遇的大变局也才拉开帷幕的一角，当大幕徐徐拉开时，战争就成了家常便饭，而且大清帝国的失败也就不可避免地接踵而来了。当然这是后话，反击廓尔喀之役胜利后有一系列的重要的事情需要立即处理。

第四章 反击廓尔喀后至清后期之藏政与相关藏事诗

廓尔喀的两次入侵,暴露出西藏地方存在的问题相当严重,尤其在经贸、外事、边防、吏治等方面亟待整顿,也暴露出驻藏大臣职掌范围必须进一步明定。清朝在胜利反击廓尔喀入侵之后,大力整顿藏事,筹议善后章程,并汇集成《藏内善后章程二十九条》予以颁行。《藏内善后章程二十九条》对西藏地方政治体制、吏治司法、边界防御、对外交涉、财政贸易、宗教管理等方面做了全面详细的重要规定,并将"金瓶掣签"制度与驻藏大臣的职权、地位以法律条文固定下来。这个章程将中央政府对藏的治理推进到系统化、法制化的高度。相关藏事诗作从多个角度、多个层面反映了这一历史的真实内容,具有重要的研究价值。

为使新颁治藏章程得以切实推行,清朝中央调派重臣干员驻藏办事,将医治战争创伤、抚恤赈济、招集安置逃亡人户以及禁暴惩贪放到当时治藏办事任务的首位,松筠、和宁等人为此做出了重要贡献,从他们的藏事诗作即可管窥其时其事。

经过几十年相对稳定的发展,进入清代后期,随着外国势力侵藏的加强,清朝对西藏的主权管辖遭到了前所未有的挑战。在藏政日趋衰败的情形之下,藏事诗难以避免地从创作的高峰跌落下来,在道光晚期勉强维持了短暂发展之势后,便一落千丈,仅存留下为数甚少、品位不高的诗作。对这一历史现象及其藏事诗表现也值得深入探究。

第一节 办理善后事宜、制定颁行章程与藏事诗的描述

乾隆五十三年（1788年）在廓尔喀第一次侵藏之后，乾隆帝特命在京城雍和宫供职的前摄政策墨林一世活佛阿旺楚臣返藏整理诸事、立定章程，并交付驻藏大臣，率领噶伦等照办。阿旺楚臣是一位熟谙藏事、正直刚毅、在藏享有很高威望的老人，他奉命返藏后的3个月，正当着手整顿藏事，与驻藏大臣一起准备完成皇帝交付的立定章程任务的时候，却不幸病逝。关于办理第一次反击廓尔喀侵藏善后事宜、立定章程之事，乾隆帝也曾多次谕令鄂辉、巴忠等人悉心妥议。鄂辉等据此拟订有《设站定界事宜十九条》《酌议藏中事宜十条》。这两个章程均经军机大臣等复议，得到了乾隆帝的批准。其对于加强后藏边务，整顿其时暴露出的西藏吏治弊端无疑是有好处的，但对全面办理反击廓尔喀侵藏战后善后事宜、全面整顿西藏地方吏治等各方面事务、强化中央政权对西藏地方的治理，显然是不够的，不仅缺乏应有的力度，而且由廓尔喀侵藏所暴露出的若干重大问题，如藏尼银钱交易的弊端、西藏外事管理方面的漏洞等，也未能涉及。同时，两个事宜的酌议也未能综理为一次系统的立章定制，在藏予以颁行。这些无疑表明，廓尔喀第一次入侵西藏之后乾隆五十四年（1789年）至乾隆五十五年（1790年）的办理善后事宜，带有明显的未完成性质。清朝中央对藏事进行全面整顿，制定系统的治藏法规，则是在胜利反击廓尔喀第二次侵藏战争之后，由福康安、孙士毅、惠龄、和琳等人会同西藏地方官员进行并完成的。

乾隆五十六年（1791年）九月，乾隆帝在决定派遣福康安统率大军进藏驱逐廓尔喀入侵的同时，亲自主持拟订了《发交福康安赴藏遵旨筹办事宜》，并将其交军机大臣传集满、汉、蒙古各大臣阅览

和讨论。① 乾隆五十七年（1792年）福康安率军深入廓尔喀进剿已得胜势时，乾隆帝在命令福康安等人相机受降藏事之同时，又把妥立章程做了悉心布置。10月7日传谕"凡此应办事宜，福康安等会同驻藏大臣遵照上年朱笔改定令福康安带去应办各条，逐一参酌损益，详慎筹画，妥协办理。以期经久遵行，庶边隅永臻宁谧，并晓谕藏内僧俗番众，共安利乐"②。5天后，乾隆帝又专门传谕开列详示7条。③ 此后，乾隆帝又就驻藏大臣的地位、职掌、呼毕勒罕指认规程、西藏地方的吏治、边务、财贸等问题向福康安等人详加讲论。这些训谕实际就是章程订定的基础。

乾隆五十七年八月（1792年10月），大军班师凯旋，杨揆写有《回至前藏作》："小春气候转暄和，快马平沙作队过，贾勇三军齐脱剑，劳旋八部竞吹螺。传来消息人天喜，话到艰难涕泪多，怅望东归犹万里，且安行脚礼维摩。"④ 诗写班师的大军到了拉萨正是小春温暖和煦的气候，人欢马嘶列着队从街市经过，勇猛的三军现在已卸下武装，来欢迎的喇嘛们吹响藏式法螺，胜利的消息传来人人欢喜，倾诉的话语纷纷，说到战斗的艰难仍然泪流满面，远远地望向东方，回归家园还有万里，暂且在这歇息一下来礼敬佛陀。杨揆咏写了大军回到拉萨时的壮观场面和将士们的心绪。遵照乾隆帝谕旨大军稍事休息，便由海兰察等人带领分队撤回内地。孙士毅写有《大将军福嘉勇公席上赠海侯》二首，其一：⑤ "甲光耀日军门开，花奴羯鼓声如雷，上公椎牛大饷士，传呼驰道将军来。上公名籍金张里，二十封侯贵无比，曾经铜柱到珠厓，又领银刀悬玉垒。头衔亲拜大军容，生斩

---

① 参见《廓尔喀纪略辑补》卷三，九月二十九日条。
② 《廓尔喀纪略辑补》卷三十九，八月二十二日条。
③ 参见《谕军机大臣传知福康安等所指各条著详酌妥办（乾隆五十七年八月二十七日）》，见《元以来西藏地方与中央政府关系档案史料汇编》，第763页。
④ ［清］杨揆：《桐华吟馆诗稿》（清嘉庆十二年刻本）卷八，页十二下，见国家清史编纂委员会·文献丛刊《清代诗文集汇编》（第457册），上海古籍出版社2010年版，第346页。
⑤ 参见［清］孙士毅《百一山房诗集》（清嘉庆二十一年刻本）卷十一，页十二下、十三上，见国家清史编纂委员会·文献丛刊《清代诗文集汇编》（第347册），上海古籍出版社2010年版，第598页。

楼兰六诏通,当日平台赐颜色,将军同出未央宫。酒酣为我倾胸臆,苦说生平老锋镝,万里横行石敢当,一身破贼杨无敌。索伦劲旅挽天戈,旧是唐家曳落河,闲煞臂鹰身手好,祁连山下射头鹅。承平久已清戎索,一夜蚩尤明井络,出师谁是大安西,第一功臣紫光阁。白马黄羝竟控弦,大金川又小金川,受降直抵河湟外,记得乾隆己巳年。当时搏战神偏王,云栈碉楼屹天上,老死羌封户牖侯,生擒欲縶蛮夷长。从此肤功得剖符,威名争说黑云都,腰间一品金鱼袋,肘后双花玉鹿卢。今皇拓地真神武,相国从戎又回部,部曲多知赵伏羌,旌旗尽识孙征虏。"海侯"指海兰察。诗以军门大开、鼓声动地、将军驰到、犒赏三军的震撼人心的戏剧场景开篇,从海侯姓氏、少年英俊、所率劲旅、武艺超群入手,运用大量典故写在大安西、大小金川、回部取得的战功和入紫光阁位列第一功臣的殊荣,以及受到皇帝宠爱得佩御赐"腰间一品金鱼袋,肘后双花玉鹿卢",最后以历史上的"赵伏羌""孙征虏"来比海侯,意指其已成为威震四方的当朝名将。全诗细写海兰察身世及廓尔喀之战前所建立的不世武功,诗句读来气势磅礴,从不同角度酣畅淋漓地刻画了一位"万里横行石敢当,一身破贼杨无敌"的英雄的形象,赞美了海兰察的超群武艺和勇冠三军的猛将气概。其二:"天子临轩异数优,归来献得月氏头,禁中再领鹰扬府,关内新增龙额侯。无何相国归汤沐,谁道东陵瓜正熟,惭愧平生帐下儿,拊髀犹思飞食肉。鹿耳雄关有跳梁,旄头星堕海苍茫,元戎鼓角从天下,外戚平南异姓王。楼船破浪来漳浦,海水群飞猰貐怒,兴霸铃声群盗惊,典韦戟影三军舞。一路刀光入贺兰,诸罗稽首马前看,伏波横海功非易,龙户鲛人服更难。将军意气真如电,图形直上南薰殿,此日西南讨种夷,亚夫营里还相见。褒鄂英风虎豹姿,曲幢羽葆到西陲,吉林风土侏离语,罗卡秋箐竞病诗。藏江泸水行人畏,昨日羌儿杀都尉,回纥多降郭子仪,突厥还惊薛仁贵。砍阵横呼转战前,逻娑城北雪为天,万重氆帐寒吹角,四姓种人夜欹边。同时忠勇谁无匹,马革归元台与墨,将军流涕誓戎行,深入乌桓过疏勒。大渡河西六月寒,诏书重叠教加餐,玉尊上寿降人舞,醉倚银貂小契丹。"① 诗从天子临轩，到再领鹰扬；从海苍茫，到入贺兰；从西南讨夷，到藏江泸水；从砍阵横呼，到逻娑城北；从马革台墨，到最后的降人上寿。全诗用了大量的典故赞美了海兰察在反击廓尔喀战争中所取得的盖世武功，充分展示了海侯的勇将石敢当的风范。全诗用韵四句一转，转韵多而不觉，是由于诗歌内容丰富，尤其典故运用在诗歌的前大半几乎成为主导，使诗歌具有了双重或多重的对比意境和历史深度。诗从"砍阵横呼转战前"诗句后才较少用典故，而是直述事迹。就是这样中间还是用了"四姓种人""乌桓"这样的古代部族名称，最后全诗收束在"醉倚银貂小契丹"的典故上。孙士毅在以上两首诗中既表达了对海兰察的崇敬之情，又描绘了乾隆盛世武功。

将士一队队回撤，统领大军的主帅福康安及其身边幕僚却在拉萨留下了。杨揆为此写有《军事告竣从西藏言旋率成四首》，其一："归期休更怨因循，送过严寒又好春，如此斜阳边草外，登楼还有未归人。"② 诗写思归之切，所以反衬现在归返的喜悦是无法言说的。福康安是奉旨留拉萨主持办理善后、议订章程的。乾隆所写五言长诗《福康安等奏西藏善后事宜诗志颠末得四十韵》③ 有诗句："爰命四贤臣福康安、孙士毅、和琳、惠龄，奠安议善后。"和琳此时已任为驻藏办事大臣，自不属"登楼未归人"，惠龄是未归将领，孙士毅则是东归途中再折返。他写有《东行至硕板多奉旨仍回西藏会办善后事宜二首》，其一："就熟轻装驿路便，主恩郑重为筹边，珠厓底用书生议，庙算颁来已十全。"诗后自注："时谕旨指示筹边机宜，并制十全记，通晓中外。"其二："不计归程计去程，蛮童争识马蹄声，

---

① ［清］孙士毅：《百一山房诗集》（清嘉庆二十一年刻本）卷十一，页十三上下、十四上，见国家清史编纂委员会·文献丛刊《清代诗文集汇编》（第347册），上海古籍出版社2010年版，第598～599页。

② ［清］杨揆：《桐华吟馆诗稿》（清嘉庆十二年刻本）卷八，页十五下，见国家清史编纂委员会·文献丛刊《清代诗文集汇编》（第457册），上海古籍出版社2010年版，第348页。

③ ［清］乾隆：《御制诗文十全集》卷五十一，［清］彭元瑞等编，西藏社会科学院西藏学汉文文献编辑室重印，中国藏学出版社1993年版，第645～646页。

多情白渚河即藏江边鹭,又向中流导我行。"① 硕板多(今译硕督),在洛隆县境,距察木多已不远。孙士毅东返至此,据《卫藏通志》载,已经过德庆、墨竹工卡、乌苏江、鹿马岭、江达、宁多、山湾、拉里、多洞、甲贡、阿兰多、朗吉、拉子、巴里郎等15站,计程2000里,沿途有革拉山、甲贡山、丹达山等多座高山,"山路崎岖""危峰耸峙""险峻难行"②,而在这位年过七旬的孙士毅笔下竟成了"驿路便"。至于白渚河,水势虽较平缓,但渡以牛皮船,堪称天险,然而诗人咏为"多情白渚河边鹭,又向中流导我行",竟是何等轻松欢快!这两首志事、纪行与言志揉为一体的七言绝句,深刻表露孙士毅忠贞体国、敬谨王事的心境,尤其第二首堪称清代藏事诗的佳作。

孙士毅前后两次来到拉萨督理粮饷与集议善后,咏写有多篇诗作。这些诗大体分为游访、雅集两大类。游访诗作,除写名刹古迹如《木辘寺》《招拉笔洞寺》《甘丹寺》《别蚌寺》《色拉寺》《大诏》《小诏寺》《甥舅碑》《唐柳》《琉璃桥》等外,还咏园林与防城如《罗博岭冈是达赖喇嘛坐汤处》《龙潭》《瑶圃制军招同嘉勇将军希斋司空游沙绿园亭即事》《札什城》等。这些诗用词典雅、别致,抑或朗朗上口、清新,而且多有其深刻思想内涵,或多或少地从多个层面展现了历史的真实内容。兹举《札什城》:"皇威远被万方平,绝域新开细柳营,青海近连都护府,玉关遥接受降城。星移七萃劳诸将,棊布三屯拥重兵,从此天西长底定,伫消金甲事春耕。"③ 札什城为清朝拉萨驻军城池,始建于郡王颇罗鼐当政之时。诗中无一字对该防城布局进行描述,表现的是皇威远被、大军屯驻、西藏终获安宁。全诗以"伫消金甲事春耕"收尾,无疑表明反击廓尔喀侵藏奠安议善后,决少不了驻军西藏,加强防卫。再举《游卡契园　卡契西夷部落

---

① [清]孙士毅:《百一山房诗集》(清嘉庆二十一年刻本)卷十一,页十六下、十七上,见国家清史编纂委员会·文献丛刊《清代诗文集汇编》(第347册),上海古籍出版社2010年版,第600页。

② 《卫藏通志·程站》卷四,西藏人民出版社1982年版,第237~240页。

③ [清]孙士毅:《百一山房诗集》(清嘉庆二十一年刻本)卷十,页十四下,见国家清史编纂委员会·文献丛刊《清代诗文集汇编》(第347册),上海古籍出版社2010年版,第586页。

名》:"旅舍憺无豫,策蹇访平楚。拂面风力柔,暑影翳更吐。蛮女供樵苏,乃复曳杂组。老柳卧道周,似学折腰舞。入门俨祇洹,钟磬纷堂庑。科头尺布缠,缠头番众居于此。"卡契园指旧时拉萨城西的清真寺。《西藏志》载:"在布达拉西五里许,劳湖柳林内,乃缠头回民礼拜之所,有鱼池、经堂、礼拜台,花草芳菲可人。"卡契是藏族对侨居西藏经商的克什米尔人的称呼,亦称缠头回子。诗写卡契园外及入门情形。诗注注出缠头回子多居于此。"西域号大贾。椟韫摩尼珠,屋列胭脂虎。蛮女姿首略妍即为缠头作妾。"诗写经商的克什米尔人经营的商品种类及家庭生活。诗注注出"胭脂虎"的来处。"犬声既狺狺,炊烟亦缕缕,似登华子冈,恍遇阳人聚,幽赏意未阑,灌园狎老圃。墙阴周植蔬菜,颇饶野趣。"①诗写游卡契园所见之园圃风情。此诗作似乎与通常游访赋咏没什么不同,然而结合其时特定境况与诗人肩负的责任,便不难看出这不是一般的游访赋咏。当时在藏贸易的克什米尔商人和尼泊尔商人颇多,常住拉萨、日喀则的已经有数百户,人口不下数千。藏族人与之通婚已久,交往颇为频繁。在反击廓尔喀入侵后办理善后事宜之际,自然应考虑筹议妥为管理这些侨商。因此与其说年迈体胖、足又有疾的孙士毅是被卡契园吸引往游,不如说是深入侨商社区进行实地考察罢了。孙士毅在拉萨还写有数篇雅集一类的诗作,《大将军敬斋相国招同希斋司马瑶圃制军燕集》四首就是其中的一组,其为四首七言绝句。其一:"牙旗玉帐夜谭兵,上将筵开细柳营,闻道秋宵亲破敌,边人争识李西平。"②大将军福康安招众人在军中大帐宴集,听到将军说起秋天亲率军破敌的情形,人人都想争着见识像宋代李西平那样的名将。写宴集时众人对福康安的崇敬之情。其四:"尽销金甲事春农,语为筹边不厌重,

---

① [清] 孙士毅:《百一山房诗集》(清嘉庆二十一年刻本)卷十,页十五上下,见国家清史编纂委员会·文献丛刊《清代诗文集汇编》(第347册),上海古籍出版社2010年版,第586页。
② [清] 孙士毅:《百一山房诗集》(清嘉庆二十一年刻本)卷十,页十六上,见国家清史编纂委员会·文献丛刊《清代诗文集汇编》(第347册),上海古籍出版社2010年,第587页。

尚恐宵衣劳远厪，一时回首景阳钟。"① 战争结束解甲归田，将军不断重复着筹划边境事务的话语一点也不厌倦，夜已太深尚且担心帝王悬念，一时回首就想到早朝的钟声。诗写在夜宴中大家仍不忘筹议建章立制，不忘皇帝对治藏制度建设的殷切关怀。孙士毅所写的这篇会宴雅集诗，其二、其三虽也有灯红酒绿之咏述，但并不是通常意义上的会聚宴乐描述，它是集议筹边之余的一种休整，诗句常常别有象征，从一定意义上可以说是集议的另一种方式。

　　在会办善后、集议章程的大臣们的雅集中还偶遇能诗的藏族恭格班珠尔，孙士毅写有《西藏士人恭格班珠尔能诗，同人偶游达赖喇嘛园池遇之，命之赋诗，颇成篇什，因为和之》："黄金布地玉作阶，释子谈经此常住，一池古水八功德，百丈泉源发何处。贝多叶大摇清阴，日午不闻钟磬音，片时晏坐差可喜，虚堂静验风旛起。我来绝域今几时，重游胜地应无期，此间忽遇维摩诘，雪北香南又一奇。"② 诗写达赖喇嘛的园池那是黄金铺的地、玉石做的台阶，喇嘛们常常谈经住在这里，那一池水也有佛家八种功德，那百丈泉源发源于何处，到处绿意环绕，巨大的贝多叶下有一大片阴凉，到了中午十分安静，到处听不到一点寺院的钟磬音，片刻的安坐也是非常快乐，在安静的庭院中验证着风动、旛动、心动的公案，来到高原之地至今已多长时间了呢？以后重游胜地恐怕会遥遥无期，在此间居然遇到一位有维摩诘那样诗才的藏族朋友，是在这雪域高原的又一奇遇。全诗描写了达赖园林花池之美，用来衬托藏族士人恭格班珠尔的诗才之美。和诗突出了一个"奇"字。孙士毅称为有维摩诘之才的恭格班珠尔原诗为："龙王初造龙宫成，忽然移入人间住，琉璃四照映日华，遍彻毫光明处处。周围海水清且深，迦陵之鸟流好音，游人闻之大欢喜，恍如仙

---

① ［清］孙士毅：《百一山房诗集》（清嘉庆二十一年刻本）卷十，页十六上下，见国家清史编纂委员会·文献丛刊《清代诗文集汇编》（第347册），上海古籍出版社2010年版，第587页。

② ［清］孙士毅：《百一山房诗集》（清嘉庆二十一年刻本）卷十，页十八下、十九上，见国家清史编纂委员会·文献丛刊《清代诗文集汇编》（第347册），上海古籍出版社2010年版，第588页。

乐凌风起。而今春正到花时，结果成阴定有期。万事有因皆有果，众生那识化工奇。"① 诗写龙王当年初造成龙宫时，这华丽的宫殿忽然移入人间成为达赖喇嘛的园池，在高原无遮太阳的照射下琉璃瓦反射着炫目的日光，照得园池处处明晃晃，周围的池水就像那海水既清澈又渊深，鸟叫声就像佛教传说中的妙禽好音鸟的鸣声，更仿佛仙乐凌风而起，凡听到的游人皆起大欢喜之心，而今正是春暖花开时，绿色成荫离结出硕果的时间也就不远了，人间万事万物皆有因有果，普通众生哪里识得化工之奥妙和神奇。恭格班珠尔读了孙士毅的和作，又呈一绝云："功业文章并绝奇，前身应是戒禅师，龙华会上因缘在，乞与重题一首诗。"孙士毅感其意，依韵答之："万里相逢事亦奇，功成计日即班师，西天名士如君少，古佛灯前乞我诗。"② 孙士毅与恭格班珠尔唱和之诗虽无甚多深玄奥旨，但无疑已充分显示了藏族中亦有汉文修养如此深厚的人才，亦可见藏汉友谊及汉文化在藏地的深远影响。虽然在笔者现已辑录的藏事诗中，这类与藏族唱和的汉诗数量还是相当少的，但正是因为罕见就尤其显得珍贵。

福康安、孙士毅、和琳、惠龄等人奉旨留在拉萨，会同达赖方面协助掌办政务的济咙呼图克图、众噶伦和班禅方面的札萨克喇嘛，集中筹议章程条款，分门别类立章定制，福康安等人又将进藏后"随事随时留心咨访，体察番情"所得应办章程，③一一遵谕上奏。乾隆帝命军机大臣会同大学士、九卿详议具奏，议复"均应如所请"，皇帝照准。④至此，章程全面系统的制定工作告竣。

乾隆帝为此特作《福康安等奏西藏善后事宜诗志颠末得四十韵》："三藏前后中，由来名已久。崇德虽入觐，其地非我有。众蒙

---

① [清]孙士毅：《百一山房诗集》（清嘉庆二十一年刻本）卷十，页十八下、十九上，见国家清史编纂委员会·文献丛刊《清代诗文集汇编》（第347册），上海古籍出版社2010年版，第588页。

② [清]孙士毅：《百一山房诗集》（清嘉庆二十一年刻本）卷十，页十九下，见国家清史编纂委员会《清代诗文集汇编》（第347册），上海古籍出版社2010年，第588页。

③ 参见《福康安等奏藏内善后条款遵旨议复者外尚有应办理章十八条折》，见《元以来西藏地方与中央政府关系档案史料汇编》，中国藏学出版社2005年版，第795、803页。

④ 参见《清高宗实录》卷一四二一，乾隆五十八年正月乙卯。

古归之,凡事商可否。其弊自元来,率以难禁取,然而向善多,消乱利兼就。明乃踵元迹,尊崇颇不偶。但未至元甚,非类却堪丑。国初付怀徕,通贡无大咎。第巴其官之称,其人名桑结更奸诡,党噶尔丹苟。诈称奉中国,表里为奸寇。达赖喇嘛亡,隐弗宣诸口。皇祖频敕谕,两端持鼠首。煽摇青海众,瓯脱图恩负。二匪谓噶尔丹及第巴桑结受冥诛,藏乃归员幅。策旺劫藏时,发兵驱以走。其后自相残,皇考靖纷纠。因之驻大臣,镇压计安阜。其奈历年多,屡易人非旧。相幸无事归,遂致因循纽。诸务付不知,旒缀同瞶瞍。而达赖喇嘛,庇族弟兄陋。赏罚率弗公,受贿任分售。或付噶布伦,或偏信左右。遂使廓尔喀,侵边较利薮。遣兵问曲直,所遣人悔忸。未曾示国威,贿和完以诱。再来袭藏地,益肆猖獗赳。抢将扬挞伐,归降乃额叩。战胜屡见诗,不必申论复。爰命四贤臣,奠安议善后。兹具疏以来,诸弊去其垢。贸易有节制,疆界慎防守,等级各责成,廪给俾公授,兵器期精利,将弁严凌侮,再生禁世袭,《喇嘛说》著手,事权归二臣,亲巡祛弊狃。昔为羁以縻,今如臂与肘。谓失反因得,迟速论曾剖。都缘辏时会,莫非天恩厚。长歌纪予怀,兢业示不朽。"① 这首五言长诗,从崇德七年(1642年)西藏地方遣使至盛京拜见皇太极起始,逐一展开清朝与西藏地方关系历史演进的诗卷,将顺治、康熙、雍正三朝推进对西藏地方统辖、治理的重大举措均勾勒入诗,直至咏迄当朝乾隆五十八年(1793年)平定廓尔喀侵扰后的明定章程、完善各项制度的措施。

这篇四十韵的诗作中,平定廓尔喀侵藏后的"奠安议善后"长达十一韵,22句诗,且7处加夹注,凸显清朝中央将对藏地的主权治理推进到历史上前所未有的高度。兹分述于下:

"贸易有节制,疆界慎防守。"诗注:"如廓尔喀需用唐古特食盐、酥油等物,断难绝其贸易,但彼此牟利,自必易起争端。又如唐古特向用廓尔喀银钱,嗣后银色淆杂,以致互相争竞,因谕令丁一岁

---

① [清]乾隆:《御制诗文十全集》卷五十一,[清]彭元瑞等编,西藏社会科学院西藏学汉文文献编辑室重印,中国藏学出版社1993年版,第644~647页。

中，准其通市四五次，且俟彼再四恳求方准。其所用银钱，竟令藏中官为铸造乾隆宝藏，汉文唐古特字样，使彼不能居奇，泉币长可流通。至于平日疆界地方，更当慎加防守。今据议定，于前后藏各设番兵一千，定日、江孜地方各设五百名，令将备及戴琫管束教演，务使兵归有用，再不致别国妄生觊觎。"此诗与注文所强调的对外贸易的节制与管理、国家货币的铸造、建立西藏地方常备兵即藏军和边界防御，在其后正式颁行的《藏内善后章程二十九条》中分列多条，做出了详细清晰的规定。

"等级各责成，禀给俾公授。"诗注："向来藏中管兵番目，如戴琫、如琫、甲琫等，虚有其名，每遇出兵，兵将俱不相识，安能收攻守之效。兹据议定，于戴琫之下，设如琫十二名，每名管兵二百五十名，如琫之下，设甲琫二十四名，每名管兵一百二十五名，甲琫之下设定琫一百二十名，每名管兵二十五名。所有戴琫等缺，以次升用，庶不致徇私悮公。嗣后四噶布伦并其余大小番目缺出，俱统归驻藏大臣会同达赖喇嘛，照依等级，秉公拣选。至于番兵及管兵番目，向不给与口粮，无怪临时退缩。兹酌议每名每年，令达赖喇嘛商上给青稞二石五斗，遇有征调，每日支给糌粑一斤。其管兵番目，除戴琫已有例给庄田毋庸置议外，每年如琫各给银三十六两，甲琫各二十两，定琫各十四两，按季散给，以资用度。"诗与注文所规定的藏军军官编制、升用和地方官员的升迁、任命及官兵的禀给公授，在《藏内善后章程二十九条》中均做详细的定章立制，以昭遵行。

"兵器期精利，将弁严凌侮。"诗注："藏中番兵器械铅火，向来俱令自备，不能精利，令酌议每兵一千名，五分鸟枪，三分弓箭，二分刀矛。所需各器械，即将沙玛尔巴等家产内及寺庙中收贮之件，略加修整，足资应用。惟是将弁兵丁，欺凌番兵，即不能联为一体，安望其齐心出力，以后令于满汉营员内，认真拣选，驻藏大臣复加验看，并令驻防将备督同大小番目按期训练，秉公赏罚，以示劝惩。其番兵三千名，严饬该管将弁及戴琫等，不得擅行役使，有误操防。"诗与注文的旨在建立一支兵器精利、操练有素、汉藏兵联为一体、纳入清军统一操防的西藏地方军队的规定，在《藏内善后章程二十九条》进一步予以细化,如藏军每年操演所需火药,规定由噶厦派员凭驻藏大臣衙门印票前往工布监造。规定前藏藏军归驻拉萨游击统辖、训练,后藏藏军归日喀则都司统辖、训练。所有兵丁应造花名册一式两份,一份存驻藏大臣衙门,一份存噶厦。规定驻藏大臣二人每年春秋两季轮流巡查前后藏、亲自操演驻防汉藏军队、巡视边界要隘、检查边防等。

"再生禁世袭,《喇嘛说》著手。"诗注:"廓尔喀之侵边界,固缘从前噶布伦等舞弊,致使藉端肇衅,亦由近世藏中风气日下,大喇嘛等多以庙中资产为念,于是转世之呼必勒罕率出一族,竟与世袭无异。甚至沙玛尔巴垂涎扎什伦布财物,唆使廓尔喀滋生事端,乃其明验。当次国威震叠之际不可不为力除其弊。是以制金奔巴瓶送至藏内,令以后将各指出之呼必勒罕书签贮瓶,由驻藏大臣会同签掣。……上年曾著《喇嘛说》,详其原委,祛其流弊,使后世知予之保护黄教迥不同于元代之尊崇喇嘛,不问贤否公私,惟命是从,有妨政典也。"诗与注文申述达赖、班禅及大活佛的呼必勒罕(转世灵童)应以"金瓶掣签"确认。《藏内善后章程二十九条》将此列为首条,强调规定实行金瓶掣签制度,达赖喇嘛、班禅额尔德尼及各大呼图克图转世灵童,须在驻藏大臣主持下,经由皇帝颁赐的金奔巴瓶在佛尊前掣签认定,杜绝受私妄指之弊端。其掣签仪轨具体规定为:先邀集四大护法神初选灵异幼童若干名,而后将灵童名字、出生年月日以满、汉、藏三种文字书于签牌,置于金瓶之内,供奉于大昭寺释迦牟尼佛像前,由活佛、大喇嘛按宗教仪轨唪经,在驻藏大臣监督下,当众掣签认定。乾隆五十七年(1792 年)十一月二十一日,清廷特制的"金奔巴"瓶①,由御前侍卫惠伦赍抵西藏,供奉于大昭寺佛殿。② 乾隆五十八年(1793 年)二月十一日,即按照新订仪式,由

---

① 清代文书惯称"金奔巴瓶",似有语病。按"奔巴"原系藏语 bum pa 之音译,意即为瓶,故称"金瓶"或"金奔巴"均可,称"金奔巴瓶",就如同把"雅鲁藏布"称作"雅鲁藏布江"一样,只好从俗。

② 《福康安等奏供奉金瓶于大昭寺佛楼及八世达赖喇嘛欢欣情形折(乾隆五十七年十二月初一日)》,见《元以来西藏地方与中央政府关系档案史料汇编》,中国藏学出版社1994 年版,第 794 页。

活佛、大喇嘛按宗教仪轨唪经，在驻藏大臣监督下，当众由金瓶掣出青海松巴呼图克图及科尔沁蒙古喇嘛等的呼毕勒罕 4 名。据当时主持仪式的驻藏大臣和琳等奏称："是日掣签之时，自达赖喇嘛以下，僧俗环观，皆称大皇帝护卫黄教，将设立金本巴瓶办为公允。臣等察看众情，甚属感激喜悦，倾心信奉。"① 驻藏帮办大臣和宁是第一位以亲历金瓶掣签转世活佛之盛事入诗的，他写有《金本巴瓶签掣呼毕勒罕》②："古殿金瓶设，祥晨选佛开。谁家聪令子，出世法门胎。未受三途戒，先凭六度媒。善缘生已定，信我手拈来。"诗写选佛的经过，以佛教词汇"三途""六度"入诗显示诗人对佛典的娴熟，全诗语言简朴，音韵流畅，字里行间透出一种轻松和欢快，可以想见金本巴瓶签掣呼毕勒罕制度推行的顺畅。和宁在《前藏书事答和希斋五首》，其五："万里岩疆重，皇家设教神。空瓶开善种，坚壁走强邻。解语花应笑，忘机鸟亦亲。百年如寄耳，云路悟前因。"③ 这是说万里外边疆的安定为国家重中之重，天朝皇帝神道设教，顺应自然之势以事教化。金瓶掣签完善了活佛转世制度，加强边疆防御使强邻不战而退，使得边疆美女欢笑，男儿忘却计较和机巧之心连鸟儿都来亲近，人生百年就像在历史的长河中暂时寄居一样，在青云之路已悟这是有前因的。诗句分析了清王朝制定金瓶掣签制度的缘由，并描绘了制度执行后的效果。在最后用人的青云仕途是有前因的隐喻制度的制定和执行也是有前因的。关于金瓶掣签制度的实施，西方学者对此颇有微词，认为是清廷用来操纵活佛转世的策略。其实，如果此种改革系据于不诚实的动机，皇帝大可保留由吹忠指认的旧制，更便于用威

---

① 《福康安等奏在藏掣得西宁逊巴呼图克图及科尔沁地方达赖喇嘛呼毕勒罕折（乾隆五十八年二月二十三日）》，见《元以来西藏地方与中央政府关系档案史料汇编》，中国藏学出版社 1994 年版，第 819～820 页。

② [清] 和瑛：《易简斋诗抄》（清道光刻本）卷一，页三十五上，见国家清史编纂委员会·文献丛刊《清代诗文集汇编》（第 399 册），上海古籍出版社 2010 年版，第 710 页。

③ [清] 和瑛：《易简斋诗抄》（清道光刻本）卷一页三十六上，见国家清史编纂委员会·文献丛刊《清代诗文集汇编》（第 399 册），上海古籍出版社 2010 年版，第 711 页。

迫利诱来达成垄断的目的。① 从清代的相关史料,的确不难发现乾隆帝努力维持公平正义的苦心,金瓶掣签制度的建立,就是力求正大光明的表现。

"事权归二臣,亲巡祛弊狃。"诗注:"从前藏中诸事,驻藏之二大臣并不预闻,毫无管束,殊非整饬之道。嗣后当与达赖喇嘛、班禅额尔德尼平等,自噶布伦以下,俱照属员之例,事无大小,一切禀知,候示办理,以除积弊。达赖喇嘛、班禅额尔德尼族属,一概不准挑补番目,干预管事。每年春秋二季,驻藏大臣二人亲身轮往新定疆址设立鄂博之江孜、定日一带巡察,以重边防。并增添办理粮务文职二员,酌定各衙门听差兵数。严选边缺营官番目,即大寺坐牀塔堪布缺出,俱由驻藏大臣会同达赖喇嘛妥为拣补。其达赖喇嘛商上银钱出入,悉照新定数目,画一收放。如此详定章程,事权归一,藏中可以永远遵行无事矣。"注与注文强调"事权归一",规定驻藏大臣督办藏中一切事务,其地位与达赖、班禅平等。《藏内善后章程二十九条》不但正式规定了驻藏大臣同达赖喇嘛、班禅额尔德尼地位平等,而且将西藏僧俗文武官员的任免、指挥和监督之权,达赖、班禅等活佛转世的掣签认定权,西藏地方的外事权以及财政监督审核权等均正式赋予驻藏大臣,并以法律条文的形式固定下来。正如魏源《圣武记》所说:"自唐以来,未有以郡县治卫藏如今日者。……自元、明以来,未有以齐民治番僧如今日者。"② 此后,章程的个别条款,某些具体实施办法,虽有一些修订和变化,但它的主要原则和规定,一直是西藏地方行政体制和法规的规范,成为中央政权和西藏地方关系延续的正式基础。

"奠安议善后。"乾隆帝以强化对西藏地方主权的治理入诗,这篇四十韵的排律,充分表明18世纪后半期清朝中央对西藏地方的治理,在政治、宗教、军事、经济等方面已深入典章制度的成文建设;

---

① 参见萧金松《清代驻藏大臣》,唐山出版社1949年版,第162页。
② [清]魏源:《圣武记》卷五,《国朝抚绥西藏记下》,中华书局1984年版,第216~217页。

西藏地方与中央政府关系的历史已演进到"今如臂与肘"的结为一体、血脉相连的不可分割的历史发展新阶段。《藏内善后章程二十九条》的颁行标志着清朝对西藏地方在政治、宗教、军事、经济和涉外事务上的管辖方面已基本趋于系统化、法制化,标志着西藏地方与中央政府的关系已发展达到前所未有的新阶段。

乾隆五十八年(1793年)二月中旬福康安等人将逐次奏报皇帝获准的章程,翻译成藏文,携至布达拉宫,"面见达赖喇嘛,与之逐条详细讲论,并传集各呼图克图、大喇嘛等及噶伦以下番目,谕以大皇帝振兴黄教,保护卫藏,焦劳宵旰,上厪圣杯,总期边境无事,达赖喇嘛等得以奉教安禅,僧俗人等咸资乐利,是以屡奉谕旨,将藏内一切章程详细训示",宣布章程经过逐条熟筹,妥议具奏,要求"遵依办理","不可狃于积习,日久懈驰"。① 福康安离藏临行又前赴布达拉宫面见八世达赖,告之"一切章程现已遵照(大皇帝训示)议定,一一奏准"。② 随后,驻藏大臣衙门将主要条款集为29条,译为藏文,加盖大将军福康安、驻藏大臣等三颗关防的咨文,正式送至达赖喇嘛、济咙呼图克图和班禅额尔德尼处,命其"宣谕所有噶布伦、代本、宗(本)谿(堆)等永远遵行"。③ 八世达赖喇嘛说:西藏诸事"立定法制,垂之久远,我及僧俗番众感切难名","敬谨遵照,事事实力奉行,自必于藏地大有裨益,我亦受益无穷"。④ 一再表示:"惟有督率噶布伦、堪布喇嘛等,谨遵善后各条,事事实力奉行,一切事务悉由驻藏大臣指示办理。"⑤ 自此,从达赖喇嘛、班禅额尔德

---

① 参见《福康安等奏藏事章程已定阖藏欢欣遵奉折(乾隆五十八年二月二十四日)》,见《元以来西藏地方与中央政府关系档案史料汇编》,中国藏学出版社1994年版,第821页。

② 参见《福康安奏达赖喇嘛班禅等送行并感激钦定章程情形折(乾隆五十八年三月十三日)》,见《元以来西藏地方与中央政府关系档案史料汇编》,中国藏学出版社1994年版,第823页。

③ 参见《关于新订二十九条章程的咨文》,见《西藏地方是中国不可分割的一部分》(史料选辑),中国藏学出版社2005年版,第265页。

④ 参见牙含章《达赖喇嘛传》,人民出版社1984年版,第62页。

⑤ 《福康安等奏藏事章程已定阖藏欢欣遵奉折(乾隆五十八年三月十三日)》,见《元以来西藏地方与中央政府关系档案史料汇编》,中国藏学出版社1994年版,第823页。

尼起，西藏地方的各级官员均将其奉作永为遵行的法规。后西藏地方政府又把它和与之有关的文件集为一册，称之为《水牛年文书》，作为官员们随时查阅的典籍。

孙士毅写有《送大将军敬斋相国还朝》八首，其一："威凤踪如印爪鸿，频年长剑倚崆峒，藏江西去公东上，极目春旗柳岸风。"①用苏轼《和子由渑池怀旧》诗的典故写福大将军离开西藏回归中原，用柳永《雨霖铃》词的"杨柳岸晓风残月"的典故表达依依惜别之情。其三："筹边事事获亲承，借箸奇谋我未能，却愧便蕃同拜赐，魏公膺服是王曾。"②用魏公由衷佩服清廉正直的王曾的典故赞美福大将军亲力亲为、清廉正直。其四："香台拾级一层层，梵呗声中衍大乘，达赖喇嘛闻太夫人病，特设坛诵经。从此慈闱春更永，神僧勤点佛前灯。"③写达赖喇嘛听闻福大将军太夫人病，特设坛诵经。其六④："行装称娖过花朝，丹达危峰雪渐消，此去鸠骖应塞路，番民争识霍嫖姚。"以勇战匈奴的霍去病比拟福康安，写其离开拉萨时众人欢送的盛况。

第二节 松筠驻藏统领藏政及其藏事诗

清朝从乾隆十六年（1751 年）办理珠尔默特那木扎勒事件之善

---

① ［清］孙士毅：《百一山房诗集》（清嘉庆二十一年刻本）卷十，页二十一下，见国家清史编纂委员会·文献丛刊《清代诗文集汇编》（第 347 册），上海古籍出版社 2010 年版，第 589 页。

② ［清］孙士毅：《百一山房诗集》（清嘉庆二十一年刻本）卷十，页二十二上，见国家清史编纂委员会·文献丛刊《清代诗文集汇编》（第 347 册），上海古籍出版社 2010 年版，第 590 页。

③ ［清］孙士毅：《百一山房诗集》（清嘉庆二十一年刻本）卷十，页二十二上，见国家清史编纂委员会·文献丛刊《清代诗文集汇编》（第 347 册），上海古籍出版社 2010 年版，第 590 页。

④ ［清］孙士毅：《百一山房诗集》（清嘉庆二十一年刻本）卷十，页二十二上，见国家清史编纂委员会·文献丛刊《清代诗文集汇编》（第 347 册），上海古籍出版社 2010 年版，第 590 页。

后事宜，颁行《西藏善后章程十三条》时就已开始，将整顿乌拉摊派、减免差赋、安抚百姓作为治藏政策的一个中心点，以期整饬封建农奴制所造成的社会痼疾，扼制西藏社会因劳役过重所造成的衰败势头。在具体实施平定廓尔喀对藏侵扰后颁行的《藏内善后章程二十九条》的过程中，清朝中央加大了这方面治藏施政的力度，集中表现为选派松筠驰驿赴藏，接续调任四川总督的和琳未竟的抚辑西藏百姓的工作。乾隆五十九年七月（1794年8月）乾隆帝考虑到"现在卫藏甫经和琳整顿之后，正须妥员接代，慎守成章，以期更臻宁谧"①，特将奉旨在荆州审察税务的松筠升授工部尚书兼都统，任命为驻藏办事大臣。松筠，蒙古正蓝旗人，玛拉特氏，字湘浦。初以翻译生员授理藩院笔贴式。乾隆五十二年（1787年）赴库伦查办俄罗斯贸易事务，乾隆五十八年（1793年）授军机大臣。松筠接任之初，即当廓尔喀两次入侵西藏之后兵灾刚过，满目疮痍，藏族群众在封建农奴制的苛重剥削下极度贫困。他到藏后立即投入抚辑西藏百姓，考察和改善西藏社会状况的工作。在松筠钦差驻藏办事前，和宁已调任驻藏帮办大臣。乾隆五十八年十一月（1793年12月）皇帝"谕曰：成德在外已久，年力就衰，……陕西布政使和宁系蒙古人员，人尚明白，亦稍谙卫藏情形。著赏给副都统职衔，即由彼处驰赴西藏，更换成德帮同和琳办事，不必来京请训"②。和宁（晚年避道光帝旻宁讳改名和瑛），蒙古镶黄旗人，额勒德特氏，字太庵。进士及第，"优于文学"③。和宁在被任命驻藏帮办大臣时写下《冬至月奉命以内阁学士兼副都统充驻藏大臣恭纪》："一剑霜寒兴不群，新纶拜仰列星文。黑头方伯虚谈政，白发儒生壮统军。敢信文章夸异俗，漫劳弓矢建殊勋。冰衔此去清凉界，天语回春入梵云。"④ 诗的声调流亮，所

---

① 《清高宗实录》卷一三八九，乾隆五十九年七月甲辰。
② 《清高宗实录》卷一四四〇，乾隆五十八年十一月甲午。
③ 《清史稿》卷三五三，《和瑛传》。
④ [清] 和瑛：《易简斋诗抄》（清道光刻本）卷一，页二十七下，见国家清史编纂委员会·文献丛刊《清代诗文集汇编》（第399册），上海古籍出版社2010年版，第706页。

表志向高远。和宁与松筠一道治藏，配合和谐，但正如他在诗中所表述，"敢信文章夸异俗，漫劳弓矢建殊勋"，其志乃在作赋吟诗方面，信心十足地欲使西藏在其笔下"文学化"。

乾隆六十年（1795年）初，松筠藉宣达乾隆帝蠲免全国钱粮恩旨之机，喻劝八世达赖喇嘛对藏地民众亦采取一些蠲免行动。达赖喇嘛在其感召下当即表示："唐古忒百姓即系大皇帝之百姓，我受大皇帝栽培覆育之恩，至优极渥，意欲推广大皇帝普惠百姓之皇仁，将所属唐古忒百姓本年应纳粮石，及旧欠各项钱粮，概行豁免。"又表示"情愿发出银三万两，交商上查明各处贫苦百姓，按户散给口粮籽种，令其各勤农业"，对于"有房屋坍坏者，酌给银两修补，俾各穷民有所栖止"。并恳请驻藏大臣分别就"蠲免粮石，及散给失业百姓口粮籽种，修理坍坏房屋等事""代为酌定章程，遍行晓谕"。松筠随即召集济咙呼图克图和众噶伦等共同核计商上旧存银米财物、一年可收"庄粮"，以及达赖喇嘛本人和各寺庙一年所需费用，从而匡算出在保证开支"有盈无绌"的原则下，减免数额。核算出"除众番民应交达赖喇嘛商上岁需之草料柴薪不免外，所有唐古忒百姓应交本年粮石，约计值银五万余两，及节年所欠各色粮银四万余两……概行豁免"。驻藏大臣松筠又按达赖喇嘛的意图，饬令各处营官第巴等，召集失业百姓，按人口酌给3个月口粮糌粑，并按户散给青稞籽种。至于所需修理的坍坏房屋，亦令据实呈报，由商上发给修理费用。七世班禅得知达赖喇嘛普免粮银之后，也主动提出"将后藏所属百姓本年应交粮石，豁免一半，旧欠粮银，概行豁免，间有失业番民及坍坏房间，亦同达赖喇嘛一体资养修理"。① 松筠是一位有思想、有方法的能臣，他驻藏始终将救济民困放在施政的首位。在其影响下，达赖喇嘛、班禅额尔德尼两位宗教领袖，豁免了自"乾隆五十六年至

---

① 参见《卫藏通志》卷十四，西藏人民出版社1982年版，第449～450页。

五十九年的旧欠粮食及牛、羊、猪各项钱粮四万两"。① 这些强劲有力的措施很快改变了反击廓尔喀入侵后藏地凋敝的局面，为藏地民间带来生机。

松筠、和宁筹议抚辑百姓具体实施办法之时，将达赖喇嘛、班禅额尔德尼普惠西藏百姓的善愿奏报皇帝，乾隆帝见到奏报后，甚为喜悦，朱批："好事，即有旨，钦此！"② 随即发布上谕："达赖喇嘛等仰体朕意，既将唐古忒等抚恤办理，自不必拨用达赖喇嘛银两。著即动用该处正项，赏给前藏银三万两、后藏银一万两，松筠等务须悉心办理，毋致一人遗漏。"③ 皇帝和朝廷对松筠等的抚辑措施十分赏识，投入了大量资金大力支持。皇帝嘉奖达赖喇嘛、班禅额尔德尼推广皇仁、惠爱番黎，降旨赏赐"哈达各一方、紫金琍玛无量寿佛、碧玉朝珠各一盘、大荷包各一对、小荷包各三对"④。由松筠接奉转行赏给。由此可见皇帝对达赖、班禅全力支持松筠等驻藏改善藏政的赞许。

乾隆六十年三月初九日（1795年4月27日）松筠等接奉乾隆帝批示后，立即用汉藏两种文字缮写告示，遍行晓谕，并迅速颁布"办理抚恤款项"章程十条，悉令各宗豁宗本实力办理。"办理抚恤款项"十条章程详细剖示"苦累百姓"的各种弊端及规定相关抚恤赈济、减免差赋"以纾民力"的具体条款，"兼写汉番字样，刊刻刷印，于达赖喇嘛所属各处，通行发给，晓谕知悉，一体遵行"⑤。松筠与和宁亲自带领属员进行督饬，并向百姓直接宣达达赖喇嘛、班禅额尔德尼抚恤贫苦百姓的惠意，携带银两，按户赏给。在重点抚恤农村的同时，在牧区还普遍散给牧民银钱，并专门对拉萨的贫民进行赈

---

① 参见《卫藏通志》卷十四，西藏人民出版社1982年版，第454页。按当时物价极廉，"商上所属各处百姓，每年应交草粮折色银两，约一万两。哈达一匹，合银五钱。氆氇一个，合银一两五钱"。廓尔喀为了三百个银元宝（约九千六百两白银），就发动了一场战争，可见万两数字在那时是非常庞大的。

② 《卫藏通志》卷十四，西藏人民出版社1982年版，第451页。

③ 《清高宗实录》卷一四七二，乾隆六十年闰二月庚寅。

④ 《卫藏通志》卷十四，西藏人民出版社1982年版，第452页。

⑤ 参见《卫藏通志》卷十四，西藏人民出版社1982年版，第461页。

济安置。当时布达拉宫附近聚集为数甚多的无家可归的贫苦百姓，"其内各乡来者，昼则乞食，夜则露处"，"其情愿回归本处者，即按户口赏银，差人送回，交该处营官照依告示安插，各令务农复业。其内疲癃残疾，不愿回归本处者，俱于藏内补修房间，以资栖止，并酌量赏给糌粑酥茶，得以糊口，自能各谋生计，不致失所"。松筠等还奏准将直属驻藏大臣的藏北三十九族一年的贡马银两全部免除。①

　　乾隆六十年乙卯（1795年）夏，松筠、和宁分别巡抚前后藏。松筠自前藏起程，经曲水，过巴则、江孜，共10日行抵后藏；由札什伦布走刚坚喇嘛寺、彭错岭、拉木洛洛、协噶尔，过定日、通拉大山，共行11日至聂拉木；又由达尔结岭西转，经过伯孜草地、巩塘拉大山、琼噶尔寺。南转出宗喀，共行6日至济咙，仍旋回宗喀东北行10日，还至拉孜，入东山。1日至萨迦沟庙，自庙北行2日，出山，仍走刚坚寺，还至札什伦布，往复略地。随在绘图，知其概焉。② 松筠一路上敬宣恩纶、督察吏治、择险设防、抚恤赈济。八十一韵的长诗《西招纪行诗》就是此次抚巡志实之作。松筠驻藏与其他驻藏大臣不同之处，不仅在于他实践能力更强，而且在于他有一套完整而系统的治边思想。松筠认为，"夫处一方，宜悉一方故事，述而书之，便览焉"。③ 故其特别重视对边疆地区的记载，以此来阐述其治边思想。他在任职西藏期间著有《西藏巡边记》《西招图略》和《卫藏通志》，后任职新疆时则主持编纂《西陲总统事略》和《新疆识略》。④ 而其《绥服纪略》一书也源于其任职边疆之经历，正如松

---

① 参见《卫藏通志》卷十四，西藏人民出版社1982年版，第463～464页。
② 参见［清］松筠《西藏巡边记》，见《川藏游踪汇编》，四川民族出版社1985年版，第111页。
③ 参见［清］松筠《西招图略》，吴丰培校订，"述事"条，西藏人民出版社1982年，第8页。
④ 就学术角度而言，对西北史地学兴起影响最大的个人当首推祁韵士和徐松，他们先后编撰的《西陲总统事略》和《钦定新疆识略》是清代西北史地学兴起的标志。但是，在肯定祁、徐二人学术成就的同时，帮助祁、徐二人走上西北史地研究道路的伊犁将军松筠的作用也绝不可低估。事实上，在清代西北史地学的兴起过程中，松筠的作用至关重要。甚至可以说，没有松筠，清代西北史地学就不可能兴起于当时。而这一切均与松筠的治边经历和他重用遣员编撰史籍密不可分。

筠所云,"余仰承知遇,既寄封圻之任,复膺专阃之司,八载库伦,两镇西域,又尝驻节藏地,周历徼外,爰采见闻","特以注疏地方情形",乃成此书。① 在书中,他针对边疆地区经常发生的冲突提出,"大凡守边者,遇事必应详其起衅根由,酌量情形,示以利害,妥为安戢,自不致酿成事端","唯有开其愚惑,谕之以理,访其唆使,正之以义,庶可易于安人息事",又说"安边之策,若处一家,统治者修身而官吏兵役无不是效,则边地蛮夷尽可安享升平矣"。② 代替成德比松筠早进藏,并同时驻藏的帮办大臣和宁也在松筠的影响下著有《西藏赋》③,是用赋体韵文叙述西藏简貌的作品,亦是一篇有用之作。

松筠在《西招纪行诗·序》中叙述了作此长诗的原因,"夫诗有六义,一曰赋,盖敷陈其事而直言之也。余因抚巡志实,次第为诗,共八十有一韵。虽拙于文藻,或亦敷陈其事之义,名曰《西招纪行诗》。后之君子,奉命驻藏者,庶易于观览,且于边防政务,不无小补云"④。在序中松筠认为此诗发扬"诗六义"之一的"赋"的传统,以诗的形式写下的都是办事经验和治边思想的结晶。《西招纪行诗》分为诗和诗注两部分,诗注往往比诗句多出两倍多,松筠为了说明问题加了详注。诗歌总体可以分为四部分。

第一部分,总起。"治道无奇特,本知黎庶苦,卫藏番民累,实因频耗蠹。"诗注:"藏地各属,设有营官、第巴管理,向不知抚恤,其科敛一切,于民力能否,从无理会,盅蠹已久,达赖班禅不之知

---

① 参见[清]松筠《松筠丛著·绥服纪略·松筠识》,见《北京图书馆古籍珍本丛刊·子部·丛书类》,第七十九册,书目文献出版社1998年,第764页。
② 参见[清]松筠《松筠丛著·绥服纪略》,第766页。
③ 除有嘉庆刊本外,《西藏图考》中也引用了全文。池万兴、严寅春校注《〈西藏赋〉校注》,齐鲁书社2013年版。
④ [清]松筠:《西招纪行诗·序》,见吴丰培辑《川藏游踪汇编》(刻写本第四册),页一上,中央民族学院图书馆1981年版。吴丰培辑《川藏游踪汇编》,四川民族出版社1985年版,第112页。[清]黄沛翘《西藏图考》卷三,《西藏站程考》,附录松筠此诗,略去诗序,西藏人民出版社1982年铅印本,第111~112页。

也。"① 这一部分作为总起的诗句"治道无奇特,本知黎庶苦"显示了松筠的治边思想的根本。和宁在其《前藏书事答和希斋五首》一诗其二中亦有诗句:"安稳便苍生,是为真佛理。"② 在封建时代,有这样的"以民为本"的思想的边疆大吏是难能可贵的。

第二部分,赈抚缘起与治藏理念及任务分配。"达赖免粟征,班禅蠲田赋。"自注:"乙卯春,达赖班禅闻知我皇上普免天下积欠钱粮、漕粮,始有蠲免番民粮赋之请。"诗与注述前因缘起。"皇仁被遐荒,穷黎湛雨露。"自注:"时奏入,我皇上深为嘉悦,赏银四万两,抚恤唐古忒百姓。"诗与注述抚恤巡边的原因。"奉敕曰钦哉,尽心饲待哺。敬副恩纶宣,咸使膏泽布。"自注:"卫藏所属在在穷民,查明概行恤赏。"诗与注述抚恤的范围。"度地招流亡,游手拾农具。"自注:"前后藏招集流亡番民给予籽种口粮,各归本寨安插力作者,共千有一百余户,俱令三年后再与达赖、班禅当差纳粮。"诗写一路不停地招抚流亡,给予农具勉其自食其力。注出使其能自食其力的措施。"譬犹医大病,既愈宜调护。"自注:"既赈之后,尤宜休养生息。"诗写治藏就像医治大病,才治愈之后需要精心调护。自注强调赈济后宜休养生息。"仁以厉风俗",自注:"《左传》仁以厉之,所以厉风俗也。"诗写用仁爱之心来改变风俗。后来松筠在《西招图略》的"安边"③ 条,具体解释"《左传》:'仁以厉之',所以厉风俗也。"安边之策,贵于审势而行权,故宜威则威,宜惠则惠,然后仁以厉其俗。"教之已革故。"自注:"易革卦巳日乃孚,各属营官第巴于仁之一字,无从闻见,固无怪其贪饕无厌。夫仁者非独博施济众之谓,盖礼义廉耻,皆谓之仁,因教之以洁己爱民之方,并治得凡所以蛊蠹百姓者,皆分列条款,缮写告示,檄谕各营官尽使严革故

---

① [清]松筠:《西招纪行诗》,吴丰培辑《川藏游踪汇编》,四川民族出版社1985年版,第112页。

② [清]和瑛:《易简斋诗抄》(清道光刻本)卷一,页三十五下,见国家清史编纂委员会·文献丛刊《清代诗文集汇编》(第399册),上海古籍出版社2010年版,第710页。

③ [清]松筠:《西招图略》,吴丰培校订,"安边"条,西藏人民出版社1982年版,第1页。

弊。"诗与注写在各营官中推广仁的思想。"圣慈活西番,蛮生咸怡裕。谁云措置难,应识有先务。安边惟自治,莫使民时悞。"自注:"所属番民,如果家给人足,外患何由而生,是以安边之策,莫若自治,今严禁种种积弊,庶几乎农时无悞。民气恬熙。"自注再次强调"安边之策,莫若自治",严禁积弊,不误农时,民气自活。"凛然常恪守,西招气自固。"自注:"余钦遵训旨,恪守章程,随时整饬,以可休养生息,以固元气。"凛然恪守这一原则,西藏的百姓自然会休养出生生不息的活力。"阁部抚东北",自注:"太庵阁部分办东北两路恤赏。"驻藏帮办大臣和宁分办东北两路恤赏。"余赈西南路。"自注:"余往西南巡边,兼理赈济。"① 以上两句诗与注述赈抚任务的分配。

第三部分,详述巡边。此部分是全诗重点,涉及地理、民俗、边防、历史、神话,内容太过丰富。这里只选取体现松筠治边特色的诗句及诗注,进行重点分析。"巡边轻骑从,民力始从容。"自注:"边地固应示以威仪,然西藏之乌拉,非同北塞,盖有马之家最少,其俗每遇大小差,则有马之家出马,无马之家按户摊银若干,以为雇价,是每马一匹,已累及众人,及有倒马一匹,又须赔蛮银至数十两之多;旧俗如此,固难尽禁,虽官为赏价,亦不应过多,致有居奇,故差无大小,皆宜轻骑减从,庶免番民苦累。"诗写例行巡边轻骑简从,因不扰民,老百姓的日常生活才能从容恢复。诗句中"巡边"后注"卫藏西南一带例应巡阅",即执行《藏内善后章程二十九条》之规定。诗注注出减骑的原因。此诗句及注体现松筠一贯主张的"安养百姓"的治边思想。"既安莫忘危,慎初且慎终。"自注:"壬子年天威震慑,廓尔喀悔罪投诚,自是太平无事。然安不忘危,应令达赖、班禅及管事僧俗营官第巴,咸知爱惜百姓,以固卫藏元气,以免祸淫之报。更应训练官兵,咸知战守之宜,而事无大小,务采众论,揆之以理,仰承圣训,久而毋稍懈惰,庶几乎慎始慎终之一端,

---

① [清]松筠:《西招纪行诗》,页一上,见吴丰培辑《川藏游踪汇编》(刻写本第四册),中央民族学院图书馆1981年版。

且可免过耳。"诗与注强调应吸取的历史教训,松筠在此提出居安思危、慎终初始的思想。"在德不在险,休养成堤疆。"自注:"现在卫藏番民蒙圣恩赏银抚恤,以此极边百姓,皆得加倍恤赏,民心无不知感,而量加赋纳,民得休息乐业,则保障气充,外邪无由而入,是不险而自固也。"松筠认识到藏地要保持长治久安,治理的方法在以德教化民众而不在仅仅凭依险隘、休养生息、百姓安居乐业、民心所向自然形成堤疆。自注进一步解释"不在险""成堤疆"的道理。"惟德叫固结,众志坚城防。"自注:"边地既无戍守,惟有布德可以固结人心,要在训诲营官,善为抚养百姓,使之渐知战守之方,人各遵信奉行,咸能自固疆域,则外患无自生矣。每年仍应留心访查,于此等极边地方,或有夏雨冬雪过多成灾者,即饬噶布伦等差派妥人,由商上领项前往赈济,并委妥弁营弁一名,同往抚恤安慰晓示,则民心永固矣。即近藏各属百姓,如遇灾荒,亦应酌量恤赏。"松筠认为,只有依靠德政才可以团结藏地所有的力量,众志成城才能坚定地巩固边疆。诗注注出了具体做法:"敬以广皇仁,严革积弊余。"自注:"所需割草夫役,洒扫寺庙人夫,每年均有所收草束折色银两,雇觅应用,其百姓每户一年摊出之项,永行停派。至贸易者所需乌拉,酌定章程皆令发价雇觅,其唐古忒大小各世家,一概不准私用乌拉各缘由,均经具奏,奉旨允行,已遍发告示晓谕禁除积弊,或恐日久复萌,仍须察查耳。"以恭敬之心广布皇帝的仁德,严厉地革除余下的积弊。诗注注出所革积弊具体内容。

第四部分,巡边的资料建设和总结。"往复颇［频］略地,绘图佐戎韬。"自注:"余自察咙出萨迦东北山,走岗坚,两日至后招。由后招旋程走生多喇嘛寺,渡藏布河,一带山径崎岖,行七日直至阳八景、德庆,始见平阳,沿途岩岗险隘,络绎相连。自阳八景行三日,回至前藏,往复略地,因绘全图,以资查阅。"松筠的《西招图略》之"审隘"条:"守边之术,宜乎审隘绘图,使各汛官兵熟悉道里厄塞。方于缓急有益。"① "抚巡宣圣德，纪行托挥毫。"② 用巡边抚恤来宣扬皇帝的圣德，挥起毛笔写下这首纪行诗。

松筠的治边思想集中体现在其《西招图略》和《卫藏通志》之中。从乾隆五十九年到嘉庆四年（1794—1799年），他出任驻藏办事大臣。为全面了解西藏的情况，方便对藏治理，他先后纂成上述二书，从安边的角度出发，阐述了其治边之要与抚驭之道。其中，《卫藏通志》一书共分十六门③，详细、全面地记述了西藏的具体情况，而尤重清前期对西藏的治理。其系统的边防思想则主要体现在嘉庆三年（1798年）撰成的《西招图略》中，此书凡"二十有八条④，以叙其事略，复绘之图，以明其方舆"。松筠能结合西藏的实际指出"守边之要，忠、信、笃、敬也"，⑤ 在"安边"一条中，他又明确指出："安边之策，贵于审势而行权……宜威则威，宜惠则惠。……惩贪除苛，使知节用而爱人。并教以诚敬，示以忠信，虽蛮夷可冀知感知畏矣。久之，众心我同，则民胞物与之化成，于时保之，小心翼翼，固可永安乐利也。"⑥ 在"守正"一条中又提出在加强边防建设中"武备不可不修，操防不可不讲，爰绘散总之图，俾知舆地之险，固我疆隅，化彼觊觎"。⑦ 这种积极主动的边防思想对于清朝稳固边疆地区的治权和宣示中央对地方的主权均具有相当重要的意义，对于巩固边疆的稳定亦有深远影响，藏、满、汉兵将的共同操练和边疆军事力量的加强对于多元一体民族关系的形成更起到了关键作用。

---

① ［清］松筠：《西招图略》，吴丰培校订，西藏人民出版社1982年版，第9页。
② ［清］黄沛翘：《西藏图考》，西藏人民出版社1982年版，第111页。
③ 十六门分别为：考证、疆域、山川、程站、喇嘛、寺庙、番目、兵制、镇抚、钱法、贸易、条例、纪略、抚恤、部落、经典。
④ 二十八条分别为：安边、抚藩、戒怒、遏欲、抑强、除苛、厉俗、慎刑、绥远、怀来、成才、述事、审隘、量敌、合操、行操、练兵、申律、制师、驭众、坚阵、出奇、倡勇、谨胜、善始、持志、防微、守正。
⑤ 参见［清］松筠《西招图略》，吴丰培校订，西藏人民出版社1982年版，第3页。
⑥ ［清］松筠：《西招图略》，吴丰培校订，"安边"条，西藏人民出版社1982年版，第1页。
⑦ 参见［清］松筠《西招图略》，吴丰培校订，"安正"条，西藏人民出版社1982年版，第29页。

嘉庆二年（1797年）松筠再次巡边，①《丁巳秋阅吟》即是他此次例行巡阅之诗作。这组五七言诗从拉萨出行写起，描述其从曲水渡过雅鲁藏布江，沿羊卓雍湖边前行，"秋阅江孜汛"②，走南路来到日喀则，中秋日阅兵，"较阅须弥万里天"③，再西行定日阅操，"太平操远镇"④，并一一巡察西南边卡，直抵边镇济咙、宗喀。返程中专门来到萨迦寺视察。回到日喀则后，特意走北路返拉萨，于"达木观兵"⑤，劝教武备。在这次巡阅中，松筠还一路上相地扼险、筑卡设防、惩治贪暴、赈灾济困以及根治水患等。松筠带领噶伦及班禅系统官员督察后藏救助情况时，专门巡边抚恤，访察了边境的萨喀、阿哩、帕克里、定结、喀达、绒辖等处，察知边民赋纳较重，又有为商上、寺庙进行边境贸易支应乌拉的苦累，当即"严行出示晓谕"，禁止私派乌拉，贸易运送"俱著发价雇觅应用"，"以期永纾民力"。⑥《丁巳秋阅吟》以诗的语言，充分展现其时清朝中央对西藏地方的主权治理，具有不容忽视之史料价值。

以下从四个方面，结合《西招图略》来细析《西招纪行诗》《丁巳秋阅吟》所吟咏的主要内容，并对代表诗句做出评析。

一、蠲免赈恤、禁贪除苛

松筠在《西招图略》之"抚藩"条阐述："大臣驻藏为之教、为之养，所以安边抚藩也。抚也者，循循导其为善也。夫达赖、班禅原

---

① 参见《藏内善后章程二十九条》第十三条明文规定："每年春秋两季，驻藏大臣奏明皇上轮流巡查前后藏，顺便督察操演。"松筠驻藏五年，切实履行轮到其两年一次的例行巡阅的职责。

② [清] 松筠：《丁巳秋阅吟·江孜》，页二上，见吴丰培辑《川藏游踪汇编》（刻写本第四册），中央民族学院图书馆1981年版。

③ [清] 松筠：《丁巳秋阅吟·中秋日阅兵用前韵》，页二下，见吴丰培辑《川藏游踪汇编》（刻写本第四册），中央民族学院图书馆1981年版。

④ [清] 松筠：《丁巳秋阅吟·定日阅操》，页四上，见吴丰培辑《川藏游踪汇编》（刻写本第四册），中央民族学院图书馆1981年版。

⑤ [清] 松筠：《丁巳秋阅吟·达木观兵》，页十上，见吴丰培辑《川藏游踪汇编》（刻写本第四册），中央民族学院图书馆1981年版。

⑥ 参见《卫藏通志》卷十四，西藏人民出版社1982年版，第467页。

以慈悲为本,似不必导,然其慈悲本释氏之所为,知为己而不知为政。""戒怒"条述:"夫心平则鲜有怒色。无论汉、藩百姓,皆宜循循抚导,好言以教之,百姓知我善以与彼,则必倾诚向善,与我同心同气也。"①

蠲免赈恤,此为其安边抚藩首重之内容。蠲免赈恤,贯彻于乾隆六十年(1795年)即乙卯年和嘉庆二年(1797年)即丁巳年两次巡边秋阅中。乙卯年普遍蠲免赈恤,丁巳年则是重点蠲免赈恤。《西招纪行诗》有句,(济咙边地)"民俗微有异,人情两面望。厥端果安在,无名榷税伤"。自注:"此地原无防戍,虽有正副营官二员,不过仅知收粮敛赋而已。从前廓尔喀入寇,既至济咙,番民等无能敌御,竟自顺从,因察其故,缘唐古忒向不知抚恤百姓,且以济咙田肥,多产稞麦,凡有运货至宗喀以内贸易者,率由宗喀营官抽收牛粮,各色杂税,实为苦累,日久怨生,以致心存两望。于是宗喀等处百姓,有背盐赴济咙易粮者,该处番民,亦即私行抽税分用,其营官等亦不之问。此复成何事体,因谕以圣主鸿恩及达赖喇嘛慈悲,其济咙、宗喀互相抽税一事概行严禁,并将两处无名杂赋,分别减免,各发给印照,以重永久,且有恩赏银两,分别抚恤。众番民无不忻感叩谢,天恩立见,民情悦裕,似皆诚心内向矣。"②诗与注述济咙地方百姓苦累和抚恤情状。这是一次典型的蠲赋赈恤情况。

松筠在《西招图略》之"怀来"条说明:"事无大小,必宜面询其情,教之、抚之,以期久安也。"③《丁巳秋阅吟》中《岗坚喇嘛寺》:"问俗知丰歉,免输数户粮。"自注:"沿途秋收丰稔,细询得悉岗坚附近有被雨雹伤稼者十数家。因谕以达赖喇嘛慈悲,免其本年赋纳,复饬噶布伦遍谕各处营官查察,倘有似此者,一体酌蠲。"④

---

① [清]松筠:《西招图略》,吴丰培校订,西藏人民出版社1982年版,第2页。
② [清]松筠:《西招纪行诗》,页四上,见吴丰培辑《川藏游踪汇编》(刻写本第四册),中央民族学院图书馆1981年版。
③ [清]松筠:《西招图略》,吴丰培校订,西藏人民出版社1982年版,第7页。
④ [清]松筠:《丁巳秋阅吟》,页二下,见吴丰培辑《川藏游踪汇编》(刻写本第四册),中央民族学院图书馆1981年版。

诗与注写访询知灾、免征粮赋的实况。这是典型的因灾免赋的情形。《罗罗塘》："日中步缓缓,迤暮问罗罗。昔苦今何若,咸称已脱苛。"自注:"乙卯年奏明晓谕凡商上各大寺庙差往聂拉木贸易者,自罗罗起所需人夫牛只,皆令随在发价,其唐古忒世家及达赖喇嘛亲属人等,概不准私用乌拉,一一严禁。今已二年,询之百姓,据云无复苦累矣。"诗与注写罗罗塘脱苛的具体情形,这是典型的"不准私用乌拉"的落实情况。"田禾微有歉,量减感慈多。"自注:"询悉田禾有被霜者,饬交噶布伦查明,谕以达赖喇嘛慈悲,量为减赋。"① 诗写田禾微有所歉收,量为减赋感受到达赖的慈悲多。注出量减的原因。《宗喀》:"田禾灾被等,征半抒民累。"自注:"有番民禀诉,田禾夏被虫食,秋复霜打,所获稞麦止四五分。因饬噶布伦察实,谕以达赖喇嘛慈悲,蠲免本年徵粮一半。"② 诗写田禾遭灾歉收,征收减免一半以抒民累。注出减赋原因。这是典型的因灾减赋的事例。《还宿邦馨》:"荒番遮道诉,粮赋累为深。"自注:"途次琼堆,有男妇泣诉告累。"诗述在一个荒凉的地方,有番民拦道哭诉,粮赋的重累实在太沉重了。注出遮道诉累之地点。"昔户今摊派,有田无力耘。"自注:"此地原有番民五十五户,今止存八户,而仍照原数征粮。"诗与注写"无力耘"的原因。"可怜兵火后"。自注:"戊申、辛亥,两被廓尔喀骚扰","复值暴氓频"。自注:"后出天花,复遭瘟疫。"又遇到天灾频频。"稽实减征纳,慈悲达赖仁。"自注:"遂饬噶布伦询明,谕以达赖喇嘛慈悲,照依实户征粮,并札饬营官遍查有似此者,俱著按照现户征收,可期休养生息。"③ 这是最典型的急需要救济、亟待休养生息的情形。

除苛禁贪。松筠在《西招图略》之"除苛"条写道:"除苛所以

---

① [清]松筠:《丁巳秋阅吟》,页三上四上,见吴丰培辑《川藏游踪汇编》(刻写本第四册),中央民族学院图书馆1981年版。

② [清]松筠:《丁巳秋阅吟》,页六上,见吴丰培辑《川藏游踪汇编》(刻写本第四册),中央民族学院图书馆1981年版。

③ [清]松筠:《丁巳秋阅吟》,页七上,见吴丰培辑《川藏游踪汇编》(刻写本第四册),中央民族学院图书馆1981年版。

甦民也；甦民所以宁邦也。故驻藏大臣每年巡阅，藉以省敛安民，法至善也。"① 《西招纪行诗》："伊昔半流亡，往往弃田间。甘心为乞丐，庶得稍安舒。"自注："宁弃田庐，甘为乞丐，民不堪命可知。"诗与注写苛赋之猛烈的程度。"乃因差徭繁，频年增役夫。出夫复不役，更欲折膏腴。"自注："缘达赖喇嘛商上每年差派杂役繁多，所属种地番民，一年交纳各项钱粮外，每户仍摊出银三两至六两不等，名为邦贴夫役盘费，且有管事头人，以夫役折价而肥己者，不一而足。盖此项差役，系洒扫布达拉等处寺院及秋季割草应用而派，因循年久，遂为定例，其苦累番民，莫此为甚。因查商上日需草束，原有百姓，每年所交折色银两，不但足敷割草夫价，尚有盈余，尽可雇募，以应洒扫之役，此在商上不过微减浮费，而众百姓每户一年省银数两，则生计宽裕，向之甘弃田庐，大庶可渐复本业矣。"诗写这是因为差徭太过频繁，每一年都要增加役夫。出了银两还不能免除劳役，百姓就只有放弃膏腴之地而出亡。诗注详细注出解决苛赋的办法。"凡居通衢户，乌拉鞭催呼。耕牛尽为役，番庶果何辜。"自注："余行抵罗罗塘，有番民禀诉，每年商上及大寺庙差人赴聂拉木等处贸易，百姓等应付乌拉，苦累已极云云，复查属实，而罗罗百姓因此已逃去十之六七，凡有通衢大路及边地百姓，皆有此累，是应即为严禁，况贸易并非公事，自宜随处发价，雇觅应用，以纾民力。"② 诗写凡是居住在通衢大道的人户，乌拉差役的鞭子催促着、呼啸着。所有耕牛都应了差役，番地百姓有何罪过要受此沉重差役。注出罗罗塘等地通衢民户，乌拉苛重造成的恶果以及解决的办法。松筠驻藏时的除苛大多针对藏地封建农奴制剥削的乌拉差役之苛重。

《西招图略》之"绥远"条："尚有悬诉，小则随事羁縻，以化其贪；大则奏请檄谕，以杜其渐。"③ 《丁巳秋阅吟》中《桑萨》："问俗经游牧，蛮生赖草肥。"自注："此地不产稞麦……"，"前苛除

---

① [清] 松筠：《西招图略》，吴丰培校订，西藏人民出版社1982年版，第4页。
② [清] 松筠：《丁巳秋阅吟》，页四下、五上，见吴丰培辑《川藏游踪汇编》（刻写本第四册），中央民族学院图书馆1981年版。
③ [清] 松筠：《西招图略》，吴丰培校订，西藏人民出版社1982年版，第6页。

未尽,今议养无依"。自注:"乙卯年曾除此地苛敛,尚有噶斋即牛羊税办理未妥,今询悉民隐,饬交噶布伦定议,其牲畜蕃滋之家,照向例交纳,至其牛羊无多者,仅令交纳酥油,蠲除税赋,以舒民力。"①诗与注述尚有牛羊税办理未妥现在的解决办法。这是针对牧区蠲除税赋的典型事例。《僧格隆》:"问讯天池自阿木岭东行七十里有海子,唐古忒呼为那木错,乃番语天池也际,惩奸慰善良。"自注:"有告营官之催头任意勒索者,因即讯明痛责示惩,并罚营官出赀,给还百姓。"诗写问讯到纳木错时,惩罚了奸恶告慰了善良。注出惩罚遭告发的营官及其代理人的典型事例。"巡方为省敛,差役减从纲。"自注:"此地户少,粮差过重,因饬后藏卓呢尔同营官查明,谕以班禅慈悲,各按定户纳粮,唐古忒谓户曰纲。"②诗写巡边是为了减少征敛,所有的差役都要根据户口减少。注出户少应按定户纳粮。《察布汤泉》:"涤垢因汤沐,洁身犹濯心。心清好治狱,鞫断惩贪侵。"自注:"番民有诉强占田亩者,讯明饬令归还,并即予罚示惩。"③《西招图略》"夫欲者,贪也。……此皆纵欲所致,起边衅,败国事,盖由于此。"④诗写身体洁净了就好像洗了心,心里清净才能更好地处理贪苛,果断地惩罚贪婪侵占。注出侵占的事例。《西招图略》之"抑强"条:"戒贪有道,自上率之而已。"⑤《还抵前招》:"慎役仆从防滋暴,束兵随从训所司。兢兢严克己,翼翼谨循规。"⑥强调谨慎训导仆从严格防止其仗势暴敛,约束随从的士兵坚持其所司守的职责,而驻藏大臣本人则要兢兢业业严于克己,小心翼翼谨慎遵循章程。写出了在要求别人的同时严于律己,才能将除苛禁贪的工作

---

① [清]松筠:《丁巳秋阅吟》,页八下,见吴丰培辑《川藏游踪汇编》(刻写本第四册),中央民族学院图书馆1981年版。
② [清]松筠:《丁巳秋阅吟》,页九上,见吴丰培辑《川藏游踪汇编》(刻写本第四册),中央民族学院图书馆1981年版。
③ [清]松筠:《丁巳秋阅吟》,页九上,见吴丰培辑《川藏游踪汇编》(刻写本第四册),中央民族学院图书馆1981年版。
④ [清]松筠:《西招图略》,吴丰培校订,西藏人民出版社1982年版,第3页。
⑤ [清]松筠:《西招图略》,吴丰培校订,西藏人民出版社1982年版,第4页。
⑥ [清]松筠:《丁巳秋阅吟》,页十下,见吴丰培辑《川藏游踪汇编》(刻写本第四册),中央民族学院图书馆1981年版。

进行到底。

二、招集流亡归农

《西招图略》之"怀来"条:"来者安之谓之怀,所以劳其远而慰其诚也。……第恐不怀不来,与藏地有碍。"① 《西招纪行诗》有句:"昔有千余户,今惟二百强。壹是苦征输,荡析任逃亡。"自注:"此地早年原有百姓一千余户,牛羊亦本蕃孳。实因赋纳过重,人口日渐逃亡,以至萨喀、桑萨、偏溪三处,共止剩有百姓二百九十六户。人户既少,所畜牛羊较前止有十分之二,查其应纳正项酥油及抽收牛羊税银外,尚有数千两无名税赋。种种苦累,民不堪命,因忆及萨喀境内之盐池,久为廓尔喀希冀,此地百姓,若不及早抚养,或致尽数逃亡,则盐池未必仍为卫藏之所有。遂谕以圣主隆施,并达赖喇嘛慈悲,所有萨喀百姓,除应纳正项酥油及二年一次例收之牛羊税银外,其余无名赋纳,尽行豁免,并发给印照,以垂永久。仍饬令该处营官,留心招集流亡,渐次安业。"诗注注出萨喀等处征输苛重,人户逃亡及饬令营官豁免无名赋纳,招集流亡。"幸遇皇恩溥,予惠救蛮荒。"自注:"此等穷苦边民,幸遇恩赏抚恤,在在无不均沾雨露,番庶为之复苏矣。"注出经救荒恩赏有望复苏。"继以减赋纳,边氓乃阜康。"自注:"所有济咙、宗喀、萨喀三处百姓,皆已减免税赋,其聂拉木、绒辖、喀达、定结、帕克哩、阿哩等处番民租赋,查明均为减免,并示体恤,谨将办理情形入奏,仰蒙圣鉴允准,是边徼穷番,尽得休养,其生计宽抒,人心自固。"② 诗注注出减免赋纳的地区,使百姓得到休养,生计宽抒,人心自固。

《丁巳秋阅吟》中的《拉孜》:"男妇迎歌舞,虔诚意可嘉,边民共乐利,逃亡尽还家。壹是皇恩溥,啣感更无涯。"③ 诗中"逃亡尽

---

① [清]松筠:《西招图略》,吴丰培校订,西藏人民出版社1982年版,第7页。
② [清]松筠:《西招纪行诗》,页四下,见吴丰培辑《川藏游踪汇编》(刻写本第四册),中央民族学院图书馆1981年版。
③ [清]松筠:《丁巳秋阅吟》,页三下,见吴丰培辑《川藏游踪汇编》(刻写本第四册),中央民族学院图书馆1981年版。

还家"后自注:"乙卯年恩赏抚恤招还流亡,今已渐次复业。"诗与注生动描绘"招集流民"取得的实效,男子妇女唱着歌、跳着舞欢迎巡边的队伍,虔诚的心意确实可嘉,边地的百姓共享得到的利益,逃亡的人儿已尽数还家,这一切都是皇恩广大,大家心中的感恩更是大得无边无涯。

三、巡边坚防

1. 巡阅练兵

《西招图略》之"练兵"条:"练兵所以禁暴靖民也。"① 《西招纪行诗》:"较阅江孜汛。"自注:"江孜地名,自巴则宿白地,又宿朗噶孜,过宜椒大山,宿春堆,次日始至江孜汛,有守备一员,汉兵二十名,番兵五百名,一律较阅其枪箭阵势,颇为习练。"② 诗写校阅藏地四汛之一的江孜汛兵枪箭阵势。注出江孜的地理位置和汛兵构成。《西招图略》之"倡勇"条:"是勇必宜倡,而倡在将弁,更在乎驻藏大臣砥砺有素也。"③ 《丁巳秋阅吟》中的《中秋日阅兵用前韵》:"较阅须弥万里天,汉番军将勇无前,能枪能箭兼他技,挥令挥旗胜往年。梵宇观兵仪尚简,蛮戎习艺志尤虔。"自注:"如琫色楞能演一马三箭。"在须弥佛地校阅军队,在上是万里无云的天空,在下是汉藏兵将英勇无前的操演,既能开火枪又能射弓箭还兼有其他技能,挥令挥旗整齐划一胜过往年,在佛寺前阅兵礼仪尚简,藏族兵将习武艺的心志是很虔诚。诗注注出日喀则阅兵,藏族将领的武艺高强。"操防重地需能事,移调都司责任专。"自注:"升任都司戴文星素谙操防,因奏请接驻后藏。"④ 《西招图略》之"量敌"条:"盖兵在精而不在多。总之,权变在我,量敌之势,运心之妙,不战且胜,

---

① [清]松筠:《西招图略》,吴丰培校订,西藏人民出版社1982年版,第15页。
② [清]松筠:《西招纪行诗》,页一下,见吴丰培辑《川藏游踪汇编》(刻写本第四册),中央民族学院图书馆1981年版。
③ [清]松筠:《西招图略》,吴丰培校订,西藏人民出版社1982年版,第21页。
④ [清]松筠:《丁巳秋阅吟》,页二下,见吴丰培辑《川藏游踪汇编》(刻写本第四册),中央民族学院图书馆1981年版。

而况战乎？"① 可见要针对敌人知己知彼。操防重地需要能干的人，移调都司戴文星驻后藏专责操防。注出奏请调素谙操防的将领驻后藏，对人才委以重用。《江孜》："秋阅江孜汛，蛮戎演战图。"秋天巡阅江孜的防汛，藏军演练了战阵。《西招图略》之"坚阵"条："阵者定也，行之惟坚也。惟坚如山岳之不可撼也。军阵严整，敌望而畏之，莫敢战也。"② "百年虽不用，一日未应无。训练能循制，屏藩足镇隅。"③ 百年虽然不一定用一次，但边防军的训练一天也不能耽误。只要坚持按照制度训练，足以镇守地方保障藏地的安全。《西招图略》之"行操"条："绿营教场演阵，乃操兵常制。"④ 江孜汛设汉兵40名，番兵500名，有守备1员，统领操演，阅其技艺，颇为健锐。

再看定日汛，《定日阅操》："太平操远镇，缓带勤兵韬。心略临机应，阵行随势挠。连环本健锐，九子准鸣鼓。"自注："京都健锐营，习九进连环神火，卫藏依法教演，三进连环及九子枪，无不准鼓而发，足招威重。"⑤《西招图略》之"合操"条："夫太平蓄锐，固宜专技练习，例操之外，务须一律合操，武备庶不虚设也。所谓专技者，有神火连环，有九子火弹，有马射、步射，有滚牌、刀矛，有执纛者，有背旗者。视兵之力，各专一技而散操之，既熟，则号令施焉。"⑥ 在定日这个远方的军镇太平时节进行合操，带上要求勤兵的帝王韬略，心中策略随着演练的军阵变化着，军队的行阵也随着演练的阵势而变化，神火连环本是京都健锐营最先进武器，三进连环及九子枪，无不准鼓而发。诗注注出最先进火器的操演顺序。《西招图略》之"合操"条说得更详细："必先之以神火，炮响三声齐打，进

---

① [清] 松筠：《西招图略》，吴丰培校订，西藏人民出版社1982年版，第13页。
② [清] 松筠：《西招图略》，吴丰培校订，西藏人民出版社1982年版，第18页。
③ [清] 松筠：《丁巳秋阅吟》，页二上，见吴丰培辑《川藏游踪汇编》（刻写本第四册），中央民族学院图书馆1981年版。
④ [清] 松筠：《西招图略》，吴丰培校订，西藏人民出版社1982年版，第14页。
⑤ [清] 松筠：《西招纪行诗》，页四上，见吴丰培辑《川藏游踪汇编》（刻写本第四册），中央民族学院图书馆1981年版。
⑥ [清] 松筠：《西招图略》，吴丰培校订，西藏人民出版社1982年版，第14页。

步连环，钲鸣而止。随吹海螺，而持火弹者发喊突前，施之既毕，听钲而退。随即击柝，步箭齐发，钲鸣而稍退。鼓响则滚牌、刀矛喊声跃出，随响排枪，各展技能。继吹海螺，所有九子连环神火由两翼飞出。而列之号炮三声，则众强齐发，遂成圆阵，合围得胜……"① 就是今天来看这样的军阵也是很威武的。"圣明申教诫，军制重甄陶。勿久稍生懈，钦承巡一遭。"自注："频年奏入较阅情形，屡蒙圣谕，训以勿久而懈。"注出皇帝要求经常奏报校阅情况。

在后藏巡阅练兵，松筠还写有以下诗句，《察咙》有句"怀保利施德"。自注："惟达赖班禅。"诗与注述惟达赖、班禅施德方利保前后藏地方。"操防宜力精"。自注："惟汉番官兵。"② 强调行操和边防还是要汉藏官兵一体努力操练。《那儿汤》有句："习劳须步演，都守合知方。"自注："朗拉山距后招百余里，都司等暇时应督率汉番兵丁步行上下操演，既可习劳，兼得熟悉情形。"③ 诗与注述要注意方法、注意勤练。

在藏北达木草原和硕特蒙古八旗驻地④巡阅中，松筠特咏作《达木观兵》有诗句："游牧固安生，因何武备轻。"自注："各贪安逸，未娴兵技。"诗句与自注尖锐指出达木蒙古兵民丧失昔日勇武之原因。"健儿须奖率，法度赖持衡。严重缘旌旆。"自注："虽曰八旗，并无旗帜，因添设旗纛排演队伍。"提出奖励武勇，颁发旗帜，组织

---

① ［清］松筠：《西招图略》，吴丰培校订，西藏人民出版社1982年版，第14页。
② ［清］松筠：《西招纪行诗》，页九下，见吴丰培辑《川藏游踪汇编》（刻写本第四册），中央民族学院图书馆1981年版。
③ ［清］松筠：《西招纪行诗》，页九下，见吴丰培辑《川藏游踪汇编》（刻写本第四册），中央民族学院图书馆1981年版。
④ 达木是旧地名，藏语音译，意为"挑选""选中"。在今西藏班戈县和当雄县一带。清太宗崇德七年（又是明思宗崇祯十五年即1642年）和硕特蒙古首领固始汗率兵入藏，援助格鲁派战胜藏巴汗，五世达赖为酬谢让固始汗挑选草场驻住入藏的该部兵民，固始汗遂选中今班戈县东部和南部一带和当雄地区，故称此地为"达木"。达木系草地，所居官兵本青海蒙古，固始汗剿灭藏巴汗后，因留兵二千余住此护卫达赖、班禅，后固始汗曾孙拉藏汗于康熙年间被准噶尔戕害，达木蒙古亦被掳去十分之九，雍正初年青海罗布藏丹津与察罕丹津构衅，该游牧人众有避兵投藏住达木者，自是达木所居新旧蒙古共八百余户，遂为八鄂托克，后置固山达佐领骁骑校各八员，分管所属，因呼为达木八旗，用成武备。

操演。"驰驱准蛛钲。"自注:"虽有兵而无号令,因置海螺以起之,钲以止之。"诗写奔突前进还是有序后退都要以海螺、铜钲之号令为准。注出操演的具体办法。"枪箭操乘马。"自注:"今固山达共攒骑兵五百,虽各习马枪马箭,向不期会操演,以致控驭生疏,因先教以围猎,继演阵法,可期健锐。"诗写火枪、弓箭都要在马上操练,注出五百骑兵按时操演,可期健锐。"腾骧利远行。"自注:"幸各有马,足资驰骤。"要求号令严明,勤于操演骑射。"练兵申纪律,制锐养升平。"① 强调严明军纪,练兵成为精锐以维护"升平"。

2. 建碉设卡

西藏原有卡防在藏北哈喇乌苏(那曲)直至西北阿里一带,为防范准噶尔袭扰而设。驱逐廓尔喀之战后卡防改设在后藏西南一线,西南防线的最终建成是在松筠驻藏期间。《西招纪行诗》:"极边聂拉木,隘口旧无墙。孤立营官寨,民居仅数行。"自注:"由巴都尔过达尔结岭,行一日至此,是为极边,依山临涧,有小关门一座,并无墙垣,营官寨筑于关门之外,居民无多,尚有廓尔喀所属之巴勒布常川贸易者二十余人,此等巴勒布人本循良,久与唐古忒交好,甚为安静,非廓尔喀可比。聂拉木以外相距廓尔喀巢穴阳布地方,路程仅五日,山径崎岖。巴勒布俗名别蚌,廓尔喀侵占已久,尽为所属。"② 诗写极远边境聂拉木,险隘口本没有边墙,营官寨孤耸,民居仅有数排,聂拉木营官寨内,有定日汛守备1员,统领汉、番弁兵镇守。注出所见的具体情形。(萨迦至扎什伦布)"中有曲江地,要隘筹新碉。"自注:"萨迦迤东沟内有两处要隘,一名曲多,一名江巩。余询悉从前廓尔喀经由此地,潜入后招,因即筑卡以为防御,有警可由后招拨兵堵御,现令喇嘛住持,虽似梵碉,实作望楼耳。"③ 诗与注

---

① 〔清〕松筠:《丁巳秋阅吟》,页十上下,见吴丰培辑《川藏游踪汇编》(刻写本第四册),中央民族学院图书馆1981年版。
② 〔清〕松筠:《西招纪行诗》,页三下,见吴丰培辑《川藏游踪汇编》(刻写本第四册),中央民族学院图书馆1981年版。
③ 〔清〕松筠:《西招纪行诗》,页五上,见吴丰培辑《川藏游踪汇编》(刻写本第四册),中央民族学院图书馆1981年版。

述在曲江、江巩两处设卡筑碉的具体情况。《丁巳秋阅吟》中的《彭错岭》："固是三关一，因置千载防。"自注："札什伦布迤西通衢有三，左即萨迦沟，前已相地奏请动项置卡隘，中则珠鄂咙，路在萨迦迤北，亦筑长墙为隘。彭错岭又在珠鄂咙以北，是为右路。中左既有卡隘，右路不可无防，因令依山筑卡，以为保障。"注出具体建卡地点和建卡情形。《西招图略》之"量敌"条："所有彭错岭右隘，珠鄂咙中隘，最为险固，量敌不敢径入……惟定日一汛，西南捍御聂拉木，正西捍御济咙。"①"工作无多费。"自注："班禅仅费百金。"建卡工作不用多少费用。注出后藏班禅所费钱数。"利益保封疆。寨卡互维持，制律用知方。"自注："营官寨在新卡迤西，又居山顶，自成掎角之势，中左右三关，如分屯枪手数百，可破万敌，尤在督率有方，兵心有主耳。"② 诗注分析了寨卡之间的联系，中左右三关成掎角之势，屯枪手数百即可形成交叉火力，可破万敌。当然还要以督率有方为前提。《西招图略》之"申律"条讲得明白："易曰：'出师以律'，盖谓行师之道当谨，其始以律，则吉也。"③《西招图略》之"制师"条进一步阐释："兵众曰师。师贵有制。……是则行师、驭众、战阵、营垒之事，不可不讲于无事之时，而师有节制，故所不待于临敌乃誓也。"④ 可见"制师""申律"的重要，只有平常加强训练，才能保证突然临敌时不慌乱。《莽噶布蓗》诗亦可为证，莽噶布蓗意为"下莽噶布"，蓗，为藏语"下部"之意。松筠于乾隆六十年（1795年）第一次由定日至宗喀巡阅，在其《西藏巡边记》中云：乃是由定日过通拉大山，"共行十一日至聂拉木，又由达尔结岭西转，经过伯孜草地、巩塘拉大山、琼噶尔寺，南转至宗喀的路线"⑤。此处则是另走定日西隘通宗喀即当年廓尔喀入侵的路线巡阅。莽噶布

---

① ［清］松筠：《西招图略》，吴丰培校订，西藏人民出版社1982年版，第13页。
② ［清］松筠：《丁巳秋阅吟》，页三上，见吴丰培辑《川藏游踪汇编》（刻写本第四册），中央民族学院图书馆1981年版。
③ ［清］松筠：《西招图略》，吴丰培校订，西藏人民出版社1982年版，第16页。
④ ［清］松筠：《西招图略》，吴丰培校订，西藏人民出版社1982年版，第17页。
⑤ ［清］松筠：《西藏巡边记》，见吴丰培辑《川藏游踪汇编》，四川民族出版社1985年版，第111页。

蓰即是从此线前行的第一站。有诗句:"沿山出汛隘。"自注:"定日西北有山隘,驻定瑻一。番兵二十五名防汛。"注出沿山隘设防驻守人数。"初阅未经由。"自注:"乙卯年由定汛行两日,至聂拉木过嘉纳山,走伯孜拉错,始至宗喀,此次询悉聂拉木秋收丰稔,番民乐业,而定日西隘,路达宗喀,且系戊申年廓尔喀入寇所经,应即查阅,况路程与经聂拉木等,骑从亦无劳顿。"① 初次校阅时没有到过这里。注出两次巡阅路线的不同。《察咙》有句:"新碉已落成,威重昭清平。"自注:"察咙西南相地砌卡三处,一曰曲多,二曰江巩,三曰阿尼巩,形如梵碉,所有碉墙叠砌方洞,以便施放枪炮,势颇联络。"② 诗与注写察咙卡建防的具体情况。松筠两次巡边,建碉设卡皆针对当年廓尔喀的侵藏,在其著《西招图略》之"善始""持志""防微""守正"四条中,就大量借鉴抗击廓尔喀入侵的历史经验教训,③ 可见其治军有很强的针对性。

四、积极的安边治藏思想

松筠在《西招纪行诗》《丁巳秋阅吟》中以诗的语言阐述其安边治藏的积极思想,兹列析于下。

1. 倡导仁、德、宽

《西招纪行诗》有诗句:"仁以厉风俗,教之以革故。"④ 针对农奴制剥削、官吏贪饕之不仁,强调"厉风俗"和教化的作用,"厉风俗"和教化的内容是仁,强调以仁革除故弊。"今也班禅惠,可冀布仁风。"自注:"余至后招与班禅会晤,见其年少而通经,性颇纯素,毫无尘俗之态。询悉所得布施,不多积贮,喜为施济所属,僧俗无不

---

① [清]松筠:《丁巳秋阅吟》,页五上,见吴丰培辑《川藏游踪汇编》(刻写本第四册),中央民族学院图书馆1981年版。
② [清]松筠:《丁巳秋阅吟》,页九上,见吴丰培辑《川藏游踪汇编》(刻写本第四册),中央民族学院图书馆1981年版。
③ 参见[清]松筠《西招图略》,吴丰培校订,西藏人民出版社1982年版,第23~29页。
④ [清]松筠:《西招纪行诗》,页一上,见吴丰培辑《川藏游踪汇编》(刻写本第四册),中央民族学院图书馆1981年版。

感仰，此其能结人心之仁政。"① 诗与注写对七世班禅可冀施仁的观察和判断。《丁巳秋阅吟》中的《达克孜》② 有诗句："乐水知者心，乐山仁者度。"喜爱水是智者的心灵，喜欢山是仁者的气度。"巡阅布皇仁，殊恩千载遇。"③ 巡阅后藏广布皇帝的仁德，这殊恩是千载难逢。这些诗句凸显以"仁"治藏。

《西招纪行诗》有诗句："在德不在险，休养成堤疆"，"惟德可固结，众志坚城防"。主张藏地保持长治久安，要以德行感化而不能仅仅依凭险隘，休养生息、百姓安居乐业、民心所向则自然形成堤疆。惟有依靠德政才可以团结藏地所有的力量，众志成城才能牢牢巩固边疆。以德治藏，惟德而自固，外患无由生矣。松筠在《西招纪行诗》中多次提到"德"，特别强调"德治"，但在《丁巳秋阅吟》中却一次未提，这绝非是不讲"德治"了，而是在其诗中将德治细化了。《西招图略》序揭示了其细化方式："守边之要，忠、信、笃、敬也。莫不本乎格、致、诚、正。故格物所以穷理，致知所以通俗，诚意所以不欺，正心所以寡欲。忠、信、笃、敬于是乎行以之。""钦承圣训：教以宽柔无分遐迩，一皆羁縻而向化怀德，是在修德也。然修德者必矜细行，而图治者宜防未然。"④

《西招纪行诗》有句："宽裕保斯民，禁暴警贪饕。"自注："卫藏百姓性行近古，应抚之以宽，惟僧俗番目多有贪婪，而其跟役名曰小娃子，往往肆意勒索，百姓苦之，因查出营官庄头及小娃子婪索等弊，随即严处示惩，以慰番庶。"⑤《西招图略》之"抑强"条："夫

---

① ［清］松筠：《西招纪行诗》，页二下，见吴丰培辑《川藏游踪汇编》（刻写本第四册），中央民族学院图书馆1981年版。
② 达克孜是藏语地名音译，亦译作"达增"。属后藏札什伦布班禅管辖地方。《卫藏通志·程站》载："由勒龙绕山麓，至藏楮，过藏楮河，经工宠寺，沿山逶迤，至达增。"见松筠《卫藏通志》，西藏人民出版社1982年版，第244页。
③ ［清］松筠：《丁巳秋阅吟》，页八上，见吴丰培辑《川藏游踪汇编》（刻写本第四册），中央民族学院图书馆1981年版。
④ ［清］松筠：《西招图略》，吴丰培校订，西藏人民出版社1982年版，第3页。
⑤ ［清］松筠：《西招纪行诗》，页五下，见吴丰培辑《川藏游踪汇编》（刻写本第四册），中央民族学院图书馆1981年版。

强者不抑,则弱者无所措手足,固非久安之道也。"① 强调禁警,抑强扶弱,宽抚保民。

仁、德、宽这几个传统的儒家理念,用于治藏安边,倡导于封建农奴制统治下之藏地,其积极意义是不言而喻的。

视藏族群众等为"同胞""赤子"。《丁巳秋阅吟》中的《曲水》有诗句:"欲久乐升平,治以同胞与,惟期善时保,万载堪安处。"② 提出想要长久的保持升平,就要像同胞般治理,只有期许时时善加保护,才可以万载安定地相处。《白朗》有诗句:"于时保赤子,无虑山水遥。"③ 强调时时保护赤子般的百姓,无虑千山万水的遥隔。《西招图略》之"安边"条有更清晰的表达:"众心我同,则民胞物与之化成,于时保之,小心翼翼,固可永安乐利也。"④ 松筠的视藏族群众等为"同胞""赤子",于时保之的治藏安边理念,充分反映清朝鼎盛时期的国家统一、汉藏民族关系的融洽。

2. 安边自治,注意番众生产生活

《西招纪行诗》:"安边惟自治,莫使民时误。"⑤ 所谓"自治",《西招图略》之"绥远"条有清楚的表述:"荒服宜绥,而绥之之道,贵在羁縻得中,而又本乎自治。……故境内常宜自治。必使番民休养生息,一无荡柝离居之患,则荒服远夷莫不倾诚内向而听命矣。"⑥ 松筠说的"自治"指什么?"一切服色、仪制,固不必责令尽如内地。本其俗而厉以朴素,矢恭矢顺可也。"⑦ 这样的"自治"建立在怎样的观察和判断之上呢?"夷性多贪,近之不逊,远之则怨。余故

---

① [清]松筠:《西招图略》,吴丰培校订,西藏人民出版社1982年版,第4页。
② [清]松筠:《丁巳秋阅吟》,页一上,见吴丰培辑《川藏游踪汇编》(刻写本第四册),中央民族学院图书馆1981年版。
③ [清]松筠:《丁巳秋阅吟》,页二上,见吴丰培辑《川藏游踪汇编》(刻写本第四册),中央民族学院图书馆1981年版。
④ [清]松筠:《西招图略》,吴丰培校订,西藏人民出版社1982年版,第1页。
⑤ [清]松筠:《西招纪行诗》,页一上,见吴丰培辑《川藏游踪汇编》(刻写本第四册),中央民族学院图书馆1981年版。
⑥ [清]松筠:《西招图略》,吴丰培校订,西藏人民出版社1982年版,第6页。
⑦ [清]松筠:《西招图略》,吴丰培校订,"厉俗"条,西藏人民出版社1982年版,第5页。

曰：'贵在羁縻得中也。'"① 行文表达了松筠强烈的文化自信和夷夏意识。"近之不逊，远之则怨"用的是《论语》中孔子评论女子与小人的原话，可见松筠儒化之深，其理念完全是汉文化传统观念。松筠认为安边自治，予民休养生息，要做到家给人足就不能误民时。他在巡阅时一路上为各地得以不误民时、乐业丰收而喜唱赞歌。《丁巳秋阅吟》中的《曲水》有诗句："随在多粮糈，且喜近前招。"② 咏赞曲水处处盛产粮，并且更为可喜的是离拉萨近。《巴则》有句："麦熟此地气候较暖，有两熟者，深秋始获蛮乡庆，欣看大有年。"③ 咏叙巴则乡在为麦熟而庆祝，欣喜地看到大丰收之年的欢快。《朗噶孜》有句："时和人乐业，岁稔稻连町。"④ 称赞时令和顺人民乐业，一岁成熟的谷物连成了一片。这"稻"是诗歌想象写法，此地并不产稻。《春堆》有句："我行经两度，逊此乐丰年。"⑤ 指出两度行经此处，没有像今秋目睹稞麦丰稔又是丰收快乐之年景。《岗坚喇嘛寺》有句："年丰何可忽，民天何可忘。"⑥ 强调年景的丰歉怎么可以忽视，民以食为天的大事怎么可以忘怀？

  松筠的"安边自治"，除强调不误民时，予民休养生息，还重视兴水利，除水患，关心民众生产生活。《丁巳秋阅吟》中的《巴则》有诗句："深陂沿麓作，山根一带，渠似天然。引溉陌阡田。"⑦ 诗写沿着山麓深陂做水道，引水灌溉农田。注出水渠修得巧妙，仿佛天然。《还至后招》有诗句："江岸旧无堤，奔湍任所之，番黎群苦诉，

---

  ① ［清］松筠：《西招图略》，吴丰培校订，西藏人民出版社1982年版，第7页。
  ② ［清］松筠：《丁巳秋阅吟》，页一上，见吴丰培辑《川藏游踪汇编》（刻写本第四册），中央民族学院图书馆1981年版。
  ③ ［清］松筠：《丁巳秋阅吟》，页一下，见吴丰培辑《川藏游踪汇编》（刻写本第四册），中央民族学院图书馆1981年版。
  ④ ［清］松筠：《丁巳秋阅吟》，页一下，见吴丰培辑《川藏游踪汇编》（刻写本第四册），中央民族学院图书馆1981年版。
  ⑤ ［清］松筠：《丁巳秋阅吟》，页一下，见吴丰培辑《川藏游踪汇编》（刻写本第四册），中央民族学院图书馆1981年版。
  ⑥ ［清］松筠：《丁巳秋阅吟》，页二下，见吴丰培辑《川藏游踪汇编》（刻写本第四册），中央民族学院图书馆1981年版。
  ⑦ ［清］松筠：《丁巳秋阅吟》，页一上，见吴丰培辑《川藏游踪汇编》（刻写本第四册），中央民族学院图书馆1981年版。

疏导适其宜。"自注:"后招东北,藏江南岸既滩,北岸日涨。所在达赖、班禅两属百姓田亩,多被冲没,因即饬岁琫堪布、噶布伦、札萨克喇嘛鸠工疏通北岸涨沙,并于南岸上游近山数处,各筑挑水坝,以杀其势,然后塞其漫口,可期大溜仍归故道。"① 挑水坝指通常以石料筑成的护岸丁字坝,以挑开大溜,防止江岸塌方。堵缺口时,在口门上游筑此坝,逼流入引河,可减少流向口门的流量。日喀则东北雅鲁藏布江段江岸本没堤坝,任江流奔湍无所阻滞,南岸田亩多被冲没,百姓大群地来诉苦,筑堤坝、塞漫口、疏导江流,满足了百姓的要求。在藏事诗中,松筠这首咏述整治水道的诗作,实属绝无仅有。

3. 行化导,尊民俗

《丁巳秋阅吟》中的《白朗》一诗有句:"恭顺因王化,董陶赖圣朝。"② 咏述恭顺地遵从王化,董理、陶冶仰赖圣朝。《后藏》有诗句:"乐奏须弥极乐世,山呼率同汉番官兵,齐班行礼圣寿大千年。化成久道恩施远,九有边荒感激虔。"③ 描绘奏起须弥极乐界的音乐,汉藏官兵山呼皇帝圣寿千年永康,化导形成如此传统乃是皇恩施到遥远的边地,广大边地百姓虔诚地感激皇恩浩荡。《岗坚喇嘛寺》有诗句:(对那尔汤古金磬)"乌斯咸心信,岂非一慈航。"自注:"似此俗尚固,不必信亦不可鄙。"④ 以为藏地百姓都诚心信古金磬,难道不也是一种慈航。注出对此风俗应取的态度。《阿木岭》亦有句:"俗尚不应鄙,情推可易治。"⑤ 主张对当地的风俗习尚不应鄙视,按照民情顺势而为就可达到治理。《西招图略》之"厉俗"条:"夫神

---

① [清]松筠:《丁巳秋阅吟》,页九下,见吴丰培辑《川藏游踪汇编》(刻写本第四册),中央民族学院图书馆1981年版。
② [清]松筠:《丁巳秋阅吟》,页九下,见吴丰培辑《川藏游踪汇编》(刻写本第四册),中央民族学院图书馆1981年版。
③ [清]松筠:《丁巳秋阅吟》,页九下,见吴丰培辑《川藏游踪汇编》(刻写本第四册),中央民族学院图书馆1981年版。
④ [清]松筠:《丁巳秋阅吟》,页二下,见吴丰培辑《川藏游踪汇编》(刻写本第四册),中央民族学院图书馆1981年版。
⑤ [清]松筠:《丁巳秋阅吟》,页八下,见吴丰培辑《川藏游踪汇编》(刻写本第四册),中央民族学院图书馆1981年版。

道设教，仁以成俗。"① 说出了化导的目的。

松筠的"行化导，尊民俗"这一积极的治藏安边理念，在其副手帮办大臣和宁那里却有不同的咏述。和宁写有《色拉寺题喇嘛诺们罕塔》，色拉寺在拉萨北部，格鲁派三大寺之一，始建于明永乐十六年（1418年）。诺们罕蒙古语音译，原意为"法王"。清代封授藏传佛教僧人的一种职衔，地位仅低于呼图克图。塔指高僧涅槃后所建的灵骨塔。这首诗可以看到和宁对死去的高僧怎么说："丛林百丈开，几案罗金玉。笑问塔中僧，可晓传灯录。僧食肉流骨，肉山彻骨俗。肉僧骨已枯，骨山藏活肉。我辈受孔戒，护汝十万秃。塔僧若有灵，可鉴前车覆。天威薄海西，绝徼少飞镞。文令需可人，武满何曾黩。半藏我聊转，全峰老犹蠹。悠谬青石梯，荒唐白玉局。举觞漫问天，且作长城筑。"② 诗中字里行间透出的对大喇嘛露骨的嘲讽、鄙视，表现出和宁对藏传佛教的不崇信，亦将朝廷"神道设教"的策略置于脑后。松筠的诗与和宁此诗一对比，立见识见之高下。可能正是由于这个原因，皇帝对和宁的能力和见识并不满意，所以和宁在藏7年，先后给和琳、松筠、英善三位驻藏办事大臣当副手，即任驻藏帮办大臣，直到离任的前一年才被提拔为驻藏办事大臣。不过应当公允地说，和宁是驻藏大臣中文才横溢、咏作藏事诗较多的一位。他的不少藏事诗典雅、瑰丽，堪称佳作，这在下章将会论及。

松筠实心办事，为人耿直，③ 不畏权势，因同权贵不和而多历外任，在《清史稿·松筠传》中就有记载称"和珅用事，筠不为所屈，遂留边地，在藏凡五年"。④ 松筠治边，极重边疆地区的开发、对外

---

① ［清］松筠：《西招图略》，吴丰培校订，西藏人民出版社1982年版，第5页。
② ［清］和瑛：《易简斋诗抄》（清道光刻本）卷一，页三十六下、三十七上，见国家清史编纂委员会·文献丛刊《清代诗文集汇编》（第399册），上海古籍出版社2010年版，第711页。
③ 其事迹在赵尔巽等撰《清史稿》卷三四二、王钟翰点校《清史列传》卷三二、李桓编《国朝耆献类徵》（初编）卷三六、缪荃孙编《续碑传集》卷一、李元度编《国朝先正事略》卷二二、窦镇编《国朝书画家笔录》卷二以及震钧编《国朝书人辑略》卷七中均有记载。
④ 参见［清］赵尔巽等《清史稿》卷三四二，《松筠传》，第11114页。

关系的发展和维护边疆地区的社会稳定。松筠的治边思想受阳明学影响较深，在其《西招图略》序中有集中表现："守边之要，忠、信、笃、敬也。莫不本乎格、致、诚、正。故格物所以穷理，致知所以通俗，诚意所以不欺，正心所以寡欲。忠、信、笃、敬于是乎行以之。"①格物致知、穷理通俗、诚意正心、不欺寡欲，都是阳明学的重要理念，即使在最乐观的人性论下，仍存在着极强的道德紧张，"教以宽柔无分遐迩，一皆羁縻而向化怀德，是在修德也。然修德者必矜细行，而图治者宜防未然"②，迁善改过即是阳明格物说的一个主要部分，到了明末，随着社会风俗的败坏，在部分王学信徒中，省过、改过便成为一个很热门的论题。但由于阳明的"心即理"学说主张在省过、改过的过程中，人们的一己之心不但要做为被控诉者，同时也扮演着反省者与控诉者。对根器较差的人而言，"心"同时作为一个被控诉者和控诉者，殆如狂人自医其狂一般，因此有一部分人转而主张在省过改过时，应该有第三者扮演客观的监督与控诉的角色，进而有省过会之类的组织产生。而此现象亦同时象征着在道德实践中"心即理"学说所面临的理论危机。经过清初思想中形而上玄远之学的没落，这一类改过或修身的传统，虽有宽、窄之别，却是此后士人们的一个强劲有力的传统，到了社会失序或国家混乱之时，士子往往祭出这个办法，强力地把自己与流俗区隔开来，有系统、有方法、有步骤地组织自己散乱而没有中心的生活，锻炼自己成为"道德化政治"的先锋队、把自己铸造成在道德世界旋转乾坤的人物。③尤其像松筠这样"廉直坦易，脱略文法，不随时俯仰，屡起屡蹶。晚年益多挫折，刚果不克，如前实心为国，未尝改也"④的人，更是这样。到了乾隆末年和珅用事，社会失序、国家混乱之暗流涌动之时，松筠先后在西藏、蒙古和西北等边疆地区驻边任职的真正原因恐

---

① ［清］松筠：《西招图略》，吴丰培校订，西藏人民出版社1982年版，第3页。
② ［清］松筠：《西招图略》，吴丰培校订，西藏人民出版社1982年版，第3页。
③ 参见王汎森《权利的毛细管作用——清代的思想、学术与心态》，台北联经出版事业股份有限公司2014年版，序论第5页。
④ 王钟翰点校《清史列传》卷三二，大臣传次编七，第2457页。

怕在此。有系统、有方法、有步骤地组织自己的生活表现为松筠的系统的著书立说与治疆实践。松筠的《西招图略》有言："至于我之所理事务或有过失，我之所用人役或有犯科者，切不可羞而为怒，尤不可将错就错。应张已过而亟为正之、斥之，示以为大公，则恶者惩善者劝，人咸悦服岂不美哉！改过勿吝则吉，惩忿窒欲则吉而又吉。"①"改过勿吝则吉"就是省过、改过，"惩忿窒欲则吉而又吉"就是修身，而这种改过、修身的传统，是道咸以降思想界的一个重要力量。松筠的藏事诗作所包蕴的治藏安边思想也就借此力量产生了深远的影响。

松筠的治边思想系统、治边实践卓越。松筠驻藏不但关心民瘼，重视抚恤，还非常重视对边疆地区的文献建设，很多文献均系其亲笔撰述，写成《西招图略》《西招纪行诗》《西藏图说·附程站》《丁巳秋阅吟》和《绥服纪略》，合为《镇抚事宜五种》（道光刊，活字本）。另有《卫藏通志》一书，确是了解藏政的重要著作，保存了极为可贵的史料，原著无撰人，经吴丰培先生考证，是为松筠主持编撰。② 其治边作为对边疆地区的发展起了重要的作用，其亲笔撰述或组织文人整理的文献对后世了解边疆、建设边疆亦起到了不可替代的作用。史称松筠"名满海内，要以治边功最多"，③ 堪称一代名臣。

第三节　清朝后期藏政与藏事诗的描述

清代藏事诗的咏作，在乾隆朝发展到高潮。进入嘉庆之世直到道光中期，在一段时间内仍持续此发展势头。驻藏大臣松筠的《丁巳

---

① ［清］松筠：《西招图略》，吴丰培校订，"戒怒"条，西藏人民出版社1982年版，第2~3页。
② 参见吴丰培《〈卫藏通志〉著者考》，见《史学集刊》第一期；又见《卫藏通志》，西藏人民出版社1982年版，第567页。
③ 参见［清］赵尔巽等《清史稿》卷三四二，《松筠传》，第11118页。

秋阅吟》与和宁的上百首藏事诗皆是作于嘉庆初年,嘉庆帝亦作有《普陀宗乘之庙瞻礼纪事》诗。嘉庆帝即爱新觉罗·颙琰,生于乾隆二十五年(1760年),清高宗第十五子,乾隆六十年(1795年)册立为皇太子。次年嗣位,然而高宗仍以太上皇名义继续执政。嘉庆四年(1799年)高宗去世,始亲政。原刻在拉萨布达拉山下东北隅色拉寺山门外廊下东壁上的《御制普陀宗乘之庙瞻礼纪事碑》,碑文上留有嘉庆的藏事诗。

《普陀宗乘之庙瞻礼纪事》诗共四首,这一咏述清朝中央对藏传佛教的许多重大政策的纪事诗作于嘉庆十三年(1708年),瞻礼乾隆年间于承德避暑山庄行宫之北山崖仿西藏布达拉宫式样兴建的普陀宗乘庙之时。

其一:"大圣人首出御世,王道禅修非二致。外藩万部所归心,振兴黄教钦睿智。仿建招提北山崖,膜拜环瞻悦远怀。抒诚爱戴奕禩暨,高皇声教恢无涯。"咏述大圣人乾隆帝出来治理天下,王道禅修并行不悖,这正是万邦外藩归心之处,振兴黄教显示了先帝的高度睿智。在山庄北山崖仿布达拉宫建成普陀宗乘之庙,各藩部瞻拜莫不欢欣而仰敬,抒诚爱戴参加祭祀盛典,我高皇帝声教远播恢宏无涯。全诗赞美了乾隆帝兴建普陀宗乘之庙的深意和所达效果的显著,赞美"成此天人摄受之闳规,为三乘加持之统会,胜因善果,龙天护佑,将垂示无穷,不可思议也"①。

其二:"转世相沿多诡谲,除弊特命金瓶掣,决疑定众顺其情,鸿文巍焕喇嘛说。"阐述黄教活佛转世相沿的传统丛生弊端,为了除弊天朝特命金瓶掣签,决定疑难稳定番众顺应了僧众感情,皇帝又亲自著鸿文《喇嘛说》。全诗赞美了朝廷金瓶掣签制度的出台,及乾隆著《喇嘛说》文章成功宣传这一制度。嘉庆帝还很骄傲地注有:"其番僧相传称为喇嘛,我皇考尝习其语,深通其法,译二字之意,谓即

---

① [清]嘉庆:《普陀宗乘之庙瞻礼纪事》诗,见[清]黄沛翘《西藏图考》卷之首,西藏人民出版社1982年版,第44页;又见张羽新《清政府与喇嘛教 附清代喇嘛教碑刻录》,西藏人民出版社1988年版,第503~504页。

汉语称僧为上人耳。"①

其三:"宗喀巴派二徒传,一曰达赖一班禅。达赖示寂已数载,今春显应西藏边。生甫四龄性敏悟,昔年衣钵识无误。乃知真者幻难欺,不住色相心常住。"诗写宗喀巴所创格鲁派由两大弟子达赖、班禅传承。老达赖去世已几年,今年春天灵童显应在西藏的边地。此灵童已4岁,天性聪敏颖悟,用老达赖的衣钵测试均无误,才知真的纯真,假的难以欺瞒,不注重色相真心常在。诗后有注详述:"其八辈达赖喇嘛于嘉庆九年(1804年)示寂已阅数载,其呼毕勒罕尚未出世,曾令济咙呼图克图及堪布喇嘛等于佛前诵经,虔诚祈祷,以期早徵灵应。当年正月,据驻藏大臣玉宁等奏称,藏内各处具报幼孩九人。经济咙呼图克图驳去六人,只余三人。内惟西藏甸麻地方(今四川甘孜藏族自治州石渠县)居住之春科土司丹怎吹忠之子,于乙丑十二月(1806年1月)朔日降生,迄今年甫四岁,聪慧异常,早能持诵经咒,自知前身系八辈达赖喇嘛,试以前辈喇嘛所用铃杵等物,均能辨识。大众无不倾心信奉,而后藏班禅额尔德尼闻知,即亲至前藏,睹诸殊异,同深欢喜。并经玉宁等详加察验,信而有征,盖化身虽幻,而真性常存,似此灵异显然,不特化外波旬,无由伪托,去来因果了了不迷,益征此心常住,有超乎色相之外者。"②

其四:"在天恩晖照遐方,示现佛子大吉祥。不疑何卜遂降敕,季秋诹吉命坐床。特简藩王颁厚赐,卫藏亿兆欢动地,敬承我考绥远猷,爰作长言纪其事。"咏述天朝恩德的辉光照到远方边地,示现转世的佛子真是大吉祥。无须于金瓶掣签就降下认定的圣旨,在秋天取一个吉日进行坐床。特别命令藩王携带朝廷厚赐去看视坐床,卫藏的百姓欢天动地,敬承我皇考绥远鸿猷,为万世法,于是作长言记载这件事。这里的长言并不是指长诗,而是指长注。诗注甚为详细:"我皇考颁发金奔巴瓶之圣意,原以维持正教,遏抑邪趋。在天之灵,所以照临而呵护者,非言思拟议之所能悉。今丹怎吹忠之子,聪明颖

---

① [清]黄沛翘:《西藏图考》卷之首,西藏人民出版社1982年版,第45页。
② [清]黄沛翘:《西藏图考》卷之首,西藏人民出版社1982年版,第45页。

异,其征应如此,大众之欢欣敬信又如此。设当我皇考时,遇有此奏,必立时加恩,无须于金瓶签掣,盖不疑何卜。前志可稽,因即降旨,令其作达赖喇嘛呼必勒罕,著班禅额尔德尼等恭诣高宗纯皇帝圣容前虔诚诵经奏闻,用昭恩眷,并特赐达赖喇嘛呼必勒罕哈达一个、无量寿佛一尊、铃杵一份、珍珠记念碧霞念珠一挂,令成都将军特清额赍赴西藏颁发。旋据玉宁等奏报,达赖喇嘛呼必勒罕于九月二十二日坐床,因特派御前行走喀喇沁亲王品级都楞、郡王多罗、额附满珠巴咱尔,同御前侍卫副都统今授工部侍郎庆惠、乾清门侍卫副都统隆福、噶勒丹锡勒图呼图克图赴藏看视坐床、颁赐敕书、赏件,并银一万两,以示优眷。敬思我皇考绥远鸿猷,为万世法。前此金奔巴瓶之赐,实虑彼教中有假托者,借以去伪存真,兹既真者现前,则一切杜弊之法原可不设,即此权衡措置,心心相印,默鉴同符,实理之必然者。然事期可久,法不厌详。此后,设遇呼必勒罕出世,未必能如此次之灵验无疑,仍当恪守前规,书名签掣,方可以绝诈而泯觊觎。爰详记此事始末,以见吉祥示现,为世间仅有之奇。故不拘常行之例,是法非法,孰一孰二,即以长言为说偈可耳。"① 嘉庆帝的藏事纪事诗赞美了乾隆帝"兴黄教,即所以安众蒙古"②的政治策略的成功,阐述颁行金瓶掣签制度的意义,说明八世达赖转世灵童免于金瓶掣签认定乃系特例,强调金瓶掣签仍当恪守。继承乾隆"盛世"之业的嘉庆帝,其加夹长注的藏事诗作,在思想内容、风格品味上与乾隆藏事诗亦别无二致。

驻藏大臣是清朝中央政府派驻西藏地方的行政长官,全称是"钦差总理西藏事务大臣"。经平定廓尔喀侵藏后的大力整顿,系统的全面的治藏法规《藏内善后章程二十九条》的颁行,驻藏大臣权力、职责的进一步明定,奉派驻藏办事者每多为萧规曹随的守成之辈,然亦有稍有才干之员,嘉庆二十五年(1820年)至道光三年(1823年)驻藏办事的文干就是其中的一位。文干,原名宁,避道光

---

① [清] 黄沛翘:《西藏图考》,西藏人民出版社1982年版,第46页。
② [清] 松筠:《卫藏通志》,西藏人民出版社1982年版,第149页。

帝讳始改，字蔚其，号桢士，又号远皋、芝崖，满洲正红旗人。乾隆四十九年（1784年）进士，散馆授编修。嘉庆十九年（1814年）升任盛京副将军、热河都统。嘉庆二十一年（1816年）任贵州巡抚，调河南巡抚，次年因事免职。嘉庆二十五年（1820年）十月奉派赴藏办事，道光元年（1821年）三月抵藏，接替玉麟为驻藏办事大臣，道光三年（1823年）六月病逝于任所。

文干驻藏之时，适逢九世达赖圆寂后其转世灵童的寻访试验及嘉庆帝强调对十世达赖喇嘛进行掣签认定。文干奉旨主持"金瓶掣签"，掣定里塘灵童楚臣嘉措。这是按照《藏内善后章程二十九条》的规定，首次以金瓶掣签确定达赖喇嘛转世。文干按《藏内善后章程二十九条》的规定，于道光二年（1822年）八月至九月由前藏赴后藏巡阅。其往返沿途吟咏，以文学形式鲜明反映其时清朝中央在藏拥有完全的国家主权，而记旅途见闻，景物宛在，不失为有用之作。

文干于道光二年（1822年）即壬午年赴后藏巡阅的纪程诗从内容上来看大体可分为两个方面。

一、呈现其时西藏地方的升平祥和景象

文干藏事诗反映乡间熙和。《二十三日白浪口占四首》其一有句："野阔田畴阔，秋成刈获饶。"诗写荒野广阔田畴开畅，秋天庄稼成熟收获丰饶。其二有句："深感使君情，年来赋役轻"，咏及感激驻藏大臣近年来赋役减轻；"请看鸿雁集，逋户尽归耕"，描述逃户几乎全部归来种地。反映出松筠的治藏的两大举措——减赋、招抚流亡均产生了应有的作用。其三有句："更为父老说，岁丰节俭宜。"咏述与当地父老谈说，虽然今年丰收，但还是应该厉行节俭。很温和的劝导，一幅温饱丰饶的田园景象。其四有句："还应计盖藏，永永室盈止。"① 劝导还应计划把多余的粮食储藏好，必长久地保持屋里食物的充足。《二十七日过那尔汤寺至冈闲寺》有诗句："极目黄六

---

① ［清］文干：《壬午赴藏纪程诗》，页二上，见吴丰培辑《川藏游踪汇编》（刻写本第四册），中央民族学院图书馆1981年版。

铺，秋稼大丰美。"① 描绘极目远望金黄的稞麦田地就像黄云铺到了天边，秋天庄稼大丰收的美景就在眼前，诗句充满了丰收的喜悦。《孜陇即目》，诗写来到后藏孜陇地方，也是一派丰收景象："稞麦登场早，今年霜又迟，秋阳午余热，晒谷最相宜。"② 咏述青稞收获登场比小麦早，今年霜又下得迟，秋天的阳光午后还有余热，正是晒青稞最适合的天气。《三十日玛迦题蒙古包》写到牧民的生活："小小毡庐矮矮门，略携家具备饔飧，木兰校猎曾随扈，日日移居似者番。"③ 描述小小的帐篷矮矮的门，里面略备一些家具、准备了食物，记得以前扈卫皇帝在木兰围场狩猎曾经见过，每天都要移动居地就像这里。将牧民的生活写得有一种童话般的美，当然美的背后还有诗人对京城、对皇帝的淡淡的思念。《十三日由后藏取道嘉汤》④ 回返前藏有句："葺屋蛮村小，登场稼事齐，鸟犍长短陌，秋暮正翻犁。"诗写茅草房屋的藏族村庄很小，登场的稼穑农事都已结束，鸟儿都来耕地种庄稼，秋天的傍晚正忙着翻地。将藏地农村的生活也描写得像童话，在封疆大吏的诗作中对荒远的边村的描绘难得能有这么浓的童话色彩，可见诗人心灵的澄澈、心境的悠然闲适、心情的无比快乐。

文干藏事诗描绘边境安定。《二十八日花寨子》有句："临溪卓行帐，煮茗挹清泚，延眺山之阿，何年遗壁垒。"自注："花寨子及萨迦沟附近一带，湘圃相国驻藏时设卡居多。"⑤ 诗写临溪设下行帐，用清澈的溪水来煮茶，极目远眺山之巅，看到那是哪一年留下的壁垒。安闲地歇息饮茶，仿佛已有陶渊明的味道，猛一抬头看到遗垒，才让人感到是在边疆。注出松筠（即湘圃相国）当年驻藏时在这一

---

① ［清］文干：《壬午赴藏纪程诗》，页二上，见吴丰培辑《川藏游踪汇编》（刻写本第四册），中央民族学院图书馆 1981 年版。
② ［清］文干：《壬午赴藏纪程诗》，页三上，见吴丰培辑《川藏游踪汇编》（刻写本第四册），中央民族学院图书馆 1981 年版。
③ ［清］文干：《壬午赴藏纪程诗》，页三下，见吴丰培辑《川藏游踪汇编》（刻写本第四册），中央民族学院图书馆 1981 年版。
④ ［清］文干：《壬午赴藏纪程诗》，页六上，见吴丰培辑《川藏游踪汇编》（刻写本第四册），中央民族学院图书馆 1981 年版。
⑤ ［清］文干：《壬午赴藏纪程诗》，页三下，见吴丰培辑《川藏游踪汇编》（刻写本第四册），中央民族学院图书馆 1981 年版。

带所建碉卡今已荒废成遗垒，可见边境安定日久，边防渐荒。《九月初一日经三叉路至长松》有句："欣欣番户仓箱裕，落落荒陬斥堠稀。"① 描述欢欢喜喜的藏族群众仓箱充裕，荒落的边地报警的哨兵稀少，对比更显出和平安定景象。《初三日密茆至定日》有句："富岁番情豫，穷边武备修。"诗写丰收的年份藏地百姓很安乐，在荒穷的边境习练好武备。"廓夷循岁例，琛献五年经。"自注："今秋廓尔喀噶箕奉表入都，乃五年一贡之期也。"② 注出廓尔喀贡期，显示过去的强敌现在很恭顺。《初六日定日早发》有诗句更写出边境安定："驰驱贯习忘修阻，约束申明贵谨严，往复不辞陈迹踏，边陲谇度喜安恬。"自注："前后藏已非博望侯西域所历，定日又越后藏八百余里矣。"③ 咏述驱马奔驰的习惯忘记了边地险远，对部下的约束申明纪律贵在谨严，来回不辞劳苦的巡查，边境的询视特喜安定恬乐。注出与当年西汉博望侯张骞通西域相比，现在所历边境之广的骄傲，自满之情溢于言表。

文干藏事诗描述地方与中央关系融洽。《道光二年八月十六日由前藏赴后藏巡阅，留别同事及呼图克图大众，遂宿冈里》有句："黄冠紫衲镇相亲，握手依依嘱自珍。"④ 诗写大喇嘛和驻藏大臣非常地亲近，握着手依依惜别嘱咐各自珍重。《二十七日过那尔汤寺至冈闲寺》有诗句："夙驾戴晨星，行行四十里，我有佛因缘，送迎皆佛子。"⑤ 描述一大早就披戴着晨星驾车出发，缓缓地走了40里，特别有佛教的因缘，送的是喇嘛迎的还是喇嘛。《初二日过班觉冈至协噶尔宿萨迦呼图克图奉来诸佛作礼而说偈言》："种善根，千万佛，所

---

① ［清］文干：《壬午赴藏纪程诗》，页三下，见吴丰培辑《川藏游踪汇编》（刻写本第四册），中央民族学院图书馆1981年版。
② ［清］文干：《壬午赴藏纪程诗》，页三下，见吴丰培辑《川藏游踪汇编》（刻写本第四册），中央民族学院图书馆1981年版。
③ ［清］文干：《壬午赴藏纪程诗》，页四下，见吴丰培辑《川藏游踪汇编》（刻写本第四册），中央民族学院图书馆1981年版。
④ ［清］文干：《壬午赴藏纪程诗》，页一上，见吴丰培辑《川藏游踪汇编》（刻写本第四册），中央民族学院图书馆1981年版。
⑤ ［清］文干：《壬午赴藏纪程诗》，页三上，见吴丰培辑《川藏游踪汇编》（刻写本第四册），中央民族学院图书馆1981年版。

是因缘,得福因缘,无空过者心承,事色见音,求转杳然。"①萨迦呼图克图是萨迦派首领。该派是藏传佛教主要宗派之一,元朝时曾由朝廷授权统管西藏地方,清时在后藏仍拥有很大的政教势力。在文干巡阅途中特奉诸佛作礼,偈言表达对佛理深奥的领悟。这三首诗充分地反映了其时西藏地方上层与驻藏大臣之关系融洽。

《十七日曲水至巴资二首》其二:"父老携童稚,欢迎马首前,佛慈皆帝力,鼓腹话丰年。"自注:"唐古特百姓,谓达赖喇嘛出世,乃获丰年,皆大皇帝之赐也。"②诗写当地百姓扶老携幼,来到大臣的坐骑前欢迎,佛的慈悲还要靠皇帝的力量来扶持与实现,才有了茶足饭饱话谈丰年的快乐。诗注注出藏族百姓欢庆达赖喇嘛转世和农作物大丰收,感激大皇帝赐予的恩惠。《十九日早发朗噶资宿》有句:"毡帐蠲供给,蛮乡解送迎,愿将和乐意,徧洽尔边氓。"③咏述毡帐减免了供给,藏乡也免除了送迎,愿将祥和安乐的意愿,广泛地传遍这边远的百姓。《二十三日白浪口占四首》其一有句:"壶浆迎道左,一一拜星轺。"百姓箪食壶浆在道左迎接,纷纷拜见皇帝的使者的坐车。写当地百姓对驻藏大臣到来的竭诚欢迎。为什么如此欢迎?其二有句作答:"深感使君情,年来赋役轻。"因为深深地感受到驻藏大臣所带来的皇帝的恩情,年来赋役又减轻了。在百姓纷纷表示感激之情时,其三有句:"使君笑相答,此是佛慈悲。"④大臣笑着回答,这是佛的慈悲。这组诗仿佛下一首是上一首的回答,自然的逻辑顺序很强,显示了驻藏大臣和边疆荒远百姓和谐的互动。《二十七日过那尔汤寺至冈闲寺》⑤:"仆饭马豆刍,给直易易尔,番民勿相谢,使君例

---

① [清]文干:《壬午赴藏纪程诗》,页三下,见吴丰培辑《川藏游踪汇编》(刻写本第四册),中央民族学院图书馆1981年版。
② [清]文干:《壬午赴藏纪程诗》,页一上,见吴丰培辑《川藏游踪汇编》(刻写本第四册),中央民族学院图书馆1981年版。
③ [清]文干:《壬午赴藏纪程诗》,页一下,见吴丰培辑《川藏游踪汇编》(刻写本第四册),中央民族学院图书馆1981年版。
④ [清]文干:《壬午赴藏纪程诗》,页二上,见吴丰培辑《川藏游踪汇编》(刻写本第四册),中央民族学院图书馆1981年版。
⑤ [清]文干:《壬午赴藏纪程诗》,页三上,见吴丰培辑《川藏游踪汇编》(刻写本第四册),中央民族学院图书馆1981年版。

如此。"诗写仆人做好了饭喂饱了马,饭食与饲料作价给了钱,藏族百姓还是不要这般感谢,使君我例来都是如此。这数首诗的片段充分显示出藏族民众对驻藏大臣、对清廷的爱戴。

在文干的藏事诗中,更将咏述西藏地方的升平祥和及其与中央关系的融洽上升到讴歌国家统一的高度。其《即事》① 诗有句:"封侯博望何曾识,西域于今总一家。"西汉博望侯张骞哪里能够知道,西边的地域现如今已和中原成为一家。在清代"西域"一词亦常指西藏。诗人骄傲地写出其时国家统一发展的程度早已超出了汉代辛苦经营西域的大臣的想象。诗句充满了一种和历史长河中曾经存在过的强盛国家相比,而产生的对于清朝大一统程度之高的无比自豪之情。

二、反映其守成思想与闲适心境

文干藏事诗中常表达注重守成,安于现状的心绪。《二十二日江孜阅兵》有句:"阵图参以变,师律守其常。"② 诗写阵图参酌变化,治军则恪守着既定的常规。《二十五日阅兵示后藏戴琫如琫之作》有句:"无哗娴设伏,有勇克摧刚。"强调平素熟练演练设伏,战时鼓足勇气就定能摧坚克刚。"百年原不用,一日未应忘。勉备干城选,恩颁湛露瀼。"③ 强调军队时时坚持训练的重要。《二十六日演行阵》有句:"略殊纸上谭兵者,为重边防训练勤。"④ 告诫应与纸上谈兵的人有所不同,重视加强边防就要训练勤奋。《初四日定日阅操》有句:"有其举之莫敢废,农隙讲武严边防。"⑤ 诗吟其对前任推行的作

---

① [清]文干:《壬午赴藏纪程诗》,页三下,见吴丰培辑《川藏游踪汇编》(刻写本第四册),中央民族学院图书馆1981年版。
② [清]文干:《壬午赴藏纪程诗》,页三下,见吴丰培辑《川藏游踪汇编》(刻写本第四册),中央民族学院图书馆1981年版。
③ [清]文干:《壬午赴藏纪程诗》,页二下,见吴丰培辑《川藏游踪汇编》(刻写本第四册),中央民族学院图书馆1981年版。
④ [清]文干:《壬午赴藏纪程诗》,页二下,见吴丰培辑《川藏游踪汇编》(刻写本第四册),中央民族学院图书馆1981年版。
⑤ [清]文干:《壬午赴藏纪程诗》,页四上,见吴丰培辑《川藏游踪汇编》(刻写本第四册),中央民族学院图书馆1981年版。

法皆遵行，绝不敢废止，在农事的间隙需要讲究军事训练加强边防。这个前任无疑是指松筠。《初五日阅操毕赏赉汉番官兵示意》有句："山营军实简，泉布帝恩周，勗尔干城备，虽休慎勿休。"① 诗写山营军队设施实在是简略，这次带来了皇帝的赏赐，帮助建成这干城的装备，虽然是在无事兵休但千万别松懈。勉励汉藏官兵坚持训练、有所作为。《初七日协噶尔道中》有句："建瓴势压诸番陋，列障形排峭壁危，毂绾每逢山口狭，一夫制胜戟堪持。"② 描写了一夫当关的地形的险要。从上述阅兵观操的诗句看，驻藏大臣文干对于边防训练安于守成，这些诗中无一字言及他本人在这方面的兴革举措，而是"有其举之莫敢废"，前人的举措不敢废弃罢了，自己没有什么主见，也没有任何主张。

从藏事诗反映出的闲适心境，可以看出驻藏大臣文干的巡边检阅与其说是督导边事，不如说是一种悠闲的巡行。《九月初一日经三叉路至长松》诗："九秋风景揽清华，小队巡行诫勿哗，山外山疑云万叠，歧中歧认路三叉。微聆琴筑鸣幽涧，缓步篮舆踏浅沙，午倦正宜毡帐卓，新泉活火煮蒙茶。"③ 诗写秋天的风景是那样的清幽精华，带着小队巡行千万不要喧哗，眼前山外山上好像有云万朵，歧路套着歧路正好经过一个三叉路口，听到微微溪涧的鸣响仿佛是琴筑齐鸣，下了舆轿缓步走在浅浅的沙地上，秋天中午的倦意正适合在毡帐中休息，刚打来的泉水刚好新煮茶。全诗写得清新悠扬、平淡超然。《初九日萨堆行次》："去岁重阳节，荒台独自登，邮筒寄遐想，书致故人曾。"自注："客秋励堂制军许送绍兴酒未至，曾作书促之。"诗写去年重阳曾寄信催促老友送酒。"今日重阳节，山程得势高，更无人

---

① [清]文干：《壬午赴藏纪程诗》，页四下，见吴丰培辑《川藏游踪汇编》（刻写本第四册），中央民族学院图书馆1981年版。
② [清]文干：《壬午赴藏纪程诗》，页四下，见吴丰培辑《川藏游踪汇编》（刻写本第四册），中央民族学院图书馆1981年版。
③ [清]文干：《壬午赴藏纪程诗》，页三下，见吴丰培辑《川藏游踪汇编》（刻写本第四册），中央民族学院图书馆1981年版。

送酒,何处说题糕。"① 今日重阳节,在巡边的山路上既无人送酒,也不知这诗能题在何处。两首诗淡而清新,自然形成对比,表现出其心境的无比闲适,并在无人、无处的背后显出淡淡的几乎没有的劳辛。《班禅处借用穹庐,周围上下及床几铺陈皆饰细氁五色锦,北地所未睹也。余名之曰云锦窝,志一绝于孜陇行次》:"僧居访徧布金地,行馆假来云锦窝,比竝毡庐饶绮丽,诸华香聚此中多。"② 诗述特地从班禅处借用华美卧具,反映高僧生活之豪华与其巡行中着意于怡乐。从这些诗可以看出文干巡行完全不能和当年松筠相比,不过是照章出差罢了。

访寺咏古物亦表现其出行的悠闲。《十一日那尔汤寺咏物四首》其一水晶拄杖:"此物犹及见,彼释何所之,愿言佛力大,阴相得扶持。"诗写水晶杖还是看到了,那相关的解释倒无所谓,希望佛力真的巨大,暗地里将藏地扶持。柱杖本来就是扶持的用具,佛家本是光明正大的,用"阴相得扶持"一语显得十分幽默诙谐。其二罗汉革鞡:"繄昔阿罗汉,来参佛座隅。偶因肉眼诧,脱屣入虚无,已超离欲界,那用踏尘区。"诗写罗汉鞋的来由,显示出强烈的离世隐遁的思想,同时又显得很幽默,骨子里有种调侃的味道。其三古铜磬:"何时铸此磬,制古光黝然,非倨亦非句,中空而外圆。持为世尊钵,参以法华莲,无心不用击,微楚循其边。"描述铜磬制式很古有一种黝光,既非钝角形也非锐角形,中空外圆,拿持就是世尊的食钵,参证过法华莲,无心不用去敲击,用微草沿着它的边划过就能发出音响,着意写铜磬的别致。其四古玉搔:"玉镂五指具,牙制长柄操,拈花寂无言,存泽凝如膏。"③ 描写玉搔具备五指,拿着牙制的长柄,搔痒时就像佛拈花微笑不言,存留的芳泽凝润如膏。诗中用佛

---

① [清] 文干:《壬午赴藏纪程诗》,页五上,见吴丰培辑《川藏游踪汇编》(刻写本第四册),中央民族学院图书馆1981年版。

② [清] 文干:《壬午赴藏纪程诗》,页五上,见吴丰培辑《川藏游踪汇编》(刻写本第四册),中央民族学院图书馆1981年版。

③ [清] 文干:《壬午赴藏纪程诗》,页五下、六上,见吴丰培辑《川藏游踪汇编》(刻写本第四册),中央民族学院图书馆1981年版。

家的典故比喻玉搔的使用显出雅致的幽默,从这些幽默可以感到文干观玩这些文物时的快乐。

诗写返途之兴奋。《初八日晓发玛迦》有句:"归途总辔揽秋光,缓缓前旌晓吹飔。"① 诗写归途中勒马饱览藏地秋天风光,缓缓前导的旗帜在晓风中飘扬,好一派欢欣景象。《十六日过则塘复至白地》有句:"宦味秋云薄,生涯旅梦长。"② 指当官的滋味就像秋云一样高远而淡泊,生涯就像一场旅行中的梦一样漫长。此诗句一语成谶,不久文干就病逝于拉萨。《十七日至曲水》有句:"我意欲东尔,归来兴若何,流观山水胜,抒写性情多。奇赏穷幽渺,退心寄啸歌。"③ 诗写决意欲东归,归来的兴致如何,一路看了山水的殊胜,写下了一路的欢歌,奇特的欣赏一直通到幽渺,快乐的退心寄托在啸歌中。《十八日业党》:"迹已穷幽阻,归程觉坦夷,正如食橄榄,味美在迴时。"④ 诗述一路已穷尽各种险阻,归来的路程就显得平坦,就像吃橄榄,美好的味道在回甘之时。《十九日回至前藏》:"相迎共说归来好,说著归来触怀抱,万三千里是神京,伫点朝班青琐早。"⑤ 咏述拉萨的官员出来迎接都说还是回来好,说着回来触动了心中所怀,13000 里外是京城,应该是等待早朝的时候了。写返归拉萨思念遥远的京城。文干的心早已飞回朝班,而这归返的心愿未能实现,次年夏初,文干不幸病逝于拉萨任所。

道光初年写下藏事诗篇的尚有诗人夏尚志。夏尚志,字静甫,吴门(今江苏省苏州市)人,生活于嘉庆、道光、咸丰年间。诸生出身,一生漫游天下,长期为人幕府。北至蒙古,西至四川,行数万里

---

① [清]文干:《壬午赴藏纪程诗》,页五上,见吴丰培辑《川藏游踪汇编》(刻写本第四册),中央民族学院图书馆 1981 年版。
② [清]文干:《壬午赴藏纪程诗》,页六下、七上,见吴丰培辑《川藏游踪汇编》(刻写本第四册),中央民族学院图书馆 1981 年版。
③ [清]文干:《壬午赴藏纪程诗》,页七上,见吴丰培辑《川藏游踪汇编》(刻写本第四册),中央民族学院图书馆 1981 年版。
④ [清]文干:《壬午赴藏纪程诗》,页七上,见吴丰培辑《川藏游踪汇编》(刻写本第四册),中央民族学院图书馆 1981 年版。
⑤ [清]文干:《壬午赴藏纪程诗》,页七上,见吴丰培辑《川藏游踪汇编》(刻写本第四册),中央民族学院图书馆 1981 年版。

路，作数千首诗，为时人所赞赏。道光二年（1822年），夏尚志入四川游览，第二年在成都向人询问西藏风土民俗，感到新奇，且多感慨，为此写下了一组《西藏新乐府》。这组"乐府"以轻松诙谐的笔调描写了西藏宗教、民族、风物等方面的情景。其中《佛转生》诗："班禅佛，达赖佛，生生世世西方佛。各谓释迦大弟子，分主诏藏超生死。超生死，仍能死，转生之说因此起。冥然一卧入长夜，托生自言在何所。班禅生，达赖认，达赖生，班禅认。岂有卍字真心印？斯爱斯憎惟斯言，斯言一出群僧信。佛生其家，父母荣华；王侯比贵，金玉泥沙。我闻佛法不生亦不灭，何由烦恼频饶舌。想撇不了琳琅宫，故尔既逝心犹热。"① 诗写达赖、班禅的转生，提到转生是一种超生死的现象，达赖和班禅的相互认证和相互为师，以及转世认定后的全家鸡犬升天，诗歌最后用讽刺的方式揭露藏传佛教上层奢华的生活。夏尚志本人虽未进藏，但其诗所描写的达赖、班禅的家族情况还是较真实的，揭露了一定的问题。

另一首《打茶》诗："打茶打茶大诏寺，藩王使者接踵至。不惮万里梯山行，穷荒漠北昭敬事。打茶打茶用酪酥，酥多茶美挽瓢觚。捭豚犹是上古刹，生肉饱啖苦兔图。打茶打茶隆瞻仰，黄金千两奉供养。博得佛氏心欢喜，摩顶不啻受上赏。一幅绡，不盈尺，绾成结子印圆朗。归国献与诸藩王，顶礼如见浮屠像。"② 诗写藏传佛教的一种重要佛事活动"熬茶"。熬茶本来指熬酥油茶敬献给僧侣，后来也代指信徒给寺院布施金银等财物。黄教盛行于蒙古诸部后，各地蒙古族信徒富有者常携带金银财物，蒙古王公多派人带着金银，不远万里到西藏拜佛献礼。对此，史书称为入藏熬茶。徐珂《清稗类钞·宗教类》记载："（蒙古）岁必赴庙礼拜，不远千里而往，富者或往西藏，或往库伦，春秋二季尤盛，踵趾相接于门，常人则候门外，或守至月余，以被活佛手摩足蹴为荣。活佛出，争先罗拜，活佛之侍者以佛杖乱击，中者吉，不中者谓为获罪。如乘车，群恐龙杖不中，争以

---

① 赵宗福：《历代咏藏诗选》，西藏人民出版社1987年版，第187页。
② 赵宗福：《历代咏藏诗选》，西藏人民出版社1987年版，第190页。

哈达铺地，被轮曳过，罪即可减，遂捧而顶礼之。侍者荷筐而至，争先布施，至微亦必以白金千两。王公呈递哈达，必附布施银，有多至十余万者。"至于蒙古等地王公派人到拉萨熬茶，自然大多要受到达赖喇嘛等活佛的接见。这首乐府便是描写蒙古王公派人到拉萨拜佛熬茶，得到达赖喇嘛赏给江噶的情景，从一个侧面反映当时黄教在蒙古诸部的盛行和蒙藏民族间的宗教关系的密切等。写法上用重复的"打茶打茶"来控制节奏，具有民间歌辞的特色，也颇为别致。其时，清朝皇帝也常常派使节进藏熬茶，成为"奉诏熬茶"。和宁就写有《七月二十五日奉诏熬茶使至恭纪五律》，诗曰："节使来丹阙，星轺税贺州。十年重会老，格勒克那木喀喇嘛戊申使藏过成都，今年七十三。百战旧封侯。侍卫霍宁额袭其兄和隆武侯爵。节感盂兰献，天寒草木幽。万方悲遏密，圣孝矧多忧。"① 诗歌连续用典，用华丽的辞藻谈了此次熬茶的目的和奉诏熬茶使的身份。奉诏熬茶使指奉旨进藏布施供养僧人的官员。熬茶，指向寺院发放布施，供养喇嘛为施主所作的法事活动。清廷逢重大节庆、丧事每派使者进藏熬茶。此次嘉庆四年（1799年），系因乾隆帝去世，嘉庆帝派遣喇嘛格勒克那木克、侍卫霍宁额为熬茶使进藏布施。

道光十五年（1835年）进士吴世涵亦写有黄教活佛转世坐床的藏事诗。吴世涵，字渊若，号榕罿，又号又其次斋，遂昌（今浙江省遂昌县）人。知会泽州，又至云南太和知县。质敏好学，博览群书，工诗。其长诗《西僧坐床歌》："天竺印度降释迦，东连卫藏佛子多。红黄二教生派别，黄教之盛尤靡加。达赖班禅两大弟，初祖并属宗喀巴。别立宗乘异服色，黄冠黄履黄袈裟。六十余城唐古忒，统辖胥归大普陀。不生不灭灭复生，呼必勒罕延多罗。宗党姻娅递传袭，年深代远滋伪讹。圣皇披图鉴积弊，特施神力息纷哗。异僧出世自有真，佛前签掣庶无差。从兹喇嘛或示寂，番儿群集笑哑哑。铃杵

---

① ［清］和瑛：《易简斋诗抄》（清道光刻本）卷五，页四十四下、四十五上，见国家清史编纂委员会·文献丛刊《清代诗文集汇编》（第399册），上海古籍出版社2010年版，第735～736页。

摇鼓与佛尊，真假并设任摩抄。一一能认不错谬，斯为灵异可崇嘉。金奔巴瓶贮名姓，掣得活佛咸矜夸。教有主持众心悦，名蓝供养堆香花。择日坐床演真诀，男女嗔咽翻雷车。福寿庙前竞匍匐，焚顶烧指诵摩诃。抽钗脱钏献金璧，布施有愿甘倾家。谁谓黄口尚乳气，坐令万里来奔波。伊昔有元崇佛法，皈依西僧八思麻。大元帝师西方佛，曲庇谄敬多所阿。皇朝柔远有深意，非为邀福礼僧伽。振兴黄教安蒙古，因地立制无偏颇。威德所被一中外，政不易俗民乃和。徼外化人效职贡，数珠藏香骏马驮。恩礼既优益向化，岂与佞佛同其科。卜士观叹作此咏，他年应补职方歌。"①西僧系指藏传佛教格鲁派即黄教首领达赖和班禅二活佛。坐床是藏传佛教转世活佛继承权位的仪式。格鲁教派自三世达赖始，正式采用寻觅、认定圆寂的达赖转世灵童，迎接到寺院供养选择吉日正式登位即坐床的做法，保持了寺院集团的稳定，推动了格鲁派的发展。但由于选定"灵童"的权力操控在上层集团少数人手内，逐渐便有作弊现象发生。鉴于这种情况，清朝中央在乾隆五十七年（1792年）颁行"金瓶掣签"选定灵童的制度，规定凡在理藩院注册的达赖、班禅及其他大呼图克图等转世时，必须将几个预选"灵童"的名字写在象牙签上，放在金瓶中，由驻藏大臣监督掣签认定。这种做法有效地防止了舞弊，遂成为活佛转世坐床的定制。这首二十六韵的七言长诗描写了达赖喇嘛、班禅额尔德尼转世坐床的历史渊源和金瓶掣签庄严、隆重、和乐的场景，赞颂清王朝振兴黄教神道设教、抚辑蒙藏之深意。描写真实，见度深刻，辞藻古朴典雅，音韵婉转流畅。

  道光晚期亲历西藏、实地咏作藏事诗的还有姚莹。姚莹（1785—1853年），字石甫，一字明叔，号展和、幸翁，安徽桐城人。嘉庆十三年（1808年）进士。鸦片战争时任台湾兵备道，力筹战守，与总兵达洪阿英勇抵御英国侵略军，结果反被诬为冒功欺罔，贬官四川为同知知州。姚莹幼从祖父姚鼐习古文，善诗词。道光二十四年（1844年）和二十五年（1845年），姚莹曾先后出差乍丫（今察雅

---

① 赵宗福：《历代咏藏诗选》，西藏人民出版社1987年版，第214页。

县）和察木多（今昌都），处理喇嘛事件。这期间他写成了地理名著《康輶纪行》十六卷，对西藏历史、现状做了详细记载。在此期间，他还咏作多篇藏事诗，描写山川形胜、民族风貌，反映社会问题、民生疾瘼，具有进步积极的思想内容和独特的艺术特色。道光二十四年（1844年）十一月十一日出使乍丫（今昌都地区察雅县）途中写有《乌拉行》："蕃儿蛮户畜牛马，刍豆无须惟放野。冬十一月草根枯，牛瘦马羸脊如瓦。土官连日下令符，十头百头供使者。使者王程逾数千，糌粑难餍盘蔬寡。备载糇粮赢半岁，橐装毡裹谁能舍。天寒山高冰雪坚，百步十蹶蹄踠扯。鞭箠横乱噤无声，谁怜倒毙阴厓下。我谓蕃儿行且休，停车三日吾宽假。艰难聊作乌拉行，牛乎马乎泪盈把。"① 其《康輶纪行》载："余行月余矣，身历边徼山川之险，目睹夫马长征之苦，慨然有感，作《乌拉行》云。"诗篇反映藏族群众支应乌拉差役的苦难，表面写牛马的苦难，实际上也就是揭露统治阶级对藏族群众的残酷剥削和压迫。诗人作为被乌拉侍候的官员，对支应乌拉的藏族群众充满了无限同情，并为之放假3日，让他们休息一下，这在其时是少见的，确系难能可贵。另一首《蕃酒鸦头》："鸦头三十曳氎毹，解唱夷歌不见夫。佛子健儿同一醉，不知何似舞巴渝。"② 此诗作于道光二十五年（1845年）在察木多办事期间。《康輶纪行》载："察木多卖酒之家数十户，皆有蕃女，名之曰冲房，冲读如铳。戍兵、喇嘛杂沓其中，歌饮为乐。日酿青稞酒四五百桶。蕃人称妇无少长，皆曰鸦头。盖汉人教之也，为一绝云。"诗写察木多藏族妇女为了生存买酒陪饮，反映出当时的一些社会问题。

道光二十年（1840年）伊始，英国殖民主义者对中国发动鸦片战争，中国统一的多民族国家遇到历史上从未有过的外来挑战，清朝由此进入衰败的后期，清代藏事诗这一根深叶茂的大树之生态环境日趋恶化，难免老衰，但在道光朝后10年即晚期，一时犹呈枝叶繁茂之势，唐金鉴的《达赖喇嘛出世行》就是明证。唐金鉴其时任驻藏

---

① 赵宗福：《历代咏藏诗选》，西藏人民出版社1987年版，第204页。
② 赵宗福：《历代咏藏诗选》，西藏人民出版社1987年版，第212页。

大臣衙署下设拉里粮台粮员（又称粮务）。道光二十一年（1841年）五月，按定制，在布达拉宫举行十一世达赖喇嘛金瓶掣签认定。这年春天，通告安排迎接从四川泰宁等地寻认的几名灵童赴拉萨掣签认定的藏文文书到达拉里粮台。唐金鉴以歌行体叙事长诗记叙这一重大事件。《达赖喇嘛出世行》："春日藏文到拉里，报道达赖喇嘛出幼子。大招分遣孜仲迎，境上乌拉莫停止。俄而三队舆马来，云自曲宗及仲堆；又云哲乌孔萨司，同称敏异此三孩。陡闻佛种荟萃太凝寺，奇童最颖负天瑞。驰马恭接先问年，半称龄三半称四。群趋古刹居桑阿，大吏大会阿弥陀。历瞻前辈供佛验遗貌，细从铃杵摇鼓认无讹。光气重重充天庭，举止大方肖其形。孺子幼小原无知，而乃赋质何秀灵。谨涓吉辰近端阳，布达拉上齐趋跄。恭叩高宗纯皇帝容前，供奉黄案焚藏香。金本巴瓶肃枚签，黄教一派谁其继。班禅众佛虔讽经，默祷呼毕勒罕真出世。瓶深签小密而严，举一高擎信手拈，乃在那木觉木多尔济，策旺登柱喜色添。噶勒丹锡噶布伦，仰睹后身即前身。诚欢诚忭咸稽首，始知因果自有真。大吏具章呈至尊，宸衷大慰语温存。司天为择从床期，唐古忒中歌鸿恩。"① 这首长诗细写达赖喇嘛转世灵童寻觅验证、金瓶掣签认定的经过，清晰准确，给人一种身临其境的感觉，对于研究活佛转世、金瓶掣签仪轨有很大的参考价值，文学方面用歌行体颇从容，自创九言隔句体，节奏自然流畅，亦显出仪轨的庄严，诗歌语言方面如"光气重重充天庭，举止大方肖其形。孺子幼小原无知，而乃赋质何秀灵"对灵童的描写生动逼真，洋溢灵性。

这时期清代著名文学家、史学家魏源亦写有藏事诗，魏源（1794—1857年），原名远达，字默深，邵阳（今湖南省邵阳市）人。道光二十五年（1845年）进士，历任东台知县、高邮知州。精通经学，能诗善文，与龚自珍齐名，同属主张"经世致用"的今文经学派。宣传今胜于古，变古愈尽，便民愈甚，主张革新，要求变法。著有《海国图志》《诗古微》《古微堂集》《元史新编》等。其

---

① 高平：《清人咏藏诗词诗选》，中国藏学出版社2004年版，第174页。

名著《圣武记》中有关于西藏的篇章《国朝绥服西藏记》,具有相当的史料价值。其藏事诗《复西藏》"乌斯藏,号三卫,广谷大川常自为。风气爱有黄教佛,常证轮回性不寐。大西天,小西天,化身达赖与班禅。东瀚海,西青海,熬茶万里来膜拜。迎法师,求舍利,六朝西域兵争事。怪哉准噶何猥獝?其口奉佛,其心夜叉罗刹曾不殊。攘佛之国踞佛都,如来终赖荡武扶。王师三道军容盛,诸部拥护禅林定。禅林定,非一阵,乾隆廓喀还再胜。金奔巴瓶卒颁令,大哉神孙承祖圣!"① 为其专咏清朝武功诗篇中的一首新乐府,讴歌清王朝驱逐准噶尔扰藏、廓尔喀侵藏,保卫西藏和保护藏传佛教的史实。这首新乐府诗气势遒劲雄烈,情调慷慨激昂,节奏明快洗练,内涵大气磅礴,表现了诗人赞颂国家统一、保卫疆土的激情和愿望。诗最后一句"大哉神孙承祖圣!"的赞美与其《圣武记》史学专著思想一脉相承,充分展示清代著名史学家、文学家合璧的独具特点,既具有相当的文学价值,又具有不容忽略的史料价值。

道光朝晚期,藏事诗犹呈枝繁叶茂之势,从钱召棠的《巴塘竹枝词》亦可窥见其一斑。钱召棠,浙江嘉善人,道光二十二年(1842年),以知县衔充任地当由川入藏孔道的巴塘粮务,《巴塘竹枝词》40首,为其在巴塘任职期间所作。作者从不同侧面、不同角度描绘巴塘藏族聚居区社会历史和风土人情,诗歌清新而富有生气,是一组别具特色的藏事诗作,有重要的研究价值。本书第五章将专析之。

进入清朝后期,随着西方资本主义势力的觊觎与入侵,驻藏大臣总理事务的治权不断遭到削弱。早在鸦片战争刚结束,道光二十三年(1843年)琦善接任驻藏大臣之时,策墨林二世活佛绛贝楚臣集摄政与十一世达赖经师、甘丹池巴等政教崇高职位于一身,权势过重,以致无所约束,被控违例私放官缺等数罪,甚至有谋害十世达赖喇嘛之嫌疑。② 琦善对其进行弹劾,奏准朝廷褫革其一切职衔名号,"追敕

---

① 赵宗福:《历代咏藏诗选》,西藏人民出版社1987年版,第222页。
② 参见《清宣宗实录》卷四一〇,道光二十五年十月庚子。

剥黄",资产查封,发遣内地。就在这次查处摄政绛贝楚臣的过程中,琦善对驻藏大臣稽核西藏地方财政和统一训练藏军的权力,奏准朝廷放弃,其理由乃是有名无实,已难于实行。而这两个权力正体现中央行使管辖地方权力的重要内容。其放弃迈出清朝后期驻藏大臣治权遭到削弱的第一大步。

  道光二十六年(1846年)斌良奉旨往藏办事,接替琦善为驻藏办事大臣。斌良(1784—1848年),字吉甫,又字备卿、笠耕,号梅舫、雪渔,瓜尔佳氏,满洲正红旗人。道光二十七年(1847年)七月到达拉萨。斌良擅长于诗歌,曾于吴兰雪、李春明、陈荔峰等诗人相唱和。他在赴藏途中,咏作藏事诗十数首,以清秀明丽的笔调表现了昌都地区和拉萨以东优雅秀丽的山川风光,读之感到不是江南而胜似江南,是荒远边塞却又是锦绣山河。如《江达道中》:"插天峭壁耸屠颜,林木丛生石缝间。不负蛮荒行万里,中华无此好河山。"①江达即工布江达,这里河山雄美。关于这一带风光,清朝林儁的《西藏归程记》描述道:"至顺达,沿途山色颇佳,茂林深密,百鸟争鸣,如一路笙簧,呖呖可听,晚登碉楼远眺,见夕阳芳草,牧马成群,嫩绿丰肥,足资刍秣。次日,密雨绵绵,石头路滑,中有山径,宽仅二尺许,峭壁连云,势极险仄。过此即系江达,当面一山,群峰苍崖,绝似黄大痴笔意。至行馆。次日,天晓尚霪霖不绝,峰岗合沓,云气蓊然,或锁山腰,或复山顶。于飘渺中策马而行。"斌良以诗的语言抒发对藏地山川的无限赞美之情。斌良到拉萨后即患病,半年后死于任所。斌良在驻藏治理方面可谓未成一事,但他咏作藏事诗之多、品位之高,在清朝后期的驻藏大臣中实是绝无仅有。

  清朝后期,外国对西藏的侵略日益加深,中央与西藏的关系呈现了历史上从未有过的变化,驻藏大臣代表清朝中央对西藏涉外处置权的行使面临着空前复杂的情况。清朝后期对西藏涉外事务处置权行使的变化,大体可以光绪二年(1876年)清政府被迫与英国签订《烟台条约》另议专条允许外人入藏游历、"探访路程"为界线,划分为

---

① 赵宗福:《历代咏藏诗选》,西藏人民出版社1987年版,第203页。

前后两个阶段。前一阶段，西藏地方对外交涉处置权掌握在清朝中央政府手中，驻藏大臣代表中央政府行使西藏的外事处置权，在利益机制上与西藏地方呈现出一致性；后一阶段，清朝政府苟延残喘，奉行媚外的妥协投降的外交路线，对西藏涉外事务的处置，与西藏地方的利益多有抵牾。这时出现的西藏地方反对驻藏大臣的声浪甚嚣尘上，驻藏官员自然少有心情进行诗歌创作。面临清王朝的崩溃态势，内地诗人已少有机会进藏，所以此一时期留下的藏事诗作极少。

  光绪二十六年（1900年）八国联军侵华攻至北京，慈禧携光绪帝逃到西安后，西安知府胡延任行在内廷支应局督办，写有《西藏供佛西藏、蒙古屡贡佛像至行在。两圣以宫中无地供奉，先后命胡湘林、李绍芬及臣延来至省城卧龙寺，设龛以祀》："行宫无地筑金龛，妙相空来丽跋蓝。赢得从官三奉使，香林深处学和南。"① 诗写西安行宫已没有地方能建造供奉西藏贡献的佛像的金龛，具有妙相的佛像从藏传佛寺空来行在，只赢得3位奉使从官在卧龙寺设龛以祀，在佛寺深处学僧人合掌问礼即和南，写出了清廷统治者离京出逃后的窘迫和尴尬。

  光绪三十一年（1905年）联豫从四川雅州知府任上升调为驻藏帮办大臣，以接替在巴塘变乱中遇害的帮办大臣凤全。联豫，字建侯，原姓王。满洲正黄旗人。初为监生，驻防江浙。曾随主张维新变法的薛福成出使过欧洲。光绪三十二年（1906年）七月抵拉萨，十月，驻藏办事大臣有泰遭弹劾受惩处，清廷命联豫接任。联豫为清朝最后一任驻藏大臣，直至民国元年（1912年）由印度回京，在藏达6年之久。联豫调藏之时，川边"凤全事件"尚未平息，路途未靖，在打箭炉暂住多日，咏作有《炉边诗》一组，吟咏炉边藏族聚居区风光，抒发其心声。其中《炉边雪》："炉边雪，一年无时绝；七月飞花四月歇。雪未消时几尺深，雪消没胫脚跟裂。 我今方欲向天西，风雪漫天冻马摔。北人不畏风霜苦，但愁病体难支持；难支持，

---

① 高平：《清人咏藏诗词诗选》，中国藏学出版社2004年版，第176页。

何日抵乌斯!"① 这里诗的称呼应是广义的,按古代文体细分应属词,分上下阕,写七月飞雪及雪之大,并写担忧自己病体难支,最后发出何时抵达前藏拉萨的感慨。其中《炉边路》:"炉边路,重岩叠嶂真无数。百数十里一小站,行至中途无宿处。况有深涧临道旁,惊魂摄魄劳回顾。　涧水不可量,一落千丈强。雪深泥滑仆且僵,身欲奋飞归故乡。故乡不可到,天阙难翱翔,立马回顾心茫茫。"② 此词亦分上下阕,写入藏道路之艰险,发出"故乡不可到,天阙难翱翔"之哀叹。联豫入藏仟驻藏大臣本为擢升重用,而诗词中竟无一字表露出有如当年年过七旬的孙士毅奉调入藏督理粮饷时的欣欢与立功边疆的豪情,相反始终是惆怅与茫然的心境。此时整个大清帝国已病入膏肓,驻藏大臣的职掌已今非昔比,联豫含辛茹苦地在藏支撑了6年,清朝的丧钟终于被敲响了,为共和政体的中华民国所替代,联豫悄无声息地返回内地,不知所终。

---

① 吴丰培:《联豫驻藏奏稿·附联豫文稿》,西藏人民出版社1979年版,第200页。
② 吴丰培:《联豫驻藏奏稿·附联豫文稿》,西藏人民出版社1979年版,第200页。

第五章　清代藏事纪行诗、风物诗及咏史诗的内容及特点

自从元代名士虞集倡"一代之兴，必有一代之绝艺足称于后世者"之说之后，至清代焦循在《易余龠录》中历举商、周诗经、楚骚、汉赋、魏晋六朝五言、唐律、宋词、元曲、明八股为"一代之所胜"，却没有提清朝。相比往代，清代确实难以举出世所公认的代表性文体，似乎什么文体都有成绩，又似乎什么文体都缺乏有力度的创造，让人感到清代文学缺乏鲜明的特点。如果硬要举出清代文学的特点的话，这缺乏特点或许可视为一个特点。正如郭绍虞先生在《中国文学批评史》绪论中指出的："清代学术有一个特殊的现象，即是没有它自己一代的特点，而能兼有以前各代的特点。它没有汉人的经学而能有汉学之长，它也没有宋人的理学而能撷宋学之精。他如天算、地理、历史、金石、目录诸学都能在昔人成功的领域以内，自有它的成就。就拿文学来讲，周秦以子称，楚人以骚称，汉人以赋称，魏晋六朝以骈文称，唐人以诗称，宋人以词称，元人以曲称，明人以小说、戏曲或制义称，至于清代的文学则于上述各种中间，或于上述各种以外，没有一种比较特殊的足以称为清代的文学，却也没有一种不成为清代的文学。盖由清代文学而言，也是包罗万象兼有以前各代的特点的。"文学发展到清代，不仅各种古代文体都已基本齐备，文体资源的开掘也达到完全饱和的程度，创作更积累了相当的经验，以至于清代文人没有多少可以拓荒的余地，只能在守成的基础上做点扩展的功夫，丰富一下古代文学各种文体的细节。清代的诗歌创作也大致如此。清初的诗人们虽然很快摆脱了明代诗歌刻板模仿

"盛唐"的局限，走上了广益前贤、变化成家的道路，但由于受诗歌发展惯性的作用，人们师法最多的还是唐诗。清代诗歌的诗人创作队伍中还有一支相当重要的力量，这就是以满族为首的少数民族诗人队伍。清王朝入主中原以后，很快接受了汉族文化的影响。清代的满族以及其他少数民族作家，对于古典诗歌的创作同样可以得心应手，运用自如，例如，清初以词著称的纳兰性德，同时也擅长诗歌。特别是中叶的乾隆皇帝，不但作品数量为中国历代诗人之冠，而且具有相当鲜明的艺术特征，后人以其庙号称其诗为"高宗体"；尽管在他的传世作品中难免掺有文学侍从之臣的代笔之作，但这些作品的署名权毕竟属于他本人，并且创作风格也必须尽可能地同他保持一致，由此更能够推想"高宗体"的独特风貌。① 其他满族作家如岳端、铁保、英和，蒙古族作家如法式善，回族诗人如丁澎，也都是著名诗人。藏事诗创作队伍中如松筠、和宁是蒙古族作家，允礼、和琳、文干、斌良是满族诗人，这些少数民族诗人尤其是满族诗人的诗歌，由于统治地位的关系，往往反映积极乐观的进取精神，充满昂扬向上的雄壮情调，尤其在清代初期与汉族诗人的诗歌风格内容上呈现出了相对明显的差异。如果非要在清代诗歌中找出"盛世豪放"的气象的话，那么主要也就体现在清代前期、中期这些少数民族尤其是满族诗人的创作中。

　　清代诗歌的内容之丰富，还可以从描写的地域范围之广阔这样一种具体的角度来考察。即以边塞诗而论，清代之前主要兴盛于盛唐及中唐。唐代的边塞诗，其方向集中在西北一角，大抵反映人们主动到边疆建功立业的生活。而清代的边塞诗，其作者则以流人居多；其流放之地，初期主要在东北，中期主要在西北。清代的东北边塞和西北边塞，都涌现出了大批的诗人与作品。由于清王朝前期对西藏治理的不断加强，大批文士有机会进入西藏，因而在西南方的西藏亦涌现出大批的藏事诗人和藏事诗作品。这些诗似乎应属于边塞诗，但又与边塞诗有所不同，边塞的概念在清朝前期已有所变化，本书在绪论中有所讨论，这里不再展开。这些藏事诗人或仕途奔忙，或行军打仗，或

---

① 参见蒋寅《中国古代文学通论·清代卷》，辽宁人民出版社2005年版，第34页。

押粮运草，或驻藏巡行，仕途奔忙、戎马生涯使得他们无暇长篇大论，多半将自己的感怀托之于诗。短小的诗篇，方便他们书之于纸，并与二三知己共享。诗歌不同于正史、笔记、野史等事后的概括、叙述，它是个人经验和感情的表达，看似零碎没有系统，却记载着诗人们当时的所见所闻以及思想、道德和情感，是了解一个时代不可或缺的第一手文献。尽管这些诗篇大多数已散佚，但通过收集、整理、考证、辑注之后，仍然可以看到相当数量的遗存。如果我们要充分阐论清代对西藏的治理，那就应当意识到这批诗歌的重要性，如果我们要深度研究清代文学的特点，探究其"一代之所胜"，那就不能不投入到对这批藏事诗的整理与研究之中。

第一节　清代藏事纪行诗与入藏道路之对勘

　　清代藏事诗其实是个总称。藏事诗中除了吟咏当时的政治、军事、宗教的诗作之外，还有纪行诗、风物诗和咏史诗三类。其中纪行诗这一概念本身亦可分为广义和狭义两种，广义纪行诗，可以包括诗人一路所见所闻、所思所感的全部，它的内涵非常之大，几乎和藏事诗本身形成一个平行的大体内容相当的概念。狭义的纪行诗就是指诗人对所历山川的描写。本节所论用的是狭义的纪行诗概念。从内容角度看纪行诗是藏事诗百花园中最有文学价值的部分，也许是因为纪行诗中描写了大量内地从所未见的藏地奇绝的雪山巨川景观并抒发了诗人来到雪域高原的豪情，所以在清代诗歌普遍守成平庸的大环境中，就像突然绽放的一束奇葩，让人眼前一亮，不由得对清诗产生一种新的看法。这些诗人中杨揆、孙士毅、松筠、李殿图、钱召棠、项应莲、周霭联、徐长发等都是重要的代表，可以说每个进藏的诗人都有藏事纪行诗作品。
　　西藏的交通在清代仍属十分困难。无论青藏、川藏、滇藏哪一条道路其间都可见高峰插云，积雪不消；大河横空，奔流湍急；山山水水，险峻崎岖，交通运输全赖人力、畜力。当时西藏与内地之交通凡四路：一由四川，一由青海，一由云南，一由新疆。① 在今天能看到的清代藏事诗中，只有最后一条从新疆到阿里北部、穿越藏北草原而通拉萨之路没有见到藏事纪行诗作留存而外，其他三路均有诗人经历并写下藏事纪行诗篇。

第一条道路由四川雅安至打箭炉经川边藏东以通拉萨，即川藏道，隶清代前期始为正驿。② 孙士毅作为福康安统帅反击廓尔喀大军的后勤保障、押运粮饷的最高长官进藏走的就是这条路，作为他的幕僚常与他同行的诗人有周霭联、徐长发，他们3人常常唱和，藏事诗中就有他们的藏地纪行唱和诗留存。孙士毅的藏地纪行诗可以与清代、民国相关地理记载完美对勘。孙士毅《奉命驻打箭炉筹办征调事宜》诗第四首有诗句："绳桥难敌索桥雄。"自注："二桥在雅安县，为赴炉必经之所。"雅安古称"靖府"，由此过大河青衣江，民国时呼为"官渡"。自注注出在青衣江上有一条绳桥和一条索桥，是去打箭炉的必经之路。"上八休噁下八穷。"自注："上八义、下八义，俱土百户，地并贫瘠。"③ 出雅安南门，上严道山，过灵官堂，下凉水井，出门不远，上飞龙关15里，下山则为煎茶坪。这就是诗中所说"上八义、下八义"，诗注注出了藏族群众百户人家，这里的土地都很贫瘠。其《夜渡平羌江》："萧条绝壁片云留，玉篴梅花下陇头，今夜平羌江上过，依然山月半轮秋。"④ 诗写夜渡平羌江的景色，有一种边塞诗的雄豪阔大的美。其《七纵河》："扫穴锋原锐，筹边虑更深，南人先破胆，上将只攻心。垒壁风云合，邮程雨雪深，

---

① 参见陈观浔《西藏志》，巴蜀书社1986年版，第121页。
② 参见陈观浔《西藏志》，巴蜀书社1986年版，第128页。
③ ［清］孙士毅：《百一山房诗集》（清嘉庆二十一年刻本）卷九，页六下，见国家清史编纂委员会·文献丛刊《清代诗文集汇编》（第347册），上海古籍出版社2010年版，第569页。
④ ［清］孙士毅：《百一山房诗集》（清嘉庆二十一年刻本）卷九，页八下，见国家清史编纂委员会·文献丛刊《清代诗文集汇编》（第347册），上海古籍出版社2010年版，第570页。

西师藏功未,揽辔为沈吟。"① 麻柳湾山脚下即高桥关,趋山脚过大庙至七纵河,其水从瓦屋山下发源,泛舟登岸,共60里之荥经县,即古孟州,二水环绕,为诸葛武侯七擒孟获处。诗人到此联想历史、感慨今事、发为诗歌。"邮程雨雪深"亦是写实,陈观浔的《西藏道路交通考》称:"在山溪之内,晴朗日少,阴雨日多,迷雾霏霏,疑非阳境。"② 40里过鹿角坝、雨池铺,至箐口站。顺沟而进,过大渡桥。孙士毅写下长诗《大渡》③,有赞美河水的诗句,"天河忽倾泻,百里闻惊涡";有赞美桥的诗句,"绳桥驾宛虹";有探讨此河源头的诗句,"此水出生羌,远自当州过";有对历史的回顾,"隋戍无故垒,唐县惟残莎";并用感受最深的诗句"汤汤大渡水,满耳闻铙歌"来结束全诗。

过江而下不远,复沿沟而上,即丞相岭也。昔诸葛武侯屯兵之处,原名"功㠸山"。孙士毅写有《二十四盘》副标题"即邛筰山",这个"邛筰山"即"功㠸山",陈观浔的《西藏道路交通考》称:"其山冬春雪凌甚大,路险滑而不良于行,曲折盘旋,直插云霄。"④ 孙士毅的诗题"二十四盘"即陈观浔所称"曲折盘旋"。诗曰:"昨经邛水渡,今循筰山麓,筰山盘如龙,一盘龙一曲。马蹄响空碉,人面落飞瀑,岚翠扑衣袂,揽辔手可掬。惯从折坂过,时与石壁触,峡云开堂皇,窈窕见深谷。危巢起惊禽,峭崖奔骇鹿,行行绕羊肠,渐渐入牛角。绝处忽有路,开朗豁心目,径路迷东西,气候异寒燠,邛竹悬高崖,密影蔽天绿,时有兜罗云,飞向枝上宿。"⑤ 诗

---

① [清]孙士毅:《百一山房诗集》(清嘉庆二十一年刻本)卷九,页八下,见国家清史编纂委员会·文献丛刊《清代诗文集汇编》(第347册),上海古籍出版社2010年版,第570页。

② 陈观浔:《西藏志》,巴蜀书社1986年版,第122页。

③ [清]孙士毅:《百一山房诗集》(清嘉庆二十一年刻本)卷九,页九上下,见国家清史编纂委员会·文献丛刊《清代诗文集汇编》(第347册),上海古籍出版社2010年版,第570页。

④ 陈观浔:《西藏志》,巴蜀书社1986年版,第122页。

⑤ [清]孙士毅:《百一山房诗集》(清嘉庆二十一年刻本)卷九,页八下、九上,见国家清史编纂委员会·文献丛刊《清代诗文集汇编》(第347册),上海古籍出版社2010年版,第571页。

写一路的险阻，山岭的高大，道路的曲折，气候的寒冷。诗句几乎与《西藏道路交通考》的文字一一对应，其中"惯从折坂过"的"折坂"也可能指"沿沟直上约十里，曰'大关山'，又名'九折坂'"的"九折坂"。"行行绕羊肠，渐渐入牛角"就是"路险滑而不良于行"，"气候异寒燠"就是"其山冬春雪凌甚大"，"时有兜罗云，飞向枝上宿"就是"直插云霄"。古人真是诚不我欺。当然这也是中国古代纪行诗的特色之一——纪实。从西方诗学的角度，认为诗完全是诗人天马行空、驰骋想象的空间，是虚构的产物。然而中国古代诗人作诗是一种生活方式，在作诗时虽有想象，但这想象常常是发思古之幽情，是在真实生活基础上的想象，大多数皆非虚构，尤其是纪行诗。孙士毅的《清谿道中遇风》诗就是明证，首句"朝自荥经行，暮至清溪宿"，清溪县，昔为沈黎郡。《卫藏通志》载："其地风大，每日夕时，狂飙辄作，室皆动摇，窸窣有声，若倾圮状，居人习之，勿异也。"① 诗歌描写："长风从西来，大声振林木，喷涌钱江潮，奔腾石梁瀑。又疑百万师，军声应山谷，顷刻变昼夜，嘘吸易寒燠。人如鹢退飞，马作蝟毛缩，飚轮戛旛竿，飞沙填矢箙。噫气荡天地，余势尚发屋，居人经习见，日入辄匿伏。"② 无疑有很强的文学特点，用了较多的比喻、夸张的手法，但也突出了细节"飚轮戛旛竿，飞沙填矢箙"，是在真实基础上的发挥，并不是完全凭空虚构。尤其"居人经习见"这样的诗句与记载"居人习之"之相近到几乎相同，几乎可以怀疑诗人和"通志"作者相互有抄袭的嫌疑。但恐怕事实并不是所怀疑的这样，更可能的事实是诗人和史学家不过都是纪实罢了，因为事实的特征特别突出，所以印象尤为深刻，发为词汇难免相同。

飞越岭是由清溪至化林坪（沈边土司属）所必途经。《卫藏通志》载："唐置飞越县于山麓，旋废，怪石巉岩，逼人面起，终年和

---

① 《卫藏通志》卷四，西藏人民出版社1982年版，第228页。
② ［清］孙士毅：《百一山房诗集》（清嘉庆二十一年刻本）卷九，页九上下，见国家清史编纂委员会·文献丛刊《清代诗文集汇编》（第347册），上海古籍出版社2010年版，第571页。

霜雪，懒云下垂山足，行旅如在层霄。"① 孙士毅有《飞越岭大雾》诗，诗开首为："昨过大相岭，岚气湿衣带。"《西藏道路交通考》载："过桥不远上相岭，其地终年有积雪飞霜，下视层云，如在天际。"② 诗曰："羊肠虽仄眼界宽，失喜举头望天外，兹来飞越景更奇，咫尺不见山厜㕒。太华或遭巨灵擘，黄屋疑有愚公移，千峰万峰尽霏雾，人行雾中不知路。九天撒下兜罗绵，包裹青山入烟去。"诗歌描写飞越岭的奇景，雾在山的一半时仿佛太华山被巨灵劈了一半，山都在雾中，群山仿佛被众神移走了。"四顾苍茫，不辨岩壑。马蹄踏石如踏空，白日青冥失虚廓，赤松子，云中君，倘骑白鹤来相迎，……飞廉长风扫不开，万叠顽云更酿雪。"③ 这完全是"行旅如在层霄"的诗化描写。诗句的节奏感很强，语言即浅显又优美，出入神话，联想天外，仿佛有李白《梦游天姥吟留别》的况味。杨揆在完成于拉萨举行的驱逐廓尔喀战事胜利庆功、记功任务之后，出藏从拉萨反向走了一遍此路线，并留下藏事纪行诗，有很多写的正是孙士毅走过的地方，其中有《飞越岭　属清溪县》长诗一首，可以和孙士毅的同题诗对看："沈黎古边郡，颇觉山水恶，凌晨过清溪，迎面耸崖崿，元和置县废，遗址失城廓，……平生跳荡心，顾盼成骇愕，著足藉蟠藤，扪手怯朽索，我欲图真形，放笔写岩壑，缥渺无端倪，方壶定惭怍。"④ 诗作先简述两地观感，然后回顾历史，特别突出了此处的凶险，表达自己"我欲图真形，放笔写岩壑"愿望，和自然环境并不好写"缥渺无端倪，方壶定惭怍"的感慨。杨揆的诗是中规中矩的五言诗，在文学性上和语言美上都不如孙士毅的《飞越岭大雾》诗那么突出。

---

① 《卫藏通志》卷四，西藏人民出版社1982年版，第229页。
② 陈观浔：《西藏志》，巴蜀书社1986年版，第123页。
③ ［清］孙士毅：《百一山房诗集》（清嘉庆二十一年刻本）卷九，页十上下，见国家清史编纂委员会·文献丛刊《清代诗文集汇编》（第347册），上海古籍出版社2010年版，第571页。
④ ［清］杨揆：《桐华吟馆诗稿》（清嘉庆十二年刻本）卷八，页二十上下，见国家清史编纂委员会·文献丛刊《清代诗文集汇编》（第457册），上海古籍出版社2010年版，第350页。

由成都至打箭炉出口进藏，必先经过泸定铁索桥。孙士毅写有《铁索桥》①诗，该诗写得沉稳雄浑，仿佛一泻千里滚滚大渡河被飞虹跨过，神话、写实，无所不用其极，从桥上走过仿佛就在生死之间。过铁索桥行至头道水，孙士毅写有《头道水道中瀑布甚奇》："两崖夹立森厜㕒，古篆绣壁苔花肥，何年鬼斧破石骨，白龙飞出鳞之而，宛虹饮涧首下垂，匹练下界青山陲，边风忽起古潭黑，马头倒卷秋涛飞。明珠万斛溅白雨，水花拂面寒生肌，石梁龙湫昔未见，黄华石门皆绝奇。岂图边方忽有此，淙淙余响铿金丝，奇观本不域中外，乃知天地原无私。简书郑重心迫促，渐看暮色来崦嵫，银河落天兵待洗，摇鞭还诵李杜诗。"②《西藏道路交通考》载："由此有二道：以十里至头道水，此旧路已颓；一由冷竹关对岸之新道路，沿山岸而行，临峻岭江，约二十里至头道水。高崖峡峙，一水中流，店房铺户，半在山麓，半临水边，有瀑布飞涌而下。"③诗歌用了拟物、比喻、夸张等手法，描写瀑布"白龙飞出鳞之而，宛虹饮涧首下垂，匹练下界青山陲，边风忽起古潭黑，马头倒卷秋涛飞。明珠万斛溅白雨，水花拂面寒生肌，石梁龙湫昔未见"，得出"奇观本不域中外，乃知天地原无私"的结论，当然这里的"中外"指中原和中原以外，以及诗人的期望和写此诗的目的"银河落天兵待洗，摇鞭还诵李杜诗"，看着眼前壮观的飞瀑，诗人想象银河从天空落下洗去战争的阴云，这也是诗人骑马摇鞭还诵咏李杜诗的原因。孙士毅接着写下到了杨柳铺的一组诗，《杨柳铺作塞外柳枝词》八首。柳枝词是乐府近代曲名。本为汉乐府横吹曲辞《折杨柳》，至唐易名《杨柳枝》，唐代《新乐府·近代曲·杨柳枝词》的省称，开元时已入教坊曲，至白居易依旧曲作辞，翻为新声，其《杨柳枝词》之一云："古歌旧曲君休

---

① 因此诗是咏物诗，故在第五章第一节有详细分析。
② ［清］孙士毅：《百一山房诗集》（清嘉庆二十一年刻本）卷九，页十一上下，见国家清史编纂委员会·文献丛刊《清代诗文集汇编》（第347册），上海古籍出版社2010年版，第572页。
③ 陈观浔：《西藏志》，巴蜀书社1986年版，第123页。

听，听取新翻《杨柳枝》。"① 当时诗人相继唱和，均用此曲咏柳抒怀。诗体七言四句，与《竹枝词》相类。杨柳铺在头道水至打箭炉道中，沿途柳荫密箐，亦即《西藏道路交通考》所载："自此一往，杨柳深坑，掩映一路，以七十里至打箭炉。"② 其五："东风料峭析春醒，上将初开细柳营，教唱夜乌啼一曲，逻娑城外又清明。"③ 诗人由眼前的柳荫密箐联想到汉代周亚夫的细柳营，又由汉乐府清商曲辞《西曲歌》之乌夜啼，遥想远方的拉萨的黎明。全诗虽短，但诗人用生花妙笔在历史的时空中从容地穿了一个来回。

杨柳铺前行 30 里至打箭炉。《西藏纪游》卷二载："打箭炉土人云：昔地震时，群山倾塌，诸水为之不流；惟闻大声砰訇，如万牛狂吼，如是者一月。下游居民有知其故者徙高处避之。未几，诸水夺路奔腾而下，漂没甚多。至今自大烹坝西至打箭炉五十余里间豀流激石，跃起数丈，奔涛舞雪，令人目眙耳聋。至打箭炉则风声水声怒吼彻夜，四时皆然。气候亦与内地迥别，虽盛夏积雪，春寒倍于冬令。又或菲时而暖，行数十步必气喘，即床蓐转侧，复亦喘汗不止。及询之明正土司，所患相同，方始释然。"④ 又北行，顺河而进，弗远，曰"二道桥"，有温泉，建房屋于上，土民、汉民共为沐浴。称土人之妇曰"纱布"，又曰"阿家"，共沐浴于此处。孙士毅写有《汤泉》诗："不数华清水，言从小拂庐，洗兵犹有待，暖老竟何如。小驻还尘土，遄征为简书，炉城一回首，鸣玦响清渠。"⑤《西藏纪游》卷三载："出打箭炉城七八里通章谷之路，地名头道桥，有温泉可浴，惜微带硫磺气。结屋数椽，仅蔽风雨，池无甃石，沙砾轧趾，拍

---

① 《白居易集》（第 2 册），顾学颉校点，中华书局 1979 年版，第 714 页。
② 陈观浔：《西藏志》，巴蜀书社 1986 年版，第 123 页。
③ ［清］孙士毅：《百一山房诗集》（清嘉庆二十一年刻本）卷九，页十二上，见国家清史编纂委员会·文献丛刊《清代诗文集汇编》（第 347 册），上海古籍出版社 2010 年版，第 572 页。
④ ［清］周霭联：《西藏纪游》，张江华、季垣垣点校，中国藏学出版社 2006 年版，第 46 页。
⑤ ［清］孙士毅：《百一山房诗集》（清嘉庆二十一年刻本）卷九，页十五上，见国家清史编纂委员会《清代诗文集汇编》（第 347 册），上海古籍出版社 2010 年，第 574 页。

浮恐其灭顶。比予归自西藏，知距炉城十余里尚有玉林宫温泉，甫经明正土司葺治，就而浴焉，可与临潼之温泉相伯仲。"① 诗写得清新而幽默，为什么会这么有幽默感呢？可能是旅途劳顿以及这里沐浴方式的特殊引起的吧！《西藏纪游》卷三载："温泉藏地甚多，阳八井有数处，巨者云护法神之泉，无人敢浴，热如沸汤，亦不可浴，惟沿山小泉数处尚可浴。番人有疾，往往携帐房坐汤月余，云可却病。汤中有红色小虫，即泉中所生者。"②

孙士毅还写有《鱼通出口遇雨宿折多》诗，鱼通是地名，打箭炉（今康定）的异称。旧时将从打箭炉出发进藏，称之出口。折多即折多塘，从打箭炉至提茹道中之一站。该地设有驿馆、塘站。《西藏道路交通考》载："过海子山则为惠远庙，俗称名'噶达'，即通志所称之'折多'。盖为通各部番夷及青海、西藏各地之要点也。出南门走拱竹桥，顺沿山而上，约二十里达其顶，曰'折多'，山高而不甚险，秋冬积雪如山。"③ 诗有句："策马深林中，略约横野渡，涌烟方西屯，飞雨忽东注。雷电下深黑，四山惊欲仆，马行不得前，举足尽沮洳。"遇雨不前的情景历历如画。中间的诗句又是忧国忧民、忧士卒，终于天晴，诗最后"载咏东山诗，更问西天路"④。诗人吟咏完远征的诗篇，详细探问去西藏的路。杨揆亦写有《折多山　自前藏至打箭炉，相传有大山七十二，到此进口矣》："层坡走逶迤，乍喜断冰雪，得得马蹄轻，线路任旋折。天时寒暖异，地势中外别。却顾来程遥，千岭争凹凸。苍苍暮云横，澹澹空烟灭，饱经穷荒道，

---

① ［清］周霭联：《西藏纪游》，张江华、季垣垣点校，中国藏学出版社 2006 年版，第 86 页。
② ［清］周霭联：《西藏纪游》，张江华、季垣垣点校，中国藏学出版社 2006 年版，第 86 页。
③ 陈观浔：《西藏志》，巴蜀书社 1986 年版，第 124 页。
④ ［清］孙士毅：《百一山房诗集》（清嘉庆二十一年刻本）卷九，页十五上，见国家清史编纂委员会·文献丛刊《清代诗文集汇编》（第 347 册），上海古籍出版社 2010 年版，第 574 页。

视此培塿列，慎勿忘戒心，犹虞踬于垤。"① 此诗将进口返内地的感觉写得很清晰，欣喜没有了冰雪，连马蹄都得得地轻快了，气候、地形全变了，回想来程，千岭争峰，饱经荒道，虽然道路好走了，但还要小心，不要跌倒在小土堆上。孙士毅的诗是进藏，内容多突出艰难。杨揆的诗是出藏，虽然最后也提醒自己小心，但喜悦之情已溢于言表。两首诗的语言都有感人的力量。有意思的是两诗都突出了马，一首是"马行不得前"，一首是"得得马蹄轻"。很充分地抒发了诗人各自的情感，因而读来都能动人心弦。《西藏纪游》卷二载："打箭炉出口四十里为折多山，山不甚高而莘确崎岖。从此入藏跬步皆险巇矣。"② 徐长发亦写有《折多大雪》，诗写雪大"策马出古关，琼瑶塞天地。浩然向空明，寒光渺无际"，行路的艰难"行远在登高，仆夫易况瘁"，并预期归路的容易"不叹去路难，豫省归程易"。语言质朴自然，马行冰雪之上的艰难写得很真切"前趾蹙后顶，寸步防尺退"③。和孙士毅的诗有相当的呼应，几乎是"马行不得前"的细化。

孙士毅的《过破碉行乱石中》诗："一路悬崖塞马首，满川碎石欲西走，昨宵雨大水没石，石缝时时露星斗，马蹄踏石误踏星，倒影忽散青天青，浊泥横溅作飞雨，远处尚作波涛声。峰头栖鹘忽惊起，行过破碉剩残址，残星欲落天未明，带水拖泥三十里。"④ 诗中所写是自折多至提茹的一段山道，《卫藏通志》载："三十里过破碉，行漫坡乱石中。"⑤ 虽有诗句"满川碎石欲西走"化用岑参《走马川行

---

① [清]杨揆：《桐华吟馆诗稿》（清嘉庆十二年刻本）卷八，页二十上，见国家清史编纂委员会·文献丛刊《清代诗文集汇编》（第457册），上海古籍出版社2010年版，第350页。
② [清]周霭联：《西藏纪游》，张江华、季垣垣点校，中国藏学出版社2006年版，第47页。
③ [清]周霭联：《西藏纪游》，张江华、季垣垣点校，中国藏学出版社2006年版，第47页。
④ [清]孙士毅：《百一山房诗集》（清嘉庆二十一年刻本）卷九，页十五下，见国家清史编纂委员会·文献丛刊《清代诗文集汇编》（第347册），上海古籍出版社2010年版，第574页。
⑤ 《卫藏通志》卷四，西藏人民出版社1982年版，第230页。

奉送封大夫出师西征》诗句"一川碎石大如斗,随风满地石乱走"仿佛有点金成铁的嫌疑,但从全诗看还是浑然天成,全诗语言晓畅、节奏欢快、想落天外,在前面的轻松幽默之后,突然达到纪行写景诗小品的一个新高度。像"石缝时时露星斗,马蹄踏石误踏星,倒影忽散青天青"这样的诗句视角独特,已有现代蒙太奇的味道,并且用词浅显,意境幽美,实属不可多得的神来之笔。其实诗开首"一路悬崖塞马首,满川碎石欲西走"就很精彩,将动的马写静来突出地势的凶险,将不动的石写动来突出实际马行的迅疾,产生了惊人的对比效果。一个"塞"字写出了荒诞感,一个"走"字写活了全句,甚至写活了全诗。

孙士毅《自提茹至阿酿坝道中书所见》诗共4首,阿酿坝是地名,藏语音译,亦译写作"阿娘坝"。《卫藏通志·程站》载:"其地土产饶多,俨有富庶之象。"① 《西藏道路交通考》载:"山下约二十里,有人户柴草,而无食物。共五十里至提茹塘,有人户柴草。五十里至纳哇,路不险,有居夷,有烟瘴。顺沟而进,四十里至阿娘坝,地方颇为富豪。"② 其二:"山左药苗香,山右林木茂,如何尺寸间,物性不相就。"诗写出贫穷与富裕的差距,并分析原因是"物性不相就",即物性使之然。也就是因为出产的不同导致了经济的差距。但是否真是这样?也不一定,其三:"蓬葆如人长,膏腴没荒草,何不劝春耕,屯田此间好。"③ 此句就写出了贫穷处的土地的肥沃,应在此屯田,或能有所变化。周霭联《和文靖〈自提茹至阿孃坝〉》,"文靖"即奉旨督办平定廓尔喀侵藏的大军粮运的川督孙士毅,诗曰:"披裘日长至,寒气噤齿牙。番丁笑庐胡,卒岁一褚巴,褚巴华言单衣也。百药利百病,过者喘不醒。良材未咬咀,乃与毒卉等。折多山药苗甚伙,过者必喘。驾牛牛道敝,弃甾塞厓内。彼人而且然,于物

---

① 《卫藏通志》卷四,西藏人民出版社1982年版,第230页。
② 陈观浔:《西藏志》,巴蜀书社1986年版,第124页。
③ [清]孙士毅:《百一山房诗集》(清嘉庆二十一年刻本)卷九,页十六上,见国家清史编纂委员会·文献丛刊《清代诗文集汇编》(第347册),上海古籍出版社2010年版,第574页。

更何爱。厥土类白坟,弃置不菑畬。安得氾胜之,授以种植书。"①周霭联在其《西藏纪游》卷二云:"自打箭炉出口提茹、阿孃坝一带,山低如屋,路平如掌,谿流瀺灂,芳草茸茸,惜皆弃为旷土。"②诗写当地之寒冷,当地草药可以治喘,《西藏纪游》卷二载:"过山必喘,土人云药草繁富,须口含甘草以祛之,试之果验。"③ 对于当地的荒芜,诗人提出"安得氾胜之,授以种植书"。《西藏纪游》卷二载:"盖口外地寒,番俗又不知种植,故也。予谓秦蜀栈道,今皆垦成畬田,设徙流民实塞外,仿屯田之法,试令垦种,可数百里成沃壤。孙文靖云:'边氓之气宜静不宜动,此等番民羁縻之足矣。招募垦田,患有不可胜言者,子知其一不知其二也。'"④ 周诗语句不美,结构僵硬,虚词使用过多,仿佛散文,诗句有拼凑之感。徐长发亦有《宿阿孃坝》诗一首:"雪光罨重屋,即次偶一经。下闻牛马鸣,上闻钟磬声。非鬼非仙者,乃居第二乘。人间知有阿孃坝,却望鱼通是图画"。⑤诗写得很别致,几乎是自创一体的歌行,先写雪大、雪的反光亦大,映进诗人休息的重屋即碉房。藏族碉房一层常养牛马,故"下闻牛马鸣",敬佛的神龛常在顶层,故"上闻钟磬声"。诗人开玩笑说自己"非鬼非仙者,乃居第二乘",最后一句突改七言"人间知有阿孃坝,却望鱼通是图画"。诗人仿佛腾到空中,从高处赞美此地美似图画,是鱼通即打箭炉通往藏地的必经要道。

孙士毅的《过东俄洛已六月矣,积雪弥望,是日遇雷雨》是一首新乐府诗,东俄洛是出打箭炉取道南路至里塘、巴塘之途中要地。"俄洛"藏语音译,亦译果罗克(郭罗克)。诗歌由夸张开始,写此

---

① [清]周霭联:《西藏纪游》,张江华、季垣垣点校,中国藏学出版社2006年版,第64页。
② [清]周霭联:《西藏纪游》,张江华、季垣垣点校,中国藏学出版社2006年版,第63页。
③ [清]周霭联:《西藏纪游》,张江华、季垣垣点校,中国藏学出版社2006年版,第47页。
④ [清]周霭联:《西藏纪游》,张江华、季垣垣点校,中国藏学出版社2006年版,第64页。
⑤ [清]周霭联:《西藏纪游》,张江华、季垣垣点校,中国藏学出版社2006年版,第64页。

地六月还要穿羊裘，日月都不到此，故此极阴，"积雪弥望"的经典诗句"上有万古不消之积雪，下有万里荷戈之壮士。北风吹马马骨僵，层冰裂山山骨死"，赞美了戈壁哥的本领："雪中时见睢睢盱盱之蛮奴，仰视头鹅落飞矢。平时听说戈壁哥，不信以目信以耳"，用神话写超乎寻常的寒冷，并用真实细节加强："仆夫皲瘃我亦愁，马上飞书欲堕指"，"是日遇雷雨"的经典诗句"忽然路转闻惊雷，掣电光中一峰峙。电红雪皓两回荡，照耀刀光白齿齿"写实抓住细节"两回荡""白齿齿"，写出了对飞雪中电光反射的震惊感受。最后"须臾雨过斜日横，万灶貔貅寒似水"①。写不一会雨过天晴，斜阳挂在天边，大军之万灶和如貔貅的壮士都寒冷得像冰水一样。《西藏道路交通考》载："由是约六十里，至高日寺，大山路险，而深林密箐，人烟不见。冬春之候，雪深处有嗟失路者。"②孙士毅有《仆人以道险难行，私有怨词，口号示之》："百丈悬竿井挂瓶，底因足茧怅伶仃，崎岖历尽康庄见，此理年来已惯经。"③前两句写仆人的怨言，后两句写孙士毅的鼓励。其《道旁野烧，沿及数里，古松万树，皆摧为薪，感赋》："马蹄高下劫灰重，僵立深怜万树松，祸始爂僮遗爨火，青人夜夜泣诸峰。"④诗写马蹄高高低低地踩着地狱般劫火的余灰，诗人僵立在凄惨的景象前深深怜惜这大片的松林，灾祸是由于爂僮遗落了爨炊的明火，像青天白云般坦荡的人也会夜夜为这诸峰的万棵过火松树而哭泣。诗歌表达了虽然人烟不见，但还是要爱护荒野森林的情怀。杨揆返川途中亦有《高日寺山　在里塘东北》："言过里塘来，山势渐趋下，拔地起巉岩，犹足匹嵩华。冈峦起还伏，时

---

① ［清］孙士毅：《百一山房诗集》（清嘉庆二十一年刻本）卷九，页十六上下，见国家清史编纂委员会·文献丛刊《清代诗文集汇编》（第347册），上海古籍出版社2010年版，第574页。

② 陈观浔：《西藏志》，巴蜀书社1986年版，第124页。

③ ［清］孙士毅：《百一山房诗集》（清嘉庆二十一年刻本）卷九，页十六下，见国家清史编纂委员会·文献丛刊《清代诗文集汇编》（第347册），上海古籍出版社2010年版，第574页。

④ ［清］孙士毅：《百一山房诗集》（清嘉庆二十一年刻本）卷九，页十六下，见国家清史编纂委员会·文献丛刊《清代诗文集汇编》（第347册），上海古籍出版社2010年版，第574页。

节春徂夏，绝壑声琤琤，冬冰未全化。却从深雪底，时见花朵亚，……指点祝晚晴，斜陌漏云罅。"① 写途中山势变化，突出了冰雪中的花朵。诗歌写景优美，节奏欢快。和孙士毅的前诗形成巨大的反差。人之心趋善避害，良有已矣。

孙士毅《自东俄洛至卧龙石得诗八首》，其二："燕支春色隔斜曛，高寺钟声日暮云，一转一穷开一境，青山幅幅李将军。"②《西藏道路交通考》载："至东俄洛，……至高日寺，……再进为卧龙石驿，有人户碉房，亦有烧料八角楼。"③ 卧龙石驿的环境、经济看来比较好。心境变化了由诗歌亦能感受到。诗里的高寺即高日寺，山中喇嘛寺。诗歌赞美了此处风景如画，仿佛幅幅都是大小李将军的金碧山水画。此8首诗应该是到了卧龙石而作，历经艰险后回头再想就只有美好了。其六："婆娑双眼老犹明，到处青山送客行，他日归来忘不得，卧龙石上看云生。"④ 70岁的孙士毅真是老当益壮，诗写出一种"到处青山送客行"的四海为客的豁达，和"看云生"的超然以及一种预期归来时的欢快。

自卧龙石行程120里至河口，即中渡，孙士毅写有《河口阻水》⑤。《西藏道路交通考》载："自是至中渡河口，地方温暖，东西两岸悉为土人住牧地，往来官吏应于此地换乌拉人夫。前清时有官设渡船。土人渡河为牛皮船，其形似龟，随波滚动。"⑥ 孙士毅到此时，刚好赶上连阴雨，风大水涨，诗中夸张的说法是"风声还掣岸，水

---

① [清] 杨揆：《桐华吟馆诗稿》（清嘉庆十二年刻本）卷八，页十九下、二十上，见国家清史编纂委员会·文献丛刊《清代诗文集汇编》（第457册），上海古籍出版社2010年版，第350页。
② [清] 孙士毅：《百一山房诗集》（清嘉庆二十一年刻本）卷九，页十七上，见国家清史编纂委员会·文献丛刊《清代诗文集汇编》（第347册），上海古籍出版社2010年版，第575页。
③ 陈观浔：《西藏志》，巴蜀书社1986年版，第124页。
④ 陈观浔：《西藏志》，巴蜀书社1986年版，第124页。
⑤ [清] 孙士毅：《百一山房诗集》（清嘉庆二十一年刻本）卷九，页十八上，见国家清史编纂委员会·文献丛刊《清代诗文集汇编》（第347册），上海古籍出版社2010年版，第575页。
⑥ 陈观浔：《西藏志》，巴蜀书社1986年版，第124页。

势欲浮山",如此无法渡河,所以诗人发出羡慕之感慨"羡他双白鹭,接翅复飞还",全诗亦收束在此。在这风雨天诗人看到那双飞的白鹭,飞来飞去,接翅比翼,不免心生羡慕,表面看收束的意境很美,实际是诗人的背后是"万马驱难过,扁舟渡亦艰"的困难,大军后勤耽误不得,遇到这种插翅难过的环境,其实孙士毅焦急的心情亦溢于言表。果然其《积雨连旬,山水骤发,自河口至麻盖,冲决几不得路,赋此纪事》① 就展示了难以克服的困难。麻盖是地名,由河口过雅龙江,行30多里即至麻盖。《西藏道路交通考》载:"冬春水落时,以船架浮桥。过河进深林山沟,至麻盖中,有人户二、三。"② 雨势很大,大到"千岩万壑风雨来,九天倒卷银河水",人马行走困难,难到"蹄涔处处成龙湫,马牛漂荡如浮鸥""十日撬行泥没趾",但仍然必须前进,因为"是时飞挽催军粮,储胥百万连驮纲,军行御水若御敌,预占胜势屯高冈",只能够"别开间道利转输,万夫凿山各努力。渐从山足通山腰",结果是"雨势不与山争高,我行已出雷电上,俯听绝涧驰奔涛。出险安然国威仗,带水拖泥非一状",真正是仰仗国威,终于成功躲过"山水骤发",然而拖泥带水狼狈之状不免,诗人还要勉力抚恤跋涉过艰险的徒役,当然最后通过大江还是要靠雅龙江浮桥来解决。其《雅龙江浮桥》诗:"雅龙发源自青海,奔流日夜东南行,长江万里此分派,蜀道横截峨岷经。峭寒一夜冻连底,铁篙无力皮船停,造舟为梁古有制,谁使贯索驱群鲸。倒走银山作平地,长虹水面横庚庚,其下蛟宫穴深黑,头角弭伏不敢争。我从千骑东方来,甲光照耀银稜明,四面见冰不见水,马蹄蹴作冰稜声。黄河冰桥吾未见,只此已足心魂惊,此江上下亘三渡,上接银汉窥天彭。冷龙造冰等驱石,定知万倾琼田平,大兵已过甲错白,新缚当户挥元缨。梅花羌笛奏凯乐,归期应及春风生。玉关杨柳

---

① 陈观浔:《西藏志》,巴蜀书社1986年版,第124页。
② 陈观浔:《西藏志》,巴蜀书社1986年版,第124页。

江上碧,冰开依旧云帆征。"诗后自注:"夏秋仍以舟渡。"① 雅龙江浮桥,据《卫藏通志·程站》载:河口设官吏"专司渡船,夏秋以舟渡,冬春则列船为浮桥济行旅"②。诗歌追溯了雅龙江的源头,"雅龙发源自青海,奔流日夜东南行,长江万里此分派,蜀道横截峨岷经",此处浮桥乃古制"造舟为梁古有制",诗人来此处渡过此江已3次,"此江上下亘三渡",就是因为要跟上大军征战的进度,诗最后预期了胜利和归来时的喜悦,使诗前大半的晦暗艰险和诗结尾处的明丽轻快形成鲜明对比,此对比从结构上自然展示了"崎岖历尽康庄见"的道理。全诗语言流畅,常常用语惊人,如"谁使贯索驱群鲸,倒走银山作平地","冷龙造冰等驱石,定知万倾琼田平"。意境的阔大壮美与清新优美,"梅花羌笛奏凯乐,归期应及春风生。玉关杨柳江上碧,冰开依旧云帆征"结合自然,并包含"不经历风雨怎么见彩虹"的人生哲理。

孙士毅《驻里塘》:"山多平地少,栈路无端倪,不知岩壑高,但觉星辰低。群峰势岌岌,盛夏风凄凄,回头望乡邑,侧耳聆鼓鼙。烽火炼魂魄,顽铁消轮蹄,此地去巴蜀,渐与昆仑齐。南斗欲转北,落日不在西,里塘忽平衍,绿野容耕犁。激激濑水清,滑滑林禽啼,移营近篱落,午饭闻村鸡。征程得小驻,惊定神栖栖,前军方转战,剑血膏鹍鹈。"③ 里塘,藏语音译,亦译写作理塘,意为铜镜似的草原。在今四川甘孜藏族自治州中部里塘河上游,今为理化县。《西藏道路交通考》载:"再过不毛之地,至火竹卡为宿站,有人户二、三家。由是过一桥,沿河而上,约三十里上火烧坡,下坡即达里塘。里塘为宿站,凡从打箭炉来之人夫驮马,在此更换。地甚寒冷,而道路散漫。清时置正、副安抚土司三员。有商民千余户,有喇嘛寺院。山

---

① [清]孙士毅:《百一山房诗集》(清嘉庆二十一年刻本)卷九,页十八下、十九上,见国家清史编纂委员会·文献丛刊《清代诗文集汇编》(第347册),上海古籍出版社2010年版,第576页。

② 《卫藏通志》卷四,西藏人民出版社1982年版,第230页。

③ [清]孙士毅:《百一山房诗集》(清嘉庆二十一年刻本)卷九,页十九上下,见国家清史编纂委员会·文献丛刊《清代诗文集汇编》(第347册),上海古籍出版社2010年版,第576页。

原平阔,夏日常降雪雹、冰弹。因地寒,故不生五谷,仅有柴草。"① 诗首先写高原的感觉"山多平地少,栈路无端倪,不知岩壑高,但觉星辰低",接写与故乡的区别,再写驻里塘的情形"里塘忽平衍,绿野容耕犁。激激濑水清,滑滑林禽啼,移营近篱落,午饭闻村鸡",一幅给人温暖的乡村景致跃入眼帘,很快小驻的目的跃入诗行"征程得小驻,惊定神栖栖",因为"前军方转战,剑血膏鷛鹈"。正是因为战争的风云才使诗人来到这宁静的山村小驻。而战争的目的正是为了保护这样的山村的宁静。但战争是把双刃剑,不仅能消灭敌人,而且能"剑血膏鷛鹈",深刻地揭示出战争也必然会伤害到一些完全不相干的、无辜的人和物。杨揆亦有《里塘 其地多夹坝,行旅苦之》②:"边草无春姿,边云无霁色,原野渺冥冥,长空郁深黑。万山迭奔蓁,到此势蹙辟,其水向流沙,厥土未宜麦。番性矫不驯,驰骑岸虎帻,终年事剽掠,雄长角以力。王师唱凯来,群慝且潜匿,伏莽终可虞,倾耳防鸣镝。"诗先写快到里塘的景致,这里藏族群众的特点,"番性矫不驯,驰骑岸虎帻,终年事剽掠,雄长角以力",就是王师凯旋归来,亦要"倾耳防鸣镝"。诗前半景致写得境界阔大,衬托诗后半的民风剽悍的形成,虽然王师路过,"群慝且潜匿",但"伏莽终可虞",王师亦须"倾耳防鸣镝",突出夹坝的威慑作用,连王师亦不可掉以轻心,可见其对商旅的危害之巨大。

孙士毅《二郎湾道中度雪岭数层》:"偪偪侧侧俯复仰,潇潇廖廖悽以怆,车箱一道到何处,对面不知有青嶂。山中飞雪不飞雨,雪下蛮江即春涨,山中生石不生树,石色搀天如卷浪,有时青天影落谿,水底乱石磊砢宛然。星辰倒嵌青天上。我行直到飞鸟背,性命转轻神转王,独不见海西釜底有游魂,髑髅如山屹相向。"③ 从"有时

---

① 陈观浔:《西藏志》,巴蜀书社1986年版,第125页。
② [清]杨揆:《桐华吟馆诗稿》(清嘉庆十二年刻本)卷八,页十九下,见国家清史编纂委员会·文献丛刊《清代诗文集汇编》(第457册),上海古籍出版社2010年版,第350页。
③ [清]孙士毅:《百一山房诗集》(嘉庆二十一年刻本)卷九,页十九下,见国家清史编纂委员会《清代诗文集汇编》(第347册),上海古籍出版社2010年版,第576页。

青天影落谿，……星辰倒嵌青天上"诗句和自注"水底乱石磊砢宛然"来看，此河的描写为什么能如此之细，是因为沿河而行所致。并写出生命到此已如飞鸟般轻，转瞬就可能失去。所以诗人发出"独不见海西釜底有游魂，髑髅如山屹相向"的呐喊。行至《松林口》有诗："其上横巴山，其下有海子，中纤线道通，越寓千古行人不到此。"此海子到民国已干。此地真是道窄，"线道"真是形象，而且了无人烟。那么有什么呢？"惟有枯树瘦于石，槎枒僵立，有似狻猊，奇鬼磨其齿，春风之所不能生，秋风之所不能死，朝行不复见鸟雀，暮行不复见村市。"由枯树的奇诡描写展开，充分展示此地春不生、秋不死、鸟雀不到、人迹罕至的荒凉。"十里至下沟，水声清冷激宫徵，诘朝又绕雪山行，烽燧红烧玉虬尾。"① 沟中有河，诗中所写水声，看来此河不大，一大早又出发绕雪山而行，烽火烧红雪山之尾。《大雪山》："问汝雪山高，但见马蹄下踏星辰色，问汝雪山白，但见沙上行人人影黑，明朝欲踏层城冰，隔夜寒光已相逼。翻疑鸿蒙世界本如此，又疑火伞炎宫不奉职，坡陀牢落不知几千仞，人尽攀崖马衔勒。马骨不如山骨高，以雪喂马马无力，铁衣裹绵如裹雪，魂魄都为雪所蚀，严寒中人浑似著，我头痛，身热国，望中烟火是巴塘，又向山南转山北。"② 大雪山位于四川甘孜州的东部，其南北长达450公里，是横断山脉的主要部分。诗中所写为从大朔（地名，藏语音译）攀越的大雪山一段，其名又称大朔山（大所山、巴山）。《卫藏通志·站程》载：此段"高险非常，雪凌弥漫"③。这是首典型的纪行乐府诗，诗句的节奏感就像雪山无边的寒冷一样让人感到无边的爽快。这种极致的描写就是在唐诗中也属罕见。把寒冷不停的和"火伞炎宫""身热国""烟火"对比，来凸显寒冷的彻底，彻底到

---

① ［清］孙士毅：《百一山房诗集》（清嘉庆二十一年刻本）卷九，页二十上，见国家清史编纂委员会·文献丛刊《清代诗文集汇编》（第347册），上海古籍出版社2010年版，第576页。

② ［清］孙士毅：《百一山房诗集》（清嘉庆二十一年刻本）卷九，页二十下，见国家清史编纂委员会·文献丛刊《清代诗文集汇编》（第347册），上海古籍出版社2010年版，第576页。

③ 《卫藏通志》卷四，西藏人民出版社1982年版，第232页。

"魂魄都为雪所蚀"。但这样的大雪山还是可以越过的,虽然"严寒中人浑似著,我头痛,身热国",但终于"望中烟火是巴塘,又向山南转山北"。以上3首诗几乎是《西藏道路交通考》相关内容的细化,"再进则至头塘,在山凹中,寒风凛冽刺肌。上凹口有一干湖,从此至拉尔塘,沿小河至喇嘛丫,即宿站于此,换乌拉人夫。自此过二郎湾,即吴王庙,过三坝,逾大雪山至奔察木,下山越小坝冲而达巴塘"①。很轻松的一段地理考述,一眼就可以划过去,怎么也想不到实际行走会是这样的艰难,读孙士毅相关的纪行诗,才知道真正走过来是那样的不易,这3首诗使我们对此段地理叙述有一种身临其境的感觉。杨揆出藏时写有《奔叉木 距巴塘四十里,气候极寒,与巴塘迥别》:"劖天起叠嶂,奇石皆倒生,瘦削类东筼,植根缘青冥。飞瀑相交流,斜照半壁明,长风嘘万窍,窣窣驱云行,棲岩饥鹳斗,饮涧雌蜺横,轩然列屏障,粉本如天成。荆关笔不到,奇秀徒峥嵘,欲去更回顾,言将补山经。"② 奔叉木即奔察木。诗写过了大雪山还是非常寒冷,长风吹嘘,飞瀑交流,奇石倒生,青冥屏障。怎么都像天然的画作,历史上的山水大画家荆浩、关仝师徒亦没有画过,奇秀可以补进山经。此诗亦可以帮助我们更全面地了解前一段表面轻松的地理考述。

孙士毅的《巴塘》诗:"野宿畏虎狼,水宿畏蛟鼍,移营负戴肩相摩,忽然出险得平旷。清泉碧涧风气和,罫田一一雁排齿,居民戢戢蜂攒窠,伊兰花香瓣发绿,时见番妇牸牛驮,肥乡自与狭乡别,夕阳陇上春犁多,古人富教不相后,要使民气无坎坷,带牛佩犊亦何意,屯田充国今如何。"③ 巴塘是藏语音译,在四川甘孜州西部,金沙江东岸,邻接云南和西藏,为由川入藏的主要门户。清乾隆时于巴

---

① 陈观浔:《西藏志》,巴蜀书社1986年版,第125页。
② [清]杨揆:《桐华吟馆诗稿》(清嘉庆十二年刻本)卷八,页十九上,见国家清史编纂委员会·文献丛刊《清代诗文集汇编》(第457册),上海古籍出版社2010年版,第350页。
③ [清]孙士毅:《百一山房诗集》(清嘉庆二十一年刻本)卷九,页二十下、二十一上,见国家清史编纂委员会·文献丛刊《清代诗文集汇编》(第347册),上海古籍出版社2010年版,第577页。

塘设都司和粮台管理。其地处河谷平原，土质肥沃，气候温和，宜于农垦。《西藏纪游》卷一载："巴塘番民较多，气候和煦，瓜蓏蔬菜略如内地，惟成熟较晚耳。予曾寓副土司成勒春丕勒之寨，楼宇轩敞，耳目一新。时值五月青稞登场，番妇用枷板打之，和歌相答。时黄瓜已熟，颇觉爽口；亦有西瓜，惜不及尝也。成勒春丕勒，翩翩如贵公子，语音似成都，其正土司曰吹忠，则服番人服饰，其语言非译不能通矣。"① 诗从在野外生存所畏开始，"移营负戴肩相摩"辎重队出发了，"忽然出险得平旷"，用对比突出了巴塘环境的美好，农田的整齐，居民的富庶，那真是"肥乡自与狭乡别"，诗最后赞美清朝富教比汉代赵充国的屯田效果好多了。《西藏道路交通考》载："巴塘为一大市驿，地方辽阔，沃野千里。东接瓦述、里塘；南连滇省结党；北至瞻对、桑批、德尔格忒地方；西走南墩，与西藏剖界。地方温暖，产各种瓜菜，以葡萄、核桃为最。"② 杨揆亦写有《巴塘 时驻土司官寨》诗：③ "巴塘气候暖，入夏见新绿，绕涧繁杂花，列岫荫嘉木。征裘渐可脱，旅食供野蔌，解鞍许暂留，失喜到童仆。乍看鸟登巢，翻讶人居屋，窗楹颇清洁，开牖面层麓。朝光明滉漾，负暄使心足，诘旦将前途，能毋恋三宿。"诗从气候入手，写巴塘的温暖，用童仆的欢乐衬托自己的喜悦，因为喜悦，看鸟是欢快的，看居室是洁净的，甚至阳光都是明亮的。虽然一切美好得使人心满意足，但明天还是要踏上前途，还是不要留恋地住 3 夜吧。全诗有一种淡定和从容，散发出了学陶渊明诗的浓浓的味道。欢乐全部潜藏在淡定的叙述之后。语言无疑已达到陶诗般的洗练和流畅。与孙士毅的前诗相比，杨诗更有回味，而孙诗显得相对说教气重了一点。《西藏纪游》卷三载："巴塘在里塘之南［西］数百里，土地饶沃，气候暄暖，无

---

① ［清］周霭联：《西藏纪游》，张江华、季垣垣点校，中国藏学出版社 2006 年版，第 27 页。
② 陈观浔：《西藏志》，巴蜀书社 1986 年版，第 125 页。
③ 参见 ［清］ 杨揆《桐华吟馆诗稿》（清嘉庆十二年刻本）卷八，页十八下、十九上，见国家清史编纂委员会·文献丛刊《清代诗文集汇编》（第 457 册），上海古籍出版社 2010 年版，第 349~350 页。

城郭，设粮务一员。昔为西藏拉藏汗所属，有大喇嘛寺。其掌管黄教之堪布堪亦作坎由达赖喇嘛委放，其管理地方之碟巴碟亦作第由拉藏汗委放，年满更替。康熙五十七年，护军统领温普带兵由里塘入巴塘至大所所亦作朔，其碟巴及僧俗人众赴营投见，愿附版图。雍正四年，川滇两省提督俱由西藏旋师会勘川滇疆界，次年遣官指授达赖喇嘛地，即于藏属之南墩宁静山即莽岭立碑定界。又于喜松工山与达拉两界山岭立界。山以内属巴塘，山以外属达赖喇嘛。查造户口，分输粮赋。七年，授上官查什盆错亦作札什朋楚宣抚司，授人头人阿旺林青副土司，均照流官例，不世袭。……今巴塘服贾服畴，居然内地矣！"① 徐长发亦有《巴塘》诗："巴峡名由水，巴塘象以山。我行曾信宿，今夕是重还。佛屋牛羊外，田庐荞麦间。瓜生同菜秀，风物胜诸蛮。"② 诗歌先对比巴峡与巴塘，再述自己是故地重游，重点赞美了巴塘的富庶"佛屋牛羊外，田庐荞麦间。瓜生同菜秀，风物胜诸蛮"。诗风质朴，流畅自然。

《西藏道路交通考》载："由此越一小山，沿江而行，渡河至竹巴笼，气候温暖，同于巴塘。河为金沙江之上流，从巴塘到竹巴笼舟行须一日。"③ 孙士毅《自牛古登舟行四十里至竹巴笼》二首，其一："征骑柳边停，溪声似建瓴，中流思击楫，问渡快扬舲。水上鹭双白，雨余天四青，棹歌非啰唝，蛮语不堪听。"④ 因为气候温暖，有水、有船、有鹭、有民歌，再加上雨后天晴，所以诗人心情特别愉快，诗写得也就流畅温暖，读来仿佛春天流水发出的声响，并以幽默的语句结束。全诗是一首经典五律。《西藏纪游》卷一载："巴塘之西竹笆笼地方有河一道，（距巴塘）约四十里，可通舟楫，水清见

---

① ［清］周霭联：《西藏纪游》，张江华、季垣垣点校，中国藏学出版社2006年版，第87页。
② ［清］周霭联：《西藏纪游》，张江华、季垣垣点校，中国藏学出版社2006年版，第88页。
③ 陈观浔：《西藏志》，巴蜀书社1986年版，第125页。
④ ［清］孙士毅：《百一山房诗集》（清嘉庆二十一年刻本）卷十，页一下，见国家清史编纂委员会·文献丛刊《清代诗文集汇编》（第347册），上海古籍出版社2010年版，第579页。

底,两岸细草茸茸,风景不恶。予入藏时曾陪孙文靖公泛舟西上,暂憩鞍马之劳,惜无钓具,徒切临渊之羡。"① 杨揆亦有《竹巴笼 属巴塘,由此渡金沙江,水势甚大,番人以皮船济渡》②:"湛湛长江横,惊涛怒喷涌,谁施泄障功,颓岸森欲动。临流日将暮,俯视心骨悚,蒙皮制作舟,颠簸势汹汹,衔石未能塞,囊沙宁可壅,披发学狂夫,竟渡贾余勇。生还信徼幸,遇险仍震恐,屈指多畏途,何时许息踵。"诗从江水汹涌入手,写日暮心惊,皮船济渡,尝尽颠簸,狂夫披发,贾勇竟渡,侥幸生还,心灵震恐。诗人不由发出心声"何时许息踵"。全诗是一首经典的五言古诗。虽然两诗人经历的是同一地点,但因气候、时间、所经历等种种条件的不同,两首诗读来竟截然不同,孙诗更浪漫,似在江南;杨诗更写实,如在塞外。孙诗用外景写心情,杨诗以心情写外景。一首欢快,一首惊心动魄。徐长发亦有一首《竹笆笼坐船》诗:"乱山险处上扁舟,仆马劳劳偶小林。谁道严程如火急,绿波荡漾对沙鸥。略似清江把钓竿,微澜激激晚生寒。若教万里通西海,输挽何愁道路难。烟水吴淞放棹过,船孃频唱竹枝多。蛮奴那解云山曲,扣楫还同劳者歌。"③诗也写到民歌,整体诗风与孙诗相近,但更有思乡之情,不断与江南对照,如"略似清江把钓竿",再如"烟水吴淞放棹过,船孃频唱竹枝多。蛮奴那解云山曲,扣楫还同劳者歌"。孙士毅还有一首《雨中渡金沙江》诗:"邮程志双埭,已过竹巴笼,江流漾金沙,丹灶化阴汞。片云从西来,雨势不旋踵,银竹万条直,明珠满江涌。中流起盘涡,应有沙脊壅,军行有程期,未敢托持重。生平仗忠信,肯为波涛恐,冒雨登皮船,迳

---

① [清]周霭联:《西藏纪游》,张江华、季垣垣点校,中国藏学出版社2006年版,第27页。
② [清]杨揆:《桐华吟馆诗稿》(清嘉庆十二年刻本)卷八,页十九上下,见国家清史编纂委员会·文献丛刊《清代诗文集汇编》(第457册),上海古籍出版社2010年版,第350页。
③ [清]周霭联:《西藏纪游》,张江华、季垣垣点校,中国藏学出版社2006年版,第27~28页。

渡岂云勇。群马衔尾过,或者渥洼种,回视含雨云,犹傍远岩瀹。"①诗先写过竹巴笼"邮程志双堠,已过竹巴笼",再写忽然天变,接着写将要渡金沙江时的雨势"银竹万条直,明珠满江涌",雨中江水"中流起盘涡,应有沙脊壅",遇险犹进的原因"军行有程期,未敢托持重",克服困难的意志"生平仗忠信,肯为波涛恐",渡过的感受"冒雨登皮船,迳渡岂云勇",军马的济渡"群马衔尾过,或者渥洼种",群马渡水的从容,使诗人要怀疑这些都是神马的种子。诗的最后"回视含雨云,犹傍远岩瀹",回头一望心有余悸。这首诗清晰流畅亦写实,因为军行紧急,孙士毅在诗中没表现太多的自我感受,而是横下一条心硬是闯过,并表达了坚定的思想意志"生平仗忠信,肯为波涛恐"。这意志与杨揆的"屈指多畏途,何时许息踵"形成了鲜明对比。

由竹巴笼渡金沙江,前行160里即至宁静山。《西藏道路交通考》载:"此处即为中华本部与西藏交界地,换乌拉人夫。有寺院,曰'汉人寺',清代招抚巴塘之后所建也,故名。其山曰'宁静山'。有分界碑,上镌'西藏、云南、巴塘分界'等字。"②孙士毅有《宁静山是西藏分界处》诗:"不断天山蜕骨蛇,却从只堠问龙沙,何须苦说华严界,中外于今久一家。"③宁静山藏语称为"邦拉"。清雍正四年(1776年),议以喀木(即"康")西部赏给西藏达赖喇嘛管理。周瑛、郝玉麟等勘界,立碑于此。谓西陲自此宁静,故名宁静山。《西藏图考》卷之五载:"宁静山在江卡东北,山顶平坦,四十余里中立界碑。山以东为内地,属巴塘;山以西为外地,属西藏。"④此诗展现了孙士毅对于分界的高卓见识,"何须苦说华严界,中外于

---

① [清] 孙士毅:《百一山房诗集》(清嘉庆二十一年刻本)卷十,页二下,见国家清史编纂委员会·文献丛刊《清代诗文集汇编》(第347册),上海古籍出版社2010年版,第580页。
② 陈观浔:《西藏志》,巴蜀书社1986年版,第125页。
③ [清] 孙士毅:《百一山房诗集》(清嘉庆二十一年刻本)卷十,页二上,见国家清史编纂委员会·文献丛刊《清代诗文集汇编》(第347册),上海古籍出版社2010年版,第580页。
④ [清] 黄沛翘:《西藏图考》,西藏人民出版社1982年版,第135页。

今久一家",当然"中外"指中原和中原以外,与现今的"中外"截然不同。这首诗既说明了事实,又展示了孙士毅这位老臣的博大的胸怀。其《偕周中翰肖濂骑行六十里》亦作于此山之南行:"联骑西驰雨气昏,据鞍心事老犹存,金城我尚图方略,玉垒君能记列屯。过岭风尖云擘絮,穿沙溜急涨添痕,归鸦渐急钟声起,新月随人到寺门。"① 周霭联,字肖濂,乾隆五十六年(1791 年)廓尔喀二次侵藏,孙士毅奉旨驻打箭炉、察木多督运粮饷,周作为幕僚随其出入西藏。诗写孙士毅与周霭联联骑骑行 60 里,惺惺相惜,心事老犹存,金城玉垒之方略,过岭穿沙之所见,并夜到"汉人寺"的情形。《西藏图考》卷五载:"汉人寺在南墩,每年七月巴、察二地客民皆云集贸易,如内地庙会。"② 全诗既突出了孙周友谊,又将孙创作"宁静山"诗的背景情况展现在我们眼前。钱召棠的《巴塘竹枝词》组诗之三亦写到"宁静山":"天分中外地相参,宁静山高接蔚蓝。扫尽阵云堆鄂博,又将余壤拨滇南。雍正四年定以巴塘西宁静山之内为四川边界,又以奔子楠一带地方,拨归云南。垒石为界,名鄂博。"③ 诗前两句比孙士毅诗意思客观,而更强调了宁静山之高接近蔚蓝的天穹。后两句"扫尽阵云堆鄂博,又将余壤拨滇南",在扫除战争阴霾之后立下界石,又将一部分土地划拨云南。其诗自注强调了在雍正四年(1776 年)定界时,将奔子楠一带地方,拨归云南。这首诗更清晰地说明了当时分界的具体划分情形,使我们能够更好地理解分界碑上镌"西藏、云南、巴塘分界"等字的真正意思。

由宁静山前行 120 里即至谷黍,亦译作古树。王我师有《谷黍》诗:"踏破层冰敢惮寒,惟怜将士怯衣单。相将觅得牛羊乳,团坐山

---

① [清] 孙士毅:《百一山房诗集》(清嘉庆二十一年刻本)卷十,页二下,见国家清史编纂委员会·文献丛刊《清代诗文集汇编》(第 347 册),上海古籍出版社 2010 年版,第 580 页。

② [清] 黄沛翘:《西藏图考》,西藏人民出版社 1982 年版,第 135 页。

③ [清] 钱召棠:《巴塘竹枝词》页一上,张羽新校,见《西藏学文献丛书别辑(第四函)》,中国藏学出版社 1993 年版影印本。

限尚饱餐。"①《卫藏通志·程站》：由南墩"过山，四十里至古树，有人户，柴草，有塘铺"②。诗写衣装单薄的将士"踏破层冰"前行，"觅得牛羊乳"，团坐饱餐的情景。读来有种幽默感，诗的背后显出不畏艰险的豪情。《西藏道路交通考》载："由是过古树，越一崎岖之山至普拉。又过山至江卡汛，有碉房柴草，清时有兵驻防于此。"③王我师《江卡》诗："不憎山逼面，端苦雪盈眸。望日殊为远，殷心似鲜愁。僧房停戍卒，皇帑负㸸牛。饭罢攀鞍急，摇鞭去未休。"④《西藏图考》卷之三载："江卡半隅平坦，为藏炉大道，系巴塘、乍丫之中途，亦达拉宗、希桑昂邦、拉龙、春朋、官角等处之捷径也。向隶青海，雍正元年分隶西藏后，以穷番偷劫，分驻守备一员、把总二员、外委一员，设兵巡查防守焉。其疆域东至邦木宁静山界一百九十里，西至阿足山界三百十里。"⑤ 诗写不怕山多，只怕雪迷眼，离太阳越来越远，殷勤为王事心少忧愁，在僧房傍驮队停下，吃完饭挥动鞭继续出发。形象地表现了勤于王事的心绪和行动。

《西藏道路交通考》载："由是过渌河，过大雪山，雪凌浩大，行步艰难。过梨树，道路稍大。过阿布拉至石板沟，可换乌拉。"⑥杨揆《黎树山　属昂地汛，每行旋经过，辄有冰雹》："山灵不容人，作势有余怒，但闻人声喧，飞雹疾如弩。徒御宿相戒，毋敢试莽卤。攀援乍升巅，屏息视步武。俄焉云蓬蓬，礚碭半崖吐，骤倾万斛珠，殷空杂钲鼓，蜥蜴纷闪尸，破石肆飞舞，蝎来偶假道，恶剧亦何苦，倏忽过前峰，晴曦正卓午。"⑦ 诗写此处常有冰雹来袭，"飞雹疾如弩"，其因"山灵不容人，作势有余怒，但闻人声喧"，是山灵听到

---

① [清] 黄沛翘：《西藏图考》（清光绪木刻本）卷三，页二上，见《西藏学文献丛书别辑》（西藏社会科学院影印）第三函，第二册。
② 《卫藏通志》卷四，西藏人民出版社1982年版，第233页。
③ 陈观浔：《西藏志》，巴蜀书社1986年版，第125页。
④ 陈观浔：《西藏志》，巴蜀书社1986年版，第125页。
⑤ [清] 黄沛翘：《西藏图考》，西藏人民出版社1982年版，第87页。
⑥ 陈观浔：《西藏志》，巴蜀书社1986年版，第126页。
⑦ [清] 杨揆：《桐华吟馆诗稿》（清嘉庆十二年刻本）卷八，页十八上下，见国家清史编纂委员会·文献丛刊《清代诗文集汇编》（第457册），上海古籍出版社2010年版，第349页。

人声喧哗而发怒。爬山时相互警戒,"屏息视步武",屏住呼吸前进,但是"俄焉云蓬蓬",顷刻之间"骤倾万斛珠",打得蜥蜴、蝎子无处可躲,打得"破石肆飞舞",山灵的恶作剧是何苦来呢!一会儿,就过了前面的山峰,这时正是晴曦的中午。全诗细写黎树山所遇冰雹,突出了高寒地区天气的怪异,诗歌描写细致,非亲历之人不能道。《西藏图考》卷三载:"梨树过漫坡,树木环映,五十里至阿拉塘一作阿窄拉,属阿布拉。有人户、柴草,换乌拉。番人颇刁顽不驯。又过小雪山二,高下迂折,六十里至石板沟。有人户、柴草,驻防塘铺,有头人供给差役。"① 王我师有《阿布拉》诗:"独木为梯土作楼,层层低压暗云头。牛羊气触煎茶灶,猿鸟声连念佛喉。坐对晚山风烈烈,起看残月雪浮浮。因知极乐西方界,混俗和光聚一邱。"② 诗写阿布拉景致极美,有西方极乐世界的味道,此地很富裕,"牛羊气触煎茶灶"指牛羊多。"猿鸟声连念佛喉"指佛教氛围浓烈,连猿鸟声都接上了诵佛声,诗人到此处"坐对晚山风烈烈,起看残月雪浮浮",非常逸乐,不由得"混俗和光聚一邱"。诗写得欢快而流畅,是一首典范的七律。孙士毅有《石板沟道中》诗,诗写群峰"一石一高峰,一峰一天地,试刳青山平,何止万里计",群峰中难免有神秘,"荒忽而杳冥,精灵日游戏,谁凿混沌开,群蛮洩幽秘",其中有些山峰真是鬼斧神工,"峨峨东觉山,险绝乃罕譬,礌砢骨专车,回翔肉生翅。汹汹若鲸翻,矫矫乃鹰鸷,一箭阴窦通,万斧鬼工避。尖或耸马耳,锐或卷象鼻",此时如行山阴道中目不暇接。山中之路并不好走,"其上即青天,其下乃幽隧。路窄不容趾,崖高欲掉臂",只有下定决心"信命生勇决",虽然"积劳成畏忌",但终于成功走出此道,远望群山"行看日月山,功成勒铭志"③,边走边看远

---

① [清] 黄沛翘:《西藏图考》,西藏人民出版社1982年版,第88页。
② [清] 黄沛翘:《西藏图考》(清光绪木刻本)卷三,页二下,见《西藏学文献丛书别辑》(西藏社会科学院影印)第三函,第二册。
③ [清] 孙士毅:《百一山房诗集》(清嘉庆二十一年刻本)卷十,页一上下,见国家清史编纂委员会·文献丛刊《清代诗文集汇编》(第347册),上海古籍出版社2010年版,第579页。

处日月朗照之山，可以勒石铭记。全诗细写了石板沟道中所见所感，读之仿佛亲自走了一遍。王我师还有《石板沟》诗："山环树接乱云铺，水尽云飞山亦孤。遥望爨烟山色里，崎岖无路可奔趋。"① 诗写山环、树绕、乱云纷飞铺开，水尽处、云飞起更显山孤耸，遥望云雾缭绕的奇美山色，高高低低没有道路可策马奔驰。这首七言绝句几乎是孙士毅长诗的概括，总之，这里的一段路是其时公认的有如西方极乐世界般美妙的路。

《西藏道路交通考》载："顺河而下，过雪山至阿足。由洛家宗至乍丫之间，山路崎岖。乍丫为宿站，该地人民颇多。"② 王我师就有《阿足》诗："尽日山中未有涯，更怜宿处野人家。捧来酥酪灰凝面，马粪炉头细煮茶。"③ 诗写山路中宿荒野人家，受到热情的款待的情形，绝句尤其是后两句充满了野趣。《西藏图考》卷三载："阿足塘过漫山二，阿足河一，水势汹涌，五十里至歌二塘一作噶二，又作噶尔。经平川二十里，上山三十里，路最险，至洛加宗一作谷家宗。有塘铺，头人供给乌拉。"④ 王我师又有《洛加宗》诗，洛加宗是藏语地名音译，一作"谷家宗"。《卫藏通志·程站》载："五十里过二小山，至谷家宗，有人户，柴草微。"⑤ 诗前两联"岭高悬月小，涧窄受风长。树树留残雪，人人怯早霜"写景，诗句对仗工整，意境极其幽美，"怯"的除"早霜"，还有"预愁栖宿苦，犹念起行忙"，"已到乍丫地，何须说里塘"⑥。乍丫，藏语地名音译，今作察雅。诗句描写都已经到了乍丫这个热闹的地方，何必再聊前面的热闹的里塘呢。这是一首较典范的五律，诗虽写到愁苦，但总体上还是充

---

① [清] 黄沛翘：《西藏图考》（清光绪木刻本）卷三，页二下，见《西藏学文献丛书别辑》（西藏社会科学院影印）第三函，第二册。
② 陈观浔：《西藏志》，巴蜀书社1986年版，第126页。
③ [清] 黄沛翘：《西藏图考》（清光绪木刻本）卷三，页二下，见《西藏学文献丛书别辑》（西藏社会科学院影印）第三函，第二册。
④ [清] 黄沛翘：《西藏图考》，西藏人民出版社1982年版，第88页。
⑤ 《卫藏通志》卷四，西藏人民出版社1982年版，第234页。
⑥ [清] 黄沛翘：《西藏图考》（清光绪木刻本）卷三，页三上，见《西藏学文献丛书别辑》（西藏社会科学院影印）第三函，第二册。

满了欢快的情调。《西藏道路交通考》载:"至雨撒之间,过雪山,道路陡险,石最多,有草无柴。由是至昂地汛,过大雪山,山高而险,雪积甚厚,有烟瘴岚气。"① 王我师就有《雨撒塘》诗:"遥瞻树色与山齐,几处人家傍水栖。未晚闭门愁虎过,选晴晓起讶鸠啼。寒侵自是风来急,气暗应知雾下低。到此何须怀顾虑,穿林越岭任攀跻。"② 雨撒塘距乍丫30多里。雨撒,藏语地名音译,塘是汉语,建有交通设施,即塘铺之地。《卫藏通志·程站》载:由乍丫至雨撒塘,"路稍崎岖,有人户柴草,此塘系西藏安设"③。诗首联是一种田园风光,但颔联"愁虎过""讶鸠啼"用夸张手法写出此地的凶险,颈联揭示真正的凶险是寒冷的气候,尾联写到了这儿就不用再顾虑什么,穿林越岭勇于攀登就行。王我师还有《昂地》诗:"此山殊不类,寒暑匝相寻。涧气撩须冻,土香扑鼻深。峰高欺路细,岸窄狭波阴。日暮欣栖宿,摇摇动素心。"④ 昂地是藏语地名音译,一作囊地。《卫藏通志·程站》载:由雨撒塘前行,"九十里过大雪山,至昂地,有人户柴草,有烟瘴,山高陡险崎岖,积雪"⑤。诗歌述此山的特殊艰险,细节描写真实,能调动读者不同感官,形成不同感受,"涧气撩须冻,土香扑鼻深",因此动摇了诗人前进的决心。《西藏道路交通考》载:"复经过两大山之羊肠道路至包墩。沿河又经险峻山路即到猛铺。"⑥ 王我师有《包墩》诗:"马系斜阳傍短篱,风沙滚滚槛前移。忽闻人语喧阗处,惊顾班鸣月上时。"⑦ 包墩是藏语地名音译。据《西藏图考》卷三载,从昂地,上大雪山,经王卡、巴贡,240里

---

① 陈观浔:《西藏志》,巴蜀书社1986年版,第126页。
② [清] 黄沛翘:《西藏图考》(清光绪木刻本) 卷三,页四上,见《西藏学文献丛书别辑》(西藏社会科学院影印) 第三函,第二册。
③ 《卫藏通志》卷四,西藏人民出版社1982年版,第234页。
④ [清] 黄沛翘:《西藏图考》(清光绪木刻本) 卷三,页四上,见《西藏学文献丛书别辑》(西藏社会科学院影印) 第三函,第二册。
⑤ 《卫藏通志》卷四,西藏人民出版社1982年版,第234页。
⑥ 陈观浔:《西藏志》,巴蜀书社1986年版,第126页。
⑦ [清] 黄沛翘:《西藏图考》(清光绪木刻本) 卷三,页五上,见《西藏学文献丛书别辑》(西藏社会科学院影印) 第三函,第二册。

即至包墩,"有头人供给乌拉"①。绝句首联尽显塞外风光,次联写出包墩的热闹。诗虽短,前后照应清晰,语言流畅,意境幽美。王我师还有《蒙堡塘》:"一从投笔赴西游,历险经危春复秋。踏雪应知牛背稳,可能捆载坦无忧。"②蒙堡塘中蒙堡是藏语地名音译,因设有塘铺,又作"孟铺"。《西藏图考》卷三载:"包墩沿河行十里,过大山一、小山二,悬崖绝壁,偏桥列如云栈,崎岖难行。上下六十里至猛卜一名孟铺,一作蒙布,又作蒙堡。……在山凹之中,沿山临河。"③诗写投笔西游、历经艰险,尾联"踏雪应知牛背稳,可能捆载坦无忧"表达了一种无比乐观的信念。

《西藏道路交通考》载:"从此沿山而走抵河边,……又顺河而下至昌都。昌都即察木多,古名曰'康'。此地为西藏、川、滇之交界,南通貉㺄生番;北通西宁玉树纳克书地方。二水围绕,有喇嘛寺,寺内有呼图克图大喇嘛及仓储巴住之。清代设有粮台,粮务一员,游击一员,领兵驻防于此。"④《西藏纪游》卷三载:"察木多本属阐教胡图克图。康熙五十八年,大兵进剿西藏,始纳款焉。颁给正胡图克图印信,居察木多大寺。其副胡图克图居边坝之西喇嘛寺,又有仓储巴亦作昌诸巴五家,分管大小寺院。其俗生子多为喇嘛,喜啖生物。察木多别有一涂,由类五齐通西藏土人谓之草地,山较平,地较捷。类五齐亦筑土为城,周二百余丈,庙宇巍焕,有红帽胡图克图协理黄教。番民多居黑帐房,其部落元隶西藏,康熙五十八年与其西南之洛隆宗投诚归化。洛隆宗之西又有硕般亦作板多,亦西藏部落,有碟巴二掌黄教。后准噶尔占踞西藏,遣陀陀宰桑凌轹其地。僧俗不胜其虐。康熙五十八年,定西将军噶尔弼统师进藏,其碟巴人众迎师归诚。而陀陀宰桑遂潜回西藏,经总统遣材官变服,即令硕板多碟巴

---

① [清]黄沛翘:《西藏图考》,西藏人民出版社1982年版,第90页。
② [清]黄沛翘:《西藏图考》(清光绪木刻本)卷三,页五下,见《西藏学文献丛书别辑》(西藏社会科学院影印)第三函,第二册。
③ [清]黄沛翘:《西藏图考》(清光绪木刻本)卷三,页五下,见《西藏学文献丛书别辑》(西藏社会科学院影印)第三函,第二册。
④ 陈观浔:《西藏志》,巴蜀书社1986年版,第126页。

向导，至索马郎擒获之，以上三处旋归达赖喇嘛管辖。又，达隆宗同时纳款，四至辽阔，差役繁重，又委热熬者三分治之以上见旧志。"①孙士毅《察木多望雨》诗："忆发折多岭，积潦苦淤淀。崇椒冒湿云，丛薄穿骇电。淋浪彻旅宵，垩埤塞荒甸。所幸孚甲抽，高畦灌溉遍。行役虽滞滛，山农颇欢抃。昌都汇两水，地有两水交会，左曰昌，右曰都，或云察木多即昌都之转音。丰隆忽告倦。匹练曳残瀑，双丸跳锦绚。登楼拓八窗，山影失葱倩。力子黝颜叹，雌霓何时见。穄熟或在兹，菜馑虑方骎时菜价甚贵。况直千夫集，邮亭调粥面时令站员设官店，供民夫买食。起舞祝商羊，拚飞觊石燕。对此盘中飧，燋然不能咽。"②察木多一作叉木多。藏语地名音译，意为"水汇合口处"，即今昌都，位于澜沧江上游，为西藏东部重镇。诗由折多岭苦雨写起，云电彻夜，垩埤溉遍，行役之人被阻滞了而愁闷，山中的农民因为田地被灌溉了而欢欣。昌都有两水汇聚，在望雨下"匹练曳残瀑，双丸跳锦绚"，登楼推开窗子，雨大得连山的葱葱倩景都看不清了，下苦力的黑着脸叹息，什么时候才能见到彩虹，这几天，食物还有，菜价已经很贵了，更何况千名役夫聚集，只能在邮亭官店食粥，商羊起舞、石燕竞飞定有大雨，对着盘中餐，焦虑得不能下咽。诗通过对比写出了不同的人对于大雨的不同感受，表达了尽心王事者的越来越焦虑的心情，已经达到食不甘味的地步。也许是望雨中实在无事可做，孙士毅这首诗，周霭联、徐长发均有和作。《西藏纪游》卷三载："察木多有二河，旧志谓一名昂楮河，在察木多左，源出中坝，因通云南，亦名云河。一名杂楮河，在右，源出九茹，因通四川，亦名川河。二水合流入云南界。予见二水奔流浩瀚，其源甚长而终不得其原委。嗣从蒋良骐《东华录》中伏读康熙六十年十一月上谕，乃知昂楮河即金沙江之上流，杂楮河即澜沧江之上流也。由是推之，打箭炉之雅纳沟河，里塘之雅龙江、里楮河，巴塘之色楮河，乍

---

① [清]周霭联：《西藏纪游》，张江华、季垣垣点校，中国藏学出版社2006年版，第79页。

② [清]周霭联：《西藏纪游》，张江华、季垣垣点校，中国藏学出版社2006年版，第76～77页。

丫之色楮河,类五齐之紫楮河,或为昂楮河之上流,或为昂楮河之下流,一水而随地异名耳。又前藏有一江名白楮河,又名机楮河,距大召十里土人云此水西流八百里,故其地生达赖喇嘛焉。凡水东流者,其常西流者其偶,其西流者亦必仍归东流也。今知即槟榔江之上流也。"① 周霭联《和文靖〈察木多望雨〉》:"行役苦雨多,卸装恨雨少。人道西南是漏天,浃日烟焦日杲杲。昌河都河水德长,桔槔无处输神浆。经楼不少弥天释,盍试盆中洗鲊方。"② 这首歌行道出雨多天漏的传说,昌都两河相汇,水德很旺,这里桔槔都已饱含了水,再无处输送神浆,甚至经楼上的僧人都开始研究洗鱼的秘方。全诗简洁,充满幽默感。徐长发《和文靖〈察木多望雨〉》:"塞山六月雪尽消,黄尘扑马马嘶骄。轻雷隐隐不奋地,云净天朗星萧萧。蜀葵含蕊开且合,满院蜂吟晚未歇。秃笔飞书墨易干,邮签急递铃声澈。万间广厦万丈裘,相公志愿实与俦。作诗祈祷降甘泽,长吟未竟云气黑。三更闪电山石鸣,檐花作溜如悬绳。酣眠梦入水云舫,晓看排闼群峰青。小鸟飞来北窗下,露气蒙蒙滋菜把。蛮农只叹麦有秋,天心更在洗兵马。"③《西藏纪游》卷三载:"察木多亦作叉木多为打箭炉至前藏适中之地,滇省曾设镇其地(雍正元年令察木多总兵周瑛截罗卜藏丹津往藏之路),今归川省,设台站,置粮员。有土城,番居稠密。予至察木多,适望雨。"④ 诗由未雨写起,写到相公"祈祷降甘泽",果然夜雨充沛,早上一看雨过天晴了,农民们感叹今年秋天会有个好收成,而上天的心事是要洗兵马(停止战争)。徐长发的诗写得流畅而华美,充满了清新的生活气息,也就显得有信心,在他看来这场雨不过是一场"神工"降雨,使人感到这雨只有好处没有坏处。

---

① [清]周霭联:《西藏纪游》,张江华、季垣垣点校,中国藏学出版社2006年版,第80页。
② [清]周霭联:《西藏纪游》,张江华、季垣垣点校,中国藏学出版社2006年版,第77页。
③ [清]周霭联:《西藏纪游》,张江华、季垣垣点校,中国藏学出版社2006年版,第77页。
④ [清]周霭联:《西藏纪游》,张江华、季垣垣点校,中国藏学出版社2006年版,第76页。

可以与孙诗形成鲜明对比。当然这也可能是徐长发任职观察,不用全面负责,而孙士毅总担全责的缘故。因为责任不同,眼光自然不同。周霭联作为幕僚责任不大,正可以多开玩笑。王我师亦有《察木多》诗:"灵山接引向东来,辟地重门一洞开。二水双桥图里画,五花两阵望中台。南天回首嗟穷奢,西藏登堂岂易回。到此应从何处想,慈航有渡莫疑猜。"① 在王我师的笔下,昌都就只有美景如画了。诗人把这样的艰难行程,归结为是一种修炼,并表达了一定能修成的信心。"到此应从何处想,慈航有渡莫疑猜",可能诗人也曾经猜疑过,现在是真的想通了。

孙士毅有《瓦合山》长诗:"前山下甲贡,后山上瓦合,山径蟠修蛇,一转一开阖。层层初桄上,面面围屏匝,坚冰滑成路,马蹄不敢蹋。冰中出石棱,锋利穿革辖,山半寒潭深,无风波滟滟。倒影挂绝壁,云雾自歙欱,危巢鹘不栖,何况鹢与鸽。望竿矗土台,数不止一卅,雪中伏标识,仰若凌云塔,相沿禁发声,山灵怒嘈杂,硬雨何处来,动辄响如答。我行盛徒旅,人马纷骏骎。良久竟寂然,俗论笑噂𠴲。不然仗天威,魑魅避鞣鞈,军行重刍粟,飞挽慎圭合,小憩重点行,平坡等悬榻。山气忽澄霁,岚翠一襟纳,小队秋雁飞,寒色上鱁䖹,山坳白残雪,吾将淬剑腊。"② 瓦合山,据《卫藏通志·程站》载:"高峻且百折,山上有海子(湖泊),烟雾迷离,设望竿堆三百六十,合周天数,如大雪封山时,藉以为向导。过此,戒毋出声,违则冰雹骤至。山之中鸟兽不栖,四时俱冷,逾百里无炊烟。"③《西藏纪游》卷一载:"丹达山、瓦合山,土人云此二处若施放鸟枪砲石,则震动山神,立时雪深数丈,人马皆不得出。曾有某武员经过

---

① [清]黄沛翘:《西藏图考》(清光绪木刻本)卷三,页五下,见《西藏学文献丛书别辑》(西藏社会科学院影印)第三函,第二册。
② [清]孙士毅:《百一山房诗集》(清嘉庆二十一年刻本)卷十,页四下五上,见国家清史编纂委员会·文献丛刊《清代诗文集汇编》(第347册),上海古籍出版社2010年版,第581页。
③ 《卫藏通志》卷四,西藏人民出版社1982年版,第236页。

瓦合山，不信其说，是夕遂毙雪中。"① 诗先述地理位置"前山下甲贡，后山上瓦合"，然后抓住瓦合山行过的几个特点：山径"山径蟠修蛇，一转一开阖"，攀越"层层初桃上，面面围屏匝"，冰滑"坚冰滑成路，马蹄不敢踏。冰中出石棱，锋利穿革鞒"，云雾"云雾自歊欻"，望竿"望竿矗土台，数不止一卅，雪中仗标识，仰若凌云塔"，戒毋出声"相沿禁发声，山灵怒嘈杂，硬雨何处来，动辄响如答"，输挽辛劳"军行重刍粟，飞挽慎圭合，小憩重点行，平坡等悬楊"。诗接着写走着走着，天气居然越变越好，居然看到一队秋雁飞过，雪是这样的白，就像宝剑上淬的腊。全诗真实程度很高，几乎是《卫藏通志·程站》所载地理文字的诗化，而更突出细节，读过仿佛真的跟诗人在瓦合山走了一遭。《西藏纪游》卷一载："瓦合山绵亘百二十里，上山即平衍，大雪弥漫即无路可寻。番人设望，堆以碎石，砌如鄂博，高五六丈者百余处。如雪满，人马须寻此望堆而行，若稍移数尺外即堕入雪坑，人马并陷矣。"② 杨揆亦有《瓦合山》长诗："连峰百余里，溪涧互萦抱，拾级身渐高，横空断飞鸟。晶莹太古雪，山骨瘦而槁，浩浩驱长风，扑面利如爪。为怯度岭迟。预属戒途早，悬崖月魄青，堕壑灯焰小。盘盘巨石蹲，落落枯松倒，状疑狮鬣髽，势若龙夭矫。足疲苦蹒跚，目眩失窈窕，间程无来踪，记里少立表。山厂屋数椽，倾侧短垣缭。于此置急邮，轻骑驰间道。重烦驿吏迎，好语问寒燠，饥肠任粗粝，羸马恋刍藁。少憩难久留，憧憧寸心扰，乍见晴光来，午日露分秒。积阴所酝酿，惨淡失昏晓，疾下缘坡陀，百折路逾拗。山灵大狡狯，刻画弄神巧，本来绝攀跻，谁使强登眺，俯仰叹劳人，须鬓此中老。"③ 瓦合山之"瓦合"，藏语音译。在察木多以西、洛隆宗以东。瓦合山在昌都地区洛隆县瓦合乡东边。

---

① ［清］周霭联：《西藏纪游》，张江华、季垣垣点校，中国藏学出版社2006年版，第24页。
② ［清］周霭联：《西藏纪游》，张江华、季垣垣点校，中国藏学出版社2006年版，第26页。
③ ［清］杨揆：《桐华吟馆诗稿》（清嘉庆十二年刻本）卷八，页一七下、一八上，见国家清史编纂委员会·文献丛刊《清代诗文集汇编》（第457册），上海古籍出版社2010年版，第349页。

山系他念他翁山支脉，山大而险峻，绵延120里，四时山顶有雪。时有雪窖，道路艰险。平时山上阴气弥漫，方向不辨，因此山上立有望竿数百，以导行路。清人称瓦合山为从川入藏最难跋攀的山。全诗抓住了瓦合山的几个特点，高峻"横空断飞鸟"，雪大"晶莹太古雪"，风大"浩浩驱长风，扑面利如爪"，难爬"足疲苦蹒蹩，目眩失窃窠"，绵长"连峰百余里""须鬓此中老"。诗后半部分写"急邮""轻骑"在此山的感受，用政府公差的感受来代表所有劳人的感受。诗写得真实感人，让人不由得产生身临其境之感。孙杨两诗对比，似乎孙士毅过山时的天气比杨揆过时好得多，两诗都以抒写真实见长，都重视细节描写的真实与诗意夸张的巧妙结合，但读来孙诗更厚重，杨诗更轻灵些。《西藏道路交通考》载："过过角塘至纳贡之间，山险路狭，雪凌最甚，烟瘴最恶。行步或上或下，盘旋迂回，亘百余里不见人烟，闻鸟兽亦不至，且谓行旅之人畜，有冻死于此山中者。由纳贡经恩达寨、牛粪沟、河塘至瓦合寨换乌拉。下山经麻里至河边，沿河而上，过嘉裕桥，即三霸桥。"① 到了民国，瓦合山的凶险从记载看还是没什么变化，唯一明显的变化是望竿不见记载了，可见通行的人比清朝少得多了。关于瓦合山的望竿，孙士毅专门写有《望竿》一诗："迷茫银海一只且，瓦合山前道孰除，生笑郎当成鲍老，本来仕宦是鲇鱼。别开铜柱蛮天外，斜矗碉房夕照余，略约星辰三百六，犀钉新得指南车。"② 诗歌一入手就写出望竿的作用，接着连用典故幽默地说出识途的不易，这望竿在藏地就像内地的计功铜柱一样招摇，夕阳下高高斜立在碉房上，就像天空中的360颗星辰，指南车般指引着行人的方向。全诗充满对望竿的深情，这种感情只有风雪迷途之后望见望竿又走回生路后才会有。关于这段路，杨揆还有《嘉玉桥》诗："悄悄日西下，溅溅水东流，倦容暮投宿，凄然生远愁。仄径俯众壑，双崖夹寒湫，横空驾飞梁，蹴浪惊潜蚪，淡月一回照，千

---

① 陈观浔：《西藏志》，巴蜀书社1986年版，第126页。
② [清] 孙士毅：《百一山房诗集》（清嘉庆二十一年刻本）卷十，页五上下，见国家清史编纂委员会·文献丛刊《清代诗文集汇编》（第347册），上海古籍出版社2010年版，第581页。

峰影如浮，山重水更复，归路何其修。"① 诗里透出一种对道路漫长的忧伤，并细写了嘉玉桥的美景。《西藏图考·西藏程站考》载："三十里至嘉裕桥番名三坝桥，一作三巴桥，一作嘉玉桥，又作假夷桥。有碉房、柴草。两山环抱，一水中流，天气暄和，地土饶美。有塘铺。"②

孙士毅咏写了《瓦合山》之后，意犹未尽，又写下《赛瓦合山》："昨经瓦合山，自晓直至晦，跬步无坦夷，可一不可再。今从恩达来，迎面一峰对，山灵似迎客，宛转势向内。三入更三出，九面复九背，行行气象变，此地本沙塞。边风砭肌骨，人马同鹢退，奇峰露巘岘，彼险此更赛。石枯不生云，云亦不成态，阳春走不到，荒土聚积块。竟无寸草萌，何况盛菱蒳，一事差可喜，不使马足碍。细沙下如雨，著我暗牟铠，丹达残雪明，已见百里外。"③ 赛瓦合山，据《卫藏通志·程站》载："一名朔马拉山，在硕板多西，边风猎猎，乱山皆童。"这"朔马拉山"应就是"贡喇山"，据《西藏图考·西藏程站考》载："嘉裕桥西南行，上得贡喇山，山势陡峻，上下二十五里，诘屈如蛇形，有松林，路悉险窄多溜沙地。"④ 和孙诗中描写一致，"行行气象变，此地本沙塞"，"细沙下如雨，著我暗牟铠"，并且风大"边风砭肌骨，人马同鹢退"，因为风大"石枯不生云，云亦不成态"，而且"乱山皆童"，"荒土聚积块，竟无寸草萌"。从这些描写看是此山无疑。可见孙诗描写之真实。再加上诗开头"昨经"到"今从"的地理方位的描写，和诗结尾的"丹达残雪明，已见百里外"的描述的真确，可以地理资料为证。据《西藏图考·西藏程站考》计算，贡喇山果然在瓦合山西南130里外。又据《西

---

① ［清］杨揆：《桐华吟馆诗稿》（清嘉庆十二年刻本）卷八，页一七下、一八上，见国家清史编纂委员会·文献丛刊《清代诗文集汇编》（第457册），上海古籍出版社2010年版，第349页。

② ［清］黄沛翘：《西藏图考》，西藏人民出版社1982年版，第93页。

③ ［清］孙士毅：《百一山房诗集》（清嘉庆二十一年刻本）卷十，页五下，见国家清史编纂委员会·文献丛刊《清代诗文集汇编》（第347册），上海古籍出版社2010年版，第581页。

④ ［清］黄沛翘：《西藏图考》，西藏人民出版社1982年版，第93页。

藏图考》卷五:"朔马喇山在硕般多西,亦平坦,逾二十里至索马郎,即擒陀陀宰桑处,一作赛瓦合。"①《西藏道路交通考》载:"再进,经拉子、边坝两地,即到丹达庙。"② 杨揆写有《边坝》诗:"山路缭而曲,断涧流溅溅,隔烟闻暮钟,襆被投阇黎。小步纵远目,四垂天幕低,挐云击苍鹘,鼠穴惊妖貍。番人为我言,此地傍海涯,往往见怪物,喷涛斗鲸鲵。森然锯牙齿,马首而牛蹄,白光莹如炬,戴角双觺觺,出没致风雨,鼓浪山与齐,所言信非妄,毋乃是水犀。稽古辨其族,本出西南夷,谁能刺坚革,长剑空手提。"③ 边坝,藏语地名音译,亦写作"边巴",意为"吉祥光辉",即今昌都地区边坝县所在地,清时设宗,称达隆宗。诗先写在边坝看到的景致,写出了一片宽广的风景"小步纵远目,四垂天幕低",但从"挐云击苍鹘,鼠穴惊妖貍"诗句开始,突然进入一种奇诡的描画中。当然诗人不忘介绍这一奇幻瑰景的来源"番人为我言,此地傍海涯,往往见怪物",以下居然异想天开地细致描写了一头水怪,只见"森然锯牙齿,马首而牛蹄""戴角双觺觺""喷涛斗鲸鲵""出没致风雨,鼓浪山与齐"。而且诗人相信"所言信非妄",并将其合理化"毋乃是水犀"。为什么在当地人中会有这样的传说呢?诗人也做出了分析"稽古辨其族,本出西南夷",虽然是传说中的怪物,还是激起了诗人的豪情,诗就结尾在"谁能刺坚革,长剑空手提"。全诗由寻常的风景入手,通过对传说的逼真描写展示了诗人想入天外的诗歌写作能力和战胜任何险怪的豪情。《西藏图考·西藏程站考》载:"边坝在硕般多之南,原属西藏所辖,委碟巴二名管理。康熙五十八年大兵进藏,该地喇嘛、碟巴人等倾心向化,承办粮差,留驻官兵以连声援。所辖地方,自喇子起,至鲁工喇大山根拉里止。四至辽阔,差徭繁剧。又委热傲三名,以作三处分治,承应圣朝军役,无敢懈怠。凡热

---

① [清] 黄沛翘:《西藏图考》,西藏人民出版社1982年版,第141页。
② 陈观浔:《西藏志》,巴蜀书社1986年版,第127页。
③ [清] 杨揆:《桐华吟馆诗稿》(清嘉庆十二年刻本) 卷八,页十六上下,见国家清史编纂委员会·文献丛刊《清代诗文集汇编》(第457册),上海古籍出版社2010年版,第348页。

傲居止俱有官寨楼房，穷荒僻壤，盖别有风气云。其疆域，东至硕般多二百九十里，西至拉里七百三十里。"① 这样看，边坝地当要道之上，有大军行动更是个很繁忙的地方。

接着孙士毅写下《丹达山神祠 并序》长诗，序曰："丹达山在边坝西六十里，峰峦切云，冬夏皆雪，为西藏孔道。山麓有神祠，相传康熙时云南某参军转饷赴藏，所过塞路无扰，至此遇雪，与徒御俱冻死雪中。雪融犹抱饷僵立不仆，屡著灵异，番民感焉。建祠以祀，予以军事丁役过此，辄谒祠下，并增修殿宇，立碑纪之。"诗曰："丹达山头神鸦飞，阴风飒飒飘灵旗，遏来暑路满霜雪，森然毛发将何依。中有丛祠傍山麓，神兮居歆荫嘉穀，磨刀霍霍刲黄羊，番童击鼓番妇哭。问神姓氏地苦偏，铭碣无处寻荒阡，依稀转饷来六诏，其事传自康熙年。雪花如掌没马耳，荒戍漫漫角声死，军符火急敢少休，面裂足皲手堕指。役夫馁欲搜鸡豚，蛮碉况有榾柮温，将军令严壮士肃，夜睡肯许惊花门。芜菁已竭乾椹匮，掘地难逢旅禾瑞，徒御淹淹似死灰，将军凛凛犹生气。层冈积缟愁云低，白日匿影山鬼悽，人声噤瘁马声绝，此是将军致命时。将军虽死骨如铁，魂绕千峰万峰雪，浮埃不上温序须，握爪还擎苏武节。只今庙貌干云霄，我来三度浇松醪，绰楔照耀爵里阙，拟托巫阳赋大招。"②《西藏纪游》卷一载："丹达山为入藏第一峻险之山……又闻康熙（年）间，有云南某经历转饷赴藏，路经丹达，积雪封山，从者饥疲，某戒勿掠食，同时毕命。雪消后某抱持符檄，僵立如生，遂为丹达山神。其庙在山之东麓，屋宇甚窄，中塑将军像，貌殊俶诡。凡入藏者必苾牲祷之，方得安稳过山，否则虽盛夏，骤遇大雪，数日不得过也。予入庙瞻礼者数次，用羊一，牵缚于神龛之前。祭毕，此羊又为后来者所献，不刲宰

---

① ［清］黄沛翘：《西藏图考》，西藏人民出版社1982年版，第95页。
② ［清］孙士毅：《百一山房诗集》（清嘉庆二十一年刻本）卷十，页五下、六上下，见国家清史编纂委员会·文献丛刊《清代诗文集汇编》（第347册），上海古籍出版社2010年版，第581～582页。

也。"①《西藏道路交通考》载:"丹达庙。传闻昔日有粮务官主仆二人冻没于此,后多灵应,番人立庙塑像以祀之。"②诗序主要写丹达山神祠的缘起,详细程度超过民国时陈观浔编的《西藏志》。不但介绍了神主的简单经历,而且介绍了成神原由,还介绍了丹达山的位置、特点,并有诗人谒祠下、修葺殿宇、建碑记之等一系列行动。诗序已烘托了较好的气氛。诗歌先写神鸦飞、灵旗飘、雪满路、毛发竖。进一步烘托气氛,然后"中有丛祠傍山麓",接写祭祀场面"神奓居歆荫嘉穀,磨刀霍霍刲黄羊,番童击鼓番妇哭",山神事迹"问神姓氏地苦偏,铭碣无处寻荒阡,依稀转饷来六诏,其事传自康熙年",当年环境的恶劣"雪花如掌没马耳,荒戍漫漫角声死",军务的艰辛"军符火急敢少休,面裂足皲手堕指",将军的军纪严明"将军令严壮士肃,夜睡肯许惊花门",死前饥寒交迫的情形"徒御淹淹似死灰,将军凛凛犹生气",将军死去时的情形再一次用诗句强化"层冈积缟愁云低,白日匿影山鬼悽,人声嗾瘆马声绝,此是将军致命时",死去后成神"将军虽死骨如铁,魂绕千峰万峰雪,浮埃不上温序须,握爪还擎苏武节",用温序、苏武的典故赞美将军的气节,表达其崇敬之情"只今庙貌干云霄,我来三度浇松醪,绰楔照耀爵里阙,拟托巫阳赋大招"。由于作者所从事的督运与丹达山神生前有相似之处,所以诗人写得分外深情,并将自己的澡雪经历融入其中,使得云南某参军在诗中又一次复活,使我们有机会看着他再一次成神。全诗激情澎湃,热情洋溢,诗的节奏昂扬,描写生动真实,有强大的感染力量,显示了强烈的英雄主义豪情,和一种信仰的力量。《西藏纪游》卷一载:"丹达山,番名沙工拉。其神像亦作番僧冠服。云梵经本有是神,解饷汉官另是一神云。然关帝像喇嘛亦有范铜及画像,另立一梵语名号,亦附和也。"③杨揆亦有《丹达山》长诗:

---

① [清] 周蔼联:《西藏纪游》,张江华、季垣垣点校,中国藏学出版社 2006 年版,第 24 页。
② 陈观浔:《西藏志》,巴蜀书社 1986 年版,第 127 页。
③ [清] 周蔼联:《西藏纪游》,张江华、季垣垣点校,中国藏学出版社 2006 年版,第 25 页。

"昔闻兹山奇，绝险今始遘，玉龙作之而，势欲与天斗。连峰排岈崿，寒色逼金宿，突兀穷荒中，阳和不能透。想当鸿濛辟，钜手出极构，石稜间缺啮，嵌空琢冰甃。一片玻璃光，千斛琼屑糅，阴风中怒号，虚响沸岩窦。行旅惨不前，十步九颠覆，勇上未盈尺，陡落千丈溜。踯躅马脱蹄，琶琶鸟缩味，有时朝日开，如慰绡縠皱。晴光相激射，到眼胥眩瞀，我寻西荒经，险阻亦既觏。信知九州遥，岂为五岳囿，何图归程急，到此空引脰。人言山之神，灵爽兹妥侑，阴霾变倏忽，窈冥失旦昼。来从万玉妃，旋转飘缟袖，筑雪如作城，森寒巨灵守。时虞长围压，谁敢孤军逗，狂飚一倒吹，万牛尽回首。往往昏黑中，不复辨崖岫，倏见神灯迎，出险相引救。我行日亭午，千洞鸣玉漱，幸值气暄和，谓为神所佑。心怯卦习坎，事喜象遇姤，整衣拜丛祠，兼以村酒酹。视秩少桓圭，升香无玉豆，作诗志兹行，用当神弦奏。"① 丹达山是藏名音译，在昌都地区边坝县丹达塘西、鲁工喇东。冬天冰雪普盖，夏日泥滑，一槽逼仄，行人只能挂杖而行。此山曾一度为西藏与西康的分界山，也是清代入藏之所必经地。《西藏纪游》卷一载："丹达山险峻荒复，为口外群山之冠。俯瞰诸峰，累累若邱墓。四时皆雪，疑其积自太古。浩浩漫漫，天地一色，如入大海中，稍一蹉跌雪窖中，则渺无踪影矣。山顶积雪如城，高数十丈，坚同铁石，乃行旅必由之路。有时倾塌，是以盛夏尤为可虑。予友毛刺史大瀛、吕明府仕祺策骑过此，陡被雪压，几至灭顶，遇救得出。其同行二人已不可活矣。山顶风利如刀，雪如沙砾，刮面欲碎。予于乾隆五十七年九月过此，舆马俱难。乘骑步行数武，足僵如刖。因用牛皮裹臀，坐于雪上，令数人推挽而下。其雪黏如饧膏，着指不脱，指即肿赤。予试之果然。倘一附火，骨节即便脱落，兵丁运夫多有堕落手脚指者。闻山顶有一物，似犬而大，每至雪夜，遇有邮报过山，必为导

---

① ［清］杨揆：《桐华吟馆诗稿》（清嘉庆十二年刻本）卷八，页十七上下，见国家清史编纂委员会·文献丛刊《清代诗文集汇编》（第457册），上海古籍出版社2010年版，第349页。

引,不使迷路。予未之见也。"① 《西藏道路交通考》载:丹达山"再经察罗松多至郎吉松,中间夏末、秋初尚可行,其余雪凌甚大,当隆冬时,尚坚凌无碍。若春尽夏初,一经溶化,势如山崩。闻此山从无飞禽走兽"②。诗先总写山之奇,再写寒气之重,诗人想到鸿濛开辟之时,神的"钜手出极构",不断地"石稜间缺啮,嵌空琢冰氅",造出"一片玻璃光,千斛琼屑糅",于是阴风起"阴风中怒号,虚响沸岩窦",旅人"行旅惨不前,十步九颠覆",岂止是举步维艰,简直是"勇上未盈尺,陡落千丈溜",连马都"踯躅马脱蹄"。有时,遇上好天"有时朝日开,如慰绡縠皱",但在这冰雪世界"晴光相激射,到眼胥眩瞀",容易造成雪盲。这里的险阻早就超过诗人读过的《山海经》之《西荒经》,这下才"信知九州遥,岂为五岳囿"。山之神筑雪作城、用森寒之巨灵守卫,哪个军队敢挑战这样的城池,"狂飚一倒吹,万年尽回首"。在昏暗不明中竟然"倏见神灯迎,出险相引救",这真是出现了幻觉。诗人走到这儿时"我行日亭午,千洞鸣玉潄,幸得气暄和,谓为神所佑",真感觉有神保佑。必须感谢一下山神"整衣拜丛祠,兼以村酒酹",但是"视秩少桓圭,升香无玉豆"缺这少那,只能"作诗志兹行,用当神弦奏"。全诗从总到分、从古到今、从书本到现实,从神话到文化,细写了丹达山的艰险,充满幽默感地表达了能够顺利通过此山完全是靠神灵的保佑,并拜了神祠,用这首诗作祭神的歌。如果说孙诗是首英雄主义颂歌的话,杨揆这首诗就是首充满幽默感的士子的调动自己各种能力战胜超级困难的人的赞歌。孙诗如果像棵庄严而静穆的雪松,那么杨诗就像松间的风。如果说孙诗像古代英雄的石像的话,那么杨诗就是首祭祀这石像的祭神的歌。

孙士毅写下《丹达山神祠 并序》长诗又意兴飞扬,接着写下《雪城行》:"秦鞭中断长城缺,连峰东走不肯折,一线横截天山腰,

---

① [清]周霭联:《西藏纪游》,张江华、季垣垣点校,中国藏学出版社2006年版,第26页。

② 陈观浔:《西藏志》,巴蜀书社1986年版,第127页。

乃是阴厓古时雪。塞外六月严寒生，雪花夜与天山平，旧雪未消又今雪，险处突兀当一城。城头高高城脚牢，玉龙直上银鳞摇，轮蹄万古走不息，冰槽深碾成坑壕。百里以外寒气逼，女墙对面森玉立，倒啮青天白齿齿，冻云不动死灰色。君不见寒门铜柱高连天，人马冻杀北海边，又不见青海当年经百战，降番十万开冰栈。我行筹笔从东来，役夫鞍瘃征人哀，蛮奴凿雪通行路，策马先驱入城去，碉楼十丈高出城，城中还有人家住。"① 初读此诗以为众位诗人中，终于有一位全凭虚构咏写出了一首符合西方诗学观念的诗来，从题目到内容似乎纯属虚构与想象。"雪城行"这一题目乍一看，仿佛虚拟，实际上并不是。杨揆的《丹达山》诗还有小标题为"路径奇险，上有雪城山神，屡著灵异，奏列祀典"②。"雪城山神"相传为云南参军彭元展，于康熙五十九年（1720年）[有说乾隆十八年（1753年）]解饷过此山，冻死风雪中，屡著灵异。当地人以丹达大王呼之，建庙奉祀。此次清军入藏驱逐廓尔喀往返此山顺利，以为得其佑，特为之奏请封号，诏封为"昭灵助顺山神"，载入祀典，并颁御书"教闸遐柔"庙匾。这样不管这首诗的内容再怎么天马行空，还是对丹达山之行的回忆，是写实。诗从历史的回忆开始"秦鞭中断长城缺，连峰东走不肯折"，又由历史越到空间"一线横截天山腰，乃是阴厓古时雪"，都以横绝相连，历史上秦连长城，秦鞭指秦的统治，秦鞭中断即秦的统治中断，长城虽缺仍"连峰东走不肯折"，而断天山腰的是"阴厓古时雪"。在雪城没有中断，年年六月有飞雪，"塞外六月严寒生，雪花夜与天山平，旧雪未消又今雪，险处突兀当一城"，这是一座雪堆成的城。诗人眼见和想象的雪城"城头高高城脚牢，玉龙直上银鳞摇，轮蹄万古走不息，冰槽深碾成坑壕"，雪城地当入藏要道，其护城坑

---

① [清] 孙士毅：《百一山房诗集》（清嘉庆二十一年刻本）卷十，页六下、七上，见国家清史编纂委员会·文献丛刊《清代诗文集汇编》（第347册），上海古籍出版社2010年版，第582页。

② [清] 杨揆：《桐华吟馆诗稿》（清嘉庆十二年刻本）卷八，页十七上，见国家清史编纂委员会·文献丛刊《清代诗文集汇编》（第457册），上海古籍出版社2010年版，第349页。

壕居然是来往轮蹄碾压出来,可见诗人想象的瑰奇。诗人进一步展现雪城奇景"百里以外寒气逼,女墙对面森玉立,倒啮青天白齿齿,冻云不动死灰色",在这奇景面前诗人再也不能保持平静,就像音乐的序曲、前奏之后,必将进入高潮一样,歌行的高潮到来了"君不见寒门铜柱高连天,人马冻杀北海边,又不见青海当年经百战,降番十万开冰栈"。这样的诗句不由得让人想起杜甫的《兵车行》,在清代还能写出这样元气淋漓的诗句真是很惊人的。此诗句描画寒气之凌厉、显示气魄之豪雄,怎么也不能让人相信作者孙士毅已经是73岁的古稀之人,宣示孙真不愧是老当益壮。高潮后诗人谈到自己"我行筹笔从东来,役夫鞁瘵征人哀,蛮奴凿雪通行路,策马先驱入城去",进入雪城,诗人用诗笔使奇迹发生,"碉楼十丈高出城,城中还有人家住"。一时已分不清是碉楼还是雪城,也分不清是想象还是真实。全诗刻画真实,想象瑰奇,既展示了诗人神奇的诗歌能力,又表现了诗人对大好河山的无比热爱之情和老当益壮的雄豪气概。

《西藏图考·西藏程站考》载:"五十里至郎吉宗一作郎结宗,又作浪金沟。有碉房、柴草,有塘铺,碟巴供给差役。"① 孙士毅写有《九月八日浪金沟驿》:"古戍角声哀,西风动地来,雾埋山断续,水划地纡回。瞑色栖鸦树,良辰戏马台,荒寒无菊把,且倒竹根杯。"② 浪金沟即郎吉宗。诗写浪金沟驿所见及自娱情形。《西藏图考·西藏程站考》载:"郎吉宗旷野平坦,……夏日水涨多阻。四十里至大窝塘一作达模。有碟巴供给差役,路虽平,而侧进若谷。顺河而下,五十里至阿兰多。"③ 孙士毅又写下《大窝驿》:"行行得平旷,兼饶嘉树林,崇冈冒残雪,细水通烟浔。循坡入茆屋,蛮酒聊酌斟,占晷禾晼晚,绕檐羨归禽。驾车何刺促,长途方滞淫,去去复回

---

① [清]黄沛翘:《西藏图考》,西藏人民出版社1982年版,第96页。
② [清]孙士毅:《百一山房诗集》(清嘉庆二十一年刻本)卷十,页七下,见国家清史编纂委员会·文献丛刊《清代诗文集汇编》(第347册),上海古籍出版社2010年版,第582页。
③ [清]黄沛翘:《西藏图考》,西藏人民出版社1982年版,第97页。

首，感兹山水音。"① 大窝驿为从浪金沟顺坝而下，取沟行道，40里即至。《西藏道路交通考》载："由郎吉宗至大窝有两路：一为山路，甚窄险；一为谷地，虽稍平坦，然夏季水涨不能行。"② 既平旷，又有树林；既有残雪，又通烟浔；有茆屋，还有蛮酒；有晚禾，还有归禽。长途征程何必总是仓促，遇到美景还是可以流连不舍，离开了还是不停回首张望，诗人成为这片山水的知音。孙士毅走的就是谷地。全诗完全写景，皆因诗人感动于这片完美的山水之音。《卫藏通志·程站》载："阿兰多西南行，侧身循沟而上，南北俱有偏桥，上山路险窄，行人凛然如坠。"③ 孙士毅写有《阿南多道中》："峡口小桥横，危矶喜渐平，峰寒木亦瘦，沙净水逾清。到处云为幄，经年雪作城，奇观吾已足，真不负斯行。"④ 阿兰多，藏语地名音译，亦作阿南多。诗前两联写阿南多道中所见景象，后两联写进藏的总的感受。诗人表达了饱看奇景的快乐和满足感，大有不虚此行的感慨。《西藏道路交通考》载："由阿兰多至甲贡塘五十里，途中有一山，生醉马草，骡马若食之，立时醉倒。"⑤ 孙士毅有《自甲贡东行十里，长松千万株掩映山谷，其下清流绕之，非复尘境，纪以一绝》："万壑千岩积翠重，一层岩壑一层松，毕宏韦偃今谁是，乞与深山写卧龙。"⑥ 诗前一联写非复尘境的岩松，后一联抒发感慨还有谁是画松高手，能来此边疆画卧龙般的岩松。七绝洗练地将这天外美景展现在读者面

---

① ［清］孙士毅：《百一山房诗集》（清嘉庆二十一年刻本）卷十，页八上，见国家清史编纂委员会·文献丛刊《清代诗文集汇编》（第347册），上海古籍出版社2010年版，第583页。

② 陈观浔：《西藏志》，巴蜀书社1986年版，第127页。

③ 《卫藏通志》卷四，西藏人民出版社1982年版，第238页。

④ ［清］孙士毅：《百一山房诗集》（清嘉庆二十一年刻本）卷十，页八上，见国家清史编纂委员会·文献丛刊《清代诗文集汇编》（第347册），上海古籍出版社2010年版，第583页。

⑤ 陈观浔：《西藏志》，巴蜀书社1986年版，第127页。

⑥ ［清］孙士毅：《百一山房诗集》（清嘉庆二十一年刻本）卷十，页八上，见国家清史编纂委员会·文献丛刊《清代诗文集汇编》（第347册），上海古籍出版社2010年版，第583页。

前。其还有《醉马草》诗:① "西行不到酒泉郡,此地那有糟邱台,东风吹马马无力,一痕芳草浓于醅。眼前栈豆不足恋,中野踯躅鸣声哀,餔槽啜醨亦何好,坐使神骏成驽骀。独不见蒲桃苜蓿几万里,腾骧天马从西来。"这里又不是酒泉,又没有糟邱台,但是醉马草 "一痕芳草浓于醅",马食后 "东风吹马马无力" "中野踯躅鸣声哀" "坐使神骏成驽骀",最好的马和马最爱吃的草苜蓿都来自西方,藏地产醉马草也就不足为奇了。全诗将马醉与人的酒醉进行对比,并写醉马草的奇效,把马醉后的可笑举动描画于眼前,亦抒发了诗人屡见奇物的感慨。

《西藏道路交通考》载:"由甲贡塘经大板桥及多洞至擦竹卡,须过萝卜公拉岭,峰高陡而险,山凹中有一湖,宽七八里,长十余里。冬春冻时,如履平地,成为大道,行人殆有不知其为湖者。夏秋之候,沿边而行,其路最险。擦竹卡产盐水。下山至拉里,为四通八达之路。"② 孙士毅的《九日多洞道中大雪,夜半抵驿》二首,其一:"马前糁遍水晶盐,佳节匆匆敢暂淹,一夜西风黄鞠瘦,几番东道白髭添。拟赴宗喀济哝,催运军储,稍副圣主委任,今两度东行,仍回内地,殊怃然也。炉城转饷初停檄,前藏运到军储,足敷支用,檄饬停止。雪岭悬军未解严,廓苴畏罪乞降,方在候旨遵行。想见宵衣劳远望,深惭归路数邮签。"③ 多洞地名,藏语音译。其地人烟寥落,有塘铺,供往来者歇宿,亦称多洞塘。诗歌先写多洞道中景致,再写雪岭悬军日夜盼望军储,而自己因王事踏上归途的心中惭愧。因孙士毅其时还任四川总督,故其常常两地奔忙。其还有《冰海行 并序》诗,序曰:"擦竹卡道中,山凹有湖,周围数十里,冬春冻如平地,可通人马往来,予名之曰冰海。" "擦竹卡" 为地名,藏语音译。多

---

① 参见 [清] 孙士毅《百一山房诗集》(清嘉庆二十一年刻本) 卷十,页一下二上,见国家清史编纂委员会·文献丛刊《清代诗文集汇编》(第347册),上海古籍出版社2010年版,第579~580页。
② 陈观浔:《西藏志》,巴蜀书社1986年版,第127页。
③ [清] 孙士毅:《百一山房诗集》(清嘉庆二十一年刻本) 卷十,页八下,见国家清史编纂委员会·文献丛刊《清代诗文集汇编》(第347册),上海古籍出版社2010年版,第583页。

洞至拉里必经之地。诗序解释了题目的来历。诗曰："山凹平湖四十里，直下黄泉冻连底，寒冰如海海水深，长风东来吹不起。迳渡肯数黄河桥，中流突兀冰柱高，马行不怕四蹄滑，车轮啮啮成冰槽。蛟宫不开贝阙掩，似入凌阴凝溓溓，人间霜雪不觉寒，世上风波讵称险。冻云不散连愁烟，沤此万顷琉璃田，白日下射作寒色，倒影定亦成冰天。我行海上弄残月，寒气中人砭肌骨，蛟龙僵卧过三春，六月雷霆破冰出。"①诗歌用了黄泉，又用蛟宫，既突出了冰海之深，又赞美其奇美仿佛龙宫，这里真是既"不觉寒"，又"讵称险"，从记载"冬春冻时，如履平地，成为大道，行人殆有不知其为湖者"看，所有"中流突兀冰柱高，马行不怕四蹄滑""车轮啮啮成冰槽""沤此万顷琉璃田，白日下射作寒色，倒影定亦成冰天""我行海上弄残月，寒气中人砭肌骨"诸般景色俱是诗人想象，结尾还有更大胆想象"蛟龙僵卧过三春，六月雷霆破冰出"。夏秋之候，复为海子，"沿边而行，其路最险"。全诗充分展示了想象之能事，将一盐湖冻结的景象写得真切动人，大有引人入胜之概。《西藏图考·西藏程站考》载："五十里至阿咱一作阿杂。有塘铺，碟巴供役。再行三十里，有海，长四十余里，俗传有独角兽，颇为怪。"②孙士毅还有《阿咱山下海子歌》长诗，《西藏纪游》卷一载："蛮地凡潴蓄之水皆称海子云南亦然，以其少者而名之也，贵州则称山为坡，以其多者而名之也，冬夏不涸。山巅俱有之，大小不等。拉里一海子广三四里，袤四十余里，行人沿海而过，波涛澎湃，俨然大泽。土人云中有神物，非龙非马，风雨晦冥，间出为患，以哈达及章噶藏地所用银钱，番语章噶投水禳之，怃即引去。过客衔枚急走，相戒不得欬唾。予经过六次，每令仆人拍手歌呼，竟无他异。惟瓦合山一海，周围不及二里瓦合之西为瓦合寨，此海在瓦合寨之东、牛粪沟之西，同行者相顾愕眙，禁勿语。予谓俗语不实，令从人高唱，忽风雹大作，面目几

---

① [清]孙士毅：《百一山房诗集》（清嘉庆二十一年刻本）卷十，页九上，见国家清史编纂委员会·文献丛刊《清代诗文集汇编》（第347册），上海古籍出版社2010年版，第583页。

② [清]黄沛翘：《西藏图考》，西藏人民出版社1982年版，第98页。

败,踉跄策马二十余里至瓦合寨宿焉。询之后来诸伴,则风日晴朗,并无雹异。盖口外数百里不见人烟,深山大泽有物凭焉,未可知也。既而思之,人为三才之中,人之聚处,则天地气通。口外人踪绝少,天地气郁,故一刻之间风、霾、雪、雹、雨、霰,猝然并集,不足怪也。"① 诗从混沌初开说起,"混沌何年凿海眼,山灵乞哀不得免",山灵虽不想要海子,但海眼已凿终不能免。"一泓海水青接天,阅尽桑田几清浅"此诗句学李贺,非常有气概,写尽沧海桑田。这海水从哪来?"昔闻三池龙所宫,不干不溢绵春冬",龙王如何来分这海水,"其间划分上下中,龙之眷属皆分封",水的面积"此水西来抱山趾,一碧溶溶四十里",水质非常清纯,够洗浴龙子的条件"璇源不许别派连,要蓄清冷浴龙子"。人人从这儿过都要缓行、噤声,如果"不然晦明风雨作,咫尺不见前驱旌",水大而生怪兽"或云其下最深广,孕育文犀高十丈",传说中的"仙人跨背时出游,海立云垂山震荡",也有人说此水深处通蛟龙之宫,"金堂贝阙辉瞳眬,夜静往往发光怪,明珠之烁珊瑚红",天黑之后常常发为荧光。"我来昏旦无此异,但见四围落空翠",诗人来的时候是黄昏,没有看到此异光,只看到周围到处落满空翠。"昨从阿耨探恒沙,香南手扢青莲花。"自注:"甫自藏江东还。"用佛教典故赞美此湖能使人顿悟。"欲从织女乞机石,贯月那得仙人槎"用神话赞美此湖就像银河,织女星、月亮都在其上漂浮。"作歌未竟已偃仰,梦入洪涛狎象罔",作歌时就已很快乐,梦里面更是有象罔之力。"潮鸡喔喔促严程,海面无波月初上。"② 随着潮水上涨鸡也发出啼叫声,海面平静月亮从水面上升起。全诗语言优美,意境雄奇,将海子与海紧紧连起,神话的、佛学的典故运用信手拈来,诗歌充满了浓烈的文化气息和昂扬向上的精神力量。《西藏纪游》卷一载:"海子之大者,以浪噶孜为最

---

① [清]周霭联:《西藏纪游》,张江华、季垣垣点校,中国藏学出版社2006年版,第23页。
② [清]孙士毅:《百一山房诗集》(清嘉庆二十一年刻本)卷十,页九下、十上,见国家清史编纂委员会·文献丛刊《清代诗文集汇编》(第347册),上海古籍出版社2010年版,第583~584页。

巨，为后藏之大路。绕海边行，须两日之程，对望不过数十里。番人有步行拜阁落者，周回须月余之程。对面有庙宇，住江珠胡图克图，盖女身，其徒亦女尼云。"① 阿咱山山名，藏语音译。《卫藏通志》载：由阿咱山"再行三十里，有海子，长四十余里，俗传有独角兽，颇为怪"②。孙士毅的诗中亦有描写。

孙士毅接着写有《常多道中居人以树皮为屋》："山深人迹稀，生不识陶瓦，居民八九家，土室聚荒野。层层树皮覆，杂置椵与櫍，不畏狂飙掀，却宜急雨洒。容膝得自然，安身亦聊且。妇子皆恬熙，此中即丰厦，玉帐森波卢，金殿炫兰若。何如屋数间，无冻者喝者，吾思汉阴叟，盖头茅一把。"③ 常多，藏语地名音译，在拉里至江达道中。《卫藏通志·程站》载：常多"天时常如冬，山皆不毛，有塘铺，居人以树皮为屋，仅数间，炊烟冷落，属江达"④。诗以藏族群众的树皮屋为描述对象，赞美了其"不畏狂飙掀，却宜急雨洒。容膝得自然，安身亦聊且"的作用，家庭和谐"妇子皆恬熙，此中即丰厦"，只要"无冻者喝者"，那玉帐、那金殿"何如屋数间"。这样的居住环境让诗人想起仿佛神仙的"汉阴叟"，"盖头茅一把"。全诗赞美藏族群众虽生活简朴，而乐在其中的乐观主义精神。还有《常多塘夜雨宿蛮民黑帐房》诗：⑤ "冒雨渡江津，千山夜色屯，涛声围黑帐，爨火杂青燐。眼望流亡复，时蛮民因避兵迁徙，心驰捷报频，梦中还草檄，敢脱虎纹巾。"诗写常多塘夜雨住宿藏族群众黑帐篷的一段经历，并写自己梦中不忘战争，还在草檄，和渴望胜利的情形。《西藏图考·西藏程站考》载："共六十里至常多一作昌多。……有

---

① ［清］周霭联：《西藏纪游》，张江华、季垣垣点校，中国藏学出版社2006年版，第24页。
② 《卫藏通志》卷四，西藏人民出版社1982年版，第239页。
③ ［清］孙士毅：《百一山房诗集》（清嘉庆二十一年刻本）卷十，页十上，见国家清史编纂委员会·文献丛刊《清代诗文集汇编》（第347册），上海古籍出版社2010年版，第584页。
④ 《卫藏通志》卷四，西藏人民出版社1982年版，第239页。
⑤ 参见［清］孙士毅《百一山房诗集》（清嘉庆二十一年刻本）卷十，页十下，见国家清史编纂委员会·文献丛刊《清代诗文集汇编》（第347册），上海古籍出版社2010年版，第584页。

碟巴供给乌拉。"① 《西藏道路交通考》载:"过宁多塘至江达汛。其间四时皆冬,积雪甚厚,山皆不毛,且多烟瘴,江达地方亦甚险要。"② 孙士毅的《自江达至顺达循河行六十里》:"夜宿水声中,朝行水声里,水声从何来,西流下如驶。残星共月沉,晓烟作云起,水平渐无声,惟见波沵沵。白石纷可数,清流忽见底,方思故人书,时见一双鲤。濒河路平坦,颇足容方轨,我行从东来,遵陆亦循洨。军纪部伍肃,鱼贯顺迤逦,健儿好身手,一一鱼支鞞。河流归藏江,计日达军垒,慷慨暮年心,据鞍空拊髀。临水照尘颜,头颅已如此。"③ 诗歌一上来连用三个"水声",确定了本诗浓郁的民歌色彩,接着用流畅而简易的文字写景,然后用"方思故人书,时见一双鲤"表达思乡之情,接着回忆"我行从东来,遵陆亦循洨",赞美清朝大军"军纪部伍肃,鱼贯顺迤逦,健儿好身手"并"计日达军垒",诗人终于想起了自己的年龄,那时诗人已73岁,所以有结尾的诗句"慷慨暮年心,据鞍空拊髀。临水照尘颜,头颅已如此"。一种沧桑之感跃然纸上,但骨子里还是"慷慨暮年心",为国家真是老当益壮。《西藏图考·西藏程站考》载:"江达在拉里西南,……凭山依谷,形势险要,有工布碟巴供给差役。沿河而下,六十里至顺达,有塘铺。沿沟而进,河道分流,林木阴翳。一百里至鹿马岭一作六马岭,有塘铺。山高无险阻,约四十里,视前历之冰雪,崚嶒怵心刿目者,居然平易矣。"④ 孙士毅还有《月夜行鹿马岭道中》:"踏遍千峰万峰雪,夜行忽见林梢月,月光照雪雪逾寒,雪中见月月尤洁。深林古木木叶稀,萧萧惯学寒鸦飞,飞鸦忽向马前堕,尚带残雪飘征衣。十里五里行不已,万朵芙蓉生脚底,出林明月能随人,满地寒光如泼水。连风振木驰奔涛,鸷鸟格格惊离巢,北斗阑干西堕海,举头惟见

---

① [清]黄沛翘:《西藏图考》,西藏人民出版社1982年版,第98页。
② 陈观浔:《西藏志》,巴蜀书社1986年版,第127页。
③ [清]孙士毅:《百一山房诗集》(清嘉庆二十一年刻本)卷十,页十下、十一上,见国家清史编纂委员会·文献丛刊《清代诗文集汇编》(第347册),上海古籍出版社2010年版,第584页。
④ [清]黄沛翘:《西藏图考》,西藏人民出版社1982年版,第99页。

青天高。青天高高月在顶,四顾苍茫欲无影,冻云冰裂凝不流,人马无声惟一冷。前军诸将皆无双,月中曾否羌儿降,皮船泛月定奇绝,来夕吾渡乌苏江。"① 鹿马岭,据《卫藏通志》载:"鹿马岭,番名蒲葛仓,在江达西,绵长平坦,上下约四十里,风烈异常,无多积雪,微有瘴气。"② 诗一开头就抓住雪、月两个意象来组织诗句,诗歌的开头有唐张若虚长诗《春江花月夜》的感觉,接写木叶飞落、雪飘征衣,诗人眼中出现雪夜美景"十里五里行不已,万朵芙蓉生脚底,出林明月能随人,满地寒光如泼水",月大明,惊醒山鸟,诗人举头望天,天上美景"北斗阑干西堕海,举头惟见青天高。青天高高月在顶,四顾苍茫欲无影",大军前进,寂静无声,"人马无声惟一冷",在这月明之夜前军作战是否顺利,"前军诸将皆无双,月中曾否羌儿降",皮船在夜里渡江一定是奇绝美景,第二天晚上,就要渡过乌苏江。全诗写月夜下雪中美景,意境阔大、语言平易精美,也许在朗月的照射下,诗不管是写景,写思虑,还是写计划,都有一种空灵之美。《西藏纪游》卷一载:"鹿马岭山不甚高,绵亘百余里,四时积雪兼有烟瘴凡边地太热则有烟瘴,谓瘴起如烟也。藏地无冬夏皆积雪,亦有烟瘴,此理殊不可解,大约无人居之故耳。予经过六次,天气阴惨,非雾非烟,苔厚尺余,并无路径,似鸿荒以来从未开辟之地,人迹未尝一至者。时胡雪方云:幸有吾两人同行,否则疑入冥间矣!此语酷肖。度岭而西至西藏,约七日程。至工布江达地方,约二日程。闻岭北有敌工隘,以拒准噶尔。因山设险,立桥为防,为西藏咽喉之地。"③ 杨揆亦有《禄马岭》诗:"层冰何峥嵘,峭壁立千丈,集霰初濛濛,俄惊雪如掌。延缘苦颠踬,推挽失依仗,徒侣皆腭眙,呼声应岩响。艰难到绝顶,俯瞰弥震荡,凌风一振衣,十指若

---

① [清]孙士毅:《百一山房诗集》(清嘉庆二十一年刻本)卷十,页十一上下,见国家清史编纂委员会·文献丛刊《清代诗文集汇编》(第347册),上海古籍出版社2010年版,第584页。

② 《卫藏通志》卷四,西藏人民出版社1982年版,第239页。

③ [清]周霭联:《西藏纪游》,张江华、季垣垣点校,中国藏学出版社2006年版,第31页。

槌僵。所幸趋归程，鼓气能勇上，地险心则夷，毋为惮劳攘。"① 禄马岭又作鹿马岭，藏名音译，其山藏名"工布巴拉"，在江达（即工布江达）与墨竹工卡之间。《西藏图考》卷五载："禄马岭山在江达西，山颇平坦，上下四十余里至磊达塘站。"② 杨揆出藏，禄马岭的艰险亦写得惊心动魄。诗一开始即夸张艰险"层冰何峥嵘，峭壁立千丈，集霰初濛濛，俄惊雪如掌"，帮夫徒侣相互扶持艰难行进，"延缘苦颠踬，推挽失依仗，徒侣皆腭眙，呼声应岩响"，到顶之后的幽默"艰难到绝顶，俯瞰弥震荡，凌风一振衣，十指若槌僵"，诗人刚想潇洒一下，立即十指受到惩罚。所幸已是回归之路，"地险心则夷""鼓气能勇上"。杨诗虽没有孙诗的意境之美，但亦写出行路中的一段真实。《西藏纪游》卷一载："鹿马岭之东麓为鹿马塘，凡西行过岭者于此小憩焉。自出打箭炉口，凡塘兵必坐蛮丫头，不独资其炊汲，即有邮报过站或值夜深雪大不识路径，其女即策马代兵驰递，予曾亲见之。是以驻藏兵丁例得期满换班，亦有届期不愿更换、甘心老死口外者，至五六十岁以外，其饮食起居、语言、状貌与番人无异。"③

孙士毅有《月夜乘皮船渡乌苏江》④："乌苏江水从东来，西流直下白楮河，天山雪水进春涨，怒涛激涌生盘涡。秦皇观日不到此，鞭笞那得驱鼋鼍，楼船下濑远难致，并无水马驰雕戈。汝作舟楫革代木，中流抛掷如飞堶，我行万里惯江海，作镇不仗神女螺。西行乘此已再历，趺坐稳比安乐窝，划空双桨学鱼翼，便冲逆浪横惊波。今夕何夕月正望，水底一镜方新磨，我舟状亦类偃月，半轮秋影光相摩。

---

① ［清］杨揆：《桐华吟馆诗稿》（清嘉庆十二年刻本）卷八，页十六上，见国家清史编纂委员会·文献丛刊《清代诗文集汇编》（第457册），上海古籍出版社2010年版，第348页。

② ［清］黄沛翘：《西藏图考》，西藏人民出版社1982年版，第143页。

③ ［清］周霭联：《西藏纪游》，张江华、季垣垣点校，中国藏学出版社2006年版，第32页。

④ ［清］孙士毅：《百一山房诗集》（清嘉庆二十一年刻本）卷十，页十一下、十二上，见国家清史编纂委员会·文献丛刊《清代诗文集汇编》（第347册），上海古籍出版社2010年版，第584~585页。

微波不生印空碧,顾影愧此黄发皤,击楫所思效祖逖,据鞍未许同廉颇,太白睒睒星挂树,岸旁髡柳摇毵影。"诗先写乌苏江流向、水势,然后引入历史的时空"秦皇观日不到此,鞭笞那得驱鼋鼍",再引入神话的意象"并无水马驰雕戈",直接描写皮船"汝作舟揖革代木,中流抛掷如飞堶",写乘皮船的感觉"趺坐稳比安乐窝,划空双桨学鱼翼",月明之夜的美景"今夕何夕月正望,水底一镜方新磨,我舟状亦类偃月,半轮秋影光相摩",在水中不免映出老态"微波不生印空碧,顾影愧此黄发皤",用历史上的英雄人物以自励"击楫所思效祖逖,据鞍未许同廉颇",诗歌收束在一个张若虚《春江花月夜》般的朦胧的结句"太白睒睒星挂树,岸旁髡柳摇毵影"。全诗取类比象、描画细致、刻写生动,将乌苏江的皮船的特点和乘坐的感觉都写得准确如画,并写了月下江景和诗人志在千里的愿望。此诗与《月夜行鹿马岭道中》构成了一组意境互相辉映的诗篇。《西藏图考·西藏程站考》载:"乌苏江水势平缓,顺河西行,虽僻处一隅,而程途夷坦,迥异前险。……七十里至墨竹工卡,有塘铺,碟巴给役。"① 其《墨竹工卡道中》:"万里事长征,关山方夜行,冻星秋不落,冷月夜还生。地险长榆塞,军威细柳营,只应擒日逐,早晚阵云平。"② 墨竹工卡,宗(县)名,藏文音译,意为古老富裕之地。为工布江达至拉萨道中要地,交通要冲。诗歌首句学《木兰辞》"万里赴戎机,关山度若飞",全诗有民歌风味,语言平易,意境清浅,由道中景,到细柳营,到擒日逐,到阵云平,充满胜利的信心。《西藏图考·西藏程站考》载:"墨竹工卡正北接察木多草地之路,其水向西流至藏,即藏河也,水驿有皮船。"③ 孙士毅有《藏江以皮船济渡

---

① [清]黄沛翘:《西藏图考》,西藏人民出版社1982年版,第100页。
② [清]孙士毅:《百一山房诗集》(清嘉庆二十一年刻本)卷十,页十二上,见国家清史编纂委员会·文献丛刊《清代诗文集汇编》(第347册),上海古籍出版社2010年版,第585页。
③ [清]黄沛翘:《西藏图考》,西藏人民出版社1982年版,第100页。

戏成四言四章》，其二：①"刳木为舟，易之以革，十笰三弓，莫嫌踞踏。"诗写皮船的建造和特点。其三："公无渡河，望洋而叹，公竟渡河，喜登彼岸。"②诗由乐府歌辞名起句，表达了由叹到渡到登彼岸的喜悦，有一定的哲学意味。杨揆也有《渡藏江》："昔渡藏江来，今渡藏江去。江流逐归心，日夜方东注。临歧转惆怅，经岁此留住。浮屠三宿缘，何日是归处。回首盼华严，天花散如雨。是日大雪。尘根殊未净，初地宁易遇。弹指去来今，羁怀共谁语。"③诗歌围绕着"归去"组织，时间如逝，有来有去，全诗实写渡藏江感受，也有一定哲学意味。周霭联"于壬子秋自藏返辔，《渡藏江诗》：'牛皮稳载胜瓜皮，如练澄流鉴鬓丝。浪党山名，下为色拉寺晓烟笼殿阁，和门残月照旌旗。壮游一霎成陈迹，佛地重经复几时。传语诸蛮休送远，簞［箪］醪好待凯旋师。'未几，复至西藏，始悟'佛地重经'一语竟成诗谶"④。诗歌起于幽默，终于豪情。周因是返程诗，不免有感慨"壮游一霎成陈迹，佛地重经复几时"，谁想未几，诗人又至西藏，始悟此句是诗谶。可见西藏已与诗人命运相连。

孙士毅有《拉木塞箭头寺小憩，寺门阵兵器及猛兽像，盖红教也》："舍卫应同旨，分支忽异装，到门钟乍吼，登阁剑含铓。十八天魔舞，僧皆娶妻生子。三千弟子行，寺僧甚众。爪牙空尔利，护法笑贪狼。"⑤拉木塞地名，在墨竹工卡至德庆道中。《卫藏通志·程

---

① ［清］孙士毅：《百一山房诗集》（清嘉庆二十一年刻本）卷十，页十三上，见国家清史编纂委员会·文献丛刊《清代诗文集汇编》（第347册），上海古籍出版社2010年版，第585页。

② ［清］孙士毅：《百一山房诗集》（清嘉庆二十一年刻本）卷十，页十三下，见国家清史编纂委员会·文献丛刊《清代诗文集汇编》（第347册），上海古籍出版社2010年版，第585页。

③ ［清］杨揆：《桐华吟馆诗稿》（清嘉庆十二年刻本）卷八，页十五下、十六上，见国家清史编纂委员会·文献丛刊《清代诗文集汇编》（第457册），上海古籍出版社2010年版，第348页。

④ ［清］周霭联：《西藏纪游》，张江华、季垣垣点校，中国藏学出版社2006年版，第89页。

⑤ ［清］孙士毅：《百一山房诗集》（清嘉庆二十一年刻本）卷十，页十三下，见国家清史编纂委员会·文献丛刊《清代诗文集汇编》（第347册），上海古籍出版社2010年版，第585页。

站》载：其地"有房屋，柴草稀少，寺院幽敞，人稠地广"。红教即藏传佛教宁玛教派。宁玛，意为"古"或旧，该派尊奉8世纪印度高僧莲花生入藏所传密咒和修习传承。因其僧人头戴红色僧帽，故俗称"红教"。红教僧人可以娶妻生子，一般有家室。诗写红教"分支忽异装""十八天魔舞，三千弟子行"，寺僧习武"爪牙空尔利，护法笑贪狼"。全诗写出红教与黄教的不同，尚武、娶妻生子、异装，修行独特。《西藏图考·西藏程站考》载："四十里至拉木。一作纳磨。……绕河而下，五十里过占达塘。复西行，三十里至德庆。"①孙士毅还有《德庆禅寺古松一株高三十丈，围数抱，不知何代物》："龙鳞忘岁月，霜雪老江村，哙等知难伍，公乎孰比尊。皮皴饶节目，盖偃荫儿孙，巢鹤归何晚，山僧锁洞门。"② 德庆地名，藏语音译。在墨竹工卡至拉萨道中。《西藏图考·西藏程站考》载："德庆其地多候馆，往来者恒栖止之，路旁有塘铺。"③ 诗写一古松，"龙鳞忘岁月，霜雪老江村"，以拟人化方式表达对古松的崇敬"哙等知难伍，公乎孰比尊"，实写"皮皴饶节目"，拟人"盖偃荫儿孙"。结句以幽默方式收束"巢鹤归何晚，山僧锁洞门"。全诗表面写树，实则拟人，包含较深意味，互相印证，蕴藉深远。其《神堤行 并序》，序曰："前藏旧有城廓，康熙中定西将军改筑石堤，内围布达拉，外遏恒河，约三十里，番民称为神堤，每岁正月增修之。"序写拉萨神堤来历。《西藏图考》卷五介绍得更清晰："喇萨城在四川打箭炉西北三千四百八十里，本无城，有大庙，土人共传，唐文成公主所建。今达赖喇嘛居于此，有五千余户，所居多二三层楼，遇有事即保守此地。其余凡有官舍、民居之处，于山上造楼居，依山为堑，即谓之城。按《旧唐书·吐蕃传》：'其国都号逻些城'。逻些于唐古特语为喇萨，是前藏有城也。《西藏志》：喇萨旧有城，康熙六十年定西将

---

① ［清］黄沛翘：《西藏图考》，西藏人民出版社1982年版，第100页。
② ［清］孙士毅：《百一山房诗集》（清嘉庆二十一年刻本）卷十，页十三下、十四上，见国家清史编纂委员会·文献丛刊《清代诗文集汇编》（第347册），上海古籍出版社2010年版，第585～586页。
③ ［清］黄沛翘：《西藏图考》，西藏人民出版社1982年版，第100页。

军策旺诺尔布毁之,改筑西南石堤,以遏藏江之水。"① 诗曰:"筑神堤,神堤何高高,内卫布达蝉联之佛寺,外障恒河不绝之奔涛。筑神堤,神堤何繇繇,煮沙烝土牢且坚,老僧指说康熙年,平川隐起苍龙脊,鬣鬣龙鳞森白石。神堤之筑始何人,桓桓将军定西策,将军筑堤不筑城,堤身高与城头平。筑堤定比筑城好,天西万里长偃兵。神堤有神神所使,横亘东西三十里,年年正月修神堤,仍从朗路山前起。"② 此歌行体诗赞美了神堤的价值和意义,并叙说建成时间、建成人,最后赞美"筑堤定比筑城好,天西万里长偃兵",年年要修,"年年正月修神堤,仍从朗路山前起"。诗人借神堤抒发"筑堤定比筑城好,天西万里长偃兵"这一人们共有的理想。此诗显示了盛世鼎盛的神韵。孙士毅还写有《札什城》:"皇威远被万方平,绝域新开细柳营,青海近连都护府,玉关遥接受降城。星移七萃劳诸将,棊布三屯拥重兵,从此天西长底定,侭消金甲事春耕。"札什城,清军在拉萨北郊的驻防之地。《西藏图考》卷五载:"在喇萨南七里,汉兵所居,傍有演武场。"③ 诗前两联赞美札什城这一清军驻防营盘的坚固,用历史的典故来概括意义,后两联写在强大军事"移七萃劳诸将,棊布三屯拥重兵"的保护下"从此天西长底定,侭消金甲事春耕",西藏一派安定发展的景象。《西藏道路交通考》载:"经乌苏江再往西行,道路稍平,过菜里即达拉萨。地势平坦,一水中贯,自东而流西南,俗云'水朝西流'即此也。四山环拱如城,藏风聚气,四时温暖;冬来雪少,春至则花开;桃红柳绿,古柏乔松;僧舍梵林,风景绝佳,故有西方极乐之名。"④ 从打箭炉经昌都至拉萨的这一路线几乎无一处不咏留有进藏纪行诗,其中不乏名篇佳作,值得细析、鉴赏。

---

① [清]黄沛翘:《西藏图考》,西藏人民出版社1982年版,第143页。
② [清]孙士毅:《百一山房诗集》(清嘉庆二十一年刻本)卷十,页十四上下,见国家清史编纂委员会·文献丛刊《清代诗文集汇编》(第347册),上海古籍出版社2010年版,第586页。
③ [清]黄沛翘:《西藏图考》,西藏人民出版社1982年版,第143页。
④ 陈观浔:《西藏志》,巴蜀书社1986年版,第128页。

川藏道是清代进藏的正驿，留有的纪行诗最多，其描述的沿途站程，与民国之时陈观浔所著《西藏志·西藏道路交通考》吻合程度最高，足证这条路线历百数十年未有大变化。

　　第二条道路由青海西宁经当拉以通拉萨，即青藏道。往昔以此道为正驿，此道开辟最早，其全线拓通，经历漫长的历史过程。到了唐代，自长安经由鄯城（今西宁）入蕃直通逻些（今拉萨）之唐蕃古道形成后，其所经路线，虽后世多有调整变化，但总体走向呈现相沿之势。清代的青藏道即是建在唐蕃古道的基础之上的。由此路线进藏，比之川藏正驿，其行程稍近，然荒凉少人，食宿均感不便。不过，考虑到军情紧急，军行的疾速，康雍乾三代几次用兵西藏，大军还是由此道进藏的。杨揆作为福康安亲信幕僚随军进藏走的就是这条路线，《西藏纪游》卷三载："廓尔喀之役，四川汉土官兵由打箭炉出口，福嘉勇公领索伦兵出西宁口，取道青海，由喀喇乌苏至多鲁巴图鲁，即西藏境。此一路较捷于打箭炉也。"①《西藏图考》只记清代正驿，此路线居然失载。陈观浔《西藏志》记载的程站与杨揆所咏藏事纪行诗所显示地名的差距过大，对比一下，可见其不同。《西藏志》记载由西宁过栋科尔前进，沿途经16站，皆为游牧种族所居。"……由特门库珠起，以下三十一站为青海所属土司地。……由当拉至哈喇乌苏营间，以其属于怒江上游，故河水漾洄，沿途渡其支流甚多。……由哈喇乌苏营，而渡玉克褚河，以达固瓦褚察也，是曰乌苏大道，为青海、西藏往来要冲，昔准噶尔侵入西藏，即取道此。由固瓦褚察过朗里山至仲喇库。由隆噶尔玛至错罗鼐间，有卓孜山之险。由是至拉康洞四站，为阿嘉呼图克图之管辖地，路亦平坦。由伦珠宗而南，经嘉冲、嘉里、察木、萨木多岭，即达拉萨。此一带系属于米

---

① ［清］周霭联：《西藏纪游》，张江华、季垣垣点校，中国藏学出版社2006年版，第91页。

底克藏布江之水域，河流纵横。"① 杨揆《夜宿东科尔寺》② 与《西藏道路交通考》记载"西宁过栋科尔前进"的"栋科尔"应在一地。东科尔寺，藏传佛教寺庙，在今青海湟源县境内，寺名全称"东科尔具善法轮寺"，始建于清顺治五年（1648年）。其《日月山》诗，③ 未见记载，日月山现在青海青海湖东南部，呈北北西走向，海拔4000米左右，由红色砂页岩构成，主峰在湟源县南。是祁连山脉组成部分，东延湟水与黄河之间，称拉脊山。唐称赤山，传说唐文成公主远嫁吐蕃松赞干布，行至山顶，摔碎宝镜，变成两座大山，故称之为日月山。其《青海道中》④ 与《西藏道路交通考》记载"以下三十一站为青海所属土司地，沿道概系野番聚落"应在一地。《夜行多伦诺尔道中》⑤、"多伦诺尔"《西藏道路交通考》未见著录，《昆仑山》⑥ 未见著录，《穆鲁乌苏河　俗名通天河》⑦ 中的"穆鲁乌苏河"、《星宿海歌　即火敦脑儿》⑧ 中的星宿海均未见著录，《察罕鄂

---

① 陈观浔：《西藏志》，巴蜀书社1986年版，第129页。

② ［清］杨揆：《桐华吟馆诗稿》（清嘉庆十二年刻本）卷七，页二上下，见国家清史编纂委员会·文献丛刊《清代诗文集汇编》（第457册），上海古籍出版社2010年版，第332页。

③ 参见［清］杨揆《桐华吟馆诗稿》（清嘉庆十二年刻本）卷七，页二下，见国家清史编纂委员会·文献丛刊《清代诗文集汇编》（第457册），上海古籍出版社2010年版，第332页。

④ ［清］杨揆：《桐华吟馆诗稿》（清嘉庆十二年刻本）卷七，页二下、三上，见国家清史编纂委员会·文献丛刊《清代诗文集汇编》（第457册），上海古籍出版社2010年版，第332页。

⑤ ［清］杨揆：《桐华吟馆诗稿》（清嘉庆十二年刻本）卷七，页三下、四上，见国家清史编纂委员会·文献丛刊《清代诗文集汇编》（第457册），上海古籍出版社2010年版，第332～333页。

⑥ ［清］杨揆：《桐华吟馆诗稿》（清嘉庆十二年刻本）卷七，页四上下，见国家清史编纂委员会·文献丛刊《清代诗文集汇编》（第457册），上海古籍出版社2010年版，第333页。

⑦ ［清］杨揆：《桐华吟馆诗稿》（清嘉庆十二年刻本）卷七，页五上下，见国家清史编纂委员会·文献丛刊《清代诗文集汇编》（第457册），上海古籍出版社2010年版，第333页。

⑧ ［清］杨揆：《桐华吟馆诗稿》（清嘉庆十二年刻本）卷七，页六下、七上，见国家清史编纂委员会·文献丛刊《清代诗文集汇编》（第457册），上海古籍出版社2010年版，第334页。

尔济道中除夕书怀二十韵》① 之"察罕鄂尔济"未见著录,《彭多河》② 未见著录。杨揆所重点吟咏的与陈观浔的《西藏志》所著录的,只有两处相同,相同率不足 1/3,由此可见从乾隆时期到民国由青海一路进藏的主要站程或名称变化较大。

总体而论,清代清藏道的纪行诗,数量上远不如川藏道纪行诗多,而名篇佳作实不在其下,如第三章第二节所述论的杨揆的《青海道中》《昆仑山》《穆鲁乌苏河》《星宿海歌》等篇即是。

第三条道路由云南大理至西藏洛隆宗,以通拉萨。即滇藏道,开辟亦很早。此道在青藏高原东南部的横断山脉地区,虽山高谷深,但其江河峡谷成为古代人们天然的通道。唐代吐蕃通往南诏之道,就是沿江河充分利用峡谷这一走廊的。雍正六年(1728 年),因西藏噶伦阿尔布巴谋害首席噶伦康济鼐和进攻噶伦颇罗鼐而引发的卫藏战乱,毛振翮被派遣督运入藏滇军粮草至察木多,遂有诗纪其行、志其事。由云南入西藏有二道:一为经天竺寨、察木多者。其道路虽稍宽大,然所过高山大川,盗匪出没,常为旅人害。一为经中甸、卜自立、阿敦子、擦瓦岭,达洛隆宗者。此道高坡峻岭、鸟道崎岖,几为人迹所难到,然以其较近,旅行者往往由此。此间一般地势蜿蜒,由北奔赴于南,而成怒江、澜沧江、金沙江之分水界。其谷地即属于以上诸大河之流域,但山障岳迭,平原甚少,而道路亦即贯通于此万山环围之中,山径狭隘,其最甚处,不过一尺余宽,故崎岖险阻,辎重、炮车所难通行,运输悉赖畜力。沿途人烟稀少,虽有二三村镇,然皆穷壤僻陬,不足供行旅之需用,殆无异于孤行荒凉无人之境。中间跋山逾岭,每遇大江横断,为旅行困难,真有出人想象外者。③ 而当时任云南阿迷州知州的成都人毛振翮就是走的这条路。据《西藏图考》卷

---

① [清] 杨揆:《桐华吟馆诗稿》(清嘉庆十二年刻本)卷七,页七下、八上,见国家清史编纂委员会·文献丛刊《清代诗文集汇编》(第 457 册),上海古籍出版社 2010 年版,第 335 页。

② [清] 杨揆:《桐华吟馆诗稿》(清嘉庆十二年刻本)卷七,页十一上,见国家清史编纂委员会·文献丛刊《清代诗文集汇编》(第 457 册),上海古籍出版社 2010 年版,第 336 页。

③ 参见陈观浔:《西藏志》,巴蜀书社 1986 年版,第 130 页。

八载:"雍正六年正月初九日委翱治粮察木多,三千三百余里,溜索偏桥,流沙积雪,种种惊心,不可指屈。抵察台后,收前交胡土克图米一千二百一十一石,甸、墩运至米二千石。及众番目往见,则大沛恩膏,频加优赍,举寺喇嘛咸拜大皇帝之赐也。"① 毛振翱的队伍不但安全到达,而且居然成功运送了大量军粮,创造了奇迹,而且一路上写有纪行诗。其纪行诗以七绝和七律为多,注重现实描述,诗句平易清新。如《崩子栏早发》:"村南村北尽鸡声,又向征夫促起程。恨是隔林滩不断,潺潺一夜梦难成。"②《三岔河》:"鸟道纡回千里长,征骓何幸得康庄。草青平野牛羊牧,穴满荒原狐兔藏。路远常愁疲马毙,瘴凌真赖此身强。秋毫咸拜君王赐,绝域生还仗彼苍。"③

　　陈观浔的《西藏志》记载此条由云南到西藏的路线是这样的:由大理经邓川而北行至剑川,更东北至阿善驿,由阿善渡金沙江之左岸至木楒湾,沿途人烟稀少,多不毛之地。中甸分大、小二区,相距50里。由中甸经西汤碓至桥头港。自此至卜自立之间约60里,越一山,路极险峻。卜自立为一大驿站,土人成一聚落,风俗亦善良。由卜自立至杵臼间颇多森林,风景绝佳。由杵臼至龙树塘间,逾雪山之坡路,山虽不甚高峻,然连亘300余里。由龙树塘至阿敦子间,为水湿卑下之地,湿气蒸发,有害健康。由多木渡江至梅李树,即澜沧江之上游,水势奔腾,难通舟筏,仅架粗糙浮桥以通往来。至当雨后,或暮春雪消之际,水量增加,浮桥每至冲断。土人用絜竹索于两岸,以木制溜筒,紧缚皮带于腰部,一溜而过,所谓"悬渡"是也。俗谓之"溜筒江"。由梅李树至必兔百余里,道路险绝。由必兔经多台至煞台约60里,由临米至江木滚间,有小雪山,为50余里之坡路,甚倾斜,路程须一日。由此至札乙滚,沿途人民已成聚落。至热水塘,仅有相当窄之径可通。经烈达至擦瓦岗至塔石间,沿途虽略有

---

① [清]黄沛翘:《西藏图考》,西藏人民出版社1982年版,第231页。
② 毛振翱:《半野居士集》(清乾隆刻本)卷四,页十一上,见《清代诗文集汇编》(第457册),上海古籍出版社2010年版,第402页。
③ 毛振翱:《半野居士集》(清乾隆刻本)卷四,页十九上,见《清代诗文集汇编》(第457册),上海古籍出版社2010年版,第406页。

人家，然全在山间僻壤之地。由此至瓦河间，人烟全断。由瓦河至洛隆宗沿途村落，处处散点，颇多树木，土地亦膏沃。过此即与打箭炉通拉萨道合路。① 毛振翧的纪行诗《渡金沙江》②之金沙江，其地陈观浔《西藏志》有记载；《次三家村小楼望雪山》③，此雪山是否龙树塘之雪山，待考；《十二阑干》④ 未见记载；《土官村》⑤ 未见记载；《一家人竹枝词》⑥ 未见记载；《热水塘蛮家竹枝词》⑦ 是否是指仅有相当窄之径可通之热水塘，尚待考；《中甸》⑧ 有记载；《宿杵臼》⑨ 有记载；《由木龙树至阿敦子道上》⑩ 有记载；《澜沧行 即溜筒江进西藏道上》⑪ 有记载；《过燕子崖歌》⑫ 未见记载；《梅李树》⑬ 有记载；《自岔河起程欲过箐口为博刀岭雪阻因退宿牛场》⑭ 未见记

---

① 参见陈观浔《西藏志》，巴蜀书社1986年版，第130～132页。
② 毛振翧：《半野居士集》（清乾隆刻本）卷四，页七下，见国家清史编纂委员会·文献丛刊《清代诗文集汇编》（第457册），上海古籍出版社2010年版，第400页。
③ 毛振翧：《半野居士集》（清乾隆刻本）卷四，页八上，见国家清史编纂委员会·文献丛刊《清代诗文集汇编》（第457册），上海古籍出版社2010年版，第401页。
④ 毛振翧：《半野居士集》（清乾隆刻本）卷四，页八上，见国家清史编纂委员会·文献丛刊《清代诗文集汇编》（第457册），上海古籍出版社2010年版，第401页。
⑤ 毛振翧：《半野居士集》（清乾隆刻本）卷四，页九上，见国家清史编纂委员会·文献丛刊《清代诗文集汇编》（第457册），上海古籍出版社2010年版，第401页。
⑥ 毛振翧：《半野居士集》（清乾隆刻本）卷四，页九下、十上，见国家清史编纂委员会《清代诗文集汇编》（第457册），上海古籍出版社2010年版，第401～402页。
⑦ 毛振翧：《半野居士集》（清乾隆刻本）卷四，页十上，见国家清史编纂委员会·文献丛刊《清代诗文集汇编》（第457册），上海古籍出版社2010年版，第401页。
⑧ 毛振翧：《半野居士集》（清乾隆刻本）卷四，页十上下，见国家清史编纂委员会《清代诗文集汇编》（第457册），上海古籍出版社2010年版，第402页。
⑨ 毛振翧：《半野居士集》（清乾隆刻本）卷四，页十一上下，见国家清史编纂委员会《清代诗文集汇编》（第457册），上海古籍出版社2010年版，第402页。
⑩ 毛振翧：《半野居士集》（清乾隆刻本）卷四，页十二上下，见国家清史编纂委员会《清代诗文集汇编》（第457册），上海古籍出版社2010年版，第403页。
⑪ 毛振翧：《半野居士集》（清乾隆刻本）卷四，页十三上下，见国家清史编纂委员会《清代诗文集汇编》（第457册），上海古籍出版社2010年版，第403页。
⑫ 毛振翧：《半野居士集》（清乾隆刻本）卷四，页十四上下，见国家清史编纂委员会《清代诗文集汇编》（第457册），上海古籍山版社2010年版，第404页。
⑬ 毛振翧：《半野居士集》（清乾隆刻本）卷四，页十四下，见国家清史编纂委员会《清代诗文集汇编》（第457册），上海古籍出版社2010年版，第404页。
⑭ 毛振翧：《半野居士集》（清乾隆刻本）卷四，页十四下，见国家清史编纂委员会《清代诗文集汇编》（第457册），上海古籍出版社2010年版，第404页。

载;《趁晓过大白蟒雪山》① 民国记载中只有小雪山,未见陈观浔记载有大白蟒雪山,是否是民国的地理站程的记载漏记,待考;《次甲浪》② 未见记载;《碧兔》③ 碧兔亦常译作必兔,有记载;《多台》④ 有记载;《坝台书怀》⑤ 此坝台是否就是指煞台,待考;《次觉麦》⑥ 未见记载;《乍游滚遇雨》⑦ 乍游滚亦常译作札乙滚,有记载;《木枯》⑧ 未见记载;《次乌鸦寄问活佛》⑨ 未见记载;《擦瓦冈遇蜀将》⑩ 有记载;《三岔河》⑪ 未见记载;《崩打值端阳》⑫ 未见记载;《长川坝三岔河

---

① 毛振翩:《半野居士集》(清乾隆刻本)卷四,页十五上,见国家清史编纂委员会·文献丛刊《清代诗文集汇编》(第457册),上海古籍出版社2010年版,第404页。
② 毛振翩:《半野居士集》(清乾隆刻本)卷四,页十五上,见国家清史编纂委员会·文献丛刊《清代诗文集汇编》(第457册),上海古籍出版社2010年版,第404页。
③ 毛振翩:《半野居士集》(清乾隆刻本)卷四,页十五下,见国家清史编纂委员会·文献丛刊《清代诗文集汇编》(第457册),上海古籍出版社2010年版,第404页。
④ 毛振翩:《半野居士集》(清乾隆刻本)卷四,页十五下,见国家清史编纂委员会·文献丛刊《清代诗文集汇编》(第457册),上海古籍出版社2010年版,第404页。
⑤ 毛振翩:《半野居士集》(清乾隆刻本)卷四,页十六上下,见国家清史编纂委员会《清代诗文集汇编》(第457册),上海古籍出版社2010年版,第405页。
⑥ 毛振翩:《半野居士集》(清乾隆刻本)卷四,页十六下、十七上,见国家清史编纂委员会·文献丛刊《清代诗文集汇编》(第457册),上海古籍出版社2010年版,405页。
⑦ 毛振翩:《半野居士集》(清乾隆刻本)卷四,页十七上,见国家清史编纂委员会·文献丛刊《清代诗文集汇编》(第457册),上海古籍出版社2010年版,第405页。
⑧ 毛振翩:《半野居士集》(清乾隆刻本)卷四,页十八上,见国家清史编纂委员会·文献丛刊《清代诗文集汇编》(第457册),上海古籍出版社2010年版,第406页。
⑨ 毛振翩:《半野居士集》(清乾隆刻本)卷四,页十八上,见国家清史编纂委员会·文献丛刊《清代诗文集汇编》(第457册),上海古籍出版社2010年版,第406页。
⑩ 毛振翩:《半野居士集》(清乾隆刻本)卷四,页十八下,见国家清史编纂委员会·文献丛刊《清代诗文集汇编》(第457册),上海古籍出版社2010年版,第406页。
⑪ 毛振翩:《半野居士集》(清乾隆刻本)卷四,页十九上,见国家清史编纂委员会·文献丛刊《清代诗文集汇编》(第457册),上海古籍出版社2010年版,第406页。
⑫ 毛振翩:《半野居士集》(清乾隆刻本)卷四,页二十上,见国家清史编纂委员会·文献丛刊《清代诗文集汇编》(第457册),上海古籍出版社2010年版,第407页。

下营歌》①未见记载；《龙郸》②未见记载；《木松》③未见记载；《木松复过溜筒江》④溜筒江有记载；《弯腰气候》⑤未见记载；《抵察木多值雨　即驻扎治粮处》⑥已到昌都。这样看来见之于陈观浔《西藏志》记载的地名与毛振翮诗题地名相同的就有一半以上，而且毛振翮的未见记载诗题地名，显然是比陈观浔记载得更细致，可以补相关地理考证之不足。

　　经考察三条进藏路线的经典纪行诗，由四川进藏的藏事纪行诗最丰富，是因为这条路线是清代进藏的正驿。藏事纪行诗的题目、内容与站点和地理考证配合的程度最高，到民国之时路线的主要站点均未有太大的变化。为研究川藏清代至民国历史地理提供丰富资料。另两条路，青海进藏路线的地名变化最大，云南进藏路线的地名变化较大。这两条路的藏事纪行诗也都可以补民国地理考证的不足，对青藏、滇藏历史地理的研究亦具有不可多得的资料价值。

第二节　清代藏事风物诗及藏族文化特性

　　藏事风物诗是清代藏事诗中一个重要组成部分。因藏地风土、风物独特，每与内地迥然不同，所以必然引起诗人的格外关注，此类诗

---

　　① 毛振翮：《半野居士集》（清乾隆刻本）卷四，页二十上下，见国家清史编纂委员会《清代诗文集汇编》（第457册），上海古籍出版社2010年版，第407页，崩打亦译崩达，今西藏；八宿县境。
　　② 毛振翮：《半野居士集》（清乾隆刻本）卷四，页二十一上，见国家清史编纂委员会《清代诗文集汇编》（第457册），上海古籍出版社2010年版，第407页。
　　③ 毛振翮：《半野居士集》（清乾隆刻本）卷四，页二十一上，见国家清史编纂委员会《清代诗文集汇编》（第457册），上海古籍出版社2010年版，第407页。
　　④ 毛振翮：《半野居士集》（清乾隆刻本）卷四，页二十一上，见国家清史编纂委员会《清代诗文集汇编》（第457册），上海古籍出版社2010年版，第407页。
　　⑤ 毛振翮：《半野居士集》（清乾隆刻本）卷四，页二十一上，见国家清史编纂委员会《清代诗文集汇编》（第457册），上海古籍出版社2010年版，第407页。
　　⑥ 毛振翮：《半野居士集》（清乾隆刻本）卷四，页二十二下、二十三上，见国家清史编纂委员会《清代诗文集汇编》（第457册），上海古籍出版社2010年，第408页。

篇往往是诗人有感而发，常常显出别样的风采。从所咏内容细研，藏事风物诗应是由两类诗——藏事风俗诗和藏事咏物诗构成。所谓藏事风俗诗即是吟咏藏地独特的风俗习尚，展现当地风土人情的诗篇；所谓藏事咏物诗即是吟咏藏地独特的种种事物，同时亦展现与此事物相关的独特的风俗的诗篇。

　　清代藏事诗中，无论是纪行诗还是述事诗，都每每有咏及风俗、风物的诗句，而专门吟咏藏族聚居区多姿多彩的风土人情的风俗诗篇为数亦不少，且多佳作，孙士毅的《跳钺斧　藏人于正岁张晏会饮，乃有此戏，以幼童为之》即是其中之一。其诗吟咏道："跳钺斧，迓主簿，主簿来，迎赞府。牛年多童牛，羊年多童羖，明僮崽子，十十五五，赤脚花鬟催羯鼓，紫衣坐床欢喜而赞叹，但愿年年牲脯高于布达山。跳钺斧，胸前花罃罃，耳后玉瑱珰，忽挟飞矢上马去，前村正打牛魔王。"① 跳钺斧是其时流行于西藏上层社会的一种幼童舞蹈。据《西藏志》载，遇大节会宴，"又有八、九、十二三岁小童十数名，穿五色锦衣，带白布圈帽，腰勒锦条，足系小铃，手执钺斧，前后相接。又设鼓十数面，其司鼓者装束亦同，每进食一巡，相舞之于前，步趋进退与鼓声相合，揆其义仿古之佾舞欤"②。《西藏纪游》卷四亦载："西藏亦以建寅为岁首，惟十二月遇大建则以元日为年节，小建则以初二日为年节。商民停市三日，以茶酒果物相馈遗。其日，达赖喇嘛肆筵于布达拉山上，邀汉番官会饮，为跳斧钺之戏。选幼童十余，服彩衣，戴白布圈帽，足系小铃，手执斧钺，前列鼓十余，鼓人装束亦如之，相向而舞，以鼓声为节。"③ 诗一开始先写跳钺斧的人，"明僮崽子，十十五五"，十数名眼睛明亮身手矫捷的小童，还要进行化装，"牛年多童牛，羊年多童羖"，不同的年份有不同的装

---

① ［清］孙士毅：《百一山房诗集》（清嘉庆二十一年刻本）卷十一，页十四上，见国家清史编纂委员会·文献丛刊《清代诗文集汇编》（第347册），上海古籍出版社2010年版，第599页。

② 《西藏志·宴会》（不著撰人，清和宁刊本），西藏社会科学院重印本，西藏人民出版社1982年版，第31页。

③ ［清］周霭联：《西藏纪游》，张江华、季垣垣点校，中国藏学出版社2006年版，第116～117页。

扮,但都突出个"童"字,专司鼓者"赤脚花鬘催羯鼓",手执鼓槌催羯鼓而舞。"紫衣坐床欢喜而赞叹",达赖喇嘛观舞并发出祝愿"但愿年年牲脯高于布达山"。十数名小童"胸前花瑶瑲,耳后玉瑛珰",手执钺斧而舞,此舞进入高潮,"忽挟飞矢上马去,前村正打牛魔王",反面人物牛魔王出场,并最终被钺斧童和众人驱逐。全诗写得栩栩如生,诗的节奏感就像舞蹈,钺斧童的敏捷欢快跃然纸上,诗结束在最具动感的高潮处,充满了无尽的文化回味。和宁亦写有《上元观番童跳月斧次杨览亭韵》一诗,① 诗一开始就以天上星宿下凡,化为钺斧舞的瑰丽"天枪耀中垣,影落井鬼旁。化为仪锽舞,月斧流奇光",详写钺斧舞的精湛"鼓动阊阖风,金气协金刚。折腰效鹡鸰,翘足俄商羊。白帢称锦缬,又如鸾鹤翔",传承有致"僰僸始何年,云传甲螑方",年末雅集"不作俅离乐,曷为都护羌。聊聚四海人,天末乐未央",藏地选官、选佛,和诗人的友谊"选官兼选佛,作戏偶逢场。缅怀九功舞,玉戚彤庭扬。不怒而民威,泽沛凫山阳。同子斫桂手,谓杨览亭同年,万里此颉颃。清诗少凿痕,神工巧乃藏。惭非杜武库,弄门夫何伤",诗最后回到欢乐、回到夜空"元宵静斯欢,快胜歌霓裳。夜阑文昌下,天钺星堂堂"。此诗写得典雅异常,华美而不失情深,对钺斧舞的描写准确而幽默。和宁还写有《班禅额尔德尼燕毕款留精舍茶话》,其中有涉及跳钺斧的诗句:"须臾乐奏鼓鏫镗,火不思配箫管扬。侲童十人锦彩裳,手持月斧走跳踉。跉踔应节和锵锵。"② 五句诗将跳钺斧舞蹈刻画得简洁生动如在眼前,尤其是配器的描绘节奏感之强使乐声如在耳边。由此诗可见跳钺斧不仅在前藏,就是在后藏也很流行,跳钺斧这种舞蹈是当时西藏重大场合必备的节目。项应莲《西昭竹枝词》其十:"金身七尺挂来长,举国之人皆若狂。宝贝晾完跳钺斧,行头买得自亲王。"这首诗

---

① 参见和瑛:《易简斋诗抄》(清道光刻本)卷一,页十七上下,见国家清史编纂委员会·文献丛刊《清代诗文集汇编》(第399册),上海古籍出版社2010年版,第722页。

② [清]和瑛:《易简斋诗抄》(清道光刻本)卷二,页二十三下、二十四上,见国家清史编纂委员会·文献丛刊《清代诗文集汇编》(第399册),上海古籍出版社2010年版,第725页。

描写仲春末暮春初布达拉宫晒佛像和大昭寺晾宝以及跳钺斧等活动的情况。《西藏志》载:"二月三十日,布达拉悬挂大佛,自布达拉第五层楼垂至山脚,长约三十丈;将大召中所有宝玩、金珠、器皿陈列。……至布达拉大佛前,各跳舞歌唱,如此一半月间始散。"①《卫藏识略》:"仲春下旬或暮春之初,将大诏寺中宝器珍玩陈设殆备,谓之亮宝。翼日,布达拉悬大佛像,其像五色锦缎堆成,自第五层楼垂至山麓,约长三十丈。又有喇嘛装束神鬼及诸番人物、虎豹犀象等兽,绕诏三匝,至大佛前拜舞歌唱,始此一月始散。""金身七尺挂来长"此句原注云:"四月初一,于布达拉挂大佛像两幅。"金身七尺指大佛像。诗先写晒佛"举国之人皆若狂",再写晾宝跳钺斧。"宝贝晾完跳钺斧"此句原注云:"是日,山上喇嘛各将商上珠子、珊瑚、玉器、绿松等物周遭晾遍,及百戏并跳钺斧故事。"由诗注可见跳钺斧有故事情节,故有学者认为其具藏戏雏形。"行头买得自亲王"这句原注云:"各种行头,有经刚四,一经刚用两人扮成,颇巧。问之夹擦、噶布伦,云是果亲王戏班行头。"②果亲王指允礼,康熙雍正时人。雍正十二年(1734 年)奉旨泰宁寺看望、传谕七世达赖返藏。这句是说,百戏中的道具等行头自果亲王时买得后遗留下来。

孙士毅《跳钺斧》诗结尾所叙打牛魔王,是藏历正二月间又一项特殊风情的民俗活动,因为主角也有幼童,孙士毅将其与跳钺斧连在一起别有风味。对打牛魔王民俗活动,项应莲《西昭竹枝词》其七有详细描绘:"老工夹布是牛魔,要夺灵山佛子窝。再睹投琼均是黑,万声驱逐过恒河。"③《西藏纪游》卷四载:"送老工夹布即通志所谓打牛魔王。其法,以喇嘛一人装作达赖喇嘛状,择一番民面涂黑白色作魔王,直诣其前,诋其五蕴未空、诸漏未净,达赖喇嘛亦以理折之。彼此矜尚法力,各出骰一枚,大如核桃,达赖三掷皆卢,魔王

---

① 《西藏志·岁节》(不著撰人,清和宁刊本),西藏社会科学院重印本,西藏人民出版社 1982 年版,第 21 页。
② 赵宗福:《历代咏藏诗选》,西藏人民出版社 1987 年版,第 173~174 页。
③ 赵宗福:《历代咏藏诗选》,西藏人民出版社 1987 年版,第 170~171 页。

三掷皆枭,盖六面一色也。魔王惊惧而逸,僧俗人众执弓矢、枪炮逐之。先时于隔河牛魔山列帐房,待魔王窜入,系以巨炮迫以远遁而止。凡作魔王者,必以贿得之,先于魔王避居处豫储数月之用,以待之食尽始归耳。""此魔王即罗公甲布也。有一种人,年年愿当此差。先数日沿门募化,代带灾晦,番人争以钱布给之,一年之后方得回藏。下年又复谋充,盖美差也。赌掷之时,必用藏王嫡支童男女二三人,华服执幡陪坐假达赖之傍,似作中证然。"① 这首诗描写拉萨正月二月间打牛魔王驱鬼的宗教活动,正是一人扮达赖喇嘛,一人扮牛魔王老工夹布。两人相与斗法,并投骰以决胜负。老工夹布必败,众人便齐声呐喊,驱逐而去,表示避瘟无疫。《三十年游藏记》卷三详细记述这一活动场面说:"正月三十日至二月初三日为牛王节,一名打牛魔王。系一人伪作达赖,一人伪牛魔王,面目狰狞。与达赖盘道,法力相矜。各出骰子一枚,其大如核头。达赖三掷皆六,魔王三掷皆么,盖六面皆各一色也。魔王惧而逃之,僧俗人等荷戈齐追。魔王渡江偃于牛魔山麓,群众用炮轰之。盖演此先在此山内洞以为魔王逃逸之处,人民供给饮食,数月而返。名曰避牛瘟。"老工夹布,项应莲诗中自注道:"强盗之谓。"② 项应莲《西昭竹枝词》其八:"炮圆如瓮子如毯,震地轰天星火流。打得前山驳且斑,山头不合象牛头。"③ 这首诗描写了藏历正月的驱鬼活动。每年正月二十四日在拉萨举行,藏语称"默朗道嘉",各寺僧众数百人聚集在一起,化装为骑士,列队游行,燃烧草堆,轰响枪炮,并用大炮轰击拉萨城南牛魔山,表示驱逐一年内一切灾祸。清黄沛翘《西藏图考》卷五云:"牛魔山在卫南,约高三百余丈。每岁正月,达赖排驾下山。诣大诏寺谒佛登台,集各寺喇嘛……讽诵皇经二十日。事竣,迎神逐鬼,点放大炮,似内地驱疫。其炮上铸'威剿除叛贼'五字,诸炮各装大子,

---

① 〔清〕周霭联:《西藏纪游》,张江华、季垣垣点校,中国藏学出版社2006年版,第117~118页。
② 赵宗福:《历代咏藏诗选》,西藏人民出版社1987年版,第171页。
③ 赵宗福:《历代咏藏诗选》,西藏人民出版社1987年版,第171~172页。

于琉璃桥下河滩打过牛魔山,为打牛魔王以宁地方。番俗相传如此。"① "炮圆如瓮子如毬"原注云:"炮样如西瓜而大,可打十余里",打出去的炮弹震地轰天星火流。"打得前山斑且驳。"原注云:"炮着处剥落成段,有时或冒山而过。"为什么打这座山呢,是因为这山头太像牛头。"山头不合象牛头",原注云:"对岸山高数百仞,两峰如牛头,云是牛魔所化。"②《西藏纪游》卷四载:"十八日,集唐古忒马步兵三千,戎装执械,绕召三匝,至琉璃桥南施巨炮,云驱鬼魅。其炮最大者相传铸自唐时,上有'威剿除叛逆'五字"。"大炮系铜铸,尝手量之,高不过二尺七八寸,厚可三寸,口面经一尺有余。每炮贮药十六七斤。砲子以铅锡为之,重三十余斤。点放时声震数十里,砲子去亦甚缓。演时牛头山支黑帐,中贮羊一只,不欲命中云。是年若中羊只,则大不利也。"③此诗所述习俗实乃歼击叛逆以安地方的历史记忆。

清代藏事诗中风俗诗作颇为丰富,其中组诗尤多,马若虚就有《西招杂咏》组诗六首,马若虚即李若虚,字实夫,浙江钱塘(今杭州)人。因娶大文士马履泰之女为妻,故又姓马。乾嘉时历官贵州铜仁府王大营巡检、松桃厅同知等,擅长诗词,曾随军入藏,写有藏事诗多篇。《西招杂咏》其一:"锦伞蛮靴马上娘,笑开金埒作盘场。惯从云外落双雁,不解红闺针线箱。"④写藏族妇女跃马射猎的飒爽英姿,有箭射双雁的高超射技,虽"不解红闺针线箱",但没有任何可遗憾的。其五:"谁从觉路引金绳,性命鸿毛一掷能。我讶身轻一鸟过,人言亦似脱韝鹰。"⑤诗写得很美,乍一读虽眼前一亮,感到当时情景的惊心动魄,但细一想还是不尽知诗在写什么。《西藏纪游》卷四载:"越日观飞绳,乃后藏番民供役。以皮索数十丈系布达

---

① [清]黄沛翘:《西藏图考》卷五,西藏人民出版社1982年版,第146页。
② 赵宗福:《历代咏藏诗选》,西藏人民出版社1987年版,第172页。
③ [清]周霭联:《西藏纪游》,张江华、季垣垣点校,中国藏学出版社2006年版,第117~118页。
④ [清]黄沛翘:《西藏图考》卷三,西藏人民出版社1982年版,第103页。
⑤ [清]黄沛翘:《西藏图考》卷三,西藏人民出版社1982年版,第103页。

拉山寺上，其人攀缘而上，捷如猿猱。以木板护胸，舒手足而下，如矢离弦，殆即绳伎也。"① 读了这道诗就完全明白了。这时再读诗，其奇幻之美、炫目之技如在眼前。项应莲的《西昭竹枝词》其五也是描写这一奇技："百尺长绳百丈低，翼张手足肉仙飞。万人目眩声齐歇，一鸟身轻过别枝。"② 这首诗亦描写拉萨每年正月时表演飞绳（一作身或神）杂技的精彩场面。这种杂技把粗皮绳数根系在布达拉宫楼上，下面打桩拴牢，演技者攀援而上，然后以木板护胸，手脚四伸，从绳上滑落而下，如箭离弦，如燕掠水，称为奇观。和宁《西藏赋注》道："正月二日作飞绳戏，从布达拉最高楼上系长绳四条，斜坠山下，钉桩拴固。一人在楼角，手执白旗二，唱番歌毕，骑绳俯身直下，如是者三。绳长三十余丈。后藏花寨子番民专习此技。岁应一差，免其差徭。内地缘竿踏绳，不足观也。"③ 项应莲诗第一句也有注文道："绳三条，粗可径尺，长数十丈，一边高，一边低，高头约数十丈，低头约三四丈，人从高处将身俯贴绳上，翼张而下。谓之飞身。"④ 项诗突出了飞绳杂技之惊险，"百尺长绳百丈低，翼张手足肉仙飞"，通过对比再现惊人场面"万人目眩声齐歇，一鸟身轻过别枝"。此诗可以与马若虚诗比看，比马诗多写出当时场景"万人目眩声齐歇"，现场感更强。这种杂技实际上是有生活来源的。毛振翮的《（澜沧行）又绝句四首》其一："百尺长藤两岸牵，油酥匀抹一身悬。不须更学飞仙法，直跨江涛过半天。"这是一种过河方式，溜绳索（或藤索）而过河。其三："万里搏云借一绳，人从江上指身腾。笑他舟子真多事，几费长篙得岸登。"⑤ 诗写得幽默欢快，动感很强。布达拉宫前的飞绳杂技应该源于这种溜索过河的日常活动，当然，杂

---

① ［清］周霭联：《西藏纪游》，张江华、季垣垣点校，中国藏学出版社2006年版，第117页。
② 赵宗福：《历代咏藏诗选》，西藏人民出版社1987年版，第168页。
③ ［清］和宁：《〈西藏赋〉校注》，池万兴、严寅春校注，齐鲁书社2013年版，第111页。
④ 赵宗福：《历代咏藏诗选》，西藏人民出版社1987年版，第169页。
⑤ 毛振翮：《半野居士集》（清乾隆刻本）卷四，页十三下，见国家清史编纂委员会·文献丛刊《清代诗文集汇编》（第457册），上海古籍出版社2010年版，第403页。

技自应更加神乎其技。

和琳有《西招四时吟》组诗四首，和琳（1753—1796年），满洲正红旗人，字希斋，钮祜禄氏，权臣和珅弟，生员出身。乾隆年间由笔帖式升兵部侍郎、工部尚书等职。乾隆五十六年（1791年）廓尔喀再次入侵西藏，福康安等统师进剿。次年和琳受命驰驿经理藏务，督办前藏以东台站乌拉等事。积极协助福康安抗击廓尔喀入侵，参予《藏内善后章程》的制定，并接替鄂辉任驻藏办事大臣。乾隆五十九年（1794年）升任四川总督，离开西藏。和琳在藏所写组诗《西招四时吟》其四："木炭供来日，陂塘半涸水。草枯归牧马，寒重敛飞蝇。沙碛衣多垢，山童雪不凝。客游闲戏笔，真个悟三乘。"①诗人抓住藏地冬天的特点——水涸、草枯、寒重、碛多，因这些特点而引起贵族、百姓的生活及自然界的变化——供木炭、归牧马、敛飞蝇、衣多垢、雪不凝。诗人作客藏地闲来戏笔，在这样的冬天里，感觉自己真正掌握了佛教引导教化众生达到解脱的三种方法和途径。组诗写藏地四时紧紧抓住四季不同的气候特点，突出藏地的独特风土人情，并表达诗人自己的感受。

庄学和写有《打箭炉词二十四章》组诗二十四首，其题注曰："辛未五月三日抵炉，寓小喇嘛寺几一月，采风识之。"辛未即乾隆十六年（1751年）。采风写出来的自当是风俗诗，其第二十三首在前面已做过分析。其四："披麕提鞭呼戟辕，双环小吏著绯裤。周围文武分衙四，一体寅恭满汉番。监督、游府、司马及土司共建四署。"②此诗咏写了清代川西在藏族聚居区打箭炉统治机构建置的特殊，诗注注出"监督、游府、司马及土司共建四署"，所以"一体寅恭满汉番"，官员是满汉藏皆备，因此在藏地行重要公文也就需满汉藏文皆备。其五："十万编茶度雅关，齐从星使纳千镮。问渠几倍耕田利，

---

① 赵宗福：《历代咏藏诗选》，西藏人民出版社1987年版，第88页。
② 《金川草》（旧抄本）页四十九下，见西藏社会科学院西藏学汉文文献编辑室《西藏学文献丛书别辑（第四函）》，中国藏学出版社影印本。

那惜肩穿九折湾。茶税汇纳炉关。"① 诗写藏地所需茶叶齐集打箭炉转运，十万编茶指茶商请领户部印发的运茶边引，将特制的茶砖装在粗竹篾编织的茶篓中运销藏地。据《打箭炉志略·关榷》载：乾隆四十七年（1782年）后，各商每年共运销边茶十万零三百四十引，每引运茶100斛。茶的交易量极大，才有"齐从星使纳千镪"，心急火燎地带着大量的金钱赶来边贸，诗人"问渠几倍耕田利"，了解到茶的贸易获利比耕田多好几倍，故不惜用背夫大量背运，"那惜肩穿九折湾"，诗注注出"茶税汇纳炉关"，打箭炉不愧是一个贸易中转站。其六："平地才应几顷多，南东不辨巷肩摩。嘈嘈咻得羌人转，半杂秦声半楚歌。炉内陕湖人居多。"② 因为是贸易中转站，来往人物众多，需要翻译，"嘈嘈咻得羌人转"的大多是"半杂秦声半楚歌"。诗注注出："炉内陕湖人居多。"打箭炉陕西、湖南、湖北人居多。钱召棠的《巴塘竹枝词》组诗之三十四首可以与前诗同看："听来乡语似长安，何事新更武士冠。为道客囊携带便，也随袴褶学材官。陕商贿差带货，以省脚价。"③ 诗写从长安来的发着乡音的陕西商人，不知何事却戴上了武士冠，一问之下其道出是为了携带客囊方便，所以此人也穿起袴褶学当材官。自注注出"陕商贿差带货，以省脚价"，从诗句看不但贿赂，而且商人本人亦化装成官吏。此诗即可与前诗形成一个互证，又无意间从另一角度揭示了长期商业发达所必然滋生的腐败。《打箭炉词二十四章》其十七："银钱捣碎抵青蚨，不辨毫厘辨撒须。四半钱为一嘴，八半为撒，再剖为须。小小金身西域至，五花氆氇值多铢。"④ 此诗写藏地用钱的习俗惯制。《西藏纪游》卷四载："番俗多用银钱自打箭炉出口即不用局铸铜钱，专用银

---

① 《金川草》（旧抄本）页四十九下，见西藏社会科学院西藏学汉文文献编辑室《西藏学文献丛书别辑（第四函）》，中国藏学出版社影印本。

② 《金川草》（旧抄本）页四十九下，见西藏社会科学院西藏学汉文文献编辑室《西藏学文献丛书别辑（第四函）》，中国藏学出版社影印本。

③ ［清］钱召棠：《巴塘竹枝词》，页下，张羽新校，见西藏社会科学院西藏学汉文文献编辑室《西藏学文献丛书别辑（第四函）》，中国藏学出版社1993年版影印本。

④ 《金川草》（旧抄本）页五十下，见西藏社会科学院西藏学汉文文献编辑室《西藏学文献丛书别辑（第四函）》，中国藏学出版社影印本。

及银钱。一枚重一钱五分。……自大兵平定（廓尔喀）后，为之定立鄂博犹言界址也。又于藏地设官一，专司铸钱。其钱自一钱五分以半递稠，以省零星剪凿之繁。钱面、钱幕各有轮廓二层，面之内轮铸'乾隆通宝'，'乾隆'二字直下，'通宝'二字自右而左；面之外轮铸'五十八年'四字，其文右旋。其幕之内、外轮均铸唐古忒字。司铸之官届期更替焉。自此永绥大定，无反侧之虞矣。"① 项应莲的《西昭竹枝词》之二十一首："各样银钱钱五分，麻丫竖扛用纷纷。如今新铸无人剪，知为天朝国号尊。"② 这首诗也是描写西藏地方所用银币的特殊习俗。"各样银钱钱五分"，原注道："每一银钱得一钱五分。有山上铸者，亦有别蚌子以西来者，花样不一，大概银四铜六。""麻丫竖扛用纷纷"，原注："剪钱三分之一曰夹麻丫，三分之二曰竖扛，又逢中剪开曰扯界，言各得一半也。"西藏原用尼泊尔铸造的银钱，因不便等价易换货物，常从中剪开使用。后尼泊尔廓尔喀人又铸造新币值银钱流入西藏，要求以新钱一个当旧尼币两个，致使货币使用混乱。"如今新铸无人剪"，原注："（乾隆）五十七年，科尔噶（即廓尔喀）滋事因由，钱亦一端。故又善后事宜内添设汉官监视局务，丝毫不许挽铜。面铸'乾隆宝藏'，背仍梵字之旧。"新铸造的银币，不再存在剪开的事，故说"无人剪"。③ "知为天朝国号尊"，货币的统一使藏地百姓的国家意识明显加强。反击廓尔喀之战后，清王朝改变了藏地钱币制度混乱的局面。庄学和、项应莲的诗都描写了当时混乱的情状，项诗还写出了货币改革后的效果，两首诗对研究藏地货币史有一定的参考价值。庄学和的组诗涉及打箭炉的方方面面，可以说是一组诗化的微型打箭炉风土志。

对川西藏族聚居区风土人情集中描述的尚有钱召棠的组诗《巴塘竹枝词》。钱召棠，浙江嘉善人，曾任四川新宁县知县，道光二十二年（1842年），以知县衔充任巴塘粮务。巴塘地当由川入藏孔道，

---

① ［清］周霭联：《西藏纪游》，张江华、季垣垣点校，中国藏学出版社2006年版，第123页。
② 赵宗福：《历代咏藏诗选》，西藏人民出版社1987年版，第178页。
③ 参见赵宗福《历代咏藏诗选》，西藏人民出版社1987年版，第178～179页。

雍正年间，设粮台，委员管理，称巴塘粮务。《巴塘竹枝词》共四十首，为钱召棠在巴塘任职期间所作，作者从不同侧面、不同角度描绘了巴塘藏族聚居区社会历史和风土人情，诗歌清新而富于生气，是一组别具特色的藏事诗作，有重要的研究价值。其时鸦片战争刚刚结束，清朝方步入后期，诗作呈现的仍是清代前期巴塘的历史文化面貌。其一："蜀疆西境尽巴塘，重叠川原道路长。地脉温和泉水足，何曾风景似蛮荒。"① 总写巴塘特色，诗人的总体评价是"何曾风景似蛮荒"。巴塘有怎样的风景呢？诗卷随诗人的咏述一一进行了展开。其二："衣皮食肉古无传，记得投诚属鼠年。日入部归日出主，春风从此靖戈铤。"诗后注："康熙五十八年壬子赴营投诚，番人以地支属肖纪年。"② 此诗回顾历史，描述了巴塘部众投归清朝的经过，其中"日入部归日出主，春风从此靖戈铤"的诗句，表达了中华大地东西统一，迎来了没有战争的美好生活。其五："青旗红盖马前开，夹道争看破本来。莫笑无谋徒食肉，安边原不仗奇才。"诗后注："称文官曰'破本'。惟下车之日，土司具仪仗相迎。"③ 讽刺文官"破本"只会摆架子，只知食肉，完全无谋治边，"安边原不仗奇才"诗句充满对颟顸边官的义愤和嘲讽意味。其十："哈字萦纡涎篆蜗，卓书瘦硬折金钗。儿童三五团圞坐，下笔先描白粉牌。"诗后注："字细如游丝，莫寻起讫。公私文字用之，曰'哈'。笔画停匀以写梵经者，曰'卓'，若汉书之有真草，幼童席地坐，以竹签画粉牌学字。"④ 诗前一联描写藏文文字的特点，后一联写儿童学写字的生动画面。诗注注出藏文文字与汉字之比较，笔画停匀、细如游丝，如汉字的真草，以及幼童习字的方法。诗句形成了前后对比的美，前瘦硬

---

① ［清］钱召棠：《巴塘竹枝词》，张羽新校，页一上，见西藏社会科学院西藏学汉文文献编辑室《西藏学文献丛书别辑（第四函）》，中国藏学出版社1993年版。
② ［清］钱召棠：《巴塘竹枝词》，张羽新校，页一上，见西藏社会科学院西藏学汉文文献编辑室《西藏学文献丛书别辑（第四函）》，中国藏学出版社1993年版。
③ ［清］钱召棠：《巴塘竹枝词》，张羽新校，页一下，见西藏社会科学院西藏学汉文文献编辑室《西藏学文献丛书别辑（第四函）》，中国藏学出版社1993年版。
④ ［清］钱召棠：《巴塘竹枝词》，张羽新校，页二上，见西藏社会科学院西藏学汉文文献编辑室《西藏学文献丛书别辑（第四函）》，中国藏学出版社1993年版。

抽象与后生动形象，前诘屈聱牙与后简易具体，全诗文字内在张力十足。《西藏纪游》卷二载："喇嘛亦有为童子师者，聚番童数十辈，席地而坐，各持藏经数十翻，琅琅习诵，诵毕则以木夹夹之。因思古来内典，必先译成汉字，而后润色之。若如藏地语言则缪不成文，焉能使佞佛士大夫潜心参谛乎！"① 亦可见其时学习实状。钱召棠和周霭联两位诗人无论诗注还是行文都对比了汉字，均强调了文字的学习和翻译对于传承文化的重要性。其十三："腰间匕首插精莹，腰下长刀泼水明。安得迎来龚渤海，尽驱牛犊事春耕。"诗后注："居常腰左插短刀，出行则又佩腰刀。"② 诗写藏族佩刀的习俗惯制。《西藏纪游》卷二载："番刀式不一，总以刃薄质轻者为良。予曾购其一，视常刀略长，刃薄如蒲叶，两面可以随手摆动，特不能屈之使曲尔。又有一种状如薙草之镰刀，而其刃外向，本狭末宽，拭之似甚犀利。"③ 藏刀也由实用生活用具向装饰性方向发展的趋势，有一些就成为身份、地位的象征。其十六："夫妻不羡双鸳鸟，掉首分飞各自行。父子却如栏畔鸭，寒塘相对各呼名。"诗后注："夫妇一言不合，各自分散。父母无尊称，均以名相呼。"④ 藏地夫妻，据诗人观察并不羡慕朝夕相处、卿卿我我的鸳鸯，常常一言不合就各自西东。父子相处也常如栏畔鹅鸭，相互直接称呼名字，就像寒塘里鹅鸭各自呼叫着各自名字一样。但实际情况并不像诗人自注说的那样藏地习俗对父母全无尊称。藏族传统习俗，称呼长辈、尊者之名时，都是要在其名后加"拉"，如扎西即称扎西拉，以表敬重亲切之意。其二十二："郎心有如麻密旗，终日摇摇无定时。妾心却似麻密石，弃置路旁无转移。"诗后注："印经于布，立杆门首，名麻密旗；镌经石片，堆置道房，

---

① [清] 周霭联：《西藏纪游》，张江华、季垣垣点校，中国藏学出版社2006年版，第49页。

② [清] 钱召棠：《巴塘竹枝词》，张羽新校，页二下，见西藏社会科学院西藏学汉文文献编辑室《西藏学文献丛书别辑（第四函）》，中国藏学出版社1993年版。

③ [清] 周霭联：《西藏纪游》，张江华、季垣垣点校，中国藏学出版社2006年版，第61页。

④ [清] 周霭联：《西藏纪游》，张江华、季垣垣点校，中国藏学出版社2006年版，第61页。

名麻密堆。'麻密'二字盖即嘛呢之转音。"① 诗写爱情，形象生动，用藏地常见的麻密旗、麻密石来分别比喻郎心、妾心，有强烈的民歌色彩，亦形象地表达了藏族妇女对爱情专一的无限向往之情。其十七："何曾地下可埋忧，妙品莲花火宅抽。最是年年寒食雨，绝无杯酒酹羌邱。"诗后注："死者火葬无坟墓。"② 在清代，汉地老人去世后不入土为安就是后代大不孝的表现。此诗写藏地火葬的习俗，诗句背后流露出诗人对于火葬习俗的极端不理解。诗句使用了反语的修辞，表面颂扬"妙品莲花火宅抽"，但一个"抽"字将骨子里的嘲讽表露无疑。结语更以中原的标准批评道"最是年年寒食雨，绝无杯酒酹羌邱"，火葬了寒食节哪有坟可上。其二十九："一泓热水浸方塘，扶起春酣似海棠。可惜荒城无蜡烛，故烧明火照松光。"诗后注："温泉番名'擦楮'，土名'热水塘'。劈松木燃火以代油烛，名'松光'。"③ 诗写温泉的温暖美好，美女浴后如刚扶起的春酣似的海棠花，可惜虽无唐宫中那样华丽的烛光，却有明火松木光，更豪放、更亮堂。文干亦写有《题热水泉》："气郁流黄热水泉，澡身闻说疾能蠲，相逢惜在蛮荒地，不与华清品目传。"④ 诗写热水泉蒸汽气郁、热水流黄，听说在这里洗澡就能治病，可惜这么好的温泉却在边远的藏地，故此不可能像唐代著名的华清池那样名声远扬。这两首关于温泉的诗都将藏地的温泉与唐代的华清池对比或者直接联想到贵妃出浴，总之是诗人将清现世与唐盛世进行对比的潜意识流露。诗歌表面都欢快流畅，但骨子里的（尤其对于贵妃的联想）对于帝国衰落的忧虑已在背后深深地暗藏。毛振翱也写有《热水塘蛮家竹枝词》："半竿斜日到蛮家，妇子欢迎汉使车。更与殷勤供晚饭，青稞面和奶

---

① [清]钱召棠：《巴塘竹枝词》，张羽新校，页三上，见西藏社会科学院西藏学汉文文献编辑室《西藏学文献丛书别辑（第四函）》，中国藏学出版社1993年版。
② [清]钱召棠：《巴塘竹枝词》，张羽新校，页三上，见西藏社会科学院西藏学汉文文献编辑室《西藏学文献丛书别辑（第四函）》，中国藏学出版社1993年版。
③ [清]钱召棠：《巴塘竹枝词》，张羽新校，页四上，见西藏社会科学院西藏学汉文文献编辑室《西藏学文献丛书别辑（第四函）》，中国藏学出版社1993年版。
④ [清]文干：《壬午赴藏纪程诗》，页六下，见吴丰培辑《川藏游踪汇编》（刻写本第四册），中央民族学院图书馆1981年版。

酥茶。"① 热水塘即温泉地方。藏地温泉多有，此为云南入藏途中一温泉。《三省入藏程站记·云南入藏程站》载："渡金沙江以来，绝无人烟，由土官村一百一十里至拖木朗，万山中忽见平原旷野，古宗数家……此地有温泉。"古宗，当地对藏族人的一种旧称。诗写黄昏太阳快要落山的时候，终于到了藏地可以住宿的地方，当地的妇女、孩子都出来欢迎，在这温泉之乡先享受到当地传统的美味晚饭。诗虽只写到晚饭，但不用说，这么好客的主人一定会请客人泡温泉的。这首诗好就好在只写了晚饭，并未写泡温泉，给读者留足了自由想象的空间。钱召棠《巴塘竹枝词》之三十五："宿顿先期备帐房，热熬几日费供张。重罗如雪酥如玉，更事征求觳觫羊。"诗后注："管一乡之头人，曰热熬。大差到站，番民例供羊、面、薪、刍之属。"② 诗写乡头人热熬在大差到站之时张罗住宿、食物的忙碌情形。这住宿住在哪呢？川西藏区"番人好楼居"，常常住在碉楼里。钱召棠《巴塘竹枝词》组诗之十一："新筑高楼大道边，一家眷属学神仙。倘教拔宅飞升去，鸡犬相随也上天。"诗后注："盖楼两三层，人居其上，饲牲畜于下。"③ 诗用道家一人得道鸡犬升天故事，解释川西藏区碉楼最顶层往往供有藏传佛教佛像的事实。这是藏事诗诗人用道家事解释佛家事的例子。其十二："穴壁开窗拟凿楹，楼头黄土垫来平。松风一枕熬茶熟，卧听嘛呢打麦声。"诗后注："穴窗甚小，楼顶平铺黄土，凡农家场圃之事，均在其上，同力合作，齐念'唵嘛呢叭咪吽'以代劳者之歌。"④ 诗写碉房开窗很小，楼顶常常用来打麦子。打麦人亦以齐念"唵嘛呢叭咪吽"以代劳者之歌。其十四："祖父流传是业巴，敢将门户自矜夸。请看房顶牛毛盖，便是中华阀阅家。"

---

① 毛振翩：《半野居士集》（清乾隆刻本）卷四，页十上，见国家清史编纂委员会·文献丛刊《清代诗文集汇编》（第457册），上海古籍出版社2010年版，第402页。
② [清]钱召棠：《巴塘竹枝词》，张羽新校，页四下，见西藏社会科学院西藏学汉文文献编辑室《西藏学文献丛书别辑（第四函）》，中国藏学出版社1993年版。
③ [清]钱召棠：《巴塘竹枝词》，张羽新校，页二上，见西藏社会科学院西藏学汉文文献编辑室《西藏学文献丛书别辑（第四函）》，中国藏学出版社1993年版。
④ [清]钱召棠：《巴塘竹枝词》，张羽新校，页二上，见西藏社会科学院西藏学汉文文献编辑室《西藏学文献丛书别辑（第四函）》，中国藏学出版社1993年版。

诗后注："管事大头人号业巴，亦论家世，结牛毛绳如盖，竖立房顶，名'夹仓'。土官缘布三道，业巴二道，余人不许用。"① 诗写了贵族之家的标志，是碉房房顶上的牛毛盖。估计"宿顿先期备帐房"的帐房就在这些"阀阅家"，所以诗人的诗后注才能注得这么清楚。

其四十："蛮府参军有谑词，姒喁今又跃清池。待侬策蹇东归日，付与玲珑唱竹枝。"② 诗写诗人作为蛮府参军吟有风土人情之词，鱼儿今又跃清池，等到骑驾着蹇足的驴向东回归的时候，交给玲珑歌手唱这些竹枝词。作为读者我们虽不能唱这些诗，但亦随着诗人的诗句和诗人的自注到清代巴塘社会走了一遭，见识了不少独特的、影响深远的风土人情。

李殿图《番行杂咏四十首》是专门吟咏安多藏族聚居区风土人情的一部组诗。李殿图，字桓符，直隶高阳（今河北省高阳市）人，乾隆三十一年（1766年）进士，选庶吉士，授编修。再典湖南乡试，迁御史。督广西学政，迁给事中。乾隆四十九年（1784年）甘肃回民起事，从阿桂、福康安赴军，治粮饷、台站，授巩秦阶道"茶马屯田"。乾隆五十八年（1793年），在巩秦阶道任上的李殿图，由甘肃洮洲（今临潭）至四川松潘解决卓尼土司与松潘漳腊诸番争界纠纷。沿途将所见所闻，以竹枝词体裁咏写组诗《番行杂咏四十首》，以自置底本、留存于世。这部组诗记述其亲历的安多藏族聚居区的许多风土人情，还对所经藏族聚居区的山川地理循名责实，补著述疏漏，匡记载错误。诗中写有大量夹注，短者10余字，长者数百字。诗与注凸现其藏事诗作的特色和重要价值所在。本章第四节有专门述论。

项应莲的《西昭竹枝词》是吟咏西藏地方多彩的风土人情的不可多见的一部组诗。项应莲，字西清，歙县（今安徽省歙县境内）人。乾隆三十九年（1774年）举人，历任四川彭山、宜宾县令，奉

---

① ［清］钱召棠：《巴塘竹枝词》，张羽新校，页二下，见西藏社会科学院西藏学汉文文献编辑室《西藏学文献丛书别辑（第四函）》，中国藏学出版社1993年版。

② ［清］钱召棠：《巴塘竹枝词》，张羽新校，页五上，见西藏社会科学院西藏学汉文文献编辑室《西藏学文献丛书别辑（第四函）》，中国藏学出版社1993年版。

天府、治中府、贵州思南府知府。兴办地方教育，政绩甚多，著述亦多。项应莲在乾隆后期、嘉庆初年在四川任职期间，曾运送军需进藏。他注意搜罗有关西藏的史地资料，观察藏中民情风俗，创作了《西昭竹枝词》一卷。《西昭竹枝词》是诗人专咏西藏宗教活动、民族风情的一部组诗，共三十六首。约作于乾隆末、嘉庆初年，刻印于嘉庆十二年（1802年）。这是清人藏事诗中最为宏大、系统的竹枝词，展现了一幅幅西藏风情画。语言浅近朴实，韵调朗朗上口。诗人还为诗句加了不少详细的注文，又相当于一篇"西昭杂记"。因此，这组风俗诗具有很高的资料价值。其六："牛皮作底酥油面，装点玲珑绘陆离。下列朦胧灯几盏，鳌山元夜大昭围。"① 此诗描写节庆习俗正月十五日拉萨元宵灯节的灿烂景象。藏族称灯节为局阿曲巴，意思是正月十五供奉。本为宗教活动，后逐渐演变为民间节日。在元宵夜陈列种种酥油花灯，通宵点燃千百盏，热闹非凡。《番僧源流考》附录二《西藏宗教节日单》记述道："正月十五日，燃灯供佛之期。布达拉寺并各寺院均皆点燃酥油灯。惟大招寺墙外街道上，周围用牛皮雕刻各种花灯。上至达赖喇嘛，下至番官，各立一份，在大招寺外安设，俱用酥油点灯。其花灯，有上做佛像下做人物者，又有做活蹈跄人物，头动手摇者，各有不同，辉煌华美。只有正月十五日一夜。"② 诗先写酥油灯花"牛皮作底酥油面，装点玲珑绘陆离"，绘制成各种模样。再通过对比的方式写燃灯节场面之宏大，"下列朦胧灯几盏，鳌山元夜大昭围"。《西藏纪游》卷四载："上元日，于大召支木架数层，悬灯万余盏，以五色油面为人物形，自夜达旦。视阴、晴、雨、雪并灯焰晦、明，占丰歉焉。"③ 其十三："百万星悬隐耀间，墙头户户把灯安。黄昏熏到三更尽，此日相传佛涅槃。"④ 此诗亦为描写节庆活动即藏历十月二十五日夜燃灯节的习俗。第一句原有

---

① 赵宗福：《历代咏藏诗选》，西藏人民出版社1987年版，第169页。
② 吴丰培：《番僧源流考》，西藏人民出版社1982年版，第167页。
③ ［清］周霭联：《西藏纪游》，张江华、季垣垣点校，中国藏学出版社2006年版，第117页。
④ 赵宗福：《历代咏藏诗选》，西藏人民出版社1987年版，第174页。

注写道:"庙寺民户,家家都点酥灯,置墙头上,至少者亦不下数十盏。富家大寺又另扎塔灯于房顶焉,高者入天,下者入渊,有林际微露者,有山腰屯扎者。如火龙百万,鳞火隐耀。为藏中第一大观。"就像百万星光悬隐闪耀在天地之间,家家在墙头房顶都点上了酥油灯,从黄昏一直燃点到三更已尽,相传此节日是为了纪念黄教即格鲁派创始人宗喀巴的涅槃而设。其十七:"护身小窨挂胸前,黄绿羊毛帽子尖。露出发边珠宝盖,儿茶擦得脸如烟。"① 此诗描写藏族男女的民族服饰打扮。"护身小窨挂胸前",此句原注说:"胸挂银窨,中贮护身小佛,人人如此。"护身小窨是指装护身小佛像的银盒。《西藏志·衣冠》:"又带一银盒,名曰阿务,内装护身佛、子母药之类。"② "黄绿羊毛帽子尖"这句写妇女所戴帽子。原注:"女人所戴如瓜皮帽,或染黄色,或染绿色,毛皆外向。"瓜皮帽呈高顶。《西藏志·衣冠》:"(妇女)居常以红绿栽绒作尖顶小帽戴头上。"③ "露出发边珠宝盖",此句原注说:"富贵家多戴瓜皮样珠帽,其贫者亦多穿珊瑚中间,松儿石大串挂辫上或胸前。""儿茶擦得脸如烟",此句写妇女脸上搽的护肤物。儿茶是一种落叶小乔木,产于云南和印度等地,木质坚硬呈红色,熬出的汁干后呈棕色块,即儿茶,有止血镇痛效果,旧时西藏妇女用来搽脸。《西藏志·风俗》:"妇女老少,日以糖脂或儿茶涂面。"④ 《西藏纪游》卷四载:"西藏妇女以糖脂涂面,初以为怪。嗣在云南缅宁,见有以草染齿如漆者。询之则意在贡媚也。别觅一草洗之,其白如故。华人亦效之。""番女涂面多用孩儿茶,亦有用葡萄捣和涂泽者,云避风日,如中华之施铅粉也。水洗之后亦多洁白。然性皆懒,数日方净面一次,多至剥落亦不甚顾。唐

---

① 赵宗福:《历代咏藏诗选》,西藏人民出版社1987年版,第177页。
② 《西藏志·衣冠》(不著撰人,清和宁刊本),西藏社会科学院重印本,西藏人民出版社1982年版,第26页。
③ 《西藏志·衣冠》(不著撰人,清和宁刊本),西藏社会科学院重印本,西藏人民出版社1982年版,第26页。
④ 《西藏志·风俗》(不著撰人,清和宁刊本),西藏社会科学院重印本,西藏人民出版社1982年版,第23页。

之额黄、鸦黄皆本于此。"① 钱召棠《巴塘竹枝词》组诗之二十六："埙篪琴瑟迭吹弹,大被姜家共合欢。阿达兄生嗔罕伦弟喜,方知左右做人难。兄弟数人同娶一妻,能调停好者群推其能。"② 诗写藏地的一种婚姻习俗,兄弟数人同娶一妻。就像埙篪琴瑟次第吹弹一样,也像后汉姜肱,与弟相友爱,常同被而眠。藏族哥哥阿达生气嗔怪,藏族弟弟罕伦却很是欢喜,才知道做这样的妻子左右做人都很为难。此诗记载的婚俗就是现在还在藏地存在,故此诗具有较强的人类学价值。项应莲《西昭竹枝词》其二十二:"酡酡通余辣辣加,有生无熟鹿帕猳。一囊牛粪三钱买,熬得垌茶捏糌粑。"③ 这首诗描写藏族饮食习俗惯制以及燃料之特殊。关于藏族食品,《西藏志·饮食》记述:"饮食皆以茶为主。其茶熬极红,入酥油、盐搅之。饮茶,食糌粑或肉米粥名曰土巴汤。其次,面果、牛羊肉、奶子、奶渣等类。牛羊肉多生食。……男女老少,皆日饮蛮酒,乃青稞所酿,淡而微酸,名曰穷(即酡),亦有青稞烧酒。"④《卫藏识略》中记述:"番民多食糌粑、牛羊肉、奶子、奶渣等物,而茶所急需,故不拘贵贱,饮食皆以茶为主。……蛮酒乃青稞所酿,淡而微酸,名呛,亦有青稞烧酒。醉后男女相携,沿街笑唱为乐。""通"为藏语音译,意为喝、饮。"辣辣"原注说"蛮烧酒也",当指比较浓烈的青稞酒。"有生无熟鹿帕猳",有生无熟指肉煮得不全熟。当然这是按中原汉族煮肉的标准来看的,其实是熟的,只不过不是很软罢了。"鹿"为藏语音译,羊。"帕"为藏语音译,猪。"猳"为藏语音译,肉。"一囊牛粪三钱买",这句写买燃料牛粪。原注:"该处数十里无薪无煤,皆燃牛粪。""熬得垌茶捏糌粑",垌茶即瓦缶器(如罐子)里熬的茶。垌是瓦器。糌粑,藏语音译,用青稞、豆类等炒熟后磨成面,用酥油茶

---

① [清]周霭联:《西藏纪游》,张江华、季垣垣点校,中国藏学出版社 2006 年版,第 116 页。
② [清]钱召棠:《巴塘竹枝词》,张羽新校,页三下,见西藏社会科学院西藏学汉文文献编辑室《西藏学文献丛书别辑(第四函)》,中国藏学出版社 1993 年版。
③ 赵宗福:《历代咏藏诗选》,西藏人民出版社 1987 年版,第 179 页。
④ 《西藏志·饮食》(不著撰人,清和宁刊本),西藏社会科学院重印本,西藏人民出版社 1982 年版,第 27 页。

或青稞酒拌匀后捏成小团而食。这句原注:"小麦面曰土粑,吃者甚少,惟用青稞面,炒熟者曰糌粑,为口食。"其二十八:"泡水前溪柳外多,喇嘛拨姆各摩挲。裸身壶酡相传灌,乘醉归途踏踏歌。"① 这首诗描写沐浴风情,夏天藏族人众在水溪中洗澡、浴后归途歌舞的欢快场面。第一句原注道:"五六月间群相泡水。有力者皆设帐房于水次,无力者则于柳阴结伴相浴。"泡水指泡在水中洗澡。前溪泛指拉萨城郊各条小河。柳外即柳荫之下。"喇嘛拨姆各摩挲。裸身壶酡相传灌",指喇嘛、妇女相互搓背,相互灌酒裸身不避。"乘醉归途踏踏歌",此句原注:"起水时无不喝酡者,亦无不沈醉者。归途往往连袂而歌。"这句即描写归途沿街歌舞笑乐的情景。踏踏歌即手拉手,脚踏地,边舞边歌。这种舞蹈应为古代群众歌舞的基本形式。钱召棠《巴塘竹枝词》组诗之二十三首:"笼头小帽染黄羊,窄袖东波模格长。满饮葡萄沉醉后,好携纤手跳锅装。"诗后注:"妇女穿小袖短衣,名'东波';细折桶裙,名'模格'。每逢宴会,戴黄羊皮帽,联臂唱歌,以足踏地为节,曰'跳锅装'。葡萄酿酒,色红而微酸。"② 诗写藏族群众穿着盛装,醉酒后跳锅庄舞。《巴塘竹枝词》组诗之二十四首:"绷开五色绉留仙,窣地流苏立比肩。一曲歌残齐踏足,看他步步有金莲。"诗后注:"以五色彩帛系裙上,下垂排穗,名绷开。"③ 通过服装的动感变化具体写跳锅庄的美好,欢快得就像佛悟道后的感觉。《西藏纪游》卷一载:"跳锅庄者,殆踏歌之遗意也。男女数人或数十人携手,围绕顿足歌笑。每歌一句则曲踊三四以为节,无老幼皆能之。其首句云'达赖喇嘛邛邛倚',询之则云邛邛小也,犹言小底也,达赖喇嘛为小底所倚仗也。以下歌声哼沓不可辨矣。大约以七字为句,亦有弹琵琶形似琵琶而小傍立和歌者,往往自

---

① 赵宗福:《历代咏藏诗选》,西藏人民出版社1987年版,第182页。
② [清] 钱召棠:《巴塘竹枝词》,张羽新校,页三下,见西藏社会科学院西藏学汉文文献编辑室《西藏学文献丛书别辑(第四函)》,中国藏学出版社1993年版。
③ [清] 钱召棠:《巴塘竹枝词》,张羽新校,页三下,见西藏社会科学院西藏学汉文文献编辑室《西藏学文献丛书别辑(第四函)》,中国藏学出版社1993年版。

夜达旦，啰眯不绝。凡供使役曰小底。"① 项应莲诗中的"踏踏歌"应属此类跳锅庄无疑。

清代藏事诗中林林总总的风俗诗作，不但对人们了解其时藏族地区的风俗有很大帮助，就是对人们理解现今藏族聚居区的特殊风土人情亦不无启迪意义。

藏事诗之风物诗中的咏物诗亦别具特色，藏地事物独特，诗人常感受很深，所以一般篇幅都不小，基本都是长诗。西藏的纸颇出名，查礼写有《藏纸》长诗。② 诗先从蜀纸的逊色写起，总说"蜀纸逊豫章，工拙奚足尚"，具体来说"结胎多糟霉，嘲诮实非谤"，和古代与当时的好纸都没法比，"既失蔡侯传，更乏泾县匠"，纸差到"锦城学书人，握笔每惆怅"。以此烘托藏纸的特出，"孰意黄教方，特出新奇样"；用料精细，"臼捣柘皮浆，帘漾金精浪"；取材长大、纸幅宽放，"取材径丈长，约宽二尺放"；质地和色泽"质坚宛茧练，色白施浏亮"；纸具有的特点是"涩喜受陇廉，明勿染尘障"；书画的效果是"题句意固适，作画兴当畅"；纸坚而白且尺幅大的别的用处是"裁之可弥窗，缀之堪为帐"；毫不逊色于当时最好的高丽纸和洋笺纸，"何异高丽楮，洋笺亦复让"。为何会有这样的好纸呢？是因为"国家盛声华，夷夏歌荡荡"，藏纸创造了东土纸的骄傲，"佛国技艺能，无远不筹创。东土应夸观，颂美乌斯藏"。诗歌对比了蜀纸，赞美了藏纸的特点，并分析了藏纸能成为东土名纸的背后原因。查礼对藏纸十分了解，其诗写得颇为精准。《西藏纪游》卷一载："藏纸似茧纸而坚韧过之，有宽广至三四丈者。予曾购一幅，约长丈二三尺，宽七八尺。文理坚致，如高丽纸。""藏纸即藏经纸也。彼地有草一种，叶如槐，花如红花。以其根浸捣，如造皮纸法，常用者不禁。其洁白而厚，宽长三四丈者，惟前后藏达赖、班禅用以写经。

---

① [清]周霭联：《西藏纪游》，张江华、季垣垣点校，中国藏学出版社2006年版，第17页。

② 参见[清]查礼《铜鼓书堂遗稿》（清乾隆刻本）卷二十三，页十二上下，见国家清史编纂委员会·文献丛刊《清代诗文集汇编》（第338册），上海古籍出版社2010年版，第173页。

有私造私售亦犯重辟云。"① 全诗语言优美，高端大气，尤其是结尾显示了查礼由具体事物升华到家国、东土的更高层面观察事物、揭示原因的能力。杨揆亦写有《藏纸》诗："不染云蓝色，言从梵夹分。为供词客赏，时费佛香薰。浅印华严字，深留侧理纹。十翻谁所赠？好写贝多文。"② 诗写藏纸并不染藏地白云衬蓝天的瓦蓝蓝色，遵从佛经样式夹以木板不装订。为了应供词客的鉴赏，时不时要费佛香薰一薰。浅浅地印着华严佛经的文字，深深地留下侧理的纹路。数十翻的藏纸是谁所赠？好用来抄写佛经。《西藏纪游》卷二载："藏经书于番纸上，四围亦界墨线，以为匡廓。纸短而宽，两面可书。夹以木板，不装订也。……贝叶乃贝多树之叶，状如梧桐叶而差大，微带黑色，当系捣叶作纸，如藤纸、竹纸、茧纸之类。至贝多树则未之见。"③ 完全印证了杨揆诗所描写藏纸的特点。

在藏事诗的咏物诗中，关于弓矢的，有查礼的《西域弓矢歌》："蕃弓强，蕃矢短，鬐箣声中秋气满。筋弦角背硬难开，竹箣雕翎材入选。锋镝刃利透肌肤，沙场频见旌旗卷。射人射马百战酣，四野横尸血溅眼。我今腰矢复挂弓。不愿从军愿携鹰与犬。黄羊斑鹿任意追，挟矢弯弓马逐远。蕃儿拍掌呼，蕃僧亟称善，道是文臣之技不可限。"④《西藏纪游》卷一载："番人弓制较短，如内地弹弓，外施朱漆，其质未审何物，云以番地坚厚竹为之，力甚劲。箭亦甚短，箭镞两旁有二钩向内，最为锋利，入膜不得出。"⑤ 诗一上来就抓住西藏弓矢的特点"蕃弓强，蕃矢短"，发箭之声有秋风扫落叶之势，弓箭

---

① ［清］周霭联：《西藏纪游》，张江华、季垣垣点校，中国藏学出版社2006年版，第15页。

② 高平：《清人咏藏诗词选注》中国藏学出版社2004年版，第102页。此诗杨揆《桐华吟馆诗稿》未见收录。

③ ［清］周霭联：《西藏纪游》，张江华、季垣垣点校，中国藏学出版社2006年版，第49页。

④ ［清］查礼：《铜鼓书堂遗稿》（清乾隆刻本）卷二十三，页一一上下，见国家清史编纂委员会·文献丛刊《清代诗文集汇编》（第338册），上海古籍出版社2010年版，第172页。

⑤ ［清］周霭联：《西藏纪游》，张江华、季垣垣点校，中国藏学出版社2006年版，第8页。

的材料上乘,"筋弦角背硬难开,竹笏雕翎材入选",战场效果"锋镝刃利透肌肤,沙场频见旌旗卷",箭的锋利见血封喉,在沙场能起到定乾坤的作用,藏箭纷飞的战场的残酷实状"射人射马百战酣,四野横尸血溅眼",突然一转由战争到和平时"我今腰矢复挂弓。不愿从军愿携鹰与犬",和平时弓矢是狩猎的工具,当时藏地野生动物丰富,"黄羊斑鹿任意追,挟矢弯弓马逐远",骑马挟矢弯弓任意追逐要狩猎的动物,在狩猎场边的观众的表现"蕃儿拍掌呼,蕃僧哑称善",大家都在交口称赞,赞"道是文臣之技不可限"。诗歌既展现了战场的残酷,又写出了狩猎的欢快,突出了藏弓、藏箭的特点和威势,无论在极端残酷的战场上,还是在温暖和煦的和平时期,都有重要的作用。全诗充分发挥了歌行体诗歌的特点,语言有力而欢快,成功地将战时的残酷与平时的欢快很好地表现了出来并形成对比,同时通过蕃儿、蕃僧的口赞美了文臣射技的高超,全诗具有很强的戏剧化色彩。藏地在清代,野生动物是非常丰富的,由《西藏纪游》卷二的记载可见:"藏地野兽虎则甚少。他如金钱豹、元豹、艾叶豹、松根豹、猞猁、狲、元狼、青狼、野骡、野牛、野熊、野猪、羚羊、盘羊、黄羊、狍、麂、草狐、沙狐、人熊、马熊,皆在在有之。拉里产鹿,大小数种。马鹿之蹄与马同。青羊有重至数百斤者,味不甚佳。香獐、野兔,则道旁最多。又有石兔,形如大鼠,居石缝中。禽则灰鹤、天鹅、鸬鹚、野鸭、黄鸭、雪鸡、松鸡、石鸡、沙鸡、秧鸡、鱼鹰、信天翁、吐绶鸡一名七星鸡、半翅味最美、百舌、叫天山、麻雀、姑恶,孔雀亦时有之。野鸽成群。癞雕有黑白二种即食人者,鸦虎一种,小于雕之半。夜猫形如鹗〔鸮〕鸟,高至三尺,夜食狐兔,其捷如鹰。深山之中异物甚多,难悉数也。"① 在藏地人员当时打猎极盛,马若虚就有《登龙冈雪后观猎》诗。② 这首诗一上来就用典故"平生粗类曹景宗,帷车新妇气欲结。有时或作沈庆之,

---

① [清]周霭联:《西藏纪游》,张江华、季垣垣点校,中国藏学出版社2006年版,第34页。

② 参见[清]黄沛翘《西藏图考》(清光绪木刻本)卷三,页二十下,见《西藏学文献丛书别辑》(西藏社会科学院影印)第五函,第二册。

携童跨马行整辔",曹景宗,南北朝时梁朝名将,追随萧衍南征北战,为梁朝的开国功臣,重任为平西将军。其人生性豪放,不失为英雄豪杰,但其好色的性格亦为世人所不齿。沈庆之,南朝宋名将,作战勇猛,善于谋略,两次参加北伐,官至侍中、太尉,其人好射猎。诗人说像曹景宗、沈庆之都爱射猎,所以"腰弓臂鹰亦常事,达掖丽龟逊飘瞥",接着写时逢"塞垣九月风怒号,一夜四山皆积雪",相邀射猎"相邀健将合长围,跃马平原电飞掣",地上跑的"黄獐抱头草间窜,狡兔狂奔失三穴",大上飞的"乍看云际落头鹅,旌弮平冈殪山鹫",射下连跑带飞的"青头鸡或穿其颐,白雉雀乃洞其噎",一穿一洞,可见弓强矢锐与射术的高超。猎猛兽就不一样,得用火枪"砉然一声霹雳震,豺虎纷纷洒毛血",回顾文学、历史"长杨羽猎相如赋,射雉安仁称独绝",向前辈学习"昔人豪迈实可喜,我亦驰驱效前哲",同时可以备战"况复西川未罢兵,翻身欲击天狼灭"。对于藏地弓矢的赞美让人不由得想起历史上曾经剽悍的吐蕃军队。

　　查礼的歌行体咏物诗,尚有两首是专咏藏地所产药物的。其一《五加皮行　有序》①,序曰:"药类有五加皮,其叶或三出、四出、五出,而五出者良,其主名究无知者。案《本草》谓,茎青,节白,花赤,皮黄,根黑,上应五车之精,或因此五加名之也。蜀中处处有之,今红桥关所产者,叶多五出,群以为佳,索之者众,松州之民患采取为累。过此触目,因赋斯作。"序写五加皮药的命名,《本草》所记载的特点,松潘藏地多产上品,松州民以之为患的原因。诗写五加皮上品之产地"红桥关产灵草,叶五加香味好",常用作药酒及效用"浸为醪调湿燥,强力益精希世宝"。诗注注出:"《本草》以酿酒尤良",生长的环境"青青生岩间,采采驱松蛮",采摘的方式及时间"侵星去日夕还,登崖陟岭如猿攀。摘以重五重七并重九,茎叶木根无不有"。诗注:"千金方补云,五月五日采茎,七月七日采叶,

----

①　[清]查礼:《铜鼓书堂遗稿》(清乾隆刻本)卷十八,页十〇上下,见国家清史编纂委员会·文献丛刊《清代诗文集汇编》(第338册),上海古籍出版社2010年版,第137页。

九月九日采根,合为末,治五脏筋脉缓纵诸症。"注出采摘的具体时间。初步清理"芟削其繁梗,洗剥其苔斑",深度加工"捣成霏屑入刀圭",药的神效"痿者能起跛者走",享有的名声"药为蜀产讵谓奇",带来的麻烦"索者非公馈必私。县给官价蛮民苦,不恨县官转恨医",苛政猛于虎,诗人欲根除此弊端"我欲纵火历山泽,烧除此药种大麦",贫穷的藏族群众的反应"穷蛮闻之,欢呼称善手加额"。全诗戏剧化色彩很重,让人不由得想起柳宗元《捕蛇者说》。其二《甘松香行 有序》①,序曰:"甘松香叶如小兰,叶窄而短。夏月抽细茎,开碎白花,独根,根旁须繁密,香气浓浊。《本草》载,其性甘温芳香,理诸气,开脾郁,治肠腹满痛,风疳齿䘌。脚膝湿气,用根煎汤淋洗,有神效,产甘凉黔蜀中。",序写甘松香这一植物特点,《本草》所载药用功能、特点及产地。诗写阿格与甲凹两地之间,"土不产五谷",百姓贫困"无谷更无蔬,蕃儿苦枵腹",虽然还有放牧"虽牧牛与羊,未可断饘粥",但常常举家食粥,治理地方当想办法"务谋粗粝资,乃足为养育",两地之间产甘松香"两蕃岩阿中,甘松香馥郁",此植物能治病"性怯风雨淫,病夫受其福",能做香料"并堪入香料,佛子寺寺爇",诗注注出"甘松入香料用甚广",因此有专行收购"缘因消耗多,遂有行市蓄",诗注注出"松州有收甘松行市",采甘松香情形"男妇群携锄,循山事匍匐",每年每天辛勤劳作"岁岁忘辛劬,朝朝逐林麓",收获差距很大"壮者挑盈筐,弱者采一掬",可用以交换粮食"积之庐落间,稞麦换斗斛",诗人不由得发出慨叹,"吁嗟!天乎不绝此域蕃,芸生香草开食源,甘松甘松根日繁"。全诗写了开发甘松香,养育藏族百姓,解决贫困藏族聚居区的食源。咏药物之藏事诗本不算多,查礼的这两首歌行体咏药物诗,不仅精确刻画了所咏之药物五加皮和甘松,而且提升到恤民抚治的高度来审视,咏物以明志,无愧为咏物诗中之佳作。五加

---

① [清]查礼:《铜鼓书堂遗稿》(清乾隆刻本)卷十八,页十二下、十三上,见国家清史编纂委员会·文献丛刊《清代诗文集汇编》(第338册),上海古籍出版社2010年版,第138页。

皮、甘松只是草药,藏药究竟是怎样的呢?藏族群众是怎样治病的?《西藏纪游》卷二载:"番医称厄木气,药不炮制,概用丸散。番人患病,则以清油、酥油涂其身而曝之,或复以羖毡,烧柏叶熏之。病重者始诊脉服药或刺血。番人无论何疾必延喇嘛或朱鬼道士之类讽经,或令童男女唱佛歌以禳之。番人最忌出痘,有终其身不出者,有至四五十岁始出者。凡出痘,毋论父母妻子,委之山上,以酥油、糌粑等物置其旁,阅数日视其曾死与否。若留养在家,恐其流染他人也。其薄俗概叼知矣。"① 这里还记录了藏族群众对出水痘的恐惧。钱召棠的《巴塘竹枝词》组诗之十八首:"何必龙宫觅禁方,奚烦肘后问青囊。但听一片波罗密,勿药能占病体康。患病不信医药,惟延喇嘛诵经。"② 诗写何必到龙宫去找珍贵的禁宫中药方,又何必去烦医生开药方,只要听到诵波罗密经,不用吃药就能使病体康复。诗写藏地治病风习是不吃药,只诵经。但只是较轻的病,重病还是要用藏药的。

在咏风物的藏事诗中,吴省钦的咏物诗亦可谓特色鲜明。吴与周霭联交好,周霭联尊称其为吴白华师。③ 吴省钦字冲之,南汇人。乾隆二十八年(1763年)进士。改庶吉士,授编修,官至左都御史。工诗文,其诗刻意雕琢,援引僻典,典雅沉稳但失之涩滞。乾隆四十年(1775年)其在四川任职时作有歌咏西藏风物的《藏枣》《藏香》《藏氆氇》。这三首诗,描写来自西藏特有的物产、生产过程和优良质地,并歌颂清朝的一统天下,《藏枣》:"核物备五宜,来来著标格。藏产推果珍,梧皮番纸名裹成腊。小者扶寸余,粘腻不容擘。大者指数围,恬淡不容菱。如瓜虽未能,入药真足惜。大荒处极西,厥汗受符册。觅种盈万栽,有睆挂林隙。晕紫攒鳞鳞,邹红披的的。来

---

① [清]周霭联:《西藏纪游》,张江华、季垣垣点校,中国藏学出版社2006年版,第41页。

② [清]钱召棠:《巴塘竹枝词》,张羽新校,页三上,见西藏社会科学院西藏学汉文文献编辑室《西藏学文献丛书别辑(第四函)》,中国藏学出版社1993年版。

③ 参见[清]周霭联《西藏纪游》,张江华、季垣垣点校,中国藏学出版社2006年版,第10页。

经乌拉番语牲畜驮,饱同曩宋番语庶子出家者吃。其核尤出奇,无复仁可获。佉离两已背,混沌一爻画。啮之若槟榔,生涩介喉嗌。以彼苦寒地,乃集甘温益。句胪传唱人,练气秘服食。繄予羼弱身,内景滞胸膈。筐倾坐难致,竿打路偏隔。想象西南番,万里献心赤。一笑检农书,帘影枣花北。"① 诗先说藏枣备中原五果之末,为"藏产推果珍",被藏纸包裹着以保持干燥。其形状"小者扶寸余,粘腻不容擘。大者指数围,恬淡不容醋",大小相差较大。功用"如瓜虽未能,入药真足惜",色泽"晕紫攒鳞鳞,邹红披的的",核"其核尤出奇,无复仁可获。佉离两已背,混沌一爻画",核的功用"啮之若槟榔,生涩介喉嗌"。正如《西藏纪游》卷一载:"藏枣长寸余,色如榧子,味甘而涩,核有一纹,形如女阴。"② 可以"练气秘服食",可以"繄予羼弱身,内景滞胸膈"。最后写其产量少、得来不易,诗人以开玩笑结束全诗:"一笑检农书,帘影枣花北。"《西域遗闻·物产》载:"藏枣产于阿里噶尔妥地,大于诸枣,初入口如沙糖,嚼之即无余味,比于荔枝杨梅不逮远甚,然人争视为奇物。"③ 全诗细写藏枣的形状、色泽、功用、产地,突出了藏枣的神奇功能,可以补农书之未载。诗人把藏枣的进贡,称为"万里献心赤",寄予了深厚的国家统一情怀。

吴省钦写有《藏香》:"薰笼媚闺情,烓炉诵佛号。香市喧蜀郡,却被海内笑。谓乏龙脑珍,兼逊鹧斑耀。下驷安可充,先韦幸无躁。尸陀林各天,西藏直西徼。唾弃南北宗,帖耳奉黄教。吹螺响呜呜,转幡影浩浩。正法如日悬,一气大感召。甘松及珠贝,百练入铛铫。捣为元霜精,搓作金管貌。星星微火来,烟篆四腾掉。其臭淡无言,其烬光有曜。重帷闭少时,融液透百窍。辟邪具神通,那必数医疗?

---

① [清]周霭联:《西藏纪游》,张江华、季垣垣点校,中国藏学出版社2006年版,第10~11页。
② [清]周霭联:《西藏纪游》,张江华、季垣垣点校,中国藏学出版社2006年版,第10页。
③ [清]陈克绳:《西域遗闻·物产》,见禹贡学会据江安傅氏藏旧抄本民国廿五印行本,第61页。

方今威德宏，神僧契元照。重舌赴东土，焚顶秘虔告。区区登贡余，惹衣记廊庙。使臣荷分致，羌情验欢叫。束香同束刍，价压万蹄噭。郑重烧博山，心清远闻妙。"① 藏香是西藏所产的一种线香，原料为檀香、云香、艾等。《西藏纪游》卷二载："藏香长二三尺，细如缕，有红色、黄色，每数十枝或百枝以绒束之，番人以礼佛或迎送官长，状如束刍，向闻是香，亡人颅骨以和之，故其气与他香不同。又相传妊妇得之易产。又云能祛邪祟，未知信否。"② 诗先从藏香的最广泛的用途入手"薰笼媚闺情，炷炉诵佛号"，接着写藏香在蜀地卖得很好，但在中原并不流行，"香市喧蜀郡，却被海内笑"，不流行的原因是"谓乏龙脑珍，兼逊鹧斑耀"，和中原香的配料不一样，藏香用于藏传佛教的信仰，尤其大量用于黄教的各种仪式，藏香的构成"甘松及珠贝，百练入铅铫"，形状"捣为元霜精，搓作金管貌"，焚香"星星微火来，烟篆四腾掉"，味道"其臭淡无言，其烬光有曜"，效果"重帷闭少时，融液透百窍"，神效"辟邪具神通，那必数医疗"，香与信仰重履东土"方今威德宏，神僧契元照。重舌赴东土，焚顶秘虔告。区区登贡余，惹衣记廊庙"，大受欢迎的情形"使臣荷分致，羌情验欢叫"，虽然每个包装装的香不多，但价格不菲"束香同束刍，价压万蹄噭"，郑重在博山香炉中燃烧，当心里清净远远地闻闻还是很妙。全诗让人对藏香与中原香的不同，藏香用于藏传佛教的信仰，藏香的构成、形状、效果、受欢迎的程度、价格，以及所具有的神效能有清楚认识，并突出藏香与藏传佛教信仰的关系，"方今威德宏，神僧契元照"。《西藏纪游》卷二载："藏香以后藏入贡者为佳，有红黄二色，其细者一种名盛安工卡最胜，香内以醮吧、吉吉诸香加藏红花为之，故香甜触鼻。前藏色拉寺香亦佳。其余馈送者料薄

---

① [清]周霭联：《西藏纪游》，张江华、季垣垣点校，中国藏学出版社2006年版，第54～55页。
② [清]周霭联：《西藏纪游》，张江华、季垣垣点校，中国藏学出版社2006年版，第54页。

价省,皆不甚地道。其大如笔管者,每支价值一金,不可多得。"①
沈叔埏亦写有咏物长诗《藏香酬袁春圃方伯》。沈叔埏(1736—1803年),字剑舟,一字塈为,号双湖,秀水(今浙江省嘉兴)人。乾隆三十年(1765年)清高宗南巡,召试一等,赐举人,授内阁中书。乾隆五十二年(1787年)考中进士,官吏部主事,到任不十日便乞养还乡。沈叔埏善绘画,工诗文。《藏香酬袁春圃方伯》一诗作于乾隆五十二年(1787年),早一年江南大旱,诗人母亲染疾沉重,江宁布政使袁春圃赠送给诗人数束藏香疗疾,后母病果渐好转,诗人以为神奇,对西藏产生兴趣,查阅书籍,获得不少有关西藏的知识。为表达对袁春圃的谢意,诗人便赋写这首长诗回赠。诗篇长达94句,诗曰:"我闻小西天,名曰乌斯藏。有香唵叭殊,无佛喇嘛妄。市赢聚蜀都,贡远鄙邛杖。辟邪兼辟寒,却秒同却瘴。百品压都梁,万里列亭障。闲尝按舆图,有足资博访。江卡至铁凹,攒峦而沓嶂。说班多以西,地柏俨盆盎。取料皆此树,枝樛连蜷狀。红者何物成,番红花争映。黄者价昂贵,龙鲤指爪猛。厥篚包桔皮,其国枕苇荡。蛮夫担重荷,犏牛载兼两。雪岭白嵯峨,金沙黄浩漾。多周舍丽层霄,革船流恶浪。拉萨不爱珍,夹霸岂愁掠。袖编纪销喃,舌人非谝诳。周末传化人,执袪愿腾上。灵关辟相如,绝国通博望。回鹘再朝唐,摩尼汗所仗。明初设官司,偶举事终旷。不铄入吾朝,威棱德洪鬯。一从赐锦幢,百倍荣蕃帐。绣靴舞侲童,金甲戏天将。藏果饤宾筵,法华琅梵放。缅昔东宗喀,香界噶丹刱。逦迤至卫西,黄教迭演唱。达赖大智慧,壮严具诸相。甫生即能言,三世知不妄。恭逢我文殊,日入尤化向。清静坐莲花,徕宾礼曾抗。闰年昨旱瘨,畏景转炎炀。老母被隆暑,泄泻婴微恙。不惮涤厕腧,所苦竭津脏。贫乏甲煎供,质有膏炉长。珍逾握椒贻,佐我白华养。虚室生吉祥,篆烟乍摇飏。一炷气渐舒,再爇神已王。裹裹九窍透,郁郁百骸畅。快比酒健嬴,霍如盐疗胀。难老祝延龄,新秋胜饮沆。默想乌拉驮,远踰鄂博防。牛头

---

① [清]周霭联:《西藏纪游》,张江华、季垣垣点校,中国藏学出版社2006年版,第55页。

记海岸,凤脑谈瀛闻。闭阁惭小宗,循陔秉微尚。行和良在兹,高谊焉敢忘?金鳞喷犹余,银鸭烬仍傍。赋诗补香乘,庶用答嘉贶。"①诗一开始,"我闻小西天,名曰乌斯藏。有香唵叭殊",《西藏纪游》卷二载:"唵叭香形如木柿,爇之气亦馥烈。按:雁门文震亨《长物志》云:'唵叭香香腻甚,着衣袂可经日不散,然不宜独用,当用沈水共焚之,以软净色明、手指可撚为丸者为妙。都中有唵叭饼,别以他香和之,不甚佳。'予谓凡香必和他物而始成,不独唵叭香也。西域有草名玛努,根似苍术,番僧焚以供佛,颇为珍贵,当亦如唵叭香之类也。唵叭香色黑,其白者名吉吉香。"②接着介绍其主要在四川成都买卖,卖的比四川的特产"邛杖"还要远,"市赢聚蜀都,贡远鄙邛杖",以及其奇特的功效"辟邪兼辟寒,却疹同却瘴",藏香的品种非常多,"百品压都梁,万里列亭障",诗人说其根据藏地的丰富书籍资料来了解藏香各方面情况,"闲尝按舆图,有足资博访",其构成取料于树,"地柏俨盆盎。取料皆此树,枝樛连蜷状",红色的是番红花,"红者何物成,番红花争映",黄色的最珍贵,"黄者价昂贵,龙鲤指爪猛",因为用了穿山甲作为香料。运输特别困难,"蛮夫担重荷,犏牛载兼两。雪岭白嵯峨,金沙黄浩漾。多周舍丽层霄,革船流恶浪",还担心遭抢劫,"拉萨不爱珍,夹霸岂愁掠"。再接着写到在历史上,周穆王时就有佛东来中原的传说,周穆王恭敬地撩着衣襟,追随佛变化来中原化度的人,汉代司马相如开辟灵关,张骞通西域迎来异香,唐代回鹘、摩尼朝唐所仗均是香,明代"明初设官司,偶举事终旷",专办此事,但没坚持多久,清代"丕铄入吾朝,威棱德洪邕",有宏大壮阔的威势、深远洪广的德行。自从朝廷赐锦幢,藏香百倍荣于蕃帐,用于盛大的欢宴的场合,尤其用于黄教重大的法事活动,达赖喇嘛具有大智慧,一生下来就会说话,能知三世的事情,恭逢我朝文殊皇帝。重点写到乾隆五十年(1785年)南

---

① 赵宗福:《历代咏藏诗选》,西藏人民出版社1987年版,第32页。
② [清]周霭联:《西藏纪游》,张江华、季垣垣点校,中国藏学出版社2006年版,第53页。

方大旱，老母亲中了暑热，拉肚子把五脏之内的津液都拉尽了，身体几乎彻底垮了，诗人尽心侍奉，室内焚上藏香便"虚室生吉祥，篆烟乍摇飏"，老人家"一炷气渐舒，再爇神已王"，很快"裹裹九窍透，郁郁百骸畅"，效果之快"快比酒健羸，霍如盐疗胀"，渡过苦难祝老人家延龄长寿，诗人快乐得"新秋胜饮沉"，诗人默想藏香的得来不易，又是乌拉驮，又是"远踰鄂博防"，对送香的好友"行和良在兹，高谊焉敢忘"，所以"赋诗补香乘，庶用答嘉贶"。诗中详细描写了藏香的来源和西藏地理、民情、宗教、历史，着重咏述藏香在疗母疾方面的神奇功效，藏香以清香能疗疾，在清代很有名，沈诗提供了有力例证。全诗遣词古雅，描绘形象，对于了解藏香至今具有一定的意义。孙士毅亦写有咏物诗《藏香》："冰麝庄严饼，琼蕤旖旎丸，递来金雁驿，烧近荔枝滩。蕃乐龟兹进，宣窑兽炭安，熏才沈水暖，坐渐拂庐寒。黄教拈迦叶，乌蛮礼刹竿，人天应忏悔，香国自旃檀。鹿女挼衣桁，僧妃拥髻盘，碉房金屈戍，梵宇曲阑干。卍字聪明写，回肠宛转看，禅魔今夜定，儿女此情单。焰焰烟猊烬，星星蜡凤弹，闻根参鼻观，清供又伊兰。"① 诗由藏香中的特别品种入手，冰麝做的具有佛教谓以福德等净化身心，有戒、三昧、智慧、陀罗尼四种庄严护持的饼状藏香，像玉花多盛美好貌的丸状藏香。从驿站递来，在荔枝滩附近燃烧，让人想起唐乐曲名《荔枝香》，接着写宫廷极尽奢华的享受，"蕃乐龟兹进，宣窑兽炭安"，烧着这样的香，那些权贵会不会对比制造它的产地而惭愧，"熏才沈水暖，坐渐拂庐寒"，无论是黄教的讲经，还是乌蛮的祭祀礼刹竿，还是在天面前人应有的忏悔，都需要这旃檀香，更何况美女香国般的房间"鹿女挼衣桁，僧妃拥髻盘"，碉房金子做的门窗、屏风、橱柜等的环纽、搭扣，佛寺的曲折的回廊中到处飘着香味，就连佛胸前的代表智慧的"卍字"，也像回肠一样需要宛转才能看明白，是禅定还是魔障今夜

---

① ［清］孙士毅：《百一山房诗集》（清嘉庆二十一年刻本）卷十一，页一上，见国家清史编纂委员会·文献丛刊《清代诗文集汇编》（第347册），上海古籍出版社2010年版，第592页。

才能定下来，儿女之情是单一专注的，还是在"焰焰烟猊烬，星星蜡凤弹"这样香烟缭绕的环境里和烛光之下，坚持眼观鼻、鼻观口地进入佛教的参禅境界，那清供的香就一定像伊兰般芬芳。此诗从用词到立意都极尽奢华之能事，诗的后半部分对黄教还微微地有讽谏的意味。孙士毅的《藏香》诗与吴省钦的《藏香》诗、沈叔埏的《藏香酬袁春圃方伯》诗，三首都是五言诗，内容风格却截然不同，吴、沈诗对藏香本身的构成、功用都有相当知识性的描述，两首诗都对藏香的历史和现实有准确的概括，沈诗甚至叙述了藏香奇特疗效的个案，并包含朋友间的深情。孙诗只奢华地描写了最奢侈的藏香，并描写了奢华的生活，完全是贵族式的，与吴、沈诗知识性、普罗大众的描写无论在内容上，还是在风格上都不相同，也给了我们从诗化的角度认识不同种类藏香的机会。

吴省钦还写有《藏氆氇》："边城出鱼通，乌斯藏联属。水草健移帐，羊牛富量谷，岂惟驰骋便，寝食利皮肉。一毛积万毛，氁毯细盈匊。漫捻体渐粗，交搓绪相续，数丈亘一条，条条受机柚。经之旋纬之，织作妙缘督。长钩准高架，用手不用足。匹成刮使光，束卷诧丰缛。彼中霜雪繁，适体耐寒燠。披同黑貂襜，藉胜紫熊褥。入市茶马偕，任贡组缳恧。皇灵被戎夏，如布罔越幅。扈夷徕挏浆，准部资考牧。氍毹致新罗，毷氉献身毒。弓衣绣诗句，即事验怀服。殊珍何自来，展对见羌俗。复陶制效秦，黄润价压蜀。宾罽番驼尼，考校眛前录。为报割毡情，缠绵佐宵读。"①藏氆氇是一种手工毛呢织品，为藏族普遍穿着的衣料。质地优良的氆氇，旧时乃是藏地政权向中央王朝进贡的贡品。《清文献通考·土贡》载："西藏前藏达赖喇嘛、后藏班禅额尔德尼分两班，轮流遣使进贡，每年于十一月到京，所贡哈达、经卷、藏香、珊瑚、琥珀、数珠、氆氇等物。"诗先写藏地牛羊遍野，衣食所赖，然后介绍氆氇的制作工艺，先捻线"一毛积万毛，氁毯细盈匊。漫捻休渐粗，交搓绪相续，数丈亘一条"，再织作

---

① [清]周霭联：《西藏纪游》卷二，张江华、季垣垣点校，中国藏学出版社2006年版，第58～59页。

"条条受机柚。经之旋纬之,织作妙缘督。长钩准高架,用手不用足",织成后的处理"匹成刮使光,束卷诧丰缛"。氆氇的用途"彼中霜雪繁,适体耐寒燠"。穿氆氇的效果"披同黑貂襜,藉胜紫熊褥",还可以作为商品"入市茶马偕,任贡组繐恶",卖到很多地方"扈夷徕捖浆,准部资考牧",甚至国外"甀甈致新罗,髭甈献身毒",氆氇还展现习俗"展对见羌俗",质量好价格高"黄润价压蜀"。还有一特殊功用,在寒冷的天气里可以"缠绵佐宵读"。《西藏纪游》卷一载:"氆氇、大绵、细毯,皆以羊毛为之,藏地随处皆织之,山南出者为最细今由云南转贩江南、京城者,皆山南物也。……喇嘛冬衣氆氇,夏衣细毡,一件价有四五十金者。"① 可见优质氆氇价值不菲。《西藏纪游》卷二载:"番民服御惟氆氇一种最广,价亦不廉,质重不适于体。暖则嫌其渍汗,寒则嫌其透风,以作地衣寝蓐较相宜焉。又有一种曰藏片,实即英咭利国多罗呢之粗者。"② 将氆氇的优缺点与英国多罗呢对比。《西藏纪游》卷二又载:"氆氇以山南所织为最细,西藏本地皆粗料也。滇客携银、茶至山南收买,由滇再发江南,京师为最高。又有大绵一种,似氆氇而不起珠,细毡则似羽毛,皆羊毛所织,佳者价亦不轻云。"③ 可见,氆氇在藏地应用很广,并作为特色产品销往各地。《西藏纪游》卷二还有相关考证:"藏地不产绸布,得之颇知珍重。其所产氆氇、细毡之类,皆用牛羊毛织成。按:杨升庵云'袈裟名水田衣,又名稻畦帔'。王维诗:'乞饭从香积,裁衣学水田。'王少伯诗:'手巾花氎净,香帔稻畦成。'袈裟《内典》作毣毲,盖西域以毛为之,又名逍遥服,又名无尘衣云云。予见氆氇五色毕备,亦有织作花纹,望之略如水田之分棱,无男女皆衣之。因思毣毲二字,元系番语,字俱从毛,自佛教入

---

① [清] 周霭联:《西藏纪游》,张江华、季垣垣点校,中国藏学出版社 2006 年版,第 3 页。
② [清] 周霭联:《西藏纪游》,张江华、季垣垣点校,中国藏学出版社 2006 年版,第 58 页。
③ [清] 周霭联:《西藏纪游》,张江华、季垣垣点校,中国藏学出版社 2006 年版,第 59 页。

中国后，华僧服其服而不必皆毛褐，乃改毡毳为袈裟，且专以属之开士耳。"①

孙士毅还写有《藏茧》一诗："拂菻千花氍，耽兰九色㲪，南蚕丝喜俪，西女织应能。问俗留班布，传经忆碧缯，年时长作贡，并隶尚衣丞。"② 藏地大多用羊毛、牛毛做织物，毺氇是比较普遍的衣料。孙士毅此诗却记载了藏地比较罕见的藏蚕、藏茧。诗写藏茧制品就像拂菻（隋唐时指东罗马帝国及西亚地中海沿岸地区为拂菻）地方的千花氍，耽兰地方的九色㲪，是很鲜艳的，南蚕的丝又细又俪，藏女亦有织丝能手，诗人问过一种染以杂色的木棉布即班布的制作工艺，读经书想起古代的丝织品缯，藏地的丝织品每年多是贡品，归交掌管帝王衣服之职官。《西藏纪游》卷一载有藏地缎绸："卡契缎似缎较薄，五色俱备。有用金丝遍织折枝花朵者，每匹仅长二三丈，价值数十金。有织为直纹五色相间者，是物只可为寝衣、帷幔之用。卡契绸似绸甚薄，其形亦如之。"③ 这些可能就是用藏茧织出来的。《西藏纪游》卷二亦载有藏绸："藏绸如浙省之棉绸，质理较粗，淡黄色。""藏绸皆山茧也。一（种）出布鲁克巴，细而轻；一种出腊答克，在叶尔羌边界，绸极粗厚，宽皆可四尺余。藏中以之代布，价廉而易得。腊答克人每岁来贸易，去前藏不过月余之程。"④ 藏绸还分两种，一种细而轻，一种粗而厚。看来藏蚕、藏茧还有品种的不同。布鲁克巴即主巴，藏传佛教主巴噶举管辖之地，近代英印势力进入后称为不丹（意为藏地）；腊答克即拉达克，历史上为西藏地方阿里三围之一。这两地所产之绸，其时自应称为藏绸。

---

① ［清］周霭联：《西藏纪游》，张江华、季垣垣点校，中国藏学出版社2006年版，第54页。

② ［清］孙士毅：《百一山房诗集》（清嘉庆二十一年刻本）卷十，页二十一下，见国家清史编纂委员会·文献丛刊《清代诗文集汇编》（第347册），上海古籍出版社2010年版，第590页。

③ ［清］周霭联：《西藏纪游》，张江华、季垣垣点校，中国藏学出版社2006年版，第15页。

④ ［清］周霭联：《西藏纪游》，张江华、季垣垣点校，中国藏学出版社2006年版，第41页。

以组诗咏物,为藏事诗中咏物诗的另一特色。孙士毅所写的由一组十二首诗构成的专门吟咏藏地独特事物的组诗为其藏事咏物诗的代表作。这组诗总题目为"蛮方日用与内地迥殊,触目成吟,得十二首,题仍口外蛮语,而以华言分晰注之,聊备风谣之末云耳"。因为藏地日用与内地迥然不同,诗人触目成吟,得此十二首诗,每首诗歌的题目都用藏语音译词,并以题注分析解释此词。诗人颇为谦虚地说,这十二首诗聊备各地风谣之末。实际上这十二首诗将藏地最有特色的"日用"尽收笔底,是藏地风物的一组赞歌,虽然也表达了诗人站在儒家和中原立场的一些批评和对某些藏俗的不理解,但基本代表了其时大多数入藏官员和诗人的普遍看法。下文将对这十二首诗逐一进行解析,以突显清代诗人对风谣的重视和对藏地风物的认识。由于周霭联写有部分和诗、徐长发及其他诗人亦有相关诗作流传,亦一并进行研究比较分析。

　　其一《糌粑》诗,题注:"屑青稞如面,团捻如拳,和酥茶食之,亦间有用大麦者。"注出"糌粑"的做法、食法。诗曰:"裹粮越鱼通,晨炊忽不举,霜籼竟告匮,稞面乃得俎。虽云经磨砻,入口辄龃龉,未足俪青精,差堪配黑黍。潼乳注瓦缶,酌言当肥羜,顿攒陶令眉,扪腹思粔籹。"① 诗人运送平定廓尔喀侵藏大军粮饷越过打箭炉后,早餐忽然发生问题,籼米竟然用完了,青稞做成的糌粑被用来充饥,虽然青稞也经过磨砻,但是入口还是觉得上下齿不相对应。那感觉离青精饭差得很远,和黑黍饭差堪相配。将酥油茶注入瓦缶,边喝边说就当吃美味的小羔羊,顿时使彭泽令陶潜皱起了眉头,抚摸着腹部遥想那以蜜和米面熬煎成的粔籹。诗歌写了吃糌粑的原因,与青精饭、黑黍饭进行了对比,用幽默的方式表达了自己不爱吃糌粑。全诗诗句优美,诗意诙谐,用词古雅。《西藏纪游》卷二对青稞做了语义、语音学上的考辨并记载了当时青稞种植和糌粑食用的情形,极

---

① [清]孙士毅:《百一山房诗集》(清嘉庆二十一年刻本)卷十一,页九上下,见国家清史编纂委员会·文献丛刊《清代诗文集汇编》(第347册),上海古籍出版社2010年版,第596页。

为珍贵:"青稞如麦而叶穗较短,四月播种,六七月即可刈获。盖口外地寒,五谷不生,惟稞麦较宜尔。(按:稞,苦禾切,音科;又胡瓦切,音踝;又鲁果切,音裸,今土人呼如科之上声。)糌粑屑,青稞、荞麦为面,番民资为日食之需。掘地为炉,庋铫熬茶,群众围坐,视其火候搅以酥油。怀中探取木碗,酌而饮之。或糁糌粑于盌,浇以酥茶,入以盐,手搓成团而啗之。亦有不及熬茶,用雪水搓糌粑以充饥者。大抵番人日食四五顿,略一憩息即熬茶为食,食少而频,亦养身之一法。予陪孙文靖赴藏,食用之需皆自裹带。途中绝粮,不得已以糌粑充食,梗塞喉间不能下咽,不觉相视而笑。(按:'糌粑',字书无此字,当亦就蛮语而译之者,其音如昝子感切,如巴,而各加以米旁。如郭忠恕所云,飞禽即须安鸟,水族便应著鱼之类。然二字沿用已久,不能改也。)"① 徐长发写有《糌粑行》:"蛮乡生未喻粱肉,只有荞稞能撑腹。军前白粲白似珠,以此易彼非所欲。匹诸刍豢悦我口,享以鸡豚转觳觫。吾闻嘉种贻来牟,稼墙用成先百谷。土硗水厉石气寒,播种乖穜不乖稑。蒸团略似五侯鲭,三月裹来不言宿。霜碉雪幕夜半饥,赖此干糇性命足,用慰封侯万里材,唱凯归来好爨玉。"② 全诗写了青稞适合高寒气候,糌粑适用艰苦条件,以及诗人以这样食物充饥的不适应和为了取得胜利而吃苦耐劳的精神。诗歌充满了乐观主义的情绪,诗句大量用典,古雅而幽默。《西藏纪游》卷二载:"青稞即小麦之另一种,虽至熟其半带青色,故名。炒青稞作花,然后磨成面,即可调酥油为团以代饭,亦香美。彼中有水磨、旱磨之分,然大喇嘛所尚则喜粗如米粞成片者,取其易消[化]也。豌豆亦可作糌粑,能作胀,不宜多食。""番民以茶为生,缺之必病,如西域各部落之需大黄。盖酥油性热,糌粑干涩而不适口,非茶以荡

---

① [清]周霭联:《西藏纪游》,张江华、季垣垣点校,中国藏学出版社2006年版,第56页。
② [清]周霭联:《西藏纪游》卷二,张江华、季垣垣点校,中国藏学出版社2006年版,第56~57页。

涤之，则肠胃不能通利。"① 对比此记载，徐长发的《糌粑行》的内容相当真实生动。查礼写有《稞麦叹 有序》一诗，序述：松州松潘厅章腊营所属寒盼寨土千户、商巴寨土千户、祈命寨土千户，以及口外之阿格甲凹、鹊个、郎驮、上中下阿坝十土千百户诸境，迢迢千余里广的土地，户口仅有数万，这之间有产青稞的，有从不产青稞的，作诗一一记下这种情况。诗曰："松章有稞麦，格凹无稞麦，鹊个无稞麦，郎坝有稞麦，穷边千里遥，未能一例核。天时固不同，地气亦迥隔。六月尚陨霜，冬月闻霹雳。晴少阴翳多，雨雪昏朝夕。羌番生此间，不复叹土瘠。有麦聊充饥，无稞任乏食。揭来目睹之，教养实我职。急欲代之筹，又少万全策。功难与天贪，势难与地敌。谁云中与外，处处宜稼穑。"② 诗写松州松潘厅章腊营地方青稞生产的情况，各地"天时固不同，地气亦迥隔"，能种植青稞的地方"有麦聊充饥"，不能生产之处"无稞任乏食"，可见青稞对于当时当地人民生活的重要性。以及表述诗人以"教养"为己责，急于改变此种状况，为不宜稼穑之地的百姓筹划出一个办法，却苦于少有万全之策。孙士毅还写有《观刈麦》："日夕下牛羊，村烟引孤往，不闻钲鼓鸣，聆此枷板响。蛮荒开辟迟，土厚信肥壤，菽粟使之仁，柔民去其犷。此中物候殊，暖寒变饥穰，六月尚条风，嘉穗自俯仰。丁男腰佩镰，馌妇儿在褓，语言太兜离，来往各纷攘。皇心不遗远，域外亦教养，行田彼为谁，头人或里长，此辈老耨锄，吾行放弓仗。"③ 诗人在一个黄昏，走向一个烟村。在这里听不到战争的钲鼓，听到的是收获青稞的枷板响，看到的是开荒、教化的结果，"土厚信肥壤，菽粟使之仁，柔民去其犷"，这一片土地真是特殊"此中物候殊，暖寒

---

① [清] 周霭联：《西藏纪游》，张江华、季垣垣点校，中国藏学出版社 2006 年版，第 57 页。青稞实属大麦类。
② [清] 查礼：《铜鼓书堂遗稿》（清乾隆刻本）卷十八，页十六上下，见国家清史编纂委员会·文献丛刊《清代诗文集汇编》（第 338 册），上海古籍出版社 2010 年版，第 140 页。
③ [清] 孙士毅：《百一山房诗集》（清嘉庆二十一年刻本）卷十一，页二下、三上，见国家清史编纂委员会·文献丛刊《清代诗文集汇编》（第 347 册），上海古籍出版社 2010 年版，第 592 页。

变饥穰,六月尚条风,嘉穗自俯仰",在六月已看到青稞抽穗了。诗人接着写出当地收青稞的情形,"丁男腰佩镰,馌妇儿在襁",人们高兴地说着诗人不懂的藏语,辛勤地忙碌着,"语言太兜离,来往各纷攘",诗人还骄傲地写出国家在边地的管理"皇心不遗远,域外亦教养,行田彼为谁,头人或里长",这个头人是个老庄稼汉,对青稞如何种收很在行。诗人虽将当地的收青稞误作刈麦,但对这里的稼穑环境甚是喜欢,希望此处成为自己放下弓箭、离开战争、归耕的所在。仝诗写出了藏地的一片绝美的田园风光,诗句间充满了青稞丰收的欢快。钱召棠《巴塘竹枝词》组诗之四亦写有丰年的欢快:"番汉居民数百家,何须晴雨课桑麻。繁霜不降无冰雹,鼓腹丰年吃糌粑。"诗后特自注青稞制作糌粑之法:"秋收最畏霜雹,炒青稞磨粉和酥茶抟食,曰'糌粑'。"①美国人类学家梅尔文·C.戈尔茨坦和辛西娅·M.比尔于20世纪80年代在广阔的"藏北高原"羌塘做了16个月的实地人类学调查,其著作就记载了青稞在其时的制作过程:"牧民用砂爆炒青稞,因为砂能均匀地传热,使青稞不至炒焦,泥砌的炉子或铁鼎都可用作炉子,筛去砂子后,将炒熟的青稞用手推石磨碾碎。"②这不但和在1906—1908年期间曾经穿越了藏西的著名的瑞典探险家斯文·赫定笔下当年的描绘如出一辙,而且与更早的清代藏事诗中的风物诗的相关描绘亦没有多少出入。

其二《褚巴》诗,题注:"单衣也,以牛羊皮毛织成之,大襟阔领男女皆衣此。"注出褚巴是藏族男女常穿之衣,由牛羊毛织成,形制是大襟阔领。诗曰:"褚小戒怀大,蒙庄曾有讥。坟起突在胸,此中贮糗糒。土民率以食物贮怀中。腰袯新襞积,蒙头忍朝饥,睡时即以褚巴覆首。无冬亦无夏,墙角就日晞。敝予弗改为,珍之若赐绯,

---

① [清]钱召棠:《巴塘竹枝词》,张羽新校,页一上下,见西藏社会科学院西藏学汉文文献编辑室《西藏学文献丛书别辑(第四函)》,中国藏学出版社1993年版。
② [美]梅尔文·C.戈尔茨坦、辛西娅·M.比尔:《今日西藏牧民——美国人眼中的西藏》,肃文译,上海翻译出版公司1991年版,第9页。

胡哉非病瘘，裁此阔领衣。"①《西藏纪游》卷一载："藏地男、妇，无冬夏衣褚巴蛮语也，用氆氇、毛褐为之。大襟阔袖，制如僧袍。短才及膝，虽当盛寒，表里不袭副衣，瑟缩凌竞。察之亦似有寒色。亦加束带，而以木碗诸器杂置怀中，硕腹累累，下垂如袋。夜即以褚巴蒙首，露两踝于外，随地偃卧，无床帷衾枕之制。予在鹿马塘辨色早起，见地下土墼数堆，蹴之，始知其为人。盖褚巴涑灰色居多，亦有红色及白黑诸色不等。"② 诗与注细写褚巴这种衣服的特点和藏族群众穿着此种衣服的习惯，特别突出褚巴束带胸前贮物和睡觉蒙首作铺盖的功用，表达了诗人对藏族群众对此种衣服无限喜爱的不甚理解。诗句优美，善用典故，有幽默感。钱召棠《巴塘竹枝词》组诗之二十七：③ "赶会南墩少褚巴，天寒十月雪飞花。当窗手撚羊毛线，隔夜为郎织纳哇。"诗后注："十月内汉番商贩齐集南墩贸易，若内地之庙会。褚巴，藏装；纳哇即毪子。"诗写十月天寒飞雪之时，南墩赶会贸易衣着缺少褚巴，姑娘在窗前亲手撚羊毛线，连夜为情郎织毪子。《西藏纪游》卷一还记载有豪华版的褚巴："褚巴亦有不束带而用银钩者，或以铜为之。宽止扶寸，其形如凹字而无其底，箝在衣褶间，如华人之用钮，予于藏地曾一见之。"④ 豪华在装饰性饰物上。因为珍贵所以周霭联在藏地也只见过一次。藏族群众穿着宽厚褚巴，以适应高原严酷环境，迄今藏地牧民的生活虽经千年，其独特的生活方式依然显得那么完美、那么生机勃勃。美国人类学家在20世纪80年代在广阔的"藏北高原"羌塘考察，一个冰天雪地的冬晨，看到一个10岁的孩子要去放牧，"他穿的大袍（即褚巴）是用八九张绵

---

① ［清］孙士毅：《百一山房诗集》（清嘉庆二十一年刻本）卷十一，页九下，见国家清史编纂委员会·文献丛刊《清代诗文集汇编》（第347册），上海古籍出版社2010年版，第596页。

② ［清］周霭联：《西藏纪游》，张江华、季垣垣点校，中国藏学出版社2006年版，第2页。

③ 参见［清］钱召棠《巴塘竹枝词》，张羽新校，页三下、四上，见西藏社会科学院西藏学汉文文献编辑室《西藏学文献丛书别辑（第四函）》，中国藏学出版社1993年版。

④ ［清］周霭联：《西藏纪游》，张江华、季垣垣点校，中国藏学出版社2006年版，第4页。

羊皮缝制的，衬着厚厚的长毛，袖子很长，可起手套的作用。放牧人在外没有热的饮食，最冷的时候，他们放牧归来脸全给冻僵了，如果不先进帐篷暖和一下，连话也说不了"①。

其三《革康》诗，题注："以革为之，状如袜履相连，平头平底，五色相杂，番民谓靴为康。"注出一种藏式革靴，特点是皮制、平头平底、五色相杂，形状像袜子和鞋连在一起。诗曰："芒鞻与布袜，厥制原有辨，兹乃混为一，其意便徒跣。双行宁用缠，五两吁可免，于包取杂组，以革避重茧。转笑深雍靴，难供幽壑践，军储方在途，输挽尔其勉。"② 诗与注突出了革康的特点，"芒鞻与布袜，厥制原有辨，兹乃混为一，其意便徒跣"，对比了与内地靴子的不同，"转笑深雍靴，难供幽壑践"，赞美了革康的实用。全诗所写内容真实而自然，但语言重浊生涩，读起来极不流畅，有学中唐韩愈的诗法"以丑为美"③ 为诗的特点。钱召棠《巴塘竹枝词》组诗之二十八："拾翠来游色楮滨，蛮靴步去不生尘。中流浑脱归何处，枉结千丝笑越人。"诗后注："金沙江，番名'色楮'，土人以皮船为渡。"④ 诗虽写渡金沙江，但诗句"蛮靴步去不生尘"赞美了藏靴的优质特点。《西藏纪游》卷一载："缝皮为靴，朱色者多。底薄与帮等，形如袜。亦用毡氆为之，蛮语呼之音如黑郎切。雪山冰岭登（陟）便利，涉水则脱而置诸腰带间，甚护惜也。"⑤ 周霭联有《和文靖〈革康〉》⑥：

---

① ［美］梅尔文·C.戈尔茨坦、辛西娅·M.比尔：《今日西藏牧民——美国人眼中的西藏》，肃文译，上海翻译出版公司1991年版，第13页。
② ［清］孙士毅：《百一山房诗集》（清嘉庆二十一年刻本）卷十一，页九下，见国家清史编纂委员会·文献丛刊《清代诗文集汇编》（第347册），上海古籍出版社2010年版，第596页。
③ 清代刘熙载的《艺概卷二·诗概》认为，"昌黎诗往往以丑为美。然此但宜施之古体，若用之近体则不受矣。是以言各有当也"，叙述了韩愈的诗法。参见［日］松本肇《韩柳文学论》，孙险峰译，中华书局2014年版，第15页。
④ ［清］钱召棠：《巴塘竹枝词》，张羽新校，页三下、四上，见西藏社会科学院西藏学汉文文献编辑室《西藏学文献丛书别辑（第四函）》，中国藏学出版社1993年版。
⑤ ［清］周霭联：《西藏纪游》，张江华、季垣垣点校，中国藏学出版社2006年版，第1页。
⑥ ［清］周霭联：《西藏纪游》，张江华、季垣垣点校，中国藏学出版社2006年版，第1～2页。

"不屝不滕刱新法,似靴非靴袜非袜。青黄碧绿嵌当中,重跰跦跦走峣屹。芸夫莱妇接踵来,大小无方足交蹵。何哉脱却同敝屣,利水行涉草行跋。君不见,插翼军符急于火,转饷飞刍泥没踝。安得万万双行缠,却曲迷阳起创跛。时背夫伤足卧道者,节相饬站员收赡。"诗注注出当时背夫伤足减员很严重。诗特别强调革康的工艺和在藏地广泛的适用程度,以及大军当前运送军粮的背夫急需这样的靴子和一时供应短缺背夫伤脚的情形。全诗语言较流畅,情感真挚,做到了语言和内容的较完美结合。周诗虽是和诗,在易懂流畅方面较孙诗略胜一筹,但也有喜用怪字和用险韵的弱点。《西藏纪游》卷一又载:"底皆马兰叶渍取为麻,捻细为之,勒有用织金缎配氆氇者。靴用香牛皮底缝,皆沙绿皮缝嵌,极华丽。男女皆着之,有二十金一双者。"①奢华藏靴价值不菲。

其四《纳唴》诗,题注:"蛮语青稞曰纳,酒曰唴,色微黄,味之苦冽。"注写青稞酒的特点,色微黄,味苦冽。诗曰:"北地阿腊骗,酒名。嗜者同索郎,穷荒昧方法,亦能造鹅黄。蛮冲闻自昔,汉人目口外烧酒为蛮冲,言其冲肠有力也。腾觚知酪浆,一咂颜色赪,再咂意态狂。曲蘖蛮民等风汉,那么蛮女皆渴羌,蛮乡妇女亦嗜酒。武乡禁酿具,川俗今称良。"②《西藏纪游》卷一载:"酿青稞为酒,色淡黄,味甚薄劣。隔夜酿之,次早即可出沽。迟至暮间,则白沫浮浮,渐同秽水。番人呼如抢,去声,亦如冲去声。华人耽之,则生手足拘挛之疾。番人每用长桶贮酒,呼群至野外或水边踞地坐卧,牛饮尽欢,呜呜筴歌,亦有以射棚赌饮者。"③诗写藏乡美酒青稞酒,对比了北方的阿腊骗酒、历史上的索郎酒、江南的鹅黄酒、口外的蛮冲酒,赞美了青稞酒的酒劲,受到藏地男女的共同喜爱,最后用武乡禁

---

① [清]周霭联:《西藏纪游》,张江华、季垣垣点校,中国藏学出版社2006年版,第2页。
② [清]孙士毅:《百一山房诗集》(清嘉庆二十一年刻本)卷十一,页一〇上,见国家清史编纂委员会·文献丛刊《清代诗文集汇编》(第347册),上海古籍出版社2010年版,第597页。
③ [清]周霭联:《西藏纪游》,张江华、季垣垣点校,中国藏学出版社2006年版,第6页。

酒进行微讽。全诗语言流畅，观察细致，可见诗人对此风俗的关心。因诗人酒量小，故最后还是明确地提出禁酒在武乡才是川省真正良好的风俗。《西藏纪游》卷一又载："阿腊骗，马乳所造，其味较烧酒颇淡。再以酒重酿，则名科尔占，其力较厚。今藏属达木蒙古及三十九族蒙古人尚之。又，喇嘛所饮一种名曰赖云，以牛乳酿成，似酒非酒，故佛家不禁云。"① 藏酒中居然还有一种喇嘛喝的，可见藏地饮酒风气之盛。

其五《改咱》诗，题注："碉房之旁，倚圆木一枝，略具层级，缘以上下，番名改咱。"这是藏地简陋的独木楼梯。诗曰："行行疲津梁，望望得广宅，近前支一木，缘以登橡脊。其上乃蜗庐，其下即豚栅，如隐居三层，似元龙百尺。窘步殊蹒跚，恨不生六翮，忽悟初末桄，于斯涣然释。"② 诗写藏地碉房独木梯，将碉房上层住人、下层圈养牲畜的布局交代得很详细，一个藏家宛然就在眼前，诗最后写到诗人登独木梯的窘迫，由恨不生飞翼，到感悟释然，诗结束得很神秘。全诗语言清新，明白易懂，惟结尾十分神秘。《西藏纪游》卷一载："番人皆楼居，有三层至五七层者。最下一层以处牲畜；秽湿不堪措足。再上以处卑幼，最上以处尊长。墙厚而坚，旁不施柱，楼上用三和土为地用石灰、糯米、竹沥炼成，谓之三和土。不施木板，亦无窗棂，凿一坯以漏穴光。屋顶亦用三和土，平坦如砥，可通行人，如街衢庭院焉。梯锢以铁，亦有倚以圆木，略似梯形，掉手上下，无异猿猱。"③ 实际上孙士毅悟到的什么，大概可从其友周霭联的记述中就能得到答案，不外乎认为其文明程度不够，就像周所说"倚以圆木，略似梯形，掉手上下，无异猿猱"。当然这只是推测，诗歌的结尾不给出答案的处理，还是最好的，给人以想象的空间。周霭联还

---

① [清] 周霭联：《西藏纪游》，张江华、季垣垣点校，中国藏学出版社2006年版，第6页。

② [清] 孙士毅：《百一山房诗集》：(清嘉庆二十一年刻本) 卷十一，页十上，见国家清史编纂委员会·文献丛刊《清代诗文集汇编》(第347册)，上海古籍出版社2010年版，第597页。

③ [清] 周霭联：《西藏纪游》，张江华、季垣垣点校，中国藏学出版社2006年版，第30页。

有《和文靖〈改咱〉》诗:"碉楼岩亭瞰无地,一木檐牙立如植。横行仄行无不宜,疑掉都庐炫绳伎。其下牛宫上佛寺,中列蜂房庇毳糯。跂跂前趾摩后顶,窥涧饮猱险连臂。局促蘧庐一把盃,试从落日上平台。初桄莫漫愁登顿,新向梯山缒谷来。"① 诗歌写了碉楼的布局结构和登楼圆木梯的特殊,既强调了困难,又写出了战胜困难的决心和希望。诗歌照顾全局、境界阔大,惟"窥涧饮猱险连臂"比喻有些不伦,颇有歧视色彩。钱召棠的《巴塘竹枝词》组诗之三十:"鹦鹉漫天草色低,核桃树底乱鸦啼。三年不见东家采,闲煞墙阴独木梯。"诗后注:"核桃熟时鹦鹉成群而至,斫独木为梯,以便登降。"② 亦写藏地民居饶有特色的独木梯。诗写得轻松愉快,看来独木梯不光用来上碉房,还用来采摘树上果实。

其六《呀那》诗,题注:"织用牛毛,即口外所称黑帐,制无方圆,随地支搭。"注出呀那即黑帐房,用牦牛毛织成,或方或圆,随地支搭。《西藏纪游》卷二载:"凡黑帐房,织牛羊毛为之。大蔽数亩,人畜杂处其中。"③ 诗曰:"牧放逐水草,随地资畋渔。骨不蛮语安设帐房得腴壤,如农逢新畬。不喜白喜黑,方圆任权舆,缉以万牛毛,联此群狙居。蹯卧偃灌莽,蓐食倚穹庐,帱覆方无外,沮洳庆乐胥。"④ 诗写牧放牛羊追逐水草,随时移动居住的地方,在择得好地方安支帐篷,如同农民遇到新的田地。帐篷不喜白喜黑,方形圆形任由心意,一顶帐篷由许许多多牦牛毛织成,聚集几个帐篷构成居落。在草地上仰卧,在笼盖的苍穹底下进食,帐篷覆盖的范围很大,在低平有水的地方欢庆安乐。全诗写得境界阔大,写出了黑帐房点缀在绿

---

① [清]周霭联:《西藏纪游》,张江华、季垣垣点校,中国藏学出版社2006年版,第30~31页。
② [清]钱召棠:《巴塘竹枝词》,张羽新校,页四上,见西藏社会科学院西藏学汉文文献编辑室《西藏学文献丛书别辑(第四函)》,中国藏学出版社1993年版。
③ [清]周霭联:《西藏纪游》,张江华、季垣垣点校,中国藏学出版社2006年版,第41页。
④ [清]孙士毅:《百一山房诗集》(清嘉庆二十一年刻本)卷十一,页十上下,见国家清史编纂委员会·文献丛刊《清代诗文集汇编》(第347册),上海古籍出版社2010年版,第597页。

草原上的美，突出了黑帐房的色泽、制作、形制、功用，并写出牧民的快乐。诗句优美，古雅耐读。钱召棠《巴塘竹枝词》组诗之十五："随地迁移黑帐房，全家生计在牛羊。今年草场前山好，马粪堆中奶饼香。"① 黑帐房以黑色牦牛毛捻成的线织造的粗褐子缝制而成。一般呈四角形或六角形，一边留门，门口矮小。由八根木杆从中间或四角撑起，再钉八根木桩于草地上，用毛绳拉紧。诗写得浅显易懂，尤其尾句有种写实的幽默，当然藏族群众用得最多的燃料是牛粪。周霭联的《和文靖〈呀那〉》诗："蛮云颓唐日色薄，天如穹庐周四幕。谁驮加拉蛮语什物也唧呦来，双杙丁丁两边琢。方圆随意向背垂，略辟榛芳跡交讬。二分贴地镇卷石，半面阔门钉斜袮。三三五五低打头，亦有比邻斗醋醵。牛羊归来偎卧偕，一任风饕冰雪虐。牛兮努力食细草，饥餐尔肉饱饮酪。尔毛毶毵岁岁生，万遍捣成响橐橐。不须广厦千万间，八尺平支胜丹垩。征西将士号令严，列帐如云警宵柝。羌奴夺气幕有乌，搏颡和门逆酋缚。"② 诗细写牧人的帐房和牧人的快乐生活，最后联想到军队的帐篷，并表达了平定廓尔喀大军战胜敌人俘获逆酋的愿望。诗歌描写细致，尤其是对于帐房的安置、选位、钉桩、安门都有细节的描绘，可以说就像一副牧民生活的风情画。全诗诗句与内容结合完美，语言流畅，在对牛羊的生命的同情中暗含对牧人生活不时的艰难的同情。《西藏纪游》卷二云："帐房之制不一。大者可覆一亩，蓝白布为之，上镶各种花样，黑布为之。帐房有围墙，亦多用五色花布或紫色绸者。中设五色锦垫或黄缎绣垫，极华关。亦有小者，上半可以遮雨露，下多漏风，取其轻便。又有如伞用一柄者，卡契制也。惟朱巴哇即番中红教道士吹鬼则用极小之帐，如蚊帱然，一木悬之。静夜吹人胫骨，其声呜呜，云逐野鬼云。帐房以人字式为最善，不存雨不透风，上加风绳布绷，虽大风雨可住，今内地军中皆用之。番人亦多此制，但多镶花样耳。蒙古包以毡为之，中

---

① ［清］钱召棠：《巴塘竹枝词》，张羽新校，页二下，见西藏社会科学院西藏学汉文文献编辑室《西藏学文献丛书别辑（第四函）》，中国藏学出版社1993年版影印本。
② ［清］周霭联撰：《西藏纪游》，张江华、季垣垣点校，中国藏学出版社2006年版，第42页。

有门户，达木蒙古头目居草地者多住之。其余游牧牛羊者皆住黑帐房。草地风大，布帐多不能支，惟此二者重而不招风，可以久住。余至达木所居蒙古包，可安床桌，晴时去上层毡，颇明亮而不畏风冷。"① 黑帐房的种类繁多、用途各异，与达木的蒙古包相比还是有差距。但黑帐房与高原牧区的生产方式、生活条件相适应，成为藏地牧民的传统住所。20 世纪 80 年代美国人类学家在广阔的"藏北高原"羌塘进行实地考察，记录了当地的黑帐房"牧民的帐篷料由牦牛毛纺织而成，可以挡风遮雨。但是夜里，帐篷内的火一旦熄灭，里面便和外面一样寒冷"②。"拆下帐篷准备秋季迁移，……拆迁之简单令人吃惊。早上挤完奶之后，放牧人立即赶着牧群出发。同时，家里其他人动手拆帐篷，把一应的口粮和生活用品装袋打包，捆扎在牦牛的木鞍子上。一头公牦牛能载重 100～200 磅，一般家庭有 6～8 头牦牛便足够了，从拆帐篷到最后上路只要 1～1.5 小时。"③

其七《哈达》诗，题注："绫绸数尺或丈余，名曰哈达，喇嘛进见时，手捧致敬，如投刺然。"注出哈达是数尺或丈余的绫绸，进见喇嘛时，手捧致敬，就像投名刺一样。诗曰："螺吹出松杪，言近喇嘛寺，投我鹄纹绫，俨如士执贽。易于手中板，正平怀里刺，戋戋将毋同，无语言文字。鉴此光明锦，深悟洁白意，缅维相见仪，化导庸可冀。时以应募，转运军储，谕喇嘛。"④ 诗写诗人督运军储，途经寺庙附近，喇嘛出迎，赠献哈达，有如中原士子执向长辈敬献的贽礼。诗歌对比哈达与中原的贽礼、笏板、名刺的异同，赞美哈达虽简易，但能表达洁白真心的特点。全诗语言从容、对比恰切，尤其是对

---

① [清] 周霭联：《西藏纪游》，张江华、季垣垣点校，中国藏学出版社 2006 年版，第 43 页。
② [美] 梅尔文·C. 戈尔茨坦、辛西娅·M. 比尔：《今日西藏牧民——美国人眼中的西藏》，肃文译，上海翻译出版公司 1991 年版，第 13 页。
③ [美] 梅尔文·C. 戈尔茨坦、辛西娅·M. 比尔：《今日西藏牧民——美国人眼中的西藏》，肃文译，上海翻译出版公司 1991 年版，第 32 页。
④ [清] 孙士毅：《百一山房诗集》（清嘉庆二十一年刻本）卷十一，页一〇下，见国家清史编纂委员会·文献丛刊《清代诗文集汇编》（第 347 册），上海古籍出版社 2010 年版，第 597 页。

于哈达深意的揭示"鉴此光明锦,深悟洁白意",传达出诗人能够平等地看待少数民族的习俗,细心体会其深意的博大宽广的胸怀。虽"无语言文字"但"鉴此光明锦,深悟洁白意"也传达出了入藏大臣对藏族文化的尊重之情。此诗是难得的见证藏汉友谊的珍贵诗篇。贽礼、笏板、名刺在现代汉族社会中早已不存在了,虽然有些实质内容还存在,但名称、方式早就换了,但哈达这种礼节在藏族聚居区还顽强地、生生不息地存在着,事实证明藏族对传统的继承胜于内地的汉族。《西域遗闻》载:"哈达以绫绢为之,长者丈余,短者盈尺,来自成都之市,夷人相见之柬也。遇贵者跪而逆,平者互而递,下者挂其颈。文书往来必摺哈达于内。所拜神必挂哈达,故神像皆哈达满体。"① 《西藏纪游》卷一亦载:"哈达,以白绫或白绢为之,长二三尺至丈余不等。凡番人相见,不投刺,不执贽,双手捧哈达以将敬。尊者受之,别用一哈达挂诸卑者之项;若平交,则受而各置诸怀间。远道赠遗亦用之。又有一种曰江卡,较哈达略小,以红色绸绢为之。喇嘛手缚数结于其上,番民重若珍宝,置诸项间,谓可避邪。若得达赖喇嘛、班禅额尔德尼手缚者,一江卡可易马一匹。予曾一见班禅,亲手结一江卡为赠。时予挈一小僮(蛮产也),乞之,而日置诸项,不半年僮病毙。凡裹藏佛皆用哈达、江卡二种。"② 对于这种江卡崇拜,周霭联是不相信的,他就亲眼见证过一次不灵验的。

其八《廓罗》③诗,题注:"实土于皮,作枣轴状,纳梵夹其中,用木架排列檐下,手推旋转,谓可代颂佛号。"廓罗就是转经筒,今于藏地寺庙附近仍能大量地看到它们的存在。诗曰:"释伽无上义,妙在转法轮,可怪野狐禅,作此刍狗陈。辘轳响井畔,桔槔喧河滨,以之代梵呗,愚顽不可驯。去者日以故,来者日以新,循环尔何与,

---

① [清] 陈克绳:《西域遗闻·风俗》,见禹贡学会据江安傅氏藏旧抄本民国廿五印行本,第59页。
② [清] 周霭联:《西藏纪游》,张江华、季垣垣点校,中国藏学出版社2006年版,第11页。
③ [清] 孙士毅:《百一山房诗集》(清嘉庆二十一年刻本)卷十一,页十一上,见国家清史编纂委员会·文献丛刊《清代诗文集汇编》(第347册),上海古籍出版社2010年版,第597页。

旋转还大钧。"廓罗即藏语"嘛呢噶拉"俗称,即转经轮。《西藏纪游》卷二载:"番人转经之筒,大者以皮遍列庙宇廊下,或铸银作二寸转轮,皆呼嘛咪。所诵亦只此一句,日可万遍。"① 此诗歌抨击藏地用转经筒来代替诵经的风俗是对于佛经的曲解,是野狐禅,"可怪野狐禅,作此刍狗陈",认为转经筒就像中原祭祀中的刍狗一样,诗人解释了佛教转法轮理论的妙处是一种世界观,即认为世界是日日故,又是日日新,大自然的变化无法终止,应该跟上自然、时代的变化有所变化。诗人反对将佛教高深理论世俗化的行为,批评"廓罗""以之代梵呗,愚顽不可驯",虽然批评苛严了些,但是诗人还是提出了一个永恒问题,佛教理论是民间化还是高深化的问题,揭示了一个永恒的矛盾,即继承传统停滞不前和与时俱进开拓创新的矛盾。孙士毅的诗作由对藏地民俗的观察和批评,经深思已上升到哲学的高度来分析问题,可以说显示了相当的超前性,对现今理解藏地的某些风俗仍有一定的启示作用。全诗清新流畅,诗句深入浅出,比一般的玄言诗易懂,并且优美而真切。《西藏纪游》卷二载:"廓罗,实土于皮作枣轴状,高四五尺。其外有施朱色者,纳梵夹其中,用木架排竖檐下,手推旋转,谓可代颂佛号。施列门外,如官衙之转筒然。"②古代官衙的转筒已不知是什么样了,如今只能通过实地观察西藏佛寺内外的转经筒去想象。

其九《吗蜜旗》诗,题注:"以绸布书经语,卓竿数仞,遍地标插。"注出吗蜜旗就是在高高的杆子上悬挂着书写了经文的绸布,在住宅附近、寺院附近、交通路口、重要场所遍地标插,藏族群众相信风动经旗就是诵经。诗曰:"初地竖云幡,本意验禅定,悬旌当棒喝,与汝安心竟。所以面壁人,磨砖可成镜,兹旗何为者,卓尔当风劲。鱼标与酒望,离立共掩暎,贝叶满幅塗,一笑同钜钉。"③ 诗写

---

① [清]周霭联:《西藏纪游》,张江华、季垣垣点校,中国藏学出版社2006年版,第36页。
② [清]周霭联:《西藏纪游》,张江华、季垣垣点校,中国藏学出版社2006年版,第60页。
③ [清]孙士毅:《百一山房诗集》(清嘉庆二十一年刻本)卷十一,页十一上,见国家清史编纂委员会·文献丛刊《清代诗文集汇编》(第347册),上海古籍出版社2010年版,第597页。

最初在地上插竖云旛,本来的意思是验证禅定功夫,悬旗是用来当棒喝的,和定心是一个比较的关系。所以面壁的修行人,磨砖可以成镜,这吗蜜旗是用来干什么的,高高立在那儿被风吹得呼啦啦。和卖鱼时设立的标牌及酒望子相距不远,相互掩映着,吗蜜旗虽然满幅涂满了佛经,仔细一看不免笑其如同将食品胡乱堆叠在器皿中摆设出来一样。全诗表达了对藏地到处插吗蜜旗的风俗的不理解,诗人认为其就像鱼标、酒望一样,只相当一个标志,和高深的测试禅定功夫无关,虽旗上写满经文,但细看不值一笑。《西藏纪游》卷二载:"吗密旗以白绸或白布为之,长或数丈,朱树番字其上,卓竿数仞,立蛮寨碉房之巅。嗣予于湖南苗疆、湖北来凤兵营见降番两金川降人,今服征调者也。屯练四川五寨番人,隶维州协。及瓦寺、沃日沃日亦名鄂克什土兵帐房均竖吗密旗,殆如中土之有旗帜云耳。"①吗密旗常常插立在藏族村寨碉房的顶上,因周霭联亲眼见过被征调的两金川降番土兵帐房均竖吗密旗,故其认为吗密旗就像"中土之有旗帜云耳"。但吗密旗还是与中原的旗帜有较大不同,首先其立的地方多,其次一个地方插得多。另外由于佛教崇拜的信仰用意鲜明,文化功用更强。

  其十《麻利堆》诗,题注:"垒石如台,上刻梵字或雕镂佛像,番人遇此,必合掌顶礼,如敬墟庙。"麻利堆即在一些山口、路口,人们祈愿长期累积的雕镂佛像或梵字的石堆。平常人过此亦合掌行礼。《西藏纪游》卷二载:"吗密堆者,堆碎石于路旁,高数尺许。石片上亦有刻作半体佛像及番字者。番人云,摸之可以除病,过者必合掌顶礼。又云番地雪深,堆石以辨路,此说近是。吗密堆亦作吗利堆,番语无正音也。"②诗曰:"当涂何磊磊,如台如张屏,谁将萨埵石,遍刻般若经。樵檐偶歇足,辄作伛偻形,绕之必三匝,敬之如百灵。怅此璎珞相,长遭雨雪零,石上并刻佛像。不见云冈寺,绮阁环

---

  ① [清]周霭联:《西藏纪游》,张江华、季垣垣点校,中国藏学出版社2006年版,第36～37页。

  ② [清]周霭联:《西藏纪游》,张江华、季垣垣点校,中国藏学出版社2006年版,第36页。

疏棂。山西云冈寺刻石像佛，建自拓拔氏。"① 诗详述玛尼堆的实况和藏族群众的崇拜，对比山西大同云冈寺对佛像的保护，对玛尼堆众多佛像风吹雨淋的状况提出异议。全诗语言流畅，描画真切，站在内地对佛的敬重的角度，提出异议亦属自然。当然，从另一角度也显示出诗人对藏地山水皆佛境的理解还不够充分。《西藏纪游》卷二载："吗密一作吗咪，即蒙古人所称鄂博也。堆上或以白石砌作梵字，或刻石为之，番人念作吗咪扁边佛，即华音南无阿弥陀佛也。处处有之，番人过此必摘帽顶礼，亦有遍刻佛像者，雨淋日晒，不以为亵也。"② 玛尼堆也可能就是从蒙古人的鄂博变化而来，当然也有说法认为是因为藏地雪深，堆石用以辨路。

其十一《客麽甲木虿吞》诗，题注："凡肩舆陟岭，俱用双牛牵百丈，以佐丁夫之力，番民呼牛为客麽，拽纤为甲木虿吞。"客麽甲木虿吞即是藏地著名的二牛抬杠，既用于拉犁耕地，又能牵引肩舆客运。诗曰"船拽通潞长，潞河用驴拽船。车上太行陡，蹇卫与骏足，负重蹩躠走。牛乎尔何辜，亦复被枷杻，于风不辞逆，如耕利用耦。送迎等邮卒，下上历冈阜，软语道舆丁，蒲鞭缓毒手。"③ 诗对比内地的运力驴和马的辛劳，无比同情于藏地的二牛抬杠拉车舆的牛辛苦，并温柔嘱咐驾车的舆夫慎用牛鞭，对这样的善良动物免下狠手。全诗以象征的手法对无论是内地还是藏地的辛苦劳动者发出了同情之呼声。诗句对比有力，所寓情感真挚、感人肺腑。《西藏纪游》卷一载："口外牛较内地常牛大倍之，毛深尺余，灰色，角长三四尺，触人立毙。番民麾之则寝讹自若。予坐一竹兜，用二牛曳牵，可当三四十人之力。偶遇番人他往，牛辄横行，越涧踰山，无术可制。盖牛本

---

① ［清］孙士毅：《百一山房诗集》（清嘉庆二十一年刻本）卷十一，页十一上下，见国家清史编纂委员会·文献丛刊《清代诗文集汇编》（第347册），上海古籍出版社2010年版，第597页。

② ［清］周霭联：《西藏纪游》，张江华、季垣垣点校，中国藏学出版社2006年版，第36页。

③ ［清］孙士毅：《百一山房诗集》（清嘉庆二十一年刻本）卷十一，页十一下，见国家清史编纂委员会·文献丛刊《清代诗文集汇编》（第347册），上海古籍出版社2010年版，第597页。

骁悍，又不牵鼻，此所谓牦牛之徼也。"① 钱召棠《巴塘竹枝词》组诗之六："夏麦秋荞地力肥，圆根歉岁亦充饥。板犁木耒农工罢，黄犊一双系角归。"诗后注："圆根似北地擘蓝，以饲牲畜，年荒亦以果腹。伐木为农具，犁必二牛，系皮条于角端。呼牛曰'笃'，或即犊之转音。"② 诗写巴塘虽较川西藏族聚居区其他地方地力肥宜种庄稼，但闹起饥荒来还要用丰年的饲料圆根充饥。藏族群众忙完农活扛着木耒归来，用皮带系于角端的二牛拉上板犁亦归来。诗后所注"犁必二牛，系皮条于角端"即"二牛抬杠"，亦称耦耕，藏族聚居区传统的犁耕方式。《西藏王统记》载：约于公元前2世纪藏族先民"制犁与轭，合二牛轭，垦平原以为田"③。周霭联亦有《咏客麽甲木虿吞和文靖诗》："上山腰挺挺，下山腰环环。牵丁邪许牵不动，承乏乃仗双乌犍。一夫前导一执箠，饮讹那得其天全。群峰高高高刺天，微茫蛇径通鞍鞯。六月徂暑雪未残，身牵百丈行兰单。石棱如剑蹄血殷，一踹一步敢伏跧。蚤旦服箱暮鼎镬，身代糇粮实行橐。乌鸦衔骨漫天飞，似尔蹒跚苦亦乐。"④ 咏写上山时还是挺挺的腰，下山时已是环腰弓背了。牵引的丁夫高喊着邪许还是牵不动，正是因为承载乏力乃仰仗两头黑色的犍牛。一牵夫前导一牵夫执鞭，饮水呵斥哪能让牛得到自然地保全。要越过高高刺天的群峰，要行过微茫蛇径通到大路。六月是内地大暑天而藏地雪还未消，牛牵着百丈长的军粮车队在狭窄又有残雪的山路上。路上的石棱就像剑一样刺破牛蹄蹄血殷红了一路，牛累得一步一喘哪敢休息。一大早还在牵拉着粮车晚上到站就被宰杀下了锅，牛自身就是粮食、就是行走的粮仓，乌鸦衔着牛骨头漫天飞舞，就像牛一路蹒跚着以苦为乐。诗写出了残酷的真实，用歌行体很好地配合了悲剧的气氛，不但牛最可怜，牵夫、诗人为了

---

① [清]周霭联：《西藏纪游》，张江华、季垣垣点校，中国藏学出版社2006年版，第32页。
② [清]钱召棠：《巴塘竹枝词》，张羽新校，页一下，见西藏社会科学院西藏学汉文文献编辑室《西藏学文献丛书别辑（第四函）》，中国藏学出版社1993年版影印本。
③ 萨迦·索南坚赞：《西藏王统记》，王沂暖译，商务印书馆1957年版，第18页。
④ [清]周霭联：《西藏纪游》，张江华、季垣垣点校，中国藏学出版社2006年版，第33页。

家国也都是以苦为乐。全诗写出了藏地运输的极端艰难，诗句晓畅，震撼人心。《西藏纪游》卷一载："犏牛最淳，可骑以履冰。牦牛性极野。又有一种无角牦牛，番人呼为'哑'，又名毛葫芦，皆性劣。然番地黑帐房游牧，牛羊以千万计，以乳为粮，以毛为毳帐、衣服，随水草而行，既避差徭且长幼团聚，无耕种之劳。西宁蒙古亦然，所畏者'夹坝'抢劫耳。余见类五齐一足番僧，骑一毛葫芦行走如飞，又极稳，盖千中难得其一云。"① 牧民除了天灾，更要防的还是强盗的劫掠。周霭联曾亲见一藏地喇嘛骑毛葫芦牦牛行走如飞，罕见地极稳。可见性劣的毛葫芦牦牛遇到高手亦能被驯化。20世纪80年代美国人类学家在"藏北高原"羌塘进行实地考察，记录了宰杀牲畜的情形："宰羊用3～5英寸长的缝纫针刺进羊颈部两脊骨之间便可。宰牦牛则要用2英尺长的刀，几个人合作，先套住牦牛，把它拖倒在地，捆住四腿。然后为牦牛的'灵魂'做简短祷告，将屠刀直插牛腹，并慢慢往上刺透心脏，把刀留在那里或是前后捅上十来分钟，直到牦牛完全死亡。牦牛一死，家中男性都可以接上手帮忙，因为只有宰杀才算罪过。整个牲畜包括头都可以煮来吃。除了做香肠外，肉并不加工，就这么堆放在帐篷内沿或贮藏室里。冬天，我们有时在牧民家往后坐靠时，会意外地发现我们的背和手正靠在一只羊头或牛头上。"② 此段形象的描写在一定程度上复现了与清代牵夫宰杀运牛相似的情景。

其十二《札木札雅普啰》诗，题注："札木札雅木名，普啰盌也，蛮俗以此纳怀，供餔啜，并云可祛毒沴。"札木札雅普啰就是藏族群众吃糌粑的小木碗。常揣在怀里，据说可辟毒。诗曰："蛮乡勘埏埴，厥木乃代兴，窐中而圆外，叵罗亦同称。喜闻嘉树誉，谓获机祥征，择木胜择居，得盌俨得朋。出入必与偕，如拳拳服膺，有

---

① [清]周霭联：《西藏纪游》，张江华、季垣垣点校，中国藏学出版社2006年版，第33～34页。

② [美]梅尔文·C.戈尔茨坦、辛西娅·M.比尔：《今日西藏牧民——美国人眼中的西藏》，肃文译，上海翻译出版公司1991年版，第60页。

时置家祭,即此供豆登。"①《西藏纪游》卷二载:"藏地烧瓷器皿绝少,寻常一碗直数金,是以中土人之客彼中者,亦用木碗或铸银为器。"② 诗写藏地很少和泥制作陶器,用木头做的碗代替陶器在藏地流行,中间凹下而周边是圆的,叵罗(即球)也是共同的称呼。喜闻用以做木碗的树材有嘉树之誉,正是因为这样,碗也获得了吉祥之征。选择材木胜过了选择住所,得到一只碗就像得到了一个好朋友,出出入入都一定要带着它,如同有拳拳服膺之情。有时候进行家祭,就用这碗供奉祭品。诗写藏地木碗的形制、选材札木札雅和藏族群众对木碗的深厚情谊。诗歌语言从容,练达自然,平易真切地将木碗在藏族群众生活中的重要性写得十分清楚。《西藏纪游》卷一载:"札木札雅,木名,猎古尔树之瘿也。淡黄色,以制椀云可辟毒,毒入则沸。制较碟子略深。亦有以瘿木为之者。无贵贱,男女怀中各蓄一椀,食糌粑、酥茶皆用之,食毕舐之以舌。有用金、银、绿松石、宝石镶嵌者,以花纹周身匀细者为贵,价或数十金。盖藏地无瓷器,以木代之。椀无大小,统名之曰'札木札雅'。"③ 钱召棠《巴塘竹枝词》组诗之二十一:"临邛客至斗茶纲,土锉新煨榾柮香。闻道相如解消渴,葡萄根椀劝郎尝。"诗后注:"邛州产茶行于塞外,饮茶皆以木椀,葡萄根椀为珍贵。"④ 诗与注写出葡萄根椀比木椀珍贵。周霭联还写有《咏札木札雅和文靖诗》:"札木札雅尔何木?其名不著景纯录。结成魄礧枫柳瘿,日炙霜皴鹧斑簇。番儿碧眼加物色,刻作叵罗便蓐食。随身不取双取只,舐鼎年深口留泽。似言鸩毒难意料,一酌再酌惊沸熬。生来不识烧瓷贵,遑论柴汝官哥窑。珊瑚金贝工刻

---

① [清]孙士毅:《百一山房诗集》(清嘉庆二十一年刻本)卷十一,页十一下、十二上,见国家清史编纂委员会·文献丛刊《清代诗文集汇编》(第347册),上海古籍出版社2010年版,第597~598页。

② [清]周霭联:《西藏纪游》,张江华、季垣垣点校,中国藏学出版社2006年版,第51页。

③ [清]周霭联:《西藏纪游》,张江华、季垣垣点校,中国藏学出版社2006年版,第10页。

④ [清]钱召棠:《巴塘竹枝词》,张羽新校,页三上,见西藏社会科学院西藏学汉文文献编辑室《西藏学文献丛书别辑(第四函)》,中国藏学出版社1993年版影印本。

缕，古佛听然歆供具，亦用以供佛。莫笑乞儿搬不休，是物犹存古制度。"① 诗写札木札雅木碗选料、制作、使用，细节生动形象，像"舔鼎年深口留泽""珊瑚金贝工刻缕"都是令人过目不忘的句子，对这种木碗的经久使用、精心装饰有了准确深刻的了解。诗最后对比中原名瓷，赞美了札木札雅木碗有古代制度的遗存。全诗语句生动，风趣自然，有一种天然的幽默感，使唱和诗有了青出于蓝而胜于蓝的最佳效果。

  清代藏事诗中关于描述牛马等动物的咏物诗，牛，上述有关咏物诗论析中已述及；马，作为藏地其时不可或缺的交通运输工具，不能不引起诗人的更多关注，因此留有多首有关马的吟咏诗作。杜昌丁写有《叹所乘马》诗。杜昌丁，江苏青浦人，生卒年不详。康熙五十九年（1720年），云贵总督蒋陈锡因准噶尔攻占西藏，秦蜀滇会征"平准安藏"，误粮运，奉命进藏效力赎罪。滇藏道途险阻，从者散归。杜昌丁时为蒋的幕宾，与蒋有知音之感，谊难舍去，遂随同前往，由昆明直至西藏洛隆宗。进藏途中作《叹所乘马》："七月阴寒塞草稀，驽骀逸足总常饥。泥塗忍便埋芳径，鸟道难辞上翠微。雪岭流泉惊乍冷，秋原苜蓿叹空肥。可怜疲瘦留皮骨，仆仆津梁尚未归。"② 诗写所骑"驽马"的疲瘦，在诗句的背后赞美了此马在极端恶劣的条件下仍风尘仆仆前进的精神。诗中描写所乘马并不高骏，而能忍饥耐寒，善翻山越岭，与藏马的特点完全符合。诗句用词华美，暗含诗人对藏马的无限同情。《西藏纪游》卷二载："藏地马匹购自霍耳及青海等处，价甚昂。""藏马皆不可至内地，过夏则遍体生黄水疮，无药可治，耐寒不耐暑也。"③ 西藏有句俗语："不能驮人上山的马不是好马，不能徒步下山的人不是好汉。"20世纪80年代美国

---

  ① ［清］周霭联：《西藏纪游》，张江华、季垣垣点校，中国藏学出版社2006年版，第124页。
  ② 杜昌丁：《藏行纪程》页十下，见吴丰培《川藏游踪汇编》（刻写本第一册），中央民族学院1981年版。
  ③ ［清］周霭联：《西藏纪游》，张江华、季垣垣点校，中国藏学出版社2006年版，第50页。

人类学家在藏北草原见到,牧民们非常宠爱马,他们的马都产于本地,和大部分中亚的马一样,个头很小(高约1.19米,长约1.24米),比马驹大不了多少,但它们却很强健,就像俗语中所提到的那样,马的主要任务是在行路非常艰难的地方驮人上山。马在藏地完全是件奢侈品,因为西藏人不像蒙古牧民,他们不挤马奶、不吃马肉、也不骑马放牧。① 在清代,藏马就是这个特点。不只是杜昌丁,孙士毅亦以所见马过瘦,在其《自提茹至阿酿坝道中书所见》组诗之四中写下这样的诗篇:"长鞭鞭铁骊,瘦骨黯无色。寄语牧马人,养马惜马力。"② 诗人咏物生情,是见到马"瘦骨黯无色"后难以抑制对其同情才写下这首诗的。诗歌由马的骨瘦如柴和神情黯然,而联想到马主人对马的恶劣态度,才寄语马主人要珍惜马力。诗表面写马,实质上暗喻藏族贵族过度劳役藏地百姓,并对这种过度劳役表达了不满之情,诗的象征意义明显。钱召棠《巴塘竹枝词》组诗之三十三:"鞭箠如雨索骑驮,通事还须逐即程仪多。一簇马头尘过处,烂银鞍上坐蛮娥。"③ 翻译官为官衙摧索乌拉骑驮,这在内地是绝无的,令人印象深刻。"一簇马头尘过处,烂银鞍上坐蛮娥",快马银鞍乘骑着用来讨好上司的藏族女子就像电影中的蒙太奇,既突出了动感,又使读者印象深刻,诗歌寄寓了强烈的讽刺和揭露意味。

在清代,马十分珍贵,清代察木多西北博窝地近青海,出产良马,姚莹于道光二十五年(1845年)离藏返川时,昌都官员赠给他此种马2匹,其因得此骏马而非常高兴,写下《博窝马载蕃酒归》:"西蜀灵芽万里还,博窝骐骥耀尘寰。蕃儿忽讶归装富,更买新醪醉入关!"④ 诗人返川之时贷得藏商托购川茶价1000两,并得到了光耀

---

① 参见[美]梅尔文·C. 戈尔茨坦、辛西娅·M. 比尔:《今日西藏牧民——美国人眼中的西藏》,肃文译,上海翻译出版公司1991年版,第40页。
② [清]孙士毅:《百一山房诗集》(清嘉庆二十一年刻本)卷九,页十六上,见国家清史编纂委员会·文献丛刊《清代诗文集汇编》(第347册),上海古籍出版社2010年版,第574页。
③ [清]钱召棠:《巴塘竹枝词》,张羽新校,页四下,见西藏社会科学院西藏学汉文文献编辑室《西藏学文献丛书别辑(第四函)》,中国藏学出版社1993年版影印本。
④ 赵宗福:《历代咏藏诗选》,西藏人民出版社1987年版,第213页。

尘寰的博窝骐骥,跟随的藏族仆人惊讶回归装备的奢华,再加上又买了新酿的酒一路喝进边关。诗写有了藏地良马的得意之情,炫耀博窝骐骥之意溢于言表。全诗写得欢快生动,极具感染力。藏地良马究竟是怎样的呢?《西藏纪游》卷二有记载:"马以察木多边界波迷所出者骨格权奇,登山如履平地,佳者不可多得。夹坝所乘之马瘦而多力,上山如飞,云以牛羊肉干喂养者。"① 波迷即博窝,此地历来产名马。"夹坝"是藏地对强盗的称呼,强盗的马都很有力,那么将军的呢?钱杜刚好写有花将军骏马长诗,钱杜(1763—1844年),清代画家,初名榆,字叔美,号松壶,浙江仁和(今杭州市)人。一生揽胜好游,足迹遍天下,西南至贵州。工诗文,精书画。绘画人物仕女、花卉草木,无一不精,尤擅山水。作诗典雅而流利,风格自胜。其诗题为:"花将军营中驼罗骢马,飘瞥善战,云自西藏中所得,索余貌之,是日,席上姚太守、施总戎及诸幕僚各为一诗,豪宕感激之意,可以传矣。"花将军即花莲布,蒙古人,乾隆五十五年(1790年)任贵州安笼镇总兵,乾隆六十年(1795年)因镇压石柳邓起义军有军功,由总兵擢升为贵州提督。从诗结联"玉鞭明日下安笼"一句看,可知这首诗作于花莲布未升提督之前,即1790—1795年之间。这期间,钱杜西南游至贵州,暂依花莲布为幕府。一日席上,花莲布牵出其平生得意的战马"驼罗骢",说是从西藏得来的,让钱杜为马画像。在席人等都赋诗赞誉了这匹藏马,而钱杜不仅为藏马绘了图像,而且作了这首很有气势的长诗,诗从马的主人及马的骁勇入手,"黔西都护鞍马雄,骁勇第一驼罗骢",将马比作汉代著名的汗血宝马,"来从流沙走万里,满身汗血桃花红",用三国曹操之子勇将黄须儿曹彰来反衬此马"黄须健儿控不得",正面描写"出阵入阵生旋风。拳毛飒爽神骨耸",画马圣手画家难画"世无曹霸谁能工!昔日善画李伯时,吴兴承旨能匹之",宴上难写"星精未许俗手貌,诸公况复为新诗",画家诗人笔下英姿"紫金盘陀七宝串,雄姿尺幅

---

① [清]周霭联:《西藏纪游》,张江华、季垣垣点校,中国藏学出版社2006年版,第50页。

开生面。枥下牵来意独豪,营前骑出人争羡",战场上的雄姿"万人辟易战士呼,突围夜上山梁趋",历史上的战绩"四蹄蹴踏砂石裂,项下髑髅如贯珠。飞身击贼贼胆碎",才取得的军功"将军新破松毛寨。卸鞍猛气犹夺人,十万降苗帐前拜",醉中画马"军中挝鼓军门开,巴西太守携酒来。酒酣磅礴解衣看,午夜壁上疑风雷。怜余屡貌寻常者,神骏须从醉中写",将要取得的功勋"玉鞭明日下安笼,看扫欃枪洗兵马!"①。长诗铺赋烘托,浓墨重彩,塑造了藏马驼罗骢踏云荡霞、辟易辟敌、勇猛莫匹的英雄形象,为藏马谱写了一曲高亢的赞歌。如果说画家钱杜只描写了藏地一匹骏马的话,画家查礼所写《鹊个羌马行》,则描绘了松潘西北境草地鹊个地方的一群骏马。其诗先从产马的地方入手:"鹊个之野草泽肥,山回水绕邻武威。唐志武德二年置凉州总管府。天宝元年改为武威郡,督凉甘肃三州。乾元元年复为凉州。今蜀之西北土境与甘肃接壤。中多旷薮产名马",接着写群马之雄姿"骄嘶结队骖骓骓。雄姿不受伏枥苦,昂头掉尾健于虎。腕促蹄厚鹤啄长,雄高顾盼卓立股,竹披锐耳肉骔分。龙鬐凤臆摇坚筋,紫焰双瞳闪飞电"。不愧是画家,突出了不同颜色的骏马的飒爽英姿"茫茫广漠游秋群,其间纯白白同雪。苍黑之毛色似铁,绿缥赭白兼乘黄,殷红騵兔染猩血",再突出有各种特殊毛发的骏马"更有三花五花杂九花,满身散作云与霞。菊蕊朵朵连钱动,青鳞片片拳毛騧",写马群之美"千匹万匹均殊绝,或趋水隈或山岊,文采增辉耀旭光,饮泉卧沙竟体洁",赞美骏马群之神骏"麒麟遗种狮子虬,何异骠裹兼骅骝。駃騠神骏娇形影,横空蹴踏风飕飕。竆拂终朝看不尽,大駃小騲走牡牝",诗人恨不得自己拥有相马专家九方皋的能力,为大小金川之战选取骏马,"我非九方能相马,也道此材追鹿麢。只今金酉兵尚攻,战场正须波斯骢。青丝络脑银鞍辔,载驱西陲成大功",歌行体最后发出赞美,以及自己描绘群马神骏如前,"呜呼!临阵用尔沾赤汗,驰骋惊人擒逆叛。功成惠养在目前,一一觅工

---

① 赵宗福:《历代咏藏诗选》,西藏人民出版社1987年版,第143页。

绘取我马之魁岸"①。全诗气势磅礴,将松潘群马的形象如绘眼前,诗歌用词华丽,很好地发挥了歌行体流畅自然的特点。这首群马长诗和前一首独马长诗,向人们充分展示了藏地所产良马的绝世英姿。

　　清代藏族聚居区的交通,除了马是绝对必备的之外,在过河时,还常常用到皮船,在过有桥的江河时,往往要过的是索桥。这种桥由于重要性的不同,有不同的形制,从用材看有铁索桥、藤索桥等,常常构成当地的一个亮丽风景。清代许多藏事诗诗人过这种桥大都会留下咏物诗作。孙士毅就有《铁索桥》一诗:"渴虹饮深涧,欻被电光掣,蜕骨烧不死,横曳百丈铁。道岂由人通,险乃信天设,河流界西南,华夷此扃鐍。阳侯鼓洪炉,线路铸斗绝,长绠挽五丁,飞渡谁能截。征马不敢前,仆夫各鸣咽,下有战死魂,波涛所吞啮。联臂走夈㑳,撒手堕飘瞥,饥蛟昂其首,不足供饕餮。我才愧王尊,叱驭此九折,生乃猿揉愁,死乃鱼鳖悦。"②此铁索桥指大渡河上的泸定桥,康熙四十年(1701年)建,东西长三十一丈,宽九尺,悬施铁索九条,覆木板于上,大渡河水势险恶,赖此桥为利济。诗一开始连用比喻,"渴虹饮深涧,欻被电光掣,蜕骨烧不死,横曳百丈铁",将铁索桥比喻为"渴虹",又比喻为"蜕骨"蛇,这种桥常建在几乎不能通行的绝险处。铁索桥架得惊险,诗人不由得发出"道岂由人通,险乃信天设"的惊叹。桥的重要"河流界西南,华夷此扃鐍"已在眼前,接着回顾历史"阳侯鼓洪炉,线路铸斗绝,长绠挽五丁,飞渡谁能截",铸铁、拉桥之难亦在眼前,此桥之险要"征马不敢前,仆夫各鸣咽,下有战死魂,波涛所吞啮",接写过桥之惊险"联臂走夈㑳,撒手堕飘瞥,饥蛟昂其首,不足供饕餮",再形容大渡河水如"饥蛟"欲吞噬桥上行人,最后诗人谦虚,说自己不能表达过此桥感

---

① [清]查礼:《铜鼓书堂遗稿》(清乾隆刻本)卷十八,页十四上下,见国家清史编纂委员会·文献丛刊《清代诗文集汇编》(第338册),上海古籍出版社2010年版,第139页。
② [清]孙士毅:《百一山房诗集》(清嘉庆二十一年刻本)卷九,页十下、十一上,见国家清史编纂委员会·文献丛刊《清代诗文集汇编》(第347册),上海古籍出版社2010年版,第571~572页。

受的万一,"我才愧王尊,叱驭此九折",用一句话来概括"生乃猿揉愁,死乃鱼鳖悦",过此桥搞不好就在生死之间。全诗写得气势恢宏,想象惊人,将过铁索桥的惊心动魄展示得淋漓尽致。同样一座泸定桥,查礼在孙士毅之前已写有《渡铁索桥》:"昔读桑钦经,略知大渡水。源发西徼西,流入氐羌里。泸定以地呼,实为大渡耳。上下名不同,地异水即此。蜀疆多尚竹索桥,松维茂保跨江饶。几年频陟竟忘险,微躯一任轻风飘。斯桥镕铁作坚链,一十三条牵两岸。索重十三万斤。巨木盘根系铁重,桥亭对峙高云汉。左冶犀牛右蜈蚣,怪物镇水骇龙宫。洪涛奔浪走其下,迢迢波际飞长虹。桥长三十一丈。碑石穹窿耀宸翰,辉煌金碧崖间灿。桥东偏恭立康熙四十年御制文碑。白马青衣日往来,低头不敢闲瞻玩。规模宏壮足大观,层层栋柱围雕栏。驿传乌斯内外藏,去回无复违惊湍。我今奉檄缉群盗,啸倚商飙恐落帽。携书担剑桥上过,乃取铁桥为近号。"① 此铁索桥,即四川泸定(原地名"安乐")大渡河铁索桥。诗人回忆昔日读过的桑钦经,对大渡河有大略了解,此河源发于西方极西之处,流经氐羌地方。泸定是当地的地名,河名实为大渡。上流下流的名字可能不同,但水就是这一条。诗写四川边地大多架设竹索桥,松维茂保各地跨江河的竹索桥不少。诗人几年内频频陟过,竟然忘记了凶险,微小的身躯走在这些竹索桥上一任风飘摇。这座泸定桥大不相同,是熔铁为坚链拉成的,十三条铁链牵连两岸,诗注注出铁索全重十三万斤,也就是一条铁链一万斤。巨木盘根也难以拉住铁索的重量,两个桥头都建有桥亭,对峙在两岸崖壁之上。接着诗人以神话来描写桥之壮美,"左冶犀牛右蜈蚣,怪物镇水骇龙宫。洪涛奔浪走其下,迢迢波际飞长虹",诗注注出桥长三十一丈。碑石穹窿碑文光耀宸翰,辉煌金碧的光芒在崖间灿烂。诗注注出桥东偏恭立康熙四十年(1701年)御制文碑。骑着白马穿着青衣往来桥上,不敢低头瞻玩闲看。桥的规模

---

① [清]查礼:《铜鼓书堂遗稿》(清乾隆刻本)卷二十三,页六下、七上,见国家清史编纂委员会·文献丛刊《清代诗文集汇编》(第338册),上海古籍出版社2010年版,第170页。

宏壮足当大观，层层栋柱围上雕栏。驿马从此进入藏族聚居区，来来去去不再阻于惊湍。诗人奉檄令缉剿瞻对群盗，在桥上飓风长啸中担心吹落了帽子。携着书佩着剑从桥上走过，就取铁桥为这几天的口令。诗歌先用五言回忆了书中介绍的大渡河，河名和桥名的复杂情况，然后用七言对比以竹索桥，接着从桥重、桥长、桥亭、桥之壮美、桥的碑文等详描铁索桥情况，接写骑马过桥情形及驿马往来通消息，最后写到奉命缉盗，过此桥即用桥名作军中口令事。全诗通过对比并正面描写了铁索桥的全部特点，通过驿马往来和奉命缉盗经过，侧面写了铁索桥的重要性。全诗语言精美、结构精巧，容知识性与文学想象于一炉，通过阅读可全景式地了解泸定大渡河铁索桥的全貌。

和宁亦写有《咏铁索桥》："锁结罘罳苇，凌空一木悬。不愁江面阔，只恐脚跟偏。"① 铁索桥亦称铁桥，藏语称"甲桑"。将数根铁索系于江河两岸，悬吊在水面之上，上铺树枝、木板形成桥面，两侧各有两根链索，用蒲苇、藤条之类编成疏网，连锁于桥面两边，以作护栏。明清之时，雅鲁藏布江上建有这样的铁桥几座。诗写铁索上结有网状藤苇护栏，仿佛凌空一木悬于江上。有这样的铁索桥就不愁江面宽阔，只害怕自己心惊胆战得脚不由得走偏了。诗句虽然简洁，但将铁索桥高悬于江面给人的感受及过桥时心情生动展现。杨揆《索桥》："山川阻洪流，深广讵可越，两崖兀相望，怪石起嶜崒。飞空架索桥，锁钮危欲绝，曳踵窘不前，森然竖毛发。宛宛虹舒腰，落落蛇蜕骨，迥疑匹练铺，窄抵长绲拽。谁遣高梯横，莫挽巨筏脱，翻风乍飞骞，缘云更魁厄。手怯朽索扣，足苦缩版裂，前行不得纵，后武宁许突。俯视逆流进，疾较飞电掣。夭矫龙尾垂，凌乱雁齿缺。驱罿既难凭，驾鹊苦乏术，柱杖心魂魂，褰裳趾兀兀，杠非冬月成，绳岂太古结，艰危信多端，绝险谁所设。行矣勿回顾，中道未容辍，侧听步虚声，

---

① [清] 和瑛：《易简斋诗抄》（清道光刻本）卷二，页十九下，见国家清史编纂委员会·文献丛刊《清代诗文集汇编》（第 399 册），上海古籍出版社 2010 年版，第 723 页。

长吟踏摇阒。柱敢马卿题,驭比王尊叱,一坠无百年,登陆股犹慄。"① 此诗诗题有版本作"铁索桥"。杨揆所过亦为雅鲁藏布江上的铁索桥,乃是以数根铁索系于江两岸的山岩,悬于空中,上铺木板,形成桥面。桥面两侧用作扶手的铁链,以绳索编成网状,以增过桥行走的安全感。诗从地势险要说起"山川阻洪流,深广讵可越,两崖兀相望,怪石起嶵崒",接写桥架得险要"飞空架索桥,锁钮危欲绝",行人过桥时的感受"曳踵窘不前,森然竖毛发",连用比喻形容空中的索桥"宛宛虹舒腰,落落蛇蜕骨,迴疑匹练铺,窄抵长缅拽",过桥的惊险"谁遣高梯横,莫挽巨筏脱,翻风乍飞骞,缘云更龅脆。手怯朽索扣,足苦缩版裂",在桥上俯视的感觉"俯视逆流迸,疾较飞电掣。夭矫龙尾垂,凌乱雁齿缺。驱罴既难凭,驾鹊苦乏术",心惊胆战的情况"柱杖心魂魂,褰裳趾兀兀",就是走过去了,依然想不明白这桥是怎么建的,"杠非冬月成,绳岂太古结,艰危信多端,绝险谁所设",怎样安全地走过这样的桥"行矣勿回顾,中道未容辍,侧听步虚声,长吟踏摇阒",连用典故"柱敢马卿题,驭比王尊叱",走过桥后的感觉"一坠无百年,登陆股犹慄"。全诗气势恢宏,想象丰富,语言古雅优美,传情达意极富感染力。《西藏纪游》卷三有记载:察木多"云南桥以铁索为之,上安薄板。行至桥中,风作摆动,行人戹之,较泸定桥宽不及十之三也。冬日下流冰结为桥,牛马径过,铺以树枝草根,行人称便"②。从以上所述及的"铁索桥"诗看,孙士毅、杨揆、查礼的诗,描写生动,展开充分,淋漓尽致地挥洒了诗人对铁索桥的各种了解和感受,想象丰富,诗歌语言的文学性佳好。和宁的诗过于简洁,颇有未充分展开之叹。

　　清代在藏地要渡过没桥的江河,就要用到皮船这种特殊的交通工具,因与内地的渡船太过不同,所以藏事诗人写有较多描述皮船的诗

---

① [清]杨揆:《桐华吟馆诗稿》(清嘉庆十二年刻本)卷七,页十七下、十八上,见国家清史编纂委员会·文献丛刊《清代诗文集汇编》(第457册),上海古籍出版社2010年版,第339~340页。

② [清]周霭联:《西藏纪游》,张江华、季垣垣点校,中国藏学出版社2006年版,第79页。

篇。查礼的《皮船》："蛮江急且宽，乱石碍舟楫。皮船准旧制，破浪无滞涩。却受两三人，可坐亦可立。泛泛宛沙鸥，还如踏僧笠。蓊江凭一桨，蕃儿性所习，戴月休徘徊，胜彼枯鱼泣。"① 皮船即牛皮船，藏语称"果哇"。藏族聚居区特有的水上交通工具。长方形盒状，外壳以整张牛皮缝制而成，内以竹木杆骨架支撑，通常长五尺，宽约三尺，船体甚轻，以一人一桨划控。诗一上来就写出藏地江河特点"蛮江急且宽，乱石碍舟楫"，不适合舟楫，适合古已有之的皮船"皮船准旧制，破浪无滞涩"，皮船大小、乘坐方式"却受两三人，可坐亦可立"，渡河时情状"泛泛宛沙鸥，还如踏僧笠"，皮船在流速很快的江上就像在水上飞，还像踏立在僧人的笠帽上一样不稳。皮船的渡江"蓊江凭一桨，蕃儿性所习"，以一人一桨足矣。夜里亦能过江"戴月休徘徊，胜彼枯鱼泣"。诗写以皮船渡江的原因、渡江的方式、方法和日夜皆可济渡的特点。全诗语言流畅，形成了一种意境优美与平白如话混搭的混合美效果。杨揆亦有《皮船》诗："刳木制为舟，利用涉水可，大如舳与舻，小或艇与舸。驾风蒲帆扬，沿流箯缅锁，指迷师用篙，蹑险工唤柁。今来藏江侧，厉揭测诚叵，洪涛吾奔翻，巨石耸破硪。番人夸荡舟，舟小殊眇麽，外圆裁皮蒙，中虚截竹荷。浅类苴可盛，敧讶筐欲簸，著足当中央，俯身戒侧左。形模嗤浑沌，躯壳仅蜾蠃，傍岸任孤行，邀人祗双坐。俄惊层波掀，真拟一壶妥，骇耳声铮枞，眩眼势鬼柯，附毛识命轻，存鞞嗟身瘅，相触心毋褊，群争指休堕，微生惯江河，到此良坎坷，倘从鱼腹游，宁殊马革裹。曾闻慧海航，止泛莲花朵，彼岸幸非遥，津梁勿慵惰。"②

《西藏纪游》卷一载："皮船以牛皮为之，中用柳条撑拄，形如采菱之桶，仅容一二人。一番人荡浆〔桨〕，其疾如飞。惟皮经水渍如败

---

① ［清］查礼：《铜鼓书堂遗稿》（清乾隆刻本）卷十九，页十一下，见国家清史编纂委员会·文献丛刊《清代诗文集汇编》（第338册），上海古籍出版社2010年版，第146页。
② ［清］杨揆：《桐华吟馆诗稿》（清嘉庆十二年刻本）卷七，页十七上下，见国家清史编纂委员会·文献丛刊《清代诗文集汇编》（第457册），上海古籍出版社2010年版，第339页。

絮然，中流危坐，为之股栗，渡毕则负归而曝之。"① 诗歌先写船，用木制而涉水，大的如艑与航行于江海，小的如艇与舸浮于河湖，大船起航必驾风扬帆，在江河沿岸到处用粗绳子拴着各式各样大大小小的船，在河湖中船师渡过迷津可用篙，要经过险要流急之处船工必须控制柁。现在来到藏江的边上，一般的河流可下水探测深浅，但藏江是雪山所融冰水不能以身去测试涉渡，更何况江水洪涛轰然奔腾翻卷，巨石砡磳般高大耸立，藏人常夸飘荡的皮船，皮船就像眇麽般小，皮船的形状构成"外圆裁皮蒙，中虚截竹筘"，浅小类似筥这种可盛米的竹器，惊讶筐子将要簸覆，著足站立在当中央，俯身时警戒向侧左翻船。皮船的形状模样可以称作浑沌，躯壳仅有蜾蠃寄生的螟蛉幼虫般大，依傍河岸任由孤独地飘行，邀人共渡只能双坐，一会儿震惊于层层波浪的掀动，一会儿就像一个盛物的葫芦在水中那样妥帖，骇耳之巨声铮拟于耳边，眩眼之水势鬼柯于眼前，就像附在水上的一支羽毛真正认识了生命的轻微，依靠光光的皮子而存在感叹身体好像得了虐疾一样的打战。遇到这样的艰难心不要想得太狭窄，不要像《左传》典故描写的那样，通过剁去手指来制止败兵上船。这一生已习惯江河，到了这儿还是感到坎坷，倘或落水葬身鱼腹，那么与马革裹尸还有什么不同。曾经听说过在慧海（佛的智慧深广如海洋）航行，皮船就像泛起的莲花朵，彼岸幸亏不是很遥远，通过这飘荡的津梁不要慵懒怠惰。诗将皮船对比各种木船，突出了皮船的形状构成、行船特点，尤其突出了乘坐皮船的感受，并有古奥诘屈的诗句将这感受表达得惊心动魄。诗歌最后联系佛教，将皮船济渡提升到佛教渡过慧海荣登彼岸的境界，既使全诗具有了一种佛教哲学的思考高度，又使全诗具有了一种升华的美。和宁还写有《皮船渡江》诗："森森长江水，皮船一勺登。轻于浮笠汉，闲似渡杯僧。竹叶图中泛，仙槎日下乘。此船成大愿，那用挽金绳。"② 诗述森森藏江东流

---

① ［清］周霭联：《西藏纪游》，张江华、季垣垣点校，中国藏学出版社2006年版，第13页。

② ［清］和瑛：《易简斋诗抄》（清道光刻本）卷二，页十九下，见国家清史编纂委员会·文献丛刊《清代诗文集汇编》（第399册），上海古籍出版社2010年版，第723页。

水,皮船就像一勺却能登上彼岸。皮船之轻相当于浮于水面的笠帽,在水中之悠好似渡杯僧,又像竹叶在画图中轻泛,还仿佛仙槎在日下乘坐。此船能完成大愿,那里还须用像神话中那样挽住金绳。诗写得美轮美奂,一上来就是大与小的对比,接着连用比喻,由人间比到僧人,由僧人比到图画,由图画比到神仙,最后归于此船能完成大愿,不用神话中的金绳挽。诗歌语言优美,意境高淼清新,纯任文学想象,有种飘在空中的感觉。孙士毅也有《皮船》诗:"沙棠今改制,逐水竟成嬉。飨士庖丁解,焠毛巧匠为。集宁烦五羖,纫必仗千丝。欹侧帆休挂,飘摇缆不施。最宜鸥共载,雅称鹤相随。虚触应无怒,轻划亦渐移。鹿翁堪作主俗有船主之称,乌几偶教离。夜泛形同月,中流坐若尸。团焦浮上下,瓮茧漾参差。光合星墟射,班犹汗血滋。驾惟三老并左右二人划桨,中坐一人,珍抵一壶贻。所愿乘风便,何妨蒀渡迟。莲汀遥可采,茶灶重难支。望里凌波靓,掀时累卵危。晒疑悬正鹄土人悬屋角晒晾,弃欲吊沈鸥。旧梦依芳草,新劳在碧漪。拥皋当日忝,裹革壮心驰。威虎差堪拟国语以独木船为威虎,蜻蛉每被啙〔嗤〕。趁须辞醉客附舟以行谓之趁船,系或傍鱼师。漫道沿缘险,还胜踏浪儿。"① 诗先写皮船的制作"沙棠今改制,逐水竟成嬉。飨士庖丁解,焠毛巧匠为。集宁烦五羖,纫必仗千丝",仿佛游戏般的,庖丁解完的牛,巧匠揉好的整张牛皮,用纫千丝缝制在一起即成皮船。对比汉地的船"欹侧帆休挂,飘摇缆不施",皮船既不挂帆,也不系缆,皮船常和什么相伴"最宜鸥共载,雅称鹤相随",最宜鸥、鹤这些神仙伴侣,当然皮船的韧性极好"虚触应无怒,轻划亦渐移",接写船主与夜晚放船感受"鹿翁堪作主,乌几偶教离。夜泛形同月,中流坐若尸。团焦浮上下,瓮茧漾参差。光合星墟射,班犹汗血滋。驾惟三老并,珍抵一壶贻",再将江南的船与藏地的皮船不断对比"所愿乘风便,何妨蒀渡迟。莲汀遥可采,茶灶重难支。望里凌波靓,掀时累卵危",坐皮船像风一样的过江,遥想江南的莲汀

---

① 〔清〕周霭联:《西藏纪游》,张江华、季垣垣点校,中国藏学出版社2006年版,第13~14页。此诗孙士毅的《百一山房诗集》未载。

已经可采，现在在藏地过了江，惊魂未定，连茶灶都沉重不堪，难以支好，遥望家乡江南小船凌波是多么的美丽，这里的皮船在浪中危如累卵。皮船渡完后需要扛上岸晾晒"晒疑悬正鹄，弃欲吊沈鸥"，晾晒时就像悬着的箭靶，又像低飞的鸥鹰，诗人谈到自己"旧梦依芳草，新劳在碧漪。拥皋当日焘，裹革壮心驰"，旧梦新劳，壮心不改。这一切"威虎差堪拟，蜻蛉每被嗤。趁须辞醉客，系或傍鱼师。漫道沿缘险，还胜踏浪儿"。诗注注出"国语以独木船为威虎"，壮心不改就像虎威，又像蜻蛉皮船每每被嗤笑，要坐船就要赶紧辞别醉客，将自己的性命系于鱼师。漫长的征途啊总是伴随着凶险，诗人不由得觉得此身经历远胜于踏浪儿。长诗写造皮船、坐皮船、晒皮船的全过程，对比内地各船尽显皮船特点，抒发了诗人老当益壮的豪情，和战胜任何艰难困苦的无比自信。诗写得古奥，尽显诘屈聱牙之美。孙士毅还有《藏江以皮船济渡戏成四言四章》之二："刳木为舟，易之以革，十笏三弓，莫嫌跼蹐。"①诗称将中原的刳木为舟，改为用牛皮，十笏三弓般的大小，不要嫌狭窄。读了诘屈聱牙的长诗之后，再读这样的短诗，顿感简洁而自然。

  以上是典型的藏事咏物诗，还有介于咏物诗和风情诗之间的，比如徐长发的《乌拉行》就涉及当时的徭役制度，《乌拉行》的题注："蛮俗用夫马牛挽运，均号乌拉。马牛二，一夫操之。马牛一，两夫代之。系军行成宪。"藏地用马、牛支差运输，就叫乌拉，如果是二马或二牛，就须一牵夫驾驭，如果是一马或一牛，也可以用两个背夫代替。这已是军队运输的约定俗成的规定。诗曰："蛮奴似通牛马语，马前牛后相尔汝。尔能为我增橐囊，我还为尔轻鞭楚。我不仗尔沾余粮，尔当为我烹作脯。为牛为马尔莫分，呼马呼牛我并许。一牛一马惟我持，半牛半马代尔举。嗟哉征程迅有期，慎莫逡巡将官怒。

---

  ① ［清］孙士毅：《百一山房诗集》（清嘉庆二十一年刻本）卷十，页十三上，见国家清史编纂委员会·文献丛刊《清代诗文集汇编》（第347册），上海古籍出版社2010年版，第585页。

山川虽险莫言劳,冰雪虽寒不知苦。饥来我饭有官茶,死去尔身即军糈。"① 诗写出支应"乌拉"的农奴与牛马的对话,展现了藏地劳动者与牛马的深厚感情,同时深刻展示了农奴与牛马地位相同的境地。《西藏纪游》卷二载:"凡番人之应徭役者,名曰'乌拉',其牛马驴骡亦称乌拉。凡有业者无论男女皆派之。其从他处来者或仅妇女,但能自立烟灶赁房居住者,悉令应役。即头目碟巴,均按居室之大小定其多寡,或一家派数名,或数家派一名,无人应役亦许雇代,年过六十始免之。"② 西藏"乌拉"徭役是藏族群众沉重的负担,钱召棠的《巴塘竹枝词》组诗之三十二首亦有简捷描述:"传牌一纸促星邮,乌拉飞催不少休。明亮夫同汤打役,裹粮先去莫迟留。"诗后注:"人畜应差者,皆为乌拉,背夫为'明亮夫',司茶水者为汤役,司刍牧者为打役。"③ 写出乌拉徭役的原来最早起源,最早的乌拉原与元代藏地驿站的差徭有关系。乌拉徭役一来,一应人等皆须"裹粮先去莫迟留"。诗写出了乌拉徭役的不断扩大,从侧面控诉其为藏地百姓的绝大负担。《西藏纪游》卷二载:"番人徭役以住屋计,如三层两层楼房者徭役最重,平房次之,黑帐房又次之。近年多有弃其大寨避入黑帐房者,大路差徭日重耳。唐古忒尚有周时遗制,达赖喇嘛所属百姓既纳钱粮牛马,仍当烟户徭役。其余世家大族皆各有百姓。如台吉丹津班珠一家,百姓多至一千数百户。其他噶布伦世家有三、五百户者,亦稍纳商上钱粮,不当烟户徭役。是以商上百姓日益疲惫,多有逃亡。达赖喇嘛渐不如前之富庶,所用卓尼尔等皆贪黩成习,罔之顾恤,江河日下,势所必然也。"④ 钱召棠《巴塘竹枝词》组诗之三十六:"盐酥刍粮奉土官,喇嘛也要索衣单。催输终岁无时

---

① [清]周霭联:《西藏纪游》卷二,张江华、季垣垣点校,中国藏学出版社 2006 年版,第 50~51 页。

② [清]周霭联:《西藏纪游》,张江华、季垣垣点校,中国藏学出版社 2006 年版,第 50 页。

③ [清]钱召棠:《巴塘竹枝词》,张羽新校,页四下,见西藏社会科学院西藏学汉文文献编辑室《西藏学文献丛书别辑(第四函)》,中国藏学出版社 1993 年版影印本。

④ [清]周霭联:《西藏纪游》,张江华、季垣垣点校,中国藏学出版社 2006 年版,第 51 页。

歇，那得懵腾一觉安。"诗后注："土司盐酥杂粮，喇嘛衣单银，均在夷赋内支给。"① 诗写藏地百姓劳役之重，不但要奉给土司，还要供应喇嘛，终日应役，连睡一个囫囵觉的时间都没有。其三十七："蚩蚩元气本敦厖，剥削何堪到蠢蠢。犹有护羌诸校尉，钉槌敲又木钟撞。"② 藏区剥削之重，已到"剥削何堪到蠢蠢"的地步，在藏区的清朝官员常常提醒当地官员贵族不要剥削太过分。其二十八："政行喙息亦吾民，安忍相看判越秦。口纵难言心自感，谁言顽性不能驯。"③ 诗写藏区百姓受剥削之重，诗人已感同身受，并不忍心看下去，谁说这些百姓顽劣不能驯化。藏区百姓的农奴身份使他们要身受与牲畜相同的待遇。诗人在感同身受的情况下，已发展到反对歧视藏族群众的境地，所以写下"口纵难言心自感，谁言顽性不能驯？"这样的反问。

在藏事诗中还有关于藏獒的记载，在庄学和《打箭炉词二十四章》中有诗，其二十三首：④ "黑犬同根昂巨首，犁牛肖性带长毛。自余绝少珍禽样，鳞族难容万里涛。"诗后注："犬首最钜，牛毛独长。相传番种天女同黑犬所生，性最劣。水急无鱼。鸡鸭鹅俱阙。"品种同一的黑色犬藏獒高昂着它巨大的头颅，像藏地二牛抬杠犁地的牦牛浑身长满长毛，这两种动物除外其他再没有什么珍贵的动物，在藏地河流中因极冷和流速快，大多没有鱼。诗注注出犬图腾的神话。《西藏纪游》卷一载："藏地犬大者如驴，较常犬大二三倍，毛茸茸长三四寸，两目尽赤，状极狞恶。日则贴地酣眠，蹴之不噬。夜则百十为群，往来追逐，吠声如豹。孤客夜行，往往遭噬。明旦视之，并

---

① ［清］钱召棠：《巴塘竹枝词》，张羽新校，页五上，见西藏社会科学院西藏学汉文文献编辑室《西藏学文献丛书别辑（第四函）》，中国藏学出版社1993年版影印本。
② ［清］钱召棠：《巴塘竹枝词》，张羽新校，页五上，见西藏社会科学院西藏学汉文文献编辑室《西藏学文献丛书别辑（第四函）》，中国藏学出版社1993年版影印本。
③ ［清］钱召棠：《巴塘竹枝词》，张羽新校，页五上，见西藏社会科学院西藏学汉文文献编辑室《西藏学文献丛书别辑（第四函）》，中国藏学出版社1993年版影印本。
④ 参见《金川草》（旧抄本）页五十一下，见西藏社会科学院西藏学汉文文献编辑室《西藏学文献丛书别辑（第四函）》，中国藏学出版社影印本。

其骨而亡之矣。故夜行必结伴持梃而后出。"① 纪游记载藏獒大如驴，似乎有点夸张，其实藏地驴不大，与大藏獒差不多，其他描写"较常犬大二三倍，毛茸茸长三四寸，两目尽赤，状极狞恶"极准确，白天和夜里截然相反，"日则贴地酣眠，蹴之不噬"。"夜则百十为群，往来追逐，吠声如豹。"藏獒习性如此，牧民是用它来对付狼的。记载的最后有些恐怖，只听说过藏獒可斗群狼的，没听说过藏獒吃人，这里写的吃人的可能是野狼吧。

总体上来看，清代藏事风物诗可以说从一个重要层面展现了藏地独特的传统文化。其实无论是山水还是风物，对于诗人都是一个审美观照的过程，吴承学说："在审美过程中，心物交融，物我为一。一方面是自然的人化，另一方面又是人的自然化。正如古人所谓'山水风土者，诗人性情之根底。'"② 对清代藏事风物诗的研究，不但对于研究藏地独特的传统文化的形成、发展及其在现今的留存现状有不可或缺的参考作用，就是对于藏地人类学、社会学和藏汉民族文化交流等等的研究亦有重要的不可低估的资料价值。清代藏事风物诗只就其诗体本身看，亦展现出了古代诗歌所不常见的辉煌，关于此点在下文将有专节讨论。

第三节　清代藏事咏史诗及藏地历史风云

藏事诗中存有为数颇多的咏史诗，西藏历史悠久、佛教寺庙历史文化厚重，诗人每经涉猎，常常思如泉涌，下笔不能自休，故而藏事咏史诗有不少的长篇大作。清代藏事诗中最长的诗篇就是咏史诗作。清代藏事咏史诗从内容上看，可以分为三类。专写古代历史的藏事诗

---

① ［清］周霭联：《西藏纪游》，张江华、季垣垣点校，中国藏学出版社 2006 年版，第 13 页。
② 吴承学：《江山之助——中国古代文学地域风格论初探》，载《文学评论》1990 年第 2 期，第 52 页。

篇和综咏古代与当代历史的藏事诗篇,这两类是从时间角度来看的,藏地既经历古代历史长河,又有林林总总的特殊的当代史事,所以不能简单地认为藏事咏史诗就是吟咏古代历史的诗篇,突破一时一事大面积地宏观地展现,站在藏地当代将古代历史与当代连为一体的诗作亦应视为藏事咏史诗。还有从空间角度看,在藏地一些寺庙、建筑乃至风物都包含了渊深厚重的历史文化,除了简单的、抓住一时一事的吟咏,那些全面展现寺庙历史、建筑历史、风物历史的诗篇,自然可以毫不犹豫地被认定为藏事咏史诗。基于这样的认识,我们站在藏事诗主体所在的清代,去宏观了解清代西藏的历史的同时,更通过藏地寺庙、古代建筑、历史风物去欣赏藏地恢宏阔大又风起云涌的历史时空。

对于咏史诗的考察就从将古代历史与当代连为一体的这类咏史诗开始,颜检留下了长篇诗作《卫藏》。颜检,生于乾隆二十二年(1757年),卒于道光十二年(1832年),字惺甫,又字岱云,连平州(今广东省连平县)人。《国朝耆献类征初编》卷一九一有传,较《清史稿》卷三五八详审。贵州巡抚颜希深之子。乾隆四十二年(1777年)拔贡,初授礼部七品小京官。嘉庆年间,授江西按察使,河南、直隶布政使,直至晋任直隶总督。但后屡坐事遭贬,一是嘉庆九年(1804年)颜检在直隶总督任上时,束鹿知县黄玠和保定知府吴兆雄对受屈告状的县民王洪中掌嘴责打,致使王洪中含冤自缢,颜检坐"失察"。嘉庆帝斥责颜检于民人上控之事并不亲加审理,任其颠倒是非,"似此玩视重案,国家又安用督抚藩臬为耶"①。二是易州知州陈溰亏空库银10万两案发,颜检以"失察"降调革任。三是降调后颜检以五品衔在河南委用时,又出现承德知县伊诚占用地亩、防御英福致死人命诸事。嘉庆帝为吏治如此败坏极为恼怒。嘉庆十一年(1806年)七月,又以直隶藩司任内,书吏勾通侵吞帑项,事发,坐失察,戍乌鲁木齐。颜检到乌鲁木齐后与成林关系密切。成林(?—1817年),字漪园,伊尔根觉罗氏。满洲镶蓝旗人。嘉庆八年

---

① 《清仁宗实录》卷一三二,嘉庆九年七月丙辰条。

(1803年)授驻藏帮办大臣。在任上，与驻藏办事大臣策拔克不和，相互攻讦。结果在嘉庆十年（1805年）成林以"违例支借库项"革职，次年遣戍乌鲁木齐。颜检与之成为好友，多有唱和。正是由于颜检与成林来往交好，正是在乌鲁木齐颜检才有此契机对西藏发生浓厚兴趣，故而写下长诗《卫藏》。①

《卫藏》一诗从西藏早期吐蕃崛起写起，"秃发开羌俗，唐蓂慕汉篇。乐诗朱辅奏，国号鹘提传。蒟酱稍通货，梭枪未款边"，早期吐蕃与中原开始通货贸易，并未发生边境冲突。"逻些建城郭，赞普奋戈铤。敢死推豪族，初生解控弦。力邀青海月，计破白兰烟"，到了建都逻些（拉萨）之后，吐蕃赞普结集强大的军事力量，向青海拓展势力，攻破白兰等族部。经过战争，吐蕃知道了唐朝的强大，遂遣使谢罪请婚，"鸾鹭远翘首，桓蒲思比肩。遣论瞻上国，奉表译蛮笺。匪寇占婚媾，还师谢罪愆"。大唐准允其请，"维唐筹抚驭，下嫁到腥膻。粉黛驯饥虎，娥眉伏巨狿"，许嫁公主以收其心。虽然"未收乘象胆"，但"已讽贡葵年"。吐蕃既有土地的要求"汤沐请河曲"，又有文化方面的请求"诗书求简编"。可惜和平没有保持多久，"惜哉徇所欲，自尔复骚然"，吐蕃铁骑乘机攻入唐朝边境，践踏唐蕃甥舅和盟，"伺隙甲兵后，渝盟樽俎前"。对唐的攻取超过汉之匈奴、剽悍超过先零羌人，"鲸吞逾冒顿，虺毒过先零"。到了宋代，吐蕃分裂，唃厮啰部兴起，虽羽檄无警，但舆图半弃捐，"越宋仍牙帐，其渠有董毡。割疆挥斧钺，赂诱赐缗钱。羽檄虽无警，舆图半弃捐"。元明两代因势利导，尚用僧徒，多封厚赐，"元明因势导，僧梵窃机权。迦叶膺王爵，藩封启庙堧。器仪颁内库，诰敕遣中涓。富厚俨都护，真空姑舍旃"。清朝兴起，藏地政教势力即归诚入贡等待朝觐，"我朝方作睹，彼众隔山渊。望气知神圣，归诚路万千。定期来贡使，入觐待传宣"。隆重朝觐，竭诚拥护中央，"祇树遥敷座，明驼缓著鞭。偏单披凤阙，革履步花砖。膜拜嵩呼异，皈依华祝鲜"。朝廷册封奖赏达赖

---

① 参见高平《清人咏藏诗词选注》，中国藏学出版社2004年版，第82～84页。

和班禅,"传宗嘉达赖,分化奖班禅"。活佛转世传统仪轨制度化,"宝笈金瓶插,鸿文玉册镌"。皇恩浩荡无边,"湛恩真异数,荒服被无偏"。西藏空前兴盛,"直北葛丹界,迤南阳布连。西洋为后户,丽水即前川。中拓数圻地,三危别有天"。藏地农区和牧区居住有制,足食丰衣,"碉房冲月窟,毳幕走云畊。酥酪手相接,氀毻衣自联"。传统文化得到保存,"蕝羝妖祀炽,咒咀土风沿"。自然环境恶劣虽未变,"雪海无方涨,冰天不肯旋",但都能用各种方法穿越,"飞桥摇铁索,危渡簸皮船。梯度阻番马,绳行抛竹筏"。村落散布,农田纵横,"层层逾岭坂,霭霭见原田。细碎成村落,纵横展陌阡。稞苗秋隐隐,跛布水溅溅"。信仰多元,"大小招相别,黄红教各诠。浑无生死法,但有去来缘"。佛教氛围浓郁,街市喧闹,"般若凌霄峻,浮屠射日圆。雷声轰鼓钹,井字列街廛"。喇嘛地位不低,"乞食沙瓶钵,搜山鹿野畋"。藏族群众生活亦安然,"牛羊纷放牧,茶茗细熬煎"。藏族妇女心灵手巧,"蛮技经营巧,賨婆织纴便。花裙宁窈窕,赭面亦婵娟";能歌善舞,"不信清筇队,都教彩线缠。瓢笙芦管乐,乌鬼鸽王筵";服饰华丽,俗尚多情,流行天葬,"辛布当胸挂,重环缀耳穿。多情聚麀鹿,奇葬付雕鸢"。男女歌舞、情多欢好,"引袂杂男女,踏歌非醉颠。有时搓碧䥽,随意拣红棉"。藏獒凶恶、动物奇特,"犬或狒头恶,鸡胡象鼻卷"。虔信佛教,"祇光栽贝叶,香烬燃龙涎"。闰日定时,星象有别中原,"闰日乘尧典,瞻星失斗躔。地原章步外,人在阆风颠"。唐蕃会盟碑倒卧地上,文成公主种植的古柳也如睡着一般,"剥落唐碑卧,婆娑古柳眠"。离中原真是远,特殊的风俗常出人意表之外,"去华真绝远,殊俗若为湔"。准噶尔曾争据其地,廓尔喀亦两次入侵,"准部昔争据,廓酋尝篡挺"。廓尔喀兵曾攻入、劫掠札什伦布寺,"横刀摧绀殿,纵火焚青莲"。藏地的抵抗无力,"御侮金刚散,驱魔佛力绵"。仓皇向大皇帝求救,"仓皇求大主,凄切祷皇乾"。康熙帝建盖世武功,乾隆帝运筹帷幄,"圣祖神功骏,高宗庙算先"。谋定遣将发兵,"两朝操远略,命帅定交坚"。大军攻入敌境,艰苦作战,"甲惹炎氛裹,弓梢毒雾悬。当冲排赤帜,破险夺乌犍"。取得全胜而归,"向日挥戈去,随河唱凯还"。佛寺的安全又有了保障,"灵幢重妥帖,方丈载安全"。钦派驻藏大臣加强管理,"驻以皇华使,人皆御府员"。加强边防,提高驻藏大臣权力地位,"拂庐增戍卒,舍卫密关键,护法真无量,如来不敢专"。噶伦遵守章程,商上也要接受驻藏大臣的督察,"噶隆遵约束,商上待衡铨"。强化中央管理,藏地有了新变化,"犷悍余慈惠,凶残变爱怜"。长久维护藏传佛教,使藏地佛光永驻,"永教开净土,长此住金仙"。颜检的《卫藏》藏事诗这首五言排律,长达 160 句,作于乾隆时期胜利反击廓尔喀侵藏之后,描述吐蕃崛起,与中原政权的历史关系,重点阐述西藏地方与清朝中央的密切关系,并介绍了藏族的风俗习惯、宗教信仰、民间技艺,最后称颂反击廓尔喀侵藏的胜利,对藏治理的增进。该诗力图全面介绍西藏,但诗作者供职中原,历官畿辅,虽有遣戍乌鲁木齐经历,但无治边、治藏经历,属内地官吏文士关注藏事之作。全诗气势宏大,语言流畅,藏事交代尚属清晰。中外学者向有认为中国文学抒情诗发达,似乎没有史诗(epic)传统。在表面上,这是中国文学与西方文学的重要差异之一。[①]然而杜甫之后"诗史"传统绵延发展,颜检的《卫藏》诗虽不敢说是史诗,但无疑是难得的站在清代立场由古及今回顾西藏历史的诗史。

  吴世涵写有《西僧坐床歌》[②]。吴世涵,字渊若,号榕置,又号又其次斋,遂昌(今浙江省遂昌县)人。清道光二十年(1840 年)进士,知会泽州,又至云南太和知县。质敏好学,博览群书,工诗。《西僧坐床歌》从佛教诞生印度传入西藏写起,"天竺印度降释迦,东连卫藏佛子多"。佛教在藏地先后分衍红黄二教,而黄教即格鲁教派极盛,"红黄二教生派别,黄教之盛尤靡加"。达赖、班禅是黄教初祖宗喀巴的两大弟子,"达赖班禅两大弟,初祖并属宗喀巴"。黄

---

  ① 参见《文学遗产》编辑部《学镜——海外学者专访》,凤凰出版社 2008 年版,第 54 页。
  ② 赵宗福:《历代咏藏诗选》,西藏人民出版社 1987 年版,第 214 页。

教异军突起,统辖全西藏,"别立宗乘异服色,黄冠黄履黄袈裟。六十余城唐古忒,统辖胥归大普陀"。黄教活佛转世出现,年久弊端滋生,"不生不灭灭复生,呼必勒罕延多罗,宗党姻娅递传袭,年深代远滋伪讹"。乾隆帝想出办法平息纷争,"圣皇披图鉴积弊,特施神力息纷哗"。转世出生一定得真,以佛前掣签的办法解决,"异僧出世自有真,佛前签掣庶无差"。从这以后达赖喇嘛等大喇嘛示寂,就会引来儿童的围观,"从兹喇嘛或示寂,番儿群集笑哑哑"。掣签前要经检测无误,然后金瓶掣签,掣得活佛人人夸赞,"铃杵摇鼓与佛尊,真假并设任摩抄。一一能认不错谬,斯为灵异可崇嘉。金奔巴瓶贮名姓,掣得活佛咸矜夸"。黄教有了人人信服的教主,择日登位,万众欢动,顶礼膜拜,纷纷奉献,"教有主持众心悦,名蓝供养堆香花。择日坐床演真诀,男女嗔咽翻雷车。福寿庙前竞匍匐,焚顶烧指诵摩诃。抽钗脱钏献金璧,布施有愿甘倾家。谁谓黄口尚乳气,坐令万里来奔波"。追叙元朝崇信八思巴,大元帝师常被谄敬阿谀,"伊昔有元崇佛法,皈依西僧八思麻。大元帝师西方佛,曲庇谄敬多所阿"。清朝改变了这种局面,兴黄教安众蒙古,立制合理不偏颇,"皇朝柔远有深意,非为邀福礼僧伽。振兴黄教安蒙古,因地立制无偏颇"。政不易俗,威德泽幅广大,朝廷在藏地建立职贡,"威德所被一中外,政不易俗民乃和。徼外化人效职贡,数珠藏香骏马驮"。皇帝的恩惠礼遇和佞佛毫不相干,"恩礼既优益响化,岂与佞佛同其科"。诗结尾自述观看了坐床,因赞叹而成此诗,以后应该补写职方歌,"下士观叹作此咏,他年应补职方歌"。这首长诗写于道光十五年(1835年),诗述达赖喇嘛、班禅额尔德尼坐床的历史渊源、发展过程和隆重的现实场面,揭示清王朝振兴黄教抚治蒙藏的政治目的。描写真实,见度深刻,辞藻古朴典雅,音韵婉转流畅。西僧系指藏传佛教格鲁派即黄教首领达赖和班禅二大活佛。坐床是藏传佛教活佛转世继位的仪式。格鲁教派自三世达赖始,正式采用寻觅、认定圆寂的达赖转世灵童,迎接到寺院供养选择吉日坐床即登位的做法,保持了寺院集团的稳定,推动了格鲁派的发展。但由于选定"灵童"的权力操控在上层集团少数人手内,逐渐便有作弊现象发生。鉴于这种情况,清王朝在乾隆五十七年(1792年)制定了"金瓶掣签"选定灵童的制度,规定达赖、班禅及凡在理藩院注册的其他大呼图克图等转世时,必须将几个预选"灵童"的名字写在象牙签上,放在金瓶中,由驻藏大臣等监督抽签掣定。这种作法有效地防止了舞弊,遂成为活佛转世坐床的定制,亦成为藏传佛教宗教仪轨的一道独特的风景。

吟咏古代历史的诗篇常常也要依托某个古物或古人来咏述。孙士毅就写有《甥舅碑》诗。此碑系唐穆宗长庆年间唐朝与吐蕃政权重申舅甥情谊,经过会盟、强调信守和好、合社稷为一家而树立的,史称唐蕃会盟碑或长庆舅甥会盟碑,也有称唐蕃和盟碑的。藏语称为"祖拉康多仁",意思是"大昭寺前之碑"。① 诗曰:"绀殿天山表,珠宫月窟边,穹碑留汉字,遗迹溯唐年。忆昔贞元会,当时将相贤,威行青海道,春到赤峰巅。银鹘频消燧,金鹅远奉笺,河湟归义切,赞普请婚坚。侍子横经入,文儒典表旋,乌孙拜都尉,玉女度祁连。从此华戎界,翻成姻眷联,人才识宫室,俗渐改裘毡。亦有金城主,还闻宝册宣,翠华遥泣送,帐殿屡开筵。远嫁难为别,和亲觉可怜,使因龙节护,乡在凤池传。雪岭兰陵第,河源沁水田,有时竟蛮触,终遣靖戈铤。清水盟重结,兰山界共捐,神龙遗诏读,回鹘誓书镌。昂首蛟螭拥,承跌贔屃眠,鬓云生石理,花雨杂金填。西向明灯照,东波法像虔,凄凉青塚寂,呜咽黑河溅。髻鬇皆成佛,姬姜尽若仙,塞花空有恨,边月不长圆。桥影琉璃活,簪牙玛瑙鲜,神香莲座上,梵字绣幢前。长庆盟元鼎,咸平讨继迁,寰中更岁月,域外几山川。杨柳经残劫,燕支弔古烟,惟余数行字,作镇大西天。"② 诗从夸张地形容甥舅碑所在地点开始,"绀殿天山表,珠宫月窟边",由碑留汉字追溯此为唐代所立,"穹碑留汉字,遗迹溯唐年"。接着展开描述唐蕃联姻,舅甥亲好关系的历史。对唐朝与吐蕃的两次联姻,即唐太宗贞观十五年(641年)文成公主入藏与赞普松赞干布之联姻和唐

---

① 参见王尧《吐蕃金石录》,文物出版社1982年版,第39页。
② [清]孙士毅:《百一山房诗集》(清嘉庆二十一年刻本)卷十一,页三下、四上下,见国家清史编纂委员会·文献丛刊《清代诗文集汇编》(第347册),上海古籍出版社2010年版,第593~594页。

中宗景龙三年（710年）金城公主离长安进藏与赞普赤德祖赞联姻，再续舅甥亲好，以诗常用的"忆昔"之写法，截取唐朝在安史之乱后唐德宗贞元年间中兴的一段历史为衬托概写唐蕃舅甥姻好史事，突出"赞普坚请婚"，唐蕃联姻舅甥关系缔结后"从此华戎界，翻成姻眷联"，大唐文明传播吐蕃"人才识宫室，俗渐改裘毡"。诗中对金城公主入藏联姻，唐中宗亲自送亲至始平县（今陕西兴平），设帐筵别遣专使护送，特改称送别地为凤池乡怆别里的一段史事，以诗的语言着重描述："翠华遥泣送，帐殿屡开筵。远嫁难为别，和亲觉可怜，使因龙节护，乡在凤池传。"唐蕃间的征战经过这第二次联姻，再申舅甥亲好而停息，吐蕃"有时竟蛮触，终遣靖戈铤"。诗再接着写唐蕃关系的另一大内容唐蕃会盟，点出唐德宗建中四年的清水会盟，但并不平铺直叙其史事，只是强调"清水盟重结，兰山界共捐，神龙遗诏读，回鹘誓书镌"，会盟收弥兵息戎之效应。对建立"甥舅碑"的唐蕃最后一次会盟，即唐穆宗长庆元年（821年）、二年（822年）唐蕃长安、逻些的两轮会盟，长庆三年（823年）在吐蕃逻些大招寺门前树立会盟碑的重大史事，诗中并不详述直写，但诗句"长庆盟元鼎，咸平讨继迁，寰中更岁月，域外几山川。杨柳经残劫，燕支弔古烟，惟余数行字，作镇大西天"，让人直面"甥舅碑"，顿生穿越漫长时空的感觉，诗收尾的寥寥十字"惟余数行字，作镇大西天"反觉历史之厚重。

《甥舅碑》全诗概述史实明晰，将唐蕃关系的历史风云几乎尽收笔下，诗句华丽流畅，常显出一种凄凉的美，结尾给人有余不尽的味道。甥舅碑现仍坐落在拉萨大昭寺门前昔日公主柳旁。碑高4.78米、宽0.95米、厚0.50米，上有石帽覆盖，四面有字，正面汉藏两体对照：左半藏文，横书，77列，字体为有头字，字迹苍古，吐蕃时期藏文特点至为明显；右半汉文，直书，6行，正楷，存464字。藏汉两体文义相同，大概是同一盟约，两种文本。盟文表达了唐蕃双方"再续慈亲之情，重申邻好之义"的共同愿望，申述"今社稷叶同如一，为此大和，然甥舅相好之义，善谊每须通传"。背面碑阴为藏文盟辞，78列，叙述唐蕃友好的简要历史和此次会盟的经过及其意义。

碑南北两侧刻唐蕃双方参与此次会盟官员名单位次，列有唐朝官吏18人，吐蕃官吏17人，① 均为汉藏两种文体对照。② 其中唐朝参与会盟官员名单位次刻有前来逻些会盟的唐朝专使"朝政大夫大理卿兼御史大夫刘元鼎"。③ 当年历史风云凝固于碑文之上。

  站在甥舅会盟碑前，唐蕃关系历史的战和一面难免浮现于眼前，踱到旁边的公主柳前，诗人的思绪又一次澎湃起来，就写下了《唐柳》诗。④ 诗写在遥远的边地拉萨，唐柳长得很高了，在紫驼上才能攀到枝条，"万里昆仑外，攀条问紫驼"。隋大业时这种柳大量种植，柳枝在风中的舞蹈胜过汉时灵和柳，"种分隋大业，舞胜汉灵和"。柳絮就像天山雪，飞舞的枝条就像道边树的枝杈，"弱絮天山雪，长条道树柯"。柳花飞到青海那么远，度过玉门关的春风很多，"花飞青海远，春度玉关多"。藏族妇女和儿童常在树下歌舞，"羌女吹绵起，巴童按箧歌"。喇嘛常在树下悟道，在净土种植的这柳树，像石盘陀一样长久，"空心悟优钵，净土植盘陀"。回忆历史上金城公主嫁到拉萨，其凤辇曾从柳树下经过，"忆自金城降，曾经凤辇过"。这古柳伴着公主着翠钿，在扇月下就像黄罗轻纱，"镜湖消翠钿，扇月写黄罗"。柳树在风中婀娜，"婀娜翻风佩，弯环出茧蛾"。在夜空下衬托着宝殿，"星躔依北斗，宝殿礼东波"。仿佛神仙般的环境，"仙李枝分好，长杨骑埶诃"。到秋天不再征战，马驮金鹅装的春酒，"秋槽闲铁马，春酒奉金鹅"。通过贝叶、莲花参悟消息，"贝叶参消息，莲花悟刹那"。慧云经常庇护着，在劫火中几经消磨，"慧云长

---

① 北面是吐蕃一方参与此次会盟的官员名单位次，共十七人。上为藏文，下为该员职衔姓氏的汉字译音，藏文四十列。对于研究吐蕃官制、姓氏及当时藏汉对音极为重要。南面为唐廷参与会盟官员名单位次，亦为藏汉两体对照，上为藏文，四十九列，下为汉文。共十八人，王播、杜元颖、萧俛、韩皋、牛僧孺、李绛、杨于陵、韦绶、赵宗儒、裴武、柳公绰、郭鏦、刘元鼎、刘师老、李武赫然在列，此外尚有三人名位字迹漫漶，不可确知。此亦为唐时汉藏文字对音研究的重要材料。
② 参见王尧《吐蕃金石录》，文物出版社1982年版，第39～41页。
③ 参见王尧《吐蕃金石录》，文物出版社1982年版，第28页。
④ 参见[清]孙士毅《百一山房诗集》（清嘉庆二十一年刻本）卷十一，页四上、五下，见国家清史编纂委员会·文献丛刊《清代诗文集汇编》（第347册），上海古籍出版社2010年版，第594页。

庇荫，劫火几消磨"。偶尔骑着青丝骢，来到拉萨河边，"偶鞚青丝骑，来寻白楮河"。柳枝纤腰细得超过帝子，柳叶眼眉让人想起神仙，"腰支怜帝子，眉黛忆仙娥"。在最初的地方已有珠勒，朝见天子梦见玉珂，"初地停珠勒，朝天梦玉珂"。也有人惋惜柳的憔悴，虽然很老了还是婆娑，"有人惜憔悴，老我感婆娑"。在桑下曾经三次住宿，曾经摩过松枝，"桑下曾三宿，松枝记一摩"。有像庾信那样的才华才想着写赋，心中充满惆怅还用问什么，"兰成思作赋，惆怅问如何"。诗歌对比了隋柳、汉柳，细写了唐柳给当地人们带来的欢乐，并由历史的时空写入神话的时空，详描这棵唐柳穿过劫火依然婆娑，让人不由得感叹人的生命的短暂。全诗用语华丽、意境幽美，将柳树拟人始终与历史、社会的风云相互激荡，展现了一种顽强的老而弥坚的力量。唐柳亦称公主柳，生长于大昭寺门前甥舅碑旁，相传为文成公主所手植。杨揆亦有《唐柳　在大昭前》①。杨诗直接从柳树本身开始描绘，"一种灵和树，婆娑倍可怜"。婆娑灵和柳，表面看柔弱可怜，实际上根扎佛土，唐代种植，"根株依佛土，栽植记唐年"。柳树柔美，映照水边，牵动人的情感，"照影曾临水，牵情乍禁烟"。晓风吹江岸，落日照在大招寺门前的柳树，"晓风江岸上，斜日寺门前"。长年顶部凋零了，空的心禅修坚定能忍受火的煎熬，"髡顶零秋早，空心耐火煎"。倦时不再开花，老去不再吹绵，"倦时休作雪，老去罢吹绵"。谁会对这样的老柳青眼有加，看着还像纤腰的树枝一次次地证明了岁月的流逝，"青眼人谁识，纤腰岁屡迁"。就像慈云享受阴凉很久，就像甘露依仗皇恩遍布，"慈云叨荫久，甘露恃恩偏"。这柳树"已断沾泥性，容参离垢禅"，其形貌"昙华分妙相，贝叶订前缘"。经行的过客刚刚听到笛声，遇到了柳树就暂寄了鞭留驻一段，"过客刚闻笛，逢君暂寄鞭"。想到自己飘零、憔悴更无眠——"飘零真有憾，憔悴镇无眠"。在一个暗淡的黄昏"草暗

---

① ［清］杨揆：《桐华吟馆诗稿》（清嘉庆十二年刻本）卷七，页十五下，见国家清史编纂委员会·文献丛刊《清代诗文集汇编》（第457册），上海古籍出版社2010年版，第338页。

长隄路,鸦归薄暝天",在柳树下思绪飘得更远。垂着手重新在柳树旁流连,"攀条思寄远,垂手重流连"。杨揆的这首吟咏沧桑阅尽、千年飘零、婆娑憔悴的唐柳诗写了老柳树,更写了同自己一般的过客,将历史的叙述压缩到最少,因代入自己过多,所以这首诗与其说是咏史诗不如说是抒情诗。这也是杨诗与孙诗的绝大不同处。看到同辈诗人纷纷写唐柳,技痒难耐的和宁亦写下了《古柳行 曲水江岸》一诗:"柏生两石间,郁郁不得长。高冈有梧桐,凤凰鸣下上。物生各异地,同归大块壤。嗟此古柳树,杈枒根崛强。两干倚崖畔,阴可十亩广。一干卧江干,水面浮槎漾。薄植落蛮乡,盘错千年奘。缅我中原道,简书阅来往。作絮任飘零,系马遭啮痒。城市供劳薪,斫削等榛莽。造物无弃物,因材笃岂枉。仙人木癭瓢,太乙青藜仗。苟足适于用,取资定不爽。兹柳生不材,臃肿拳曲像。雨露幸无私,枝叶久培养。托根井鬼方,上列柳宿象。古柳古柳兮,作歌慰慨慷。不为枯树悲,无取假山赏。夭矫若游龙,生意空摩荡。汝寿全天年,江山独偃仰。"①诗一开始对比了柏、梧桐,"柏生两石间,郁郁不得长。高冈有梧桐,凤凰鸣下上",提出一个观念"物生各异地,同归大块壤"。感叹这古柳树枝桠倔强,"嗟此古柳树,杈枒根崛强"。两干古柳长在崖畔,树荫覆盖非常广,"两干倚崖畔,阴可十亩广"。一棵古柳斜长卧在江边,江面不时浮荡枝干,"一干卧江干,水面浮槎漾"。这些柳树孤独地长在藏地,长了近千年,"薄植落蛮乡,盘错千年奘"。回想在中原道路两旁茂密的生长的柳树,阅尽道上书信来来往往,"缅我中原道,简书阅来往"。长出柳絮任其飘零,树干系马被马咬和蹭痒,"作絮任飘零,系马遭啮痒"。城市需要柴火,被砍削就相当于榛莽,"城市供劳薪,斫削等榛莽"。造物对于事物各有安排,因材而用笃实哪里冤枉,"造物无弃物,因材笃岂枉"。有的就成为仙人的木癭瓢,有的成为太乙真人的青藜仗,"仙人木癭

---

① [清]和瑛:《易简斋诗抄》(清道光刻本)卷一,页三十八下、三十九上,见国家清史编纂委员会·文献丛刊《清代诗文集汇编》(第399册),上海古籍出版社2010年版,第712页。

瓢，太乙青藜仗"。只要足以适用，被使用就一定是肯定的，"苟足适于用，取资定不爽"。此柳生来是不成材的，长得弯曲纠结，"兹柳生不材，臃肿拳曲像"。受着塞外的雨露，枝叶一天天成长，"雨露幸无私，枝叶久培养"。根扎在井宿星座下的鬼方，在前上方还可以看到柳宿星座的形象，"托根井鬼方，上列柳宿象"。古柳、古柳啊，写下歌来慰藉其慷慨，"古柳古柳兮，作歌恩慨慷"。从不为枯树悲伤，也从不对假山欣赏，"不为枯树悲，无取假山赏"。柳树现在长得就像游龙，欣欣向荣的生机就在空中摩荡，"夭矫若游龙，生意空摩荡"。你的寿数全了柳树的天年，在这塞外江山中独自偃仰，"汝寿全天年，江山独偃仰"。此诗泛咏古柳，仿佛完全脱开史事，几乎成为一首咏物诗，诗人对比了塞外这些古柳和中原道柳的不同命运，以及与神仙用柳的区别，在古柳描写的背后以柳拟人，包含着诗人对"江山独偃仰"的勃勃生机和活力及"汝寿全天年"的智慧的深深赞美之情。

  孙士毅在写下咏史诗《甥舅碑》《唐柳》后，兴致正浓，接着写下了长篇咏史诗《金城公主曲》①。金城公主是唐中宗李显之养女，父为雍王李守礼。景龙元年（707年），唐中宗将其许嫁于吐蕃赞普赤德祖赞。景龙四年（710年），中宗亲率百官送其至始平（改名金城），举行隆重盛会，赐予杂技、工匠、龟兹乐等随从入蕃。开元二十七年（739年），金城公主卒于吐蕃，共在吐蕃生活了整整30年，从而使太宗贞观年间文成公主与松赞干布联姻始结的唐蕃舅甥亲好关系得以历史绵延，最终奠定。全诗长达96句，分四大部分。第一部分，总叙金城公主远嫁吐蕃，与赞普赤德祖赞联姻史事。诗从拉萨无遮大法会开始，公主就像玉立天人俨然戴着冠盖，"花宫珠阙无遮会，玉立天人俨冠盖"，华丽的池台都在大渡河的西边，住的宫殿在中原以外，"沁水池台大渡西，兰陵邸第中华外"。当年下嫁过龙堆

---

① ［清］孙士毅：《百一山房诗集》（清嘉庆二十一年刻本）卷十一，页七下至页九下，见国家清史编纂委员会·文献丛刊《清代诗文集汇编》（第347册），上海古籍出版社2010年版，第596页。

的时候,就像急拨惊弦小忽雷一样惊险,"当年远嫁过龙堆,急拨惊弦小忽雷"。拟将巫峡云雨,抵消昆明池的劫后灰,"拟将巫峡峰前雨,消得昆明劫后灰"。始终记着和亲的使命,赢得赞普的特殊礼遇,"和亲两字分明记,博得呼韩恩礼异"。佛家的慧业在蒼葡林开启,在鸳鸯寺又起新的繁华,"慧业应开蒼葡林,繁华别起鸳鸯寺"。在穹庐看到天女散花的游戏,能成佛升天的事不是捏造,"散花游戏到穹庐,成佛生天事岂诬"。虽然比不上玉真公主尊贵,但还是在帝京接受的封号,"不及玉真公主贵,帝京封号即元都"。此诗句旁涉之史事:玉真公主本为昌隆公主,唐睿宗景云二年(711年)改为玉真公主,建玉真道观供其入修,玉真亦成为道观名。和持节诸边使一起来,穿越雪窖冰天走过万里而至,"揭来持节诸边使,雪窖冰天万里至"。蓬莱神山前的水虽然清浅,但有几人能够渡过,渡过就是为了说说金城公主的旧事,"蓬莱清浅几人过,为话金城旧时事"。可怜当时唐室少治边之才,王朝刚刚中兴就离开家国真是悲哀,"剧怜唐室少边才,燕郡新兴去国哀"。更有咸安公主的麟德殿,画图成为回鹘可汗的妻子,"更有咸安麟德殿,画图唤得可敦来"。此句旁涉之史事:贞元四年(788年),唐朝与回纥和亲,唐德宗以咸安公主下嫁回纥长寿天亲可汗,册为智慧端正长寿孝顺可敦。第二部分,咏叙金城公主身世,受唐中宗宠爱,皇帝亲为送亲的史事。金城公主本是雍王李守礼女,中宗收养居留深宫多年,"金城本是雍王女,桂殿秋风独延伫",景龙四年(710年),唐中宗命左骁卫大将军杨矩护送金城公主入蕃,嫁予吐蕃赞普赤德祖赞。章怀太子流徙巴州,造反的铠甲在天津桥焚毁,"章怀窜徙下巴州,宫甲天津遭一炬"。此句旁涉之史事:调露二年(680年),武后怀疑章怀太子李贤谋杀明崇俨,派人揭发李贤阴谋,在东宫马房找到数百具铠甲,李贤未能洗清罪责,被废为庶人,幽禁在长安。收缴的铠甲在天津桥焚毁,以昭告天下。永淳二年(683年),李贤被流放巴州。嗣王李贤还要相王李旦的怜悯,当时正是金轮改历年,"嗣王还得相王憐,正是金轮改历年"。此句旁涉之史事:景云二年(711年),唐睿宗追加李贤为皇太子,谥号"章怀",与太子妃房氏合葬于今章怀太子墓。谁会派遣后宫弱小的公主，中宗有八个公主岁数相差不多，"谁遣后宫怜弱息，中宗八女小差肩"。比肩的姊妹年十五，嫁给姓武的风流都尉，"差肩姊妹年三五，风流都尉道姓武"。此诗句所涉史事：《新唐书·列传第八》载中宗有8个女儿，最末之新都公主，下嫁武延晖。唐公主中最尊贵的是太平公主，曾经开府治国，"就中最是裹儿娇，墨勅斜封别开府"。曾支百万金钱，兴建定昆池，"百万金钱领度支，神工新辟定昆池"。在安福门前祝寿时，太平公主权势大到公卿拜见，"太平偶舞公卿拜，安福门前上寿时"。长宁公主豪侈、宜城公主僭越，7个公主相互夸耀每天都摆大宴，"长宁豪侈宜城僭，七主相夸日开燕"。此句所涉史事：唐中宗时，韦后及太平、安乐、长宁等公主皆仗势用事，别于侧门降墨敕，即皇帝亲笔书写的诏书，斜封付中书授官。因为生了8个女儿，只能黄台抱蔓归，没有一个儿子来养老送终，这些金枝玉叶的凄凉结局没有人看见，"阿父黄台抱蔓归，凄凉玉叶无人见"。秃发（吐蕃）转战劳，公主和亲出塞阵云高，"秃发南凉转战劳，蛾眉出塞阵云高"。诗人据《旧唐书·吐蕃传》吐蕃系鲜卑所建南京首领秃发利鹿孤之后说，认为吐蕃即秃发之"语讹"。善于吹萧的蛮夷长夫塨，最终胜过了丹阳公主赌佩刀的丈夫，"吹萧夫塨蛮夷长，终胜丹阳赌佩刀"。此句所涉史事：《新唐书·列传第八·诸帝公主》载，丹阳公主是李渊第十五个女儿，兄长唐太宗把她嫁给了初唐名将薛万彻。"万彻蠢甚，公主羞，不与同席数月。太宗闻，笑焉，为置酒，悉召它婿与万彻从容语，握槊赌所佩刀，阳不胜，遂解赐之。主喜，命同载以归。"天子为告别金城公主而流涕，龟兹乐部就从西邸随公主进入吐蕃，"天子临轩一流涕，龟兹乐部从西邸"。天子在金城县北凤池乡与公主告别，并将告别地改称怆别里，"金城县北凤池乡，自此遂呼怆别里"。第三部分，追叙当年文成公主入藏联姻，松赞干布亲迎于河源，始结唐蕃舅甥姻好，与松赞干布去世后，噶尔家族专权，唐蕃争战又起及至赞普赤都松赞翦除钦陵之史事。白头宗室女文成公主，如果能与金城公主相见都会哀伤故国离别之情，"白头宗女有文成，相见都伤故国情"。还记得太宗文皇帝贞观之时，在河源甥馆见到迎亲的队伍，"记得文皇贞观日,河源甥馆见亲迎"。从西边很远的地方来亲迎的松赞干布,一个劲儿称赞公主美貌,"亲迎弄赞来西极,尽道阏氏好颜色"。九边部落献上金鹅酒器,十姓弓刀部族罢去银鹘精兵,"九边部落献金鹅,十姓弓刀罢银鹘"。公主在藏地生活了30个春秋,钦陵专权又发动战争,"毡帐低回三十秋,钦陵跋扈又戈矛"。钦陵即噶尔钦陵。松赞干布死后钦陵继其父禄东赞(噶尔东赞)任大相,专吐蕃朝政,进攻唐安西四镇,670年又在青海湖以南大败唐军。最可怜的就是在松赞干布去世后的孤儿寡妻手里,唐朝陷落了西域羁縻十八州,"最怜寡妇孤儿手,教陷羁縻十八州"。襁褓中的孙子,这宾天赞普之后裔,长大居然能设计取了强臣钦陵的首级,"襁中孙是宾王后,留犁能取强臣首","襁中孙"指赞普赤都松赞。古藏文历史文献载:698年赤都松赞以出猎为名,北上讨伐钦陵,钦陵兵败自杀。① 第四部分,描述金城公主入藏联姻后之史事及在藏生活时的种种情况。王姬享殊礼侄女也要从姑姑,依旧与天子家作甥舅,"王姬殊礼侄从姑,依旧天家作甥舅"。凄凄切切就像啼叫的寒蝉,这时听到欲断思念之肠,"凄凄切切似啼蝉,此际闻之欲断肠"。不堪忍受离家之远而回首故乡,更为思念君恩再一次望向故乡,"不堪家难重回首,更忆君恩一望乡"。望着故乡几次见葡萄熟了,朔雪边风因愁闷而倾万斛酒,"望乡几见蒲桃熟,朔雪边风愁万斛"。公主家得赐田庄,九曲河西作为公主汤沐邑,"主家原得赐田庄,九曲河西作汤沐"。公主在画堂能看到藏江滨,不数司农卿赵履温,"画堂甲观藏江滨,不数司农赵履温"。此处所涉史事:景龙四年(710年)唐中宗指派纪处纳送金城公主入蕃与赞普成婚,纪处纳推辞不去;中宗又改派赵彦昭,彦昭顾己处外,恐权宠夺移,不悦。司农卿赵履温曰:"公天宰,而为一介使,不亦鄙乎!"彦昭问计安出,履温乃为请安乐公主留之,遂以将军杨矩代。后唐中宗派左骁卫大将军杨矩送金城公主到吐蕃联姻。金城公主到藏后,赞普另筑一城让她居住。藏江回波赞普

---

① 参见王尧、陈践《敦煌本吐蕃历史文书》,民族出版社1980年版,第108、141页。

名帝子,层城飞雉公主号夫人,"北渚回波名帝子,层城飞雉号夫人"。北渚,藏语音译,意为藏江,指拉萨河。吐蕃无端违背神龙誓言,在帐幕中公主频频掩面而泣,"无端却背神龙誓,毳幕西风频掩袂"。听说玄宗皇帝避安史之乱骑着青骡栈道而行,为开元、天宝盛世已过而伤心,"闻说青骡栈道行,伤心天宝开元岁"。从此公主挂上牟尼一串珠,莲花幢底赤露一双足,"从此牟尼一串珠,莲花幢底赤双趺"。瑯环玉册羞刹翁主,缨珞花鬘自称佛奴,"瑯环玉册羞翁主,缨珞花鬘称佛奴"。另有宫人也想入道,13岁的豆蔻年华还显娇小,"别有宫人能入道,十三豆蔻方娇小"。充满智慧的面相就像庄严优钵花,诵经的宛转声音就像迦陵鸟,"慧相庄严优钵花,经声宛转迦陵鸟"。在脂粉堆里公主立下第一功,铜龙金兽都在守卫宫殿,"粉碓花田第一功,铜龙金兽化人宫"。谁可怜这样美丽的玉骨最终埋在青塚,节度使还是发兵九道与吐蕃攻战,"谁怜玉骨销青塚,节度犹劳九道攻"。全诗诗句华美,结构宏大,几乎涉及了唐蕃舅甥亲好关系缔结之种种史事,充满华贵和历史的沧桑。

  咏史诗还有吟咏寺庙历史和古建筑、古物历史的诗篇。马维翰就写有七律长诗《大喇嘛寺歌》①。马维翰,字墨麟,浙江海盐人,康熙六十年(1721年)进士,官至四川川东道。《大喇嘛寺歌》诗写虽无慧根,但偶参上乘佛法心境清凉,"我无摩泥照浊水,偶参上乘心清凉"。慧能、鸠摩罗什都早已圆寂,现在的行脚僧人所求只在衣粮,"惠师罗什亦已化,今之行脚惟衣粮"。打箭炉过去就是西番地,旧时没有板屋到处都是碉房,"西炉自昔西番地,旧无板屋皆碉房"。山上都是岩石不生草树,平地是茫茫沙碛种不了稻粱,"不生草树山壁立,茫茫沙碛无稻粱"。先皇的赫赫威名,帝国开疆将其纳入版图,"恭惟先皇赫威命,版图始入开封疆"。到现在万里远的乌思藏,也辗转翻译瞻观中原冠冕服饰制度,"至今万里乌思藏,亦来重译瞻冠裳"。奈何往日禁锢不解,都说此类坚持能生出空桑,"奈仍夙昔锢不解,俱言此类生空桑"。佛法说空诸所有有为法,为何佛寺还要

---

① [清]沈德潜:《清诗别裁集》(下册),上海古籍出版社1984年版,第993页。

雕梁画栋?"空诸所有有彼法,如何佛寺犹雕梁?"建有百丈长的围墙,还以纹石镶嵌四方,"缭以垣墙一百丈,甃以文石周四方"。佛楼每一面都辟有横窗侧门,在寺门前立着幡竿,"横窗侧闼面面辟,幡竿略绰当门张"。在楼的上层布置得金碧辉煌,在下楼东西厢画着神鬼像,"其上层楼渲金碧,下画神鬼东西厢"。寺僧几多少长,不语前立纷纷排成行,"寺僧少长凡几众,不语前立纷成行"。右肩袒露膜拜佛像,两眼转溜放黝光,"偏袒右肩事膜拜,双瞳转仄黝有光"。宰杀牲畜割剥皮肉一点也不恐怖,在其侧念佛神气扬扬,"宰生割剥了不怖,呼号其侧神扬扬"。每天六时念诵佛经就是功课,渴了饮酪乳、饿了吃牛羊肉,"六时梵呗若功课,渴饮酪乳饥牛羊"。白宵聚僧徒大合乐,互吹骨角笛声低昂,"宵分聚徒大合乐,互吹骨角声低昂"。即然论释典崇尚清净,这难道是有意登上慈航,"即论释典尚清净,此宁有意登慈航"。有人说流传法术颇有不同,拨弄造化就像寻常事一样,"或云流传术颇异,拨弄造化如寻常"。安禅的毒龙带来时雨,诵咒的青女能停飞霜,"安禅毒龙致时雨,诵咒青女停飞霜"。这安禅和诵咒确实具有定慧力,竟能用诡术回天,"此岂实具定慧力,竟能诡术回穹苍"。嗟尔世人不能迅速觉悟,积善得福获利始终萦绕衷肠,"咄尔世人速不悟,福田利益萦中肠"。乾坤高厚巧妙在于运用,哪里要用尺寸量短长?"乾坤高厚妙运用,岂待尺寸量短长?"圣人的深意在于柔远,顺育万类通达于边疆,"圣人深意在柔远,顺育万类通要荒"。因势利导启发蒙昧,欲使寒冷的谷地回到春阳,"因势利导牖蒙昧,欲使寒谷回春阳"。昭昭大道揭示如日月,异教哪里能够紊乱纪纲?"昭昭大道揭日月,异教岂足紊纪纲?"举头夷风倘能一变,饮食男女才是真天堂!"矫首夷风倘一变,饮食男女真天堂!"《大喇嘛寺》系对川西藏族聚居区打箭炉厅地方某藏传佛教古寺的吟咏。咏述喇嘛做功课情景,对寺院建筑和喇嘛衣着、饮食、吹奏等都有描述,并暗含辛辣讽刺。诗末主张以"圣人深意"柔远化导。对此,沈德潜在其《清诗别裁集》中评议此诗

"以儒反佛"①。

藏地寺庙众多，寺庙作为历史文化的厚重载体，引起藏事诗人广泛关注，将著名大寺尽入笔下。孙士毅写有《小诏寺》："大诏音招北去小诏迎，金瓦流辉玉碱平，不信西来饭净土，却因东向望神京。小诏寺门东向，因唐公主思帝乡也。从姑又见称甥舅，成佛当时有弟兄，寺中塑佛，日珠多吉云，即觉释迦牟尼之弟，八龄成佛。驻马倍教增恋阙，寺门遥指日华生。"②诗歌以寺门的朝向突出了小昭寺在历史上唐蕃舅甥关系中的地位，赞美了寺庙的豪华和吸收信众的能力，以及对中原文化的向往。小诏寺通常写作小昭寺，亦作小召寺，藏语称"惹莫切"。7世纪时松赞干布专为文成公主所建，由唐朝进藏的工匠建成。③建成后寺内供奉文成公主从长安带来的释迦牟尼12岁等身镀金铜像，即觉卧佛像。8世纪初，金城公主进藏后将此觉卧佛像改供于大昭寺主殿，将尼泊尔公主带来的一尊不动金刚佛搬到小昭寺供奉。和宁亦写有《小招寺 唐公主思念长安，故造小招东向内金殿一》："左计悲前古，和亲安在哉。乌孙魂已断，青冢骨成灰。独有金城座，长留玉殿隈大招今有唐公主像。千年香火地，应作望乡台。"④诗人一上来就以悲伤的姿态重述历史，哀伤古人的失策，和亲的业绩还在哪里呢？乌孙这个民族早已不存在了，青冢里的骨头已经成了灰，独有唐公主的坐像，还长留在寺庙玉殿的一角，千年来香火极盛之地，应该化作望乡之台。诗歌充满对和亲公主远嫁的无限同情，诗句清晰简洁，思路具有震撼人心的力量，即具理据，又有相当的感情力度。但从感情的角度否定和亲政策，终究是后世的书生之见，结合当时情势和中国境内各民族的发展，其时出现和亲政策绝不是某些帝王的一时冲动，也绝不可能是失策，其实这是边地民族发展

---

① [清]沈德潜：《清诗别裁集》（下册），上海古籍出版社1984年版，第994页。
② [清]孙士毅：《百一山房诗集》（嘉庆二十一年刻本）卷十，页二十一上，见国家清史编纂委员会《清代诗文集汇编》（第347册），上海古籍出版社2010年，第589页。
③ 参见萨迦·索南坚赞《西藏王统记》，王沂暖译，商务印书馆1957年版，第49页。
④ [清]和瑛：《易简斋诗抄》（清道光刻本）卷一，页三十四下，见国家清史编纂委员会·文献丛刊《清代诗文集汇编》（第399册），上海古籍出版社2010年版，第710页。

到当时情势向中原王朝靠拢的历史必然,虽然表面上青冢骨已成灰,但中原与边地民族和平交往的和亲模式永留各民族心中,成为一个强大的民族文化和民族心灵的联系方式。和亲的交往模式为中国多元一体文化格局的历史发展,为中华民族多元一体格局的最终形成做出了不可磨灭的贡献。

孙士毅还写有《大诏》诗,其一:①"宝相庄严玉辟邪,虚传神女到天涯,燕支关塞相思果,金碧楼台称意花。蔷葡有林开鹿苑,琵琶无语怨龙沙,定昆池畔灰犹热,阅尽恒河几岁华。"其二:②"征西马首絷楼兰,忉利天宫得细看,海燕蒲桃唐镜槛,梅花蔗段梵香檠。虚言帝释三涂苦,欲证闻思七观难,输与华严童子相,维摩丈室一蒲团。谓第穆呼图克图。"两首诗语言华美,诗意神秘幽深,以诗的语言展现大昭寺的历史渊源"宝相庄严玉辟邪,虚传神女到天涯",描述当年唐蕃联姻,公主入蕃后的思乡之情"定昆池畔灰犹热,阅尽恒河几岁华"。同时,显示诗人对该寺厚重历史和幽深宗教的珍视"忉利天宫得细看","海燕蒲桃唐镜槛,梅花蔗段梵香檠"。诗中描写是在反击廓尔喀侵藏凯旋之时前来大招寺的,从而凸显其瞻仰之意义。"大诏"通作大昭,亦写作大招。该寺藏语全称"惹萨垂朗祖拉康",意为"羊土神变经堂",简称"祖拉康",相传寺址原为一片湖淖,由山羊驮土填湖而得以奠基建寺,因此得名。建于7世纪中叶,由文成公主选址设计,尼泊尔尺尊公主兴建,由藏、尼、汉工匠历时1年建成。③初建时规模不大,后经元、明、清历代不断扩建,建筑面积始具2.5万平方米,成为西藏地方政教活动一大中心。寺内供有松赞干布、尺尊公主和文成公主塑像。历代入藏官员和清朝驻藏大臣

---

① 参见[清]孙士毅《百一山房诗集》(清嘉庆二十一年刻本)卷十一,页七上,见国家清史编纂委员会·文献丛刊《清代诗文集汇编》(第347册),上海古籍出版社2010年版,第595页。

② 参见[清]孙士毅《百一山房诗集》(清嘉庆二十一年刻本)卷十一,页七上下,见国家清史编纂委员会·文献丛刊《清代诗文集汇编》(第347册),上海古籍出版社2010年版,第595页。

③ 参见萨迦·索南坚赞《西藏王统记》,王沂暖译,商务印书馆1957年版,第50页。

到拉萨之时，每先前来瞻拜。和宁亦写有《大招寺》诗："北转三轮地，西来五印天。雪飘金殿瓦，风静铁门帘。古柳盟碑在，唐柳唐碑，昙云法象传。唐家外甥国，赞普迹萧然。"① 这首五言律诗，前半咏述诗人来到西藏见到的大昭寺外貌特征，后半直写寺内当年文成公主从唐朝长安携进藏的觉卧佛像绵延供奉，寺外唐柳、甥舅碑俱在，凸现唐朝舅甥关系史事。结句"赞普迹萧然"是吟咏历史风云的沧桑，更是述说西藏地方由中央王朝统辖的历史演进。

在西藏地方，15 世纪初宗喀巴厉行宗教改革，兴创格鲁教派即黄教，是藏传佛教发展史上的重大事件。该教派形成最晚，而发展最快、影响最大，在短短的 10 年期间甘丹寺、哲蚌寺、色拉寺等拉萨三大寺先后兴建，格鲁派异军突起。清人藏事诗的咏史诗对此吟咏，有孙士毅写的《甘丹寺》："甘丹山畔寺，寺亦号甘丹，梵夹开金帙，浮图静铁竿。雁王声寂寂，鹿女步珊珊，演教宗迦叶，传经到法兰。六尘涵刹海，十诵咒灵坛，智慧灯长照，华严界最宽。风旛惊鸽起，云钵豢龙看，香国三生悟，花城七宝攒，钟鱼消劫火，呗偈祝平安。"② 甘丹寺藏语全称为"卓甘丹朗巴杰卧林"，意为"喜足尊胜洲"或译"兜率天宫"（藏语"甘丹"意为"兜率天"），清雍正十一年（1733 年）赐名"永泰寺"。位于拉萨东 45 里处的达孜县境内。由格鲁派创始人宗喀巴于永乐五年（1409 年）倡建，为宗喀巴升座与圆寂之地，是格鲁派的主寺。全诗用佛家语和大量佛教典故，描述甘丹寺的庄严高妙，凸显此格鲁教派根本道场的藏传佛教经论地位之崇高。诗的结句"钟鱼消劫火，呗偈祝平安"既可看作诗人对甘丹寺以佛事活动"护国佑民"的称道，又可视为对赐寺名这一史事的一种追忆。孙士毅写有《别蚌寺》诗二首，其一，"旃檀金色

---

① ［清］和瑛：《易简斋诗抄》（清道光刻本）卷一，页三十三下三十四上，见国家清史编纂委员会·文献丛刊《清代诗文集汇编》（第 399 册），上海古籍出版社 2010 年版，第 709～710 页。

② ［清］孙士毅：《百一山房诗集》（清嘉庆二十一年刻本）卷十一，页三上下，见国家清史编纂委员会·文献丛刊《清代诗文集汇编》（第 347 册），上海古籍出版社 2010 年版，第 593 页。

界,缨络铁围山,绀殿三峰立,红楼四面环。雨丝飘法乳,云叶聚华蔓,独有迦陵鸟,香台镇日间"。其二,"祇园堪避暑,林木亦佳哉,贝叶因书落,莲花对钵开。呼图卓锡住,垂仲听经来,一缕消晴画,炉香小劫灰"①。别蚌寺即哲蚌寺。藏语全称"吉祥米聚十方尊胜洲",意为"堆米寺",因寺院建筑以白色为主,并依山而筑,错落重迭,远望犹如一巨堆白米,故而得名。位于拉萨西郊根培乌孜山下。明永乐十四年(1416年)宗喀巴弟子绛央曲结所倡建。16世纪中期后历世达赖喇嘛均以哲蚌寺为主寺,该寺便成为西藏最大的寺院。孙诗其一,着重描写寺庙广大,佛法庄严。其二吟述寺庙清幽,其为达赖喇嘛驻锡之地,"呼图卓锡住,垂仲听经来",西藏地方政教活动重大场所。孙士毅还写有《色拉寺》:"金殿晃朝日,宝气凌绀宇,层楼耸花宫,天半轶云雨。阑楯七宝装,曲折周廊庑,平楚俯苍翠,一一贝多树。经声树杪出,虚堂应钟鼓,小憩颇幽适,六月定无暑。佛烟众香合,塔影千花聚,老僧诧奇观,示我飞来杵。"② 色拉寺是格鲁派拉萨三大寺之一,藏语全称为"色拉泰钦林",意即"色拉大乘洲","色拉"藏语意为野玫瑰。据说建寺时此地长满野玫瑰,故得名。位于拉萨北郊色拉乌孜山下,为宗喀巴八大弟子之一的释迦也失于明永乐十七年(1419年)创建。全诗以华丽的诗句写色拉寺的华美、神圣,及与老僧一起在寺中欣赏此宗教宝物的神秘情景。诗的结句"老僧诧奇观,示我飞来杵",这杵《西藏纪游》卷二有记载:"布达拉山寺藏杵一,以铜为之,高四五尺,状如寺庙中韦驮灵官所持之鞭,窊棱累叠,金色晃耀。下有铁三四寸,似是其柄,并无锋锥铦利之形。其卓尼尔逢令节执持下山,裹以哈达,众目传观,不敢亵越。云从前平定西藏,此物血人无算也。杵,番名夺尔

---

① [清]孙士毅:《百一山房诗集》(清嘉庆二十一年刻本)卷十,页十九下、二十上,见国家清史编纂委员会·文献丛刊《清代诗文集汇编》(第347册),上海古籍出版社2010年版,第588~589页。
② [清]孙士毅:《百一山房诗集》(清嘉庆二十一年刻本)卷十一,页三上,见国家清史编纂委员会·文献丛刊《清代诗文集汇编》(第347册),上海古籍出版社2010年版,第593页。

济,一年下山一度,即两钦差署亦必传观,云以驱邪祟。凡观者必加以哈达。"① 此段文字是否是周霭联和孙士毅一起在色拉寺欣赏此宝物时所记已不能确知。和宁的《色拉寺题喇嘛诺门罕塔》② 咏写了色拉寺大喇嘛诺门罕塔,与孙诗截然不同,和宁诗几乎无一字描述色拉寺之历史文化,全诗始终在抒发其儒家式的宗教观,并以这种宗教观对藏传佛教的观念给予不断抨击。本书第四章已做评述。

　　后藏札什伦布寺,是历代班禅驻锡之所,藏传佛教格鲁派四大寺之一。札什伦布寺意为"吉祥须弥寺",全名为"札什伦布白吉德钦曲唐结勒南巴杰瓦林",意为"吉祥须弥聚福殊胜诸方洲",位于日喀则的尼色日山下,是后藏最大的寺庙。为宗喀巴弟子根敦主巴于明正统十二年(1447年)所倡建。和宁写有《抵后藏宿札什伦布》诗:"竺国羁臣肃,天涯拜圣颜。口传温语诏,心度化人关。梵呗空中放,神光到处攀。西南千里目,喜眺塞云间。"③ 诗写诗人代表清朝中央向札什伦布寺主人七世班禅宣达圣旨,以及作为帝国千里目的诗人所看到的后藏实景。诗句简洁明白,对札什伦布寺的概括"梵呗空中放,神光到处攀"准确传神,诗用神话夸张的方式结尾,显示了诗人丰沛的幽默感。和宁尚有《晤班禅额尔德尼》④《札什伦布朝拜太上皇帝圣容》⑤《班禅额尔德尼燕毕款留精舍茶话》⑥《留别班

---

① [清]周霭联:《西藏纪游》,张江华、季垣垣点校,中国藏学出版社2006年版,第55页。
② [清]和瑛:《易简斋诗抄》(清道光刻本)卷一,页三十六下、三十七上,见国家清史编纂委员会·文献丛刊《清代诗文集汇编》(第399册),上海古籍出版社2010年版,第711页。
③ [清]和瑛:《易简斋诗抄》(清道光刻本)卷一,页三十八上,见国家清史编纂委员会·文献丛刊《清代诗文集汇编》(第399册),上海古籍出版社2010年版,第712页。
④ [清]和瑛:《易简斋诗抄》(清道光刻本)卷一,页三十八下,见国家清史编纂委员会·文献丛刊《清代诗文集汇编》(第399册),上海古籍出版社2010年版,第712页。
⑤ [清]和瑛:《易简斋诗抄》(清道光刻本)卷二,页二十,见国家清史编纂委员会·文献丛刊《清代诗文集汇编》(第399册),上海古籍出版社2010年版,第723页。
⑥ [清]和瑛:《易简斋诗抄》(清道光刻本)卷二,页二十三下、二十四上,见国家清史编纂委员会·文献丛刊《清代诗文集汇编》(第399册),上海古籍出版社2010年版,第725页。

禅额尔德尼》①等涉及札什伦布寺的诗篇，为研究清代前期驻藏大臣在西藏的权力、地位和清朝中央在西藏地方的全面施政留下可贵的历史资料。

　　格鲁派的兴起，是佛教在西藏地方长期历史发展的结果。佛教从7世纪初开始在西藏传播，到了8世纪中叶赞普赤松德赞之时，已在西藏地方扎根，一些古老寺院因此而兴建。参观这些寺庙时，诗人们还常常通过偈语和对内典议论的方式表达了对藏传佛教的体会和认识。偈语即偈颂，偈，梵语"偈佗"的简称，即佛经中的唱颂词。通常以四句为一偈。《晋书·艺术传·鸠摩罗什》载："罗什从师受经，日诵千偈，偈有三十二字，凡三万二千言。"孙士毅写有《桑鸢寺口占偈语》，诗曰："姻缘生法喜，甲仗放修罗。何如大自在，无佛亦无魔。"②姻缘际会生出法喜，甲仗底下放生修罗。怎么能比行大自在法，彻底无佛亦无魔。桑鸢寺是西藏第一座剃度藏族僧人出家的寺院，又译为桑耶寺、桑摩耶寺等。位于西藏扎囊县境内的雅鲁藏布江北岸。因修建仿照印度的飞行寺，融合了藏汉建筑特点，故又有"三样寺"之称。诗人来到西藏这最古老的佛法僧三宝齐全的寺院，不由得感慨万千，以偈语表达出风云际会生出此法喜，诗人代表朝廷愿行好生之德，以及行大自在超越法，超越佛魔境界的思想。文干亦有《初二日过班觉冈至协噶尔宿萨迦呼图克图奉来诸佛作礼而说偈言》③，班觉冈今译班久岗，在长松至协噶尔道中。协噶尔今译协格尔，其地山势险要，易守难攻。清时因廓尔喀侵藏，两度占据该地，额定藏军驻守。萨迦呼图克图即萨迦派首领，该派是藏传佛教主要宗派之一，元朝时曾由朝廷授权统管西藏地方，清时在后藏仍拥有很大

---

　　①[清]和瑛：《易简斋诗抄》（清道光刻本）卷一，页二十四下，见国家清史编纂委员会·文献丛刊《清代诗文集汇编》（第399册），上海古籍出版社2010年版，第725页。

　　②[清]孙士毅：《百一山房诗集》（清嘉庆二十一年刻本）卷十，页二十一上，见国家清史编纂委员会·文献丛刊《清代诗文集汇编》（第347册），上海古籍出版社2010年版，第589页。

　　③[清]文干：《壬午赴藏纪程诗》，页三下，见吴丰培辑《川藏游踪汇编》（刻写本第四册），中央民族学院图书馆1981年版。

的政教势力。偈言："种善根，千万佛，所是因缘，得福因缘，无空过者心承，事色见音，求转杳然。"到处种下善根，是千万佛的事业，这都是所是因缘、得福因缘造成，还没有达到空的境界的过客心里承受这些善根，从事人间诸色事业在此见到善音，求转达到空的境界那就远得找不到边界。偈语表达了诗人对于佛教"善根"的理解，以及想要进一步达到佛教高深境界空净的艰难。孙士毅还有《经园小憩，同人偶谈内典，作此示之》四首，内典是佛教徒对佛经的称呼，佛教自称其教为内教，故称自己的经典为"内典"。其一有句"旃檀风定赤华房，卍字光明最吉祥"，表明孙士毅对内典的总的态度。卍字亦作"卐字"，读为"万"，意为"吉祥万德之所集"。原为古代的一种符咒、护符或宗教标志，被认为是太阳或火的象征，佛教认为它是释迦牟尼胸部所现之瑞相。唐实叉难陀译本《华严经·如来十身相海品》："卐字相轮，以为庄严，放大光明，普照法界。"其三："金粟摩尼语最华，香台高会说无遮，传来法界心心印，数遍恒河粒粒沙。八万楼台藏藕孔，十千世界出莲花，如何早避修罗杖，不向天门缚药叉。"①金粟摩尼的语言最华丽，香台高会众人纷纷谈论无遮大会，这些美丽的语言传来法界的以心印传递佛法的方法，佛法之多就是数遍恒河粒粒沙也数不完。世人眼中的八万藏经楼台亦不过藏在佛手中莲花的藕孔中，十千大千世界不过出于佛手中的莲花，如何早早躲避修罗王的战争权杖，不向天机之门动不动捆绑战俘药叉鬼。诗由无遮大会的语言，写到佛教世界的玄深庞大，提出了如何躲过佛家大千世界的劫运的问题。其四有句对前诗问题做了回答："佛中佛又分凡圣，天外天还仗护持"，佛与佛之间还有凡圣的不同，虽然远在天外天还是要仰仗国家的护持。此回答亦表达了孙士毅对佛的阶层的认识和对清朝力量的绝对信心。

10世纪后期开始，佛教在西藏地方迅速本土化，藏传佛教正式

---

① ［清］孙士毅：《百一山房诗集》（清嘉庆二十一年刻本）卷十，页二十上下，见国家清史编纂委员会·文献丛刊《清代诗文集汇编》（第347册），上海古籍出版社2010年版，第589页。

形成，根据修行的仪轨、方法、目的的不同，藏传佛教中的萨迦派、噶举派等不同教派相继兴起，使藏地的佛教呈现出异彩纷呈的局面。和宁写有《宿萨迦庙》："香焚螺甲净禅楼，丈六金身古殿齐。柱石不妨真面目，栋梁无恙长菩提。声闻客试观音贝，戒律人随法喜妻。更有北山楼万叠，不知何处是青梯。"① 这首七律前二联诗中的"柱石不妨真面目，栋梁无恙长菩提"自注："殿柱皆古树，高三四丈，三人合抱，其皮节文理如生树然。"注出殿柱的特殊，萨迦南寺主殿拉康钦莫有40根大柱，其中4根尤为粗大，皆保留"原生态"，即少砍削修整，正如注所说"其皮节文理如生树然"。后二联中的"声闻客试观音贝"自注："寺有海螺，白如玉，左旋吹之，背现观音影。"注出镇寺之宝白海螺的形制、特点。"戒律人随法喜妻"自注："萨迦有妻室。"注出萨迦派喇嘛可以有妻室。诗写寺庙的主尊、殿柱、镇寺之宝、寺庙喇嘛的俗世生活，显现寺庙的古老，赞美寺庙的规模，诗的结尾充满了幽默感。萨迦庙是藏传佛教萨迦派主寺。位于萨迦县温波山下，分南北两寺。北寺11世纪后期建于温波山南坡萨迦河之北，南寺13世纪中期建于萨迦河南平坝之上。元朝时曾由朝廷授权萨迦派统管西藏地方，南寺即萨迦地方政权治所所在。诗中所咏宿之萨迦庙系南寺。和宁还写有《望多尔济拔姆宫 寺在海中，相传斗母化现之地，住女呼图克图》诗："摩利支天迹，流传拔姆宫。斗移星野外，豕化博蛮中。昔藏地遭乱，斗姥化豕逐贼遁去。拔，番语豕也。弱水飞难渡，灵仙入望通。未知嬛女性，结习可曾空。"② 多尔济拔姆宫即桑顶寺，创建于15世纪初，为噶举教派一大支派香巴噶举寺院，位于羊卓雍湖西南侧一座险要陡峭的山顶上。此诗为和宁从拉萨赴后藏巡阅途经湖滨之地，隔湖远眺而作，故而见到

---

① ［清］和瑛：《易简斋诗抄》（清道光刻本）卷二，页二十三上下，见国家清史编纂委员会·文献丛刊《清代诗文集汇编》（第399册），上海古籍出版社2010年版，第725页。

② ［清］和瑛：《易简斋诗抄》（清道光刻本）卷一，页三十八下，见国家清史编纂委员会·文献丛刊《清代诗文集汇编》（第399册），上海古籍出版社2010年版，第712页。

"寺在海中"。这首五言律诗凸显了该寺斗母神灵变化成豕冲击来袭的准噶尔军。诗中自注:"昔藏地遭乱,斗姥化豕逐贼遁去。拔,番语豕也。"注出自传说康熙五十六年(1717 年),攻占拉萨的准噶尔军队的一支小队袭扰桑顶寺,进至寺门前,突遭遇佛母幻化的群豕从门内冲出,冲倒数人,准噶尔军惊骇急忙退走。虽然斗母化豕逐敌不是史事,但是当年准噶尔扰藏遭到西藏僧俗大众的抗击却是历史的真实。该寺为僧尼合住寺院,向由女活佛多尔济拔姆(通译为多吉帕姆)为寺主。传说多吉帕姆是金刚亥母神的肉身再现,故寺内主修金刚亥母秘法。诗亦紧扣此特点描述,并展现诗人对此的诗化理解。

清代藏事诗吟咏历史文化的诗篇中还有一些是专写以传承传统文化而著名的寺庙,布达拉西南的招拉笔洞寺在西藏就是以传承传统藏医而闻名的,孙士毅就写有《招拉笔洞寺　在布达拉西南,寺僧业医》:"高高布达拉,一峰与之对,峰势接青冥,行行有时碍。花宫俯浮图,沿缘艮其背,层峦影平湖,朝夕不一态。经营始何时,羊鼠失年载,寺僧列屋居,衣钵凡几辈。渊源托岐黄,厥理颇不昧,疾既阴阳辨,药亦君臣配。颟面差可噱,暴厎得毋愦。祈诵乃土风,因仍讵能废。邮程经雨雪,夙夜我心瘣,未达不敢尝,药裹谢盘敦,登高畅胸臆,华鬘凝暧碳。"① 招拉笔洞寺即招拉笔洞山寺,《西藏志》载:"在布达拉西南山脚,亦系平地涌起石山,山顶建寺,形如磨盘,汉人呼为磨盘山,登其上甚险,山之南崖下即藏江。寺内喇嘛皆业医道。"② 今习称之为药王山。诗以描述招拉笔洞寺形势开篇后即直写寺僧业医道,衣钵相传,藏医药"祈诵乃土风"不变,以及诗人对藏药之不尽信。全诗精炼流畅,意境平实。孙士毅还写有《木辘寺》:"几重楼阁耸朱垣,落日登临气象尊,东去江流归渤澥,西来山势接昆仑。香灯法座春阴合,钟鼓虚堂暮色昏,欲问佉卢左行

---

① [清]孙士毅:《百一山房诗集》(清嘉庆二十一年刻本)卷十一,页二上下,见国家清史编纂委员会·文献丛刊《清代诗文集汇编》(第 347 册),上海古籍出版社 2010 年版,第 593 页。

② 《西藏志·寺庙》(和宁刻本),西藏社会科学院重印,西藏人民出版社 1982 年版,第 15~16 页。

字,寺门西去有经园。"① 几重楼阁耸立在红墙内,落日时分诗人登临木辘寺,寺庙的气象显得特别庄严,就像东去的江流必归渤澥之海,就像西来的山势定会接上昆仑。在香灯法座旁春天的时光又降临了,钟鼓响于虚堂暮色又渐昏黄,欲问神秘的佉庐左行藏族文字,从寺门向西去有木辘寺的经园。诗写寺庙的气势和随着时间流逝所显示的不同情形,以及佛经刊印的场所。诗写得从容大气,结尾有种有余不尽的味道。木辘寺通作木鹿寺。《西藏志》载:"木鹿寺,在大召北,小召东。楼高四层,亦颇壮丽、广阔……寺西有经园,造各种经文,颁行各处。"② 和宁亦咏有《木鹿寺经园》诗,几乎是接着孙士毅诗作而写的,但诗人并没有直接写木鹿寺经园的情形,而是对比了文字:"华夏龙蛇外,天西备六书。唐古特字、甲噶尔字、廓尔喀字、厄讷特克字、帕儿西字,合之蒙古字重译六书。羌戎刊木鹿,儒墨辨虫鱼。寺建青鸳古,经驮白马初。何如苍颉字,传到梵王居。"③ 除了华夏龙蛇般的文字之外,天下的极西方还具备6种文字。藏人刊刻佛经在木鹿寺,儒墨的学问辨别各种烦琐的名物和典章制度,寺建成在造青鸳屋瓦的古代,佛经驮于白马刚到中原之初。藏字和苍颉字有什么不同,都共同传到了梵王所居的处所。诗歌对比了华夏文字和西方6种文字尤其是藏文的不同,以及它们共同与佛教的关系。此诗可以说是能见到的藏事诗中的对比藏汉文字的最早诗篇。和宁还写有《游拉尔塘寺》④,这首吟咏拉尔塘寺古老历史的诗作中"经留前藏转,树讶贝多栽"的诗句和自注"全藏金板悉贮于此",专门点写这座古寺传承传统文化的特殊功能。拉尔塘寺,今译作纳塘寺,位于日

---

① [清]孙士毅:《百一山房诗集》(清嘉庆二十一年刻本)卷十,页十八上,见国家清史编纂委员会·文献丛刊《清代诗文集汇编》(第347册),上海古籍出版社2010年版,第588页。

② 《西藏志·寺庙》(和宁刻本),西藏社会科学院重印,西藏人民出版社1982年版,第15页。

③ [清]和瑛:《易简斋诗抄》(清道光刻本)卷一,页三十四下,见国家清史编纂委员会·文献丛刊《清代诗文集汇编》(第399册),上海古籍出版社2010年版,第710页。

④ 《西藏志·寺庙》(和宁刻本),西藏社会科学院重印,西藏人民出版社1982年版,第15页。

喀则西南部，兴建于12世纪初，设有藏族聚居区最早的印经院，寺内收藏许多藏文经版和佛教典籍手抄本，据传14世纪曾有藏文大藏经刻板问世。清雍正年间颇罗鼐倡导刊刻的藏文《大藏经》，即著名的纳塘版大藏经即收藏于此寺。

清代西藏社会，除普遍存在的藏传佛教文化外，还存在其他不同的文化，孙士毅的《游卡契园 卡契西夷部落名》所写的就是这种多元存在。诗曰："旅舍憯无豫，策謇访平楚，拂面风力柔，略影翳更吐。蛮女供樵苏，乃复曳杂组，老柳卧道周，似学折腰舞。入门俨祗洹，钟磬纷堂庑，科头尺布缠，缠头番众居于此，西域号大贾。棱韫摩尼珠，屋列胭脂虎。蛮女姿首略妍即为缠头作妾。犬声既狺狺，炊烟亦缕缕，似登华子冈，恍遇阳人聚，幽赏意未阑，灌园狎老圃。墙阴周植蔬菜，颇饶野趣。"① 卡契是藏族对在西藏侨居经商的克什米尔人的称呼，亦称其为缠头回子。卡契园指其时在拉萨城西的清真寺。《游卡契园》以优美的诗句形象生动地展现拉萨回民聚居区的独特与亮丽。诗中特别写到"屋列胭脂虎"，并自注"蛮女姿首略妍即为缠头作妾"，反映其时的回藏通婚，藏族人加入信奉伊斯兰教的群体，而那些长期在西藏经商的卡契人虽保留"科头尺布缠"等自身传统，但已逐渐开始成为西藏社会的一员。《西藏志·寺庙》载："在布达拉西五里许，劳湖柳林内，乃缠头回民礼拜之所，有鱼池、经堂、礼拜台，花草芳菲可人。"②

清代藏事诗中吟咏古建筑、古物历史的诗作有多篇，和宁写有《布达拉》："佛阁上层霄，横枝法嗣遥。南浮炎海日，东下浙江潮。布达，普陀也；拉，山也。天下普陀有三：一在甲噶尔南海中即厄讷特克国，一在浙江南海中，一在乌斯藏，皆观音大士化现之所也。自在除烦恼，真空锁寂寥。干戈无限意，那复问银桥。上有银桥，唐公

---

① ［清］孙士毅.《百□山房诗集》（清嘉庆二十一年刻本）卷十，页十五上下，见国家清史编纂委员会·文献丛刊《清代诗文集汇编》（第347册），上海古籍出版社2010年版，第586页。

② 《西藏志·寺庙》（和宁刊刻本），西藏社会科学院重印，西藏人民出版社1982年版，第16页。

主造，兵火后久无存。"① 诗写布达拉的佛教渊源、佛家修行的保持发扬以及战争造成的不可避免的破坏。诗歌在追溯了布达拉的经典来源，和早期吐蕃建筑的毁于历史干戈，展示布达拉的古老历史，对于深入了解当今布达拉宫有其参考价值。孙士毅写有《龙潭》："一潭古水龙所宫，毒龙去后蟠神龙，天龙八部此其族，不作雄飞作雌伏。夜深佛火光青荧，老龙出水来听经。风鬟雾鬓渺何许，捧珠归去小龙女。"② 诗全以神话为内容写了龙王潭的历史传说，有很强的戏剧色彩，能引起读者的丰富想象。龙王潭在布达拉宫后，四周三四里，池边旷地多植柳树，景色秀丽。孙接写了一首《插木水亭》："青莲花世界，香水不胜吹，功德华严海，清凉阿耨池。鹫峰盘曲曲，象树荫离离，最好迦陵梵，长宣二六时。"③ 诗赞美了插木水亭的鸟语水香。插木水亭是龙潭上所建水亭。插木为藏语音译。《西藏志》载："在布达拉后，有一方池，周围约四里，中筑一台，上建八角琉璃亭，高四层，又名水阁凉亭，皮船通渡召，五世达赖喇嘛坐静处。"④ 孙士毅还有《琉璃桥》："花雨随波任溯洄，藏江东下亦萦迴，琉璃桥下琉璃水，曾为将军洗马来。"诗后自注："琉璃桥，相传尉迟敬德洗马处，当亦瑰之讹也。"⑤ 注出诗人的考证：将军应是尉迟瑰，不是民间传说的尉迟敬德。孙士毅在《大诏寺尉迟将军镇边军械 并序》一诗的序中详述其考证："相传为敬德所遗，予考《唐书》，贞观十五年以文成公主降吐蕃，命江夏王道宗送之，敬德本传。仅从征突

---

① [清]和瑛：《易简斋诗抄》（清道光刻本）卷一，页三十四下，见国家清史编纂委员会·文献丛刊《清代诗文集汇编》（第399册），上海古籍出版社2010年版，第710页。

② [清]孙士毅：《百一山房诗集》（清嘉庆二十一年刻本）卷十一，页一上下，见国家清史编纂委员会·文献丛刊《清代诗文集汇编》（第347册），上海古籍出版社2010年版，第592页。

③ [清]孙士毅：《百一山房诗集》（清嘉庆二十一年刻本）卷十一，页一下、二上，见国家清史编纂委员会·文献丛刊《清代诗文集汇编》（第347册），上海古籍出版社2010年版，第592～593页。

④ 《西藏志·寺庙》（和宁刊刻本），西藏人民出版社1982年版，第16页。

⑤ [清]孙士毅：《百一山房诗集》（清嘉庆二十一年刻本）卷十，页十九上下，见国家清史编纂委员会·文献丛刊《清代诗文集汇编》（第347册），上海古籍出版社2010年版，第588页。

厥，无使吐蕃事。至中宗景龙初，以金城公主降弃隶蹜赞，则敬德已于显庆三年薨久矣。按《吐蕃传》开元三年坌达延败盟。诏薛讷、王晙等击之。战武阶大捷，于是遣左骁卫郎将尉迟瓌使吐蕃，慰安公主。公主乃上书请修好，然则所谓镇边军器者，瓌也。非敬德也。马上占此，示从军者，以见土人所传，亦非无自云。"①据《西藏志》载：大昭寺"内藏上占军器，其剑长五、六尺，鸟枪有八、九尺至一丈长者，形与今之九子炮同，弓靫箭袋亦甚大，其箭有四、五尺长者，殊为奇观"②。所谓是尉迟将军镇边军械，志书并无记载，仅系传言，孙诗的考述甚为详实。孙士毅的《琉璃桥》七绝诗意流畅，赞美了桥下流水，及其在历史上的传说。琉璃桥藏语称"宇妥桑巴"（即宇妥桥）。在拉萨大昭寺以西，布达拉宫以东处。桥身五孔，桥上是甬堂式建筑，绿瓦飞檐，故汉语称之为"琉璃桥"。

孙士毅的《宗角》诗记载了春天游宗角园林的情形："繁春赏卡契，嘉荫访宗角，入门俨深林，万树绿成幄。摩空盖阴森，拔地起腾踔，苍皮裂虬鳞，空腹张鼍壳。横挥壮士鞭，植立将军槊，长见蠚云护，定有法雨濯。池边暗通潮，石小峻成岳，时闻共命鸟，隐隐和仙乐。"③诗写宗角园林之美，比喻极为丰富，诗句晓畅华美。宗角是拉萨著名园林。《西藏志》：载"在布达拉北二里许，系达赖喇嘛避暑处，后为佛姊居住。"④拉萨乃至全藏园林之壮观实无过于罗布林卡。孙士毅还写有《罗博岭冈是达赖喇嘛坐汤处》："选胜得幽境，鸣泉激清征，柳眉线垂垂，岩腰石齿齿。同游三两人，笑我跛能履，余不良于行，常须人扶掖。相约叩精庐，所喜隔城市。禅翁此徜徉，

---

① ［清］孙士毅：《百一山房诗集》（清嘉庆二十一年刻本）卷十一，页十四上下，见国家清史编纂委员会·文献丛刊《清代诗文集汇编》（第347册），上海古籍出版社2010年版，第599页。

② 《西藏志·寺庙》（和宁刊刻本），西藏社会科学院重印，西藏人民出版社1982年版，第14页。

③ ［清］孙士毅：《百一山房诗集》（清嘉庆二十一年刻本）卷十，页二十一上下，见国家清史编纂委员会·文献丛刊《清代诗文集汇编》（第347册），上海古籍出版社2010年版，第589页。

④ 《西藏志·寺庙》（和宁刊刻本），西藏人民出版社1982年版，第16页。

方塘一泓水，无垢乃须浴，入定聊隐几。亭前略彴横，岸旁舴艋舣，孔雀与马鸡，似鹭而足稍短，墙阴曳修尾。虽乏烟霞姿，颇饶清净理，归来野色昏，凫灯小于米。"① 诗写诗人与二三好友同游罗博岭冈时的所见所闻，描写和赞美了达赖喇嘛夏宫的美景和宁静。罗博岭冈是藏语音译，今通译为罗布林卡。"罗博"意为宝贝，"岭冈"即林卡，为"园林"之意。位于拉萨西郊，占地 36 万平方米。始建于 18 世纪中期，初为七世达赖沐浴治皮肤病之处。后历两次扩建，成为达赖喇嘛的"夏宫"。周霭联亦有长诗《游罗卜岭冈》②，其所著《西藏纪游》记始建不久的罗布林卡情景云："罗卜岭冈系达赖喇嘛、班禅额尔德尼坐汤之所。予谓必系温泉，纵不及临潼或者当可澡浴。款关而入，则凉水一潭，空明可鉴。上列板屋数间，即达赖喇嘛澡身之地。旁有园亭草树，亦颇茂密。池中一舟不系，亭下孔雀一、锦鸡一，为藏地仅见之物。"③

我们欣赏了以上吟咏寺庙历史、古建筑、古物历史的诗篇，这些诗篇几乎就是藏地著名寺庙、古建筑的导游图，赏玩着清人的诗句参照现今藏族聚居区各大寺庙、古建筑的实况，我们对于藏地对传统的继承的执着就会有一个清晰如画的认识，也就明白了西藏能有人类灵魂家园一说的根本原因。

第四节 清代藏事诗的内容特色及诗句特点

清代藏事诗的内容鲜明、呈非虚构性的特点。通过前文的述论和

---

① [清] 孙士毅：《百一山房诗集》（清嘉庆二十一年刻本）卷十一，页二上，见国家清史编纂委员会·文献丛刊《清代诗文集汇编》（第 347 册），上海古籍出版社 2010 年版，第 593 页。
② [清] 周霭联：《西藏纪游》，张江华、季垣垣点校，中国藏学出版社 2006 年版，第 9 页。
③ [清] 周霭联：《西藏纪游》，张江华、季垣垣点校，中国藏学出版社 2006 年版，第 8～9 页。

研究，可以很明显地看出，清代藏事诗具有非虚构性这一特点。无论是涉及政治、军事等重大历史事件的诗篇，还是吟咏入藏山川、藏地风光的纪行诗，抑或吟咏藏族民俗、风物的风情诗，以及吟咏藏汉历史关系、佛教寺庙、建筑文物的咏史诗，都不以虚构见长，从广义上说它们无疑都是写实的。这些诗歌的创作从总体上建构了一个从诗的文本的视角全面认识清代西藏社会、历史、文化、生活实况的可能，在这个视角里能看到更多的真实，有时真实的价值甚至可以弥补正史记载之不足，可以弥补有关历史文化论述、社会生活叙述之不足，这是由中国古代社会中诗歌的特殊地位和特点决定的。美国著名汉学家宇文所安就这样认为，在中国文学传统中，诗歌通常被假定为非虚构；它的表述被当作绝对真实。意义不只是通过文本词语指向另一种事物的隐喻活动来揭示；相反，经验世界呈现意义给诗人，诗人通过写诗将使这一过程显明。通过对宇宙结构相互关联的假定，意义以这个可感知的世界的形式呈现，这一对宇宙结构相互关联的假定不单属于文学，它更是包括政府在内的乃至整个知识系统、整个知识传统的中心。传统知识认为意义和模式潜伏于世界之中，诗人的意识和诗歌是这潜在意义和模式得以显现的最重要手段。在类比的层面上的纵横连接基于同情的共鸣和类的联系的原理，以及思接千载、想入天外、出入神佛道的所谓神来之笔所化为的文字，这些均被感知为一个真实过程、一种最大限度延长文本阅读的过程。虽然诗人有时会将一个场景、一个历史事件、一次感情激荡的意义解释清楚，但更多的情况是，他仅罗列他所经验到的模式并基于这种模式做出的反应，把绝大部分的解释权留给读者。① 宇文所安对于中国"非虚构"诗学传统的阐发，对于更完整、更全面地理解清代藏事诗具有启迪意义。

李殿图的《番行杂咏四十首》就是这种"非虚构"诗学传统的很好范例。李殿图，字桓符，直隶高阳（今河北省高阳县）人。乾隆二十年（1766年）进士，选庶吉士，授编修。典湖南乡试，迁

---

① 参见［美］宇文所安《中国传统诗歌与诗学：世界的征象》，陈小亮译，中国社会科学出版社2013年版，第16页。

御史。督广西学政,迁给事中。乾隆四十九年(1784年)甘肃回民起事,从阿桂、福康安赴军,治粮饷、台站,授巩秦阶道"茶马屯田"(驻秦州,即今甘肃省天水市)。乾隆五十八年(1793年),在巩秦阶道任上的李殿图,由甘肃洮州(今临潭)至四川松潘,鲜决卓尼杨土司与松潘漳腊诸番争噶噶固山界纠纷。《清史稿·李殿图传》载:"殿图轻骑履勘,历小洮河、丈八岭、鹦哥口,皆人迹罕到。"① 沿途将所见所闻,以"竹枝词"体裁,咏写《番行杂咏四十首》。这部诗稿除记述其亲历的安多藏族聚居区的许多风土人情,包括语言、文字、服饰、建筑、宗教等等,为后世研究清代安多藏族聚居区社会历史留下值得重视的资料之外,还对所经藏族聚居区的山川地理循名责实,补著述疏漏,匡记载错误,并写有大量夹注,短者十余字,长者数百字,详注奉旨踏勘渭水之源和其任上有关西北山川地理的研究成果。如此地理考证诗篇,更为突现其藏事诗作的非虚构性特色和重要价值所在。

《番行杂咏四十首》这些诗歌依存于注释和正统的解释。其序曰:"癸丑之秋,于役松潘,经行番地所过叠藏、彊台、若鲁、多布,皆历代文臣未至之境。登山越岭,访渎搜渠,于先儒注疏间多参订,非敢瑕疵古人。顾惟耳食不如目击,余虽不逮古人,窃幸古人所遇之时莫我若也。至于番情土语,即事成咏,职在采风,道取征实。倘博雅君子,细绳诗律,谓其情无寄托,拉杂不伦,则又何辞以对。"② 诗人多历历代文臣未至之境,道取征实,对于番情风土,目击吟成,细绳诗律,诗人不无自信地说,如果还有人说,情无寄托,拉杂不伦,那么就无话可说了。序强调了注释的来源"于先儒注疏间多参订,非敢瑕疵古人"。先看第一首:"朱圉山根走渭河,朱圉山在今之伏羌县西二十里,渭水经其下。伏羌古伏州,春秋为冀戎地。更登鸟鼠订群讹。西倾、朱圉、鸟鼠皆隶余所治境内,登朱圉、

---

① 《清史稿》卷359,列传146,上海古籍出版社、上海书店印本,第1281页。
② [清]李殿图:《番行杂咏》,页一上下,见西藏社会科学院西藏学汉文文献编辑室《西藏学文献丛书别辑(第四函)》,中国藏学出版社1993年版影印本。

渡渭河者，不记其次。每心疑古人泾浊、渭清之说为误，且以未穷鸟鼠之源为憾。庚戌春，廷寄以泾渭清浊询陕西秦抚军。余受抚军命，直穷其源，著渭水流源考、泾渭清浊辨，以报，与上意适相符合，益信圣明烛照数千里之外，以破千余年注疏之误，允称天纵云。西倾荒徼应难到，岭上三秣信若何。《地志》：西倾在陇西郡临洮县西，今洮州临潭县西南。《黄舆表》：洮州临潭县，今为洮州卫。《地理今释》：西倾山一名强台山，延袤千里外，跨诸羌。《沙州记》曰：洮水与垫江水俱出强台山，山南即垫江源。山东则洮水源。今考洮水在西倾山江多岭上发源，谓之三棵柳，距洮州旧城正西五百里，人迹罕到。又考，今之洮州、岷州、狄道，历代皆有临洮之称。所谓洮州卫，即今之洮州。明沐英所筑。洮水，又名滋水。"① 可以看到全诗注释之专业，几近地理学著作。第二句注出自己的考察"与上意适相符合，益信圣明烛照数千里之外，以破千余年注疏之误，允称天纵云。"就是符合当时最高正统的解释。如果不看注释，诗句的意思虽能理解，但理解的深度肯定是不足的。组诗第三、四、五、七、二十一、二十二、三十、三十一、三十二、三十三首等都是这样注释中力求在地理考证上有所作为的诗篇。

再看第二首："欲续郦经念已差，编残泾洛不胜嗟。后魏郦中尉道元《水经注》四十卷，崇文总目称其中已佚五卷，故《元和郡志》《太平寰宇记》所引漳沱、泾、洛皆不见于今书。余于泾水之源略悉梗概。经中未著黑水，而洮水只附见于河水。余因有松潘之行，自洮州卓泥土司纡路番地，穷洮水之枝流，辨黑水之同异，思欲缉缀成帙，以备参考，顾以管窥蠡测未敢操觚。几回待付抄胥手，束皙何能补白华。"② 从诗句和自注都可以看到诗人写作的目的是要补《水经注》的不足。诗歌最后以一个典故结束，束皙（约264—303年），西晋学者，博学多闻，官著作佐郎、尚书郎。晋武帝咸宁五年（279

---

① ［清］李殿图：《番行杂咏》，页一下、二上下，见西藏社会科学院西藏学汉文文献编辑室《西藏学文献丛书别辑（第四函）》，中国藏学出版社1993年版影印本。
② ［清］李殿图：《番行杂咏》，页二下，见西藏社会科学院西藏学汉文文献编辑室《西藏学文献丛书别辑（第四函）》，中国藏学出版社1993年版影印本。

年)[一说太康三年(282年)]汲郡人从战国魏王墓中得竹简数十车,束晳与荀勖等加以整理辨析,成书75篇。白华,《诗经·小雅》逸诗篇名。束晳为之补亡,《文选》收有其补亡诗《白华》。由典故内容看,束晳确实补了《白华》,诗句"束晳何能补白华"表示的疑问,实在是诗人自谦不能补《水经注》而已。全诗前两句疑问和感叹,后两句犹豫和谦虚。好诗必须是紧凑而"浓缩"的,这是常识。就"紧凑"而言,竹枝词占据了最终的、风格上的优势——"紧密"和"模糊"。

第六首显示了另一特点:"汉宋相传叠宕州,汉李广征西入叠州,隋开皇元年吐谷浑寇洮叠二州,唐德宗幸奉天,沦于番。宋崇宁三年叠州番落来降,升通远军为巩州。于今只有宕昌留。隋置宕昌郡,唐改州。天宝陷于吐蕃。金人收复,明置驿。书蔡传以为三苗种裔。今考在岷州城东南一百五十里土司马映星居之,管中马番人一十六族,其旧城在西南山顶上,颓垣废址犹存。叠州旧址埋榛莽,好向天生寨上求。明崇祯十年,李自成窥蜀中空虚,陷宁羌,破七盘关,分道入蜀。未几,洪承畴督曹变蛟来援。自成由洮州入番地,窜入岷州,惟时叠州俱被惨屠,靡有孑遗。国初为土司赵廷贤挖利沟番地。后赵土司于雍正年间与黄土司煽乱伏法,隶岷州地方官管辖。然山深林密,居民稀少,曩余询之老民,不能得其故址。今考其地在岷州西南。自禄撒铺由栗林番地进石门口,至白石山又六十里,有叠州旧址,西至天生寨生番界五里。"① 诗与诗注都在写历史中的地理和地理中的历史。为了解读全诗,对解读诗人和解读诗境的做简单区分,是为了便于理解而做的假设。这两个解读过程之目标是同时达到的:我们所实际做的是在解读诗的世界中解读诗人,并通过诗人之眼来看世界。② 读完此诗,再看到"叠州""宕昌""天生寨"这些名词时,自然会记起诗注中所揭示的背后的史实。这样因为理解了诗,我们也

---

① [清]李殿图:《番行杂咏》,页四上下,见西藏社会科学院西藏学汉文文献编辑室《西藏学文献丛书别辑(第四函)》,中国藏学出版社1993年版影印本。
② 参见[美]宇文所安《中国传统诗歌与诗学:世界的征象》,陈小亮译,中国社会科学出版社2013年版,第42页。

理解了诗中的世界，也就理解了过往世界的一部分。此类诗还有第十六、三十八、三十九、四十首等。

第九首涉及当地经济，诗注较详细涉及安多藏族聚居区与陕甘的茶马交易："头衔茶马旧时同，手信添巴事已空。前明命中官重臣赍罗绮巴茶，在河湟洮岷番地市马，用事羁縻，叛服无常。正嘉以后，熟番寖通，生番为内地患。私馈皮币曰手信，岁时加馈曰添巴。反为向导，交通肆扰。我朝重熙累洽，中外尽为臣仆，无茶马交易之事。陕甘购马者，民与番公平贸易，洮州丞监收其税，而茶税归兰州道。余之官衔尚称茶马屯田，仍旧制也。木舍东西皆赤子，嘉靖八年，洮、岷诸番数犯临洮，用枢臣李承勋议，且剿且抚，洮州东路木舍等三十一族，西路答禄失等十三族，岷州西宁沟等十五族，皆听抚，而岷之若笼板尔等二十余族，负固不服，总兵官刘文等攻若笼板尔，覆其巢，诸族乃降。信符何必铸金铜。明太祖以诸卫将士有擅索番人马者，遣官赍金铜信符，敕谕诸番：遇有征发，必比对相符始行，否则械治其罪。"① 现在的"手信"指手工做的意思，此诗中手信指"私馈皮币曰手信"。诗写茶马互市的古今相同，及前朝的业绩，"木舍东西皆赤子"不看注释完全不知道在说什么，看了自注才知这所谓"赤子"，是"且剿且抚"而来。诗末句用"何必"一词在调侃前朝的同时，变相赞美了今朝。还有涉及当地区划的第八、十、十一、十二首等。

第十四首写到安多的女子："双垂力则辫子谓之力则尚深闺，女子两辫。三辫平分迫吉兮。妇人三辫。铁木普儿多益善，铁木、达喇等族周围作无数辫。金川亦然。普儿，妇人之称。金钩斜映月生西。番妇耳坠环大者几似簾帐钩。"② 由安多两辫的姑娘，到三辫的妇人，再到铁木、金川的辫子多多益善的妇人，乃以发辫之数分别婚嫁否。此地藏族妇人共同的特点是耳坠金钩环大如偏西的斜月，这与内地决

---

① ［清］李殿图：《番行杂咏》，页六下、七上，见西藏社会科学院西藏学汉文文献编辑室《西藏学文献丛书别辑（第四函）》，中国藏学出版社1993年版影印本。

② ［清］李殿图：《番行杂咏》，页八下、九上，见西藏社会科学院西藏学汉文文献编辑室《西藏学文献丛书别辑（第四函）》，中国藏学出版社1993年版影印本。

然不同。第十五首接写妇女发饰和善歌:"班吗青铜镇发箍,班吗,首饰也。番妇女结玛瑙、螺钿为冠,或铜箍镇发,多系熟番,生番则否。辫垂璎珞杂珊瑚。曼词一唱同声和,绝胜刘家大小姑。番人唱歌音节似黔粤苗瑶,词短而音长,以曼声终之,则互相赓续。粤西瑶歌有唱歌无过刘三姑之句。"① 从镇发的铜箍可分辨生番和熟番,辫饰璎珞与珊瑚,写出番妇喜爱用璀璨的宝物装饰。盛装的妇人常常和声同唱欢歌,绝对胜过粤西瑶歌手刘三姑。这刘三姑让人不由得想起了刘三姐,看来刘氏的善歌是有传统的。这里诗句和诗注都是拿藏歌与粤西瑶歌做对比,诗人认为"番人唱歌音节似黔粤苗瑶",而又胜出,其特点是"词短而音长,以曼声终之,则互相赓续"。这首诗中对安多藏族妇女的首饰盛装的描写是一种静态吟咏,对安多藏族妇女的善歌则是动态描画,全诗动静结合,生动有趣。还有涉及当地服饰的第十三首的男性装饰"常将百炼绕身随",诗注曰:"腰间插利刃自随。"② 以及当地男女共同服饰的第二十九首,当地生活的第三十六、三十七两首。

　　第十七首写到喇嘛:"讲经讲法两途升,盖洛同参最上乘。郎俊阐经那楞去声法,于中选得坐床僧。番僧谓之班第搭,千佛衣者谓之盖洛,即汉语之罗汉,犹云入门也。盖洛之阐明经旨者,谓之郎俊巴,犹言文才。盖洛之长于符咒者,谓之那楞巴,犹言武略。就二者之中推所共服者为坐床僧,谓之喇嘛出哇。喇嘛者高僧,出哇者法台也。"③ 诗句中嵌用藏语词音译,讲经讲法两条途径都能上升,众盖洛同修最上乘的佛法。郎俊巴为盖洛阐明经旨者,长于符咒、能通武略的盖洛谓之那楞巴,于这两者之中选出坐床之高僧。诗写盖洛与坐床僧的关系,揭示了藏传佛教中的僧人层级关系,及要成为高僧应具

---

　　① [清]李殿图:《番行杂咏》,页九上,见西藏社会科学院西藏学汉文文献编辑室《西藏学文献丛书别辑(第四函)》,中国藏学出版社1993年版影印本。
　　② [清]李殿图:《番行杂咏》,页八下,见西藏社会科学院西藏学汉文文献编辑室《西藏学文献丛书别辑(第四函)》,中国藏学出版社1993年版影印本。
　　③ [清]李殿图:《番行杂咏》,页十上下,见西藏社会科学院西藏学汉文文献编辑室《西藏学文献丛书别辑(第四函)》,中国藏学出版社1993年版影印本。

备的本领。班第搭是梵文音译，通译作"班第达"，亦作"班底达""班智达"，意为"五明师"，即通晓一切佛学知识的学者，非一般番僧所能称，诗中阐释有误。关于佛教的诗篇还有第十三、十九、二十首等。

第十八首说到藏文："书从两藏取形模，西番字得之乌斯藏经卷中，八思巴遗式也，肖其形似耳。依克查奇体格殊。番字谓之依克，有草书者，谓之依克查奇吗。旁向略将回部似，左行只是异痕都。国书直行右向，汉书直行左向，各回部皆横行右向，惟回部之痕都斯坦横行左向，番书横行右向，与众回部同。"① 乌斯藏经卷书形模取自八思巴遗式，依克查奇的字体、格式就是特殊，向一旁书写大略与回部的文字相似，藏文、回族文字都是横行右向，横行左行只有回部之痕都斯坦与众不同。诗与注强调了藏文的书写特点、模式，对比了藏文书写格式与其他文字的同与异。《西藏纪游》卷二载："唐古忒字横行，自右而左，有三十六字母（藏文应是自左而右书写，30个字母），凡字皆从此生。贮墨渖于小筒如内地木匠墨斗之形，削竹五寸余，锐其首以当笔。左手执纸，右手蘸墨，作字甚速，如春蚕食叶声。书毕则簪其管于发间。凡缮写之人曰中义。予游莎绿园，见番童各执一木版，一喇嘛书一两行于上，其徒仿而习之。亦有睨视沉思似临摹而未窥其妙者。"② 此诗对于中国民族文字史有一定资料价值。涉及土语、地名的还有第三十四、三十五两首。

第二十五首述及一些奇异的现象："薄荷猫醉犬于菟，猫食薄荷而醉，虎食犬而醉。物理相雠信得无。杂毒谁知能醉马，杂毒，番草也，穗如猫尾，苗如燕尾草，马食之辄醉。休将燕草误荙刍。"③ 诗述此地奇特的醉猫、醉犬、醉虎、醉马，尤其提到了醉马草，可以呼

---

① ［清］李殿图：《番行杂咏》，页九上，见西藏社会科学院西藏学汉文文献编辑室《西藏学文献丛书别辑（第四函）》，中国藏学出版社1993年版影印本。
② ［清］周霭联：《西藏纪游》，张江华、季垣垣点校，中国藏学出版社2006年版，第43页。
③ ［清］李殿图：《番行杂咏》，页十三上，见西藏社会科学院西藏学汉文文献编辑室《西藏学文献丛书别辑（第四函）》，中国藏学出版社1993年版影印本。

应其他诗人如孙士毅《醉马草》咏述的这一现象。涉及当地物产的还有第二十三、二十四、二十六首等,当地建筑的第二十八首。

从李殿图的《番行杂咏四十首》可见,清代藏事诗诗人常常以诗的形式展现所见所闻,有时通过诗人的眼睛能将当地的历史风物、文化生活的细节留在诗中、诗注中,这样诗人们就不自觉地赋予了藏事诗一个特性,即非虚构性,这样隔了几百年后的今天就能通过这些藏事诗看到清代藏地的历史文化、社会生活、宗教信仰等等甚至细节的方方面面。

在每一种文学传统中,都存在许多解读规则,它虽然是文本自身的非活性因素,同样也塑造了对文学文本的感受。只有通过这些规则,一个读者才能将一个文学文本当作一个美学事件而不仅仅是一个文档。在它们创造性的应用中,这些规则塑造了一种阅读艺术,一种文学借此获得生命的自觉的和个人的艺术。文学解读的基本样式:首先,文本的意义并不在于它似乎显示出的那种意思,它的"真实意义"被隐藏起来,转移到了别处。文学的学术研究致力于揭开"隐喻的面纱",显露其隐含的意义。其次,存在着一种"日常语言"的幻觉,让人感到能可靠地对抗隐喻的虚构。最后,还存在着一个紧要的价值问题,它引导读者趋于隐喻领域或是趋于日常语言领域,并且常常要求在两者之间保持清楚的界限。① 其实不但是在文本的解读时,就在文本的生成时,形成的不同版本,在对这些不同的版本或不同的文本的分析中,一样可以更好地了解这些文本形成背后的"真实意义"。我们很有幸,由于周霭联留下了《西藏纪游》这部第一手资料,提供了孙士毅的几十首不同版本的诗作,这里尝试做一分析,试着揭示其背后所隐藏的"真实意义"。

《西藏纪游》收孙士毅诗共35首。这35首为孙士毅诗集《百一山房诗集》收录的有33首,有2首未见孙士毅诗集收录。这2首诗是孙文靖公(孙士毅去世后清廷赐公爵谥文靖,因孙曾是周的上司,

---

① 参见[美]宇文所安《中国传统诗歌与诗学:世界的征象》,陈小亮译,中国社会科学出版社2013年版,第29页。

周刊刻其纪游时敬称其为孙文靖公）的"沙棠今改制"诗，因为内容为介绍藏地皮船，也可称作《皮船》诗；① 另一首是诗"忆发折多岭"，也可称作《至察木多，适望雨》诗。② 这2首诗未录入诗集可理解为散失或删除。从嘉庆二十一年（1816年）《百一山房诗集》汇刻前收集此二诗的《西藏纪游》早于嘉庆九年（1804年）已刊刻的事实来看，散失的可能性应基本排除，这只能是孙士毅对诗作态度认真，很可能是删除不录的。

孙士毅对诗作的认真态度从《百一山房诗集》收录的33首，与《西藏纪游》收的相关33首有较大的差异和不同中可以看出。因为周霭联是孙士毅的幕僚，与孙士毅又是诗友关系，常常相聚并有唱和，周霭联《西藏纪游》所收文靖诗应该是第一手的孙士毅较原始的诗作。虽然周霭联在自序中说过："原本于醴陵道中遗失。嘉庆六年赴京，阻水柏乡旅中。兀坐，复追忆掇拾，汇而纪之。虽道忘过半，而身经目睹之事，历历如绘，犹恍然在蛮荒雪岭间也。"③《西藏纪游》刊刻的是追忆续汇之作，从乾隆五十七年（1792年）孙、周相从出打箭炉赴藏到嘉庆六年（1801年）周回忆汇纪差不多过去了10年，作者也说"追忆掇拾，汇而纪之。虽道忘过半"，但终究是"身经目睹之事，历历如绘"，书中收录包括孙诗在内的他人诗作与那些辗转相抄、人云亦云并不是一回事，所以其总体可靠性是有保证的。《百一山房诗集》收录的33首与《西藏纪游》收的相关33首相比，在收录正式诗集时，几乎每首诗都有差异。当然大多数只是字词的不同，但有14首几乎可以说是面目全非、完全不同了。那么为何《西藏纪游》的孙诗与《百一山房诗集》收录的相关诗作会有这么多不同呢？答案只能是一个，孙士毅在结集时，做了较大修改增删。诗

---

① 参见［清］周霭联《西藏纪游》，张江华、季垣垣点校，中国藏学出版社2006年版，第13～14页。
② 参见［清］周霭联《西藏纪游》，张江华、季垣垣点校，中国藏学出版社2006年版，第76～77页。
③ ［清］周霭联：《西藏纪游》，张江华、季垣垣点校，中国藏学出版社2006年版，第1页。

人修改自己的诗作是无可非议、完全可以理解的,并且在某种意义上是义不容辞的。更何况孙士毅在保证福康安大军军储充足的戎马倥偬中匆匆写下的诗篇,在事后闲暇时加以推敲,难免会觉有欠缺,借结集的机会修改事属常理。既然是修改,那么删掉什么、改动什么、保留什么、增添什么,以及为什么要这样做。这些问题的解答对于文本"真实意义"的揭示和把握都是非常重要和不可或缺的。

这样看来,2首未见《百一山房诗集》收录的诗应该是被孙士毅删除了。第一首,孙士毅的《皮船》诗,这样一首描写当地风物的长诗,照常理说,似乎也不应在删除之列。然而从前文此诗与杨揆的《皮船》诗进行的对比研究可以看出,孙士毅的《皮船》诗较之杨揆的《皮船》诗显逊一筹。孙杨即是好友又是诗友,从《百一山房诗集》所收《以狐裘寄荔裳賸之以诗》①《赠杨荔裳观察》② 诗歌的诗题就可看出,但同时不排除两人在诗歌创作上有竞争关系,其实诗友既是朋友又是诗歌创作的竞争者,唱和既是一种友谊的标志,又是一种事实上的诗歌友谊比赛,如孙士毅作《双忠庙》后曾力邀杨揆同作。再如周霭联就说过,其曾尝试作过丹达山神诗,"予于竹兜中微吟,云丹达神'姓名爵里俱就湮,祀典不详史不载,何年庙食垂千春?'及见孙文靖公诗,遂不复续成"③,等到看到孙士毅的《丹达山神祠 并序》诗成,周就认输不再续写了,由此可见诗友亦是一种竞争关系。孙杨两人的诗集虽未见二人唱和诗,但常常是孙作过的杨一定要作,杨写过的孙也一定要写,从前文的两人诗作的大量对比研究中就可以看到。从正式出版的诗集看,两人的诗作各有独立风格,品位不相上下,甚至从某方面看孙士毅诗显得更大气、更端庄。这样

---

① [清] 孙士毅:《百一山房诗集》(清嘉庆二十一年刻本)卷十,页二十下、二十一上,见国家清史编纂委员会·文献丛刊《清代诗文集汇编》(第347册),上海古籍出版社2010年版,第589页。

② [清] 孙士毅:《百一山房诗集》(清嘉庆二十一年刻本)卷十一,页十二上下,见国家清史编纂委员会·文献丛刊《清代诗文集汇编》(第347册),上海古籍出版社2010年版,第598页。

③ [清] 周霭联:《西藏纪游》,张江华、季垣垣点校,中国藏学出版社2006年版,第25页。

孙士毅不录、删除相形见绌的个别诗作也就可以理解了。第二首，文靖诗"忆发折多岭"，即察木多望雨诗，这首是与周霭联、徐长发唱和的诗篇，我们在前文亦有分析研究。在当时让人万分心焦的遇雨受阻，在事后看来亦属平常。更何况孙士毅这首诗写得苦涩难懂，日后自己读来亦觉无趣，删除绝不意外。但这是与两位好友的唱和之作，删除后孙士毅又做了一定的补偿工作。将与两位友人唱和的《食鱼诗》之诗题在正式诗集中改为《食鱼邀方雪肖濂同作》，称徐长发、周霭联的字方雪、肖濂显得更亲近、更熟稔，在将《食鱼诗》的三首绝句，做了大量修改的同时，又补写一首，构成《食鱼邀方雪肖濂同作》四首绝句的组诗。①《西藏纪游》所录"文靖《食鱼诗》：'连朝食指动平皋，贯柳提来解郁陶。回忆永和溪畔路予家旧在溪上，此时泼泼跃银刀。''柳阴新涨钓丝衔，细雨蒙蒙湿夹衫。不是更登番僧之称都却走，那能成就老夫馋。喇嘛食牛羊，独见鱼则走避。''绿蓑青笠兴还同，爱向烟波狎短篷。可惜谢郎好身手，谢元寄人书云：北固山下钓鱼，一出手就得四十九枚，枉教庚蟀住鱼通。打箭炉水声塞耳，从不产鱼。'"②；《百一山房诗集》收录《食鱼邀方雪肖濂同作》四首绝句的组诗，前三首为："莼菜秋风忆敝庐，此中可有故人书，老夫身平空闲却，不斩长鲸却钓鱼。""柳阴新涨钓丝衔，细雨濛濛湿夹衫。不是更登土人称番僧之名都却走，那能成就老夫馋。喇嘛不食鱼，见即起避。""炉城风景此间同，处处微波漾水溎，三十六鳞无觅处，枉教经岁住鱼通。炉城无鱼。"，通过对比可以看出，第一首完全重写，第二首只是对个别字词做了细微修改与诗注做了简单调整，使意思表达更明确了些。第三首几乎重写，只有最后一句可以看出原来面目，诗注变化较大。第四首是新补写的，"临平山下子规啼，门外渔庄草色齐，细雨扁舟最相忆，桃花三月永

---

① 参见［清］孙士毅《百一山房诗集》（清嘉庆二十一年刻本）卷一，页四上下，见国家清史编纂委员会·文献丛刊《清代诗文集汇编》（第347册），上海古籍出版社2010年版，第581页。

② ［清］周霭联：《西藏纪游》，张江华、季垣垣点校，中国藏学出版社2006年版，第78页。

和溪",这首诗与其说与前三首诗风格相近,不如说与第一首诗风格极近,所用典故与第一首重写诗一样,完全与当地无关,甚至可以怀疑第一首诗的重写目的就是为了加入第四首诗。为什么非要加入第四首诗呢?表面上看诗作的意思是回忆故乡,"细雨扁舟最相忆"的诗作表面上的回答是"桃花三月永和溪"。实际上,孙士毅知道其诗友在读到其诗集时,于"遇雨"诗未收不免会有情绪的失落,而读到"细雨扁舟最相忆"这句时,一定会回忆起那美好的相聚时光,在心中涌起温暖、嘴角露出微笑的同时,亦原谅了朋友的选择。所以,这第四首诗应是为了安慰其诗友的情绪而创作的。

再对比看看孙士毅的两组诗的大修改,《西藏纪游》所录"文靖《自提茹至阿孃坝诗》:'山泉本东注,沾溉亦复优。天心齐一视,沟水忽西流。自出口将至提茹,水皆东流,折多居民赖焉。由提茹至阿孃坝水忽折而西。非此则庄稼灌溉缺矣。''马左草树繁,马右药苗富。两山产各殊,不肯俯而就。''蹊平绿如毯,维草宅是供。哀吾云栈岷,只忧石无缝。提茹地多膏腴,树蓺缺如,因忆往来栈道,见两旁开辟无尺寸废壤。''豆萁直既昂,马蹄圈不举。圉人亦何肥,我欲作马语。时见驿马疲疲,牵邮卒鞭之。'"① 《百一山房诗集》收录《自提茹至阿孃坝诗》四首:"绳阡界东田,罫陌盈西畴,天心悯农劬,沟水中分流。""山左药苗香,山右林木茂,如何尺寸间,物性不相就。""蓬葆如人长,膏腴没荒草,何不劝春耕,屯田此间好。""长鞭鞭铁骊,瘦骨黯无色,寄语牧马人,养马惜马力。"② 第一首诗后一联可以看出明显的联系,如果不读《西藏纪游》所录原诗注,要正确理解《百一山房诗集》所录的第一首诗还有一定困难。正是读了原诗注才明白所谓"中分流",是指河原来皆东流,从此处河都西流了。第二首几乎完全重作,只保留了个别韵脚。但从内容来

---

① [清]周霭联:《西藏纪游》,张江华、季垣垣点校,中国藏学出版社2006年版,第64页。
② [清]孙士毅:《百一山房诗集》(清嘉庆二十一年刻本)卷九,页十五下、十六上,见国家清史编纂委员会·文献丛刊《清代诗文集汇编》(第347册),上海古籍出版社2010年版,第574页。

看联系还是明显的,一个是从马的左右说,一个是从山的左右谈,后一联由叙事实,变为有了一定的理趣。第三首不但完全重作,连意思都改了。原诗意为"提茹地多膏腴",对比往来开辟得已无尺寸废壤的栈道,诗人为栈道百姓悲哀。改作只针对提茹说,地虽膏腴,却多长荒草,宜进一步屯田,意思完全不同。其实就这一带的屯田问题,孙士毅和周霭联在共同驱廓进藏时曾有讨论"自打箭炉出口提茹、阿孃坝一带,山低如屋,路平如掌,谿流瀿瀿,芳草茸茸,惜皆弃为旷土。盖口外地寒,番俗又不知种植,故也。予谓秦蜀栈道,今皆垦成畲田,设徙流民实塞外,仿屯田之法,试令垦种,可数百里成沃壤。孙文靖云:'边氓之气宜静不宜动,此等番民羁縻之足矣。招募垦田,患有不可胜言者,子知其一不知其二也。'"①,原本深思熟虑反对的话语,友人亦很佩服,牢记不忘,并在10年后将其记载在自己的著作中,但说这话的人在闲暇时重新考虑友人的意见,却又完全同意其友的想法,并将其写入诗中。写诗,也是一种消遣,因为对人生情深意长,所以下笔不能自休。这种充满感情的饶舌,千百年来在不断地繁殖,谈说产生了诗歌,而诗歌又产生了谈说。当任何读者在一个文本里面听到一个活生生的声音时,关于诗的评论便无可避免地诞生了,因为这个读者既然发现有人在对他说话,那么,便自然会感到一种人类所共有的行动,情不自禁地要对这个声音做出回答。②第四首亦完全重写,原诗指控牵邮卒自肥、驿马疲瘦,改作由同情瘦马,上升到"寄语牧马人,养马惜马力"的思考,使表面的同情的诗歌蕴含了对于治理百姓理念思考的深意。通过对比可以看到此组诗每一首都经过大的修改,修改后的诗歌明显地加强了思想的力度,在表面意义的背后隐含了更深刻的内涵。再看另一组,《西藏纪游》所录文靖《自牛古登舟行四十里至竹巴笼》:"嘶骑柳边停,溪流似建瓴。橹声催古渡,鹭影冷遥汀。那得蒲成幅,空思水在瓶。舟中渴

---

① [清]周霭联:《西藏纪游》,张江华、季垣垣点校,中国藏学出版社2006年版,第63页。

② 参见[美]宇文所安《中国传统诗歌与诗学:世界的征象》,陈小亮译,中国社会科学出版社2013年版,第91~92页。

甚，不得茶具。蛮讴听欲罢，隔岭雾冥冥。""飞泉空外落，新霁涨痕斑。放艇疑无路，沿溪别有湾。云蒸两岸树，浪激四围山。愿得逢鱼钓，相于载月还。"①《百一山房诗集》收录《自牛古登舟行四十里至竹巴笼》二首：②"征骑柳边停，溪声似建瓴，中流思击楫，问渡快扬舲。水上鹭双白，雨余天四青，棹歌非啰唝，蛮语不堪听。""岩腰才半露，尚带涨痕斑，倚枕独听水，沿溪饱看山。秋风青海道，夜月黄河湾，绝域生平志，无因问玉关。"第一首照着原诗的思路改，开头更清晰，结尾更幽默有力。改的最多的是中间两联，由原诗"橹声催古渡，鹭影冷遥汀"的眼前景，改为"中流思击楫，问渡快扬舲"用典和轻快的句子，典故虽极常见，但显示了欲建功立业的锐气；由原诗"那得蒲成幅，空思水在瓶"的渴茶，改为"水上鹭双白，雨余天四青"的景致，既优美又空阔高远，相对于平庸的"渴茶"艺术性加强了很多。第二首在保留韵脚的同时，改诗意境有很大的提升。除第一联"飞泉空外落，新霁涨痕斑"与"岩腰才半露，尚带涨痕斑"改写没有太多起色，半斤对八两外，从第二联开始，有了大变，由"放艇疑无路，沿溪别有湾"到"倚枕独听水，沿溪饱看山"是质的变化，尤其"沿溪饱看山"有名句风范。第三联由"云蒸两岸树，浪激四围山"到"秋风青海道，夜月黄河湾"，又是由眼前景扩大到想象中的景致，空间、时间都有了巨大的扩展。第四联由"愿得逢鱼钓，相于载月还"归隐的愿望，改为"绝域生平志，无因问玉关"豪放的言志，用豪情支撑了前句阔大的景致，用"玉关"的典故照应了前景，还使人不由得联想起了有"青海""黄河""玉关"意象的盛唐边塞诗，扩大了诗歌的文化联想空间。

对比单首诗大的修改，《西藏纪游》所录文靖《河口阻水诗》：

---

① ［清］周霭联：《西藏纪游》，张江华、季垣垣点校，中国藏学出版社 2006 年版，第 27 页。
② 参见［清］孙士毅《百一山房诗集》（清嘉庆二十一年刻本）卷十，页一下，见国家清史编纂委员会·文献丛刊《清代诗文集汇编》（第 347 册），上海古籍出版社 2010 年版，第 579 页。

"积潦朝方盛。常年力竟屠。风声如圻岸,涨势欲浮山。蛾蚴沙洲黑,蚁浮石径斑。皮船难共载,遥羡鸟飞还。"①《百一山房诗集》收录《河口阻水》:"一雨竟连日,河流涨几湾,风声还擘岸,水势欲浮山。万马驱难过,扁舟渡亦艰,羡他双白鹭,接翅复飞还。"② 改诗首先注意了口语化,一首诗是令被忽视、被遗漏、被隐蔽之物显明的行为。改诗是意识到自己的孤立以及同他者的背离,并令这种真实向他人显明。一首诗是诗人思维运动的显明的形式,这种显明反过来指向他者的思考。③ 改诗的结句"羡他双白鹭,接翅复飞还",让人不由得想到了杜甫的经典名句"飘飘何所似,天地一沙鸥"④。明喻使家族关系成为可能,正像杜甫在沙鸥上找到了同族一样,孙士毅在双白鹭上亦找到了同类。另一首《西藏纪游》所录孙文靖公《鱼通出口宿折多诗》:"驾言遵首涂,风日颇修婷,丛丛庶草繁,密密烟树互。红栏转几曲,短约供野渡,倘非事遄征,此间可吟步。薄雾候西垂,飞雨乃东注,遥峰兢如云,奔泉纷塞路。礚磋助雷硙,四山俨欲仆,冲襟本夷犹,睹此忽生怖。驭者不烦叱,如枥马争赴,打头得老屋,我席劣可布。听雨兴邈然,呼童觅村酤,即事多愉怫,于兹启遥悟。"⑤《百一山房诗集》收录《鱼通出口遇雨宿折多》:"驾言始首涂,风日颇修婷,丛丛庶草繁,密密烟树互。策马深林中,略约横野渡,涌烟方西屯,飞雨忽东注。雷电下深黑,四山惊欲仆,马行不得前,举足尽沮洳。慰农资甘霖,洗兵仗灵澍,甘苦同士卒,肯教张盖护。简书况在涂,折坂频叱驭,止宿已二更,行旌夜中驻。明星出

---

① [清]周霭联:《西藏纪游》,张江华、季垣垣点校,中国藏学出版社2006年版,第74页。

② [清]孙士毅:《百一山房诗集》(清嘉庆二十一年刻本)卷九,页十八上,见国家清史编纂委员会·文献丛刊《清代诗文集汇编》(第347册),上海古籍出版社2010年版,第575页。

③ 参见[美]宇文所安《中国传统诗歌与诗学:世界的征象》,陈小亮译,中国社会科学出版社2013年版,第10页。

④ [唐]杜甫:《杜诗详注》第三册,[清]仇兆鳌注,中华书局1979年版,第1228页。

⑤ [清]周霭联:《西藏纪游》,张江华、季垣垣点校,中国藏学出版社2006年版,第47页。

天汉,薄云照擘絮,挟纩拊难周,木枕时警痦,载咏东山诗,更问西天路。"①首两联几乎完全没有变化,接下来两联将原诗的胜似闲庭信步改为骑马遇雨,然后将原诗的对雨的描画"薄雾倏西垂,飞雨乃东注,遥峰兢如云,奔泉纷塞路。礧礴助雷硠,四山俨欲仆,冲襟本夷犹,睹此忽生怖"集中浓缩为"飞雨忽东注。雷电下深黑,四山惊欲仆,马行不得前,举足尽沮洳",原诗最后写遇雨的慌乱和诗人雨中留宿的尴尬及酒后的启悟,改诗正面写雨的好处和诗人与士卒同甘苦的决心,以及夜宿已晚的情形,所见夜景"明星出天汉,薄云照擘絮,挟纩拊难周,木枕时警痦",将夜宿的困难写为"警痦",充满了正能量。原诗共24句,改诗为26句,多出的结句"载咏东山诗,更问西天路"将全诗的境界联系上了诗经,就像客体联系了母体,有了有余不尽的味道。

  对比组诗小改和大改的不同,《西藏纪游》载:"文靖〔云〕:阿孃坝道中山水秀丽,土田肥美,出炉关以来未之见也。是日过东俄洛至卧龙石宿,得诗八首:'绿草黄沙碧玉流,黛峰葱倩雨初收。出关风景长如此,欲向蛮荒赋壮游。''马头失喜逗朝曛,琴筑泉声处处闻。多谢山灵工著色,当前幅幅李将军。''五月披裘事急装,时仲夏积雪弥望,蛮乡酷爱麦秋凉。黄云竮答双歧颂,筘鼓归来饼饵香。口外五月杪始刈麦。''瓦切寨名平冈路逶迤,傍山楼阁自矜奇。喜他康把主人呼房屋为康把苔花满,不插双竿吗密旗。''梯田耕罢走梯房,疾比都庐鹜鸟翔。不耐老夫筋力缓,倩人扶上太郎当。番人好居楼,下即牛栏。以圆木作坎形,缘而上下,官府往来皆寓焉。''小住为佳意亦欣,招携况复有同群。谓肖濂中翰。鞭丝帽影匆匆去,到处青山笑使君。''背缚军储万里驰。衙官催点角频吹。时催背夫二千名出口,以济乌拉之不足。马前即是虫沙路,为语长途好护持。''火急军符愧补苴,旅巢未听觅华胥。主恩先与刀环约,七字

---

① 〔清〕孙士毅:《百一山房诗集》(清嘉庆二十一年刻本)卷九,页十五上下,见国家清史编纂委员会·文献丛刊《清代诗文集汇编》(第347册),上海古籍出版社2010年版,第574页。

诗成涕泪余。谕旨令士毅候红旗一过即回炉城。'"① 孙士毅《百一山房诗集》收录的《自东俄洛至卧龙石得诗八首》分别是:"不断淙淙碧玉流,遥山如黛雨初收,出关大有销魂地,红柳飞花扑马头。""燕支春色隔斜曛,高寺钟声日暮云,一转一穷开一境,青山幅幅李将军。""五月披裘束急装,蛮乡风景麦秋凉,黄云如海消残雪,箛鼓归来饼饵香。""瓦切寨名平冈路倭迟,沿山楼阁压碉危,喜他康把屋名苔花满,不插双竿吗密旗。""梯田耕罢去梯房,疾比都卢鹫鸟翔,不奈老夫筋力缓,也从初地上初忱。番人好楼居,梯木上下,官府往来皆寓焉。""婆娑双眼老犹明,到处青山送客行,他日归来忘不得,卧龙石上看云生。""负戴军储万里驰,衙官催点角频吹。时催背夫二千押送出口。马前即是虫沙路,寄语长途好护持。""火急军符愧补苴,千山飞挽更何如,王恩先与归期早,七字诗成涕泪余。谕旨令士毅俟红旗一过,即回炉城。"② 这组诗很有意思,四首大改、四首小改。第一首大改,在基本不改绝句韵脚的基础上,每句都做了修改,重点改了后两句,将"欲向蛮荒赋壮游"改为"红柳飞花扑马头"加强了动感,突出了乍遇美景的无限喜悦之情。第二首大改,每一句都做了修改,改动最大、改得最好的,即将"多谢山灵工著色"改为"一转一穷开一境",将静景改动景,读者仿佛随着诗人心灵上的故地重游一起细观此处美景。改诗较原诗更唯美,几乎没有破绽。第三首小改,将原诗第三句"黄云竚答双歧颂"改为"黄云如海消残雪",将不清楚的意思改得分外清晰。其他就只改了一词、一字,并将诗注删去。第四首小改,只改了两字、和一个词组,即将"自矜奇"改为"压碉危",删去一般抒情,加强了细节的地方真实性,诗注做了压缩。第五首小改,第一句仅改一字,二、三句只字未改,末句"倩人扶上太郎当"改为"也从初地上初忱",改

---

① [清]周蔼联:《西藏纪游》,张江华、季垣垣点校,中国藏学出版社2006年版,第64~65页。

② [清]孙士毅:《百一山房诗集》(清嘉庆二十一年刻本)卷九,页十七上下、十八上,见国家清史编纂委员会·文献丛刊《清代诗文集汇编》(第347册),上海古籍出版社2010年版,第575页。

句强调了上碉房的梯木，表意更明确。诗注亦做了一定调整，表达更清晰了。第六首大改，此诗完全重写，只剩押同韵。改诗时空上多了一个去来，感觉拉长了阅读的空间。表达了一种老当益壮、潇洒任运的人生态度。第七首小改，只改了两字。诗注稍有压缩。第八首算大改，将第二句"旅巢未听觅华胥"改为"千山飞挽更何如"，将第三句"主恩先与刀环约"改为"王恩先与归期早"，表达了诗人对皇帝恩遇的感激。总的来看，组诗的修改，无论大改还是小改，都使不雅驯的字词减到最少，都使诗歌表达更明确、更耐读、更有韵味。除了文本的修改使文本仿佛具有了流动性外，文本的不同的保存亦使文本具有了流动感。在孙士毅与周霭联一道驱廓进藏途中，周霭联作为孙士毅的幕僚还有保存上司诗稿的任务，但这一任务周霭联完成的并不好，"文靖自打箭炉至西藏，军符稍暇，积诗百十首。予携之过丹达山，堕弃雪窖中。嗣予忆存者十仅二三。其赠帕帕佛诗今已亡之，不复记忆"①。但出乎周霭联的意料，其认为"今已亡之，不复记忆"的诗篇，却完整地保留在了《百一山房诗集》中，即《酬昌都呼图克图　并序》诗，② 所以其背后还一定有一个保存诗篇的故事。由初写到修改，由遗失到保存，仿佛稳定的文本，其实也是流动的。在一个流动的文本中，存在着基本的统一的保证——从接受学角度来看有诗歌结构的统一、话题的统一（虽然在不断改动造成的迷失的声音里有一种兴奋），以及在声音中体现的逐步统一的个性。在经历巨大变化的文本中，在失而复得的文本中，都能清晰地听到声音。③ 现在能完整地读到这些藏事诗篇，是经历无数曲折终于保存下来的。这些诗篇背后是一个故事套着故事的迷宫。

清代藏事诗的诗体全面，可以说将古代各种诗体皆备。绝句、律

---

① ［清］周霭联：《西藏纪游》，张江华、季垣垣点校，中国藏学出版社2006年版，第47～48页。

② 参见［清］孙士毅《百一山房诗集》（清嘉庆二十一年刻本）卷十，页三上下，见国家清史编纂委员会《清代诗文集汇编》（第347册），上海古籍出版社2010年，第580页。

③ 参见［美］宇文所安《中国传统诗歌与诗学：世界的征象》，陈小亮译，中国社会科学出版社2013年版，第72页。

诗、乐府、歌行、竹枝词各种诗体应有尽有，四言、五言、六言、七言、杂言各种体式一应俱全。五言、七言律诗居多，且多有佳作，偶有四言、六言诗作，醒人眼目。四言诗如孙士毅的《藏江以皮船济渡戏成四言四章》① 其中一首很别致："公无渡河，望洋而叹，公竟渡河，喜登彼岸。"用典自然，涉笔成趣，并有极强的象征意味，可以说是不可多得的好诗。六言诗如毛振翩的《由木龙树至阿敦子道上》② 其中第一首："乍雨乍晴天气，半明半晦山光，悬崖宁止百丈，窄径才通一行。"写得活泼欢快，有浓厚的民歌味道。歌行体古诗和乐府佳作多见。如查礼的《从军行》③《滇兵行》《五加皮行》《甘松香行》《鹄个羌马行》《西域弓矢歌》《西域行》④，杨揆的《青海道中》《星宿海歌》《昆仑山》《病兵吟》⑤，孙士毅的《雪城行》《阿咱山下海子歌》《神堤行》《大雪山》⑥，徐长发的《乌拉行》《糌粑行》，和宁的《渡象行》⑦，吴世涵的《西僧坐床歌》，魏源的《复西藏》，夏尚志的《佛转生》《打茶》，姚莹的《雪山行》⑧。竹枝词以

---

① ［清］孙士毅：《百一山房诗集》（清嘉庆二十一年刻本）卷十，页十三下，见国家清史编纂委员会·文献丛刊《清代诗文集汇编》（第347册），上海古籍出版社2010年版，第574页。

② 毛振翩：《半野居士集》（清乾隆刻本）卷四，页十三上下，见国家清史编纂委员会·文献丛刊《清代诗文集汇编》（第259册），上海古籍出版社2010年版，第403页。

③ ［清］查礼：《铜鼓书堂遗稿》（清乾隆刻本）卷十七，页十三下、十四上，见国家清史编纂委员会·文献丛刊《清代诗文集汇编》（第338册），上海古籍出版社2010年版，第130页。

④ ［清］查礼：《铜鼓书堂遗稿》（清乾隆刻本）卷二十三，页四上下，见国家清史编纂委员会·文献丛刊《清代诗文集汇编》（第338册），上海古籍出版社2010年版，第169页。

⑤ ［清］杨揆：《桐华吟馆诗稿》（清嘉庆十二年刻本）卷七，页八下、九上，见国家清史编纂委员会·文献丛刊《清代诗文集汇编》（第457册），上海古籍出版社2010年版，第335页。

⑥ ［清］孙士毅：《百一山房诗集》（清嘉庆二十一年刻本）卷九，页二十下，见国家清史编纂委员会·文献丛刊《清代诗文集汇编》（第347册），上海古籍出版社2010年版，第576页。

⑦ ［清］和瑛：《易简斋诗抄》（清道光刻本）卷一，页二十五上下，见国家清史编纂委员会·文献丛刊《清代诗文集汇编》（第399册），上海古籍出版社2010年版，第705页。

⑧ 赵宗福：《历代咏藏诗选》，西藏人民出版社1987年版，第208页。

组诗的形式大量出现,而且规模越来越大:尤侗的《乌斯藏竹枝词》、庄学和的《打箭炉词二十四章》、马若虚的《西昭杂咏》①、方积的《鱼通塞外杂诗》、李殿图的《番行杂咏》、项应莲的《西昭竹枝词》、钱召棠的《巴塘竹枝词》。甚至还有楚辞体诗篇,杨揆的《路引篇》。长诗在藏事诗中亦不鲜见,像颜检的《卫藏》、孙士毅的《金城公主曲》均是"史诗"般的长篇大作。

  清代藏事诗普遍受唐诗的深刻影响,由于清代帝王(尤其康熙帝)的提倡,在清初宗唐诗派始终是主流,藏事诗诗人每每以效法唐诗进行创作。这种普遍的影响表现在以下几方面:①咏作直接受唐诗启示。诗歌几乎就是仿作,如乾隆的《用白居易新乐府成五十章并效其体·缚戎人》②,一反白居易批判现实诗风。全诗一个劲儿骄傲地、自信地称颂帝国的强大,意思显然是表达大清盛世比大唐盛世更强盛。然而不平则鸣的诗歌常好,颂诗难佳,更何况有些过分的自我吹嘘呢。此组诗有东施效颦意味,在品位上绝难与白诗相较。但另一面亦显示出白居易的新乐府对乾隆帝的深刻影响。②浸润向往边塞,讴歌锦绣山河,关注、反映现实生活和社会问题的唐诗诗风。藏事诗这类诗篇实在太多,本书前几章已有所述及,现再举几篇前文没有提到的,如查礼的《恤蛮篇》③《征妇泣 过杂谷脑作》④,杨揆的《病兵吟》《番地杂诗八首(其三)》⑤(对惯于骑劫杀人的藏北三十

---

① [清]黄沛翘:《西藏图考》(清光绪木刻本)卷三,页二十下,见《西藏学文献丛书别辑》(西藏社会科学院影印)第五函,第二册。
② [清]乾隆:《御制诗文十全集》卷三十,[清]彭元瑞等编,西藏社会科学院西藏学汉文文献编辑室重印,中国藏学出版社1993年版,第391~392页。
③ [清]查礼:《铜鼓书堂遗稿》(清乾隆刻本)卷十七,页十二下,见国家清史编纂委员会·文献丛刊《清代诗文集汇编》(第338册),上海古籍出版社2010年版,第129页。
④ [清]查礼:《铜鼓书堂遗稿》(清乾隆刻本)卷二十一,页八下,见国家清史编纂委员会·文献丛刊《清代诗文集汇编》(第338册),上海古籍出版社2010年版,第159页。
⑤ [清]杨揆:《桐华吟馆诗稿》(清嘉庆十二年刻本)卷七,页九下,见国家清史编纂委员会·文献丛刊《清代诗文集汇编》(第457册),上海古籍出版社2010年版,第335页。

九族番人的同情），和宁的《中渡至西俄洛》①（对所谓夹坝之认知、同情），斌良的《巴贡山写望》②《硕板多道中，奇石巉岩，溪流澄澈，风景甚佳，蛮人不知玩赏，骚客亦鲜经行，赋此惜之》③，等等。③字句章法与词语典故的运用。这类在藏事诗中例子很多，大多已见前文分析研究。此处仅举两例，周霭联《和文清〈呀那〉》，"不须广厦千万间，八尺平支胜丹垩"④；徐长发《和文清〈察木多望雨〉》，"万间广厦万丈裘，孙公志愿实与俦"⑤（此诗句意为孙士毅的志向、愿望与杜甫、白居易的忧国忧民的"广厦万丈裘"同类），显然都用的是杜甫的《茅屋为秋风所破歌》⑥和白居易的《新制布裘》⑦诗的名句典故。查礼《从军行》，"沙碛人传老战场，此间白骨留今古。""旧鬼悲啾新鬼啼，林深夜黑凄风雨。"⑧化用杜甫《兵车行》的诗句："君不见青海头，古来白骨无人收。新鬼烦冤旧鬼哭，天阴雨湿声啾啾。"⑨ ④韵律的效仿。查礼的《金川纪事二十首用杜少陵秦州杂诗韵》⑩，阿桂的《迎经略丞相于沃日　用唐诗韵》⑪。

---

① ［清］和瑛：《易简斋诗抄》（清道光刻本）卷一，页三十二上下，见国家清史编纂委员会《清代诗文集汇编》（第 399 册），上海古籍出版社 2010 年版，第 709 页。

② 赵宗福：《历代咏藏诗选》，西藏人民出版社 1987 年版，第 197 页。

③ 赵宗福：《历代咏藏诗选》，西藏人民出版社 1987 年版，第 200 页。

④ ［清］周霭联：《西藏纪游》，张江华、季垣垣点校，中国藏学出版社 2006 年版第 42 页。

⑤ ［清］周霭联：《西藏纪游》，张江华、季垣垣点校，中国藏学出版社 2006 年版第 77 页。

⑥ ［唐］杜甫：《杜诗详注》卷之十，第二册，［清］仇兆鳌注，中华书局 1979 年版，第 831 页。

⑦ ［唐］白居易：《白居易集》卷一，第一册，顾学颉校点，中华书局 1979 年版，第 24 页。

⑧ ［清］查礼：《铜鼓书堂遗稿》（清乾隆刻本）卷十七，页十三下、十四上，见国家清史编纂委员会·文献丛刊《清代诗文集汇编》（第 338 册），上海古籍出版社 2010 年版，第 130 页。

⑨ ［唐］杜甫：《杜诗详注》卷之一，第一册，［清］仇兆鳌注，中华书局 1979 年版，第 113 页。

⑩ ［清］查礼：《铜鼓书堂遗稿》（清乾隆刻本）卷二十，页四下、五上，见国家清史编纂委员会·文献丛刊《清代诗文集汇编》（第 338 册），上海古籍出版社 2010 年版，第 151 页。

⑪ 《金川草》（旧抄本）页十三上，见西藏社会科学院西藏学汉文文献编辑室《西藏学文献丛书别辑（第四函）》，中国藏学出版社影印本。

清代藏事诗横跨有清200多年，涉及诗人众多，受各种时风影响明显。清代前期"乾嘉学风"大盛，时代学风的印记在藏事诗创作上亦表现鲜明。有的诗人甚至是学派的策划者、发起者，个别诗人甚至还是"学风"的开创者，如松筠即是西北地理学派的发起者和幕后推手，其在诗歌创作中锐意于纪行诗的创作和地理方位的考释。乾隆帝的诗篇在清代就已被称为"高宗体"，诗作不但数量庞大，而且其开创"乾嘉学风"风气的意图明显，其诗在诗注方面不厌其详，博极庞杂，甚至将奏章原文、圣旨全文照录，考据味道甚浓。这虽保存了史料，但对诗歌来说难免冗长累赘。清代藏事诗人常常给自己的诗作加注，这是描写异域风情的需要，也不能排除是受时代学风影响使然。如李殿图《番行杂咏》就受乾嘉训诂考据的影响，在其关于地理的竹枝词注中加了很专业的地理学考证，在其他竹枝词诗作中亦出现为数甚多的考据、补遗、综述等夹注。

清代藏事诗与主流古典诗作相比，最有特色的变化是藏语词的嵌用。在清代藏事诗中藏语词的嵌用非常普遍，情况也较为复杂，理应作一定的梳理，以下从四个方面进行分析研究。

一、藏语名词在藏事诗中的使用多为嵌用

1. 山川湖泊名称

（1）山名：折多山、巴贡山、瓦合山、鲁工喇、丹达山、鹿马岭（禄马岭）、布达拉山、招拉笔洞山、浪党山（拉萨色拉寺下）、甘丹山（噶勒丹山）等。这些山皆在由川入藏道中和拉萨及其附近，见杨揆、孙士毅、查礼、庄学和、斌良等藏事诗。巴资（巴则）、纳锦岗桑、济科嘉布（浪卡子至江孜道中）、巩塘拉、彭错岭、甲错岭、通拉、嘉纳山、果琼拉、洋阿拉山等。这些山皆在由拉萨赴后藏途中及西南边境，见松筠、和宁、文干等藏事诗。拉（喇、纳），藏语音译，"山"之意。

（2）江河名：色楮（金沙江）、机渚（即白渚，拉萨河即藏江）、彭多河、乌苏河、白渚（藏江）、岗波（指雅鲁藏布江）等，见孙士毅、杨揆、松筠、和宁等的藏事诗。渚，藏语音译，江河

之意。

(3) 湖泊名：洋卓云角（羊卓海）、那木错（纳木错）、拉错海子（定日至宗喀道中）、琫错（协噶尔至定日道中）等，见松筠藏事诗。错，即湖泊、海子。

2. **地方名称**

(1) 多数已形成定译（通译）：

拉萨、曲水、白地、春堆、江孜、帕里、白朗、拉孜、定结、定日、聂拉木、绒辖、宗喀、萨迦、达木等。这些定译地名见查礼、杨揆、松筠、和宁、文干等藏事诗。

德庆、墨竹工卡、江达、曲宗、边坝、类乌齐、恩达、昌都（察木多）、巴塘、里塘、鱼通等。这些定译地名见查礼、庄学和、孙士毅、周霭联、徐长发、方积等藏事诗。

(2) 译名接近通译：

业党（聂唐）、朗噶孜（朗卡子）、干坝（康马）、萨喀（萨嘎）、济咙（吉隆）、协噶尔（协格尔）、阳八井（羊八井）、布陵（普兰）、乍丫（察雅）、硕板多（硕督）、拉里（嘉黎）等。见松筠、斌良、王我师、唐金鉴等藏事诗。

3. **人称称谓**

抱母（拔姆，年轻妇女）、扯界（汉藏婚生子，藏语翻译中介），见项应莲藏事诗。阿达（兄）、罕伦（弟），见钱召棠藏事诗。夹坝（强盗），见查礼、孙士毅、和宁的藏事诗。

4. **民族事物称谓**

(1) 生活类。

1) 食品：糌粑、酡（青稞酒。以上已成定译）、辣辣（烧酒）、猳（肉。鹿帕猳，羊猪肉），见项应莲、徐长发藏事诗。蜡盖（烧酒），见李殿图藏事诗。

2) 衣饰：哈达、氆氇（以上已成定译）、褚巴（藏式单袍）、革康（皮靴），见孙士毅、查礼、毛振翩、周霭联藏事诗。东波（女式小袖短衣）、模格（细折桶裙）、纳哇（藏袍，毡衫）、绷开（下垂排穗的五色系裙采帛），见钱召棠藏事诗。木的（珍珠，珠）、辛布

（玛瑙、琥珀之类饰品），见颜检《卫藏》。

3）居住：改咱（碉房）、呀那（黑帐篷，牦牛帐房），见孙士毅、周霭联藏事诗。康巴（房屋），见项应莲藏事诗。

4）其他：加拉（什物，东西）、普啰（碗），见孙士毅、周霭联藏事诗。

（2）宗教类。

1）寺庙：布达拉、札什伦布、甘丹寺、色拉寺、木鹿寺、昌都寺、萨迦寺（以上已成定译），见孙士毅、杨揆、松筠、和宁藏事诗。桑鸢寺（桑耶寺）、别蚌寺（哲蚌寺）、岗坚喇嘛寺，见孙士毅、松筠藏事诗。太凝寺（泰宁寺），见唐金鉴藏事诗。拉尔塘寺（那尔塘寺、那当寺），见和宁、文干藏事诗。

2）僧侣：喇嘛（已成通译）、朱巴（活佛）、垂仲（占卜喇嘛）、更登（对番僧的泛称），见孙士毅的藏事诗。

3）宗教用物：赞丹（香）、冈洞（人胫骨法号）、廓罗（转经筒）、难牙逞瓦（金刚念珠）、吗蜜旗（麻蜜旗，经幡）、麻利堆（吗呢堆），见孙士毅、马若虚藏事诗。金本巴瓶（金奔巴瓶），见唐金鉴、吴世涵、魏源的藏事诗。

4）其他：唵叭（"唵吗呢叭咪吽"六字真言）见沈叔埏、吴世涵、魏源藏事诗。

（3）僧俗首领职官类。

达赖喇嘛、班禅尔德尼、呼毕勒罕（转世灵童）、堪布（寺庙管事）、扎萨克喇嘛（活佛总管）、孜仲（僧官），（以上已成定译），卓尼尔（知宾）、岁琫（管理活佛饮食之僧官，秘书长），见孙士毅、杨揆、松筠等藏事诗。昌诸霸（强佐，寺院财库总管），见毛振翙藏事诗。

赞府（赞普），见孙士毅藏事诗。论（大臣，相），见颜检藏事诗。噶布伦（噶伦）、戴琫（代本）、第巴（管家），见松筠藏事诗。业巴（管事大头人）、破本（文官）、热熬（乡头人），见钱召棠藏事诗。

（4）其他。

1）银钱：扯界（银币之1/2）、麻丫（银币之2/3）、竖杠（银币之1/3），见项应莲藏事诗。撒须（分割之银钱），见庄学和藏事诗。

2）差税：乌拉（已成通译），见徐长发、姚莹、松筠等藏事诗。噶斋（牛羊税），见松筠藏事诗。逐即（议程；礼金），见项应莲藏事诗。

3）外商：别蚌子（在藏尼商、尼人）、卡契（克什米尔人）、歪物（尼一部落人），见项应莲、孙士毅藏事诗。

4）动物：玛甲（玛卜甲，孔雀）、郎伽（郎卜加，象），见和宁藏事诗。

二、藏语词作副词、动词、词组在藏事诗中的嵌用

亚古（好，作副词）："步步阑干密，声声亚古抬。"见和宁的《辖载道上口占》。①

咀叠（跪，作动词）："咀叠（跪也）道旁擎蜡盖（烧酒），熙然噶吉（欢笑貌）听声声。"见李殿图的《番行杂咏四十首》第三十六首。②

客么甲木虿吞（牛𦄼。客么，牛。主谓结构）、尼麻浪索（日落。尼麻，太阳；浪索，落下。主谓结构）见孙士毅、钱召棠藏事诗。

阑干密（看路。阑干，道路；密，看。动宾结构）："步步阑干密"见和宁的藏事诗。

骨丕（安设帐房）："骨丕得腴壤，如农逢新畬。"见孙士毅的《呀那》。③

---

① 参见和瑛《易简斋诗抄》（清道光刻本）卷二，页二十一下，见国家清史编纂委员会《清代诗文集汇编》（第399册），上海古籍出版社2010年版，第724页。

② 参见［清］李殿图《番行杂咏》，页十八下，见西藏社会科学院西藏学汉文文献编辑室《西藏学文献丛书别辑（第四函）》，中国藏学出版社1993年版影印本。

③ 参见［清］孙士毅《百一山房诗集》（清嘉庆二十一年刻本）卷十一，页二十一下，见国家清史编纂委员会·文献丛刊《清代诗文集汇编》（第347册），上海古籍出版社2010年版，第724页。

酩酩通（酩通，喝青稞酒；通，喝。动宾结构）、鹿帕猰（鹿，羊；帕，猪；猰，肉。牛羊肉。主从结构）："酩酩通余辣辣加，有生无熟鹿帕猰。"见项应莲《西昭竹枝词》第十三首。①

三、藏语、汉语合词（呈双语型）

（1）以山川湖泊、寺庙名为多见：如洋阿拉山、丹达山、瓦合山，见杨揆、孙士毅、松筠藏事诗。羊卓海、拉错海子、白楮河，见松筠藏事诗。色拉寺、桑鸢寺、萨迦庙、多尔济拔姆宫（桑顶寺）等，见孙士毅、和宁藏事诗。

（2）其他：如吗密旗、麻利堆等，见孙士毅藏事诗。

四、藏语嵌用分析

1. 为"名从主人"通则所制约

充分体现于诗中山川湖泊名称、地方名称、民族事物名称、僧俗职官名称等的藏语运用。

2. 民族事物特质与边疆地方特色的呈现

"金本巴瓶肃枚筮，黄教一派谁其继。"见唐金鉴的《达赖喇嘛出世行》。②"金本巴瓶"，"本巴"藏语音译，即瓶子。乾隆五十七年（1792年），清朝中央为革除大活佛转世为少数人操纵的积弊，特以黄金打造、铸以藏传佛教图案、纹饰的金本巴瓶，颁发至西藏，推行转世灵童的掣签制度。此非一般金瓶，以"金本巴瓶"称之，方显现其特质。

"冈洞声无赖，晨喧大小招。"见和宁《送别和希斋制军之蜀十首》其二。③"冈洞"为人胫骨所制法号，译用汉语实难以呈现其特质。

---

① 赵宗福：《历代咏藏诗选》，西藏人民出版社1987年版，第179页。
② 参见高平《清人咏藏诗词选注》，中国藏学出版社2006年版，第174页。
③ 参见和瑛《易简斋诗抄》（清道光刻本）卷一，页三十九下、四十上，见国家清史编纂委员会《清代诗文集汇编》（第399册），上海古籍出版社2010年版，第712～713页。

"笼头小帽染黄羊,窄袖东波模格长。"见钱召棠《巴塘竹枝词》其二十三。① "东波""模格"之嵌用,较能展现藏族妇女衣饰之特色。

"各样银钱钱五分,麻丫竖杠用纷纷。"见项应莲《西昭竹枝词》其十二。② 诗句以"麻丫""竖杠"嵌用,生动呈现其时西藏地方使用尼铸银币的特有情形。因铜钱不流通,缺辅币,银钱不便小额易换货物,故常剪开使用。

"跑人跑马气吁吁,博得哈达半已污。"见项应莲《西昭竹枝词》其五。③ 哈达,藏族一种广泛用作礼品的特制长条丝织物,藏语音译已深入人心。

3. 藏事诗咏作的需要

(1) 咏作之字句章法与韵律的需要。

"拂庐大小上碉房,毪毪缝衣瑟瑟装",见尤侗《乌斯藏竹枝词》;"来经乌拉驮,饱同曩宋番语庶子出家者吃",见吴省钦《藏枣》;"玛甲巢云岭孔雀名玛卜甲,郎伽出日南象名郎卜伽",见和宁《喜闻廓尔喀投诚大将军班师纪事》;④ "默想乌拉驮,远踰鄂博防",见沈叔埏《藏香酬袁春圃方伯》;"布达拉既建,伦布不可少",见乾隆《须弥福寿之庙赞》;⑤ "捭豚尤是上古刹,生肉饱啖苦兔图",见夏尚志《打茶》。⑥ 以上嵌用数例大多为咏作字句的对仗。藏事诗中因此类咏作对仗之需要,藏语词每用省称。这就视诗人功力之异,用得有贴切与否之分了。如和宁诗句中的玛卜甲、郎卜伽省作玛甲、郎伽,乃属贴切,因此二词中的"卜",在拉萨方言中本不读出。乾隆

---

① 参见[清]钱召棠《巴塘竹枝词》,张羽新校,页三下,见西藏社会科学院西藏学汉文文献编辑室《西藏学文献丛书别辑(第四函)》,中国藏学出版社1993年版影印本。

② 参见赵宗福《历代咏藏诗选》,西藏人民出版社1987年版,第178页。

③ 参见赵宗福《历代咏藏诗选》,西藏人民出版社1987年版,第172页。

④ 参见和瑛《易简斋诗抄》(清道光刻本)卷一,页二十四上下、二十五上,见国家清史编纂委员会《清代诗文集汇编》(第399册),上海古籍出版社2010年版,第705页。

⑤ 参见张羽新《清政府与喇嘛教 附清代喇嘛教碑刻录》,西藏人民出版社1988年版,第463~464页。

⑥ 参见赵宗福《历代咏藏诗选》,西藏人民出版社1987年版,第190页。

诗中将札什伦布,省作"伦布"就无贴切可言,实为"生造"。夏尚志诗为与"上古刹"对仗,将呼图克图,写作"苦兔图",亦属不贴切。

"酝酝通佘辣辣加,有生无熟鹿帕猳",见项应莲《西昭竹枝词》其十三;"宰相尊严噶布伦,将军次第戴如奔",见项应莲《西昭竹枝词》其八。① 此嵌用二例除了对仗外,还为了押韵。尤其第二例,将藏军军官的称呼"代本""如本",写作"戴如奔",也算急智。

(2) 藏事诗特有情境的表现。

"谁家抱母闺女貌如花,出水双芙白脚丫。结伴山头砍柴去,尼麻浪索日落便还家。"见钱召棠《巴塘竹枝词》其二十五。② 尼麻为太阳,浪索为落下。

"鞭箠如雨索骑驮,通事还须逐即程仪多。一簇马头尘过处,烂银鞍上坐蛮娥。"见钱召棠《巴塘竹枝词》其三十三。③ 逐即是程仪、礼金。

"泡水前溪柳外多,喇嘛拨姆各摩挲。裸身壶酝相传灌,乘醉归途踏踏歌。"见项应莲《西昭竹枝词》其十七。④ 拨姆、拔姆、抱姆为同一词,年轻妇女的意思。

"双忠祠外闹烘烘,木的珊瑚宝石丛。未讲价钱先捏手,全亏扯界两边通。"见项应莲《西昭竹枝词》其十九。⑤ 木的是珍珠。扯界指藏汉联婚所生子女,通常作贸易中介译话人。

"难牙逗瓦当军持,堪布朱巴共一师。"见孙士毅《奉命驻打箭炉筹办征调事宜》。⑥ 难牙逗瓦是金刚数珠。堪布指寺庙管事。朱巴

---

① 参见赵宗福《历代咏藏诗选》,西藏人民出版社1987年版,第175页。
② 参见[清]钱召棠《巴塘竹枝词》,张羽新校,页三下,见西藏社会科学院西藏学汉文文献编辑室《西藏学文献丛书别辑(第四函)》,中国藏学出版社1993年版。
③ 参见[清]钱召棠《巴塘竹枝词》,张羽新校,页四下,见西藏社会科学院西藏学汉文文献编辑室《西藏学文献丛书别辑(第四函)》,中国藏学出版社1993年版影印本。
④ 参见赵宗福《历代咏藏诗选》,西藏人民出版社1987年版,第182页。
⑤ 参见赵宗福《历代咏藏诗选》,西藏人民出版社1987年版,第183页。
⑥ 参见[清]孙士毅《百一山房诗集》(清嘉庆二十一年刻本)卷九,页五下、六上,见国家清史编纂委员会·文献丛刊《清代诗文集汇编》(第347册),上海古籍出版社2010年版,第569页。

即活佛。

　　清代藏事诗中大量藏语词的嵌用，既是诗歌表达的需要，又是民族交往、融合达到一定程度的必然结果；既是古典诗歌强大的吸收能力（对藏语词的吸收方式大多是典故运用的变体）的显示，又说明诗人们对于藏语的好奇、喜好和相当努力的学习。大多数的嵌用无疑是成功的，失败的嵌用也是存在的。总之，这种嵌用从某一种程度上也可以说已经达到古典诗歌大量吸收新词汇的极限。当更大量的异质词汇呈雪崩状态涌入的时候，就不可避免地要冲破传统古典诗歌的诗体格式的限制，带来诗歌甚至语言的革命。历史的事实就是按照这种逻辑发展的。

　　清代藏事诗可以说是清代诗歌百花园中的一朵奇葩，就是放到中国古代诗歌的整体浩瀚星空中也是别具一格的一个存在。它可以说是中华民族多元一体格局形成的关键时期的产物，也可以说是古代王朝体制的集大成时期、统一的多民族国家经历漫长演进、历史疆域最终奠定的必然产物。虽然由于在西方资本主义列强赤裸裸入侵而引发的各种空前危机，以及为了应对这些危机而蓬勃兴起的近代新文化运动，白话文的普及、白话诗的日渐受欢迎和传统的古典诗歌逐渐淡出人们的日常生活的大背景下，再加上近百多年来中华民族历经空前民族存亡危机及救国救亡思潮的强烈冲击下，在中华民族几千年未遇的大变局中，清代藏事诗曾暂时完全淹没在浩瀚的时代的洪流中。但随着中华民族的重新崛起，全国人民一心一意用几十年的时间改变旧中国一穷二白的面貌的艰苦努力的基础上，加上改革开放后三十多年经济高速发展，中国在世界的范围内的经济地位已空前提高。在努力实现中国梦的今天，全面冷静地审视包括清代在内的历史上的各种文化成就和弊端，发掘、继承、发扬优秀的传统文化，努力恢复民族自信心、自尊心就变得刻不容缓。在学术上、学理上对清代藏事诗进行科学研究，以应对西方反华势力利用达赖集团动摇藏汉民族的团结、动摇中华民族大家庭的团结的险恶阴谋，也就变得刻不容缓。

　　当然，我们也应该冷静地看到清代藏事诗中存在的某些民族歧视的话语和思想，还有些王朝统治时代陈腐的、颟顸的统治思想的表达,尤其是清代后期藏事诗创作一蹶不振,无论在藏还是关心西藏事务的诗作,都越来越平庸,越来越稀少。更加上在清王朝国门被坚船利炮打破以后,藏事诗可以说与中国传统的古典诗歌的命运一样,几乎断绝。但从总体上看,清代藏事诗人大多数是心怀宽大、爱国奋发的,大多数藏事诗篇都能反映当时的藏地政治、经济、军事和社会生活的方方面面,阅读这些诗篇,仿佛就跟着诗人们经历戎马生涯、经历雪山艰险、经历政治漩涡、经历热烈奔放又艰难困苦的生活。通过这些诗篇可以使人们了解这块土地璀璨的历史、了解这块土地沉重的苦难、了解这块土地幽深的神秘,更了解这块土地上生生不息的人群。

如果冷静地从学理上来看,传统古典诗歌不仅依存于注释和正统解释,它还依存于未言的假设、隐晦的暗示、未表的焦虑。因时间、语言、文明的变迁,诗歌被移置。艺术沉默的语境转而成为难以修复的巨大的建筑。没有资料可以重现那些逝去的语境和时光,它们建立在诗人和各时期读者从不考虑提及,并从没必要提及的事实的基础之上。而且在这些语境之外还存在其他事实,这些事实是一个人如何思考诗歌并如何通过诗歌进行表达。如果人们渴望成为这样一首诗的真正的读者,而不仅仅是文字的考古学家,我们不仅必须要恢复或重现那些藏事诗人的创作语境,而且必须以某种特殊的方式栖居其间。

意识世界随着给予其支撑的文化一起消亡而消亡。我们不可能复原并真的栖居于那些世界,我们永远也不可能成为清代的藏事诗人。这一障碍是绝对的,对它的忽视是个人的或文化的自满的表现。对于这样一些藏事诗歌,我们自身接受的经典诗歌教育亦有诸多不适应,老实说,在阅读它们时常常会引来对传统古典诗歌艺术的刻意模仿的印象。但是因为这些诗歌要求再次变得生机勃勃,我们就不能简单的坦然地接受它们的不可进入。在不可逾越的障碍与纠缠不休的研读之间,唯有一计可施——言之有据又不无思辨地演绎,通过对文本细节的推理和合理猜测，重现那些失落的世界。① 本书在这方面只做了初步尝试，离真正重现的距离还很遥远。

这些藏事诗歌本是独特的、具有生命力的诗歌，本是足以"惊天地""泣鬼神"、饱含了藏事诗人生动声音的诗歌，在作为一个主题、一种信仰、一种理念的典范之后，在现代技术文明的强大冲击下蜕变为千篇一律或相差无几。在这些诗篇中，声音依旧在言说。我们不能期待它们以后世的趣味来言说，而是应该改变自我去聆听，② 也许我们就能听到在那极度艰难环境中仍然顽强生存的人们发出的执拗的低音，也许就能明白这块神奇土地始终神圣的原因。

---

① 参见［美］宇文所安《中国传统诗歌与诗学：世界的征象》，陈小亮译，中国社会科学出版社2013年版，第2页。
② 参见［美］宇文所安《中国传统诗歌与诗学：世界的征象》，陈小亮译，中国社会科学出版社2013年版，第3页。

附录　清代藏事诗辑注目录及诗人诗集简介

尤侗藏事诗

尤侗（1618—1704年），清初文学家，字同人，又字展成，号西堂，又号悔庵、艮斋，长洲（今江苏省苏州）人。明末诸生，顺治拔贡，授永平推官。康熙时应博学鸿儒科试，任翰林院检讨，分修《明史》，主撰志、传。尤侗于诗文杂剧皆为精熟，著有《西堂全集》。《西堂全集》六十一卷，凡《西堂杂俎一集》八卷、《二集》八卷、《三集》八卷、《剩稿》二卷、《秋梦录》一卷、《小草》一卷、《论语诗》一卷、《右北平集》一卷、《看云草堂集》八卷、《述祖诗》一卷、《于京集》五卷、《哀弦集》一卷、《拟明史乐府》一卷、《外国竹枝词》一卷、《百末词》六卷、《性理吟》二卷，附《湘中草》六卷。馀集六十六卷，为《年谱图诗》一卷、《小影图赞》一卷、《年谱》二卷、《艮斋倦稿诗》十一卷、《文》十五卷、《性理吟》二卷、《续论语诗》一卷、《杂说》七卷、《续说》二卷、《看鉴偶评》五卷、《明史拟传》五卷、《明史外国志》八卷、《宫闱小名录》五卷。全集、馀集自顺治十二年（1655年）至康熙间陆续付刊，首都图书馆等藏。

从尤侗《外国竹枝词》［清康熙二十五年（1686年）刻本］辑得藏事诗2首：

《乌思藏竹枝词（二首）》

方象瑛藏事诗

方象瑛，字渭仁。浙江遂安人。康熙六年（1667年）中进士，康熙十八年（1679年）召试博学鸿词，官翰林院编修。其五言律诗《望雪山》，是一首吟咏遥望松潘雪山的格律严谨、艺术性强的藏事诗作。

从《西藏图考》（清道光刻本）辑得藏事诗1首：
《望雪山》

康熙藏事诗

康熙帝名爱新觉罗·玄烨（1654—1722年），顺治帝福临第三子，8岁继位，为清朝入主中原后的第二位皇帝，在位61年（1661—1722年），勤政好学，对西藏等边疆的稳定、统一的多民族国家的发展确立，做出过重大贡献，并注重笼络人才，开"博学鸿儒"科，倡导编纂《古今图书集成》《全唐诗》《佩文韵府》《康熙字典》等，重视传统文化的继承发展。康熙著述颇丰，编为《御制文集》，以赋、诗、杂著分卷，多达72卷。其中有关藏事诗作，分见于《御制文集》四集卷三十五和《御制文集》四集卷三十五、卷三十六。《御制文集》近年收入国家清史编纂委员会·文献丛刊《清代诗文集汇编》，2010年由上海古籍出版社影印出版。

从康熙《御制文集》四集（清康熙雍正武英殿刻本）辑得藏事诗3首：
《泽卜尊丹巴呼图克图老喇嘛上寿》《塞上宴诸藩》《示平藏将士》

岳钟琪藏事诗

岳钟琪（1686—1754年），清代名将，字东美，号容斋，成都人。康熙五十年（1711年）由捐纳同知改仟武职，康熙末年曾入征西藏，平四川，擢升四川提督。后又屡征青海、准噶尔、大小金川等，治军有谋略，与士卒同甘苦。历任川陕总督、宁远大将军等，加太子少保，兵部尚书，封威信公。所撰《容斋诗集》分蛮吟、薑园、复荣上下四卷四集。其藏事诗作为吟咏康熙五十八年（1719 年）随噶尔弼统领的南路大军"平准安藏"，入藏中充先锋，由打箭炉出口，直至攻进拉萨之经历，见于卷一蚕吟集。《容斋诗集》，为清道光年间孙澍重订，古棠书屋刻本。近年收入《清代诗文集汇编》，上海古籍出版社影印出版，书名改为《岳荣斋诗集》。

从岳钟琪《岳容斋诗集》（清道光孙氏刻古棠书屋丛书本）辑得藏事诗 4 首：

《黑龙江番寺夜宿》《军中杂咏（二首）》《西藏口号》

王我师藏事诗

王我师，字文若，铜梁（今四川省铜梁县）人。康熙时岁贡生，善诗文。康熙五十八年（1719 年）随岳钟琪入藏平定准噶尔扰藏。王我师在藏先后凡五年，所著藏事诗作散见于《西藏图考》《四川通志·西域志》和《小方壶舆地丛抄》中。

从《西藏图考》（清道光刻本）辑得藏事诗 11 首：

《石板沟》《谷黍》《江卡》《阿布拉》《阿足》《洛加宗》《雨撒塘》《昂地》《包墩》《蒙堡塘》《察木多》

毛振翊藏事诗

毛振翊（1686 年—?），字羲苍，号半野居士，四川成都人。康熙四十七年（1708 年）举人。雍正三年（1725 年）授云南阿迷州牧。雍正六年（1728 年），因西藏噶伦阿尔布巴谋害首席噶伦康济鼐和进攻噶伦颇罗鼐而引发的卫藏战乱，毛振翊被派遣督运入藏滇军粮草至察木多，遂有诗纪其行、志其事。后删存其诗 1400 余首，汇为十二卷，又有增删，陆续付梓。中国国家图书馆藏《半野居士诗集》十二卷，前有自序，分《蜀燕》《滇南》《西征》《滇蜀》《苗疆》《燕台》诸集，诗起康熙五十六年（1717 年），止于乾隆九年（1744 年）。卷三为西征集，专记雍正六年（1728 年）滇兵入藏奉派督运粮草，自滇西北入藏，至洛隆宗，并一度驻扎察木多。往返沿途纪事咏物。四川省图书馆所藏《半野居士诗集》，增修至十四卷，又有《塞遊草》一卷，当为乾隆九年（1744年）以后所刻。又《半野居士焚馀集》不分卷，有仁和赵大鲸序，又有自序，序皆作于乾隆九年（1744年），凡记序书疏等杂文23篇，当作序时所刻，中国国家图书馆藏。集中诗文多记清兵入藏及镇压黔苗起义事，文有《西征记》《西藏折梅记》，诗有《从军留别》《逆苗败北》等。有《典衣过岁》诗，知晚年落拓。乾隆九年（1744年）与妻子阔别13年后重逢。作《示内子》诗，有"已怜白岁同过半，从此飞鸣共一乡"则刻集时已50余。《半野居士集》十二卷，《焚余集》一卷，近年收入上海古籍出版社影印的《清代诗文集汇编》。

从毛振翧《半野居士集》（清乾隆九年刻本）辑得藏事诗98首：

《入塞客以为难赋此答之》《留别会城诸僚友》《次大理府闻南大总戎兵出会城》《渡金沙江》《江边》《次三家村小楼望雪山》《土官村》《十二阑干》《一家人竹枝词》《热水塘蛮家竹枝词》《中甸》《宿杵臼（二首）》《由木龙树至阿敦子道上（五首）》《澜沧行》《又绝句四首》《过燕子崖歌》《梅李树》《自岔河起程欲过箐口为博刀岭雪阻因退宿牛场》《趁晓过大白蟒雪山》《次甲浪》《碧兔》《多台（二首）》《坝台书怀（二首）》《雪后见梅》《次觉麦（三首）》《乍游滚遇雨》《木枯》《次乌鸦寄问活佛》《番人悬经于索竿风吹动云如口诵谓之的著》《擦瓦冈遇蜀将》《天通》《三岔河》《崩打值端阳长川坝三岔河下营歌》《龙郢》《木松》《木松复过溜筒江》《弯腰气候》《看番经》《昌都胡图兔及昌诸霸使人远迎至弯腰》《苴台流沙山路》《抵察木多值雨》《塞月》《塞草》《呈南大总镇》《观兵》《赠戎州王太守》《塞上新月（二首）》《猛雨》《塞上焚香杂感八绝》《垂钓见江心石人》《军营漫兴（二首）》《冰桥》《冰灯》《偕参府魏尔臣射猎杨柳林（二首）》《对雪》《送楚雄李明府还滇》《送开化丁太守还滇》《南桥送李唊柏还滇》《塞外书怀次魏尔臣原韵（二首）》《元日》《江干远眺》《春日漫兴（二首）》《迁置达赖喇嘛于俚塘格达城（二首）》《昌都春望（三首）》《贺南聚五梦撤师》《撤师（二首）》《兵返苴台》《崩打》《重宿雕楼岔河》》

允礼藏事诗

允礼（1697—1738年），生于康熙三十六年，卒于乾隆三年，清圣祖玄烨之第十七子，果亲王。曾于雍正十二年（1734年）奉旨偕三世章嘉呼图克图去泰宁（今四川道孚县境内）宣谕七世达赖喇嘛返藏。前时因藏族聚居区不靖，雍正八年（1730年）迁达赖喇嘛于惠远庙居住，此次以准噶尔请和，藏地安谧，特派宗亲宣旨、看望，以示隆重。遂有《西藏往返日记》《奉使纪行诗》之所由作。允礼雅娴翰墨，并精绘事，清皇族中风雅之士。撰《静远斋诗集》十四卷、《自得园文抄》一卷、《春和堂诗集》一卷、《幻恩诗》一卷、《奉使纪行诗》二卷，雍正十三年（1735年）自刊，北京大学图书馆藏。身后刻《雪窗杂咏》一卷，乾隆二十三年（1758年）刊，上海图书馆藏。诗文多记宫廷事务。其中《奉使纪行诗》乃雍正十二年（1734年）奉命前往泰宁，慰问皇帝允准归藏的七世达赖喇嘛格桑嘉措，杂记往返山川风俗。此诗可与果亲王允礼的《西藏日记》同读。日记乃稿本二册，中国国家图书馆藏。

从允礼《奉使纪行诗》（清雍正刻本）辑得藏事诗7首：

《飞越岭》《泸定桥》《大冈》《打箭炉》《至惠远庙》《除夕》《雍正乙卯元旦》

马维翰藏事诗

马维翰，字墨麟，浙江海盐人。康熙六十年（1721年）进士。官至四川川东道。其《墨麟诗集》计分《俌浦偶存稿》《计偕集》《归省集》《跨驴集》《司勋集》《柱下集》《黄门集》《剑南廉访集》，凡诗1040首，乾隆间刻，首都图书馆藏。官四川所作，其中《大喇嘛寺歌》《铁索桥行》《大渡河》《自雅州至打箭炉》等，为藏事之诗作。马维翰七言歌行长诗《大喇嘛寺歌》系对打箭炉厅地方某藏传佛教寺院的吟咏。咏述喇嘛做功课情景，对寺院建筑和喇嘛衣着、饮食、吹奏等都有描述。诗末主张以"圣人深意"柔远化导。对此，沈得潜在其《清诗别裁集》中评议此诗"以儒反佛"。

从沈得潜《清诗别裁集》[清乾隆二十五年（1760年）刻本]辑得藏事诗1首：

《大喇嘛寺歌》

杜昌丁藏事诗

杜昌丁，字松风，江苏青浦人。康熙五十九年十二月初（1721年1月），云贵总督蒋陈锡因误川陕滇三省"平准安藏"军储挽运，奉命进藏效力赎罪，藏程险远，众皆视为畏途，从者散归。杜昌丁时为蒋之幕僚，感恩笃谊，随同前往，由昆明经滇西北中甸、阿墩子等处民族地区，直送至西藏洛隆宗始归，往返近一年。归后追忆，按日叙次，撰成《藏行纪程》，并附途中所吟诗作。其时多由四川成都或青海西宁入藏，《藏行纪程》及其附诗纪由滇入藏之行程，实不多见。《藏行纪程》，收入[清]王锡祺编《小方壶斋舆地丛抄》，光绪二十三年（1897年）上海著易堂排印本。20世纪80年代初，吴丰培先生将其编入《川藏游踪汇编》，先有1981年中央民院图书馆出刻写本，后于1985年由四川民族出版社出版。

从《小方壶斋舆地丛抄》[清光绪二十三年（1897年）上海著易堂排印本]辑得藏事诗11首：

《出塞就道口占》《十二阑干道中》《阿敦子雪山道中》《渡澜沧有感二首》《雪坝感怀》《叹所乘马》《鹊桥七夕》《雪山大雾次曹敬亭韵》《溜筒江》《沫滂坡回望丽江雪山口占》

乾隆藏事诗

弘历（1711—1799年），爱新觉罗氏，清高宗，年号乾隆（1736年—1795年），在位60年，实际操国柄63年。在位期间，亲自策划、指挥的大的战事有10次，其中两次平定金川之役，两次抗击廓尔喀侵藏战争是维护国家统一、经营藏族聚居区、保卫西藏地方的影响深远的事件，其相关诗作具有重要的历史价值。其《御制诗文十全集》为彭元瑞等编，汪滋畹校，乾隆五十九年（1794年）成书。乾隆帝政务、游玩之余，常以作诗自娱，保存在其诗文集中的有4万余首之多。《十全集》系编纂其执政时间与 10 次大的战事即"十全武功"相关的诗文,共五十四卷,集诗 10519 首、文 44 篇。其中藏事诗作计有:卷一"初定金川",诗 34 首;卷二十三至三十一"再定两金川",诗 355 首;卷四十六"初定廓尔喀",诗 20 首;卷四十七至五十二"再定廓尔喀",诗 108 首。彭元瑞等编成此部十全集之时,乾隆帝尚在位,故题为《御制诗文十全集》。1936 年商务印书馆将其编入《丛书集成》出版,易书名为《高宗诗文十全集》。1993 年中国藏学出版社照原书名《御制诗文十全集》重印。

从乾隆《御制诗文十全集》(清乾隆武英殿刻本)辑得藏事诗 184 首:

《赐傅恒经略金川》《孟冬上旬于瀛台赐经略大学士傅恒及命往蜀西诸将士食并成是什》《静宜园驻跸》《经略大学士傅恒舟渡蜀江赋诗呈览用其韵答之》《未允傅恒荡平之请宏解网之仁下诏班师著诗以赐之(二首)》《二月十四日傅恒奏报金川番酋莎罗奔、狼卡率众随提督岳钟琪于二月五日亲诣军门筑坛纳款匍匐稽颡永矢归诚傅恒升帐受降远近番汉官兵观者数万众靡不欢呼忭舞露布驿闻喜而有作》《傅恒奏凯金川率诸将士还朝锡宴丰泽园用昭饮至之典即席得长律一首》《岳钟琪入觐诗以赐之》《双忠祠诗》《降旨四川省供应兵过之各州县缓征今岁钱粮诗以志事》《自惭》《宛转词》《夜雨即事》《温福奏报攻克布朗郭宗贼酋僧格桑窜入金川整兵追剿小金川全平诗以志事》《复雨》《喜晴》《自咎》《军报》《悔过》《将军阿桂副将军明亮奏报攻获贼碉战胜各情形诗以志事》《将军阿桂奏报克复美诺诗以志事》《将军阿桂奏报收复小金川全境诗以志事》《闻两路军营攻得要隘信至诗以志事》《副将军明亮等奏攻克卡卡角山梁诗以志事》《将军阿桂奏报攻克罗博瓦山碉痛歼贼众相机进剿诗以志事》《阵雨》《军邮》《将军阿桂奏报大兵攻克喇穆喇穆山梁及日则丫口诗以志事》《副将军明亮奏攻克宜喜达尔图山梁已据要隘等进取贼巢诗以志事》《将军阿桂奏报攻克该布达什诺大木城及色溯普下各碉并焚烧格鲁瓦角寨落诗以志事》《将军阿桂等奏攻克默格尔山梁并夺碉杀贼情形诗以志慰》《副将军明亮攻克日旁一带碉寨诗以志慰》《将军阿桂奏报攻克康萨尔山梁碉寨木城诗以志事》《获谍》《将军阿桂奏报攻克木思工噶克丫口等碉栅诗以志事》《副将军明亮奏报攻克宜喜甲索等处碉卡诗以志事》《捷报》《将军阿桂奏报攻克逊克尔宗诗以志事》《军书》《副将军明亮奏报攻克石真噶贼碉诗以志事》《将军阿桂奏报攻克蒈则大海昆色尔山梁并拉枯喇嘛寺等处诗以志事》《将军阿桂奏攻克勒乌围贼巢红旗报捷喜成七言十首以当凯歌》《是口晚阿桂奏折至知攻克勒乌围详悉诗以志事》《将军阿桂奏报攻克西里第二峰期相机进剿情形诗以志事》《将军阿桂奏报攻克科布曲隆古山梁等处碉寨即期迅捣贼巢诗以志事》《副将军明亮奏攻克独木寨及抢占乃当山梁情形诗以志事》《将军阿桂奏攻克噶喇依贼巢红旗报捷喜成凯歌十首》《于郊台迎劳将军阿桂凯旋将士等成凯歌十首》《金川平定御午门受俘即事成什》《四月念八日紫光阁凯宴成功诸将士》《成都将军明亮等奏新疆事宜诗以志慰》《全韵诗》《用白居易新乐府成五十章并效其体》《须弥福寿之庙赞》《扎什伦布庙志事》《扎什伦布庙志事叠去岁诗韵》《写寿班禅圣僧并赞》《清净化城塔赞》《边报六韵》《将军鄂辉等奏报收复宗喀济咙聂拉木等处廓尔喀悔罪乞降归顺信至诗以专事》《将军鄂辉等奏廓尔喀归顺实信并班师回藏事宜诗以志事》《题廓尔喀贡刀六韵》《贼遁》《悉故》《驻西宁副都统奎舒奏报进剿廓尔喀兵行事宜诗以志慰》《副都统成德奏报追剿廓尔喀贼匪情形诗以志慰六韵》《兵行》《鄂辉成德奏报攻破聂拉木贼寨诗以志事》《福康安折奏进兵一切情形诗以志事》《福康安奏攻得济咙贼寨诗以志喜六韵》《福康安奏攻克热索桥进剿贼境诗以嘉慰》《福康安奏报攻克协布鲁贼寨情形诗以志慰六韵》《师行》《福康安奏攻破东觉噶多等山并夺大寨石碉大获全胜诗志慰喜八韵》《福康安奏官军攻得堆补木等处木城石卡已过帕朗古大桥与贼营近对驻军诗以志慰六韵》《廓尔喀拉特纳巴都尔遣使悔罪乞降因许其请命凯旋班师志事》《福康安奏拉特纳巴都尔缴所掠后藏诸物并乞遣陪臣进贡诗以志事》《福康安奏班师日期并廓尔喀致送羊酒等物犒师诗以志事》《补咏战胜廓尔喀之图（八首）》《福康安等奏西藏善后事宜诗志颠末得四十韵》《平定廓尔喀十五功臣图赞（十五首）》

查礼藏事诗

查礼（1715—1783 年），生于康熙五十四年，卒于乾隆四十七年，字恂叔，俭堂，号铁桥，顺天宛平（今属北京市）人。由监生授户部主事，历官广西太平府知府，四川宁远府知府，川北道、松茂道等，官至湖南巡抚，未到任卒。查礼，55 岁始办藏事，乾隆三十六年（1771 年）奉调办理第二次金川之役粮运；乾隆三十九年（1774 年）抽派领兵专办果罗克抢夺青海蒙古部牛马事件，不久即回办金川粮运；乾隆四十一年（1776 年）金川甫平，又檄调办理果罗克番民劫杀青海蒙古公里达尔事件；乾隆四十四年（1779 年）调任四川按察使，办理瞻对劫掠里塘境麻塘寺事件。查礼擅诗文，多年亲历川西藏族聚居区。卒后其子淳辑其所作，编为《铜鼓书堂遗稿》三十二卷，乾隆五十七年刻，首都图书馆藏。又有咸丰九年刻本，湖南省图书馆藏。卷一至二十四录诗 2000 首，卷二十五至二十七收词 148 阕，卷二十八至三十一为杂文，末卷为词话。杭世骏序其集，谓此集与查慎行《敬业堂集》"齐观并轨"。又有顾光旭序。末有其子淳跋。别存所著三种：一为《铜鼓书堂遗稿》，存卷十九至二十一，稿本，中国科学院图书馆藏；一为《沽上题襟集》一卷，辑在天津应酬考古之作百首，乾隆六年（1741 年）自刻，中国科学院图书馆藏；一为《草题上方二山纪遊集》一卷，乾隆十二年（1747 年）自刻，中国国家图书馆藏。查礼曾多年办理藏事。乾隆三十六年（1771 年）奉调办理第二次金川之役粮运；乾隆三十九年（1774 年）抽派领兵专办果罗克抢夺青海蒙古部牛马事件，不久即奉命回还续办金川粮运，直至金川平定，屯政甫就。遗稿十七、十八、十九、二十数卷诗以纪其事。乾隆四十一年（1776 年）又檄调办理果罗克劫杀青海蒙古公里达尔事件，卷二十一、二十二诗纪其事。乾隆四十四年（1779 年）调任四川按察使，办理瞻对劫掠里塘麻塘寺事件，卷二十三诗以纪事。叶德辉《郋园读书志》称，作者"以所历荒徼崎岖之境、军事成败之因，讬之于诗"。作者卒年，吴省钦《白华后稿》卷二十所撰碑称其卒年69，其子淳《铜鼓书堂遗稿后序》谓得年68，今依后者。

从查礼《铜鼓书堂遗稿》（清乾隆刻本）辑得藏事诗133首：

《瀛台宴进剿金川将士》《金川归化恭纪一百韵》《送郑慎仁保宁司马之西藏察木多》《夏于成都议金川之役》《卧龙关》《斑斓山军营与明守亭相聚一月情味甚浃会余有调兵三杂谷之役临岐辱赠次答》《同舆下斑斓山投龙岩宿》《宿杂谷不寐寄斑斓山军营诸吟侣》《硼夜》《岁残书事》《梭木除夕》《元日立春梭木作》《三月七日晚发桃关投草坡宿见月》《策马上天赦山（二首）》《宿向阳坪新馆》《恤蛮篇》《热耳寨军营》《自热耳寨移营阿喀木丫》《约王琴德王丹仁赵损之明守亭过行帐小饮》《从军行》《五月五日夜雨达旦雨霁军营纪事》《晓霁军帐独坐》《夏寒》《述怀三首》《自博和坝至砍竹沟》《入砍竹沟历烟篷寨草木多诸站止笮马山》《笮马山营》《元日布朗郭宗作》《大渡河边见桃花》《过登春见山牡丹盛开》《向阳坪夜雨不寐》《居向阳坪自释诗》《西路军营失警后祥仲调水部以诗见慰次韵答之》《元日维州》《滇兵行》《六月一日发揪坻之成都时将有果罗克之行》《慰忠祠吊西征殉难诸臣》《重登松州七层楼》《八月四日发松州历红桥关作》《五加皮行》《章蜡营》《自章蜡营冒雨涉弓刚水循江至黄胜关》《过动颤坝作歌》《历阿格甲凹二土百户境》《甘松香行》《粮馈不至逗留阿摩拉卡二日即事有咏》《鹊个羌马行》《历郎驮土百户境》《投日照坝曼陀喇嘛寺宿》《稞麦叹》《曼陀寺僧楼秋日漫兴（四首）》《风雪中过小直固山》《渡大渡河》《四月一日至绰斯甲布宣抚司陬薮寨》《夏十三日我军由达尔图上下攻促浸十四五日连有捷获纪事四首》《六月二日移驻茹寨》《皮船》《示番奴阿山》《十四日西军攻克勒乌围纪事》《三月十五日移营刮耳崖下》《暮春刮耳崖作》《刮耳崖初夏》《刮耳崖小筑》《铸农具》《金川纪事二十首用杜少陵秦州杂诗韵》《屯政初就七月二日发刮耳崖》《长至后一日复有果罗克之役午发成都二首》《行抵松州闻果贼已知我兵将至因改道松冈取径拉沓沟而前》《征妇泣》《松冈元日》《檄调梭木宣慰司卓克采松冈二长官司三处土兵》《旃檀喇嘛寺》《历下果罗克下阿树二土百户官寨》《历中果罗克山间》《野望》《山间贝母作

花》《渡凿穆河》《历上阿坝千户土境宿草卓卡》《四月四日禁锢中果罗克酋长》《十六日中果罗克擒献四贼》《土境上饮马二水交汇处》《出达尔沟憩巴尔康喇嘛寺》《西域行》《八月八日奉檄出成都缉瞻对劫贼》《中秋日陟飞越岭》《泰宁营》《冷碛》《渡铁索桥》《宿头道水瀑布下》《打箭炉》《多折山》《高日山》《中渡驿》《渡鸦陇江》《麻茭冲》《蓟子湾》《火烧坡》《里塘》《业白寺楼居寄王廷和观察》《西域弓矢歌》《里塘送秋》《置牛酒送将士赴察马所捕贼》《里塘郊坰散步》《藏纸》

庄学和藏事诗

庄学和，江苏长洲（今苏州）人。号芝圃。乾隆乙丑（1745年）进士。曾任雅州知府。乾隆十三年（1748年）正月，乾隆帝"著兵部尚书班第驰驿前往"金川军营，谕"其带往之员外郎阿桂，主事庄学和，亦著给与驿马"（见《清高宗实录》卷三〇六，乾隆十三年正月己亥条）。庄学和赴金川前线后，与阿桂一段时间同在美诺军营，合住一帐，两人时有唱和之诗作。《金川草》是吴丰培先生家藏旧抄本，不著撰人名氏。书后有嘉庆丙寅（十一年）（1806年）腊月隆三跋文："按庄太守学和，号芝圃，乾隆乙丑进士，以比部郎偕阿文成公于戊辰春从讷公（亲）金川之役。军营中唱和甚夥，题曰金川草。一时情事历季掌故读之，如瞭如指掌，可作诗史。正不仅号为风雅已，也允宜什袭藏之。"隆跋意在阐介《金川草》诗作的来历和价值。庄学和其人，吴丰培先生《金川草跋》考证："为讷之幕僚，任摺奏，书中有代拟奏疏。再查《清进士题名录》，乾隆十年三甲十六名有庄学和，江苏长洲（今苏州）人。"《清高宗实录》乾隆十三年（1748年）正月乙亥载："著兵部尚书班第驰驿前往"金川军营，"其带往之员外郎阿桂、主事庄学和，亦著给与驿马"。以上足证《金川草》编著者乃为庄学和，系庄辑其与阿桂等之军营唱和及本人于川西藏族聚居区闻见之吟咏。抄本非一人之笔迹，看来非庄学和手稿，系他人传抄。《金川草》，不分卷，抄本共59页，分上下两部分。上部分为第一次金川之役及军中庄学和与阿桂等唱和之作；

下部分则是庄学和主事川西藏族聚居区之闻见吟咏,其中有《西藏纪事六首》和竹枝词《打箭炉二十四章》。《金川草》多篇藏事诗及其前言、后记,每每涉及史书未载之史实,具有重要的文献研究价值。《金川草》旧抄本,为吴丰培先生家父燕绍老先生中年所得,"什袭藏之"百余年,吴先生将此孤本献出,20世纪90年代后期由西藏社会科学院西藏学汉文文献编辑室编入《西藏学文献丛书别辑(第四函)》,中国藏学出版社影印出版。

从《金川草》(中国藏学出版社影印本)辑得藏事诗75首:

《正月十五日上命驰驿前赴大金川军营恭纪四章》《军营和阿吏部韵(四首)》《再叠前韵四截》《二月二十四日随大司马宿瓦寺土司寨其酉桑朗容忠迎谒甚恭赋纪》《过天赦山》《宿跟达桥》《过班栏山》《宿松林口》《宿日隆》《美诺夷营即事和阿吏部韵》《佛诞日随大司马谒喇嘛寺重拈前韵》《无题次广庭韵》《重过沃日(二首)》《宿牛厂》《卡撒大营即事(二首)》《己巳正月二十九日提督岳公自党坝单骑进抵勒歪贼巢招降莎罗奔细等赋律纪之》《二月六日忠勇傅公纳降班师大赉各番米粟余承果毅威信二公命偕哈镇攀龙冶镇大雄勒石卡岗即事二》《西藏纪事六首》《闻沃日女土司策尔吉病故慨赋四律》《五月赴炉过冷边长官司周述贤途次迎谒赋四章遗之》《沈边土长官余洪泽途次迎谒问袭职十三世矣赋以遗之》《孟夏寓炉城公署明正长河西鱼通宁远军民宣慰使司土妇喇章率子坚参德昌来谒赋二律遗之》《八月杂谷打箭炉词二十四章》《土酋不法制提二公发兵征剿即事四首》

阿桂藏事诗

阿桂(1717—1797年)初为满洲正蓝旗人,后改隶正白旗。章佳氏。字广廷,号云岩。大学士阿克敦之子。乾隆举人。曾参予初定金川之役和平定准噶尔及霍集占叛乱,在缅甸之役和再定金川之役中均为统帅。历任伊犁将军,兵、吏、礼部尚书,四川、云贵总督,武英殿大学士和军机大臣。出将入相,深为乾隆所倚重。阿桂为官勤谨,为人低调,未见其有诗文集传世。这里所辑注的几首藏事诗作,辑自他人编集的《金川草》（旧手抄本），为乾隆十三年（1748年）阿桂初以员外郎从兵部尚书班第征大金川土司莎罗奔细投入初定金川之役，军营中的唱和之作。

从《金川草》[清嘉庆十一年（1806年）刻本] 辑得藏事诗12首：

《奉诏驰赴金川军营恭纪四章》《松林口吊李游击》《美诺夷营感怀》《碉楼夜坐忆亲》《蜀道难二首》《从军曲》《迎经略丞相于沃日》《夜望捷音》

孙士毅藏事诗

孙士毅（1720—1796年），生于康熙五十九年，卒于嘉庆元年，字智冶，又字致远，号补山，浙江仁和（今属杭州）人。乾隆二十六年（1761年）进士，授内阁中书。历官广西布政使、云南巡抚，以失察革职。旋授山东布政使，迁广西巡抚、两广总督、兵部尚书。乾隆五十六年（1791年），廓尔喀再次入侵西藏，清廷以福康安为统帅率大军反击，孙士毅以吏部尚书协办大学士署四川总督督饷，自打箭炉出驻察木多，复驰抵拉萨，勤谨督运。《廓尔喀纪略辑补》及《卫藏通志》均载其入藏筹饷济军之奏折。藏地途程，重山叠阻，挽运极艰，以二十石之粮，运至西藏，仅存一石，足见沿途消耗之多，而孙士毅悉心筹划督运，便数万入藏之兵粮馈无缺。征廓大军凯旋回师后，奉旨留拉萨会办善后事宜，议订系统的治藏章程。孙士毅为官以廉著称。官至文渊阁大学士，封三等伯爵。卒于任，赠公爵，谥文靖。孙士毅力学，工诗文。曾任《四库全书》馆总纂官，与纪昀在馆同事。有《百一山房诗集》十二卷，嘉庆二十一年（1816年）其孙均刻，中国国家图书馆藏。录诗1070余首。其藏事诗作，长短兼用，纪藏地风俗物产甚夥，皆格调雄浑，言之有物。朱珔撰家传谓，"与杭世骏等相砥砺，故诗文能独出机杼"。20世纪80年代初，吴丰培先生特将《百一山房诗集》中九、十、十一等三卷的藏事诗作，辑为专集，取名为"百一山房赴藏诗集"，编入《川藏游踪汇编》一书，交由四川民族出版社出版，以补孙士毅诗集之不可多见。

从《百一山房诗集》[清嘉庆二十一年（1816年）刻本] 辑得藏事诗233首：

《奉命总督四川简鄂大司马前藏（四首）》《奉命驻打箭炉筹办征调事宜（四首）》《大渡》《夜渡平羌江》《七纵河》《二十四盘》《清谿道中遇风》《闻巴图鲁侍卫由青海入藏（二首）》《檄诸土司屯番赴藏协剿》《得鄂大司马军营书却寄》《飞越岭大雾》《铁索桥》《头道水道中瀑布甚奇》《杨柳铺作塞外柳枝词（八首）》《武侯祠》《铜鼓》《铜弩》《郭将军庙》《除夕送惠瑶圃制军赴藏参赞军务（四首）》《闻奎将军林奉命赴藏参赞军务诗以迎之（四首）》《汤泉》《鱼通出口遇雨宿折多》《过破碉行乱石中》《自提茹至阿酿坝道中书所见（四首）》《过东俄洛已六月矣，积雪弥望，是日遇雷雨》《仆人以道险难行，私有怨词，口号示之》《道旁野烧，沿及数里，古松万树，皆摧为薪，感赋》《途次盼军营捷音》《自东俄洛至卧龙石得诗八首》《河口阻水》《积雨连句，山水骤发，自河口至麻盖，冲决几不得路，赋此纪事》《雅龙江浮桥》《驻里塘》《二郎湾道中度雪岭数层》《松林口》《大雪山》《巴塘》《石板沟道中》《自牛古登舟行四十里至竹巴笼（二首）》《醉马草》《雨中渡金沙江》《宁静山是西藏分界处》《偕周中翰肖濂骑行六十里》《抵察木多接福大将军雨夜破贼捷音》《至察木多适望雨》《昌都小驻略忆途次涉历》《酬昌都呼图克图》《五更自昌都赴西藏作》《登奎星阁（四首）》《食鱼邀方雪肖濂同作（四首）》《瓦合山》《望竿》《赛瓦合山》《丹达山神祠》《雪城行》《九月八日浪金沟驿》《大窝驿》《阿南多道中》《自甲贡东行十里，长松千万株掩映山谷，其下清流绕之，非复尘境，纪以一绝》《九日多洞道中大雪，夜半抵驿（二首）》《冰海行》《阿咱山下海子歌》《常多道中居人以树皮为屋》《常多塘夜雨宿蛮民黑帐房》《自江达至顺达循河行六十里》《月夜行鹿马岭道中》《月夜乘皮船渡乌苏江》《皮船》《墨竹工卡道中》《途次奉实授大学士之命纪恩四首》《藏江以皮船济渡戏成四言四章》《拉木塞箭头寺小憩，寺门阵兵器及猛兽像，盖红教也》《德庆禅寺，古松一株高三十丈，围数抱，不知何代物》《神堤行》《札什城》《赠大将军敬斋相国

（二首）》《游卡契园》《惠瑶圃制军招游龙王堂》《大将军敬斋相国招同希斋司马瑶圃制军谦集（四首）》《西招送春和希斋司空瑶圃制军招同嘉勇将军希斋司空游沙绿园亭即事（六首）》《惠瑶圃寓斋绯桃盛开即次原韵》《希斋司空寓斋小集（四首）》《木辘寺》《瑶圃制军寓斋同大将军敬斋相国希斋司空公谦即席四首》《西藏士人恭格班珠尔能诗同人偶游达赖喇嘛园池遇之命之赋诗颇成篇什因为和之（二首）》《琉璃桥》《别蚌寺（二首）》《经园小憩同人偶谈内典作此示之（四首）》《以狐裘寄荔裳媵之以诗》《小诏寺》《桑鸢寺口占偈语》《宗角》《送大将军敬斋相国还朝（八首）》《白雕》《藏茧》《藏香》《登布达拉诣圣容前行礼恭纪兼示达赖喇嘛》《龙潭》《插木水亭》《罗博岭冈是达赖喇嘛坐汤处》《招拉笔洞寺》《观刈麦》《色拉寺》《甘丹寺》《甥舅碑》《唐柳》《西天花四首》《伊兰花》《双忠庙（三首）》《二哀诗》《大诏（二首）》《金城公主曲》《蛮方日用与内地迥殊触目成吟得十二首题仍口外蛮语而以华言分晰注之聊备风谣之末云耳》《赠杨荔裳观察（四首）》《大将军福嘉勇公席上赠海侯（二首）》《跳钺斧》《大诏寺尉迟将军镇边军械（三首）》《奉命谳察木多乌喇案东还留别希斋司空》《自乌斯江至禄马岭霜叶满山感赋二首》《东还抵拉里奉命仍即赴藏办饷喜而有作》《回抵乌斯江连接福大将军止予西行书》《自拉子至巴里郎作》《东行至硕板多奉旨仍回西藏会办善后事宜二首》《奉命以里塘夹坝充斥令即东还搜捕蛮语夹坝即萑苻也（二首）》《道旁小峰戴石如鳖系之以诗》《再渡藏江奉酬送别诸公》《丹达山雪中吊亡者》《寄泰菴阁部西藏（二首）》《寄希斋司空西藏（八首）》《凯歌（十首）》

恭格班珠尔藏事诗

恭格班珠尔，藏族，能诗文，与孙士毅有唱和。

从孙士毅《百一山房诗集》[清嘉庆二十一年（1816年）刻本]辑得藏事诗2首：

《赠大学士孙士毅》《再赠大学士》

吴省钦藏事诗

吴省钦（1729—1803 年），生于雍正七年，卒于嘉庆八年，字冲之，号白华，江苏南汇人。乾隆二十八年（1763 年）进士，改庶吉士，授编修。出任四川、湖北等省学政，历官工、吏部侍郎，晚官左都御史。吴省钦工诗文，其诗刻意雕琢，援引僻典，典雅沉稳，但失之涩滞。乾隆四十年（1775 年）在四川任职时作有歌咏西藏风物诗。所撰《白华前稿》六十卷，前二十三卷为文，后三十七卷为诗，有自序，乾隆四十八年（1783 年）自刻于湖北使署，中国科学院图书馆藏。《白华后稿》四十卷，卷一至二十六为文，卷二十七至三十九为诗，卷四十则为诗馀，嘉庆十五年（1810 年）石经堂刻，首都图书馆藏。官蜀之作单编，有《白华入蜀文抄》五卷、《诗抄》十三卷，诗近千首，自乾隆三十八年（1773 年）至四十二年（1777 年），嘉庆间刻，南京图书馆藏；《白华诗抄》四卷，道光间成都学署刻，四川省图书馆藏；《白华诗抄》不分卷，光绪间刻，上海图书馆藏。吴省钦依附和珅，嘉庆四年（1799 年）罢归。人品不为人道，而才气横溢。王昶谓其诗"别开蹊径，句必坚凝，意归清峻"。其《藏氆氇》《藏枣》《藏香》等藏事诗刻琢凝练，音韵流畅，为清人歌咏藏族风物诗之上乘之作。

从周霭联《西藏纪游》[清嘉庆九年（1804 年）金山周氏刻本]辑得藏事诗 3 首：

《藏枣》《藏香》《藏氆氇》

徐长发藏事诗

徐长发，字象乾，号玉崖，娄县（今上海松江）人。乾隆三十六年（1771 年）进士，授兵部主事，转员外郎，历官四川建昌道。乾隆五十六年（1791 年）徐长发随孙士毅督运反击廓尔喀大军的粮饷入藏，曾至拉萨。沿途咏作藏事诗，并多有与孙士毅、周霭联的唱和之作。《徐玉崖集》十四卷，计《经稼堂诗》六卷，《寒玉山房诗》七卷，《还山杂录》一卷，嘉庆间刻，中国社会科学院文学研究所藏。光绪《松江府续志》卷三十七载，又有《雪岭集》《严道集》《鱼通集》，皆未见传世。

从周霭联《西藏纪游》[清嘉庆九年（1804年）金山周氏刻本]辑得藏事诗9首：

《折多大雪》《宿阿嬢坝》《乌拉行》《糌粑行》《里塘土妇阿错》《巴塘》《竹笆笼坐船》《奇石》《和文靖〈察木多望雨〉》

杨揆藏事诗

杨揆（1760—1804年），生于乾隆二十五年，卒于嘉庆九年，字同叔，号荔裳，江苏金匮（今属无锡）人。乾隆四十五年（1780年）召试一等，赐举人，授内阁中书，入四库全书馆任编校。乾隆五十六年（1791年）随福康安征讨侵藏之廓尔喀。嘉庆五年（1800年）官四川布政使，旋代总督。所撰先有《桐华吟馆诗稿》六卷、《词稿》二卷，乾隆五十八年（1793年）刻，北京市文物局藏。后辑为《桐华吟馆诗稿》十二卷、《文抄》一卷、《词稿》二卷，嘉庆十二年（1807年）刻，中国科学院图书馆、南京图书馆藏。晚年辑有《桐华吟馆诗稿二抄》一卷，嘉庆间刻，中国国家图书馆藏。今存其集写本三种：一为《桐华吟馆诗词稿》二卷，江阴缪氏云轮阁抄本，北京大学图书馆藏；一为《桐华吟馆诗词稿》四卷，抄本，北京大学图书馆藏；一为《桐华吟馆诗稿》六卷、《璎珞香龛词》一卷，清青浦王氏家塾抄本，清王昶校，上海图书馆藏。杨揆善诗文，其文沉博绝丽，千言立就，为诗初学元、白，后入杜、韩之室。洪亮吉评其诗，以为"如沧溟泛舟，忽得奇宝"。《桐华吟馆诗稿》[嘉庆十二年（1807年）刻本]七、八两卷为藏事诗专卷。20世纪80年代初吴丰培先生将之辑为专集，取名《桐华吟馆卫藏诗稿》，编入《川藏游踪汇编》，1985年由四川民族出版社出版。

从《桐华吟馆诗稿》[清嘉庆十二年（1807年）刻本]辑得藏事诗133首：

《辛亥冬予从嘉勇公相福康安出师卫藏取道甘肃时伯兄官灵州牧适以稽查台站驰赴湟中取别同赋十章并示三弟》《夜宿东科尔寺》

《日月山》《青海道中》《青海道中赠方葆岩前辈（四首）》《夜行多伦诺尔道中见野烧数十里其光烛天荒山无人起灭莫测人马数惊几至迷路爰作长句纪之》《昆仑山》《穆鲁乌苏河》《马上口占（四首）》《星宿海歌》《察汗鄂尔济道中除夕书怀二十韵》《病兵吟》《番地杂诗八首》《彭多河》《官军至前藏作》《呈大将军福嘉勇公（八首）》《呈地穆呼图克图（六首）》《唐柳》《双忠祠》《皮船》《索桥》《藏纸》《晓发春堆》《定日》《自宗喀赴察木骋马疾驰番路不计远近薄暮抵一处适山水骤发溪涧阻绝复翻山而行为向来人迹不到之地流沙活石举步极艰不能前进下闻惊涛澎湃骇荡心魄僵立绝夜五更山雨卒至衣履活濡殆遍因作长句纪之》《过察木数里地稍平坦林木丰茂旁有大山高出霄汉山顶瀑布交流不计寻丈因小憩而去诗纪之》《热索桥》《胁布鲁》《自胁布鲁进兵山路奇险有一处巨石夹立如口翕张隘不容马同人戏谓之虎牙关》《东觉山》《蚂蝗山》《马上口占》《雍雅道中呈方葆岩前辈》《堆布木军营账房苦雨述事（七首）》《军行粮运不继士卒苦饥日采包谷南瓜杂野草充食感赋四律（四首）》《廓尔喀纳降纪事（十二首）》《路引篇》《回军驻济咙作（二首）》《恩赐花翎恭纪（四首）》《甲错白（四首）》《札什伦布》《回至前藏作》《偶成转韵奉酬方葆岩前辈》《留别惠瑶圃制府》《作廓尔喀纪功碑铭成偶赋一绝》《军事告竣从西藏言旋率成四首》《渡藏江》《禄马岭》《边坝》《鲁工喇》《丹达山》《瓦合山》《黎树山》《嘉玉桥》《巴塘》《奔叉木》《竹巴笼》《里塘》《高日寺山》《折多山》《飞越岭》

沈叔埏藏事诗

沈叔埏（1736—1803年），生于乾隆元年，卒于嘉庆八年，字剑舟，一字埴为，号双湖，浙江嘉兴人。乾隆五十二年（1787年）进士，授吏部主事。到任不十日，以母老告归，沉潜经史。沈叔埏善绘画，工诗文，所撰《颐綵堂文集》十六卷，附《剑舟律赋》二卷、《骈体文抄》二卷、又《颐綵堂诗抄》十卷，文集乾隆间刻，诗集道光二十八年（1848年）刻，钱仪吉为之序，首都图书馆藏。光绪九年（1883年）从孙宗济重刻，中国国家图书馆藏。其《藏香酬袁春圃方伯》,长达94句,细写藏香来历、功能和藏地理、民情、宗教、历史,遣词古雅,气韵生动。

从沈叔埏《颐綵堂诗抄》[清道光二十八年(1848年)刻本]辑得藏事诗1首:

《藏香酬袁春圃方伯》

李殿图藏事诗

李殿图(? —1812年),字桓符,直隶高阳(今河北省高阳市)人,乾隆三十一年(1766年)进士,选庶吉士,授编修。再典湖南乡试,迁御史。督广西学政,迁给事中。乾隆四十九年(1784年)甘肃爆发回民起义,从阿桂、福康安治军,治粮饷、台站,授巩秦阶道"茶马屯田"(驻秦州,即今甘肃省天水市)。乾隆五十八年(1793年),在巩秦阶道任上的李殿图,由甘肃洮州(今临潭)至四川松潘,鲜决卓尼杨土司与松潘漳腊诸番争噶噶固山界纠纷。《清史稿·李殿图传》载:"殿图轻骑履勘,历小洮河、丈八岭、鹦哥口,皆人迹罕到。"沿途将所见所闻,以"竹枝词"体裁,咏写《番行杂咏》。此集乾隆间刻,中国科学院图书馆藏,共录诗40首。自序称:"癸丑之秋,于役松潘,所过叠藏强台,若鲁多布,皆历代文臣未至之境。登山越岭,访渎搜渠,于先儒注疏间多参订。"又谓"至于番情土语,即事成咏,职在采风,道取征实"。这部诗稿除记述其亲历的安多藏族聚居区的许多风土人情,包括语言、文字、服饰、建筑、宗教等等,为后世研究清代安多藏族聚居区社会历史留下值得重视的资料之外,还对所经藏族聚居区的山川地理循名责实,补著述疏漏,匡记载错误,并写有大量夹注,短者10余字,长者数百字,详注奉旨踏勘渭水之源和其任上有关西北山川地理的研究成果。如此地理考证诗篇,更为突现其藏事诗作的特色和重要价值所在,为研究甘青川接界一带藏族地区提供极有用资料。

从李殿图《番行杂咏》[清乾隆五十九年(1794年)刻本]辑得藏事诗40首:

《番行杂咏四十首》

和宁藏事诗

　　和宁（1741—1821年），蒙古镶黄旗人，额勒德特氏，字太菴，一字润平，号铁园。嘉庆二十五年（1820年），为避道光帝旻宁之讳，改名和瑛（一作和映）。乾隆三十六年（1771年）进士，授户部主事，荐升员外郎。后历任安徽太平知府，四川按察使，安徽、四川、陕西布政使。乾隆五十八年（1793年）十一月，领副都统衔，从陕西布政使任调藏会同驻藏办事大臣和琳办事。次年三月抵藏，接替成德为驻藏帮办大臣。寻授内阁学士兼礼部侍郎，仍兼副都统。乾隆六十年（1795年）春，会同接替和琳为驻藏办事大臣的松筠奏准豁免前后藏藏族群众本年应交纳的粮石及旧欠粮钱，并捐银4万两，抚恤破产穷民，酌定抚恤章程十条。前藏各地，经与松筠分工，由和宁督率办理，四月底办理完竣。嘉庆四年（1799年）正月，清廷命英善往藏办事，接替松筠为驻藏办事大臣，和宁仍为帮办大臣。嘉庆五年（1800年）正月，擢升为驻藏办事大臣。是年正月，和宁奉旨内调，任理藩院右侍郎。次年离任，五月抵达打箭炉。和宁任职西藏整整7年，忠于职守，4次赴后藏巡阅。和宁善诗文，笔耕不辍，所撰《太菴诗稿》九卷，嘉庆十五年（1810年）稿本，复旦大学图书馆藏。今存写本二种，皆不题撰者姓名，据其所记内容，疑为和瑛之集：一为《太菴诗集》无卷数，底稿本，诗编年，录甲寅至丁巳、丙午至丁未、壬子至癸丑等年诗，《贩书偶记续编》著录；一为《太菴诗草》不分卷，清抄本，三册，记乾隆年间作者戎马生涯，涉及四川、西藏等地，中山大学图书馆藏。付梓者有《易简斋诗抄》四卷，道光三年（1823年）刻，首都图书馆藏。该诗抄为和瑛诗作之定稿，由其姪吴慈鹤作序，子奎昌、壁昌校刊诗编年，共576首，起乾隆五十一年（1786年），止道光元年（1821年）。任职西藏、新疆期间，所作多记沿途景物、风俗物产，和宁驻藏办事整整7年，4次赴后藏巡阅，藏事诗作颇丰，编集于一、二两卷。《易简斋诗抄》近年收入《清代诗文集汇编》，由上海古籍出版社影印出版。又有《西藏赋》，附《新疆赋》一册，光绪八年元尚居刻，湖南省图书馆、山西大学图书馆藏。所咏藏事诗篇数以百计，对西藏地方的地理历史、政治宗教、民俗风土均有描述，尤其对清朝中央对西藏的主权治理做了颇有深度的反映。

从和瑛《易简斋诗抄》［清道光三年（1823年）刻本］辑得藏事诗158首：

《辛亥嘉平月护送参赞海公统军赴藏四首》《喜闻廓尔喀投诚大将军班师纪事》《渡象行》《冬至月奉命以内阁学士兼副都统充驻藏大臣恭纪》《除日抵雅州度岁》《大关山》《相公岭》《飞越岭》《头道水瀑布次孙补山相公韵》《出打箭炉》《东俄洛至卧龙石》《中渡至西俄洛》《宿头塘》《小歇松林口》《大雪封瓦合山阻察木多寺》《雪后度丹达山》《三月抵前藏渡噶尔招木伦江》《大招寺》《小招寺》《布达拉》《木鹿寺经园》《第穆呼图克图园中牡丹将谢遂不果游》《金本巴瓶签掣呼毕勒罕》《前藏书事答和希斋五首》《色拉寺题喇嘛诺们罕塔》《出巡后藏夜宿僵里》《过巴则岭》《宜椒道上》《抵后藏宿札什伦布》《晤班禅额尔德尼》《望多尔济拔姆宫》《古柳行》《送别和希斋制军之蜀十首》《上元春灯词二首》《再游罗卜岭冈》《九月望登布达拉朝拜圣容礼毕达赖喇嘛禅室茶话二首》《秋阅行》《上元观番童跳月斧次杨览亭韵》《暮春大雪四首》《四明楼吟》《咏喇嘛鸳鸯》《皮船渡江》《咏铁索桥》《宿春堆寨》《札什伦布朝拜太上皇帝圣容》《班禅额尔德尼共饭》《佛母来谒》《游拉尔塘寺》《晓发彭错岭》《辖载道上口占》《甲错岭风雪凛冽瘴气逼人默吟》《咏山花》《端阳书怀寄前藏湘浦司空二首》《宿胁噶尔寨》《定日营书事》《闻项午晴刺史抵前藏粮台任寄赠》《宿萨迦庙》《班禅额尔德尼燕毕款留精舍茶话》《留别班禅额尔德尼》《送别刘慕陔邹斛泉中表东归六言诗三首》《喜雪次湘浦韵》《手煎白菜羹饷湘浦并致以诗》《高慎躬解元寄中秋见怀诗冬至日始到遂次韵答和》《梵楼遣兴二首》《山庄落成题曰挹翠用杜少陵游何将军山林韵赋诗十五首》《署圃杂感五首》《七夕浓阴》《重阳九咏》《杂感五首》《署圃杂咏十八首》《咏白牡丹》《再用前韵》《七月二十五日奉诏熬茶使至恭纪五律》《中秋对月书怀二首》《札什伦布六十初度二首》《柳泉浴

塘邀班禅额尔德尼传餐阅武二首》《擦咙道上口占》《定日阅兵得廓王信有怀松湘浦赴伊江二首》《萨迦呼图克图遣使谢过书事（二首）》《胁噶尔寨》《立秋日观稼工布塘》《辛酉五月还都进打箭炉口再赋炉城行》《辛酉五月还都进打箭炉口再赋炉城行》

松筠藏事诗

松筠（1752—1835年），生于乾隆十七年，卒于道光十五年，字湘浦，玛拉特氏，蒙古正蓝旗人。初以翻译生员考授理藩院笔帖式，后充军机章京，为乾隆帝所重。乾隆四十八年（1783年），由户部员外郎超擢内阁学士，兼蒙古镶黄旗副都统。乾隆五十年（1785年）以办事大臣赴库伦，处理中俄贸易，历时8年还，任内务府大臣、军机大臣。乾隆五十九年（1794年），署吉林将军，授工部尚书，兼镶白旗汉军都统。旋于是年七月钦命往藏办事，十二月到任，接替和琳为驻藏办事大臣，在藏5年。嘉庆四年（1799年）迁户部尚书。后历官陕甘总督、伊犁将军、两江总督、两广总督、吏部尚书、礼部尚书、盛京将军、军机大臣、武英殿大学士等职。卒谥文靖。一生治理边事，供职内廷，学力深厚，著作颇丰。有关西藏之著述：《卫藏通志》《西藏巡边记》《西招纪行诗》《西招纪行图诗》《西招图略》《西招秋阅吟》《丁巳秋阅吟》《西藏图说》等。其《西招纪行图诗》《丁巳秋阅吟》，1981年由吴丰培将之辑入《川藏游踪汇编》，先有中央民院图书馆出刻写本，后于1985年由四川民族出版社出版。又所撰《绥服纪略图诗》一卷，自序："缘述北漠库伦所事而兼采西南沿边"，亦涉及藏事。北京大学图书馆藏乾隆六年（1741年）刻本，民族文化宫藏嘉庆间刻本，中国科学院图书馆藏道光七年（1828年）抄本。

从《川藏游踪汇编》所收本子［清道光七年（1828年）抄本］辑得藏事诗56首：

《西招纪行诗》《丁巳秋阅吟》《业党》《曲水》《巴则》《白地》《朗噶孜》《春堆》《江孜》《白朗》《后藏》《中秋日阅兵用前韵》《班禅》《岗坚喇嘛寺》《花寨子》《彭错岭》《嘉汤》《拉孜》《甲错

山》《罗罗塘》《协噶尔》《密玛塘》《定日阅操》《定汛山城》《莽噶布蒾》《莽噶布堆》《过洋阿拉山》《叠古芦》《拉错海子》《宗喀》《衮达》《邦馨》《济咙》《阳布站程》《即事》《还宿邦馨》《还宿衮达》《还宿宗喀次日供奉帝君圣像于琼噶尔》《霍尔岭》《恰木果》《列克隆》《达克孜》《汤谷》《又》《桑萨》《札布桑堆》《阿木岭》《僧格隆》《察布汤泉》《萨迦》《察咙》《那尔汤》《还至后招》《阳八井》《达木观兵》《还抵前招》

和琳藏事诗

和琳（1754—1796年），生于乾隆十九年，卒于嘉庆元年，字希斋，钮祜禄氏，满洲正红旗人。和珅弟。初由文生员补吏部笔帖式，累迁湖广道御史、兵部、工部侍郎。乾隆五十七年（1792年）奉旨驰驿西藏，督办前藏以东台站乌拉等事，旋即作为帮办大臣与办事大臣鄂辉轮往照料察木多以西由前后藏至济咙以内大军粮饷输挽。反击廓尔喀战事结束后，与福康安等筹划藏内有关事宜，并代鄂辉任驻藏办事大臣。以功迁工部尚书、镶白旗汉军都统。乾隆五十九年（1794年）升任四川总督离藏，后代福康安主持镇压湘黔苗民起义，病卒军中。谥忠壮。和珅事败，削爵。此集裕瑞辑入《英额和氏诗集》，嘉庆十六年（1811年）刻，中国国家图书馆藏。在藏作《藏中杂感》《西招四时吟》《札什伦布公寓远望》等多篇，皆亲历其境其事，以诗志之。

从《英额和氏诗集》［清嘉庆十六年（1811年）刻本］辑得藏事诗6首：

《西招四时吟四首》《江孜寓中对月》《札什伦布公寓远望》

项应莲藏事诗

项应莲，字西清，歙县（今安徽省歙县境内）人。乾隆三十九年（1774年）举人，历任四川彭山、宜宾县令，奉天府、治中府、贵州思南府知府。兴办地方教育，政绩甚多。著有《西藏志稿》《金沙江原委》《水经注参疑》《求慊堂诗文集》等。项应莲在乾隆后期、嘉庆初年四川任职期间，曾运送军需进藏。他注意搜罗有关西藏的史地资料，观察藏中民情风俗，撰写了《西藏志稿》一书，创作了《西昭竹枝词》一卷。《西昭竹枝词》专咏西藏宗教民族风情，计三十六首，具有很高的文史研究价值，嘉庆十二年（1802年）刊刻，南京图书馆藏。

从项应莲《西昭竹枝词》［清嘉庆十二年（1802年）刻本］辑得藏事诗30首：

《西昭竹枝词（三十首）》

颜检藏事诗

颜检（1756—1832年），生于乾隆二十一年，卒于道光十二年，字惺甫，连平州（今广东省东平县）人。巡抚颜希深子，乾隆四十二年（1777年）拔贡。出为江西吉安知府，历官河南巡抚，坐事戍乌鲁木齐。嘉庆间官直隶总督，嘉庆十年（1805年）降浙江巡抚。嘉庆二十年（1815年）任漕运总督，道光五年（1825年）降职。其《衍庆堂诗稿》道光间刻，中国国家图书馆、南京图书馆藏。其藏事诗《卫藏》是一首八十韵的五言叙事长诗，作于乾隆胜利反击廓尔喀侵藏之后，描述吐蕃崛起，与中原政权的历史关系，重点阐述西藏与清朝的密切关系，并介绍藏族的风俗习惯、宗教信仰、民间技艺，最后称颂反击廓尔喀侵藏的胜利，对藏治理的增进。全面阐介西藏史地、宗教信仰、民间技艺等史实、风俗。颜检本人未到过西藏，亦无涉管藏事之经历，其诗反映出清朝官员对西藏历史与现状的深度认知。

从颜检《衍庆堂诗稿》［清道光十六年（1836年）刻本］辑得藏事诗1首：

《卫藏》

周霭联藏事诗

周霭联（1757—1828年），生于乾隆二十二年，卒于道光八年，字肖濂，江苏金山人。所撰《颂诗堂诗稿》不分卷，光绪年间成都刻，四川省图书馆藏。乾隆五十六年（1791年）廓尔喀大举侵藏，周霭联作为孙士毅的幕僚随孙驻扎打箭炉督办大军粮饷，周霭联掌中书事，乾隆五十七年（1792年）至五十八年（1793年）曾2次入藏，撰写《纪游》，记所见所闻。书中收有54首藏事诗，其中周本人的藏事诗17首，展现藏族聚居区独特的风俗。《纪游》最早刊刻于嘉庆九年（1804年），系金山周氏刻本，书名《竺国纪游》，四卷，北京大学图书馆藏。又道光二十年（1832年）刻本，四卷，颂诗堂藏版，现存一册即1、2卷两卷，缺3、4卷，国家图书馆藏。民国二年（1913年）江安傅增湘铅印本，国家图书馆、上海图书馆、北京大学图书馆藏；又名《西藏纪游》，墨缘堂民国二十五年（1936年），石印本，四卷二册，北京大学、南京大学图书馆藏。西藏社会科学院西藏学汉文文献编辑室据此重印，编入《西藏学汉文文献汇刻》，由中州古籍出版社于1986年出版发行。并于1992年由全国图书馆文献缩微复印中心与《镇抚事宜》《西藏奏疏》《康𬨎纪行》合订出版。北京大学、清华大学、中山大学、兰州大学、武汉大学图书馆等藏。2006年，中国藏学出版社以墨缘堂石印本为底本，由张江华、季垣垣点校，排印出版。

从周霭联《西藏纪游》〔清嘉庆九年（1804年）刊刻，张江华，季垣垣2006年点校本〕辑得藏事诗12首：

《和文靖〈自提茹至阿孃坝〉》《和文靖〈察木多望雨〉》《游罗卜岭冈》《渡藏江》《恩达途次见枫叶口占二绝》《自前藏回至察木多》《宿仁进里喇嘛寺咏古松》《和文靖〈革康〉》《和文靖〈改咱〉》《和文靖〈呀那〉》《咏札木札雅和文靖诗》

嘉庆藏事诗

爱新觉罗·颙琰（1760—1820年），清高宗第十五子，乾隆六十年（1795年）册立为皇太子。次年嗣位，年号嘉庆，然高宗仍以太上皇名义继续执政。嘉庆四年（1799年）高宗去世，始亲政。嘉庆二十五年（1820年）在热河避暑山庄猝卒。庙号仁宗。

从《西藏图考》（清道光刻本）辑得藏事诗4首：

《普陀宗乘之庙瞻礼纪事（四首）》

马若虚藏事诗

马若虚，原名李若虚，字实夫，浙江钱塘（今杭州）人。因娶大文士马履泰之女为妻，故又姓马。乾隆四十五年（1780年）官贵州铜仁府正大营巡检，代理松桃同知，以误事去官。擅长于诗词，随其父遊蜀中，川督孙士毅亟赏之。后赴西藏，筹办巴勒布边事，以才干称。前后凡4年，穷历荒渺，途中风物寓之于诗，皆雅赡可诵。弱冠有《蕉绿轩诗卷》。此《实夫诗存》六卷，道光五年（1825年）刻，南京图书馆藏。杭州大学图书馆藏咸丰十一年（1861年）重刻本。前有周霭联序，后有弟绍祖跋。集乃晚年辑定，诗格雄伟悲壮。另有《海棠巢词稿》传世。道光四年（1824年）卒，年近70。

从李若虚《实夫诗存》[清道光五年（1825年）刻本]辑得藏事诗15首：

《西招杂诗（六首）》《登龙冈雪后观猎》《西招白牡丹》《后藏二首》《西藏杂诗（四首）》《西招春夜》

钱杜藏事诗

钱杜（1736—1844年），生于乾隆二十八年，卒于道光二十四年。清代画家，原名榆，字叔美，号松壶，浙江仁和（今杭州市）人。一生揽胜好游，足迹遍天下，西南至贵州。工诗文，精书画。绘画人物士女、花卉草木，无一不精，尤擅山水。作诗典雅而流利，风格自胜。著有《松壶画赘》《松壶诗存》等。所撰《松壶画赘集》，初刻于金陵，随园再刻于南阳，三刻于武林。程庭鹭即随园板补刻50余篇，重刻于吴门。此四刻板大都散佚。今存《松壶画赘》二卷，徐琪手书，光绪六年（1880年）吴县潘祖荫滂嘉斋刻，中国国家图书馆藏。《松壶诗存》光绪五年（1879年），松茂斋抄本，桂馥、王定国、潘祖荫跋，烟台市图书馆藏。钱杜藏事诗虽不多，而在贵州安笼镇总兵花莲布宴席间所赋赞誉藏马之七言长诗，铺赋烘托，浓墨重彩，品位之高实是咏物藏事诗中不可多见的。

从钱杜《松壶诗存》［清光绪五年（1879年）松茂斋抄本］辑得藏事诗1首：

《花将军营中驼罗骢马飘瞥善战云自西藏中所得索余貌之是日席上姚太守施总戎及诸幕僚各为一诗豪宕感激之意可以传矣》

张问陶藏事诗

张问陶（1764—1814年），生于乾隆二十九年，卒于嘉庆十九年，字冲冶，一字柳门，又字乐祖，号船山，祖籍四川遂宁，出生于山东馆陶。乾隆五十五年（1790年）进士，授翰林院检讨。历任江南道御史、吏部郎中，官至山东莱州府知府。因与上司龃龉，于嘉庆十七年（1812年）辞官侨寓苏州虎丘。所撰《船山诗草》二十卷，录乾隆四十三（1778年）至嘉庆十八年（1813年）所作诗，晚年自订，嘉庆二十年（1815年）石韫玉刻于吴中，首都图书馆藏。又有宣统二年（1910年）扫叶山房石印本，山东省图书馆藏。《诗草》及《補遗》录诗共3000余首。《诗草》卷七《乞假还山集下》收有《西征曲》等藏事诗多篇。洪亮吉《北江诗话》称，其诗"如骐骥就道，顾视不凡"。王昶《蒲褐山房诗话》谓，其诗"专主性灵，独出新意，如神龙变化，不可端倪"。李元度《国朝先正事略》谓，其诗"生气涌出，沉郁空灵"。梁绍壬《两般秋雨盦随笔》则称，其诗"诗才趣妙，性格风流，四海骚人，靡不倾仰"。当时文人多请其作序跋。1986年中华书局出版《船山诗草》。

从《船山诗草》［清嘉庆二十年（1815年）刻，清道光二十九年（1849年）增修本］辑得藏事诗11首：

《成都得外舅林西厓先生西征途次莽里手书即事奉怀》《奉怀外舅西征》《西征曲（八首）》《和外舅林西厓先生捧多钱岁元韵奉怀》

方积藏事诗

方积（1764—1814年），生于乾隆二十九年，卒于嘉庆十九年，字有堂，号玉堂，安徽定远人。乾隆五十四年（1789年）拔贡生。初任四川阆中、梁山知县，以抗白莲教护城功擢宁远守，调夔郡，迁建昌道，历川北盐茶道。嘉庆十二年（1807年）授四川按察使，以平定马边等少数民族起事功，嘉庆十四年（1809年）升四川布政使。嘉庆十六年（1811年）开始纂修《四川通志》，最后因劳生疾，死于任所。方积在四川前后20多年，颇多政绩。其《敬恕堂诗存》六卷，嘉庆九年（1804年）刻，安徽省图书馆藏。方积在蜀20年，身习戎旅，集中诗多记军中战事，尤以载藏事极具特色。

从方积《敬恕堂诗集》[清嘉庆九年（1804年）刻本]辑得藏事诗8首：

《鱼通塞外杂诗（六首）》《廓尔喀入贡（二首）》

文干藏事诗

文干（？—1823年），原名宁，避道光帝讳始改，字蔚其，号桢士，又号远皋、芝崖，满洲正红旗人。乾隆四十九年（1784年）进士，散馆授编修；嘉庆十九年（1814年）升任盛京副将军、热河都统；嘉庆二十一年（1816年）任贵州巡抚，调河南巡抚，次年因事免职；嘉庆二十五年（1820年）十月奉派赴藏办事；道光元年（1821年）三月抵藏，接替玉麟为驻藏办事大臣；道光三年（1823年）六月病逝于任所。文干驻藏之时，适逢九世达赖圆寂后其转世灵童的寻访试验及嘉庆帝谕令对十世达赖喇嘛掣签认定。文干奉旨主持"金瓶掣签"，掣定里塘灵童楚臣嘉错。这是按照《藏内善后章程二十九条》的规定，首次以金瓶掣签确定达赖喇嘛转世。文干按《藏内善后章程二十九条》的规定，于道光二年（1822年）八月至九月由前藏赴后藏巡阅。其往返沿途吟咏，以文学形式鲜明反映其时清朝中央在藏拥有完全的国家主权，而记旅途见闻，景物宛在，不失为有用之作。所撰第一部诗集《精勤堂吟稿》不分卷，道光二十年（1840年）刻，中国国家图书馆藏。前有汤金钊序，凡诗88首，皆嘉庆十九年（1814年）前所作。第二部诗集《纪程诗抄》三卷，道光间刻，中国科学院图书馆藏。此书古今体诗，以庚、辛、壬分卷，嘉庆二十五年（1820年）至道光二年（1822年）任驻藏大臣时所作，共299首。门人杨学韩谓"记乌斯山川之险阻，边塞之荒寒，三载驰驱，不遗闻见"。诗记差旅见闻、西藏人事及驻藏生活，多史志所未载。1981年吴丰培先生将《纪程诗抄》中壬卷道光二年（1822年）文干由前藏赴后藏巡阅往返沿途所咏55首辑为《壬午赴藏纪程诗》，编入《川藏游踪汇编》，1985年由四川民族出版社出版。

从文干《纪程诗抄》[清道光三年（1823年）刻本]辑得藏事诗58首：

《道光二年八月十六日由前藏赴后藏巡阅，留别同事及呼图克图大众，遂宿冈里（三首）》《十七日曲水至巴资二首》《十八日白地》《十九日早发朗噶资宿》《二十日宜郊》《即目》《二十一日春堆道中》《二十二日江孜阅兵》《二十三日白浪口占四首》《二十四日札什伦布二首》《二十五日阅兵示后藏戴琫如琫之作》《二十六日演行阵》《二十七日过那尔汤寺至冈闲寺》《二十八日花寨子》《孜陇即目》《二十九日萨堆》《大风》《三十日玛迦题蒙古包九月初一日经三叉路至长松（二首）》《初二日过班觉冈至协噶尔宿萨迦呼图克图奉来诸佛作礼而说偈言》《初三日密茆至定日（二首）》《初四日定日阅操》《初五日阅操毕赏赉汉番官兵示意》《初六日定日早发》《初七日协噶尔道中》《班觉冈至长松》《初八日晓发玛迦》《初九日萨堆行次（二首）》《初十日晓行》《班禅处借用穹庐周围上下及牀几铺陈皆饰细毹五色锦北地所未觌也余名之曰云锦窝志一绝于孜陇行次》《十一日那尔汤寺咏物四首》《十二日至后藏》《即事》《十三日由后藏取道嘉汤》《十四日窟窿琅玺道中暖甚》《十五日早行》《题热水泉》《容嘉穆清寺小憩至麻里宿》《十六日过则塘复至白地》《十七日至曲水》《十八日业党》《十九日回至前藏》

斌良藏事诗

斌良（1784—1847年），生于乾隆四十九年，卒于道光二十七年，字备卿，又字笙耕，号梅舫，姓瓜尔佳氏，满洲正红旗人。浙闽总督至德子。嘉庆七年（1802年）由荫生捐主事，嘉庆十年（1805年）补太仆寺主事，道光间官至刑部侍郎，道光二十五年（1845年）任镶红旗汉军副都统，道光二十六年（1846年）授官往藏办事，次年正月从北京出发，七月到拉萨，接替琦善为驻藏办事大臣。遗诗8000余首，其弟法良删存5000余首，编为《抱冲斋诗集》三十六卷，附《眠琴仙馆词》一卷，阮元、潘世恩等序，大抵一官一集，录嘉庆四年（1799年）至道光二十七年（1847年）诗，道光二十九年（1849年）袁浦官署刻，中国国家图书馆、南京图书馆藏。又光绪五年（1879年）湘南薇垣官署重刻，首都图书馆、复旦大学图书馆藏。又光绪二十八年（1902年）湖南省城通志局重刻，广东中山图书馆藏。《八旗艺文编目》载此集多至七十卷，盖据未删原本著录。其藏事诗作，为道光二十七年（1847年）进藏就任驻藏大臣途中所作，诗篇都以清秀明丽的笔调表现了昌都地区和拉萨以东优雅秀丽的山川风光，读之感到不是东南而胜似江南，是边塞却又是锦绣山河。有数十首之多。斌良到拉萨不久，即于当年十一月因不服水土病逝任所。

从斌良《抱冲斋诗集》[清道光二十九年（1849年）袁浦官署刻本]辑得藏事诗5首：

《巴贡山写望》《昂地即目》《硕板多道中奇石巉岩溪流澄泐风景甚佳蛮人不知玩赏骚客亦鲜经行赋此惜之》《阿南多山中晓发》《江达道中》

姚莹藏事诗

姚莹（1785—1853年），生于乾隆五十年，卒于咸丰二年，字石甫，号明叔，晚号展和，又号幸翁。安徽桐城人，"桐城派"代表人物姚鼐之孙。嘉庆十三年（1808年）进士，初授福建平和知县，调龙溪。道光十年（1830年）特擢台湾道。道光二十一年（1841年）英军两犯基隆海口，次年又犯大安港，督军击退之。《南京条约》签订后，以"妄杀冒功"罪名，贬官四川，旋被差遣西藏。咸丰元年（1851年）起复授广西按察使。留意经世之学，著作宏富。所著先有《石甫文抄》三卷，嘉庆二十三年（1818年）刻，中国国家图书馆藏。后辑为《中复堂全集》九十八卷，有道光间自刻本，又同治六年（1866年）其子濬昌安福县署重刻本，首都图书馆藏。内辑入诗文有《东溟文集》六卷、《文外集》四卷、《文后集》十四卷、《文外集》二卷、《后湘诗集》九卷、《诗二集》五卷、《诗续集》七卷、《东溟奏稿》四卷，共五十一卷。文集皆自订，有方东澍序，以体分编，道光元年（1821年）刻于福建，道光十二年（1832年）重刻于江阴。道光二十四年（1844年）和二十五年（1845年），姚莹贬官四川期间分别出使乍丫（今察雅县）和察木多（今昌都），处理喇嘛事件。期间他写成了地理名著《康輶纪行》十六卷，详载西藏史地现状，主张警惕英国侵略西藏。在此期间，他还咏作不少诗篇，描写山川形胜、民族风貌，反映社会问题、民生疾瘼，具有进步积极的思想内容和独特的艺术特色。道光二十九年（1849年）续刻近著为《文后集》，道光三十年（1850年）刻《文外集》于南京。咸丰二年（1852年）诗文集书版皆毁于兵，同治间重刻。李兆洛谓其作"体兼质文，不佻诡以害才，不愧丽以荡心"。

从姚莹《中复堂全集》[清同治六年（1866年）刻本]辑得藏事诗5首：

《乌拉行》《雪山行》《察木多园蔬》《蕃酒鸦头》《博窝马载蕃酒归》

唐金鉴藏事诗

唐金鉴，清道光年间任驻藏大臣衙署下设拉里粮台粮员（又称粮务）。道光二十一年（1841年）五月，按定制，在布达拉宫举行十一世达赖喇嘛金瓶掣鉴认定。这年春天，通告安排迎接从四川泰宁等地寻认的几名灵童赴拉萨掣签认定的藏文文书即到达拉里粮台。唐金鉴以歌行体叙事长诗记叙了其时这一重大事件。

从《西藏图考》（清道光刻本）辑得藏事诗1首：

《达赖喇嘛出世行》

魏源藏事诗

魏源（1794—1857年），生于乾隆五十九年，卒于咸丰七年。清代著名文学家、史学家，原名远达，字默深，又字汉生，湖南邵阳人。道光二十五年（1845年）进士，授内阁中书，官至高邮州知州。精通经学，能诗善文，与龚自珍齐名，同属主张"经世致用"的今文经学派。宣传今胜于古，变古愈尽，便民愈甚，主张革新，要求变法，成为近代改良思想的先驱。所撰《古微堂诗集》十卷，同治九年（1870年）刻，中国科学院图书馆、湖南省图书馆藏。又清抄本，北京大学图书馆藏。其文集印本有二：一为《古微堂内集》三卷、《外集》七卷、《外集》录文九十余篇，光绪四年（1878年）扬州淮南书局刻，中国国家图书馆藏；一为《古微堂文集》十卷，其中《内集》二卷、《外集》八卷，长沙黄象离较原刻搜补三十余篇，宣统元年（1909年）同学扶轮设铅印，中国国家图书馆藏。近年合其诗文，编为《魏源集》二册，中华书局出版。今存其集写本六种：一为《古微堂诗稿》不分卷，清抄本，魏源校，中国国家图书馆藏；一为《清夜斋诗稿》一卷、《古微堂遗稿》一卷，稿本，上海图书馆藏；一为《古微堂诗集》十卷，存卷八至十，清抄本，魏源校，上海图书馆藏；一为《古微堂文集》不分卷，清何氏小蓬莱仙馆抄本，一册，湖南省图书馆藏；一为《古微堂内外集》七卷，清蓬莱仙馆朱丝栏本，台北"中央图书馆"藏。其《圣武记》中的《国朝绥服西藏记》与专咏清朝维护国家统一的战功的武功新乐府《复西藏》，具有重要史料价值。

从魏源《古微堂诗集》[清同治九年（1870年）刻本]辑得藏事诗1首：

《复西藏》

夏尚志藏事诗

夏尚志（1795年—？），生于乾隆六十年，卒年不详。字静甫，江苏吴县（今苏州市）人。生活于嘉庆、道光、咸丰年间。诸生出身，一生漫游天下，长期为人幕府。北至蒙古，西至四川，行数万里路，作数千首诗，为时人所赞赏。官居浙江府经历。其《静甫先生集》计《尘海劳人草》十八卷、《关河清啸词》一卷、《退思居杂著》五卷，咸丰四年（1854年）刻，北京大学图书馆、山西大学图书馆藏。陈来泰、曹懋坚、施朝干为之序，蒋坦等题词，夏尚志于道光年间壮游四方，足迹遍及蜀晋浙闽等地，30年所见所闻，皆于诗文中见之。道光二年（1822年），夏尚志入四川游，第二年在成都向人询问西藏风土民俗，感到新奇，且多感慨，因此写下了一组西藏新乐府。这组"乐府"以轻松诙谐的笔调描写了西藏宗教、民族、风物等方面的情景。《佛转生》《打茶》即是其中的2首。

从《静甫先生集》[清咸丰四年（1854年）刻本] 辑得藏事诗2首：

《佛转生》《打茶》

钱召棠藏事诗

钱召棠，字蘅侬，浙江嘉兴人。监生。官四川新宁知县。道光二十二年（1842年），以知县衔充任巴塘粮务。巴塘地当由川入藏孔道，雍正年间，设粮台，委员管理，称巴塘粮务。其《无毁我室诗抄》分《鲤趋集》《骏骨集》《虎须集》《鸮音集》《蚕丝集》，抄本，二册，嘉兴县图书馆藏。《巴塘竹枝词》系于道光二十二年（1842年）以巴县同知充任巴塘粮务期间咏作，附于所编《巴塘志略》书后，计40首，为反映川西藏族聚居区巴塘社会历史、风土人情的饶具特色的组诗。作者从不同侧面、不同角度描绘巴塘藏族聚居区社会历史和风土人情，诗歌清新而富于生气，是一组别具特色的藏事诗作，有重要的研究价值。其时鸦片战争刚结束，清朝方步入后期阶段，诗作呈现的仍是清代前期巴塘的历史文化面貌。

从《巴塘志略》（清道光年间刊刻，张羽新摘辑校订，中国藏学出版社1993年影印本）辑得藏事诗40首：

《巴塘竹枝词（四十首）》

吴世涵藏事诗

吴世涵，字渊若，号榕畕，又号又其次斋，浙江遂昌人。道光二十年（1840年）进士，授云南通海知县，擢会泽州知州。咸丰二年（1852年）年近六旬，以奔父丧，途中遽卒。质敏好学，博览群书，工诗。所撰《又其次斋诗集》七卷，中国科学院图书馆藏道光二十二年（1842年）刻本，首都图书馆藏咸丰二年（1852年）宜园刻本，南京图书馆藏光绪间刻本。方廷瑚、金安澜、王发越、张尔俊为之序，有边浴礼、徐荣、孙衣言等题词。诗多记滇南风物。七言长诗《西僧坐床歌》是专咏达赖班禅坐床的历史渊源和现实场面的辞藻古朴典雅、音韵宛转流畅的藏事诗。

从《又其次斋诗集》[清道光二十二年（1842年）刻本]辑得藏事诗1首：

《西僧坐床歌》

胡延藏事诗

胡延，字长木，号研孙，四川成都人。光绪十一年（1885年）优贡，官四川知府、四川江安粮储道、西安知府。所撰《兰福堂诗集》一卷，光绪二十七年（1901年）刻，中国社会科学院近代史研究所、复旦大学图书馆藏。1900年八国联军侵华攻至北京的庚子之变，慈禧携光绪帝逃至西安，延任行在内廷支应局督办，每日可面见慈禧。就所见闻，写成《长安宫词》一百首，内有藏事诗《西藏供佛》。光绪二十八年（1902年）刻，中国国家图书馆藏。宫词专记慈禧、光绪在西安一年中宫廷琐事，多有外间不知者，可补史志阙失。

从胡延《长安宫词》[清光绪二十八年（1902年）刻本]辑得藏事诗1首：

《西藏供佛》

联豫藏事诗

联豫，字建侯，原姓王。满洲正黄旗人。初为监生，驻防浙江。曾随薛福成出使欧洲。光绪三十一年（1905年），从四川雅州知府任上擢任驻藏帮办大臣。次年升办事大臣，宣统三年（1911年）去职。民国元年（1912年）由印度回北京，在藏达6年之久。今存其集写本二种：一为《乐真斋诗集》二卷，光绪间抄本，中国国家图书馆藏；一为《乐真斋诗稿》六卷，《文稿》一卷，抄本，日本东京大学东洋研究所藏。1979年吴丰培先生辑联豫进藏途中滞留打箭炉时所咏《炉边谣》等几首藏事诗，附于《联豫驻藏奏稿》书后，由西藏人民出版社出版。

从《联豫驻藏奏稿》（铅字排印本）辑得藏事诗5首：

《炉边谣：炉边月》《炉边水》《炉边风》《炉边雪》《炉边路》

藏事诗诗人数：41人　　共辑得藏事诗：1383首

参 考 文 献

一、基本文献

[1] 丹珠昂奔. 历辈达赖喇嘛与班禅额尔德尼年谱［M］. 北京：中央民族大学出版社，1998.

[2] 丹珠昂奔. 藏族文化志［M］. 上海：上海人民出版社，1998.

[3] 丹珠昂奔，等. 藏族大辞典［M］. 兰州：甘肃人民出版社，2003.

[4] 高文德. 中国民族史人物辞典［M］. 北京：中国社会科学出版社，1990.

[5] 顾祖成，等. 清实录藏族史料（第二册）［M］. 拉萨：西藏人民出版社，1982.

[6] 武振华. 西藏地名［M］. 北京：中国藏学出版社，1996.

[7] 江庆柏. 清代地方人物传记丛刊［M］. 扬州：广陵书社，2007.

[8] 贺文宣. 清朝驻藏大臣大事记［M］. 北京：中国藏学出版社，1993.

[9] 任文京. 中国古代边塞诗史：先秦—唐［M］. 北京：人民出版社，2010.

[10] 来新夏. 清人笔记随录（三）［J］. 中国典籍与文化，2004（3）：41-46.

[11] 来新夏. 近三百年人物年谱知见录［M］. 上海：上海人民出版社，1983.

[12] 罗琳. 四库未收书辑刊［M］. 北京：北京出版社，2000.

[13] 柯愈春．清人诗文集总目提要［M］．北京：北京古籍出版社，2001．

[14] 中国西北文献丛书编辑委员会．中国西北文献丛书（154 册）［M］．兰州：兰州古籍书店，1990．

[15] 国家清史编纂委员会．清代诗文集汇编（328 册至 330 册）［M］．上海：上海古籍出版社，2010．

[16] 国家清史编纂委员会．清代诗文集汇编（194 册）［M］．上海：上海古籍出版社，2010．

[17]［清］爱新觉罗·玄烨．康熙几暇格物编译注［M］．上海：上海古籍出版社，2007．

[18] 国家清史编纂委员会．清代诗文集汇编（338 册）［M］．上海：上海古籍出版社，2010．

[19] 中国西南文献丛书编辑委员会．中国西南文献丛书（49 册）［M］．兰州：兰州大学出版社，2003．

[20]［清］高宗．御制诗文十全集［M］．北京：中国藏学出版社，1993．

[21] 国家清史编纂委员会．清代诗文集汇编（399 册）［M］．上海：上海古籍出版社，2010．

[22]［清］江日升．台湾外纪［M］．福州：福建人民出版社，1983．

[23] 中国西南文献丛书编辑委员会．中国西南文献丛书（48 册）［M］．兰州：兰州大学出版社，2003．

[24]［清］钱召棠，张羽新．巴塘竹枝词［M］．北京：中国藏学出版，1993．

[25] 国家清史编纂委员会．清代诗文集汇编（第259 册）［M］．上海：上海古籍出版社，2010．

[26] 中国西北文献丛书编辑委员会．中国西北文献丛书（103 册）［M］．兰州：兰州古籍书店，1990．

[27]［清］沈德潜．清诗别裁集：上［C］．上海：上海古籍出版社，1984．

[28] 国家清史编纂委员会．清代诗文集汇编（433 册）［M］．上海：

上海古籍出版社，2010.

[29] 国家清史编纂委员会. 清代诗文集汇编（347册）[M]. 上海：上海古籍出版社，2010.

[30] [清] 魏源. 圣武记 [M]. 北京：中华书局，1980.

[31] 国家清史编纂委员会. 清代诗文集汇编（457册）[M]. 上海：上海古籍出版社，2010.

[32] 国家清史编纂委员会. 清代诗文集汇编（65册）[M]. 上海：上海古籍出版社，2010.

[33] 国家清史编纂委员会. 清代诗文集汇编（258册）[M]. 上海：上海古籍出版社，2010.

[34] 国家清史编纂委员会. 清代诗文集汇编（283册）[M]. 上海：上海古籍出版社，2010.

[35] 吴丰培. 清代藏事辑要续编 [M]. 拉萨：西藏人民出版社，1984.

[36] 国家清史编纂委员会. 清代诗文集汇编（476册）[M]. 上海：上海古籍出版社，2010.

[37] 中国西南文献丛书编辑委员会. 中国西南文献丛书（94册）[M]. 兰州：兰州大学出版社，2003.

[38] 中国社会科学院. 满文土尔扈特档案译编 [M]. 北京：民族出版社，1988.

[39] [宋] 高承. 事物纪原 [M].（明）李果，订. 北京：中华书局，1989.

[40] 王尧. 吐蕃金石录 [M]. 北京：文物出版社，1982.

[41] 王尧. 西藏历史文化辞典 [M]. 杭州：浙江人民出版社，1998.

[42] 王重民，杨殿珣. 清代文集篇目分类索引 [M]. 北京：北京图书馆出版社，2003.

[43] 吴丰培. 川藏游踪汇编 [M]. 成都：四川民族出版社，1985.

[44] 吴彦勤. 西藏奏议·川藏奏底 [M]. 上海：上海古籍出版社，2012.

[45]《西藏研究》部. 西藏志·卫藏通志 [M]. 拉萨：西藏人民出

版社，1982.

[46][清]松筠.西招图略[M].拉萨：西藏人民出版社，1982.

[47]李永胜.西藏藏族人口[M].北京：中国统计出版社，1997.

[48]中国地名委员会.西藏自治区地名志[M].北京：中国地名委员会，1993.

[49]西藏自治区交通厅.西藏古近代交通史[M].北京：人民交通出版社，2001.

[50]萧一山.清代通史[M].上海：华东师范大学出版社，2006.

[51]谢启晃，等.藏族传统文化辞典[M].兰州：甘肃人民出版社，1993.

[52]徐丽华.藏学图籍录[M].桂林：广西师范大学出版社，2010.

[53]王晓红.雍正朝满文朱批奏折全译[M].合肥：黄山书社，1998.

[54]中国西北文献丛书编辑委员会.中国西北文献丛书（176册）[M].兰州：兰州古籍书店，1990.

[55]中国第一历史档案馆，中国社会科学院历史所.满文老档[M].北京：中华书局，1990.

[56]中国藏学研究中心.元以来西藏地方与中央政府关系档案史料汇编[M].北京：中国藏学出版社，1994.

二、先行相关研究成果

1. 专著

[57]丹珠昂奔.藏族文化散论[M].北京：中国友谊出版公司，1993.

[58]多杰才旦.元以来西藏地方与中央政府关系研究[M].北京：中国藏学出版社，2005.

[59]杜文凯.清代西人见闻录[M].北京：中国人民大学出版社，1985.

[60]多卡夏仲·策仁旺杰.颇罗鼐传[M].拉萨：西藏人民出版

社，1988.

[61] 费孝通．中华民族多元一体格局［M］．北京：中央民族大学出版社，1999.

[62] 高平．清人咏藏诗词选注［M］．北京：中国藏学出版社，2004.

[63] 顾祖成．明清治藏史要［M］．拉萨：西藏人民出版社，1999.

[64] 蒋兆成，王日根．康熙传［M］．北京：人民出版社，1998.

[65] 李文实．西陲古地与羌藏文化［M］．西宁：青海人民出版社，2001.

[66] 刘迎胜．丝路文化·草原卷［M］．杭州：浙江人民出版社，1995.

[67] 路志霄，赵宗福．中国西北文献丛书·西北文学文献［M］．兰州：兰州古籍书社，1991.

[68] 罗文华．龙袍与袈裟：清宫藏传佛教文化考察［M］．北京：紫禁城出版社，2005.

[69] 马菁林．清末川边藏区改土归流考［M］．成都：巴蜀书社，2004.

[70] ［清］和宁．西藏赋［M］．池万兴，严寅春，校注．济南：齐鲁书社，2013.

[71] 唐文基，罗庆泗．乾隆传［M］．2版．北京：人民出版社，2015.

[72] 徐希平，田耕宇．中国西南文献丛书·西南文学文献［M］．兰州：兰州大学出版社，2003.

[73] 王辅仁．蒙藏民族关系史略［M］．北京：中国社会科学出版社，1985.

[74] 王森．西藏佛教发展史略［M］．北京：中国社会科学出版社，1987.

[75] 王尧，黄维忠，等．藏族与长江文化［M］．武汉：湖北教育出版社，2005.

[76] 吴承学．中国古代文体学研究［M］．北京：人民出版

社，2011.

[77] 吴承学．中国古典文学风格学［M］．广州：花城出版社，1993.

[78] 吴丰培，曾国庆．清代驻藏大臣传略［M］．拉萨：西藏人民出版社，1988.

[79] 吴丰培，曾国庆．清朝驻藏大臣制度的建立与沿革［M］．北京：中国藏学出版社，1989.

[80] 吴彦勤．清末民国时期川藏关系研究［D］．昆明：云南大学，2004.

[81] 牙含章．班禅额尔德尼传［M］．北京：华文出版社，1999.

[82] 赵宗福．历代咏藏诗选［M］．拉萨：西藏人民出版社，1987.

[83] 赵宗福．历代咏青诗选［M］．西宁：青海人民出版社，1986.

[84] 张舜徽．清人别集提要［M］．武汉：华中师范大学出版社，2004.

[85] 张晖．中国"诗史"传统［M］．北京：生活·读书·新知三联书店，2012.

[86] 张羽新．清政府与喇嘛教［M］．拉萨：西藏人民出版社，1988.

[87] 曾国庆．清代藏族历史［M］．北京：中国藏学出版社，2012.

[88] 彭陟焱．乾隆朝大小金川之役研究［D］．北京：中央民族大学，2004.

[89] 冯明珠．近代中英西藏交涉与川藏边情——从廓尔喀之役到华盛顿会议［M］．台北：故宫丛刊甲种，1995.

[90] 罗香林．明清实录中之西藏史料［M］．香港：香港大学亚洲研究中心，1981.

[91] 中国西南文献丛书编辑委员会．中国西南文献丛书（40册）［M］．兰州：兰州大学出版社，2003.

[92] 中国西南文献丛书编辑委员会．中国西南文献丛书（34册）［M］．兰州：兰州大学出版社，2003.

[93] 吴宏一，叶庆炳．清代文学批评资料汇编［M］．台北：台湾成

文出版社，1978.

[94] 萧金松. 清代驻藏大臣 [M]. 台北：台湾唐山出版社，1996.

[95] 杨嘉铭. 清代西藏军事制度 [M]. 台北：台湾唐山出版社，1996.

2. 论文

[96] 冯智. 清朝用兵驻兵西藏制度的形成、发展和影响 [J]. 西藏研究，2005（2）：7-16.

[97] 陈柏萍. 从驻藏大臣的设置看清朝前期对西藏的施政 [J]. 青海民族大学学报（社会科学版），2004，30（2）：17-23.

[98] 陈建华. 从"以诗证史"到"以史证诗"——读陈寅恪《柳如是别传》札记 [J]. 复旦学报（社会科学版），2005（6）：74-82.

[99] 陈小强. 清代对西藏的军事管理与支出 [J]. 中国藏学，2003（4）：26-41.

[100] 邓锐龄. 1720年清军进入西藏的经过 [J]. 民族研究，2000（1）：85-91.

[101] 邓锐龄. 清乾隆朝第二次廓尔喀侵藏战争（1791-1792）史上的几个问题 [J]. 中国藏学，2009（1）：20-30.

[102] 高晓波. 乾隆朝第二次廓尔喀之役兵源及军费考略 [J]. 西藏研究，2013（2）：17-24.

[103] 顾浙秦. 清代前期咏藏诗初探 [J]. 西藏民族学院学报，1993（4）：39-46.

[104] 顾浙秦. 项应莲和他的《西昭竹枝词》[J]. 西藏大学学报（社会科学版），2003，18（3）：37-43.

[105] 顾浙秦. 钱召棠和他的《巴塘竹枝词》[J]. 中国藏学，2004（2）：104-108.

[106] 顾浙秦. 试论孙士毅和他的《百一山房赴藏诗集》[J]. 西藏研究，2004（4）：91-97.

[107] 顾浙秦. 杨揆和他的《桐华吟馆卫藏诗稿》[J]. 西藏大学学

报（社会科学版），2005，20（1）：8-14.

[108] 顾浙秦．松筠和他的《西昭纪行诗》[J]．西藏民族学院学报，2006（1）：71-75.

[109] 何俊．清政府在西藏用兵驻军及其历史作用[J]．军事历史，2001（1）：33-36.

[110] 康建国．论松筠的治边思想及其功绩[D]．兰州：西北民族大学，2007．

[111] 孙文杰．和瑛诗歌与新疆[J]．西域研究，2013（2）：117-122．

[112] 王宝红．清代笔记中的藏语、蒙古语[J]．西藏民族学院学报，2010，31（4）：45-48．

[113] 王宝红．《西藏纪游》点校注释札记[J]．汉语史研究集刊，2011（00）．

[114] 王宝红．《清人咏藏诗词选注》注释商榷[J]．西藏民族学院学报，2011（5）：35-39．

[115] 王金凤．清代前期咏藏诗歌文献研究[D]．西宁：青海师范大学，2010．

[116] 吴承学．江山之助——中国古代文学地域风格论初探[J]．文学评论，1990（2）：50-58．

[117] 云峰．松筠及其《西招纪行诗》、《丁巳秋阅吟》诗述评[J]．西藏研究，1986（3）：87-93．

[118] 赵艳萍．果亲王允礼及《西藏日记》并诗[J]．乐山师范学院学报，2009，24（6）：20-22．

[119] 赵宗福．孙士毅和他的西藏诗[J]．西藏研究，1987（4）：40-46．

[120] 赵宗福．论清代西部旅行诗歌及其民俗影响[J]．西藏大学学报（社会科学版），2000（4）：73-81．

[121] 张羽新．清代巴塘藏族社会生活的风俗画——读钱召棠巴塘竹枝词四十首[J]．西藏研究，1989（2）：87-92．

[122] 张连银．雍正朝西路军需补给研究——以粮食、牲畜为中心

［D］．厦门：厦门大学，2007．

3. 海外文献

［123］中国西南文献丛书编辑委员会．中国西南文献丛书（35册）［M］．兰州：兰州大学出版社，2003．

［124］［意］伯戴克．十八世纪前期的中原和西藏［M］．周秋有，译．拉萨：西藏人民出版社，1987．

［125］［意］杜齐．西藏中世纪史［M］．李有义，邓锐龄，译．北京：中国社会科学院民族研究所，1980．

［126］《法国汉学》丛书编辑委员会．边臣与疆吏（法国汉学第十二辑）［M］．北京：中华书局，2007．

［127］［美］费正清，刘广京．剑桥中国晚清史：1800—1911年（上下卷）［M］．北京：中国社会科学出版社，1985．

［128］［美］恒慕义．清代名人传略［M］．中国人民大学清史研究所《清代名人传略》翻译组，译．西宁：青海人民出版社，1990．

［129］［美］魏斐德．洪业：清朝开国史［M］．陈苏镇，薄小莹，等译．南京：江苏人民出版社，2003．

［130］［日］吉川幸次郎．中国诗史［M］．章培恒，骆玉明，等译．上海：复旦大学出版社，2012．

［131］［日］青木正儿．清代文学评论史［M］．杨铁婴，译．北京：中国社会科学出版社，1988．

后　记

　　如果从本科毕业论文开始算起，本研究经历了20年的断续思考和3年奋力拼搏的撰写，其间充满了兴奋、焦虑、失望、坚持、顿悟，当然也常伴随难以言表的快乐甚至激情。1992年我本科毕业于西藏民族学院语文系，毕业论文写的是《清代咏藏诗初探》，这是我对藏事诗专题探讨的最初关注。当年留校工作后，教学任务繁重，几年中只是撰写了几篇相关论文。2000年，我在陕西师范大学中文系进修同等学力硕士研究生课程，在魏耕原、尤西林等老师的指导下，取得了较好的成绩。2005年，我在西藏民族学院语文系评上副教授后便到复旦大学访学一年，在听了汪涌豪、傅杰等老师的课程之余，又去复旦图书馆查找相关资料，抓紧进行对几位重要咏藏诗人的个案的研究，在随后几年陆续得以撰文发表。从1992年到2012年这漫长的20年里，咏藏诗研究一直是我心中放不下的事情，对它念念不忘的思考使我越来越深刻地领悟到了中国古典诗歌的博大精深，领悟到了中华文化多元一体格局的历史演进的波澜壮阔。然而这20年内，我在藏事诗资料的收集方面始终未能取得大的突破，写书也始终只是心中梦想而已。

　　2012年9月，我有幸进入中山大学中文系攻读博士研究生学位，师从著名长江学者吴承学教授。在吴老师的悉心指导下，我的研究视野大开，对这一专题研究资料的收集也取得了关键突破。按照老师的严格要求，我对所辑集的1300多首藏事诗进行了传统的文本细读，一一予以注释。吴老师严谨的治学精神和不懈的传道授业，起初使我感到了较大的压力，老师发现了这种情况后，嘱咐我在中山大学图书馆马岗顶参加每天下午5点的打太极拳活动，老师几乎每天到场与学生们亲切交谈、共同打拳。这种自然交流方式疏导了我的无形压力，于是，我一天不落地投入这个活动，因而天天能与老师见面，得到指导、教诲。3年中，我对古典诗歌从浅表的了解走向了深入文本的分析，由感性认识向理性甚至理论高度过渡，这使我在典故注释、异体字辨别以及对诗歌表述方式之理解的文本选择和内涵捕捉方面有了长足的进步，尤其在研究方法上得到了重大启发，并对于咏作古典汉语诗歌作为一种生活方式的强大的容纳能力有了较深的体会，进而对藏事诗这一专题的研究激情迸发、迎难而上。

当书稿终于脱稿付梓之际，心中却有点怅然若失，这是在探讨撰写过程中从未出现过的。虽然读博后的2年又反复打磨，但由于此专题的难度大和本人的学力有限，故本书对藏事诗这一专题的研究还远未达到当初设计的理想状态，只能算是抛砖引玉，有待将来进一步探讨。

此书献给所有在我求学过程中给予过我帮助的亲人和师友，对于他们，我一直怀着感恩之心。感谢我的父母、妻儿、兄长，他们在我坎坷甚至有时狼狈的求学历程中，自始自终都给予我无私奉献和全力支持。感谢我的老师吴逢箴教授、池万兴教授、刘凯教授，没有他们，我不会有研究藏事诗的初心。感谢袁书会教授，没有他的关心帮助，我不会有机会进入中山大学深造。感谢王宝红教授，没有她的支持，我便不能申报到首批自治区社会科学基金项目。尤其要感谢我的导师吴承学教授，3年中，我的每一点进步都倾注了他的心血，老师就是在与师母到大洋彼岸的美国探亲之时仍在批阅我的博士论文。还要衷心感谢彭玉平教授、张海鸥教授、孙立教授对我的论文的认真审阅指导及鼎力支持。感谢何诗海、刘湘兰、李晓红、张慕华、安东强、张鹏飞、林训涛等师兄、师姐给我的关心和帮助。感谢常恒畅、严寅春、蒋旅佳、莫尚佳、邬志伟、黄静、赵宏祥、张宁、唐可、高思、刘春现等读博3年中共同学习成长的兄弟姐妹，点点滴滴的温暖记忆将鼓励我继续前进。还要感谢西藏民族大学学术著作出版基金对本研究出版的支持。感谢中山大学出版社副总编嵇春霞、责任编辑周玢等对书稿的出版所给予的大力支持和帮助。

顾浙秦
2017年7月于咸阳西藏民族大学